설정식 문학전집

설정식의 삼십대 모습.

●
설정식의 부인 김증연의 처녀시
절 모습(왼쪽).

●●
설정식의 부인 김증연의 오십대
초반의 모습.

●
설정식과 김증연의 결혼식 직후(1936).

東萊鄭寅普　撰
永嘉金舜東　書
海州吳世昌　篆
洪陵乙亥年六十六於是舊老
無由自慰寒牢數卷書行而有心
所有惟一屋賣以瑜寬己以弟弟
豈長爲是哉値光武中內外多故

• 서울시립 망우추모공원에 있는 설정식의 부친 설태희의 묘비.

•• 묘비문에는 '정인보(鄭寅普) 찬(撰), 김순동(金舜東) 서(書), 오세창(吳世昌) 전(篆)'이라 하여 묘비문을 짓고, 붓으로 쓰고, 돌에 새긴 사람을 밝히고 있다.

●
경성 교동공립보통학교 시절
독서회 '꽃밭사'의 동인들. 윤석
중(윗줄 가운데) 등과 동시, 동요
를 발표하고 등사판 잡지 『기
쁨』을 펴냈다. 아랫줄 가운데가
설정식으로 보인다.

●●
「수재아동 가정소개」라는 제목
으로 『동아일보』 1925년 2월 4
일자에 실린 설정식의 사진.

●●●
「설정식 군 미국 유학」이라는
제목으로 『동아일보』 1937년 7
월 8일자에 실린 설정식의 사진.

●
설정식이 미 군정청에 근무하던 삼십대 중반의 모습으로
보인다.

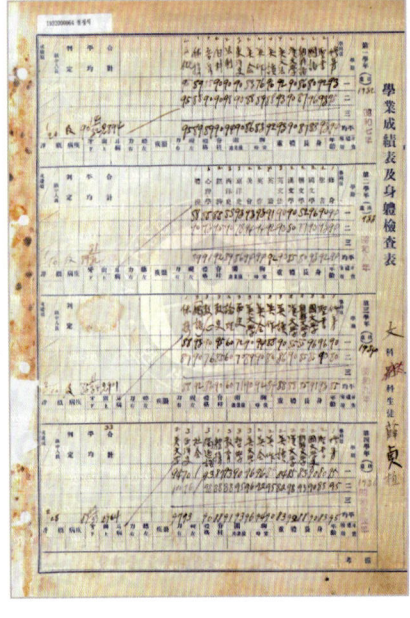
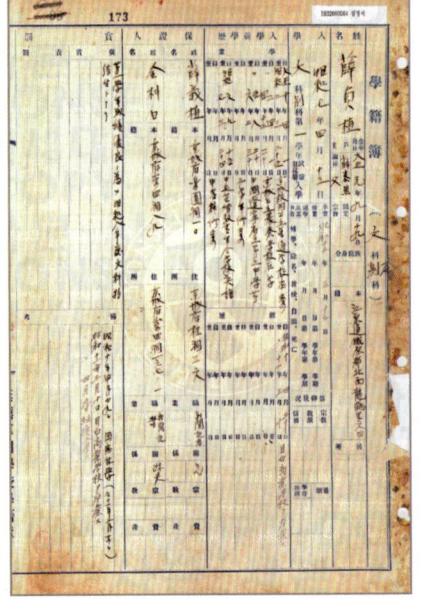

연희전문학교 졸업식에서 설정식이 모친과 함께 찍은 사진(1937).

설정식이 연희전문학교에 다닐 때의 학적부와 성적표.

●
　1937년에 설정식이 유학했던 미국 마운트유니언
대학교 캠퍼스의 현재 모습.

●●
　설정식의 마운트유니언 대학교 학적부.

●
　학사모를 쓴 설정식의
모습.

Szol Csang Szik, „A barátság hős-költeménye"-nek költője

Éjszakai operáció a Rákosi Mátyás-kórházban

és a romok alól három fiatal koreai ápolónő holttestét kerül elő...

Megindul az amerikai fenevad támadása. MacArthur kiadja hírhedt parancsát: „Változtassátok Koreát senki földjévé." És Walker tábornok megtoldja a vérengző parancsot: „A hullott koreaiak jobb koreaiak." A 20. század barbárai „megcsonkítják a férfiakat, feltépik az asszonyok mellét és a kútba hajítják a csecsemőket". Égő hegyek, összeomló házak jelzik az útjukat.

Az átmeneti visszavonulás időszaka ez. A Rákosi kórháznak is északra kell mennie. Az orvosok és az ápolónők együtt menetelnek a járni tudó betegekkel, bomba-tűzében, át a jeges Csungcson-folyón, erdőkön keresztül amelyekben egykor Kim Ir Szen tábornok vezette partizánjait a japán gyarmatosítók ellen. Nehéz és szivvadás időszak ez, de koreaiak és magyarok „életben és halál egyek, még közelebb kerültünk egymáshoz".

A hadihelyzet megváltozott. „Egy erdő kelt át a folyón" — a kínai önkéntesek nagyszerű segítségével győzelmes napok virradnak fel.

A Rákosi-kórház ideiglenesen Mandzsuriában áll sozik. A munka nem lankad. Százak és százak indulnak a kórházi szobákból újra a frontra és helyükbe újak tatnak az ismerős magyar ajtón". És vannak, akik orvosi tudomány nem tud segíteni. A mandzsuriai térnek örök nyugovóra. Az éjszakai temetésnél egy kíséri csak el őket, vigyázva, hogy fejük a sírban is nézzen.

Munkában, az életért való küzdelemben telnek a betegek nemcsak a gyógyuló sebet figyelik, szívek dobogását vigyázzák, de figyelik „a fel brigádlót", a messziről jött és mégis olyan közeli rokat. A 41-es szoba lakója, a költő is figyel. Egy be a sok közül, aki ismeri a baráti orvosi kéz megu hűvösségét, ismeri az ápolónők fáradhatatlan ör De mert költő, a szeme élesebb és a hangja szá mint a többieké. Meglátja a kloroformszagú műtő

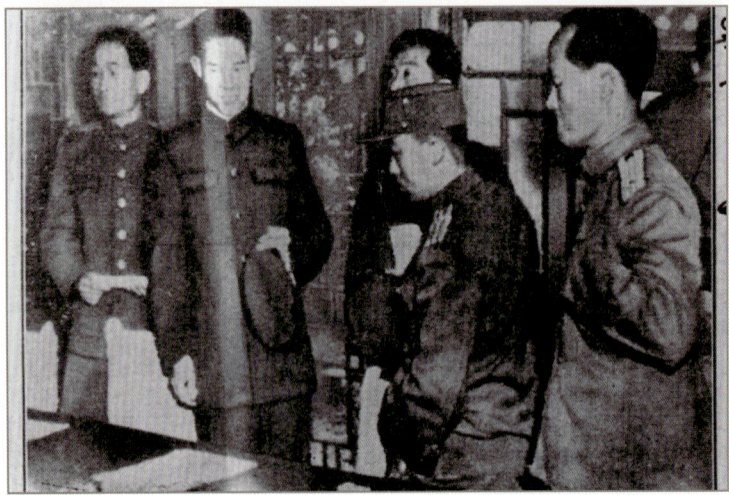

•
헝가리가 북한에 지어준 병원에서 심장 수술을 받은 설정식. 이 사진은 설정식의 장편시를 헝가리에서 번역, 출간한 『우정의 서사시』에 실린 것이다.

••
1951년 7월 개성 휴전회담에 조중(朝中)대표단 영어 통역관으로 나온 설정식(제일 오른쪽). AP통신이 전송한 사진으로 당시 헝가리 종군기자였던 티보 메러이 씨가 제공한 자료다.

•
개성 휴전회담장 부근에서 지프를 타고 있는 설정식(제일 왼쪽). 이 사진은 소설가 박도 씨가 미국 국립문서기록관리청(NARA)의 한국전쟁 파일에서 찾아낸 자료 중 하나다.

••
개성 휴전회담에서 조중대표단과 미군 측의 공동조사현장. 사진에서 제일 왼쪽이 설정식. 이 사진 역시 티보 메러이 씨가 제공한 것이다.

제1시집 『종』(백양당, 1947)의 표지.

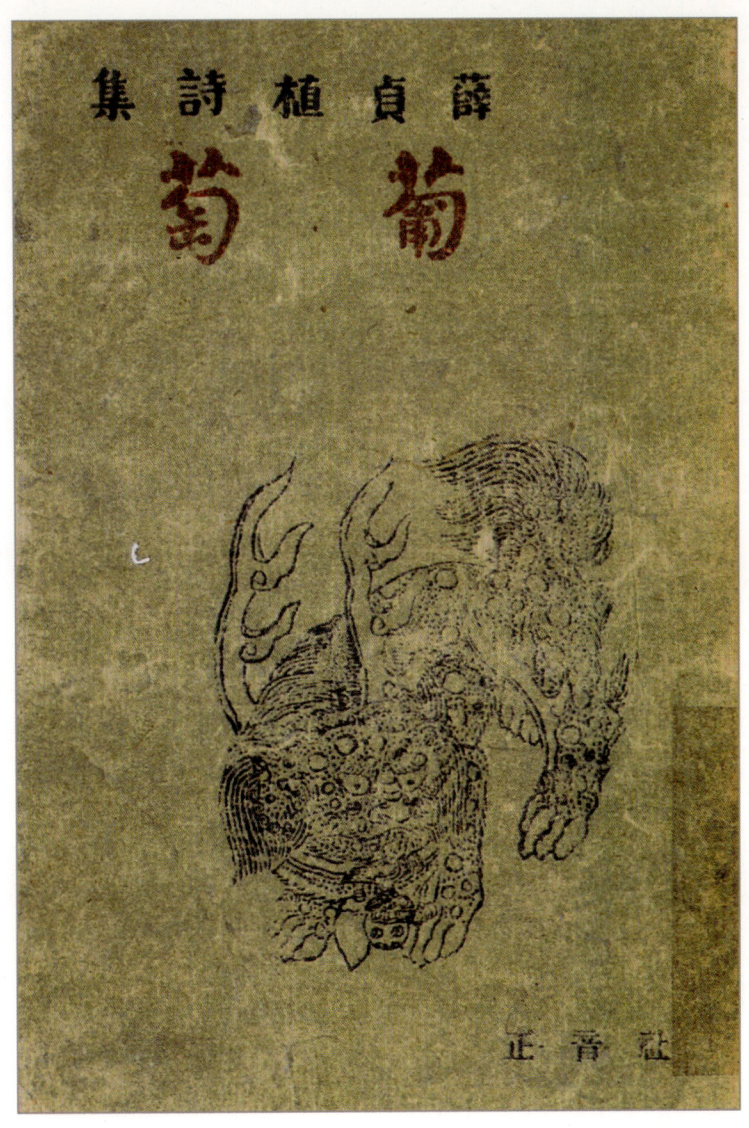

제2시집 『포도』(정음사, 1948)의 표지.

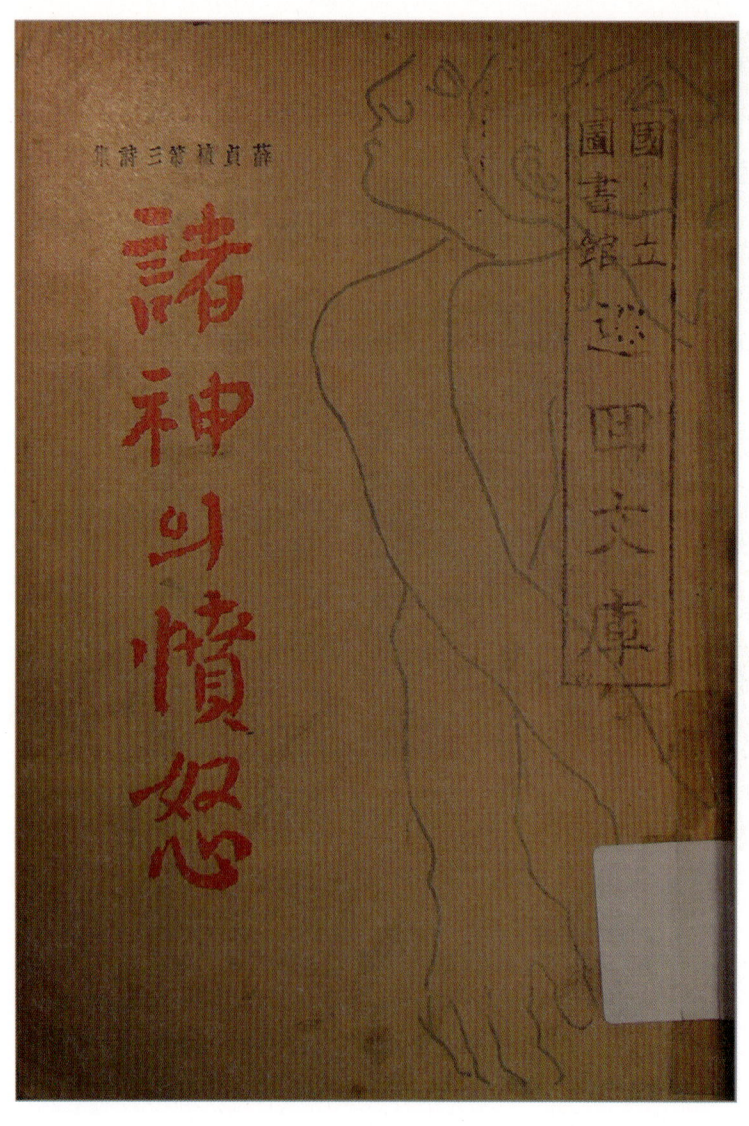

제3시집 『제신의 분노』(신학사, 1948)의 표지.

장편소설 『청춘』(민교사, 1949)의 표지.

설정식이 해방 이후 최초로 완역한 셰익스피어의 『하므렡』(백양당, 1949) 표지.

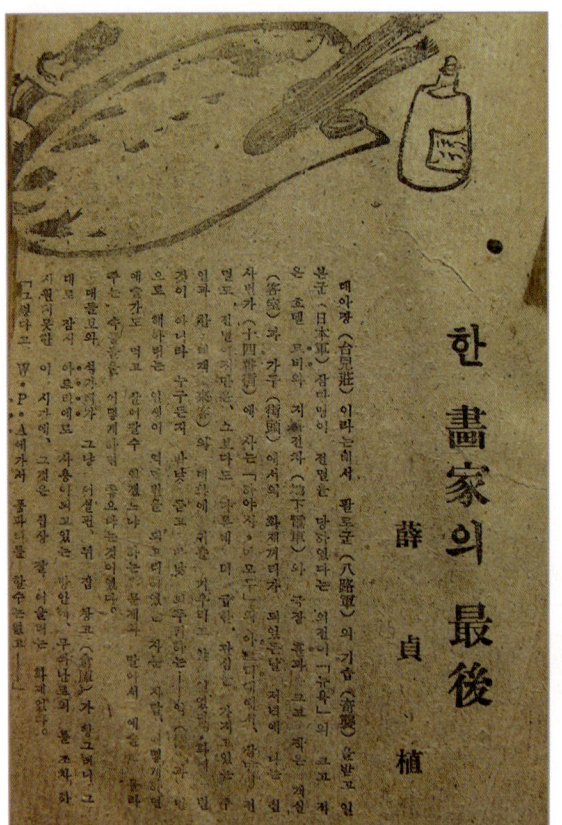

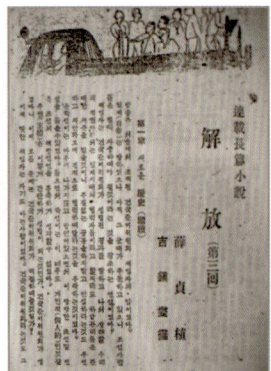

「한 화가의 최후」(『문학』, 1948. 4) 첫 페이지.

『해방』(『신세대』, 1948. 5)
첫 페이지.

THE BELL — SUL CHON SIK

1—   THE SUN LESS LAND

1— No matter how many grains grow
This is noeless land where
All people turn their back to

~~How many~~

1— However many grains, would ~~go~~
to grow upon This ~~noeless~~ lan~~d~~
~~boeren~~
where all, ~~turn~~ their ~~back~~, to

2— Riverlets flowing, seeking dry lips
On the contrary, even if they flow
The ~~lips~~ mouths are filled with the sands q
the wastelands.

2— Riverlets flow, seeking dry lips
But wherefore flowing, when
Mouths are filled with the sand

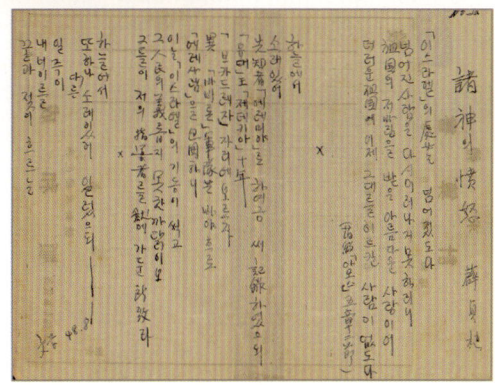

설정식이 시 「태양 없는 땅」을 영역해서 자필로 쓴 자료.

2005년 5월 '비운의 가족사'가 신문에 크게 보도된 후 한 독자가 보내준 자료. 시
「제신의 분노」 전문이 일본 쇼와(昭和) 시대 인쇄된 영수증 뒷면에 적혀 있다. 설정
식의 자필로도 보인다.

•

한국전쟁 당시 북한에서 설정식을 만났던 헝가리 종군기자 티보 메러이 씨가 2005년 5월 방한해서 유족들과 만났다. 사진 왼쪽부터 설정식의 외딸 설정혜, 차남 설희순, 삼남 설희관, 티보 메러이 씨 그리고 그의 부인과 딸.

••

티보 메러이 씨의 부인이 유화로 그린 설정식의 초상화.

•••

티보 메러이 씨가 설정식을 포함한 한국전쟁 당시 자료들을 2011년 파리의 자택을 방문한 설정식의 차남 설희순에게 설명하고 있다.

설정식 문학전집

설희관 엮음

산처럼

* 이 책은 방일영문화재단의 지원을 받아 저술·출판되었습니다.

아버님 영전에 올립니다.

*　　*　　*

장남 희한熙澣, 외딸 정혜貞惠, 차남 희순熙淳, 삼남 희관熙灌

| 일러두기 |

1. 이 책은 오원(梧園) 설정식(薛貞植)이 41세에 유명을 달리하기까지 세상에 남긴 시
   와 소설, 평론, 번역 작품 등을 한데 모은 전집이다.
2. 전집의 제1부는 해방 이전에 발표한 시, 시집 세 권에 실린 시 60여 편, 제3시집『제
   신(諸神)의 분노』맨 끝에 있는 시와 시인에 대한 단상을 쓴「FRAGMENT」를 실었
   다. 제1시집『종(鐘)』과 제2시집『포도(葡萄)』뒷부분에는 장편소설『청춘』의 한 구
   절씩이 들어 있는데, 이렇게 된 사유는 1946년『한성일보』에 연재 중이던 소설이
   무슨 연유인지 게재가 중단되었기 때문에, 소설 일부를 1947년에 발간된『종』에는
   「빛을 잃고 그 드높은 언덕을」, 1948년에 나온『포도』에는「범람하는 너희들의 세
   대」라는 제목으로 실은 것이다. 그러나 여기서는 제2부에 출간된『청춘』의 전문을
   실었으므로 소개하지 않았다. 제2부에는 앞서 말한『청춘』을 포함하여 신문과 문
   학잡지 등에 연재되었던 장·단편소설 6편을 묶었다. 제3부는 1940년대 신문과 잡
   지에 게재된 평론 등을 엮었고, 제4부에는 해방 이후 초역인 셰익스피어의『하므
   렡』등 3편을 실었다. 제5부는 대담과 고인과 관련된 글 및 해설을 담았다.
3. 맞춤법과 띄어쓰기, 외래어 표기는 현행 맞춤법 원칙에 따르되 시와 소설에서 글
   맛을 살리기 위해 그대로 둔 것들도 있다. 제4부 번역에 실린『하므렡』의 경우 쉑
   쓰피어(셰익스피어), 덴막(덴마크), 윗덴벍(비텐버그), 싸터(사티로스), 허큐리쓰
   (헤라클레스), 주리아쓰 씨자(줄리어스 시저) 등을 제외한 등장인물과 지역 이름
   은 번역본대로 두었다.
4. 논문 제목, 잡지나 신문에 게재된 글 제목, 영화 제목은 낫표(「 」)를 쓰고, 책 제목,
   신문·잡지명은 겹낫표(『 』)로 썼다.
5. 평론「현대 미국소설」은 1940년에 발표된 글이다. 따라서 여기에 언급된 소설가
   와 문인 상당수가 당시 생존하고 있었다. 그들의 타계 연도는 엮은이가 추가한 것
   이다.
6. 번역 작품에서 옮긴이는 설정식이며, 옮긴이 주는 본문의 괄호 안에 넣었다.
7. 작품마다 창작연도와 작품이 게재된 간행물 혹은 출간된 출판사, 출간연도를 밝
   혔다.
8. 한자와 영어는 한글로 바꾸어 병기했으며, 외국 문인의 이름이나 생소한 낱말은
   각주를 달았다. 특히 일본과 중국의 인·지명은 현행 외래어 표기법을 따랐다.

황혼의 사남매, 60년 사부곡

    이데올로기의 홍수 속에/ 모습도 남기지 않은 채 휩쓸려간 사람/ 그래서 나는 그분의 얼굴을 모른다/ 옆모습 뒷모습도 허망하다/ 목소리는 어땠나 키는 몇 척이었나/ 도무지 도무지 알 수가 없다/ 30대 청년의 정면 사진 한 장이/ 한평생 영정으로 남은 사람이여// 휑하니 떠난 발길 영겁으로 이어져/ 아들보다 어린 마흔하나에/ 세상에서 밀려난 불쌍한 시인/ 이제는 바람결에 춘천 길로 달려오시어/ 모란공원 어머니 곁에 누우셨을까/ 포르말린에 절인 나비처럼/ 시집 속에 화석으로 남아 있는 나의 아버지// 내일은 붉은 잉크 들고 종로구청 찾아가/ 가출노인 이제사 돌아오셨다고 신고해야지/ 얼굴도 모르고 목소리도 들은 적 없는 그 아버지가/ 이제사 돌아가셨다고 바른말 해야지

—「아버지」, 『햇살무리』, 책만드는집, 2009

    제 마음속에서 한평생/ 유랑하고 계신 아버님/ 당신의 반세기 전 헝가리 친구/ 티보 메러이 기자 기억나시죠/ 혹시 그분을 이곳에 보내셨나요// 북한 개성 휴전회담장에서 당신을 알게 된 노작가/ 이 봄, 서울 한복판에서 우리가 만났습니다// 아버님께서 가족을 두고 등졌던 이 나라/ 큰 신문들이 상봉을 대서특필했지요/ 북쪽은 마흔한 살 당신의 목숨을 가져갔지만/ 남쪽은

불쌍한 우리를 거두어 주었듯이/ 아버님! 당신은 셋째 아들로 태어난 저를 예뻐도 하고 품어도 보셨겠으나/ 저에게 당신은 하늘의 구름이었습니다/ 형체도 없이 무어라 말할 수 없는// 우리 형제들의 영혼 속에서/ 한때는 비바람이나 안개가 되었다가/ 어느 때는 돌기둥이 되었던 아버님/ 이제는 칠색 무지개로 마음에 새기웁니다/ 인생길 굽이굽이에 철따라 오시옵소서// 티보 메러이 선생님 소식에/ 혹시 어제 뻐꾸기의 몸을 빌려/ 저 사는 동네 아파트 옥상에 오시어/ 불쌍한 어머님과 같이 뻐꾹 뻐꾹/ 구슬피 울지 않으셨는지요// 저는 아버님처럼 시인이 되고 싶어/ 쉰 살이 넘어 숙명적으로 시인이 되었습니다/ 이제는 시詩로 영혼의 대화를 나누시지요// 저와 아내가 믿는 사랑의 예수님/ 형과 누이의 하늘이신 자비의 부처님/ 선친의 옛 친구 티보 메러이 선생님을 보내/ 우리 가정의 가슴 아픈 비극을 이렇게나마/ 아름답게 마무리 하심에 감사합니다

—「뻐꾸기 몸을 빌려」, 2005

한국전쟁이 일어난 1950년 만 세 살이던 막내가 올해 예순다섯 살이 되었습니다. 저는 철들면서부터 아버님의 시집과 『하므렡』 등을 소중히 보관하면서 언젠가 비운의 가족사를 당신의 문학전집으로 갈무리해야 겠다고 마음먹었습니다. 이제 아버님의 탄생 100주년을 맞이하여 그 소 망을 이루고 나니 신산辛酸의 지난 세월이 흑백 필름처럼 되살아납니다. 특히 1977년 돌아가신 어머님께 이 기쁜 소식을 전해드려야겠습니다. 초등학교 다닐 때까지도 저는 아버님의 생환을 바라시던 어머님의 『천수경』 독경 소리에 잠을 깼습니다. 새벽마다 따뜻한 쌀밥과 정화수를 놓고 정성껏 드리던 그분만의 기원제祈願祭가 제사로 바뀐 것은 제가 중학생이던 1962년 9월입니다. 당시 『사상계思想界』지에 헝가리 종군기자로 북한에 파견돼 아버님과 짧지만 값진 우정을 나눈 티보 메러이Tibor Méray란 작가가 「한 시인의 추억, 설정식의 비극」이란 제목의 글을 기고

했습니다. 우리는 이 기고문을 통해 아버님께서 1953년에 유명幽冥을 달리하시게 된 자세한 상황을 뒤늦게 알았습니다. 마흔한 살이셨습니다. 올해 미수米壽이신 티보 메러이 선생은 프랑스 파리에 살고 계십니다. 저는 원고 정리를 마무리하면서 '황혼의 4남매, 30대 아버지 찾기'라는 제목으로 전집 출간의 의미를 함축해보았습니다. 전쟁 때 중학생이어서 아버님 월북 전 상황이 생생하시다는 큰형님은 오래전에 미국으로 이민 가셨습니다. 아버님께서 쓰신 「경卿아!」라는 시를 기억하십니까?

> 유난히 흰 네 얼굴은 필시 눈보라 탓이라 했다// 다만 눈 코 입 귀 이마 그러니/ 네 얼굴이 언니보다 이쁘다고만 하였다// (……) 까닭 없이 떼를 쓰던 네 작은 오래비는/ 손발을 풀잎새같이 버리고 시방 잠이 들었다/ 비닭이 우는 소리가 그쳤다/ 경卿아 너도 잘 자거라
>
> —「경卿아!」 부분

태어나 바로 숨진 경아는 제 누이가 되겠습니다. 여기에 언급하신 언니는 올해 일흔한 살, 작은 오래비는 일흔 살입니다. 젊으셨던 아버님은 남기신 글을 통해 늙은 이 아들에게 많은 것을 가르치셨습니다. 성경은 물론 셰익스피어, 노자, 장자에 이르기까지 동서고금을 아우르는 해박한 지식에 무릎을 치며 감탄한 적이 한두 번이 아니었습니다. 저는 워낙 배움이 짧고 얕은지라 한동안 옥편, 영한사전, 국어사전, 돋보기를 곁에 두고 살았습니다. 학창시절에도 잘 가지 않던 국립중앙도서관, 국회도서관, 대학도서관에서 애타게 찾던 자료를 만났을 때의 희열은 영원히 잊지 못할 것입니다. 책이 나오기까지 여러 분의 신세를 많이 졌습니다. 이화여자대학교 학술원 김우창 석좌교수님은 평소에도 애정 어린 조언을 해주시고 발문跋文으로 책을 빛내주셨습니다. '설정식 문학'을 연구해온 아주대학교 곽명숙 교수님은 깊이 있는 해설을 써주셨습니다. 도서

출판 산처럼 윤양미 대표님은 큰 출판사에서 내키지 않아 하는 전집 출간을 기꺼이 맡아 수고하셨습니다. 근대서지학회 오영식, 엄동섭 선생님을 출간 직전에 우연히 알게 된 것도 큰 행운이었습니다. 엄 선생님은 희귀본인 장편소설 『청춘』을 제공해주셨고 오 선생님은 해방공간의 선친 관련 귀중한 자료를 협조하셨습니다. 한국외국어대학교 김욱동 교수님과 이상동 교수님은 관련 자료를 오랫동안 검토해주셨습니다.

2012년 올해 탄생 100주년을 맞이한 작고 문인들의 문학적 업적과 생애를 객관적으로 조명하는 기념 문학제 등이 열리고 있습니다. 『설정식 문학전집』이 이 나라 문학사를 연구하는 분들에게 좋은 자료가 되었으면 하는 바람입니다. 하늘나라에서 평안하소서!

2012년 3월

막내 희관熙灌 올림

발문을 대신하여

　오원梧園 설정식薛貞植 선생의 조카인 아내의 기억으로는, 그 무렵의 다른 어른들과는 달리 매우 자상하고 다정한 분이 오원 선생이었다. 그러나 작품으로 보건대, 오원 선생의 가장 두드러진 점은 그 영웅적 사상의 정열이다. 그리고 작품에서 느끼게 되는 것은 독립 자주의 민족이념, 전 인민을 위한 자유로운 민주주의 그리고 그것의 실천을 위한 사상적 순수성을 다짐하는 수사修辭의 강렬함이다. 자상함과 강렬함이 하나가 되었던 것이 오원 선생의 생애가 아닌가 한다. 차세대의 우리에게 참혹한 것은 당대의 현실을 황무지와 가시밭으로 파악한 정열의 순수함이 정치 투쟁의 무자비한 가시에 찔려 피를 흘리고 쓰러지게 된 비극이다.

　선생은 한국전쟁이 터진 다음 월북하여 인민군에 복무하였으나 전쟁이 끝나는 해 1953년에 인민공화국 전복음모 그리고 미제국주의자들을 위한 간첩 행위 혐의로 처형되었다. 숙청의 대상으로 지목된 14인의 남로당계 인사들이 체포된 것은 1953년 3월 5일의 밤이었다. 휴전협정이 이루어진 것은 7월 27일이었는데, 이들은 사흘 뒤에 기소되고, 8월 3일에 재판이 시작되어, 8월 6일에는 판결이 내려지고, 분명하게 확인된 것은 아니지만, 기소되었던 사람 가운데, 오원 선생은 시인 임화와 함께 판결 후에 곧 형이 집행된 것으로 알려졌다. 이러한 과정의 속도에서만도 우리는 그 참혹함을 느끼지 않을 수 없다.

　오원 선생은 월북 직전에 건강이 좋지 않았던 이유도 있고 하여 곧 귀가하게 될 것처럼 말씀하였다고 한다. 이러한 말씀은 주저하는 마음이 깃들어 있는 것으로 생각된다. 그러나 동시에 남북이 유혈 대결하는 가운데 공산주의의 편에 서기로 한 결심도 진정한 것이었을 것이다. 마음을 흐트러지게 하고 샛길로 들어서게 하는 삶의 번세繁細한 사정들을 모르는 것은 아니지만, 사상의 순수성을 일관되게 정열과 행동으로 지켜나가야 한다는 것은 가장 중요한 신념이었던 것으로 보인다. 재판 기록에는 심문과정 중, 미제국주의자의 앞잡이였다는 것을 강조하려는 심문자의 독촉에, 미국의 장학금을 받고 유학한 것 자체가 잘못이었다는 것을 젊은 심문자로 인하여 비로소 깨닫게 되었다는 것을 인정하는 부분이 있다. 1938년 모스크바 재판에서 니콜라이 부카린은 혁명의 장래를 생각하여 자신의 무고無辜함을 알고 있으면서도 재판의 정당성을 인정하였다. 그렇게 하는 것이 혁명의 전진에 기여하는 것이라고 믿었기 때문이다. 혁명적 신념은 개인적인 모순의 경험과 수난에도 불구하고 그와 같이 순수하고 강력한 것일 수 있다. 오원 선생 역시 수난에 의한 일신의 고통을 혁명에 대한 신념과 일치시키려는 의지가 있었을 것으로 생각된다.

　여기에는 유학자儒學者의 가문에서 성장하여 가지게 되었던 유자儒者의 지조와 같은 것도 작용하였을 것이다. 그러나 오원 선생의 작품에는 이 점을 말하는 작품이 거의 없다. 또 개인적인 관계나 감회를 읊은 시도 많지 않다. 그래도 초기의 시에는 마당에 모깃불을 피우는 할아버지, 이 빠진 얼게빗으로 머리를 빗는 할머니를 그리는 시 등이 있다. 오원 선생의 시에는 곳곳에 한문 고전에 대한 언급들이 나온다. 그러나 그중에도 주목할 수 있는 것은 특히 장자莊子에 대한 언급이 여러 번 있다는 점이다. 도교는 한학漢學의 전통에 드는 것이면서도 성리학과는 차이가 있는 사상의 흐름이다. 직접 개인적인 이야기를 한 것으로만 읽을 수는 없지만, 장편소설『청춘』에 부친상을 당한 주인공이 아버지를 잃은 슬픔 가운데에서도 이제는 주자朱子나 육상산陸象山에 대한 이야기를 들을 필요가 없고 아버지 앞에서 피우던 담배를 황급하게 끌 필요가 없게 된 것을 생각하며 해방감에 젖는 장면이 있다. 유가의 전통에 대한 오원 선생의 관계는 착잡했을 것으로 생각된다.

청춘을 이야기하는 시와 소설에 언급되는 서양사상서에는 막스 슈티르너Max Stirner나 표트르 크로포트킨Peter Kropotkin이 있는데, 이것은 젊은 시절의 생각의 흐름을 추측하게 한다. 이러한 사상서가 아마 오원 선생을 공산주의로 인도하는 교량이 되었을지도 모른다. 물론 제일 중요한 것은 일제 식민지 시대와 해방 후의 정치 현실이다. 그리고 오원 선생을 분격하게 한 것은 사람들의 고통스러운 생활 실상과 관련하여, 주변에 가까운 청년 사상운동가들의 수난이었을 것으로 생각된다. 가까운 친지들의 수난과 순교는 소설『청춘』에도 언급되어 있지만,「작별」과 같은 시는 이를 가장 절실하게 묘사하고 있다. 한국정치에 있어서, 친구나 동지의 유대는 가장 중요한 행동 요인의 하나다. 물론, 여러 추측할 수 있는 개인적인 심리적 동기를 넘어, 오원 선생의 시는 그 혁명적 서사의 힘으로 대표된다. 제3시집『제신의 분노』중「제신의 분노」는 그중에서도 가장 장엄하게 또 일관성 있게 죄악의 땅으로서의 조국을 비판하고 그 구원의 갈망을 읊은 것이다. 전쟁 중 헝가리가 북한에 지어준 야전병원에서 수술을 받은 일이 계기가 되어 쓰게 된「우정의 서사시」도 같은 서사의 힘을 보여주는 시다.

오늘의 관점에서 이러한 시의 내용이 반드시 현실을 바르게 포착하였다고 할 수는 없을는지 모른다. 현실 이탈은 정치이념과의 연결 속에서 운명적인 것이라 할 수도 있다. 순교에까지 이르게 되는 개인적 결단의 순수성은 흔히 그 순수성이 열렬하게 포용하는 정치 현실과 모순의 관계를 갖는다. 정치는 전략적 사고와의 밀착 속에서 순수성과는 양립할 수 없는 경우가 많다. 자기 정당성을 굳게 믿는 정치 이상은 전략적 사고에 의하여 오늘의 행동 현장에서 도덕을 유보한다. 그리하여 많은 이상주의의 순수성은 이 정치 전략의 자의恣意에 부딪혀 옥쇄한다. 이상 속에 스스로를 완전히 승화한 개인이 그 이상의 현실 전략에 부딪혀 난파를 피할 수 없게 되는 것이다. 이것은 조선조의 유교에서도 볼 수 있지만, 현대의 마르크스주의 전략에서 가장 두드러지게 볼 수 있다.

현실은 이상의 순수성을 넘어 그 자체로 늘 복합적인 가능성을 내포한다. 해방을 전후하여 어둡게만 보이던 현실에도 자체 재생의 힘이 있었던지, 그 후의 상황은 그 어둠 그리고 이상주의를 거치면서 그 나름의 안정을 찾았다. 오원 선생 집안의 자제들과 자손들은 엄청난 비극과 그 후유後遺 사태로 큰 고통을 겪지 않을 수 없었지만, 이제 대체로는 건강하고 행복한 삶을 되찾았다. 비통한 가운데에도 감사드릴 일이다. 2012년은 오원 선생 탄생 100주년, 그리고 타계하신 지 59년째가 되는 해다. 2011년에 곽명숙 교수 편으로 현대문학사에서 선집이 나온 바 있다. 이제 자제들이 힘을 모아 탄생 100주년을 기념하는 전집을 내게 되었다. 비극과 고난의 세월을 거쳐 삶은 지속된다. 생전에 뵌 일은 없지만, 조카사위로서, 그리고 현대사의 모순의 무게를 느끼지 않을 수 없는 문학도로서, 처숙 오원 선생의 전집이 이렇게 나오게 된 것은 매우 감동적인 일이 아닐 수 없다. 국가적으로 또 개인적으로 이것은 중요한 사건이 될 것이다. 우선 전집의 출간을 경하하면서, 영전에 영구한 평화를 빌며 그 가족들의 번영을 기원한다.

2012년 3월

질서姪壻 김우창金禹昌* 근지謹識

* 문학평론가. 현재 이화여자대학교 학술원 석좌교수.

『설정식 문학전집』차례

제1부 시

제2부 소설

제3부 평론

제1부

시

묘지

새로운 나무토막 비들이
눈에 밟히는
기척 없는 시월 한낮

멀건 어느 이야기 속 땅 같은 이곳에서
스스로의 숨소리를 두려워할 즈음
여기
하얀 소나무 관 내음새 풍긴다

—1931, 『종鐘』(1947) 수록.

거리에서 들려주는 노래
—동모 맛나기 전* 가던 길 멈추고 발을 구르며 동생을 나무라는 노래

일어나라 일어나라 일어나
냉큼 서거라 서라 동생아!
이 불쌍한 어린것아 두 다리가 부러졌느냐
어서 바삐 형이 일깨울 때 번득 일어나거라
그래서 그 널조각에 전선電線 토막 대인 병신 썰매를
앉아서 뭉갤 때 밀던 쇠꼬챙이와 함께 내어던지고
내 고함에 발맞춰 두 다리 쭉 뻗고 가슴 벌리고
얼음 깔린 강판 위를 내달아라

다름없는 권圈을 더듬어 구르는 태양의 발산하는 빛이
같은 전주電柱 밑에 그 시각의 그림자 새길 때
나는 동모를 맛낫노라
"괴로운 자문자답에 가슴 쓰려 발 뺐다가 미닫이 뚫었네"
그는 이 한 조각 시를 주며 나에게 묻기에
부릅뜨고 소리 질러 그에게 들려준 노래 있으니—

동모여! 정신을 가다듬어
크게 땅이 꺼지도록 갱생의 심호흡을 하라
그대는 그 숨의 탄력을 얻을지니 미닫이 뚫은 두 다리에

---

* 동모 맛나기 전 : '동모'는 '동무'의 옛말. '맛나기'는 '만나기'를 뜻함.

한 아름 약골의 소아小我를 싣고 북악北岳에 오르라
그대의 끓는 혈맥의 피가
벗디딘* 두뫼*에 쏟아져 통할 때가 되면
누두형漏斗形*의 심곡深谷에는
용암이 불꽃을 품은 채 흘러내릴 것이니
그 속에 마땅히 그대의 쓰린 가슴의 소아를 던지라
미련과 모든 기억도 함께 불사를지니 그리하면
영겁으로 타가는 횃불은
머지않아 이 나라 소년들의 두 눈동자에 비치울 것이다
그리고 아! 그다음은 말할 수 없다

군악보에 맞추어 소집 나팔소리 들려야 할
파고다공원 육각당 돌층계에
조선을 잊은 조용한 아비시니야*의 노술사老術士가
동전 긁어모으던 손톱을 깎을 때
나는 동모를 맛낫노라

"절로 넘어지면 울지 않고 일어나는 아가야!
너도 인간이 다 되었구나, 배고플 때 아플 때
엄마 없을 때 어린 애기는 울음도 가지가지
오! 창작가여 조그마한 시인이어"
그는 이 한 조각 시를 주며 나에게 묻기에

---

* 벗디딘 : 발에 힘을 주고 버티어 디딘다는 뜻의 '벋딛다'에서 온 말로 '벋디딘'을 말함.
* 두뫼 : 두메.
* 누두형 : 깔때기처럼 생긴.
* 아비시니야 : 아비시니아. '에티오피아'의 이전 명칭.

부릅뜨고 소리 질러 그에게 들려준 노래 있으니—

동모여! 들어라
시인이란 그 공사工事에
무쇠의 근육과 울뚝 펼쳐진 가슴과 굳세인 허리와
그리고 맑고 깊은 눈동자를 가진 위대한 직공職工을 가리킴이니
한 개의 인간이 창궁蒼穹* 밑에서
얻을 수 있는 최대의 발견이 시인 것이다
이 발견의 기록은 아예 어여쁜 대리석에 아로새길 것이 아니라
모름지기 큰 은행나무에 쪼아둘 것이니
그리하면 그대의 노래는 자라는 나무와 함께 영원히 커질 것이다

—『동광東光』(1932. 3) 발표.

---

* 창궁 : 푸른 하늘.

새 그릇에 담은 노래

◇

시월 비 내린 삼십 리 두뫼
아버지 밤새워 갔다네
뫼 밭에 이삭 거둬 빚 갚아주려

◇

먹어보라고
언덕 넘어 방축에 딸기 따오던
학성의 누나 시집갔다네

◇

고암산高巖山 너머로 숫굽이* 간다고
겹저고리에 솜 두는 밤
간난이 어머니도 일이 많았네

◇

"돈 있어야지—"
두 눈을 가늘게 뜨며
동무는 외우더니 다시 감아버리네

───────
* 숫굽이 : '숫'은 '숯'의 방언으로 '숯구이'를 말함.

◇

아버지 기침이 성해질
겨울이 오고
덧문 닫힌 방 안에 국화 시드네

◇

경매당할 터인데 두어서 무엇하리
아카시아 짜르다가
가시 찔렸네

◇

빈대 피 묻은
헌 신문 초단 기사는
융무당隆武堂* 헐린 소식이러라

◇

수리조합 또랑 난다고
밤마다 모이면
근심하던 농부들과 섞이던 여름

—『동광』(1932. 4) 발표.

─────
* 융무당 : 고종 때 지은 건물로 과거 시험의 무과와 활쏘기 시합을 하던 곳.

고향

싸리 울타리에 나직이 핀
박꽃에 옮겨나는 박호의 그림자
이윽고 숨어들고
희미한 달 그림자에 어른거리던 박쥐의 긴 나래
뽕밭 너머로 사라질 때
할아버지여 지금도
마당에 내려앉아
고요히 모깃불을 피우시나이까?

늦은 병아리 장독대에 삐악거리고
이른 마실 떠나는 소몰이꾼이
또랑 길을 재촉할 때
곤히 잠들은 조카의 머리맡에 돌아앉아
할머니여 오늘 아침에도
이 빠진 얼개로 조용히
하이얀 머리를 빗으시나이까?

—『신동아新東亞』(1932. 8) 발표.

물 긷는 저녁

해 저물어 개*로 떨어지는 물소리 맑아가고
마을 아주머니네
다림질할 흰옷을
이리저리 풀밭에 널 때
베적삼 긴 고름을 씹는 처자의 두 눈동자는
이상한 살결의 용솟음으로 짙게 타오른다
매태梅苔* 낀 우물 귀틀*에
두레박줄 잠깐 멈추고
물 위에 가늘게 흔드는 흐릿한 모션에
영롱한 꿈 맺어보다가
치마 속으로 삿붓이 흘러드는 바람결에 놀라
주춤하고 둘레를 살피며
울렁거리는 두 가슴에 손을 얹는다

—『신동아』(1932. 8) 발표.

------

* 개 : 강이나 하천에 바닷물이 드나드는 곳.
* 매태 : 이끼.
* 귀틀 : 통나무 따위를 써서 어긋나게 정(井)자 모양으로 짠 틀.

여름이 가나보다
—가을을 그리는 마음

마을 어귀 표주標柱에는 나란히 내려앉은 잠자리

이제는 오동 잎도 더는 자라지 않으려니

헛간 뒷마당에 다롱다롱 여무는 감과

처자의 댕기 걸린 대추나무 함뿍 되는 열매가

호올로 서리 맞아 그 빛이 붉어간다

염소의 귀밑털 같은 하이얀 구름 피어

날이 개이고 보면 그 하늘 높다 뿐이랴

함지로 퍼내고 퍼내도 끝 모르게 피어

솟아오름이 이마작*의 하늘이다

아쉬운 아쉬운 주월晝月이 어울린

긴 포구는 밀물로 소리 곱고

더 곱게 낙조로 희한하게 물든다

이 언덕에서 천막을 헐어 그네,*

여름봇짐을 싸 짊어질 때

희랍의 그 아양을 본뜬 계집들

반 허리에 휘감은 엷은 옷을 추키며

거리에서 숨어들고

———

* 이마작 : 지나간 얼마 동안의 가까운 때.
* 그네 : 강철로 빗살처럼 나란히 살을 세우고 벼 이삭을 걸쳐 잡아당겨 나락을 훑는 농
  기구.

이날도 천기예보
흰 깃발을 멀리 나부낀다

(내 사랑하는 숲과 드을로 돌아가보면)
뉘엿이 해 저물어
두 가슴으로 새어드는 바람
수만 줄기 높낮은 벌레 울음
수풀과 덩굴에 사무치고
어디 갔던 고양이 집으로 기어들 때
할머니는 널어 말린 뽕잎 담배를
치맛자락으로 거둬들인다
소 수레는 천천히 두 바퀴에
이 가는 여름 저녁을 감으며 감으며
먼 뒷골에서 예 돌아든다
젊은이는 꼴 단에 비껴 앉아
소 방울에 고요히 장단을 놓으며
언덕길을 굽이돌 때
품앗이 베아리꾼 젊은 주인을 맞이하는
삽사리는 싸리문 밖으로 내달으며 짖나니
오! 이러할 때
남무南畝*에 할아버지도 원두막에서 내려온다

—『동광』(1932. 10) 발표.

———
* 남무 : 남쪽의 밭이랑.

시_詩

대리석에 쪼아 쓴 언어들이 아니라
가슴속을 누가 할퀴어놓은 생채기 같기도 하고
당신의 귓속을 어루만지는 기후_{氣候}와 쉽게
궁합이 맞은 천재의 음률이 아니외라

그것은 뼈에 금이 실려
절그럭거리는 원래_{原來}의 소리외다

—1932, 『종』(1947) 수록.

샘물

처녀야
하루의 물레 손을 그만 쉬고
이제 쉬일 때가 되었다
어머니의 그 질항아리를 이고
어서 너의 집에서 나오너라
모두들 불놀이 간다는 저녁이다
나와 함께 너는
저 숲으로 가보지 않으려느냐
별빛이 총총 내려 뿌리는 저기
아무도 다치지 않은 평화가 있다는 그곳으로
우리들의 마른 풀포기에 끼얹을
샘물 길으러 가지 않으려느냐

—1932, 『종』(1947) 수록.

가을

바람 속에
굴레가 그리운
말대가리 하나

언덕 아래로 아래로
들국화는 누구의 꽃들이냐?

긴 이야기는
무슨 사연

오래 오래
갈대는 서로 의지하자

—1936, 『조광朝光』(1937. 10) 발표, 『종』(1947) 수록.

단장斷章

남산율율南山律律 표풍발발慓風發發
민막불곡民莫不穀 아독하해我獨何害*

영동瀛東 만 리里 외外나
꿈은 지척에 청송靑松이었사옵고
여윈 학鶴이언가 의관을 갖추시니
당신과 하마* 유명幽冥에 러니다*
홀 그림자 더불어
오사사* 추운 이슬
밟고 밟아 헤맨 방랑사성년放浪四聖年*을

오느라 오느라 한 길
오호嗚呼 불빙不凭*하고

---

* 『시경(詩經)』「소아(小雅)」「요아(蓼莪)」편에 나오는 시구인 "남산은 크고 높아 회오
리바람 거세게 몰아치고, 모든 백성 즐겁게 살아가건만 어찌 나 홀로 재앙일까. 남산은
우뚝 솟아 회오리바람 거세게 몰아치고, 모든 백성 즐겁게 살아가건만 나 홀로 못 이
루네(南山烈烈 飄風發發 民莫不穀 我獨何害 南山律律 飄風弗弗 民莫不穀 我獨不卒)"를 한
구절로 축약한 듯. 효자가 어버이를 끝까지 봉양하지 못함을 한탄하는 내용.
* 하마 : 이미, 벌써.
* 러니다 : 이리저리 다닌다는 뜻의 함경북도 방언인 '네다'의 변형인 듯.
* 오사사 : 으스스.
* 방랑사성년 : 방랑의 4년.
* 불빙 : 기대지 않고.

성성한 숭어 꼬리 치고 오르는
한류漢流로 남남동
시흥始興 서푸리
뫼 밭 자토赭土* 봉분封墳에 러니다

자주慈主* 호올로 서시거늘
손톱을 당겨 눈초嫩草* 부여 뜯다니
아 하늘은 다시 불효 내시나 합니다

자식을 낳아 안고 울음 듣자오면
하 아주 가신 것은 진정 아니오라도
이름 뉘 지으실 것이온지
역시 가시고 아니 계시옵니다

—1945,『종』(1947) 수록.

* 자토 : 석간주. 산화철이 많이 들어 있어 붉은 빛이 나는 흙.
* 자주 : 어머님.
* 눈초 : 새로 눈이 터서 나온 풀.

우화

입술에 묻은 피
마저 핥으며 틈새틈새
풀 향기 찾는 거자리* 떼
업보業報의 바위 위에
날새
찌조차 떨구지 않고
인방隣邦 해안선
멀찍하니 물러앉다

그날 파신破身이
이지理知같이 식고
또 예의禮儀로써 고개를
만방萬邦 앞에 숙이고
어족魚族은 다시
차고 더운 흐름을 찾다
Z기旗 내려오고 무역풍
방자* 배부른 돛을 찾아 해협에 들다
해도海圖를 접으라 나팔소리는

---

* 거자리 : 딱정벌레.
* 방자 : 꽃처럼 아름다운 자태. 방방하게.

남명南溟 구만리
모든 해면이
사정射程 밖에 섰음을 알리다

이리하여 파쇼와 제국이
한 대낮 씨름처럼 넘어간 날
이리하여 우월優越과 야망野望이
올빼미 눈깔처럼 얼어붙은 날 이리하여
말세末世 다시 연장되던 날
인도印度 섬라暹羅* 비율빈比律賓*
그리고 조선 민족은
앞치마를 찢어 당홍 청홍 날리며
장할사 승리군 마처* 불역*으로 달렸다

이날 한구漢口* 무창武昌*에
밤새 폭죽이 터지고
이날 불인佛印* 난인蘭印*은
주권을 반석 위에 세우려고 거기에
선혈로 율법을 쓰고
아! 이날 우리는

＊섬라 : 타이의 옛 이름인 시암(Siam).
＊비율빈 : 필리핀.
＊마처 : '마차' 또는 '마저'를 뜻하는 듯.
＊불역 : 불역. 큰 강이나 바닷가의 모래벌판.
＊한구 : 한커우. 중국 후베이 성(湖北省)에 위치한 도시 이름.
＊무창 : 우창. 중국 후베이 성에 위치한 도시 이름.
＊불인 : 프랑스가 점령했던 현재의 베트남, 캄보디아, 라오스 지역.
＊난인 : 네덜란드령 인도차이나.

쌀값을 발로 차올리면서까지
승리군을 위하여
향연을 베풀지 않았더냐

그러나 그대는 들었는가?
양귀비 난만한 동산
「백인白人의 부담負擔」이란 우화를
그리고 얄타회담으로 몰아가는
캬듸략* 바퀴 소리를
흰 손이 닿는 틕운* 문소리를 그리고
샴펜주 터지는 소리를

흑풍黑風이 불어와
소리개* 자유는
비닭이* 해방은 그림자마저
땅 위에서 걷어차고 날아가련다
호열자虎列刺* 엄습이란들
호외 호외 활자마다 눈알에
못을 박듯 하랴 뼈가 흰 한 애비
애비 손자새끼 모두 손 손
아! 깊이 잠겼어도 진주는

* 캬듸략 : 캐딜락.
* 틕운 : teakwood, 티크재.
* 소리개 : 솔개.
* 비닭이 : 비둘기.
* 호열자 : 콜레라.

먼 바다 밑에 구을렀다
인경은 울려 무얼 하느냐
차라리 입을 다물자

그러나 나는 또 보았다
골목에서 거리로
거리에서 세계로
꾸역꾸역 터져나가는 시커먼 시위를
팔월에 해바라기 만발한대도
다시 곧이 안 듣는
민족은 조수潮水같이 밀려 나왔다

—1946, 『자유신문』(1946. 1. 14) 발표, 『종』(1947) 수록.

권력은 아무에게도 아니

바라노 데 코스타의 모반아謀反兒 착한 베니토*

미라노의 옳은 주의主義를 위한 청년

어느새 그러나

안장에 올라앉았더라니 아름다운 꿈

로마 진군도 한 절반

로마는 벌써 축축하게 불안해서

암살 뒤 미닫이

그림자 키가 또 어디서

탄호歎呼* 바람 함께 일어 아뿔싸

기라일진騎羅一陣*

말굽 소리 보다 요란해

그사이 그 인민 현란에 눈멀고

요란에 귀 어두워 아만我慢*은

영웅과 함께 그예 마상馬上에 태어나고

폭군 일대기 시작되면서—

우리 생명 권력

한 손아귀에 쥐어졌더라

---

* 베니토 무솔리니(1883~1945) : 이탈리아의 정치인.
* 탄호 : 탄식하여 부르짖음.
* 기라일진 : 일렬로 늘어선 기병들.
* 아만 : 스스로 높여서 잘난 체하고 남을 업신여기는 마음.

존엄이 내려앉은 산은
스스로의 무게에 위대하고
곬*은 높이 따라 깊어졌더라

열매 스스로의 무게에 떨어지고
맑은 스스로 다스려 흘러내리다
뉘 소리개의 가벼움을 사슬로 앗으며
뉘라 무례히 그 주권 화살로 떨구리

그 어른들 어느새 당堂에 듭시고
백매白梅 향기로운데
층게층게* 담총擔銃*으로 정치를 베푸시고
백주白晝 글세 내 몸 샅샅 뒤지시니
내 비록
대한 삼천리 반만년 무궁화
역사는 그리 아지 못게라도*

허울 벗은 부락마다 느티나무 서고
게 반드시 동지同志 있을 것과
동지 뜻 느티나무 같을 것과
곬마을 텅 비어 배고픈 것과
한발旱魃이 성홍열보다 심한 때에도

---

* 곬 : 골짜기.
* 층게층게 : '층층이'의 의미인 듯.
* 담총 : 총을 어깨에 메고.
* 아지 못게라도 : '알지 못하더라도'의 뜻인 듯.

우물이 딱 하나 있는 거 잘 아는데 어찌
우리 생명 권력을
뉘게 함부로 준단 말가

권력은 아무에게도 아니
주리 우리 생명 오직 하나인
자유를 위해서만 바치리
흘러간 물 다시 오듯이 혈조血潮
세포 고루 돌듯이 죽음이
달고 쓴 수액樹液으로 생명을
사월에 돌리듯이
스스로의 무게로 다시 돌아오는
자유사회 주권만을 세우리

—1946, 『종』(1947) 수록.

피수레

사직社稷 덮세운 무슨 껍데기
질그릇 깨어지듯 와지끈하던 날
차라리 차라리 하고
어미 가슴 헤치고 총뿌리 받던 날

장거리로 수레는 피를 흘리고
꽉꽉 찍은 먹은 또 무슨 기旗
끊어진 다리 깨어진 머리
산 시체 가득 싣고 느리기도 하더니
울기만 하면
보조원 온다는 자장가
어미나들 피리 속에서 자란 소년
아하 처음 흘리던 긴 눈물
일곱 살이던가 너는 두려웠더냐

만세 소리 쓸어간 뒤
길은 넓었고 길드라 해서 그랬나
용현龍峴고개에 올라가서 또 울었더라
구름은 드리우고
바람은 이는 늪다리벌 내려다보면서
짜디짠 눈물 미음같이 삼키며

외롭지 않음을 알았더라

그 봄이 가도록 피리를 잊었고
피수레는 고을마다 굴렀던가
겻드리* 무렵 되면 고개에 올라가
멀리 여해진汝海津* 바다에
큰 배 무수히 떠오르기만 기다렸더라

—1946, 『자유신문』(1946. 3. 4) 발표, 『종』(1947) 수록.

---

* 겻드리 : 곁두리. 끼니 중간에 먹는 새참.
* 여해진 : 함경남도 단천군에 있는 항구.

단조短調

겨레여 벗이어 부끄러움이어
법이어 주의여 아름다운 사상이어
그리고 새로운 어지러움이어
실명失明하겠도다
돌담 무너지듯 하는 머릿속이어
아 낙엽이로다!

희망은 흐름을 따라 헤엄치다
입술에 닿았다 떨어지는
포도葡萄의 악착齷齪이어
이 저린 회한이어
나래 치면 바람 항상 일듯이
닿는 곳마다 피안彼岸은 뻗었도다

아름다우리라 하던
붉은 등은 도리어
독한 부나비
가슴가슴 달려드는구나

무서운 희롱이로다
누가 와서 벌여놓은 노름판이냐

겨레여 벗이어 부끄러움이어
아 숨 가빠 반⅟ 옥타브만 낮추려므나

그러나 너 존엄한 주권이어
무명無明은 기다리라
들에 불이 붙었으되
(The bush was not consumed!)*

자근자근 도리는
이빨의 헛된 공로여
모든 수목樹木이 쓰러져도
날새는 벌써 하늘에 떴다
마魔의 음모陰謀래도 어림도 없이
내 팔은 가지런히 드리웠고 그래도
기침도 하는도다

이리 들어오시지요 제씨諸氏!
기울이시지요 그대의 온축蘊蓄*을
그것은 요령만 말씀하시지
오급사지궐문吾及史之闕文*이라 하였는데

---

* "여호와의 사자(使者)가 떨기나무 가운데 불꽃 안에서 그에게 나타나시니라. 그가 보
니 떨기나무에 불이 붙었으나 그 떨기나무가 사라지지 아니하는지라(And the angel
of the LORD appeared unto him in a flame of fire out of the midst of a bush : and he
looked, and, behold, the bush burned with fire, and the bush was not consumed)."(『출
애굽기』제3장 제2절)
* 온축 : 오랜 연구로 학식을 많이 쌓음.
* 오급사지궐문(吾及史之闕文) :『논어』「위령공」편의 "나는 오히려 사관들이 글을 빼놓
고 기록하지 않는 것을 보았다(吾猶及史之闕文也)" 구절인 듯.

아 어찌 그렇게 다 아시나뇨

이리 나가시지요 제씨諸氏!

보시기 매우 측은한 우리들은

알마치* 국궁鞠躬* 읊조리오리니

민족을(AD CAPTANDUM)*

이 테 두른 관冠을 쓰시라니까

—1946, 『신세대新世代』(1946. 5) 발표, 『종』(1947) 수록.

---

* 알마치 : 알맞게.
* 국궁 : 존경하는 마음으로 윗사람이나 영위(靈位) 앞에서 몸을 굽힘.
* AD CAPTANDUM : 대중의 인기를 끌기 위하여.

종鐘

만萬 생령生靈 신음을
어드메 간직하였기
너는 항상 돌아앉아
밤을 지키고 새우느냐

무거이 드리운 침묵이어
네 존엄을 뉘 깨뜨리드뇨
어느 권력이 네 등을 두드려
목메인 오열을 자아내드뇨

권력이거든 차라리 살을 앗으라
영어囹圄에 물러진 살이거든
아! 권력이거든 아깝지도 않은 살을 저미라

자유는 그림자보다는 크드뇨
그것은 영원히 역사의 유실물이드뇨
한아름 공허여
아! 우리는 무엇을 어루만지느뇨

그러나 무거이 드리운 인종忍從이어
동혈洞穴보다 깊은 네 의지 속에

민족의 감내堪耐를 살게 하라
그리고 모든 요란한 법을 거부하라

내 간 뒤에도 민족은 있으리니
스스로 울리는 자유를 기다리라
그러나 내 간 뒤에도 신음은 들리리니
네 파루罷漏*를 소리 없이 치라

—1946, 『문학』(1946. 7) 발표, 『종』(1947) 수록.

---

* 파루 : 조선시대 통금을 해제하며 종각의 종을 서른세 번 치던 일.

지도자들이여

두둑 커다란 발이겠다
저벅저벅 십 리 백 리라도 시원찮을
우리들의 젊은 정강이를 어디에다 두고
백주白晝 두리번거리며
손바닥으로 기어 다니는 우리들을
그대들은 어떻다 하느뇨

견디기 무거운 알, 알이어든
가라
차라리 바람같이 가라
쭉정이를 날리는
바람같이 가라
술과 왜콩이 들어오고
면포綿布와 금덩어리 나가는 바다 있음을
그 바다 사나운 물결보다
무서운 무지 예 있음을
우리들의 꺼진 어깨와
허울 벗겨진 구릉이 가지런함을
아 그리고
저 산은 영광을 위하여서보다
차라리 낙뢰를 몸소 받기 위하여 솟아 있음을

그대들은 어떻다 하느뇨

견디기 어려운 멍에에 어든 벗으라
그리고 차라리 수레를 타라
우리들의 여윈 어깨로 메운
가벼운 이 수레를 타라

—1946, 『종』(1947) 수록.

해바라기 쓴 술을 빚어놓고

두고두고 노래하고
또 슬퍼하여야 될 팔월이 왔소

꽃다발을 엮어
아름다운 첫 기억을 따로 모시리까
술을 빚어놓고 다시
몸부림을 치리까

그러나 아름다운 팔월은 솟으라
도로 찾은 것은 날으라 그러나

아하
숲에 나무는 잘리우고
마른 산이오 눈보라 섣달
사월 첫 소나기도 지나갔건마는
어디 가서 씨앗을 담아다
푸른 숲을 일굴 것이오

아름다운 팔월 태양이
한 번 솟아 넙적한 민족의 가슴 위에
둥글게 타는 기억을 찍었소

그는 해바라기
해바라기는 목마른 사람들의 꽃이오
그는 불사조
괴로움밖에 모르는 인민의 꽃이오

오래오래 견디고
또 기다려야 될 새로운 팔월이 왔소

해바라기 꽃다발을 엮어
이제로부터 싸우러 가는
인민 십자군의 머리에 얹으리다

해바라기 쓴 술을 빚어놓고
그대들 목을 축이러 올 때까지 기다리리다

팔월은 가라앉으라
도로 찾은 것을 접고 바람을 품으라
붉은 산 황토벌도
역사의 나래 밑에 그늘진 자유
방자* 엄돗는* 인민의 꽃 해바라기에 물을 기르라

자유가 두려운 자
아름다운 사상과 때에 반역하는 무리만이

———
* 방자 : 꽃답고 아름다운 자태.
* 엄돗는 : 움돋는. 싹트는.

이기지 못하는 무거운 역사의 그림자

팔월은 영화로운 팔월의 그림자를 믿으라
죽음을 모르는 인민들은
죽음을 모르는 팔월의 꽃
해바라기에 물을 기르라

—1946, 『종』(1947) 수록.

잡초

오늘 죽은 듯이 깔리운 아우성은
아람*으로 자랑하는 왕자王者 서기 이전부터
바람 함께 무성하였다

쓰러지고야 말 연륜이기에
우리는 그것을 다못*
운명의 거대함이라 하였다

말굽이 지나오고 또 지나가도
겁화劫火* 땅끝에서 땅끝을 쓸어도
들을 엉켜 잡은 잡초 뿌럭지
쓰러지지 않는 연대年代는 다못
인민으로부터 인민의 어깨 위로만 넘어갔다

피라 화려할 대로
그러나 백화白花 너희들의 발 아래
연륜으로 헤아릴 수 없는 생명으로
무한 죽었다 다시 살아나는

＊아람 : 밤이나 상수리 따위가 충분히 익어 저절로 떨어질 정도가 된 상태.
＊다못 : '다만'의 방언.
＊겁화 : 세상이 파멸할 때 일어난다고 하는 큰불.

여기
뿌럭지들임을 알라

—1946, 『종』(1947) 수록.

삼내 새로운 밧줄이 느리우다 만 날

궁한 쥐 이빨 살에 박이다가 만 날
붉은 벽돌담 그림자 밑에
삼내* 새로운 밧줄이 교수대絞首臺에 느리우다 만 날
늦게라도 팔월은 당도하였다

날이 밝아서 황토에 봄이었다
봄 봄이 아니라 삼십 도 삼동三冬인들
그보다 한 태풍이라도
태풍 아니라 지진이라도
아 한 아비 아비 손자새끼의
원수가 넘어졌다는 것으로
아무게라도 바꾸자

모든 창과 문 빗장을 열어놓은 팔월
병실에서 창루娼樓*에서 사무실에서
서재에서 감옥에서
그리고 끓는 물 제사장製絲場에서
바퀴바퀴 피대皮帶는 실컷 공전空轉을 하라

---

* 삼내 : 삼 껍질로 만든.
* 창루 : 몸을 파는 기생을 두고 영업하는 집.

해바라기 꽃이 드높이 펴서

돌아오라 백정白丁
좋다 묵은 터에서 쌀밥 먹던 생각을 할 놈도
같이 팔월 새 하늘
무당 앉은뱅이 유걸이* 판수*
아
막대는 짚어 무얼 하느냐
아무 데 엎어져도 우리들의 황토
실컷 한 동이 먹으러 가자

여름이 가고 가을이 오고 가을이 가고 겨울이 오고
겨울이 가고 봄이 올 뿐이요
해바라기는 어디 가서 피었는지 분간 못 할 백야白夜
하였으되
이것은 꿈이냐
맑아지지 않는 백야는 긴 꿈이냐

—1946, 『종』(1947) 수록.

---

* 유걸이 : 거지.
* 판수 : 점치는 맹인.

경卿아!

헛간 뒤에
비닭이가 와서 운다

장마 거둔 오후 여덟 시다
이월보다 해가 퍽 길어졌다

시방이사 어두워온다
아직 네가 살아 있던 시간이다

네가 세상에 태어났을 때
나는 먼 데서 이름만 지었다
대관령 젓재* 문재로 해서 내게로 왔을 때
유난히 흰 네 얼굴은 필시 눈보라 탓이라 했다

다만 눈 코 입 귀 이마 그러니
네 얼굴이 언니보다 이쁘다고만 하였다
네가 손발을 잎사귀처럼 버리고 떨어질 때
아무도 받들어주지 않더란 말이냐

---

* 젓재 : '전재'를 뜻하는 듯. 전재와 문재는 강원도의 고개 이름.

네가 간 지 넉 달밖에 되지 않는데
나는 왜 벌써 네 얼굴이 상막*하냐

어느 문이고 열면 문턱마다 야직하다
아까샤 바람이 휭 지나가는 방들이다
우리 경卿이 인제 기어 다니기 좋은 집이라고 네 에미
걸레질 치던 긴 툇마루다

차차 어두워지는데도 저 날짐승은
네가 아주 글러져 갈 때 저렇게 울었더라는구나

무딘 무딘 애비는 잠만 잤었다
왜 네 얼굴이 잘 생각키지 않느냐

비닭이 소리 견디기 어려우니 이사를 하재서
나는 여기저기 집을 구해보았다

네 간 뒤에 바다 건너서 어려운 사람들이 많이 와서
셋집 구하기도 힘이 든다

까닭 없이 떼를 쓰던 네 작은 오래비는
손발을 풀잎새같이 버리고 시방 잠이 들었다
비닭이 우는 소리가 그쳤다
경卿아 너도 잘 자거라

—1946, 『종』(1947) 수록.

_____

* 상막 : 기억이 또렷하지 않아 아리송함.

사死

신촌新村 숲 속에
그때도 아마 장마가 졌던가 보
이렇게 곰팡내 나는 데서
형은 가로, 나는 세로 누워도
한창 물이 오르던
우리들의 살 내음새에 엉겨
곰팡내가 그때는
얼마나 구수했소

아침이면 서로
찬물을 등에 끼얹고
밤이면 형은
『빵의 착취』랑 읽고
싸움은 왜사 일어났던지
날아 들어온 날짐승을
형은 아마 죽이자커니
나는 그대로
내버려두자커니 했던가 보

풀밭에 오죽잖은 꽃을
가려 디디면

약하다고 나무라고
에픽틔더쓰*를 읽는 것은
허한 탓이라 또 웃으면서
도서관에서 내려오며 던지던 것은
아마도 『유일자와 그 소유』*던가 보

푸른 스무 살
십오 년 전 일이오
내가 무얼 알았겠소 해도 형은 내 요설饒舌에
성현 앞에 사람같이 고요하였기
혼자 돌아누워
나는 진실로 부끄러웠소
진인眞人이었기 죽었구려
저들같이 약빠른 요령이 있었던들
굶주리지는 않았을 게고
굶주리지 않았던들
객혈은 시작되지 않았을 것이오

삼 년 전 여름
김사일병원에 달려갔을 때
형은 오히려
모기 무는 것을 괴로워만 해도 벌써
글러진 육체였소 정강이하며

---

* 에픽테토스(50?~138?) : 로마제정 시대의 노예 출신 스토아학파 철학자. 그가 남긴 저
  서는 없으나 그의 제자들이 『담화록』, 『편람』 등의 기록을 정리해 남김.
* 『유일자와 그 소유』 : 독일의 철학자인 막스 슈티르너(1806~56)가 1845년에 쓴 저서.

여윈 발바닥은
왜 그리 커 보이던지 돌아오면서
손등으로 눈을 비볐소

한 달 전 어느 날 새벽이오
유언을 할 터이니
와달라는 남해南海의 말이오
내 어린것이 떠나간 시간에 울던
비둘기 소리가
자꾸 들리기는 했소 그러나
내가 죽어간다 했으면
몸살이 아니라 객혈이라도
파주坡州 구십 리 아니라
구백 리 길이라도 형은
달려왔을 것이오

서로 젊었기에 그랬던가
영혼에 관해선 서로
얘기도 못 하고 말았구려
영혼이란 진정 계신 건지
그러나 계시단들 무엇이오
형은 깨끗이 살았으니 소용없을 게고
나는 비열하기
도리어 계실까 두려웁소

형이 신의주에서 잡혀 들어갔을 때에도

뭐시 그리 바빠
뭐 더 아쉬워 헤매었던지 인차
가보지 못한 나에게
먼 나라로 떠나갈 때 그래도
사치스런 도피였건만 형은
긴 편지를 썼더랬소그려
지난 이월
자당慈堂이 피대皮帶에 감겨 돌아가신 이야기를 하던
형의 모습이 저 방에 선하오
괴로운 표정이라곤
그날 밤에 처음 보았소
그 밤에 다시 객혈을 했을 때
돌소금을 빨아서 입에 넣어주고
늦잠을 자기
계란 네 개를 삶아놓고 나간 것이 그러고 보니
마지막 작별이었구려

그날 밤에도 형은 다시
『빵의 착취』를 이야기하고
조선은
우리들 이상대로 될 수 있다 하였고
진정한 볼셰비끼와 악수할 것을
부락운동을 농민조합을
테크노크라시
그리고 농촌 전화電化까지 꿈꾸고
잡지이름은 『흑기黑旗』라 하자커니

남해는 『자유사회』라 하자커니 하였더니

이 장마에 땅속에서 무얼 하오

아름다웁던 그 두 눈 속에도

흙이 들어찼겠구려 그래도

죽었으니 괴롭지나 정녕 않은지 알고 지오

나보다 몇 해 연장이던가

그것도 모르고 지내왔구려

얼마 전 일이오 어느 신문사에서

카드를 보내고 우인란友人欄을 두었기

단 한 줄 이영진李英珍이라 적었더랬는데

이제

내 손으로 가서

붉은 줄을 그어 내려야 하겠구려

        —1946, 조선문학가동맹 강연회(1946. 7) 발표, 『종』(1947) 수록.

영혼

노들 강물은
말썽 많은 이 토지
언덕과 고랑을 적시기 전에 위선
굶주린 영혼을 불러가기 바빠
녹았더냐

기旗를 내리고
행렬은 팔장을 끼는도다
공장은 녹이 슬어서 쓸개
쓰디쓴 쓸이 도리어 혀는
애국가를 구으리지 못하는도다
가위눌린 어깨들의
꺼진 파도 비를 맞으며
시청 앞으로 밀리는도다

문을 열어주오
끼니를 대어주오
그대는 누구시오
아 말이 통하지 않는구나

고요히 닫으신 당신의 문 안에

부인夫人은 몇 살 된 영혼을 또
지난밤 사이에 누이셨느까

어둠이 굳이 닫은 밤이어
누구를 부르러 나는 또
어느 문으로 나가야 하나이까

당치도 않은 봄이
누구의 버림받고 잔인하기 위하여
하필
일어도 못 나는 생명 휘젓기 위하여

휘라 휘라
등은 오직 견디기만 하리
이천利川 이백 리 쌀 두 말 땀은 얼마
흘리라 언제는 바로
다만 버들가지는 핀가 젖인가
흘리기만 하라
흐름은 따름인가 아니면 버림받은
바다로 가라

산인가 하마 바람 따라 새로 뻗었을 뿐
생각 없도다 너와 같도다
바위에서 옥이 스스로 굴러도
나는 멀리 우연偶然을 보는도다

허무를 두드리는 깃이어
남지南枝는 어데냐
한 줌 흙 입에 물고
차게 누운 영혼은
돌아도 눕지 마라

—1946, 『종』(1947) 수록.

원향原鄉

다름없는 도로徒勞를
아무 데 난간에나 기대고 섰으면
표정이 힛슥 물러앉은
민족이 지나가고 지나오고
수레는 압박보다 무거운 빈곤을 싣고
더 큰 어둠 속으로 들어갈 때
또 하루의 패배를 가르고
외국차는 제 방침대로 질주하다

샛바람이 저물도록 이렇게 일면 그래도
항상 돌아오지 않는 사람들을 기다리고
내일 푸른 성장盛裝은
지난겨울 깊은 상처를
어드메 묻으려는지
보이지도 않는 구릉 너머 구릉을 찾다

샛바람이 이렇게 저물도록 일면
접친 다리 도지듯
기억 마디마디
푸른 멍이 아프다
누가 이리 피로하게 하였는지

아 해방이 되었다 하는데
하늘은 왜 저다지 흐릴까

저기 날아가는 것은
소리개의 자유
뒤에 바위 다스리는 의지가 쪼았고
저기 돌아오는 것은
행복과 푸른 잎새
바람이 이렇게 일어 모든 생生의 싹
홍진紅疹같이 터지고
민족이 라자로* 기적 앞서 일어난다면
강물은 다시 노들에 흐르리
부드러운 기름이 드을에 흐르고
하늘은 스스로의 푸른 영역을 다스리고
바람은 스스로의 의지를 쫓고
그리고 모든 꽃은
스스로의 꿀을 빚을 때

사람이 있어 지혜롭다 하고
지혜 있어 높은 자리에 군림하더라도
북소리 배곯은 소리 울리고
깃발이 오히려
미래를 조상吊喪한다면
총 끝이 어디 한곳을 노린다면

---

* 라자로 :『신약성서』에 나오는 인물로 예수가 부활시킨 사람.

아 그리고 내 이름 묻는다면
고삐마저 굴레 벗고
달아나는 야마野馬와 함께
차라리 내 원향
드을로 돌아가리

—1946,『종』(1947) 수록.

또 하나 다른 태양

강동지*와 조밥을 곰방술*로 퍼먹고 자라던 그때부터
봉선화 씨를 투기는 너의 힘을 나는 알아왔다

그리고 네가 물 위에 흙과 흙 밑에 물과 또 짜고 습습한
바람과 더불어 나의 피를 빚어주기에 무한한 노력을 한
것도 잘 안다
애초에 인간이 스스로의 이마를 쪼아서 뚫어 발견한
창愴같이 석류열매가 또한 스스로 세계의 개벽을
가르는 것을 볼 때마다
그리고 밤송아리 터질 때마다
나는 그들의 뒤에 누워 있는 너의 권위에 습복慴伏*하였다

그러나 무자비한 태양이어
나는 너의 평등에
항시 불평이었다
네가 억울하고 무자비하였기에
네가 태울 것을 태우지 않고 사를 것을 사르지 않았기에

---

* 강동지 : 강은 '마른' 또는 '물기가 없는' 뜻의 접두사. 동지는 배추 따위에서 돋아난 연
한 장다리.
* 곰방술 : 자루가 짧은 숟가락.
* 습복 : 두려워서 굴복함. 황송하여 엎드림.

허영을 질투를 그리고 증오를 나는 숭상하지 않을 수 없었다

그러므로 네가 매운 강동지와 깡조밥을 빚어
가장 수고로이 부어줄 때에도 그 잔은
마시면 내 혀는 나를 속이기만 하였다
그리하여 피는 슬프게도 생명에서 유리되고 말았다
피는 슬프게도 짐승에게로 가차이 흘렀다

다시 말하거니와
무자비한 태양이어
나는 네가 임금林檎*을 시굴게* 또 달게 그리고 또
떨어뜨리는 권력을 가지고 있는 것도 잘 알았다 허나
나는 네가 너 자신밖에 태우지 못하는 슬픔인 줄은 몰랐다

내 눈앞에서 또 한 개의 임금이 떨어진다 그러나
죽음으로밖에 떨어질 데 없는 나의 육체는
떨어지지도 않으면서 심히 무겁구나 무엇이 들어찼느냐 과연 그러나

이제 모든 실오라기와
너의 지난 세월의 나의 긴 누더기를 벗어버리고
버렸던 탯줄을 찾아 찾은 배꼽을 네 얼굴에 비비란다
그러면 또 하나 다른 태양
나의 가능한 아내 속에

———
* 임금 : 능금.
* 시굴게 : 시게.

과연 자비는 원형을 들어내어
너에게로부터
나에게로 옮겨다 맡길 것이냐

—1946, 『종』(1947) 수록.

달

바람이
모든 꽃의 절개를 지키듯이
그리고 모든 열매를 주인의 집에 안아 들이듯이
아름다운 내 피의 순환을 다스리는
너 태초의 약속이어
그믐일지언정 부디
내 품에 안길 사람은 잊지 말아다오

잎새라 가장귀*라 불고 지나가도 종내사
열매에 잠드는 바람같이
바다를 쓸고 밀어 다스리는
너 그믐밤을 가로맡은 섭리여
그 사람마저 나를 버리더라도 부디
아름다운 내 피에 흘러들어와
함께 잠들기를 잊지 말아다오

―1946, 『동아일보』(1946. 7. 23) 발표, 『종』(1947) 수록.

───────

* 가장귀 : 나뭇가지의 갈라진 부분.

붉은 아가웨* 열매를

푸른 하늘보다
더 푸른 잎새보다
더 푸른 청춘을
어찌하여
모란모란 모란도 아닌 것을
모란보다 더 붉은
피로만 적셔야 하며

붉은 모란보다
더 붉은 입술보다
더 붉은 사랑을
어찌하여
이글이글 타는 불도 아닌 것을
너는 도리어 화약을 퍼부어
헛되이 이십을 익어
헛된 젖가슴을
헛되이 식어가는 젖가슴을ㅡ

청춘은 잘 먹기 위하여 있었고

———
* 아가웨 : 아가위(산사자). 산사나무의 열매로 '꽃사과'라고도 함.

잘 자기 위하여 있었고
청춘은
서로 함께 발을 벗고
흙을 밟기 위하였고
청춘은 아! 서로 함께 끌어안기 위함인데

어찌하여 이곳에
청춘은
견디기만 위하여 있고
팔목이 그리워 내 팔목이
고향같이 그리워 찾아오는 포리捕吏가 있어
새우잠을 이리저리
뜬눈으로 밤을 새워야만 하며
어찌하여 손톱까지 무기로 써야 하며
청춘은
아! 어찌하여 이렇게도
몰라보게 되었느냐

생추쌈에 사랑같이 매운 풋마늘 맛을
솎은 배추에 두릅나물이며
아리배배한 무릇* 한번 실컷
사랑같이 쑵쑵하여도 보지 못하고
오월도 모르고
칠월도 모르고

———
* 무릇 : 파, 마늘과 비슷한 백합과의 여러해살이풀.

팔월이면 의례이 바다건만 바다도
사랑같이 따가운 모래찜질도 모르고
갈 길이 바쁜 듯이 가고 또 가는 청춘이
하나도 아니요 둘도 아니요 셋도 아닌 땅

푸른 풀
푸른 드을이여
몸부림쳐 문질러
뜨거운 것을 조직하라
남조선에 푸른 것이여
네 어찌 다만 미래같이 푸르고만 있으랴
그리고 너 이름 가진 온통 모든 꽃들은
하늘이 까맣게 새까맣게
성신星辰을 얽어놓듯
산 위에서와 산 아래
구릉 이쪽에서 구릉 저쪽에
한가지 꿀을 조직하라
네 어찌 무슨 염치로 유독
요란하게 돌아앉아
몰라보게 되어가는 산천을 모른다 하랴

굴뚝에 까치가 집을 짓는 곳
이곳은 남조선
풍부하게 배부른 아내가 어찌하여 귀찮은 곳
내일을 기약하기 힘든 밤이 간신히 지새면
밤을 기다리기 십 년 같은 곳

이곳에서 날새들은
뿔뿔이 흩어져 울어서는 아니 되겠다
어머님 땅이 깊이깊이
모든 뿌리를 얽어놓듯
아래서부터 위로
위에서부터 아래로
밤에서 낮으로 낮에서 밤으로
한가지 노래를 조직하라
네 어찌 무슨 낯으로 저 흔하고 흔한
총알을 혼자서만 두려워하랴

가자
가자 이렇게 푸르고 또 뜨겁게 하며
꿀과 노래로 청춘과 총알 사이로 가자
뼈근하게 살아갈 보람도 있는
삶을 조상吊喪하며 또 꿀범벅 피범벅
붉은 아가웨 열매를 삼키면서
남조선으로 가자

—『조광』(1946. 8) 발표,『제신의 분노』(1948) 수록.

해바라기 1

삭은 역사 꾸레미와
(모든 우상과 연대표도 포함하자)
비루하게 흘린 땀에 절은
아버지의 남루襤褸를
형상과 다리만 달린 산송장들과
그들이 다시 흘린 기름을
사르기 위하여

견디지 못하는
우리들의 스스로 산 비겁卑怯을 또한
속죄하기 위하여

그리고
풍성한 배를 어루만질 수 있는
새로운 아내들을 맞이하기 위하여

쑥을 버히고*
새 나라 머리 둘 곳
바로 그 뒤에서부터

---

* 버히고 : 베고.

해바라기 불을 지르리라

—1946, 『종』(1947) 수록.

해바라기 2

해바라기 꽃이
또 피었다

해바라기는
두터웁고 크다

길에 먼지가 일어
우리들의 눈이 멀어도

눈부신 해바라기 꽃이
보아라 바람 속에서 탄다

아름다운 것에서도
해방된 사랑

해바라기 꽃은
너의 정열을 비웃는다

아내여 그러지 말고 어서
해바라기 앞으로 돌아서라

태양이 닮았는데

크고 두터운 아내여
태양이 닮았는데
젖에 얹은 손을 떼어라

태양에 불이
해바라기 불이 붙었다

가까이 이리 가까이
그리고 땅에 흐르는 젖을 근심하지 마라

　　　　　　　　　　　　　　—1946, 『종』(1947) 수록.

해바라기 3

해바라기는 차라리 견디기 위하여
해바라기는 차라리 믿음을 위하여
너희들의 미래를 건지기 위하여

무심한 태양이
사슴의 목을 말리고
수풀에 불을 지르고
바다 천심千尋*을 짜게 하여도

해바라기는 호올로
너희들의 타락을 거부하였다

모든 꽃이 아름다운 십자가에 속은 날
모든 열매가 여지없이 유린을 당한 날
그들이 모두 원죄原罪로 돌아간 날

무도無道한 태양이
인간 위에 군림하고
인간은 또 인간 위에 개가凱歌를 부르고

———

* 천심 : 매우 높거나 깊은 것을 이르는 말.

이기랴든 멍에냐 어깨마저 깨져도

해바라기는 호올로
태양에 필적하였다

—1946,『동아일보』(1946. 11. 26) 발표,『종』(1947) 수록.

해바라기 소년

해바라기 꽃이 피면
우리들은 항상
해바라기 아이들이 되었다

해바라기 아이들은
어머니 없어도
해바라기 아이들은 손이 붉어서
슬픈 것을 모른다

붉은 주먹을 빨기도 하면서
다리도 성큼 들면서
아이들은
누런 해바라기와 같이 돌아간다

태양은 해바라기를 쳐다보고
해바라기는 우리들을 쳐다보고
우리들은 또 붉은 태양을 쳐다보고

해가 져서
다른 아이들이 다 집에 돌아가도
너하고 나하고는

해바라기 가까이 잠이 들자

―1946, 『종』(1947) 수록.

바다 1

뭍에 종일
피를 기다리는 칼 소리 높은
잔치가 벌어져도

잠자코 돌아갔다가
다시 오는 바다

항상 미역줄기와 같은
패배를 실어다 주곤 하는 바다

닫힐 문도 없었거니와
바다는 또한 너희들의 피비린내도
씻어주었다

그리고 뭍에 다시 떨어지는
심연深淵이 있었으면
바다는 항상 밤으로 하여금 받들게 하고 또

패배로 하여금
미역줄기와 더불어 떠나게 하고

다시 말없이 돌아갔다가 돌아온
아이들로 하여금
별과 같은 조개껍질을 줍게 하였다

—1946, 『종』(1947) 수록.

바다 2

"나의 영원한 님
가시는 길에—"

바다
십 년 전에 흘러간 바다

"안녕하소서—"
누워서 간 바다

나를 속인 바다
네가 나를 속인 바다
밤이면 해 돋기를 기다리고
해 돋으면 밤들기를 기다리던 바다
달리 별수 없이 멀던 바다

—1946, 『종』(1947) 수록.

그런 뜻이오 사랑이란 둥

기실 이런 노래 저런 노래 부르기는 하오마는
이것은 다 당신과 함께였을 때 일이오
모진 인연은 시간을 끄으는 흐름과 같더이다
나 혼자 우두커니 그림자 아무짝 쓸데없는 선善이오
노래라니 하, 어수선한 휘파람을 잘못 들은 게요

길이 멀더란 말이오
다만 아내의 집으로밖에 갈 데가 없더란 말이오
어휘 열 마디로 족한 아내의 집으로
그리하여 뜻에 맞지 않는 모든 것을 견디기 위하여

그런 뜻이오 사랑이란 둥
민족이란 둥 차디찬
어젯밤에 내 손등 위에 내 손바닥을 몸서리쳐놓으면서
중얼댄 휘파람은 아니오마는
다못 견디고 산다는 뜻을 그렇게 표시했더라오

꺼질래야 꺼질 수 없는 까닭에
땅은 견디는 것이 아니겠소?
그렇지 않다면 뜻은 무엇을 위하여
푸시시 푸른 풀은 해마다 돋소?

차마 떨어지지 못하여 견디는 하늘이오 하나 둘 셋
저 별을 보시구려
햇득* 바라지게 웃고 달아나는 도로로사* 아! 사랑을
또 그대로 견디지 않으면 어떻게 하오

빌어먹을 년— 하면 이가 시린 바람이라면서?
소용 있소?
내게는 쩍 벌린 손바닥밖에 없으니
농담도 받아 당해야 되는구려
내가 진정 민족을 사랑할 줄 아오? 하지만서도—
당신이 만일 나라를 사랑한다고 입을 연다면
아!
나는 그 욕도 견디기로 합니다

민족이란 돌아갈 데 없는 사람들이란 말이오
뜻에 맞지 않는 아내의 집으로 돌아온 사람들이
고독한 것을 견딘다는 사실이오

나라 아! 좋소
또 사랑이란
슬픈 것을 견디는 수고요
그렇기에 나는
민족을 아노라 하오

* 햇득 : 해뜩. 갑자기 얼굴을 돌리며 살짝 돌아보는 모양.
* 도로로사 : 스페인어권의 여자 이름.

더 슬퍼하는 것은 그 뒷일이오
짐을 놓은 어깨 너머로 쉬어 넘는 바람들이오

내가 노래한다는 것은
내가 당신에게 안겼다는 말과 다른 것이 없겠소
민족도 사랑도 주권도
내 가슴에 안긴 당신의 첫날밤이오 또 마지막 날 밤이오

민족의 사랑
나래와 같이 가벼운 짐 자유가 아니오?
떨어질래야 떨어지지 않는
그리고 스스로 견디는 나래가 아니오?

—1946,『종』(1947) 수록.

태양 없는 땅

곡식이 익어도 익어도 쓸데없는 땅
모든 인민이 등을 대고 돌아선 땅

물줄기 도리어
우리들 입술 찾아 흐르기도 하고
흘러도 그러하나
벌써 모래 가득 찬 아가리
황토에 널리기도 한 땅—

다못 아는 것은 땅은 영원히
우리들의 것이기
숲을 찾는 바람같이 달려갈 역사이기
백 번 천 번 어미네 품속 같은 흙
갈아 갈아 창끝 번득이듯
보삽* 어루만지는
손가락 매듭만이 굵어진 것을

황소 소 너는
언제까지 어질기만 하려느냐?

---

* 보삽 : 땅을 갈아서 흙덩이를 일으키는 농기구.

가까이 가까이 서로 방불彷彿한 그림자들 한군데로
남산 어느 고을에도 있는 남산으로
바람은 비바람은 어디든지
숲 울성鬱盛한 곳으로 모였다

땀을 흘려도 흘려도 쓸데없는 땅
태양 없는 땅

너희들 무시무시한 무지無知 지긋지긋
흰 이빨 자국 이문* 살 멍들은
아! 소같이 둔하다는 무식한 우리들의 등
더운 피 흘린 항거를 위해서는
시월은 오히려
서리 내리기조차 주저하였다
태양 없는 땅

굵어진 손 매듭 손톱자국 자국
꽃은 감자 눈
뜬 부릅뜬 황소 뉘 배 불리기 위해 아!
성난 남산 숲 어디서나 이는 거센 바람 일듯이
버리고 달아난 창끝 같은 보삽들이 꽂힌 대로
길게 길게 돌아누운 땅

곡식이 익어도 익어도 쓸데없는 땅

-----

* 이문 : 다치거나 헐어서 살갗 밑에 멍이 든.

모든 인민이 등을 대고 돌아선 땅

　　　　—1947, 『서울신문』(1947. 2. 1) 발표, 『종』(1947) 수록.

헌사
―미소공동위원회에 드리는

화강석
천년 낡은 뜻은
산을 떠나
불기둥 됨이라
메어다 쌓아올린 성채城砦
굽은 어깨로 늙은
인민의 땀은 숭늉이러니까
헤*에 저린
고마움이어
오장五臟에 배이도록
천년을 가는 것을―

천년을 가는 것은
청동靑銅만이오니까?
꽃을 날리고
가시 돋음은
뿌리를 지킴이라

미음 같은 땀을 삼키며

―――――

* 헤 : '혀'의 방언.

굵은 뿌리로 헤아리는
조국의 흙이어
네 바람 속에
안식을 나르게 할
나래 돋히려
천년을 묵은 인민의 어깨라

이제 때 정正히 왔음은
보람 헛되지 않음이니
역사가 스스로 구을리고 또
떨어뜨리는 과실果實이라
새삼스러이
혈서血書를 써서 무삼하리오
산을 떠나 불기둥 되어
일어선 우람한
성채는 바위라 그는 곧
인민공화국 주권이니

요마妖魔 물러섬을 이름이오
방위方位
바로잡힘을 고告함이라

내 다시
경건하게 이르거니와
팽배한 세계의 조수潮水여
쓸리고 또 밀리는

민주주의의 흐름이어

네 바람 속에

깃들인 나래같이

활개 펴게 하여

천년 늙은

어깨를 가벼이 하라

—1947, 『포도』(1948) 수록.

내 이제 무엇을 근심하리오

호올로 설 수밖에 없고 또
호올로 도저히 설 수 없는
해바라기
매듭도 없는 줄거리는
내 스스로든지
혹 다른 이든지
혹 비겁이든지 슬픔이든지
어쨌든 약함이어
그러나 또 견디는 것이기에

내 이제 무엇을 근심하리오
열 겹 스무 겹
백 겹 천 겹으로
해바라기
호올로 서 있음을
만 겹 백만 겹으로 싸고 또
싸돌아가면서 꺽지 낀 그대들의
두터운 어깨는
태산泰山이 아니오?

태산이오

태산, 태산같이 큰
저 위대한 주권의 은총이니
Ipse dixit*
이십 년 삼십 년을
바위를 흙가루인 양
꾸역꾸역 밀고 일어선 송백松栢이오

그 넓고 든든한 잔등에
내 업히어
겨우 바람을 피하는
여윈 넝쿨일지라도

내 이제 무엇을 근심하리오
강함과 약함이
하나인 영도권領導權이오 또
영도자인 그대여
그 말이 있거늘
다만 주검 직전까지
복무服務 있을 뿐이외다

낙동강이 또 두만강이
가차이 내 발을 씻고 흐르고
인민과
인민의 영도자가 계시고

———
* Ipse dixit : 라틴어 관용구로 '그가 그렇게 말했다'는 뜻.

그 위에 하늘이
비를 아끼지 않거늘
내 몇 방울 피를 아껴 무삼하리오
흘린 보람 없이
내 그냥 가더라도 흘린 보람이
내 아들
아들의 아들에게 돌아갈 것을 믿고
눈감아도 좋을 것이옵니다

—1947,『문학文學』(1947. 7) 발표,『포도』(1948) 수록.

스케치

앞에도 뒤에도 허무하고 후리후리
위로운* 조선 사람들의 나무 포프라 없이
원경遠景은 가능할 수 없이 몇 십 년이 되었는지

포프라로 오는 길은 마름의 길
자전거 탄 순사부장과
정미소 주인과 식은殖銀* 지점장의 길

지점장이 서장을 모시고
이등차 타고 서울로 가고 없으면
잠시 고향 같은 하늘이 트이기도 하는 신작로

먼동이 터서 밝아도
앞길이 캄캄한 포프라로 가는 길
호출장의 의미를 알 수 없는 길
구실 돈*을 바치고 사식을 넣고
돌아가는 길 소걸음이 느려서
아배는 소와 같이 느린 것인가

---

* 위로운 : 의로운.
* 식은 : 조선식산은행(朝鮮殖産銀行).
* 구실 돈 : 어떤 명목으로 바치는 세금이나 뇌물 따위.

벌목은 정정ㅜㅜ이라드라마는
앙강퀴 바뒤*를 악물은 뿌리를 뜯어
무쇠솥에 나르기 위하여
송탄유松炭油 같은 땀을 흘리면서 살어지던 길은
나만 알던 길인가

이후以后가 미상불 다시 이전 풍경인 것을
길고 넓게 무슨 화폭이 필요할 것이냐
귀한 자유 캔버스는 미구未久한 날을 기약하고
다만 뿌연 사진砂塵을 일게 하고
군용 튜럭이나 한 삼백 대 넣어두자

반전反轉하면은

앞에도 뒤에도 허무하게 후리후리한
외로운 아이들이야 간신히 쳐다보고
의지하는 해바라기 없는 근경近景이
가능할 수 없이 몇 해를 더 갈는지 몰라도
해바라기 정원은 그래도
스스로 사상思想하는 자기自己에 놀라
고마울진저 천 리 민심이어 길버러지의
계량計量 이하以下의 예민銳敏과
원圓 이상으로 팽창하는 과육果肉의 충실과
이듬해 봄 생명의 지속을 위하여

―――――
* 바뒤 : 바다나물.

일제히 물러앉는 황엽黃葉의 용기와
휘영청 포프라 심청深靑 끝까지 자라는
소년들의 유구悠久한 시선으로써도
오늘은 족하다

추녀를 나직이 하고 귀를 새오려
길버러지 호흡을 듣고 예지에 통하는
순간을 알다시피 최대의 시간
그대 최고의 사상이 익는 때
해바라기 생리에 필적한 바람개비를
어찌 마음 있이 웃으리오
동동남에서 동남으로 아니 찰나찰나
키를 잡아 확호確乎*한 아 등신
바람개비도 무지한 인간 앞서 물리物理에 통하다

비는 또 흙이 기다리는 것으로써 하여금
믿고 내리는 것이
기온이 내려가도 천 리 민심을 아는 것이
나 홀로 비록 하잘것없이
다못 시詩로써 절대를 뚜드리는 도로徒勞에 넘어져도
물방울은 하나하나 바위를 쪼았는데
그대 어찌 거연慷然히* 풍경 뒤에 체어諦語하리오
                    —『민성』(1947. 10. 20) 발표, 『포도』(1948) 수록.

———
* 확호 : 아주 든든하고 굳셈.
* 거연히 : 생각할 겨를 없이, 급하게.

태양도 천심天心에 머물러

비원을 거니르며
우리 한때 이것은 정녕
우리들의 공원이 될 것이오
오백 명 대교향악의 반주로써
우리들 있는 목청을 다 울려서 천년을 두고
인민의 노래 부르자 하였더니

아 그보다 한 어진 시인이 있어
해방이 되었다 하면서
"앉아보아도 좋고
누워보아도 좋다"고
팔월을 도저히 호올로 보낼 수 없는
팔월을 호올로 보내며
이제는 상해上海 같은 소갈머리가 되어가는 거리에
아주 누워버린 어진 시인을—

태양도 천심에 머물러
굽어보고 지나가는 팔월도
열닷샛날 다못 풍부한 것은
장마 진 흙탕물과
흙탕물에야 간신히 씻기운 우리들의 피

노래로 곡을 하는 강산이어
산천초목이 탈까 두려웁다 입마다
뿜는 불길은 아니다마는
붙는 불인들 보다 더 타는 가슴이랴

너는 차라리
백라白螺*를 불어
다시는 건질 길이 없는
천심千尋* 바다 밑에
우리들 심화心火를 묻어주었으면 하리라마는

억년을 함께 있을 파도로다
우리들이 간 뒤에라도
노한 물결은
뼈 묻힌 산과 들은 살아 있음을
억년 후에도
해소海嘯*로써 알릴 것이라

알리리로다 내 어찌
상여 나가는 것을 알리지 않으리오
진정 우리들의 악대
비원으로 들어가는 날까지
만萬 백만百萬 상여일지라도

———

* 백라 : 흰 소라.
* 천심 : 매우 높거나 깊은 것을 이르는 말.
* 해소 : 바닷물이 역류하여 일어나는 거센 파도.

내 거리에 누워
노래로써 곡하기를 잊지 않으리라

"저 푸릇푸릇한 것이
하늘이로다" 어드메로 다
숨어버리고 말았는지
끝이 없어라

"아 하늘에 어찌
끝이 있으리오"

태양도 유심有心하여
천심에 머물러
잠시는 굽어보고 지나가는 팔월 열닷새

만에 한 번이라도
궁宮에 화상和尙이 들어가고
또 단청丹靑이 오르고
만에 한 번일지라도
내 손이 받드는 한 표에 필적한
주권이 서기 전에
어느 화여花輿*
혼자 듭시게 하기 위하여

─────
* 화여 : 꽃상여.

또 하나 다른 궁을 수축修築하는 끌

소리 들리기만 하여라

차라리 그 끌을 앗아

우리들 가슴에 박고

함께 넘어지리라

—1947,『조선춘추朝鮮春秋』(1947. 12) 발표,『포도』(1948) 수록.

순이順伊의 노래
—국제무산부녀無産婦女 데이에 바치는 노래

비도 뿌리지 못하는
마른 번갯불이
깨뜨리는 바위
뿌다구니*만 다시 돌아서는 봄
설핏한* 내 갈빗대를 울리는 것은
과연 꿩만 잡는 총소리냐

한 사람도 아닌 백 사람
천 사람 만 사람 수수백만數數百萬의
모가지를 놓은 바람이기에
누구를 내어놓으라는지
무엇을 달라는 소리인지
내 정녕 헤아리지 못하겠다 허나
헤아리지 못한들
자유와 쌀을 달라는 소리밖에
이 땅에 또 무슨 아우성이
필요할 것이냐

---

* 뿌다구니 : 삐죽 내민 부분.
* 설핏한 : 짜거나 엮은 것이 거칠고 성긴.

자유와 먹을 것을
좀 먹을 것이 아니라 자유를
큰 자유를
이십 년을 두고 기다린
애비 눈동자는 창(窓)살을
내어다보기만 위하여
하늘은 삼십 년을 늙어도

쓰러진 오래비를 위해서
비린내 나는 진달래도 싫다
소쩍새도 비켜라 다만
그 맑은 하늘을
커다랗게 커다랗게
그의 가슴 위에 얹어주어라

—1947, 『포도』(1948) 수록.

실소失笑도 허락지 않는 절대의 역域

봄이 오겠으면 오고
또 가겠으면 가시오
작약이 피려거든 피고 또
지려거든 지시오

뒷짐을 지고 걸읍니다
한새* 아무 데
쓸데없는 우리들 손일랑
착착 접어 뒷짐을 지고
그냥 돌아서서 갑니다

안녕히 계시오
민족을 사랑하라걸랑 하시고
나라를 위하라걸랑 위하시고
연설도 연회도 독립이라도
아 곤두박질이래도 하시오

우리들 뒷짐 지고 가는데야
하 죄 될 것 무엇이겠소

―――――
* 한새 : 황새.

무진강산無盡江山 구경하며
우리들 주렁주렁 돌아갑니다
돌아오는
우리들의 주권이 서기 이전
어느 놈의 손톱
어느 놈의 발톱도 거부하는

차아嵯峨*한 바위
이곳은 실소도 허락지 않는
절대絶對의 역域
아 우리 주렁주렁 뒷짐 진 인민은
뼈를 뼈를 흙 속에 아니라
차라리
저 바위 가슴에 묻으리다

봄이 오겠으면 오고
가겠으면 가고
진달래 붉은 술도 좋을 것이고
또 피 묻은 손을 씻으려거든
예대로 드리운 항복이오
버들잎도 훑어
굽이굽이 흘리시오

흘러서는 갈 수 없는

———
* 차아 : 높고 험함.

우리들의 발이오
갈 수밖에 도리 없는
우리들의 길이오
세상이 다 형틀에 올라
피와 살이 저미고 흘러도
모든 호흡이
길버러지같이 굴복하여도
주권이 설 때까지는
아지 못하노라 하는 거부의 역域
바위 속으로 들어갑니다

—1947, 『포도』(1948) 수록.

기르기를 즐긴다는 오월 태양과

비린내 나는 정강이
할딱거리는 병아리 가슴으로
뛰는 마라송*
슬픈 소년의 자유 밖에도
하늘을
쳐다볼 수 있는
또 하나의 자유가
아직 우리들에게 남았기로서

낳고 기르기를 즐긴다는
오월 태양과 어진 하늘을
우리는 믿었기에
작약이 필 때까지도
머무르지 못할
너 잠시 들른 오월

정말 친일파 때문이라고 외쳐도
혁명가에게는
다시 피해야 될 암흑이 있어야 하겠대도

---

* 마라송 : 마라톤.

곧이 안 듣는 해괴망측한 곳이
남부 조선이라면
너는 그래도 알 것이 아니냐

오는 해
리라꽃이 만발할 때에
하늘을
아 너를 치어다보던 얼굴이
다 보이지 않거든 진달래 붉은 넋은
근로하다 쓰러진
생주검들인 줄만 알고

쓰러져도 쓰러져도 그러나
두견이 울거든
굽이치는 진달래
파도는 무덤들이 아니라
눌리고 짓눌려서
한데 엉긴 붉은 인민의
심장인 줄만 알아라

— 1947, 『포도』(1948) 수록.

제국의 제국을 도모하는 자
(월트 휘트맨)

—미국 독립기념일에 제際하여

필라델피아 북미주 은행이

그 기둥 밑에 정부政府를 깔고

또 모든 세민細民*의 주방으로

불弗 이하까지 수입이 통했을 때

황금에

또 황금 무게에 그 나라가 기울 때

'제국帝國의 제국을 도모하는 자'

그는 벌써 생무덤이기는 하였으나

거기 확실히

인민의 이름으로써

쐐기의 단斷을 넣기 위하여

백악관에 들어선 위대한 인민의 종

앤드루 잭슨*을 일칼으되*

진흙 발로써

어찌 궐내를 더럽히느냐

찡그린 무리들의 후예

정녕 조부 고조부는

---

* 세민 : 영세민.
* 앤드루 잭슨(1767~1845) : 미국의 7대 대통령.
* 일칼으되 : 일컫되.

근로하는 세민 이듬*을
아는지 모르는지 백 년 후 오늘
태프트 하트레이*
노동법령을 통과시킨 자 아니냐

게르만은 만유萬有의 위에
그리하기 위하여 우탄*은
침수례*를 거부하고
오른쪽 팔을 들어 일칼으기를
"이는 검劍을 잡을지이니" 하였거니와
잡았던 자 이제
민주주의가 승리한 아늘아짐*
어데 가서 쓰러졌는지
태프트 사상의 종류여
소돔 고모라 아니
백림伯林* 아니
프랑켄슈타인의 집으로까지 갈 것이 없이
가차이 흐르는
미시시피 흙탕물을 들여다보라

---

* 이듬 : 논밭을 두 번째 갈거나 잡초를 뽑는 것.
* 태프트 하트레이 : 1947년 미국에서 제정된 경영자 중심의 노동 관련법인 태프트하틀
  리법의 제안자들 이름.
* 우탄 : 북유럽의 신화에 나오는 오딘(Othin)을 말하는 듯. 오딘은 전쟁의 최고신.
* 침수례 : 몸 전체를 물에 담그는 세례.
* 아늘아짐 : '오늘 아침'의 뜻인 듯.
* 백림 : 베를린.

흙탕물
과연 흙탕물이다 어드멘들
아니 흐를 법 없는
혼탁한 파씨즘의 흐름이어
그리로써 하야 석유는
서반아西班牙*로 흘러가는 것이냐

오만五萬 생령生靈이
마드리드 바로 피앗자*
지하옥地下獄 썩는 내음새를 막기 위하여
다섯 가지 경찰로써 하여금
향수를 뿌리게 하고
칠야漆夜에 미소하며 염주念珠를
'에리 에리' 구을려
주검을 헤아리는
프랑코의 흰 손을 다시 잡기 위하여

아 내 어찌
이렇게 은혜 모르게 되었느냐
슬프도다
'자유'를 차라리
마지막 한 모금 물로써 바꾸지 않은
독립군의 의義를 용勇을

---

* 서반아 : 스페인.
* 피앗자 : 피아차(piazza). 광장.

다 그만두더라도
제퍼슨,* 페인*의 아름다운 사상을
또 그 뒤에 저 많은
민주주의의 계승을
그리고 대작大作하는 바람의 자취
저 위대한 산천을
유카리* 정정丁丁한
록키 산맥으로써 뻗은
근로인의 발자취를
쎄이지 부럿쉬* 완강한
사막을 다스린 땀의 고임과

믿음을 위하여 호올로 흘립屹立*한
브리감의 도시를
중천中天에 소리개
도리어 같이 뜨게 하는
대계곡의 장엄은 또 그만두고
와이오밍에서 코로라도
기름진 평야로 들어서는
옥수수 밭고랑 고랑은 진정
내 고향과도 같이

---

* 토머스 제퍼슨(1743~1826) : 미국의 3대 대통령으로 독립선언서를 기초한 정치가.
* 토머스 페인(1737~1809) : 영국 태생의 미국의 작가, 정치 평론가.
* 유카리 : 유칼립투스 나무.
* 쎄이지 부럿쉬 : 세이지브러시. 건조한 초지와 산에서 자라는 식물.
* 흘립 : 산이나 바위가 깎아지른 듯이 높이 솟음.

어데 어데를 가도

'자유', 그 말에 방불彷彿한 토지를

파씨쓰타의 무리여

너희들 까닭에 나는

휘트맨*의 곁에 가차이 설 수 없고

또 이날에도

찬가로써 하지 못하고

두 폭 넓은 비단 청보靑褓에 '원망'을 싸는도다

—1947, 『포도』(1948) 수록.

* 월트 휘트먼(1819~92) : 미국의 시인.

음우_{陰雨}*

담 뒤에 똑닥거려서 짓던
전재민戰災民의 지붕은 널장*이던데
이 비를 무엇으로 막는가
열세 대가리 머리털로 막는가

오늘 저녁 굴뚝에
연기 오르는 것을 보지 못하였는데
빗물에 불이 꺼졌는가
어린 것이 떼쓰는 소리만이라도
함경도 사투리가 아니면
아 원수의 고향
견디기 나으렸마는

서간도서 왔는지 북간도서 왔는지
보소 아무리 배고파도
수마睡魔는 그래도 종내 오고 말 것이오
상마사야桑麻四野* 꿈이나 꾸면서
좀 더 기다려봅시다

---

* 음우 : 음산하게 오래 내리는 궂은비.
* 널장 : 넓고 판판하게 켠 나뭇조각의 낱장. 널빤지.
* 상마사야 : 뽕나무와 삼나무로 우거진 벌판.

꿈이 곧 내일

화광동진和光同塵*이 아닐는지 누가 아오

이 빗물에 테로*는 또

칼을 갈는지 모르나

제아무리 하여도

세상은 도로 잡힐 것이오

—1947, 『포도』(1948) 수록.

----

* 화광동진 : 노자의 『도덕경』에 나오는 말. '빛을 감추고 티끌 속에 섞여 있다'는 뜻으로,
  자기의 뛰어난 지덕을 드러내지 않고 세속을 따름을 이르는 말.
* 테로 : '테러'를 말하는 듯.

임우霖雨*

이렇게 장마가 한창일 때
산으로 들어간 사나이가 있었다
발광한 것도 아니오
그렇다고 수연脩然히* 숲에 들어가
삼매三昧*를 찾음도 아니었다
순사에게 쫓겨 산으로 들어갔던 것이다

푸실푸실 끊이지 않고 내리던 날
지붕 위에서는 갯물 같은 낙숫물이
쭈룩쭈룩 떨어지는 오후였다
노파는 노체露體* 황황惶惶*
누구 메투리*든지 아모게나 끄을고
산으로 따라갔다
그것은 내 동무의 어머니였다

＊임우 : 장마.
＊수연히 : 꾸밈 없이 의젓하고 솔직하게.
＊삼매 : 잡념을 떠나서 하나의 대상에만 정신을 집중하는 경지.
＊노체 : 알몸을 그대로 드러냄.
＊황황 : 놀라고 무서워 어찌할 바를 모름.
＊메투리 : '미투리'의 방언. 삼이나 노 따위로 짚신처럼 삼은 신.

후념後念

억조억億兆億* 줄기 더운 빗속에
빙점氷點으로 내려가는 장자腸子
테로는 또 생명을 앗아갔다
아 생강이라도 있으면
푹 달여 마시고
독한 엽초葉草나 피우고 싶은 밤이다

—1947, 『포도』(1948) 수록.

---

* 억조억 : 셀 수 없을 만큼 많은 수.

해바라기 화심花心

해바라기 화심은
태양의 소이연所以然*

모든 것의 순환을 한정限定하는
무한無限히 여기 돌아가

물을 기르는 것이 또
마르는 것을 모르는 바다 있음을 알리고

해바라기 화심은
청춘의 등분等分

죽는 것과 사는 것이 둘이고
또 하나인 천년 잠열潛熱*

어느 것이 먼저 가더라도 항상 남아
타는 지속

---

* 소이연 : 그리된 까닭.
* 잠열 : 숨은열.

해바라기 화심은

조척거리照尺距離* 밖에 물러앉은 태양

일테면 우리들

청춘의 신神

—1947, 『포도』(1948) 수록.

---

* 조척거리 : 조척은 총의 가늠자로 목표물을 조준할 수 있는 거리.

Y에게

할 수 없이 카토릭이 된 사람아
나는 어떻게 하면 좋으냐

먼 나라로 가기 전에도
칠천 리 바다 저쪽에서도
또다시 저 남산 위에

하늘빛과
마음은 항상 같으구나

같은 것이 무엇이라는 것
너로 말미암아 비로소 알았다마는

법이 있고 또 문제가 많은데
같은 것이 무슨 소용이랴

그리고 너는 어디론가 간다고
사람들이 혹 말을 전하는 것이다
가거라
부디 좋은 사람에게로 가거라

—1947, 『포도』(1948) 수록.

포도

얼마나 많은 주검들이기에
이렇게 산으로 하나 가득
제물을 바치었더냐

우리 애기 머리같이
말랑말랑한 착한 과실果實일지라도
죄를 구대九代에 저리게 할
단한 이빨 앞에서는

하룻밤 사이에
소금으로 변하는 예지叡智

포도는
육체와 영혼 사이에 서서
위태로이 떤다

—1947, 『포도』(1948) 수록.

무심無心
―여운형 선생 작고하신 날 밤

절명絶命
고위지제지현故謂之帝之懸이 해解이로다*

그러나 다사한 말을 다 그만두고
고인에 대한 모든 판단을 중심中心하자

그러자 어두워지는 천상에
대풍大風 이전의 정식靜息이 가로놓인다

등불이 잠시 꺼졌다
우연偶然이 이렇게 태허太虛*에 필적할 수가 있느냐

산천이 의구한들 미숙한 포도
오늘 밤에 과연 안전할까

우두커니 앉았음은

---

* 고위지제지현해(故謂之帝之懸解) : 『장자(莊子)』「양생주(養生主)」편에 나오는 구절 "노자가 타계하자 그의 벗이었던 진일이 조문을 가서 곡만 세 번 하고 나왔다. 이를 의 아하게 생각하는 제자들에게 진일은 죽음을 슬퍼하는 것은 자연의 이치를 이탈하는 것이라고 말했다. 옛사람은 이를 일러 상제가 매달려 있는 것을 풀어주었다고 한다(古 者謂是帝之懸解)"에서 인용한 듯.
* 태허 : 하늘.

방막庬莫한 땅이냐 슬퍼하는 것이냐

오호嗚呼* 내일 아침 태양은
그여히* 암흑의 기원이 되고 마는 것이냐

—1947,『포도』(1948) 수록.

---

* 오호 : 슬플 때나 탄식할 때 내는 소리.
* 그여히 : 기어이.

송가

주검을 끌어안고

노래하는 땅이어

노래하며 또 호곡號哭하지 않을 수 없는 나라여

나라를 맞이하는 노래와

나라를 보내는 통곡慟哭이 조용히 끝이 나면

청춘을 고이 받아

두터이 묻어주는 고마운 흙이어

그러나 또다시 노래와 통곡을

길게 길게 전하는

골짜구니의 종심縱深이어

네 어찌 다만 산이요 드을이랴

엎드리면 심장이요

또 쓰러져 누우면

떳떳한 조국이라

우리들 함께 아는

진리와 영원은

바위에 새긴 죽은 율법이 아니라

저마다 끌어안은 주검이라

최후를 모르고

주검을 놓지 않음이니

놓았다 하라 벌써
영원에 닿음이요
오는 생명을 위한 번식의 시초라

다만 아지 못할 동족이 있어
살 베이고 뼈 앗음을 일삼아
지속持續을 자르다 그러나
잘라도 잘라도 크는
청춘의 육체는 흙이라
악에 모반하는 뿌리를 지키기 위하여
흙은 숨을 쉬고 자지 않음이라 다만
야차夜叉*와 같은 동족이 있어
역사에 밀린 단층의 최후를
세 뼘 칼끝으로 지탱하랴고
매암*돌이 몸부림치는 너 비리非理
둔천배정遁天倍情*의 희생은 다만
떨어져 죽지 않는 포도라

청춘의 넋의 약하고 또 강함이어
그대 위하여 산천에 노怒한 포도
백태白苔를 뿜고
종야終夜 통곡하여 피를 흘리다

---

* 야차 : 하늘을 날아다니며 사람을 괴롭힌다는 모습이 추악하고 잔인한 귀신.
* 매암 : 제자리에서 뱅글뱅글 도는 짓.
* 둔천배정 : 『장자』 「양생주」 편에 나오는 말. 인간의 생사가 정해진 것을 일부러 위배하
  는 것.

강산은 흘린다는 뜻이라
바위에 물을
삼림에 바람을
드을에 열매의 둥그러함을
화판花瓣을 벌리고
꿀을 이끌라
꿀을 마시고 나라에 부복俯伏함은
내 결코 취醉함이 아니라
일어서서 등고登高함이니
억울한 땅이
다만 야차의 집인가 피 산천인가

아니라 보라
군청群靑일세 파도라
만경萬頃* 해소海嘯*
밀어 올린 뭍은 꿈틀거려
살아 있는 천지 곧
응천應天하는 해방의 상징이라
무산茂山 풍산豊山 마천령摩天嶺으로
같이 넘은 남도南圖의 깃은 토조土鳥의 뜻
동일 언어의 선행先行이오
유목遊牧 이후의 발견이라

---

* 만경 : 아주 넓은 지면.
* 해소 : 바닷물이 역류하여 일어나는 거센 파도.

착락錯落* 참치參差*

만 이천 봉마다 인연이 서러워

함께 다시 뻗은 봉오리 봉오리마다

인민 봉화 기다리는

강토疆土*의 정점頂点이니

등곬으로써 전지傳之하는

장백산 오대산맥五台山脈은

인민 모반母盤의 탯줄이라

어느 곬엔들

신생新生을 영위하는 출혈이 없으리오

나라의 슬픔이

골짜구니마다 들어찼다 함은

태동胎動의 아픔을 이를 뿐이니

들으라

불사의 곡신谷神*조차 몰아내는 함성을

눈물을 북망北邙*에 봉封하고

수백만 청춘의 똑같은 눈초리

타는 초롱불

봉화재로 오르며

구천九天에 올리는 헌가獻歌를

---

* 착락 : 물건이나 생각이 뒤섞임.
* 참치 : 가지런하지 못하고 서로 뒤섞여 있는 모양. 여기서 '차(差)'는 '치'로 읽음.
* 강토 : 나라의 경계 안에 있는 땅.
* 곡신 : 골짜기의 텅 비어 있는 곳이라는 뜻으로, 헤아릴 수 없이 깊고 미묘한 도(道)를 이르는 말.
* 북망 : 무덤이 많은 곳이나 사람이 죽어서 묻히는 곳.

불이 꺼진들
봉화대가 아니며
뿔이 꺾인들
황소가 아니랴
모든 산상이 강토의 정점이듯
모든 가슴은 사상의 초점이라
이로써 가히 조국이 섬이오
이로써 비로소
조국이 풍양豊穰*함이라
이는 다시 황주黃州 장단벌
김제金堤 하동河東 드을에
수백만 청춘의 팔뚝같이 여문
열도熱稻만을 이름이 아니라
거기 벌써 서리 잡는
공화국의 주권이라
금강錦江은 서방西方도 좋을시고
두만강은 동북방東北方도 좋을시고
상류 상상류上上流
무슨 열매 어디 맺혀
익어가는 핵核은 민권
종심으로조차 흘러오는
피 묻은 낙화 또한
우리들만이 아는 소식이라

---

* 풍양 : 풍년이 들어 곡식이 잘 여묾.

머지않아 부전赴戰*에서 쏟아지는
인민 전력電力으로
남해南海 완도莞島
완강한 암흑을 몰아 쫓을 것이라

아직은
성문을 닫아두라
그대 의지와 두터운 입술과 함께
굳이 닫아두라
대대로 노怒한 포도
저린 이를 모도아*
탁목조啄木鳥 수심樹心을 울리듯
그대들이 으드등 갈고 무릎을 꺾는 서리
아닌 그대들 땀이 땅에 말라 쌓여
소금 기둥 되어서
일어서는 주권이
내 이마에 닿을 때까지
적의 교량의 설계를 거부하고
길을 끊으라
실어가지 못할 것을 실어가고
테로를 운반하는
튜럭*을 거부하기 위하여
괭이를 잠시 이곳에 쓰고

─────
* 부전 : 전쟁에 나감.
* 모도아 : 모아.
* 튜럭 : 트럭.

성문을 굳이 닫아두라

반가反歌

지나가는 호랑나비야
똑같은 수백만 눈동자의
푸른 해심海深을
어찌 헤아린다 하느뇨
비말차운飛沫遮雲*의 헛됨이어
가슴 가슴마다 타는
해바라기
붉은 사상의 태양을
무엇으로 막으려는가

—1947,『포도』(1948) 수록.

_____
* 비말차운 : 날아 흩어지는 물방울과 가로막는 구름.

상망象罔*

黃帝遊乎赤水之北登乎崑崙之丘而南望
還歸遺其玄珠使知索之而不得使離朱索之而不得
使喫詬索之而不得也乃使象罔象罔得之*
—『장자』「천지」편

아, 내 사연이야 이루 사뢰어 무삼하리오 다만
자비로운 아배의 집에서 하루아침
나는 억울한 도적이 되었소
글쎄 몇 해를 더 갈 것인지 차차
굳어지는 혓바닥 알아듣지 못하시더라도
글쎄 어떻게 하면 좋을 것인지 나도—

네! 물론 내가 미쳐서 무슨 모진 살을 들어내어
놓는 것이라면 자손이 두려웁겠소 오직
통소가 불어졌다는 말씀이외다 믿지 않으시거든

---

* 상망 : 『장자』「천지」편에 나오는 인물로 황제가 잃어버린 검은 진주를 찾아낸다. 검
은 진주는 진리를 의미한다. 상망은 있는 듯 없는 듯한 상태로써 '마음을 비운 사람'을
뜻함.
* "황제는 적수의 북방에 올라 곤륜산에 올랐다가 남쪽을 바라보고 돌아오니 검은 진주
를 유실하고 지(知)에 명하여 찾으라 하나 얻지 못한다. 이주(離朱)를 시켜 찾으라 해도
얻지 못하고 끽후(喫詬)를 시켜 찾아도 얻지 못한다. 그래서 상망을 시키니 상망은 얻
었다."(김동성 옮김, 『장자』, 을유문화사, 1963)

맥脈을 잡아보오 푸른 콩 같은 염통이오 그야
번호 없는 지폐나 이유 없는 살육을
믿을래야 믿을 수 없었기 죠나단 스위프트

기막혀 대갈하기를
"아 이 지경 동족同族을 모른다 할진대 차라리
우리 어린것들 살덩이 만만한
생후 오 개월에 통조림을 만들어라"

그러기에 아포로라고 덮어놓고 믿을 수 없는 것은
삼천 년 전에도 초열삼복焦熱三伏에는 청춘의 신
주검의 사자使者 되어 무지할 수밖에 없어
카네이오쓰―아 바로 어제의 아포로의 손아귀에
눌리지 않은 목덜미 몇이 남았던가
그때는 물론 삼천 년 전이니까 일제시대는 아니니까
경찰서라는 것이 없었겠지 그런데도 어떻게

스파르타 국민은 역기力技로 사람을 잡았던지
카르네이야 대회 선수파견 만세는
헤이디쓰*의 주권 푸루토의 주최였고 그보다도

무슨 소린지 통 모르실 것이오 하지만
우리 다 아는 서풍西風인 것을 알아 무삼하리며
그대야 아신들 그렇잖아도 또 모르는 소릴 터인데

―――――
* 헤이디쓰 : 저승의 신 하데스.

다만 내가 하는 소리는 모르시더라도
문을 닫고 앉아 있어도 무서운 것
호랑이 아니라는 것
다 아시는 사실이 아니오리까 그보다도

내 말이 거짓인가 돌아다보시오 말을 달리고
쏜살같이 달려오며 화살을 쏘는 것
어제 만났던 청춘의 신
쓰러지는 니오베*의 아들과 딸을 금빛 머리를
받드는 것은 자비로운 대지의 신 데머터*
그러니 땅뿐 아름다운 눈들이
차례로 오림포쓰 구릉을
감아버리오

감아라 감아라 눈이거든 감아라
다 가고 없는 땅에 무엇이 있다고—

이렇게 하여 니오베는 돌이 되었소
이렇게 하여 바위에마다 비가 내려
눈물인지 샘물인지 가시고 없는 땅을
누가 오롯하게 분별할 것이오?
이렇게 하여 나는 미치고
이렇게 하여 내 혀는 천년을 앞에 두고

---

* 니오베 : 그리스 신화에 나오는 테베 왕 암피온의 아내이자 탄탈로스의 딸로 자식이
　많음을 자랑하다 신의 노여움을 사 자식을 잃고 돌이 됨.
* 데머터 : 대지의 여신 데메테르.

굳어졌소이다

천년이 아니라 바로 미구에

단단한 널장 밑으로 삭풍은 화살같이

뼈 쑤시는 긴 겨울밤 이전에 몸을 피하여

북악北岳이든지 또 어디서라도 잠시 감았던 눈을 피하여

해도 솟기를 주저하는 그대의 잠시 훔친 휴식이

이제는 이렇게 하여 길어지는 가을밤

휴식할 필요도 없이 눈을 감고

아주 감아버린 호심湖心 같은 수많은 눈들을

북악산 모루에

추풍 끝에 어렴풋이 익히고 지나가도

다시 만날 길은 없고 다만 니오베 자모慈母같이

얼어붙어 가는 땅을 어루만질 것이 아니오?

헤이디쓰 불지옥 물지옥 문을 지키는

개 이름은 무엇이던가

이번에는 그대 위하여

또렷이 알아두리 모시크로쓰 산*

바위에 못 박혀 소리개의 밥이 되어도

너의 원수 헤파에로쓰* 천벌을 받고

불기둥 십자가를 지는 날까지

하늘에서 불을 앗아온 우리 은인

---

* 모시크로쓰 산 : 모스킬로스 산. 에게 해 북동부의 림노스 섬에 있는 화산으로 헤파이
스토스 숭배의 발상지.
* 헤파에로쓰 : 불과 대장간의 신인 '헤파이스토스'를 말하는 듯.

프로메듀쓰*를 위하여

상망이 구슬을 찾아오는 날까지

차디찬 바위가 되어 벙어리로 천년을 가리라

—1947, 『포도』(1948) 수록.

---

* 프로메듀쓰 : 프로메테우스. 인간에게 신의 불씨를 준 것으로 제우스의 노여움을 사 매일 독수리에게 간을 쪼여 먹히는 벌을 받음.

조사弔辭
―환산 이윤재 선생께 드리는 노래

어느 하늘가를 거닐으시는가
우리 이렇게 한데 모이면
어쩔 수 없이 영혼이라도 믿고 싶은 것이

살아생전은 또다시 이리도
억울한 주검이 흔하여
죽어가서는 영혼이라도 믿고 싶은 것이

억울한 것은 남았으라
이루지 못한 손은 쥐었으라
선생은 억울한 선생은 영혼으로 남았으라

그리하여 우리 선생의 손을 따뜻이 잡게 하시라
행여 들으실까
이렇게 한데 모인 겨레의 음성일진대
그렇게도 소중히 여기시던 겨레의 말은 다시
이렇게 혀와 함께 굳어도

겨레의 음성일진대
행여 알아들으실까
우리 이곳에 실로 오래간만에 모이기는 하였어도

피비 내릴 하늘일지
아 혀는 하늘보다 가차운 데 있건만
냉가슴 타는 부하* 돌아앉은 그림자
다만 몸부림치는 그림자를 살피시고
이 말씀 들으시라

선생은 배가 진정 고프시었고
선생은 진정 배고픈 것을 가벼이 여기시고
뒤축이 물러앉은 편리화便利靴를 끄을고
삼월이 이는 뿌연 먼지 독립문 모습
저놈들 촌토寸土를 남기지 않는 발길을 피하여
사라지기를 저세상 가는 길손같이도 하였으나
이는 하필 선생만의 환난患難이 아니요
진정 겨레의 것이었어라

일본제국주의는 서른하고 또 여섯 해
무게 나가는 대추와 사과와
하다못해 도토리 열매와
저 착하게 엎드린 푸른 드을을
어질게 밀고 나온 모든 곡식의 씨앗과
우리들의 살이나 다름없는 쌀과 보리를 앗아가기 위하여 그리고
감지 못하고 선생같이 세상 떠난
원혼들의 검은 눈동자나 다름없이
깊이 덮히운 좁쌀같이 깔깔한

---

* 부하 : 허파를 뜻하는 '부아'인 듯.

조선 사람의 흙 속에 감초인

무게 나가는 구리와 은과 금을 캐어가기 위하여

하다못해 짚 오라기 칡넝쿨 머리털

피마자마저 훑어가기 위하여

저놈들은 신의주新義州 석하石下 백마白馬로 부산釜山 한끝

마지막 조선 땅에 부술기*를 구을려

아 우리 또 하나 다른 심장을 마련케 하여 울리고

우리들의 가슴이 두터우면

굵은 총알로써 하고

여윈 어깨면 여린 칼날을 들어 저미고

한 애비를 가두어 아비로 하여금 손자를 잡게 하여

손으로 끄을기 마소같이 하여

대동아전쟁이라는 초열지옥焦熱地獄에 잡아가고

발로 차기를

날짐승의 주검보다 가벼이 하여

내 동지의 숨을 끊을 칼을 가는

공장에 도야지 떼같이 몰아넣어

급기야 알뜰히도 살뜰히

모조리 깡그리 산에서 솔뿌리 캐듯

우리들 손톱마저 뽑았어도

다만 땅에서 이는 더운 기운같이

식을래야 식을 수 없는

우리들 등어리 땀과

———
* 부술기 : '기차'의 함경북도 방언.

죽기 전까지 흐르는 피와

죽어서도 전하는

우리들의 말을 또한 기어이 앗아가기 위하여

철부지 돌뿌리에 넘어져

아이고 어머니 외마디 소리를 쳐도

벌금을 걷어간 것은 또 그만두고라도

우리들 배꼽 아래에 괴이는 생각을 또한

어찌어찌 알았다 하여 목에 칼을 채우고

손과 발로 그리는 우리들 몸가짐이

저들의 살아 있는 우상과

죽은 우상을 섬기지 않는다 하여

손과 발목에는 고스랑을 채워

대화숙大和塾*에서 형무소로 보내어

간신히 주먹에 남은 뼈끝으로

두터운 벽을 또닥여

음향으로써 겨우 동지의 안부를 묻게 하고

기신氣燼하여 먼저 떠난

부모의 부음訃音을 듣게 한 것

선생은 이 역사 속에 말라갔고 우리 또한

살찌지 못한 역사는 바로 어제러니

싱싱한 봄풀 모두 미나리마냥

탐스러이 푸르르고

---

* 대화숙 : 일제강점기인 1941년 조직된 사상교양단체. 독립운동가, 공산주의자 등 사상
범을 집단 관리.

날새 좋이 넓은 어깨를 찾아 나지막이 날아오던
샛문 밖 고개 넘어 홍살문 앞으로
우리 한때 잠시
느릿한 그림자를 즐기며
선생 또한 무슨 기적인지
소리쳐 웃으시던 날 아 역시
저놈들이 다 앗아가지 못하고 남긴 것이 있어
참나무 절구통같이
패이고 또 무거운
식민지의 청춘의 가슴일지라도
오월과 꽃과 더불어 선생은
우리와 함께 계시었고

손은 어찌하여 그리도 까미하시고*
잇몸은 어찌하여 그리도 깨끗하지 못하시던가
아! 황송하여라
마상馬像이라고 별명을 지어 부르던
선생은 진정 잘생긴 얼굴은 아니었어도
잘생기지 못한 선생의 큰 콧구멍은
착한 아기같이 떨리기도 하더니

미구未久에 마소같이 끄을려
홍원洪原 철창에 갇히시니
선생의 죄는 대체 무엇이오니까

---

* 까밋하다 : 조금 까만 느낌이 있다.

몸소 쓰신 조선말사전 원고 뭉치로
머리칼 설핀 머리 이마를 맞으실 때
벌써 버리신 육체라 차라리
무쇠 방망이가 오죽 가벼웠으리 다만
우리 죽어서 죽어가서 기어이 다시
이 땅에 태어나자고 맹서하셨으라

갈릴리의 의로운 사나이는 일찍이
가시관을 무겁다 하지 않았거니와
선생은 육체밖에 더 벗을 것이 없었으라
다만 육체를 우리 다시 찾기만 하면
보람 헛되지 않아 해방은
진정 우리들 인민의 것이라 믿었더니
아 저 하늘 어느 별의 조화인지
낯설은 배 항구에 범람하고
또다시 우리 다른 심장을 울리며
육중한 튜럭들은 달리자
이방 사람의 밀을 받고 이스라엘의 흙을 파는 자
동족은 벌써 아닐 수밖에 없는 슬픈 칼자루
자르는 살과 뼈다구니만 아닌 밤중
어두운 것을 물리치기 위하여 ××에서
슬기로이 횃불을 들고 간
선생의 아들 원갑元甲은
일찍이 아배의 몸이 차디차게 식어나간
철창에 오늘 다시 갇히우니
원갑의 죄는 대체 무엇이오니까

원갑은 억울하여라
프로메듀스가 억울하였듯이
억울한 것은 남으라
억울한 것은 나의 살과 뼈와 노래 속에 남으라
그리하여 이렇게 나로 하여금
저주하고 또 찬송케 하라
이방 사람의 귀에 대고 흥정을 소곤거리는 것을
어찌 조선말이라 하리며
내 어찌 동생을 잡은 자의 손을 따뜻하게 잡으리며
내 어찌 모르는 죄악을 안다 하리오

이제 내 남조선 비린 바람에 쉬인
목청을 울리며
선생을 곡하며 또 노래함은
반드시 그대 가장 위대한 조선 사람인 까닭이 아니요
그대 반드시 내 가장 사랑하는 스승인 소치가 아니라
원갑이가 억울한 탓이오
진실로 진실로 어찌할 수 없는 우리들의 어질고 착하고 아름다운
염통과 부하라 어찌할 수 없어 원갑의 동무들은
모두 위대할 수밖에 없고
또 노래할 수밖에 없는 순간이라
내 한 음계를 드높이노니
환산 이윤재
아 내 스승은 헤아리시는가

　　　　　　　　　　—『한글』(1948. 1) 발표, 『제신의 분노』(1948) 수록.

우일신又日新

새해라도 그만 아니라도 그만 차라리 편한
계명鷄鳴이 트는 먼동에 돌아누운 채
다시 한번 모진 허울 벗기우는 땅이 있어

갈 사람들은 종시 가지 않고
견디다 못한 사람들이 도리어 떠나가는 알 수 없는 땅이 있어
후손後孫은 천지天池라 서운瑞雲은커녕
뫼초리* 털 밑만 한 온기도 모르고

거적 같은 이불때기 밑에
올빼미 눈을 뜨고
단벌옷이 마르기를 기다리는 땅이 있어

마천령摩天嶺 구십구 곡曲
새용*을 걸메고 떠나 아조我朝*를 버린
두문동杜門洞 십 대조代祖가 차라리 그리웁도록
추운 새벽

* 뫼초리 : 메추리(메추라기).
* 새용 : 놋쇠로 만든 작은 솥.
* 아조 : 우리 왕조.

날이 밝아보았자 장리돈 이자나 늘어가는
날이 오고 또 가는 것을 그래도
형기刑期가 짧아지는 날이 저물기를
기다리는 자부子婦의 땅이 있어

내 비록
그대들 신들메* 풀기 감당치 못하여도
사망四望*이 예대로 서고 정기正氣 비롯한다는 날
나도 동족인 것이
어찌 짓궂이 사특하리오마는
오죽하면야
육주六酒 위에 정화수 떠놓고 올리는 세배
같이 못 하고 잠꼬대같이
저 흔한 동치미 국물을 찾는 모가지
모진 목숨이 되었으리오

고명하신 동방박사 세 분이시여
저마다
오롯한 예수밖에 될 수 없는 순간이요
재 되고 무너진 거리일지라도
돌아앉아 눈뜨지 못하는 담 모퉁이를 더듬으사
삐 소리 소리 아닌 말 말 아닌 아—
보다 나은 복음이 있거들랑

---

* 신들메 : 신이 벗겨지지 않도록 동여매는 끈. 들메끈.
* 사망 : 사방을 바라봄.

우리들 구유에 보채는 핏덩이 앞에 오소서

—『제신의 분노』(1948) 수록.

작별

풍로밥 끓이는 무연탄
부채 길에 좀처럼 타지 않는 내음새
갑자기 고향같이 찌르는 신설리新設里 으슥진 골목

오늘은 섣달 그믐께라 그리도 보이리만 어찌 이렇게도
무수히 한군데로 쏠어 몰려
포리捕吏 아니면 집달리 기다리는 표정으로만 가득한 것인가 그래도
체온 이하에 사는 겨레들 속에야
간신히 그는 쫓긴 몸을 그 아내와 함께 감출 수 있었다

느티나무 앞을 지나면서부터 앞뒤를 살펴야 하고
늘 하는 말버릇대로 무슨 몹쓸 죄를 지었기
이렇게 비겁한 음향을 또닥이지 않으면 안 되는 것인가
다시 지나가는 행인을 눈치로 살피기
어진 것과 악한 것으로만 나눠야 하면
슬며시 열리는 뉘 집 아래채 빈지문*으로 그의 아내는
나를 맞아들이는 어둡고 또 좁은 방

악수하는 습관도

---

* 빈지문 : 한 짝씩 끼웠다 떼었다 하게 만든 문.

이제 와서는 이방인의 시늉 같아서 진작 버리고
차라리 무릎을 마주 대고 앉는 것으로
체온을 나누기로 하였거니와

그는 나더러 목소리를 낮추라고
어깨를 쭈빗 안으로 드나드는 정체 모를 청년을 암시하고
흰 손을 들어 입을 잠시 가리다

햇볕을 보지 못한 손— 자디잔 글씨를 줄창 쓰던 조그마한 손이다
쉴 새 없이 성명서 항의문 시 그리고 한 마디 혹 두 마디 급하고
또 엄숙한 편지를 써 보내던 손이다

온기 없는 방에
아랫목이 따로 어디 있으리만
그의 아내는 굳이 나더러 벽장 아래 앉으라 한사코 우기는 것이야
겨우 우리 잠시 나누는 웃음이라
오늘은 서로 잠시 헤어지는 날이다
웃음이 좀 헤픈들 어떠리 나지막하게 웃노라면 이러는 사이에도
준엄한 것이 있어 냉혹하게 지속하는 것을 알리다시피
몰아붙이는 삭풍은 밖에 게으르지 않고
그러면 옷이나 두터이 입고 떠나야 되겠다고
그의 아내 많지도 못한 옷을 가려보다가
포개 입으면 얼마나 더 가지고 갈 게냐고 치워버린 다음
윙윙거리는 바람 소리를 미닫이로 듣는 것은 침묵—

십 년 이십 년을 두고

술이 괴이듯
한순간도 헛됨이 없는 것

비록 세 사람뿐이건만
우리는 실로 믿버웁다*

천애天涯 지각地角에 또 하나
이와 같은 방이 있어
거기에도 둘씩 혹 셋씩
사상思想하는 호흡 침묵이 있어
십 년 이십 년을 순간으로 헤아리기
탄생 이전과 주검 이후로써 하는 길

셋과 또 저 세 사람이 만나
여섯 사람의 굵은 심줄로 잡아다리는 것
민주주의의 두터운 기旗폭
그는 비싼 승리다

그것을 믿기에 떠나가는 것이요
그것을 믿기에 슬프지 않은 것이다

진실로 슬퍼할 필요가 없는 세대
꾸준히 바람이 불어서 넘어질 것은 다 넘어져가고

---

* 믿버웁다 : 미덥다.

꾸준히 봄이 와서 임트고* 자랄 것은 자랄 뿐인 것
다못 잠시 우리들에게
적당한 암흑이 필요하고
다못 잠시 크로코다일의 무자비와
다못 잠시 땀과 손이 필요한 것이다

그는 눈을 감고 있다
녹번리碌磻里 고개 넘는 튜럭 길
두고 가는 어린것들 눈에 밟히는
곧게 뚫린 눈벌판
한 줄기는 통일에 닿은 길
떠나가면서 이윽고 나를 쳐다보고 하는 말
"몸조심하오"
하고 다시 이어
시 네 편 쓴 것이 있다고 주머니에서 원고지를 꺼내는 것을
그의 아내는 희롱삼아 가로채어
내 한번 읽을 것이니 들어보라고
"서울—"
하고 희롱도 할 수 없는 낮은 목소리
남편의 말투를 닮아버린 것을 자랑하던 낮은 목소리—
그는 남편의 사상을 반석같이 믿었고
그는 항상 남편의 밤을 지키었고
열흘 스무 날 남편이자 곧 동지인 사나이에게
밥과 인쇄물을 날랐고

---

* 임트고 : 움트고.

하루를 잠시 목침에 가지런히 누웠고

그러는 사이

서울 장안에 많은 것이 골목이라는 것을 깨달았고

모든 골목은 또한 뚫린 것을 알았고

그리고 이렇게

남편의 말투로

남편의 시를 읽었다

윙윙거리는 바람 소리를 미닫이로 듣는 것은 침묵

그것은 청춘과 시와 행동 속에서 괴이는 술—혁명

—『제신의 분노』(1948) 수록.

동해*수난 童孩受難

너는 나보다 작고 또 작은데
자꾸 달라는 것이 허무하구나

내가 너를 업고 네가 내게 업혔는데
우리는 어찌하여 구름같이 가벼우냐

꾸어다 먹은 보리쌀을 갚지 못하여
산은 푸르지 못하는 것이냐

아가 텅 비인 아가
내 품속같이 텅 비인 아가

길은 원래 십 리라 먼 것이 아닌데
너는 어느새 나를 닮았느냐

수수깡을 짜 먹느라고
네 이빨은 벌써 하얗게 늙었느냐

그러나 아가

———

* 동해 : 아이.

이불보다 두터운 밤이 올 게다

가벼운 것을 즐기며
죽은 듯이 같이 자자 그러면

내일 아침
참새를 잡아주마

광주리 덫을 놓고
온 하늘에 참새를 다 잡아주마 그리고

내년에도 겨울은 올 게다
눈이 오시거들랑 목침만 한 메주도 쑤자

수수깡 껍질에 메주콩을 끼어
너와 나의 심사心思 같은 눈 속에 파묻었다 주마

아가 텅 비인 아가
아 병病 없이 시드는 아이에겐 밥이 약인데
해는 어쩌자고 다시 길어지는 것이냐

—『제신의 분노』(1948) 수록.

제신諸神의 분노

이스라엘의 처녀는 넘어졌도다
넘어진 사람은 다시 일어나지 못하리니
조국의 저버림을 받은 아름다운 사람이어
더러운 조국에 이제 그대를 일으킬 사람이 없도다
　　　　　　　　—『구약성서』「아모스서」제5장 제2절

하늘에
소래* 있어
선지자 예레미야로 하여금 써 기록하였으되
유대왕 제데키아 십 년
데브카드레자*—자리에 오르자
이방異邦 바빌론 군대는 바야흐로
예루살렘을 포위하니
이는 이스라엘의 기둥이 썩고
그 인민이 의롭지 못한 까닭이요
그들이 저희의 지도자를 옥에 가둔 소치라

하늘에서

---

* 소래 : 소리.
* 네부카드네자르 2세(?~562) : 예루살렘을 함락시킨 신바빌로니아제국의 제2대 왕.

또 하나 다른 소래 있어 일렀으되—
일찍이
내 너희를
꿀과 젖이 흐르는
복지에 살게 하고저
애급_{埃及}* 땅에서 너희를 거느리고 떠나
광야를 헤매기 삼십육 년
이슬에 자고 뿌리를 삼키니
이는 다
아모라잇* 기름진 땅을 기약한 것이거늘

이제 너희가
권세 있는 이방 사람 앞에 무릎을 꿇고
은_銀을 받고 정의를 팔며
한 켤레 신발을 얻어 신기 위하여
형제를 옥에 넣어 에돔*에 내어주니

내 너에게
흔하게 쌀을 베풀고
깨끗한 이빨을 주었거늘
어찌하여 너희는 동족의 살을 깨무느냐

---

* 애급 : 이집트.
* 아모리인 : 지중해 연안의 가나안 땅에서 유목생활을 하던 민족.
* 에돔 :『구약성서』에 나오는 이삭의 아들이자 야곱의 쌍둥이 형 에서와 그 후손들을 가
리키는 말.

동생의 목에 칼을 대는 가자의 무리들
배고파 견디다 못하여 쓰러진
가난한 사람들의 허리를 밟고 지나가는 다마스커스의 무리들아
네가 어질고 착한 인민의
밀과 보리를 빼앗아
대리석 기둥을 세울지라도
너는 거기 삼대三代를 누리지 못하리니

내 밤에
오리온 성좌를 거두고
낮에는 둥근 암흑을 솟게 하리며
보고도 모르는 쓸데없는
너희들 눈을 멀게 하기 위하여
가자 성城에 불을 지르리라

옳고 또 쉬운 진리를
두려운 사자라 피하여
베델의 제단 뒤에 숨어 도리어
거기서 애비와 자식이
한 처녀의 감초인 살에 손을 대고
또 그 처녀를 이방인에게 제물로 공양한다면

내 하늘에서 다시
모래비를 내리게 할 것이요
내리게 하지 않아도 나보다 더 큰 진리가
모래비가 되리니

그때에
네 손바닥과 발바닥에 창미*가 끼고
네 포도원은 백사지白砂地가 되리니

그러므로
헛된 수고로 혀를 간사케 하고 또 돈을 모으려 하지 말며
이방인이 주는 꿀을 핥지 말고
원래의 머리와 가슴으로 돌아가
그리로 하여 가난하고 또 의로운 인민의 뒤를 따라
사마리아 산에 올라 울고 또 뉘우치라

그리하면
비록 허울 벗기운 너희 조국엘지라도
이스라엘의 처녀는 다시 일어나리니
이는 다 생산의 어머니인 소치라

　　　　　　　　—『문학』(1948. 7) 발표,『제신의 분노』(1948) 수록.

---

* 창미 : 부스럼이 생기는 피부병.

무舞

연륜같이 자라는 허리를
끌어안아서 모자랄 허리를
땀으로 깎으면서 육체는
청죽青竹에 필적하여 가다가

피부는 온통 잠을 깨고
잠재우기 저렇게 어려운 분노를
끌어안기가 힘이 들어 쪼개지는
살은 연륜을 타고 청춘 때문에 자꾸 자라서

머리를 치어드는 것
하늘이 무거운 것을 받드는 것으로 하며
어깨를 들기 전에 육부六腑를 비틀고
육부를 비틀기 전에 청춘은
배꼽에 사무쳐

한 팔을 드는 것
지평선에 가지런하여
폭압을 견디는 어깨들과
책임을 하나로써 하며

한 걸음 옮겨놓되 사랑이 깰까
저어하는 시늉인가 시늉도 아닌 것은
맵시 이전을 밟고 선
조국 땅일 게라 사뿐 떼는 길
천 리가 지척인 유배길

낮추어서 죽은 듯이 우리 호흡을
주검에 가차이 낮추어서 그리는
포물선은 등 허리
돌아앉은 강산을 넘어
우리 함께 가는 길일 게라

조국으로 가는 길
어데 감히 응지凝脂 들어설 자리 있으리
다만 땀으로 깎은 육체는 청죽
청죽마저 멀리 물려놓고
다만 무거이 뜨는 눈
하늘에 성신星辰을 들이삼킨
눈으로 마주치는
우리들 잠을 버린 눈으로써
다만 내일의 조명照明을 삼는 게라

—『개벽』(1948. 8) 발표, 『제신의 분노』(1948) 수록.

진리

바늘 끝 차가운 별이 총총
가시 같은 밤에

또 총소리가 들린다
낙산駱山 바위 같은 심장이 또 하나 깨어졌다

민주주의자의 유언은
총소리뿐이다

총소리를 들은 모든 민주주의자가
조용히 이를 깨문다

그러자
또 총소리가 들린다

진리는 이렇게
천착*만공千鑿萬孔이 되어야 하느냐

아 정말 신이라도 있으면 좋겠다

---

* 천착 : 구멍을 뚫음. 원전에는 '천(千)'이라고 쓰여 있으나 현재는 '천(穿)'으로 씀.

우리 편인 신이—

—『제신의 분노』(1948) 수록.

서울

비탈도 골짜구니도 없는
서울 거리로
사냥꾼들이 모리*를 갔다

쑥갓이 흔하던 ○*월 ○일
그들은 조국을 ○○질 하였다

○월 ○일은
모란꽃이 지기 전이었다
그것은
청년들이 ×검을 배우던 날이다

×검을
씨름같이 배우던 날이다
모란꽃이 지기 전에
청년들은
옆구리가 ×어진 다음에도
한 발 더 나가서 쓰러졌다

—『제신의 분노』(1948) 수록.

---

* 모리 : '몰이'인 듯.
* ○와 ×의 쓰임은 원전과 같음.

진혼곡
—동경진재東京震災에 학살당한 원혼들에게

조국 땅이 좁아서

간석지를 파야 될 까닭이 없었다

조국 땅이 좁아서

멀미나는 현해탄을 건널 까닭이 없었다

조국 땅이 좁아서

우전천隅田川* 시궁창에서 널쪼각을 주울 까닭이 없었다

조국은 어디로 갔기에

천기川崎 심천구深川區* 제육공장 제함製凾공장

화장터 굴뚝 연기는 그래도 향기로울까

초연硝煙 십 리 사방 줄행랑에

두 눈깔 흰자위마저

시커멓게 썩을 까닭이

없었다 다만 조국 주권이

조국 주권을 팔아먹은 자가 있어

조국이 간석지로 밀려나간 것이었다

조국 주권을 팔아먹은 자가 있어

그 족속이 유랑을 업으로 삼았었다

———————
* 우전천 : 스미다가와. 일본 동경에 있는 강.
* 천기 심천구 : 가와사키 후카가와 구.

그러므로 자식을 낳아 기르는 것도
업으로 삼을 수밖에 없어
순順이의 봄을 오십 원에 팔았은들
애비를 나무랄 자 없이 되리만큼
조국은 어디로 가버려

원보元甫와 순이는
천을 걸친 자들이나
그들의 매판인買辦人들의
일일 삼식三食 그 밖에 모든 체통을 떠나 차라리
짐승들의 생활을 답습하였다

피와 같이
정직한 것을 원칙으로 살아가는 사람들에게
지동地動은 태초와 같이 태연한 한 개
변화일 뿐이었다
짐승같이 살아가는 원보와 순이에게는
재난이 좀 클 뿐이었다

재난보다 무서운 것이 왔다
와사관瓦斯管이 파열되는 것을
원보와 순이는 책임져야 하였고
단수斷水, 연소延燒, 지붕地崩, 독毒 그리고
저 원수들이
대대로 물려받은 공포증까지도
조선 사람들의 죄였다

조국이 좁은 까닭이 아니라

조국 주권을 팔아먹은 자가 있어

원보와 순이는

우전천 찢긴 시궁창에

녹슬은 한 가닥 와이어에 매어달려

화염 위에 검푸르게 닿은

잃어진 조국 하늘 밑에

박간迫間농장*이 들어선 남전南田과

불이不二농장*이 마름하는 고향 북답北畓을 생각하였다

조국 주권을 사간 매판인들은 죽창을 들었다

진실로 짐승보다 좀 빠른 족속이었다

죽은 고기 찍어 올리듯 하여

아 원보의 옆구리는 조국 주권이 없어서 뚫어졌다

조국 땅이 좁아서

순이가 또한 죽을 곳이 없는 것이 아니었다

공장 가마솥 끓는 물속이 아니라도

순이는 얼마든지 묻힐 곳이 있었다

조국이 좁아서가 아니라

조국 주권을 팔아먹은 자가 있어

원보와 순이와 또 사만四萬 생령生靈은

짐승의 밥이 된 것이었다

—『제신의 분노』(1948) 수록.

---

* 후사마(迫間) 농장 : 1930년대 경남 진영평야를 독식했던 일본인 지주 후사마의 농장.
  가혹한 소작료로 소작 쟁의 사건이 있었음.
* 후지(不二) 농장 : 평안북도 용천에 있던 일본인 지주의 농장.

신문이 커졌다

어찌할 수 없어
신문이 커졌다

커가는 민주역량은 어찌할 수 없이
인민 의사의 표면장력은 이렇게 찢어진다
화살을 더 받아도 좋으리만큼
넓고 두터운 가슴같이 커가는 신문은
팽창하는 우리 영토다

다섯 여섯이 한꺼번에 얼굴을 파묻고
도도한 민주주의의 진행을 응시한다
열 스물의 눈이
백 이백의 탄압 체포를 읽는다
그것은 진리 때문에 쓰러진
무수한 시체의 분포도이기도 하다

1927년 11월
한대 지방 어느 도시 차가운 벽에
더운 손으로 더운 풀칠을 하여 붙인
예언이 있었다
그것이 점유한 면적은 사방 한 자에 지나지 않았다

사방 한 자에 지나지 않았던
벽 신문 진리 면적은 오늘
오천칠백오십일만 평방리의 절반 이상을 해방하였다

신문은 해방하기 위하여 있자
노동과 풍양豊壤과 무용과 포도주로
전 인민이 해방되기 위하여
신문은 지혜의 비옥한 토지가 되자
비옥하기 전에 흙은 뿌리와 함께 얼마나 수고로우냐
천둥 번개 우박 사태 땀 피 다 함께
토지와 협력하여 기름을 짰었다

여기서 너는 목탁이 아니라
전 인민 중추신경의 치륜齒輪이다
치륜은 중지하기 위한 것이 아니라
부단히 우리 눈과 귀와 함께
돌아가기 위한 것이니
그것은 번개 다음에 빠른 인민의 전령傳令이다

여기서 우리는
비틀거리는 열차들의 희생자 명부와
호號마다 어지러운 법령 발행과
그 속에 끼어 갈팡질팡하는
무고한 인민의 수형受刑 통계를 안다

여기서

피는 바위보다 무거운 것과
피는 물같이 흔할 수 있는 것도 알 수 있다
여기서
모든 주방廚房이
공화국 주권에 통한 것과
공화국 주권은 다시
오천칠백오십일만 평방리에 통하는 것을 안다

여기서 또한
남부 조선 이백삼십이만 정보町步 경작면적 중
농업 인구의 3%밖에 되지 않는 지주가
65%의 기름진 땅을 소유하고 있는 기록과
96.6%의 농민이
겨우 37%의 부스러지는 흙밖에 가지지 못한 사실을 안다

여기서 또한
'서울 지방 모든 기업소 중
1947년 십이월 현재로 움직이는 공장이
겨우 5%에 지나지 않는 죄가 누구 때문이며
가능량의 91% 저하한 제철 생산량과
그리고 다만 한 가지 예정량을 초과한
중석의 채굴량'을 안다

일제는
제사공장 누이들의 경도經度*조차
약을 먹여 막아가며 혹사하였거니와

해방되었다는 땅속에서
중석은 또 어디로 가는 것이냐

피보다 가볍고 돌보다는 무거운
중석은 대체 어디로 가는 것이냐

커가는 신문 커가는 독자는 알고 싶은 것이 많다
알고 싶지 않은 것은 염서艶書를 남기고 호수에 투신자살하였다는 것
이랑
비대한 도색일희桃色逸戱들이다
노동하는 사람은 자살할 수 없다
하늘이 무너져도 반동反動할 수 없는 이치와 같다
그러므로 커가는 신문은 팔八 시간제 실천만 주장한다

차라리 그림을 그리라
팔 시간 밖에서는 일요일에 청량리로
가족을 데리고 산책할 수 있는 노동자들의
설계도를 그리라

새가 우짖는 날이나
풍우대작風雨大作하는 밤에라도
무상몰수 무상분배를 주장하라
그것은 커가는 신문의 제호題號에 필적한 것
인민에 필적한 것은 모두

---

* 경도 : 월경.

공화국의 알파요 오메가다

커가는 신문은 전령이다
팔 시간 노동제의 실천을 전취戰取하기 위하여
이십사 시간 땀과 피와 분간 없는 것을 흘리는
섬과 본토와 지하가 있는 것을 알리라
그리하여
우리로 하여금 자손에 전하게 하라

커가는 신문에서
우리는 자손에 전할 것을 오려둔다
1946년 시월에 서리조차 내리기 힘들었던 사실과
1947년 삼월 이천二千의 사상死傷과
1948년 이월의 대치상황과
같은 해 오월에는 유난히 쑥갓이 흔하고
아해들은 웃음을 잊어버리고
총소리 가깝던 것과
그리고 팔 개국 중 사 개국만이 지지한 사실을

자를수록 커가는
아카샤 뿌럭지 뻗어가는 면적에 정비례하며
커가는 것은 우리 영토
신문은 그 영토를 지키라

—『제신의 분노』(1948) 수록.

만주국
―서시序詩

요동遼東 팔백 리를 측량하는
검은 그림자가 있었다

사냥개와
전종轉鐘 경위의經緯儀* 절첩식折疊式* 크롬 다리와
살인범 감박甘粕 대위大尉*의 꼽추보다 약간 큰 키

호론바일* 사풍砂風이 정지한
군용 지도 위에
생사람의 목을 비틀어 죽이던 손가락이
지나가고 지나오는 동안

동삼성東三省 굽은 지평선 모든 삼각점이
참모부 제4과에 기록되었다

동경東京 제국주의자들은 사냥개보다 사나운

---

* 경위의 : 지구 표면의 물체나 천체의 고도와 방위각을 재는 장치.
* 절첩식 : 잘라 붙여, 펴고 접을 수 있게 한 방식.
* 감박 대위 : 아마카스 마사히코(甘粕正彦, 1891~1945). 간토대지진 때 일본 헌병대위
　로 무정부주의자들을 살해한 군인. 이후 만주로 넘어가 만주국 건립에 큰 역할을 함.
* 호론바일 : 중국 네이멍구 자치구(內蒙古自治區)의 후룬베이얼 초원.

미친개로 하여금 의회의 문을 닫게 하고

미친개보다 더 미친

관동關東 군국주의자들은 주인도 모르는 사이

벌써 죄 없는 양의 넓적다리를 물었으니

이제로부터 사천오백만 석石 피가 흐르게 마련이다

이민족異民族 사천오백만 석의 피로

일로전비日露戰費 이십억 투자 십칠억이라는 것을 회수하기 위하여

미친개보다 더 미친 살인 기술자들은

위선爲先 제 살을 물어뜯어

남의 이빨이 긴 탓이라고 에워 쳐

만주사변이라 일렀으니

때는 일천구백삼십일 년 구월 십팔 일 밤 열 시

제 영토건만

함부로 가까이하지 못하는 남만주 철도

고단한 중국 별

빛을 투기는 푸른 귀화鬼火 총총한

유조구柳條溝* 화차참火車站에서 이백 미터를 걸어가는

사냥개들의 그림자가 있자

지는 다이나마이트는

심양성瀋陽省 속에

늙은 사람들의 꿈자리를 사납게 하였다

---

* 유조구 : 일본 관동군이 남만주 철도를 폭파하여 만주사변을 일으켰던 곳인 만주 선양
(瀋陽) 북쪽의 류탸오후(柳條湖)를 당시 신문이 류탸오거우(柳條溝)로 잘못 표기한 것.

왕이철王以哲*이가 잠을 자는 왕이철이가
만몽滿蒙 생명선生命線을 일 미터나
폭파하였던 것인
그날 밤 장춘長春을 떠난 급행차는
열 시 반 어떻게 무사히 심양역에 닿았더냐

독사毒蛇여
피로 피를 씻고
칼로 칼을 가는 제국주의여, 독사의 무리여
입을 다물고 차라리 포탄부터 소비하라

그날 밤 자정
열두 자 두터이 심양성은
일본군의 포격에 부스러지고
이튿날 새벽
저들의 주권이 흥정도 없이 원수에게 넘어간 다음
북대영北大營 타다 남은 병창兵廠 추녀 끝에는
흡혈吸血의 상징 일장기가 날렸다

이리하여 무순撫順, 본계호本溪湖, 탄항炭抗 천판이
다음 날 모래같이 무너지고
그 이튿날 신민新民, 안동安東, 장춘, 금주錦州, 길림성吉林省
돌과 흙이 지평선에 가지런하여졌다
두 개의 침목枕木과

---

* 왕이철 : 만주사변 당시 중국의 장군.

어디서 주워온 철편鐵片은 폭파의 증거물로 또
제국주의의 담보물로
관동군 사령부에 보관이 되고

흥정에 바쁜 세계는
릿튼 보고서*를 역사 교과서같이 제작하고

의로운 자 모두
전선前線 없는 전선에 쓰러지고
혹 궐내로 혹 지하로 사라진 다음
한간漢奸*은 지렁이 두더지처럼 살쩌갈 때
파리회의는 웅변만을 위주爲主하였고

검은 그림자 지나간 다음
군국주의제製 전차戰車는
오십만 평방리 경작을 시작하고
이민족의 선혈을 비료로 삼끼* 비롯하였다

—『신천지新天地』(1948. 10) 발표.

---

* 릿튼 보고서 : 국제연맹이 영국의 리턴(Lytton) 경을 단장으로 만주사변의 원인 등을
  조사토록 한 보고서.
* 한간 : 중국에서 적과 내통하는 사람을 이르는 말.
* 삼끼 : '삼는다'는 뜻인 듯.

FRAGMENTS

시인의 머리는 한 기관機關이다.

◇

그 기관은 짚신을 삼는 두 손과 비슷하다. 두 손 속에는 짚신의 형식이 미리 들어앉았다. 두 손은 물론 머리의 지배를 받기는 하나 그렇다고 머릿속에 짚신의 형식이 있는 것은 아니다.

시의 기관은 두뇌를 떠나서 이런 의미에서 자율적이요 두 손은 두뇌를 떠나 또한 자율적이다.

◇

시는 생명체에서 직접 오는 것도 아니요, 두뇌에서 오는 것도 아니요, 기실 제삼의 치륜齒輪의 회전에서 생산된다. 제일 치륜인 생명의 발상지를 우리는 물론 모른다.

◇

그런 의미에서 시의 조성造成은 기계적이다. 조그마한 눈덩이를 굴리면 급기야 커다란 눈사람이 되고 마는 것과 비슷하다.

조그만 눈 덩어리가 어디서 왔느냐? 그것은 담길 자리에 물이 고이는 것과 같다. 물이 어디서 왔느냐고 하는 것은 시의 소관사가 아니다. 소재세계를 두고 소재세계를 딴 데 가서 탐색하는 것과 같다.

◇

두 손에다가 짚을 먹이는 것은 횡일橫溢하는 소재가 기관으로 꾸역꾸역 밀려들어가는 것과 일치한다. 시는 이 기관 속에서 제작되는 것이 아니라, 이 기관을 거쳐서 나가는 데서 제작된다.

소재의 취사선택은 영감이 하는 것이 아니라, 실로 이 기관 자신이 한다. 이 기관을 통하는 동안에 적자만 생존한다. 그러므로 요는 그 기관이 정확하고 투철하여야 한다. 요컨대 훌륭한 짚세기*의 형식을 세포 최하층에까지 저리게 해득解得하고 있는 두 손은 자연히 좋은 짚세기를 낳는 것이다.

◇

종래에 불러온 천재 혹 범재는 기관의 이칭異稱일 뿐, 그 기관이 크고 작은 것은 선천적이나, 그 정밀도는 후천적 단련에 있다. 그러므로 두 손이 정확精確할 수 있는 도리는 부단히 짚세기를 삼는 데 있다. 부단한 시 작업은 시인의 머릿속에 녹이 슬지 않게 하는 유일한 방법이다.

◇

기관은 또한 비단을 짜는 베틀과도 같다. 소재는 올과 날로 부정하고 또 긍정하는 것으로 차위次位가 발견되어야 하며 조직되어야 한다.

좋은 술을 담을 수 있는 그릇은 좋은 것이어야 하며, 시에 있어서 그것은 항상 비어 있어야 한다.

◇

시는 탄생되자마자 저만치 물러앉는다.

―――――――
* 짚세기 : 짚신.

그렇다고 그 시인의 소유가 아니라는 말은 아니다.

◇

시인은 독자를 구원하는 것이 아니다. 함정에 빠진 사람에게 시인은 동아줄을 내려보내 주는 대신에 그 사람의 생의 의욕보다 더 강렬한 것으로써 그 사람과 교통함으로써 그 사람이 스스로 올라오게 하는 것이다.

◇

며느리를 달달 볶는 시어머니에게 돌아오는 설교의 역효과를 시인은 항상 피한다.

◇

시인의 생명은 체중 이십 관 때의 정력의 충일에 있기보다 꺾어진 버들가지에서도 오히려 살고자 하는 의욕이 있는 것을 나의 ELAN VITAL*로 한다.

◇

먼동이 트는 것을 화가가 그렸다. 시인이 와서 그 속에 차고 또 뜨거운 것이 있다고 말하는 것이다. 이율배반의 괴리에서 일어나는 모순의 부정과 부정의 부정이 시인의 유일한 논리학이요, 방법론이다.

◇

계곡 암소岩沼에 이십 세의 건강한 여인이 어깨까지 잠그고 들어앉았

---

* ELAN VITAL : 프랑스의 철학자 앙리 베르그송(1859~1941)이 말한 무한한 에너지의 폭발과 도약. '생의 약동'으로 번역됨.

다. 시인이 와서 차고 또 뜨거운 정열이 물속에 있다고 말한다. 모든 것을 피의 무게를 기준으로 측정하라.

◇

시인의 요령은 열 마디 할 것을 다섯 마디로, 다섯 마디 할 것을 한 마디로, 한 마디 할 것은 입을 다물어버리는 데 있다.

◇

시의 충실은 시인의 머릿속에 준비되는 '허虛'의 심도에 정비례한다.
시의 최소공배수는 그 시대 인민 전체 의사의 최대공약수로 된 진리에 필적한다.

◇

"이 쇠가 식었으니 다시 달궈 오너라"라고 외친 사육신의 한 사람인 유응부俞應孚의 정의감에 누가 이론이 있겠는가? 그러나 정밀한 기관이 그것을 전부 통과시키겠는가 의문이다. 시의 정밀도는 인위적인 것 또 너무 의식적인 것을 높이 평가하지 않는다.
에픽테토스는 사형선고를 받았다. 그다음에는 밥을 먹으라는 명령을 받았다. 에픽테토스는 밥을 먹고 단두대에 올라갔다. 일사불란한 정신 질서, 그것은 나갈 데를 아는 동시에 멈출 데를 아는 것이다.

◇

'무지'는 부족한 것이나 한때 실수로 용서할 수 없다. 그것은 살인 강도와 다름없다. 글자를 모르는 것이 무지가 아니라, 모르는 것을 모르는 것이 무지다.

◇

시인은 항상 자기가 모르는 것을 알아야 한다.

용이한 것을 적대시한 시인들이 있었다. 그네들은 대개 고독과 결혼하였다. 나중에는 고독과조차도 이혼한 사람이 있었다. 자살하였다는 말이다.

나도 이 사도邪道에서 헤매다가 부상을 당한 일이 있었다. 그러나 다행히 내게로 쏠리는 시대의 천재의 힘인 다수자의 진리의 힘을 입고 소생하였다.

내 시가 난삽하다는 말을 듣는 것은 지당한 일이다. 내 상처가 아직 다 낫지 못하였기 때문이다.

시에 있어서 백합百合이 길쌈을 하지 않는 것으로 오인하지 마라. 참새가 떨어질 때 우주가 협력한다고 하지 않았는가.

◇

거대한 암석은 항거하는 것도 아니고 굴종하는 것도 아니다. 위대한 것은 때로 범주範疇조차 초월한다.

◇

시는 범주에 구애되지 말아야 하겠다.

시에서는 반드시 슬프니까 우는 것만이 아니다. 우니까 슬퍼지기도 한다.

◇

사상으로 남조선을 연역하지 않아도 남조선이 사상을 귀납 지어줄 만하다.

◇

　시인이 상상을 전유하였던 습관을 버리라. 상상으로 하여금 때로 시인을 소유케도 하라.

　상상이 시인을 소유하였을 때 시는 객관화되기 용이하다.

◇

　상상은 가벼워야 된다. 그러나 '우모羽毛같이 가벼울 것이 아니라 새와 같이 가벼우라.'

◇

　상상은 무거워야 된다. 그러나 돌과 같이 무거울 것이 아니라 피와 같이 무거우라.

　체험은 절대로 필요한 것이다. 그러나 체험보다 필요한 것은 한 그루 나무로 전 삼림을 파악할 수 있는 기관의 정밀도다.

◇

　육체는 생산하고 정신은 소비한다. 정신은 육체를 생산하도록 늘 뒤에 앉아 있다. 이 사이에 생기는 시의 가치는 다른 생산과 소비관계에서 결정되는 '필연'적 가치와 같다. 종래에 영감靈感이라는 것은 이 '필연'의 이칭이다.

　필연한 것이 시인에게 오고 마는 것은 임금林檎*이 익으면 떨어질 수밖에 없는 것과 같다.

───────

* 임금 : 능금.

◇

떨어지는 순간을 포착하라. 그때에 '새는 날아서 새에 방불彷彿한 것이다.'

◇

임금이 떨어지는 순간을 포착하였을 때는 벌써 올이 날을 물어버린 순간이다. 물어버린 이상 기관의 필연성은 시인 밖에서 비단을 짜고 만다.

◇

공기라는 사실이 '허虛'에 흘러들어갈 때 바람이 생긴다. 시인은 공기보다 바람을 노래한다.

◇

상상으로 하여금 시인을 소유케 하라는 말은 상상으로 하여금 상상을 낳게 하라는 말과 같다.

◇

상상이 상상을 낳는 과정은 단세포 두 개가 생식세포를 구성하고 이 생식세포가 다시 사 분열, 팔 분열, 십 분열하여가서 나중에 생명의 총체의 단위를 이루는 것과 비슷하다.

◇

시에 있어서 두 개의 생식세포는 지양止揚이 될 두 개의 정당한 모순이다.

◇

우선 산 높이를 이야기하기 전에 골짜구니의 깊은 것을 말한다.

◇

　시인은 상상이 상상을 낳아가는 전 과정을 감시할 뿐이다.

◇

　가장 비상징적인 시조차 항상 상징적이다. 아귀가 맞지 않는 데서 아귀가 맞는 것이 시다. 그러므로 시는 과학 이전 상태거나 과학 이후 상태다.

◇

　과학이란 기관을 수리修理한다는 말이다.

◇

　감정이라는 것은 수정할 수 없고 또 도로 물릴 수도 없는 것이다.

◇

　과학은 2+2=4를 말하는 데 반하여 시는 2+2=0이거나 2+2=∞를 성취하고 마는 것이다.

◇

　시의 자율적인 것은 '부득이'한 것과 '불가피'한 것이다. 그러므로 시에서는 과학에서 성립되지 않는 둔갑법遁甲法과 축지법縮地法이 성립된다.

◇

　시작詩作에 있어서 과학적인 엄밀을 숭상한다고 시가 엄밀하게 되는 것이 아니다.
　시 자체가 엄밀할 필요가 있으면 스스로 엄밀하지 않고는 못 배기는 자율성을 가지고 있는 것이다. 칠 음계를 벗어나가서도 시가 성립되는 소이所以는 칠 음계 이상을 요구하는 시의 자율적인 것이 음계 이외의 것을 능히 감당하기 때문이다.

통곡을 한 데는 반드시 통곡에 필적한 원인이 있었던 것이다. 만일 좀 더 통곡하였다면 또 좀 더 통곡한 것에 해당하는 소이연이 있었을 것이다.

◇

시는 시 자체의 과학을 가지고 있다. 그것은 엄밀한 것이 아니고 엄밀한 것을 감시하는 태도와 방법이다.

◇

닭의 배를 가르고 그 부패를 방지하기 위하여 눈을 뭉쳐 넣은 것은 확실히 과학적 방법의 효시였다. 이 방법이 과연 과학적이라고 긍정하는 것이 시인의 과학적 '태도'다. 그러므로 시인 자신은 대체로 손수 닭의 배를 가르지 못한다.

◇

그러므로 시인은 따라서 체험 자체가 아니다. 시는 체험과 상상 사이에 놓이는 교량이고 매질媒質인 것으로써 시를 생산한다. 체험을 통하여 상상할 수도 있고 상상을 통하여 체험할 수도 있다.

◇

시인의 과거 경험 중에는 '산山사람'의 투쟁에 유사한 경험의 단편들이 있을 것이다. 그것을 유추하여 '산사람'의 투쟁을 시화詩化할 수 있다.

소년 시절에 가시에 찔렸던 살의 아픔과 남의 과수원에 몰래 들어가려고 하던 때에 가졌던 긴장상태를 기억하라.

그것을 옳게 전입시켜서 강화하면 '산사람'의 투쟁을 그릴 수가 있다.

◇

모든 것을 다 알고 시를 쓰겠다는 것은 누만금累萬金을 모은 뒤에 좋은 일을 하겠다는 것과 같다. 시인의 임무는 한 냥 돈을 유효하게 쓰는 것이다.

◇

모든 것을 소유하려는 데서 시인은 모든 것을 잃어버린다.

그러나 또한 모든 재료를 수집하여두자. 과학에 있어서 한 개 단안斷案을 내리기 위하여는 실로 몽블랑의 높이의 재료를 쌓은 것이 있어야 한다는 말을 역시 시에서도 기억하자.

◇

사실의 투영을 그려서 사실에 필적케 하려는 것이 나의 시작詩作 의도였다. 남조선 사태는 때로 그럴 여유조차 주지 않는다. 결국, 사실 자체 속으로 돌입할 수밖에 없지 않은가. 시의 의상을 희생하고 시의 육체를 남길 도리밖에 없다. 다만, 객관화시키기를 잊지 말자. 내 머리는 한 개 기관에 불과한 것을 잊지 말자. 그리하여 내가 제작하는 시가 인민 최대 다수의 공유물이 되게 하자.

◇

'진리'만이 무서운 것. 차차 우리는 '주검'에 대하여 침착하여가는 것이 아닌가.

—『제신의 분노』(1948) 수록.

제2부

소설

단발斷髮

"아 빨리 나와요, 뭘 이리 꾸물대요?"

"가만있어요. 좀, 왜 그리 보채요? 머리나 좀 빗어야지요."

안방에서 나오는 대답이다.

"난 그럼 먼저 가우. 어서 빗고 부지런히 따라오우. 응?"

일부러 구두 소리를 시끄럽게 내면서 중문간으로 뚜벅뚜벅 걸어간다.

"아이, 잠깐만 기다려요. 나 혼자 어떻게 가요. 참 인제 거진 다 됐어요."

이래서는 안 되겠다는 듯이 아내는 노랑소리*를 S의 고막에 토해냈다.

"그럼 내 기다릴게. 얼른 나와요. 까딱하면 시간이 늦어지니까 그렇지."

이렇게 위하는 대답을 해주면서 지팡이 끝으로 중문지방을 똑똑 두들긴다.

새로 피운 담배가 절반 남아 타들어갔을 때 안방 문이 열리면서 외투로 몸을 싼 아내가 나왔다. 하늘의 별을 세어보던 S는 문소리가 나니까 마루 앞으로 가까이 가면서 "자, 또 넘어지지 말고 조심하우. 그리고 밤

---

* 노랑소리 : 속은 그렇지 않으면서 겉으로만 남의 비위를 맞추며 하는 소리.

인데 구두 신지 말구 고무신 신고 갑시다."

이렇게 일러두면서 오른쪽 어깨를 아내 쪽으로 내밀어준다. 짚고 내려오란 뜻이다.

"왜요?"

"왜는 왜여, 앓고 났으니까 혹 넘어질까 봐 그러지."

"염려 마세요. 뭐 길가에서 자빠질까 봐 그래요?"

아내가 이렇게 핀잔을 주는 바람에 두말하지 않고 "그럼 맘대로 하우. 난 모루."

S는 물러섰다.

◇

"아이 어지러워. 왜 버스가 그 모양이야? 하도 오래간만에 타니까 그런가, 당신은 골치 안 아푸?"

"그거 봐요, 그러기에 고무신 신고 오랬지 무어랬어. 앓구 나서 금방 뒤축 높은 신을 신으니까 후들거려서 그렇지."

"듣기 싫어요. 밤낮 그런 싱거운 소리만 해."

"누가 싱거운지 모르겠소. 어서 빨리나 좀 걸어요."

버스에서 내린 두 사람은 장곡천정長谷川町* 넓은 거리를 왼쪽으로 비켜서서 어깨를 겨눴다, 떼었다, 바쁜 걸음을 놀리며 걸어간다. 공회당 앞에까지 다 왔을 때 비로소 S는 아내가 숨차서 할딱거리는 것을 깨달았다. '아차' 하고 속으로 퍽 미안하고 가엾어서 "숨차우?" 하고 겨우 돌아다보았다.

독감으로 오래 시달리고 난 얼굴이 화장은 하였건만 두 눈 밑으로 어리싸늘한 빛이 떠돌고 희미한 불빛에 두 볼은 은회색으로 잠겨 있다.

---

* 장곡천정 : 일제강점기 때 서울 중구 소공동의 명칭.

이튿날 아침 S는 잠옷을 입은 채 안방으로 들어가보았다. 여덟 시가 지났는데 아내는 아직도 곤한 잠을 깨지 못하고 아랫목 벽 쪽을 향하여 오른손을 머리 위에 얹은 채로 숨소리도 없이 자고 있다. 흐트러진 머리는 베개 위와 이마에 가득 덮이고 머리맡에 놓인 양주 물병에까지 휘감겨 있다.

'어젯밤에 늦도록 구경하느라고 꽤 곤한 모양이군.' 속으로 이렇게 중얼거리며 다시 나가려다 간밤 아내가 하던 말을 생각하면서 다시 흐트러진 아내의 머리카락을 쳐다보았다. 그러고는 빙그레 웃으며 방문을 가만히 열고 나와 건넌방에 가서 신문 오리는 왜가위를 들고 나왔다.

아침 햇빛에 반짝이는 조그마한 가위를 다시 한번 요리조리 뒤집어보면서 안방으로 들어가서 S는 약병을 치우고 머리맡에 앉아서 숨을 죽여가며 흐트러진 머리카락을 조심조심히 모아 쥐고는 입을 삐죽거리면서 싹싹 베었다. 아내의 머리털이 절반이나 단발이 되었을 때 소리도 없이 파리 한 마리가 S의 이마 위에 와서 앉더니 요리조리 기어 다닌다. 이놈을 쫓느라고 가위를 머리카락에 물린 채로 왼손을 들려다 가위를 탁 쳤다. 눈을 깜박 뜬 아내는 이 꼴을 알고 어이가 없어서 웃지도 못하고 가위만 쳐다보더니 "아니, 그런데 이게 웬일이에요? 머리는 왜 별안간 잘렸어요? 난 몰라요, 잉……" 하며 눈을 동그랗게 굴린다.

"하하, 하하 모르면 그만두오, 하하 자기가 자르라고 그래 놓고 뭘 그래 허허……."

"아, 내가 언제 자르라고 그랬어요. 이게 뭐야."

"어어 저것 봐. 어젯밤에 공회당에서 그러지 않았어? 그래."

"내가 언제……. 난 몰라."

"앞에 앉은 단발한 여자들 보구 '아이 그것참 시원하겠네, 오죽 편할까 나도 했으면' 그러지 않았어? 그래, 난 몰라 하하."

S는 가위를 요리조리 뒤집어보면서 일어났다.

이날 아침 삼일이발관 늙은 주인은 아침결에 외상으로 일 원 한 장 벌었다.

—『조선일보』(1932. 4. 27) 발표.

산신령

복과 덕이 없는 탓이겠지.

내가 온 뒤로 이 광산에서 잘된 일이라고는 한 가지도 없었다. 지난가을에는 때아닌 큰비에 꼭대기 탕이 터지고 도광기搗鑛機* 부분 문이 없어서 한창 좋은 때는 다 보내고 섣달 대목에 들어서야 눈보라를 쓰고 얼어붙은 갱에서 파이프를 뜯어다가 장작불에 녹여가면서 제련 준비를 하였다. 평안북도의 겨울은 내가 어려서 손발을 얼려가면서 연을 날리던 함경도 추위보다 더 찼다.

"일감 많은 산에서는 이런 일은 여름에 하지요." 대장간 젊은 홀아비가 불평 삼아 말하는 데는 아무리 돈을 주고 시키는 일이지만 듣기에 안되었다. 마지막 낫도*를 조이고 제련장 바닥을 한 번 쓸어내면서 해가 바뀌었다.

자가웃* 넘게 얼어붙은 얼음장을 깨고 물을 당겨 정초에야 겨우 시작

---

* 도광기 : 광석을 찧어 부수는 기계. 금방아.
* 낫도 : 너트. 기계나 건축물의 부품을 고정시키는 데 사용되는 금속의 공구.
* 자가웃 : 한 자 반쯤 되는 길이.

한 제련은 또 저수조가 샌다. 낙산落山*이 뜻대로 되지 않아 먹일 감석*
이 없다. 손이 모자라 쉰다고 하다가 그만 된추위를 만났는데 조금씩
흘러내리던 샘물 물줄기는 이월 초순께부터 아주 꽉 얼어붙으면서 말
라버렸다. 그나마 시원치 않은 하석제련下石製鍊도 간신히 시운전을 하여
수은금水銀金 칠십 그램을 내고는 중심中心하고 말았다. 봄물이 흘러내리
기를 기다리는 수밖에 없었다. 독장산獨將山 산골에서는 매운바람이 밤
낮으로 불어 내려왔다. 산 옆 강낭밭에서는 가끔 눈기둥이 일곤 하였다.
그러나 늦게 시작한 추위라 한고비 지나서는 이내 풀리기 시작하였다.
걱정걱정하였더니 기후는 항상 사람 먼저 앞섰다.

　제련을 못 하는 동안에 낙산용 윈치winch* 설비나 잘해놓으라고 일러
두고 상망을 보러 서울로 갔다. 삼 주일 만에 산에 돌아왔더니 우수雨水
에 때맞춰 비가 좀 내린 뒤라 눈 녹은 물이 조금씩 흘러내려서 저수정貯
水井이 어지간히 불었다. "이제 곧 녹綠이지요"라고 이웃 산 주인이 예언
하더니 과연 땅 밑에는 벌써 봄이 온 모양이었다. 하루 두 번 도끼로 얼
음을 찍고 물을 길어다가 조석을 지어 먹은 것이 엊그제인데 양지쪽 언
덕에는 벌써 눈이 다 녹고 파릇파릇한 엄*조차 돋아났다. 서북풍도 잦
아들었다. 얼음을 깨고 흐르는 물줄기를 보니 열 공孔이는 돌릴 만할 것
같았다.

　삼월 초닷샛날 제련을 다시 시작하였다. 처음으로 따뜻한 날이었다.
일변一邊 파석破石을 시키고 펌프와 모터에 스위치를 넣었다. 이내 싯누
런 흙탕물이 동판銅版 위에 무늬를 이루면서 좔좔 흘러내렸다. 나는 한
시름 놓고 내 방으로 갔다. 어서 부지런히 주야로 돌려야 밀린 셈도 해

---

* 낙산 : 광석을 캐낸 곳에서 산 아래 금방아가 있는 곳으로 옮김.
* 감석 : 유용한 광물이 일정 정도 이상 들어 있는 광석.
* 윈치 : 광산에서 큰 돌덩어리를 옮기는 데 쓰는 기계.
* 엄 : 초목의 어린싹.

주고 세금도 바칠 수 있지 않은가?

　나는 오래간만에 북창北窓을 열어놓았다. 오백 폰드* 열 공이가 암반巖盤 같은 공그리* 기초를 울리는 소리가 멀리서 바람결에 장하게 들려왔다.

　이제는 순조롭게 되어가나 보다 했더니 이튿날 아침에 주임과 감독이 낯빛이 달라져서 내 방으로 찾아왔다. 또 무슨 일이 생겼나 보다 했더니 아나나 다를까 모터 앞 중간 샤프트shaft* 기초 공그리가 떨어져서 기계를 돌리지 못한다고 했다. 보던 책을 덮어놓고 나는 그들을 따라 올라가보았다. 스위치를 끈 제련장 안은 빈 교회당같이 조용하였다. 감독 한 사람이 피대에 걸터앉아 밑둥어리가 빠진 기초를 흔들어 보인다. 기초는 흔들리는 앞니 모양으로 들썩거렸다. 여기저기 파이프 틈새에서 물방울이 뚝뚝 떨어졌다. 금세 달아나던 거수巨獸가 총을 맞고 쓰러져서 핏방울을 떨구는 것같이 장내는 처량하였다. 공그리는 곧 고쳐놓는다고 하더라도 굳으려면 삼 주일은 걸릴 것이다. 이래저래 삼월 한 달은 또 거저 보내게 되었다.

　“그런데 시멘트는 도대체 어디 가서 구해오나?” 나오면서 보니까 공사책임자인 김이란 감독은 원래 검은 얼굴빛이 더 죽어서 햇볕에 앉아서 먹사리* 짝에 널어 말리는 ‘목’*을 손가락으로 끄적거리고 있었다. 주임의 말에 의하면 기초가 빠져나온 것은 원래 시멘트가 좋지 못하였던 것, 보도*를 좀 더 깊게 박지 않은 것, 일 분간 일천칠백 회 이상 돌아가는 모터 전면의 기초로써는 그 길이가 너무 높았다는 것 등이 원인이었

---

* 폰드 : 파운드.
* 공그리 : 콘크리트.
* 샤프트 : 축.
* 먹사리 : 짚으로 날을 촘촘히 결어서 만든 그릇인 ‘먹서리’를 말하는 듯.
* 목 : 광산에서 금방아를 찧고 난 광석을 함지질할 때 나오는 가루 광석.
* 보도 : 볼트.

다. 그러나 잘하자는 노릇이 이렇게 된 것을 나무라면 어떻게 하나? 한 마디라도 언짢은 소리를 하면 말하는 사람의 입만 사나워질 뿐일 것이다. 나는 웬일인지 책임은 도리어 내게 있는 것만 같았다. 사람을 내어 놓아 시멘트를 구하였으나 쉽사리 손에 들어오지 않았다. 날씨는 비웃는 듯이 나날이 좋아져서 개울물도 얼음을 녹이면서 불어났다. 수량은 머지않아 스무 공이를 돌릴 만도 할 것 같았다.

이때 누가 한 말인지는 모르나 내가 산신령께 치성을 드리지 않아서 탈이 자꾸 생긴다는 소리가 내 귀에 들렸다. 대체 돌을 찍어 금을 내는 데 산신령께 어떻게 치성을 드린다는 말인가? 잘 안되는 것은 제련뿐 아니라 탐광探鑛 역시 마찬가지였다. 이 광산에서 탐광을 그만둔 지는 거의 일 년이 넘었다. 갱내 작업이라고는 가끔 남산南山 갱에 고이는 물을 푸는 일밖에 없었다. 생각은 있어도 돈이 돌지 않아서 어느 구덩이 하나에 데브리débris*조차도 붙여보지 못하였다. 우리는 다만 전 광주鑛主가 파서 매광賣鑛하고 남긴 하석 일만 톤가량 되는 것을 제련할 준비만 하고 있었다.

그런데 동짓달 어느 날 밤엔가 산 아래 새골이라는 데 사는 김치련이라는 사람이 올라와서 강냉이 꿈을 꾼 이야기를 하고서부터 탐광하는 일이 시작되었다. 강냉이 꿈은 금광에서 길몽이었다. 치련이라는 사람은 전에도 강냉이 꿈을 꾸고 이 독장광산에서 제일 좋았다는 구舊 칠 호 신혈新穴을 팠다는 것이었다. 그날 밤 말인즉 제광장 뒤 신맥견갱新脈堅坑을 믿어보았으면 좋겠다는 것이다. 그 갱이라는 것은 한 십여 자 들어가다가 만 신혈이었다.

"그렇지. 그놈의 데를 믿어봐야지. 다른 데야 어디 더 해볼 데가 있음마?" 하면서 건너 땅 주인 오 영감이 마침 놀러 왔다가 역시 이 산에서

---

* 데브리 : 파편.

그 구덩이 일을 안 하는 것을 한恨하였다. 오 영감은 눈이 짓무르고 꼬챙이같이 마른 모습이 외모는 보잘게 없어도 광에는 상당한 소견이 있는 사람이었다. 그는 북광北鑛, 대유동에서 막장꾼으로 늙은 찰금장이었다. 금점金店에서 바짓가랑이에 감춰온 봉박이* 금알 몇 량 중을 팔아서 전장田莊*을 장만한 위인이었다. 그런 만큼 금광에는 아주 물리가 튼 사람이었다.

"파만 보시구려. 스무 자 안 들어가서 쇠줄 잡습니다. 오십 자만 들어가면 남산서 건너간 십자十字 줄을 잡지요. 그 구덩이가 이제 큰소리칩네다" 하고 장담을 하였다. 그날부터 사무실 사람들도 모여 앉으면 탐광 이야기이고 오 호 갱 이야기였다. 오 호 갱에서 불이 나는 꿈을 꾸었다는 둥, 송장 꿈을 꾸었다는 둥 하고 들썩거렸다. 김치련이는 그 뒤에도 가끔 놀러 올라왔다. 턱이 뾰족하고 군입질을 하는 거라든지 쌈지에서 담뱃가루를 꺼내 거북스럽게 종잇조각에 말아 피우는 것을 보면 도무지 재수가 붙을 사람 같지 않았다. 그러나 하도 자신 있게 여러 차례 말하기도 하고 우리도 기왕부터 어디 한군데 뚫어보고 싶던 터라 오 호 갱 탐광을 하기로 하였다. 데브리 매척每尺 팔 원이라는 단가로 우선 오십 척 한도에서 김치련에게 도급을 내어주었다. 이어 사무실에서는 갱을 중앙갱이라고 명명하고 전말을 서울에 알리고 승낙을 구하였다. 도급 주는 막장꾼 여섯을 세 패거리에 붙여가지고 곧 일을 시작하였다.

이튿날부터 듣기 좋은 발파 소리가 구덩이 속에서 울려 나왔다. 밤낮으로 은은하게 산이 진동하는 소리가 들려오니 잠자듯 하던 이 광산도 제법 일판같이 되었다. 우리들은 날마다 조석으로 구덩이에 올라가 보았다. 올라갈 적마다 이제 곧 노다지가 쏟아져 나오는 것만 같았다. 그

---

* 봉박이 : 치아에 봉을 박는 합금.
* 전장 : 개인이 소유한 논밭.

러나 날마다 가보아야 늘 한가지였다. 스무 자만 파면 쇠줄을 잡는다더니 삼십 자, 사십 자를 들어가도 제턱*이었다. 지근은 보이나 맥은 시원치 않았다. 다만 가느다란 껍질이 끊어지지 않고 원산 쪽에 달려들어 갈 뿐이었다. 오십 자를 다 파도 나오는 것은 없었다.

—『조선춘추』(1942. 5) 발표.

---

* 제턱 : 변함이 없는 그대로의 정도나 분량.

프란씨쓰 두셋

    번잡한 브로드웨이에 있는 D대학이지만 도서관 안에 들어가면 딴 세상같이 조용하였다. 육중한 유리문을 밀고 들어서면 우선 125번가 근처에서 지하철로 굴러 들어가는 기차 소리가 매듭을 끊듯이 사라진다. 다섯 사람이나 혹은 여섯 사람 앞에 한 방씩 돌아가는 연구실에 들어가서 문을 잠궈버리고 앉는다면 세계는 완전히 우리들 것이었다. 그러나 동북 켠으로 치우쳐 박힌 영문학과 연구실 유리창들은 다시 암스테르담 가街로 열리기 때문에 버스가 브레이크를 거는 소리를 피하지 못하였다.

    그런 까닭에 나같이 잡음을 견디지 못하는 사람은 항용 서고를 이용하기를 즐겼다. 통풍이 잘되지 않기 때문에 공기는 좋지 않으나 그래도 나는 간혹 아스피린을 먹으면서도 연구실에 가지 않고 이 절연체 속 같은 서고를 찾았다. 서가 끝에 준비된 책상에 마주 앉아 스탠드를 기우듬히 앞으로 젖히고 책을 펴놓고 있으면 내 신경을 방해한다고 할 만한 것은 서고를 오르내리는 엘리베이터 문이 열렸다 잠기는 소리밖에 없었고 원래 문 닫히는 소리를 좋아하는 나는 이것을 시계 치는 소리같이 들을 수 있기 때문에 나는 아무런 고통도 느끼지 않았다. 간혹 새 구두를 신고 들어온 사람이 삐걱삐걱 옮겨놓는 발소리, 혹은 무거운 책을 미끄러운 널마루에 떨어뜨리는 소리를 들을 수도 있지만, 이것은 도리어 침묵을 돋아놓는 효과만을 낼 뿐이었다.

내가 프란씨쓰 두셋이란 여자를 처음 만난 것은 이 서고 속에서였다. 만났다기보다 같이 있게 되었다는 편이 옳을 것 같다. 같이 앉았다는 말을 하는 까닭은 다른 사람들이 별로 이용하지 않는 이 서고를 날마다 장시간 그리고 지속적으로 쓰는 사람이라고는 나와 프란씨쓰밖에 없었기 때문이다. 나는 곧, 곧이라고 하지만 처음 인사를 한 지 서너 달 뒤에, 미스 두셋이라고 부르지 않고 이렇게 곧장 프란씨쓰라고 부르게까지 친한 사이가 되었다. 경우가 친할 수밖에 없게 되었던 것이, 학기 초 어느 날 낮잠을 자다가 깨고 보니까 B서가 끝에 있는 내 책상 바로 옆자리에 회색 눈동자를 조용히 감았다 뜨는 젊은 여자가 앉아 있는 것을 발견하였는데 첫째, 남학생도 별로 좋아하지 않는 이 음침한 서고에 자리를 정하고 거의 날마다 와서 공부하는 여자는 대관절 어떤 사람인가 하는 것은 내 쪽의 흥미나, 상대방에서도 역시 나와 거의 비슷한 호기심을 가졌던 모양으로 우선 서로 흥미를 갖게 되었고, 둘째로 두 사람이 다 윌리엄 블레이크William Blake*를 전공하고 있는 것을 서로 안 것과 그보다도 자리를 같이하고 조용한 서고 속에 두 사람이 나란히 앉게 되었다는 것이 친하게 된 가장 큰 동기였다. 서로 친하기는 하였으되 우리는 블레이크 이외에 대하여서는 별로 서로 말한 적이 없었다. 저쪽에서 내 신분이나 과거에 대해서 물어본 적이 없다. 그러한 것이 더욱 친한 사이임을 말하는 것이었는지도 모른다.

"당신 일본 사람이에요? 중국 사람이에요?" 하는 등속의 항용 저들이 쓰는 질문을 그가 하였더라면 나는 적이 실망하였을지 모른다. 나도 아

---

* 윌리엄 블레이크(1757~1827) : 영국의 시인 겸 화가.

무 질문도 하지 않았다. 다만, 그의 이름으로 미루어보아 그가 프랑스
계통 캐나다 여자란 것을 짐작하였을 뿐이었다.

가을도 다 가고 신문지가 달마다 매연의 밀도가 높아가는 것을 알리
는 운치도 없는 도회의 겨울이 깊어갔다. 나는 여전히 서고에 가서 블레
이크를 읽고 혹, 프란씨쓰가 오지 않으면 블레이크를 읽지 못하고 그냥
앉아서 엘리베이터 문이 열릴 때마다 프란씨쓰의 발걸음 소리가 들리는
가 하고 귀를 기울이곤 하였다. 나는 확실히 단순한 관심 이상의 감정에
지배되고 있는 것을 속일 수 없었다. 숙소에 돌아와서 혹 블레이크를 읽
자면 곧 프란씨쓰의 몸에선지 옷에선지 풍겨오는 매운 향료 냄새를 맡
는 것같이 되고 그렇게 되면 곧 나는 침대에 반듯하게 드러누워 천장으
로 뚫린 내 방의 단 하나인 유리창 밖으로 하늘을 쳐다보았다.

그러면 대개 프란씨쓰의 향기는 차차 사라지고 고향에서 작별하고
온 옥희玉姬의 생각이 대신 났다. 밤이 짙어가더라도 맑게 갠 날 같으면
몇 개의 별이 눈에 잘 보이는 까닭에 얼마든지 오래 옥희나 또는 고향
더운 아랫목을 생각할 수 있어도, 뉴욕 겨울 날씨는 개는 날이 별로 없
는지라 일곱 시만 지나면 내 유리창은 완전히 깜깜해져 버리므로 그다
음에는 누린내 같은 스팀 기운이 꽉 찬 대자 길이 지붕 밑 방문을 와락
열어젖히고 아래로 내려갈 수밖에 없게 된다. 주머니에 돈이 있는 날 같
으면 그리니치 촌에 있는 로바니 마리에 가서 키안티나 럼을 마시면서
심장에 화살이랑 꽂아 새겨놓은 더러운 탁자에 턱을 고이고 헝가리 여
자 마리의 술에 얼큰한 피카소론論도 들을 수 있지만 그렇지 못하면 나
는 대개 워싱턴스퀘어 쪽으로 간다. 그곳 광장에는 분수와 벤치가 있기
때문이었다.

광장 아치 밑으로 약간 전등불이 희미하게 가린 데서 나는 가까이 다
가서는 커다란 여자를 만났다. 그의 붉은 입에서 확 풍기는 맥주 냄새를
맡지 않고도 벌써 나는 그가 밀매음녀인 것을 알 수 있다.

"혼자 가쇼?" 하고 그는 으레 묻는다. "방을 구하느라고……" 하고 나는 전혀 생각해둔 일도 없는 거짓말을 태연히 한다. 태연한 말을 하는 동안에 여러 해 동안 참아온 내 피는 부글부글 괴어올랐다.

"내가 좋은 방을 하나 아는데" 하고 커다란 붉은 입술이 씰룩거리면 "얼마?" 하고 나는 대담하게 묻는다. "일주일에 칠 불." "아, 너무 비싸서 난 그런 데는 못 갑니다" 하고 나는 이번에는 정직하게 응하지 않는다. "칠 불이 비싸? 그럼 다 글렀다." 혼잣말처럼 이렇게 중얼거리며 여자는 돌아선다. 그의 뒷모양은 야학에 가는 여학생의 모습과 다른 것이 없었다. 나는 조금 걸어가서 벤치에 털썩 주저앉아 뉴욕 대학교 쪽으로 걸어가는 매음녀를 바라다본다. '따라가 볼걸' 하는 순간에 그 여자의 엷은 외투를 내민 젖가슴이 프란씨쓰와 비슷한 것을 기억하였다. 저만치 분수가 기운 좋게 뻗어 올라갔다. 아무리 기운 좋게 뻗어 올라가도 속이 시원찮았다. 나는 벌떡 일어나서 유니언스퀘어 쪽으로 달음질하다시피 걸었다. 돈이 없는지라 택시는 암만 지나가도 탈 수 없다. 나는 지하철로 가벼이 달음질쳐서 내려가서 브롱스로 가는 차를 탔다. 업 타운에 사는 프란씨쓰 두셋을 찾기 위해서였다. 116번가 지하철을 버리고 브로드웨이를 질러 나는 일단 모닝사이드 드라이브웨이까지 올라갔다. 밤늦게 아파트로 여자를 찾아간다는 행동을 충분히 뒤받쳐주는 용기가 내게 없기 때문이었다. 자동차길 벼랑 가에 서성거리면서 네온사인이 복닥거리는 어두운 흑인가 하렘을 내려다보았다. 시커먼 피가 엉긴 육체의 거리 하렘 쪽에서는 찬 동짓달 기온을 극복하면서 코에 깔깔한 석탄 연기와 함께 더운 살 냄새가 풍겨오는 것 같았다.

나는 자동차를 비켜 걸음을 그냥 옮겨서 결국 프란씨쓰가 사는 아파트로 도로 갔다. 정문 안에는 아무도 없다. 자동 엘리베이터를 누르고 사층으로 올라갔다. 5호실—프란씨쓰의 방 안에서는 타이프라이터 치는 소리가 났다. 나는 문을 또닥였다. 갑자기 소리가 끊겼다. 나는 한참 귀를 기울였다. '왜 대답이 없을까' 하고 있을 때 프란씨쓰는 문을 안으로 열었다.

푸른색 빛 가리개를 통과한 불빛을 받은 그는 내리닫이 가운을 입어서 그런지 키가 커 보였다. 나는 왜 홍조된 그의 얼굴을 본체만체 길게 내려간 그의 발 쪽을 보았을까?

"들어오세요" 하고 그는 비켜섰다. 놀란 것도 환영하는 것도 아닌 음성이었다.

나는 두 가지 중에 한 가지 반동이 있을 줄 기대하였기 때문에 적이 허정거리는 공허를 안고 돌려놓은 의자에 앉았다. 환영하는 기색이 보이지 않으면 곧 돌아서서 나올 생각을 하고 왔던 나다. 앉았다는 것은 그가 나를 역시 환영하기 때문일까? 그렇지 않았다. 그렇지 않았기 때문에 나는 아무 말도 안 하고 앉았다.

크게 감았다 뜨는 회색빛 눈과 불룩하게 워싱턴스퀘어 매음녀를 연상케 하는 젖가슴을, 허다한 미국 여자를 쳐다볼 때와 같이 부럽고 또 경멸할 수밖에 없이―귀한 것을 잃은 보석상자와 같다고, 피와 열이 떠나간 아름답고 건강한 형상들이라고―생각하고 앉았다. 프란씨쓰는 딱한 모양이었다. 그러나 나는 미국 여자에게 딱한 것이 그다지 아픈 일이 아니라는 것을 꽤 잘 알았다. 한 시간쯤은 딱한 것을 너끈히 견딜 수 있는 줄 잘 알았다. 한 시간 동안쯤 얼마든지 예의의 첫 꼴부터 예의의 마지막까지 되풀이할 수 있는 줄도 안다.

"베르무트 한잔할까요?" 하고 프란씨쓰는 예의를 표시한다. 나는 고개를 끄덕였다. 그는 화장대에서 잔 두 개를 집어다가 테이블에 놓고 술을 따랐다. 스팀이 새로 들어오는 소리가 들렸다. 나는 따라놓은 포도주를 마셨다. 그도 마셨다. 이번에는 내가 따랐다. 그가 먼저 마셨다. 나도 따라 마셨다. 프란씨쓰가 또 따랐다. 이번에는 내가 먼저 마셨다. 방안도 더웠지마는 술이 들어간 뱃속도 더웠다. 따르고 따라주고 얼마나 마셨던가, 아마 한 시간이 넘은 모양이기에 프란씨쓰는 딱한 것을 이 이상 견디기 어려운 모양으로 "날 괴롭게 하려고 오신 건 아니죠?" 하고 못마땅함을 표시하였다. "무슨 뜻이오?" 하고 나는 비로소 입을 열었다. "왜 아무 얘기도 안 하고 앉았어요?" 나는 무엇이라고 대답해야 좋을지 몰라서 술을 마셨다. 프란씨쓰는 다시 술병을 들어 따랐다. 그러나 아무것도 나오지 않았다.

　화가 나는지 취기가 돌아서 그러는지 "슬퍼 슬퍼 슬퍼!" 하면서 책상에 가서 기대더니 "제발 그 동양 냄새 내지 마세요" 하더니 침대에 가서 몸을 버리듯 누워서 다리를 뻗었다. 내가 자기 방에 앉아 있다는 것을 잊은 듯이 하고 누워버린 프란씨쓰의 기탄없는 태도가 마음에 들었다. 나는 일어섰다. 몸을 던지다시피 하고 누웠던 터라 가까운 한쪽 폭이 침대로 흘러내리고 오렌지빛 파자마 밑의 다리가 드러났다. 물론 보기 좋은 자세다. 나와 함께 여러 번 타임스웨이를 걷던 다리다. 지금은 가끔 큰 숨을 쉬었다. 그럴 때마다 워싱턴스퀘어 밀매음녀의 가슴 같은 젖통이 움직였다. 나는 또 이를 돌아다보았다. 나는 물론 참을 수는 없다. 나는 병에 술이 없는 줄 알면서도 잔을 따라보기도 했다. 잡지도 쥐었다가 크게 놓기도 했다. 눈을 감은 채 프란씨쓰는 모로 돌아누우면서 한쪽 팔을 넌지시 이마 위에 넘겨 보내고 코 기침을 한다. 입안이 마르는지 입술을 다신다. 나는 그 입술 안에 앞니가 약간 벌어진 것을 잘 안다. 모든 짓이 네가 지금 서먹서먹하게 서 있는 것을 다 안다는 표정 같았다. 나를 기다리는 것일까? 그렇다면 눈을 한 번 뜨지 않을까? 그러나 눈을 뜨지 않는 것이 다행이었다. 눈을 뜬다면 무수한 미국 여자가 천리만리 밖에서 나를 피로하게 보듯이 될 게 아닌가? 나는 책상 가까이 갔다. 두드려놓은 것은 16페이지 제8절, '하늘과 땅의 결혼'이란 대목. "머리는 숭엄하고 마음은 깨끗하고 생식기는 아름답고……." 나는 인용 구절을 읽다 말고 프란씨쓰의 말소리에 머리를 돌렸다.

"두수, 나 한 가지 물어봐요."

"물어보시오" 하고 나는 대답했다. 내 이름을 '미스터 박' 하지 않고 '두수' 하고 부르는 것이 좋았다. 간혹 '미스터 박' 하고 부르는 일이 있기 때문에 술에 취했구나 하면서도 나는 속으로 은근히 좋았다. 천리만리 먼 데 수족관 유리 속에 사는 인어 같은 미국 여자에게도 피부 밑에 살 밑에 핏속까지 내려가서는 우리와 공통되는 더운 세계가 흐르고 있는 것이로다 하고 반가웠다. "왜 채식을 하오?" 하고 그는 눈을 떴다. 그러나 그 눈은 도무지 멀리 닿은 눈이 아니었다. 당돌한 질문이다. 몇 번 같이 촤일드에 가서 점심이나 저녁을 먹어도 나의 채식에 관해서는 불관하던 사람이 무슨 흥미가 갑자기 생겼을까?

나는 웬일인지 대답은 하지 않고 성큼성큼 걸어가서 역시 기탄없이 그에게로 갔다. 침대 변죽에 모로 앉아서 나는 내 오른팔을 그의 가슴 위로 건네 짚었다. 프란씨쓰는 반듯하게 다시 돌아누우면서 "언제부터 채식주의자가 되었어요?" 하고 묻는다. 나는 상반신을 굽힌 채 우윳빛 목 위로 그의 작은 입으로 또렷하게 선 코로 크게 감았다 뜨는 회색 눈동자를 핥듯이 쏘아보았다. 나는 몇 시간 전에 밀매음녀를 만났을 때와 같은 충동을 느꼈다. 나는 몸을 일으키고 반듯하게 앉으면서 "삼 년 전부터" 하고 대답하였다. "왜?" 하고 프란씨쓰는 비용의 시를 취흥에 낭송할 때 같은 낮은 음성을 낸다. 나는 갑자기 일어나서 밖으로 달아나고 싶었다. "왜?" 하고 묻는 소리는 나를 부르는 소리 같았기 때문이었다.

밀매음녀가 나를 부르는 소리 같았다. 나는 밖으로 뛰어나가 아까 만난 밀매음녀를 찾아가려고 하는 충동을 느꼈다.

"왜 그랬는지 내가 알죠" 하고 프란씨쓰는 혼자 부르고 썼다.

"왜?" 하고 이번에는 내가 반문하였다.

"성자가 되려고."

"성자가 되려고?"

"성자가 되어서 고기를 먹고 살을 달라는 악마를 물리치려고."

"악마를 물리치려고?"

"그렇잖으면 왜 채식을 하우?"

"글쎄" 하고 나는 한참 푸른 스탠드 불빛을 보다가 "나 한 가지 물어보리까?" 하고 다시 오른팔을 그의 가슴으로 당겨 침대를 짚고 내 얼굴을 그의 얼굴에 가까이 떨어뜨렸다. "물어보세요" 하고 웃는다. 취한 웃음이었다. 그러나 자연스러운 웃음이었다. 그러나 술의 공덕을 높이 평가하지 않을 수 없다는 것은 슬픈 일이었다. 술로 말미암아 수족관의 고기가 바다를 찾는 듯이 착각을 한다는 것은, 술로 말미암아 비로소 천리만리 먼 데 사람과 가까울 수 있다는 것은 슬픈 일일 뿐 아니라 부도덕한 일 같았다.

"왜 물어 안 보우?" 하면서 프란씨쓰는 내 손을 잡았다. "왜 그 어둠침침한 서고에 들어오우?" 하고 물었다. 내 다리와 배와 가슴은 머릿속에서 나오는 생각과는 전연 다른 데서 떨었다. 차차 내 가슴이 프란씨쓰의 젖가슴에 닿는 것을 깨달았다. 그러나 우리는 회화를 계속했다.

"당신은 왜 들어오우?" 하고 그는 반문한다. "조용하니까." "나두 조용하니까" 하고 그는 다시 웃었다. 취한 웃음이었다. 나는 아무 말도 못하였다.

"당신 몸이 떨어요." 나는 아무 말도 못하였다.

"다 용기없는 사람 짓이에요. 채식하는 것도 어두운 서고를 찾는 것도……."

나는 아무 말도 못 하였다. 그리고 확실히 팔이 떨리는 것을 깨달았다. 프란씨쓰는 두 눈을 깊이 감아버렸다. 취한 탓이었다.

"뭘 무서워 그러세요? 뭘 주저하세요?" 하고 눈을 감은 채 프란씨쓰는 잠꼬대같이 중얼거렸다. 나는 아무 말도 못 하고 미국 여자의 더운 가슴을 눌렀다. 스팀이 다시 들어오는 소리가 들렸다.

"전등 불빛이 내 눈시울에 너무 밝아요" 하면서 프란씨쓰는 다시 코기침을 하였다. 나는 얼른 일어났다. 일어나서 스탠드 스위치를 껐다. 훤한 거리 불빛이 서창으로 흘러들어 와서 길게 가운을 흘리고 누운 프란씨쓰를 비쳤다.

"오세요" 하고 프란씨쓰가 불렀다. 그것은 퍽 흐린 술 취한 목소리였다. 그 목소리는 아까 만난 밀매음녀의 목소리 같았다. 나는 갑자기 도서관 서고 속에 나란히 앉았던 여자 생각이 났다. 도서관으로 그 여자를 찾아가야 될 것만 같았다. 나는 떨리는 손으로 문을 열고 프란씨쓰의 방을 나왔다. 밖에서는 함박눈이 퍼붓고 있었다. 기온은 몇 시간 전보다도 더 올라간 것 같으나 몸은 여전히 떨렸다. 물론 추운 까닭은 아니었다. 다시 프란씨쓰의 방으로 뛰어들어 가고 싶은 때문이었다. 그러나 나는 벌써 패배를 당한 사람이다. 할 일 없이 뱅크 가에 있는 숙소에 돌아와서 입은 채로 침대에 들어갔다. 옷을 벗을 용기가 나지 않았다. 벌써 스팀이 나간 뒤라 지붕 밑 방은 싸늘하게 식었다. 그러나 내 몸은 열병환자같이 달았다. 유리창에는 눈이 덮여서 하얗다.

도저히 옥희 생각이나 아랫목 생각이 나지 않았다. 술도 벌써 깨인 뒤라 눈에 막혔다고 생각이 없을 수 없는데, 아마 몸이 단 까닭이었는지도 모른다. 그러나 날씨가 차차 매짜지면서 내 몸 덩어리도 식어갔다. 정월이 지나고 이월 접어들면서 날씨는 더 찼다.

나는 여전히 도서관 서고에 가서 블레이크에 관한 것을 읽고 또 썼다. 프란씨쓰도 역시 서고에 와서 여전히 블레이크에 관한 것을 읽고 썼다. 우리는 언제든가 지나간 날 밤에 관하여서는 서로 이야기를 하지 않았다. 다만 이따금 블레이크에 관한 문헌에 대하여 의견을 주고받았다. 의견을 주고받아 보아도 블레이크에 관해서는 나는 벌써 별 흥미를 느낄 수 없었다. 도대체 읽기도 싫고 쓰기도 싫었다. 다만 프란씨쓰의 음성과 매운 향기와 의견이 흥미 있을 뿐이었다. 며칠씩 쌓인 흥미가 도저히 그냥 식을 수 없을 때마다 나는 촤일드에 가서 저녁 먹기를 청하였다. 그럴 때마다 프란씨쓰는 서슴지 않고 따라나섰다. 물론 나는 채소만 주문하였다. 그러면 프란씨쓰는 미소를 띠고 혹 약간 벌어진 앞니를 드러내기도 하나 다시는 어찌해서 채식주의자가 된 연유를 캐지 않았다.

하루는 역시 촤일드에서 나는 샐러드와 옥수수를 주문하고 프란씨쓰는 폭을 청해다가 먹다가 내가 "왜 채식을 하는지 아쇼?" 하고 묻지도 않는 말을 솔선해서 꺼냈다.

"몰라요" 하더니 그는 "왜요?" 하고 아무 트집 없이 묻는다. 정말 알고 싶은 표정이었다. "당신들 미국 사람을 견딜 수가 없어서" 하고 나 자신 막연한 이유를 대었다.

"그게 무슨 말이에요? 견딜 수 없다는 게" 하고 잿빛 눈을 깜박거렸다.

"글쎄 그건 나도 어떻게 설명했으면 좋을지 모르겠는데."

"두수, 역시 당신은 무서워하고 있어요. 주저한단 말이에요" 하고 프란씨쓰는 돼지고기를 베어들었다. 나는 내 뱃속에서 무엇인가 벌떡 뒤집히는 충동을 느꼈다. 그것은 퍽 유쾌한 감정이었다. 나는 프란씨쓰를 물끄러미 쳐다보았다. 역시 이제의 말은 자기가 자기 자신에 충실한 일을 하였던 그날 밤 감정을 조금도 수정하지 않고 있다는 것을 선언하는 것으로 나는 이해하였다. 술 때문이 아니다. 일시 발작으로 나온 희롱도 아니다. 내 몸과 영혼의 문은 모든 바람을 위하여 열렸다는 것을 소리 높이 말하는 것 같았다. 어리석은 나는 다시 몸이 떨리기 시작하였다. 과연 저 수족관 속에 흐늘거리는 육체로 가는 길은 나의 육체의 길과 같은 것인가? 침울하던 겨울이 가고 허드슨 강변이 푸르기 시작한 사월 초, 블레이크에 대한 흥미를 전혀 잃어버린 나는 대개 나의 조그마한 지붕 밑 방에서 옥희에게 긴 편지를 썼다. 별로 회답도 없는 편지들이었다. 그래도 나는 자꾸 썼다. 프란씨쓰 때문인지 가지에 물이 오르는 때가 되어서 그랬는지 하여간 나는 퍽 건실하고 정력적이었다.

그랬기에 길도 잘 모르는 그리니치 촌을 어디라 없이 지향도 없이 싸다니곤 하였다. 길에 가는 여자들이 차차 프란씨쓰와 같이 더워 보였다. 아름다운 석고상과 같이만 보이던 그들이 다 프란씨쓰와 같이 구수해 보였다. 그래서 점심이나 저녁을 먹지 않아도 배고픈 것을 모를 때도 있고 혹 돈이라도 있어서 로바니 마리에 가서 키안티나 럼을 마시면 첫 잔에 곧 얼굴이 붉어져서 나는 도리어 마리에게 피카소도 좋지만, 고갱도 좋다고 설명해주곤 하였다. 아마 그것은 프란씨쓰에 대한 사랑이었는지도 알 수 없다. 그랬기에 늙은 마리는 손을 깍지고 여교사처럼 내 앞에 서서 "아하 너는 사랑을 하는구나" 하고 또는, "사랑한다는 건 몹쓸 노릇이란다" 하고 왕청같은* 휘파람을 불기도 하였다.

그런 날 저녁에도 워싱턴스퀘어에 가서 벤치에 앉아 쉴 필요도 없이 집으로 곧 돌아오고 만다. 그러한 종류의 하룻밤, 나는 휘파람이라도 불면서 돌아와서 내 지붕 밑 방문을 열고 좋긋하게 의자에 앉아서 내 오기를 기다리는 프란씨쓰를 발견하였다. "어마나……" 하고 나는 그 몸에 맞지 않는 옷 같은 영어이기는 하나 가장 진실한 의사로 내 기쁨을 표시하면서 흉내는 흉내로되 역시 가장 자연스럽게 두 팔을 벌렸다.

프란씨쓰는 사뿐 일어나서 내 손을 잡는다. 블레이크 노트 같은 휴대물을 가지고 오지 않고 다시 말하면 아무 일 없이 놀러 온 프란씨쓰의 도독한 손을 나는 지그시 쥐어들면서 곧 앉으라고 하였다. 내 품에 넙적 안겨들지 않고 손만 내미는 그에게, 앉도록 하는 것이 가장 공평하기 때문이었다. 섭섭한 마음은 커다란 기쁨에 비기면 아무것도 아니었다.

그랬기에 나는 잠깐만 기다리라고 말하고 밖으로 뛰어나가 베르무트 한 병을 사 들고 들어왔다. 대강 짐작한 프란씨쓰는 선뜻 술병을 받았다. "어서 따라요" 하고 나는 양복저고리를 벗고 유리창 줄을 잡아당겼

---

* 왕청같다 : 차이가 엄청나다.

다. 나는 유리창을 막대기로 덫같이 고였다. 별이 대여섯 알 뿌렸다. "아이 추워, 왜 창을 열어요?" 하고 컵을 찾아들고 프란씨쓰는 항의하였다.

"그래? 그럼 닫지" 하고 나는 다시 막대기를 빼고 돌아서서 입을 커다랗게 벌리고 웃으면서 그에게 완전히 복종한다는 표시를 하였다.

"어디 가서 술 먹었소?" 하고 그는 잔을 들고 침대에 가서 앉았다. "로바니 마리의 마리에게 피카소도 좋지만 고갱도 좋다고 그랬소, 그리고…… 고갱도 좋지만," "좋지만?" 하고 프란씨쓰는 어린애 같은 눈초리다. 방이 좁은지라 두 발자국만 떼어놓으면 프란씨쓰 앉은 데다. 나는 술 컵을 든 채 상체를 굽히고 다갈색 머리에 입술을 대이면서 "몰라, 뭐라고 했는지 몰라" 하고 나직이 중얼댔다. 프란씨쓰는 비스듬히 몸을 피한다. 그런 기맥을 안 나는 얼른 몸을 일으켰다. 계면쩍은 자세를 가다듬기 위하여 나는 들었던 컵을 한숨에 들이켰다.

"너무 많이 마시지 말아요" 하면서 프란씨쓰는 컵에 입을 댄다. 마지못해 응수하는 잔인 것을 나는 곧 알 수 있었다. 내가 그렇게 생각하는 기맥을 알아차리고 착한 프란씨쓰는 한 모금 더 마셨다. 나는 한 컵 새로 따라 또 마시고 의자에 앉아서 고향에서 멀리 끌고 나온 처량한 트렁크를 내려다보고 있었다. 오랜 침묵…… 사방에서 불어놓은 재즈가 들렸다. 음악 사이사이로 밖에 자동차 지나가는 소리가 들렸다. 무료하였던가? 프란씨쓰는 컵을 다시 끌어 한 모금 마시고 내 침대에 드러누우면서 "저 줄 좀 보게, 불길하기도 하다"고 한다.

유리창을 당겨 올리는 밧줄을 나는 쳐다보았다. 불길한 것도, 아무것도 없는 노끈이었다. "왜 그건 불길하다고 그러오?" 하고 나는 물었다. "목을 연상시켜요." "누구 목을?" "누구 목이야 누구 목, 그냥 목이지" 하고 프란씨쓰는 내 쪽으로 돌아눕는다.

나는 그의 말씨가 재미있어서 웃었다. 술기운 때문인지도 모른다. 프란씨쓰도 웃었다. 역시 동양 사람과는 의사가 통하지 않는 것을 자탄하는 웃음이었는지도 모른다. 하여간 우리는 서로 웃게 된 것을 다행으로 생각했다. 침대에 늘어뜨린 다리, 꺼진 아랫배, 불룩한 가슴, 보이지는 않아도 푸른 불빛에 미끈하였던 목, 그리고 이제는 역력히 역력히 알 수 있는 얼굴 모습…… 나는 동녘이 훤히 밝듯이 붉은 그의 뺨을 그냥 보고 있을 수 없어 일어나서 그에게 다시 한 잔 권하였다. 그는 상반신을 일으키고 앉아 흔들었다. "괴롭히지는 마세요" 하고 머리를 다듬으면서 "두수, 난 당신을 좋아해" 한다. 이 말이 끝날 순간에 나는 프란씨쓰에게 전하려고 들었던 컵을 손에서 놓아버렸다. "와짝" 하고 컵은 깔개 위에 떨어져 깨어지고 핏빛 포도주는 곧 잦아들었다. 웬일일까? 내가 미쳤나 하고 어리둥절하고 있을 때 프란씨쓰는 벌떡 침대에서 일어나면서 "난 그만 가야 되겠어요" 하고 옷을 멈춘다.*

나는 별안간 가슴이 덜컥 내려앉는 것 같은 충혈된 고통을 느끼고 두 다리를 힘껏 뻗고 섰다. '가? 어디로 가?' 하는 반항이 내 뱃속에서 가슴 위로 꾸역꾸역 치밀어 올랐다. 술이 들어간 때문인지도 모른다. 그러나 술의 힘이 이렇게 강할 수는 없을 것이다.

나는 내 두 눈이 보기 싫게 충혈되었건 말았건 생각할 여유도 없이 프란씨쓰에게 달려들었다. "프란씨쓰" 하고 커다랗게 거친 숨결이 내는 목소리를, 나는 프란씨쓰를 끌어안고 침대에 넘어지면서 들었다. 프란씨쓰는 한참 동안 아무 반응도 없이 몸을 내어 맡겼다. 내 손은 그의 미끈한 목에서 젖가슴에서 배로 떨어졌다. "무서워 안 한다. 주저 안 한다" 하고 나는 그를 부둥켜안아 끌면서 중얼댔다. 그래도 프란씨쓰는 아무 응대도 반응도 없었다.

프란씨쓰는 나를 환영하는 것도 싫어하는 것도 아니었다. 내 정신은 당황하여졌다. 시간이 얼마나 지났을까? 나는 고개를 쳐들었다. 그는

---

* 옷을 멈춘다 : '옷매무새를 고친다'는 뜻인 듯.

두 눈을 커다랗게 뜨고 있었다. 이상한 눈이다. 그의 가슴에서 약간 몸을 일으켰다. 그의 멀건 눈초리에 놀랐기 때문이다. '죽은 생선 눈'이라고나 할까, 할 때 프란씨쓰는 "당신이 누군지 난 잘 몰라요. 어떻게 알겠어요? 당신도 내가 누군지 모를 거예요" 하고 상기된 내 얼굴을 물끄러미 들여다보았다.

나는 무엇이라고 해야 좋을는지 몰랐다. 내 몸속으로 눈을 감고 돌아가는 피가 일시에 정지하고 마는 것 같았다. 프란씨쓰의 잿빛 눈동자는 여전히 죽은 생선같이 희멀겋다. '죽은 살덩어리를 안았구나…….' 그러나 내 살 속에 피는 염치없이 아직도 더운 여자의 고동을 알려고 하였다. 수족관 속에 너울거리는 인어, 도저히 도저히 같이 흐를 수 없는 이 피, 마네킹…… 수많은 미국 여자의 역시 하나, 천리만리 멀리 떨어져서 멀리 고향 서울, 추운 겨울에도 따뜻한 아랫목에서 돌아앉는 옥희에게 아무짝에 쓸모없는 편지만 쓰고 있어서 무얼 할 건가! 나는 일어나 앉았다. 재즈 소리가 여전히 들려오고 자동차 지나오는 소리가 간단없이 들렸다. 프란씨쓰는 한동안 그냥 누워 있다가 한숨을 지으며 일어났다. 탈진한 사람의 한숨 소리였다. 역시 자기네들의 쓰여진 오랜 관습의 율법에서 벗어져 나올 수가 없었다는 것을 고백하는 한숨같이 들렸다. 말로나 사상으로는 이해할 수 있어도 역시 피로는 알 수 없는 먼 땅에서 성장한 육체 속으로 들어간다는 것은 도저히 생각할 수 없다는 것을 깨달은 한숨이었다. 프란씨쓰는 내 앞으로 와서 두 손으로 수그린 내 머리를 들고 조용히 입술을 대었다. 그러고는 얼빠진 사람 모양 돌아서서 유리창을 한참 내다보다가 문을 열고 나갔다. 새가 날아간 조롱鳥籠 같은 방 안이다. 나는 멀리 끌고 온 커다란 트렁크를 오랫동안 내려다보고 있었다. 사면에서 여전히 재즈 음악이 들려왔다.

　　　　　　—『동아일보』(1946. 12. 13~22) 발표, 『조선문학전집』(1948) 수록.

해방
제3회

전호까지의 되풀이

날마다 날마다 강제노동에 신음하면서 K농업학교의 근로봉사대 일대는 알 수 없는 업고業苦에 시달리고 있었다. 이렇게 어두움 속에서 살아오던 어느 날—일본은 기어이 항복을 선언하였다. 학생들을 인솔하던 윤학선尹學善이도 그리고 학생들도 얼마간을 너무나 벅찬 기꺼움에 울음을 참지 못하였다. 그들은 마치 개선장군처럼 기를 펴고서 읍내로 돌아왔다. 그러나 장거리 못미처 피복공장 앞에서 그들이 트럭에서 내렸을 때 장터는 여느 날과 다름없는 표정이고 사람들의 왕래가 도리어 적어 보이는 것이 아니었던가. 그러나 조용하던 시간도 잠시뿐. 이튿날은 장터로 장터로 모여드는 사람들로 바다를 이루었다. 농악대가 나오고 꽹과리를 울리면서 장터는 해방의 기쁨에 겹겹으로 엉키어가는 것이었다. 이런 중에서 윤학선의 집을 찾아온 사람들이 있었다.

해동의원海東醫院 원장 남영빈南永斌, 전에 『한성일보』 지국장이던 오상근吳祥根, 산양목장山羊牧場 주인 염근수廉根守와 최관崔灌이가 일행이었다. 이들은 윤동제를 만나러 온 것이었다. 그들은 "중앙에서 사태가 어떻든 지방에서는 지방대로 치안이라도 확보하여야 한다" 그리고 또 한편에서는 "잠시만 더 전세를 보면서 중앙의 거취를 따르는 것이 옳지 않을는지?"

　이렇게 주인과 손들 사이에 오래도록 토론이 계속될 즈음, 마침 어젯밤부터 틀어놓고 기다리던 라디오에서 비로소 조선말 소리가 들려왔다. 그들은 황망히 라디오 앞으로 모이었다.

1. 새로운 역사(계속)

　방송은 서울에서 조직된 건국준비위원회 책임자의 말이었다. 일제는 망하였으나 아직 그 군대가 주둔하고 있으니 조선 사람들은 절대 자중하여야 될 것이라는 것을 강조하는 연설이었다. 책임자는 건국준비위원회가 성립된 경과를 말하고 나서 장래에 설 우리의 정권 아래서는 일제시대의 협력자들이라고 할지라도 하급관리들은 관대한 처분을 받을 것이니 부질없는 공동을 하지 말고 안심하라는 것도 부연하고 치안확보에 전적으로 협력하여 달라는 것을 부탁하는 것이었다.

　윤학선이는 마루에 나가지 않고 방 안에 있으면서 이 당당한 조선말 연설을 들을 수 있었다. 들으면서 학선이는 이 너무도 개인적인 것 같은 조선의 해방선언을 흡족하게 생각할 수 없었다.

　주권은 이렇게 간단하게 성립이 되는 것인가? 건국준비위원회가 생겼다니 이제 모든 문제는 건국준비위원회가 해결하여줄 것인가? 이제 말한 책임자는 자기도 아는 사람이었다. 건국준비위원회라는 것도 그럴법한 이름이다. 그러나 어쩐 까닭인지 자기 자신이 신문 잡지에서 익히 알아오고 또 시국에 협력을 한 여부에 대하여도 한마디로 말하기 막상 어려운 정도에서 다만 명사로 알려진 사람들의 이름으로 이렇게 쉽사리 조선 인민 전체의 운명이 맡겨지는 것인가 하면 좀 더 크고 대단한 해방의 선언과 독립 주권 성립의 선포가 축포와 함께 방방곡곡에 진동할 것으로만 상상하였던 위대한 순간이, 이렇게 조잡하게 회람판 돌리듯 알려지고 마는 것은 이제까지 한 지방 유지有志 몇몇이 한 방에 모여서 지방 치안대책을 강구하는 데서 그리 멀지 않고 마는 것 같아 마음에 만족하지 못하였던 것이 학선이의 숨길 수 없는 감정이었다.

그러나 이러한 감정은 동시에 학선이 자신에게 스스로 생각지도 못하였던 의외의 권리와 의무감을 가져오게도 하였다. 일제가 망했다는 소식을 듣고 이제 오랜 시간이 지나간 것도 아니지마는 그 짧은 시간에도 학선이는 이제 독립이 되면 나는 무엇을 어떻게 할 것인가 하는 것을 자연히 생각하게 되었거니와 그 생각이란 것은 지극히 간단할 수밖에 없었다. 일본인들은 다 쫓겨가고 말 것이니 자기가 봉직하던 농업학교는 완전히 조선 사람들의 물건이 될 것이고, 거기에는 곧 조선인 교장이 오게 될 것이다. 그러면 자기는 그 학교에 교무주임 자리쯤 맡아보게 될 것이 아닐까—.

이런 정도에 끝없던 자기의 설계는 라디오 방송을 듣고 또 자기 집에 와서 이야기하는 지방 인사들의 말을 듣고 보면 역시 해방된 새 나라 조선의 새 주권을 세울 사람이란 따로 어디서 몽동艨艟을 거느리고 다른 세계에서 오는 것도 아니요, 또 축포를 터뜨리는 의위儀威를 갖추어 줄 사람들이 따로 어디 있는 것도 아니고 주권은 역시 자기가 익히 아는 사람들, 어제 그제까지 함께 이를 갈고 한숨을 쉬던 사람들이 세워야 될 것이라는 것, 다른 말로 하면 조선 사람들 전체가 다같이 주권을 세우는 데 참여하는 것이며 또 참여하여야 되는 것이라는 것을 새삼스러이 깨달았다. 그렇다고 하면 내가 하필 농업학교 교무주임 자리에만 앉아 있을 까닭은 없다. 나도 이 어마어마하고 거창한 사업에 참여할 수 있으며 참여하여야 될 것이 아닌가 싶었다. 또 실제 하루 이틀 지나는 동안

---

* 몽동 : 화살과 돌을 막기 위해 쇠가죽으로 선체를 덮은 전투용 배.

에 농업학교가 문제되기 전에 조그마한 이 고을도 허다한 문제를 노적가리듯 일할 만한 사람들의 앞에 쌓아놓아 주는 것이었다.

윤동제를 찾아온 일행은 라디오 방송을 듣고 나서 중앙에서 되어가는 일이 역시 자기들이 생각했던 것과 별로 다른 것이 없는 것을 알았다. 중앙에 기왕 큰 단체가 생겼으니 자기들은 그것과 보취步驟를 맞추어가기만 하면 될 것으로 생각하였다.

"일은 잘되었구먼요. 서울서 저런 거국적인 단체가 생긴 이상 우리는 그것을 따라가면 될 것 아닙니까?" 하고 최관이가 다시 자리를 잡으면서 윤동제를 설복시키려고 하였다.

"거국적인지 아닌지 아직 어떻게 압니까?" 하고 윤동제는 의심하는 것이다.

"중앙에서야 어련히들 잘 알고 하였을라고요."

"무엇을 잘하는 게 있고 무엇을 잘 못하는 게 있습니까?" 하는 윤동제의 말에 막힌 최관이를 대신하여 남영빈이가 "저런 단체가 나온 것을 보면 틀림없이 각층각계를 망라한 것이 분명하고 또 각층각계의 지원이 그러하였기에 된 일이 아니겠습니까?" 하고 건국준비위원회를 설명하였다.

"각층각계의 지원이 그러했다니 어떤 사람 연설 한마디로 어떻게 압니까? 나도 그 사람을 압니다. 모르겠쇠다. 나중에 가선 그이들이 우리나라를 세울 중심인물들이 될는지는 몰라도 아직 내 보기엔 어떤 일부 인사들이 급작스레 만들어낸 특수한 단체 같은데 여러분 생각은 어떤지 몰라도 나는 덮어놓고 따라갈 생각은 아직 없습니다. 내지에서도 아직 숨어 있다가 나올 사람들이 많을 거고 또 해외에서 들어올 사람들도 있을 게고 더군다나 감옥에서 나올 사람들도 있을 겐데. 하여간 감옥에 갇혀 있는 사람들이 다 나오기 전에 우리가 다만 한 가지라도 치안이 아니라 그보다 더 하찮은 일이라도 임의로 할 수 없는 겝니다. 그렇게 할 염치가 없고요" 하고 한참 무엇을 생각하는 것을 견디다 못한 최관이가 "우리가 당장 벼슬을 하자는 게라면 그렇게도 생각할 수 있겠지만, 그러게 준비위원회가 아닙니까? 누가 당장 집이執�를 하자는 겁니까?" 하고 못마땅한 표정이다.

"글쎄 그렇기도 하지만 내 염치로는 바로 감옥에서 나오는 이들 마중하러 간다면 모르거니와 어차피 치안이라는 건 저자들이 총칼을 가지고 있는데 될 수 없는 일이고 인제 연합군이 들어와서 귀결을 지을 것을 우리가 무슨 공을 그새 크게 세웠다고 자, 당신네들 이렇게 하고 저렇게 하라고 한단 말이오? 난 못 하겠쇠다" 하고 윤동제는 딱 분질러서 그들과 협력할 의사가 없다는 것을 표시하였다.

윤동제를 종용하다 못한 일행은 일단 단념하고 말았다. 그들은 할 수 없이 해동병원에 모여서 최관이를 회장으로 한 단체를 하나 만들고 말았다.

윤동제가 나오지 않기 때문에 최관이가 이 지방의 지도자 격으로 나서게 된 것을 당연한 순서라고 볼 수밖에 없었다. 무슨 단체를 만들고 간에 오늘 와서는 친일파가 나설 수 없고 또 소위 일제하의 유지가 나설 수 없다면 이 고을에서 이런 거족적 단체의 책임자로는 윤동제가 아니면 우선 최관이가 순서라는 것은 특수한 입장에 선 사람 외에는 다 수긍할 수 있는 것이었다.

최관이는 이 지방 사람들의 고질에 가까운 고집과 요구의 첫째 조건을 만족시킬 수 있도록 우선 이 지방 출신이었다. 윤동제네 문중을 내어놓고 꼽을 수 있는 지체와 나이를 가진 사람이 최관이었고, 일제에 적극적 협력을 하지 않고 될 수 있는 대로 몸을 피해가며 살아온 사람이 최관이었다. 그는 서울 왕래가 잦아 조촐하게 작은 것이나마 알뜰히 지켜보겠다는 친구를 경향 간에 많이 가졌고, 서울 가서는 한때 『신사회新社會』라는 잡지를 낸 일도 있었고, 고향에 내려와서는 소비조합을 만들었던 사람이다. 몇 차례 경찰서 걸음도 하였으며 신간회가 생겼을 때에는 강원도 지부장으로 애도 썼고 전쟁 동안에는 술에 만취되어 큰길에서 아이들의 조롱은 샀을망정 많은 대화숙大和塾 동지들같이 경찰의 조소嘲笑는 받지 않고도 그럭저럭 보호관찰소 출입 정도로 지조를 유지하여 온 사람이었다.

학선이는 자기 부친이 나서지 않는 까닭을 알 수 없었다. 지금은 쓸데없이 작은 개인적인 고집이나 주장만을 가지고 버틸 때가 아니라고 생각하였기 때문이다.

"앞으로 일해갈 방법은 따로 방법대로 차차 나온 후에도 생각할 수 있잖아요?" 하고 학선이는 부친에게 권해보았다.

"바쁘지 않다" 하고 윤동제는 한마디로 자기 포부를 겸해 태도를 다시 밝힐 뿐 조금도 움직이지 않았다. 학선이는 더 말을 꺼내지 않았다. 부친을 설복할 필요도 없었고 또 자기가 부친과 꼭 같이 따라가야 될 필요도 느끼지 않았기 때문이었다.

해가 지자 거리거리는 한결 떠들썩하였다. 학선이는 집에 가만히 앉아 있고 싶지 않아 거리로 나왔다.

2.

'건국준비위원회 K군 협력회'

먹을 듬뿍 찍은 큰 붓을 들어 최관이는 대패를 금시 뗀 기름한* 널장*에 이렇게 썼다. 긴 간판이 네거리에 가까운 일동 해산물상회 낮은 처

---

* 기름한 : 긴.
* 널장 : 넓고 판판하게 켠 나뭇조각의 낱장. 널빤지.

마 아래 걸리고 안으로부터 촉수 높은 전등불이 환하게 길가에까지 내어비칠 때, 이때까지 갈 데 올 데를 모르고 길거리에서 사뭇 헤매다시피하던 읍촌 사람들은 바로 이제야 자기들의 마음을 질정質定할 데가 생긴 것도 같이, 채림채림도 어수선한 상점 봉당이었건만 그들은 잔칫집같이 찾아 드나들기 시작하였다.

학선이도 그들 중의 하나였다. 방공막防空幕에 가린 어두운 불빛에 젖었던 눈이 눈부시도록 커다랗게 환한 협력회 사무실에 들어섰을 때 거기 모인 사람들은 한창 태극기를 만들 의논을 하고 있던 것인데 팔괘를 어떻게 그리는 것인지 아는 사람이 없어서 서로 묻고 떠드는 판이었다. 웃을 수 없는 슬픈 일이다. 그러나 장롱 장식 같은 태극기의 도안과 그것이 상징하는 한말韓末 역사에 대하여 일종 견디기 어려운 분노를 느끼는 학선이에게 별 의미 없는 깃발을 찾는 사람들의 생각은 연극을 차리는 무대 뒤의 일꾼들같이도 보였다. 그렇다고 도로 찾은 주권을 우선 알기 쉽게 자기들 눈으로 그려보겠다는 사람들의 당연한 요구를 무슨 이유로 막을 필요도 없어 학선이는 집에 돌아가 부친에게나 태극기의 도안을 물어볼까 할 때 촌에서 들어온 노인 하나가 삼일운동 때 광목에 그린 태극기를 숨겨둔 게 있은즉 내일 아침에 가지고 올 터이니 그때까지 기다리라고 하여서 협력회는 깃발을 다음 순서로 넘기고 경찰서장과 담판하여 경찰서와 군청과 읍사무소를 접수할 토론을 시작하였다.

"아직 그냥 내버려두지. 인제 서울서 방송이 또 있을 거 아니오? 괜히 섣불리 시비가 나다가 사람이나 상하면 어쩐단 말이오?"하는 것은 오상근이었다. "그래 우선 군청하구 읍사무소하구나 교섭해서 접수하지. 경찰서는 아직 가만 내버려두고"하고 남영빈이도 동감이다.

"경찰서장을 옮겨 앉혀놓고라야 군청이고 읍사무소고 간에 손을 대지. 군수나 읍장이야 벌써 제집에 들어박혔다는데 교섭이 다 무슨 교섭이란 말이오? 서장 놈 만나서 하여간 뭐라고 하나 들어보고 얘기합시다. 만나서 얘기 못 할 거야 뭐 있소?" 하고 최관이가 우겼다.

　서장을 만나서 우선 좋게 이야기해보겠다는 것을 못 하겠다고 할 수
없는 터라 여러 사람은 최관이가 우기는 대로 따라갈 수밖에 없었다. 따
라서 모두 내일 아침 교섭위원으로 가게 되었거니와 최관이는 이야기
끝에 불쑥 "최 선생*도 함께 가시지" 하고 한쪽에 서서 다른 젊은 사람
들과 이야기하고 있는 학선이를 끄집어내는 것이다.

　교섭위원이 따로 있는 게 아니라 온통 성군 작당을 하여서 경찰서로
들이밀어도 좋을 마당이라, 헛짚어도 밑질 것이 없을 뿐만 아니라 이렇
게 넌지시 한다리 걸어놓으면 윤동제가 차차 나오게 될 언덕도 될 게라
는 생각이 물론 최관이에게 있었을 뿐 아니라, 사실 학교 선생이라는 것
외에 학선이만 한 학식을 가진 사람도 그리 많지 못한 이 고을에서 학
생들과 젊은 사람들의 앞장으로 세울 마련으로도 학선이쯤은 괄시를
할 수 없는 것이 사실이므로 최관이는 학선이를 거든 것이었다.

　"그렇게 하죠" 하고 학선이는 학선이대로 선선하게 대답하였다. 남의
심부름이 아니고 이제는 모두 내 일일 바에야 경찰서 담판하는 데 따라
가는 것이 뭐 그리 대단할 것이 없어 그는 길게 생각할 여지도 없이 승
낙한 것이다.

　이튿날 최관, 남영빈, 오상근 외 사오 인 교섭위원과 함께 학선이는
경찰서로 갔다. 경무주임 시데하라가 뛰어나오다시피 일행을 맞아들이
는데 어제까지 이 고을 사람들의 복장腹臟*을 하나 남길 데 없이 샅샅이
꿰뚫어 휘어잡고 있듯이 턱주가리질만으로 능히 사람의 간을 서늘하게
하고 사냥개같이 목만 지키고 섰듯이 버티고 다니던 허리를 연달아 굽
실거리면서 일행을 서장실로 인도하여 일일이 제 손으로 의자를 돌려놓

---

*원전에는 '최 선생'이라고 되어 있으나 문맥상 '윤학선'을 뜻하는 듯.
*복장 : 마음속으로 품고 있는 생각.

아 가면서 "진작 찾아가 뵈어야 될 걸 이렇게 오시게 하여 죄송합니다" 하고 썩은 별감자같이 검고 두툴거린 시데하라의 안색은 진실로 죄송한 표정이다.

"서장 있소?" 하고 자리에 앉은 최관이가 담판을 시작하였다.

"아직 나오지 않았지만 곧 나올 겝니다. 무슨 말씀인지 제가 대신—" 하는 시데하라의 말끝을 채어서 "곧 불러주. 직접 할 말이 있쇠다." 최관이는 단호하였다. 섣부른 교섭을 하다가 도리어 사람이나 상하면 어쩌느냐고 걱정하던 오상근과 남영빈이는 죽죽 밀리는 담판에 자신이 생기고 용기가 났다.

"당신이 서장 대신 책임을 질 테요?" 하고 남영빈이가 나섰다.

"아니, 아니올시다. 곧 전화를 걸어 서장께 알려서 나오도록 하겠습니다" 하고 경무주임은 전화통을 돌렸다. 직통 경비전화라 곧 나왔다. 전화를 받던 시데하라가 양미간을 잠시 찌푸리더니 송화기를 손으로 막고 최관이를 향해 "지금 김 군수 댁에 가 계시다는데요" 하고 의향을 묻는 것이다.

"뭣이 어째요?" 하고 최관이가 벌떡 하는 것은 지금이 어떤 때라고 저놈들이 한자리에 앉았단 말인가 하는 생각이었고, 그런 것 저런 것 헤아리지 못하면서도 서슬이 돋는 최관의 눈초리를 무섭게 생각한 경무주임은 전화를 일단 끊었다가 다시 돌렸다. 교환수가 나온 모양이었다. 시데하라는 김 군수 집을 대어달라고 하였다. 그러더니 눈을 껌벅이면서 고개를 쳐든다. 교환수가 일본말을 듣더니 뚝 끊어버린 모양이다. 그는 할 수 없이 일본 순사를 하나 불러서 김 군수 댁에 가서 서장 곧 좀 나오시라고 할 때 "마침 잘됐소. 그 군수도 같이 나오라구 하쇼." 최관이는 거친 명령에 가까운 음성이다. (10줄 훼손)

최관이는 참다못하여 전화기를 들었다. 김 군수 집에 직접 전화를 걸려는 생각이었다. 바로 전화가 나왔을 때 서장실 문이 열리면서 모찌기

서장이 들어서고 김 군수 대신 수비대장이 군도軍刀를 약간 높이 치켜올리면서 따랐다. 협력회 일동은 무의식중에 자리에서 일어섰다.

"그대로 앉아 계십시오" 하고 서장은 틀어쥐었던 흰 장갑을 회의용 책상 위에 놓고 자기 사무 책상에 가서 앉으면서 옆에 경무주임이 가져다 놓은 의자에 수비대장을 앉히는 것이다. 최관 이하 여러 사람은 다시 자리에 앉았다. "무슨 일로 오셨는지요?" 서장은 뜻에 없는 웃음을 붉은 얼굴 면적대로 강작强作하고 아랫배로는 든든히 버티면서 이렇게 묻는다.

수비대장은 고갯짓 하나 하지 않고 꼿꼿하게 앉았다. 협력회 일행은 약간 질린 모습이다. 최관이가 크게 기침을 하고서 "긴말할 필요가 없는 줄 압니다. 사태가 기위旣爲* 이렇게 되었으니 치안권을 우리에게 맡기도록 하여주시오" 하고 그는 서장보다도 수비대장의 표정을 살폈다. 수비대장은 안경 속에서 작은 눈만 깜박거릴 뿐이다. "내 마음대로 할 수 없습니다. 경찰부장의 명령이 있을 때까지는 내 마음대로 할 수 없습니다" 하고 서장은 두 손으로 책상머리를 쥐었다. 서장이 수비대장과 함께 서장실에 들어설 때 벌써 이런 대답이 나올 것을 최관이는 미리 짐작하였다. 더 말을 해보았자 결국 시비밖에 될 것이 없을 것 같아 최관이는 한참(14줄 훼손).

"마음대로 하오" 하고 엷은 입술을 다물어버리고 그대로 꼿꼿하게 앉은 대로다. 우연하게도 학선의 말에 용기를 얻은 최관이는 역시 일어서면서 "잘 알았소. 그럼 군청, 읍사무소에 대해서는 어떻게 할 작정이오?" 하고 물었다.

"군청?" 하고 서장이 반문하는 것을 학선이는 가로질러 "최 선생님, 그건 서장과 할 이야기가 아닌 것 같은데요" 하고 딱한 표정이다. 일동은 이 이상 혼란한 대화가 벌어질 것을 두려워하는 눈치여서 일제히 자

---

* 기위 : 이미.

리에서 일어났다.

담판은 우선 이것으로 일단 끝을 맺었다. 담판한 성과라고 하자면 쌍방이 어지간히 서로 뱃심을 알아본 것이었다. 그러나 정말 성과는 그보다도 일반 읍촌 사람들의 반응에 나타났었다. 협력회에서 경찰과 수비대와 담판을 하였는데 별 결말은 나지 않았으나 지 놈들도 꼼짝 못하고 있다는 소문이 퍼져서, 그만하면 두려울 게 없다는 것을 다시 확인한 것이었다. 확인을 하자 따라서 협력회는 몇 사람의 단체가 아니고 이 고을 전체의 것으로 되어버렸다. 식산은행殖産銀行 부지점장 송효준宋孝俊이가 당장 오만 원을 협력회에 기부하여왔다. 그러자 기부금은 연달아 들어올 만한 자리에서 모여들었다.

태극기가 버젓이 협력회 본부에 내어걸리고 종업원의 대다수가 조선 사람인 우편국을 통하여 서울 건준建準 본부에 연락을 지어놓고 밤에는 소방서에 배치하여두고 방공훈련할 때 쓰던 확성기를 통하여 서울 소식을 네거리에서 보도하고 큰 길목 게시판에는 그것을 다시 써서 붙이는 일로 협력회는 활발하였다. 들어오는 소식은 그리 정확하지는 않았다. 정확하지 않은 소식이라도 그때그때에는 다 정확한 말같이 들리도록 모든 사람이 착할 수밖에 없는 그날그날이었다. 하루는 조선이 동진공화국東震共和國이 되었다고 하다가 또 하루는 소련군이 서울에 입성하였다고도 전하여왔다. 이러나저러나 간에 해방되고 저 철천지원수 같은 일본이 망해버린 것만은 틀림없는 사실이었다.

원근 촌에서 못되게 굴던 친일파와 면 직원을 뚜드려 엎었다는 소식, 몽둥이를 피한 순사들이 대관령 저쪽으로 도망을 친다는 소리가 한창 빈번한 어느 날 밤늦게 신문을 내어보려고 오상근이와 함께 보성인쇄소라는 집 다락방에서 전등불을 이리저리 끌고 다니면서 조선말 주자鑄字를 고르고 있는 학선이에게로 헐떡거리면서 달려드는 학생이 하나 있었다. 그는 안목에 사는 유진업이었다. "선생님, 큰일 났습니다" 하고 전하는 유진업의 이야기는 백기호白基鎬의 맏아들이 낫으로 동네 청년을 찔렀다는 것이다.

백기호는 안목에서 오장伍長이라는 별명을 가지고 그동안 거머리 같은 주둥아리로 배를 불리고, 젊은이 늙은이를 돌아가면서 못되게 굴던 구장區長 겸 어업조합장 겸 경방단장 겸 국민총력 안목지부장 겸 계장의 직함을 가지고 횡포하던 자다. 백기호의 자식이 사람을 쳤다는 것은 도저히 있을 수 없고 또 도저히 견디기 어려운 일이다. 길게 유진업의 이야기를 들을 것도 없이 학선이는 거리로 뛰어나가 협력회 바로 옆에 있는 소방서에 가서 직원에게 간단히 설명하고 사이렌을 울리게 하고 협력회로 달려가서 최관이에게 이 일을 알렸다.

밤늦게 울리는 사이렌 소리를 들은 거리바닥 사람들 수백 명이 순식간에 협력회 앞에 모였다. 백기호의 맏아들 춘식春植이란 놈이 동네 청년을 낫으로 찔렀다는 말이 이 입에서 저 입으로 전하여지자 흥분한 군중 속에서 "개새끼를 때려죽여라" "원수 갚으러 가자" "저 왜놈의 앞잡이를 죽여라" 하는 고함이 터져 나왔다. 학선이는 협력회와 소방서를 왔다갔다 하였다.

이윽고 소방서 앞문이 젖혀지면서 엔진 소리가 터지더니 소방자동차가 길가로 굴러 나왔다. 누가 운전하는 것인지도 알 수 없는 차다. 누구누구 신칙申飭*할 것도 없이 자리 있는 대로 올라타는 젊은 사람들의 손에는 어느새 어디 가서 가지고 왔는지 굵은 곤봉이 희미한 거리 불빛에 눈에 띄었다. 사이렌을 울리면서 육거리 자갈길을 내달리는 자동차 안에서 학선이는 해방이 된 이 고을에서 우선 손을 동족의 등어리에 대이지 않으면 안 될 이유를 다시 한번 물어보는 것이다. (3회로 게재 중단)

—『신세대』(1948. 5) 발표.

---

* 신칙 : 단단히 타일러 삼가게 함.

한 화가의 최후

　타이얼챵台兒莊이라는 데서 팔로군八路軍의 기습을 받고 일본군 삼만 명이 전멸을 당하였다는 외전이 뉴욕의 크고 작은 호텔 로비와 지하 전차와 극장 홀과 크고 작은 객실과 가두에서의 화젯거리가 되었던 날 저녁에 나는 십사 번가에 사는 하야시 마모루의 아틀리에에서 삼만 명 전멸도 전멸이지만 그보다도 다른 데 더 급한 관심을 가지고 있는 주인과 한 내객의 대화에 귀를 기울이고 앉아 있었다. 화제는 별것이 아니라 누구든지 밤낮 듣고 밤낮 되풀이하는—억億과 만萬으로 헤아리는 인생이 억만 번을 되풀이하였을 자문자답, 어떻게 하면 예술가도 먹고 살아갈 수 있겠느냐 하는 문제와 따라서 예술을 몰라주는 속물들을 어떻게 하면 좋으냐는 것이었다.

　대들보와 서까래가 그냥 어설픈, 뉘 집 창고가 뎅그러니 그대로 잠시 아틀리에로 사용이 되고 있는 방 안에, 무쇠 난로의 불조차 하 시원치 못한 이 시간에 그것은 십상 잘 어울리는 화제였다.

　"그렇다고 W.P.A.에 가서 품팔이를 할 수는 없고……"라고 내객은 마모루와 이상 더 타협할 수 없는 일선에 와서는 슬기롭게 예술의 타락을 거부하는 것이다. W.P.A.라는 것은 1930년대의 공황을 극복하기 위하여 루스벨트가 실행한 뉴딜정책 중의 하나로 실업자 구제를 위한 프로그램인데 그중에는 생계를 얻지 못하는 미술가들에게 일자리를 주선해주어서 새로 짓는 학교라든가 도서관이라든가 혹은 고아원, 탁아소 같은 데 벽화도 그리게 하고 건물에 맞는 도안도 그리게 하는 것이었다.

자기 작품이 인정을 받았거나 팔리는 예술가들이 이런 실업구제사업의 대상이 되지 않을 것은 말할 것도 없다. 대개 아마추어들이 아니면 십 년, 이십 년을 두고 이 줄에 매달려 있어보았자 별수 없이 둔재라는 것을 깨달은 화공아치들이 할 수 없이 손을 내미는 자리였다.

아무리 삼순구식三旬九食*을 할지언정, 내 예술의 성불성成不成을 끝까지, 내 손으로 판단을 짓고야 말겠다는 패기가 말에 있었다. 그뿐 아니라 그 시꺼멓고 굵은 눈썹 사이에 어른거리는 유진 이바노비치 째롬스키라는 긴 이름으로써 하야시가 내게 소개하여준 이 내객에 대하여서, 도대체 이 미국이라는 곳은 나도 아닌 게 아니라 속물들의 세계쯤 입을 쓰다듬어버리고, 더욱이 미국 예술이라든가 예술가라는 것에 대하여는, 어디서부터 생긴 버릇일지, 아예 덮어놓고 줄잡아보는 나쁜 버릇을 가져온 나는, 새삼스럽게 사사로운 관심을 가지고 그의 됨됨이를 관찰하기 시작하였을 뿐 아니라, 그의 과거와 현재를 한번 소상하게 알고 싶었다.

그러나 아무리 알고 싶은들 어떻게 당장 의자를 바짝 당기고 나서 그의 저 융숭하게 큰 코밑에 내 얼굴을 들이대고, 당신은 보아하니 범연찮은데 어디서 어떻게 왔으며, 무엇을 어떻게 하고 있으며, 포부는 무엇이냐고 꼬치꼬치 오비고, 캐어 물어볼 수야 있는가? 해서, 다만 나는 피우던 담배 연기를 엄청나게 높은 창고 천장, 사뭇 그네라도 차고 올라가

---

* 삼순구식 : 서른 날에 아홉 끼니를 먹는다는 뜻으로, 집안이 몹시 가난함을 이름.

도 시원할 듯싶은 공중에 휘뿜어 올리면서, 하야시의 제작대 위에 버티어놓은 것만으로는 위험하여 서까래와 양쪽 기둥에서 늘여온 굵은 철사에 붙들어 맨 「비상飛翔」이라는 미완성 조상彫像을, 대체 이게 날짐승일까 길짐승일까 하고 헤아려보기도 하면서, 석고 빛에 가까운 째롭스키의 얼굴을 골고루 살펴보기를 게을리하지 않았다. 깎인 턱과는 균형이 짜이지 않도록 발달한 광대뼈가 심히 퉁구스족에 방불한 것을 하여간 미쁘게 받아 내린 목은 비교적 짧은 대로 가끔 기우뚱거리는 머리를 확실하게 유지하는 데 과불급過不及이 없고 아까도 말한 융숭한 코가 광대뼈와는 수천 리나 멀리 전형적으로 북유럽적이고, 콧마루 위에 와서 찌푸리면 거의 닿을 듯이 그리스적인 눈썹이 그리스적이기에는 너무도 굵고 검은 까닭에 이것도 다시 의지적인 북유럽 탄생의 조건을 역력하게 그었고, 얄샵하게 다물리는 입이 거대한 외력에 유린을 당하는 지중해의 착하고 조그마한 개항장 같아서, 대체 사람의 얼굴이 어쩌면 이렇게도 모순덩어리일까 하고 이 사람의 전 인격까지를 의심하기 시작하면, 이번에는 움푹한 검은 눈 속에서는 차가운 서릿발 같은 것이 연방 씨렁씨렁 나오는 것이다. 다만 굽실거리는 검은 머리를 잘 넘기고 남아서 시원한 이마가, 나는 이렇기도 한 동시에 저렇기도 한 성격을 고루 중화시키며 살아왔노란 듯이 평범하다. 다만 이 사람의 운명을 뒷날 잘 알아버리고만 내가 다시 한번 그의 살아 있을 때 얼굴을 기억하면서 무엇이 그의 처참한 최후를 상징하고 있었던가, 두루 헤어본다면 눈도 키도 입도 목도 아니요, 조라지게 약간 오므라붙은 그의 귀라고 할까? 아니다, 처참한 운명의 내임來臨을 그때부터 알리고 있던 것은 귀가 아니라 그의 뜬 목소리였다. 굵은가 하고 들으면 멀리 오지 못하고 도중에 풀썩 꺼져버리고 마는 목소리다. 가늘고 탱탱한가 하고 들으면 제소리에 지쳐 굵은 듯이 분지르다 말아버리고, 목소리로 가끔 끼는 한숨 소리로 다시 기운을 차리는 것인데, 잘 듣고 보면 결국 힘에 부쳐 뜬 목소리요, 십오

관은 착실히 될 전 체중이 동동 매달리다시피 듣기에 민망하고 피로한 사람의 목청이었다.

십오 관이 착실히 될 체중이라 하였지마는 사실, 저렇게 야무진 목덜미 아래 떡 버틴 두 어깨는 원래 부모에게서 받은 굵은 뼈만이겠는지, 하여간 모든 의식주의 조건이 구비한다면 불출 수작에 연미복이라도 입고 나선다면 아무리 큰 홀에서라도 몇 사람의 시선은 족히 끌어봄 직한 체구다.

다만 손이 크고 가는 것이 문제인데, 그것도 충분한 태양에 신명 나는 화필을 한참 움직이도록 기회만 준다면 저렇게 진 잔盞을 들면서 바르르 떨지는 않을 것이 거의 확실하다.

이렇게 쓰다보니 내가 무슨 관용찰색觀容察色으로 그의 운명을 견강부회牽強附會하려는 관상쟁이 같은데 사실 째롬스키의 최후가 뒷날 하도 맹랑한 것을 알고는 그리도 할 법한 까닭에, 사뭇 지식도 없는 미신에까지 내가 유도되었는지는 모르지만 그의 운명은 사실 얼굴에도 쓰여 있지 않고 목소리에도 예고되어 있지 않았다. 하물며 착하기가 새 새끼 같은 그의 흰 손이 방정을 떨었을 이치가 있을 리 없다.

모든 죄는 그의 밖에 있었다. 이렇게 정당한 사람 됨됨이로도 가히, 비비적거릴 수 없도록 망측하게 조직이 되어버린 사회가 그의 운명에 대하여 책임을 질 뿐이다. "사람이 돼지 새끼로 환원되기를 기다리는 놈의 세상. 아 커다란 돼지 새끼를 한 마리 그려줄까? 내 넓적다리까지 포개 먹고 께께하는 꼴을 좀 보게! 모든 색소는 삼색으로 환원되어야 만족하는 놈들, 모든 의욕은 눈깔에 핏대가 서도록 금덩어리만 찾는 것에 끊어져버리고, 저 귀한 정열이란, 하룻밤에 두 번 세 번 다른 배때기를 찾아 침대를 옮기는 데로만 가는 놈의 세상, 그걸 저놈들이 자유라지? 자유, 기회─아, 너무 많아 걱정이다. 자유가 너무 많아 걱정이다. 기회가 너무 많아 걱정이다. 실컷 먹고 께께하고 실컷 허리를 쓰고 나서, 이

제 봐, 터진 창자를 꿰매는 전문 의술이 발달하고 원숭이 불알을 까서 팔아먹는 시대가 곧 올 게요. 아, 미스터 박 미안하오. 술이 너무 좋아서 내 혀가 깜박 속았나 보오!"

째롬스키는 한참 떠들다가 내게 한 번 이렇게 예의를 따져놓고, 내가 천만의 말씀이라고 흔드는 고갯짓을 만족하게 생각하고 나서 다시 계속하였다.

"내가 더 달란 말이 아니오. 잘 알아요. 이건 자본주의 사회야. 자본주의 사회이니까 자본 바깥에서 풀을 뜯어 먹고 사는 염소 같은 내가 또 내 분수를 잘 알지. 잘 아니까 더 달란 말은 아니야. 그러나 내가 일한 것만큼은 누가 줘야 될 거 아니야? 이치가 그렇잖아? 줘야지. 내게 응분한 보수를 줘야 마땅하고 응분한 경의를 표해야겠지— 아, 내가 막말이군. 경의를 표하란 건 막말이오. 하지만 이게 완전한 사회 같으면야 면류관은 모르지만 응분한 치사야 있을 법도 하지. 없어, 없어. 있는 것은 차디찬 회계會計—입자入字줄과 출자出字줄이 딱 들어맞아야 해죽이 웃는 놈들의 사회. 내 다 알지, 내 다 알아. 내가 죽기를 기다리는 거다. 이놈의 사회가 내가 죽기를 기다리는 거야. 그러나 안 될 말이지."

째롬스키는 다시 진을 마신다. 그의 하는 말을 듣고 보면 어떤 대목은 거의 무병신음無病呻吟에 가까운 거짓 비장悲壯도 섞이어서 예술가로서의 진위를 판단하기에도 곤란하도록 불유쾌한 감정을 상대자에게 일으키게도 하는 것이다. 다만 한 가지 어쨌든 스스로 불행한 사람이라는 것에 누구나 반대할 수는 없도록 그의 위치만은 대개 구체적으로 드러나 있었다.

"파리로나 가보지" 하고 하야시가 자기 의견을 말한즉 "파리? 설사 내가 돈이 있어 파리로 간다고 해봐. 그건 이 공진회에서 저 박람회로 코끼리나 원숭이처럼 끌려가는 것밖에 아무것도 아니야. 이놈의 데를 견디지 못하고 떠나간다는 것은 벌써 내가 나 자신을 한 개의 상품으로 만들어버리는 것이고, 또 상품이라 하자. 상품이라면 말이야. 이건 참 기가 막히는 노릇이지만 상품이라고 쳐놓은 다음에야 여기서 호가해서 올라가지 않는 값이 저쪽 경매에서는 나을 것 같아? 천만에 내가 그냥 견뎌봐야지 끝까지 견디다가 잿더미에 쓰러지는 게 차라리 건전한 역사의 기록을 위해 나을 게요" 하고 들었던 잔을 던지다시피 하고 기운을 모으기 위하여 그의 특유한 한숨을 쉰다.

"그야 의미 없이 죽으라는 법은 세상에 없을 터이니까" 하면서 하야시는 넥타이를 바로 매고 일어서서 서성거렸다.

"그냥 세상이라고 하지 마오" 하고 쩨롬스키는 그 좋은 체구를 일으켜 세운다. 주인이 외출하고자 하는 기맥을 알았기 때문이었다.

"그야, 그야 물론……" 하고 침대 위에 걸쳐놓았던 외투를 입으면서 "나는 벌써 그런 세상이 아닌, 새로운 세상을 전제로 하고 하는 말이오. 천하가 다 자본주의로, 오늘 이 시각까지 빈틈없이 꼭 짜였다고 하더라도 나는 그것을 더 단단히 조이기 위하여 있는 한 개 나사못으로 있지는 않는단 말이오. 꼭 짜인 괴물이 아무리 크다고 하더라도 그보다 더 큰 풍화작용은 부인 못 할 터이니까. 그러니까 우리 같은 머리나 손은 무얼까? 일테면 기어코 쓰러뜨리고 말기 위하여 꾸준하게 불어치는 바람의 한 관여자關與者일까?"

하야시는 일본 사람 특유의 배리背理한 미소를 짓는 것이다. 나는 두 사람의 주고받는 토론의 요령을 잘 이해할 수가 없었다. 그렇다고 냉큼 일어나서 그게 모두 무슨 뜻을 의미하는 말들이냐고도 물을 수도 없고 또 내가 무엇을 알아서 남들이 모처럼 진지하게 서로 알고 주고받는 것을 가로지를 처지도 아닌지라, 대체로 두 사람이 다 스스로 불만을 가지고 있는 예술가들이라는 것쯤 알고 조용하게 일어섰다.

"그러니까 그러한 사회가 올 것으로, 반드시 올 것으로 알고, 예술은 예술의 허리띠를 단단히 졸라매고 덤벼야 하지 않겠소?"

째롬스키는 나보다는 나은 모양이나, 역시 하야시의 말을 얍삽하게 생각하는 표정이 구태여 찡그리지 않아도 좋을 그의 양미간에 굵다랗게 분명하다.

"말하자면 그렇다고 우직하게 한곳으로만 대가릴 박고 뚫을 필요도 없고 차근차근히 왜, 기둥 밑둥아리를 잘근잘근 씹어 쓰러뜨리는 동물을 모르오? 두고 봅시다그려. 어떻게 되나. 자본주의가 걸어놓은 현상懸賞이 있거든 모르는 체하고 그것도 따먹고……."

"당신은 하여간 예술도 좋고 생활력도 좋소"하고 째롬스키는 한 점을 선선히 하야시에게 주는 것이다. 하야시의 입에서 현상이라는 말이 나왔으니 말이지마는 기실 하야시 마모루는 몇 달 전에 모 통신사에서 모집한 신문 보도를 상징하는 도안 현상 모집에 일등 당선하였다. 그것이 계기가 되어 그의 기왕 작품이 좀 더 널리 미국 화단에 소개되었고, 또 그것이 인연이 되어서 얼마 전에는 보스턴에 사는 모 부호의 미망인의 초청을 받고 가서 새로 지은 집의 실내장식과 가장집물家藏什物* 일체의 설계를 맡아 하였던 행운아였다.

"사상은 사상이고 그렇다고 요령 없이야 그 새바람 속에선들 날 수 있겠소?"

하야시는 어느 정도 째롬스키의 칭찬을 시인하는 것이다.

"그러니까 나더러 W.P.A.로 가란 말이오?"

"아니, 아니, 그야 될 말이오?"하고 요령 있는 하야시는 나도 알아차리기 곤란할 정도로, 자기 소신을 쓱싹해버리고 좋도록 좋도록 내객을 달래는 것이다. 세 사람은 문밖으로 나섰다. 어두운 거리는 별이 총총한 밤이다.

이때까지 구름 같은 이야기나 연기 같은 감정과는 왕창 달리, 버티고

* 가장집물 : 집안의 살림에 쓰는 온갖 도구.

선 높다랗고 육중한 뉴욕 고층 건물들이 인간은 발뒤꿈치에 채이면서 절그럭거리는 깡통에서 몇 인치 더 가지 못하는 것으로 아는 냉혹한 표정으로 골목골목을 지키고 섰다. 자 이렇게 바위 같은 자본주의가 세레나데와 같은 바람에 넘어갈까? 엄청난 회계는 모르는 것이 상책만 같아서 나는 자본주의에 대한 관심을 일단 포기할 수밖에 없었다.

그러나 내가 관심을 두거나 하야시가 쳐다보거나 쩨롬스키가 잠시 눌렸거나 간에, 저 지나치게 극성스러운 콘크리트의 자본주의 기형적 발달은 그 자체의 무게에 조만간 넘어져버리고 말 것만 같이 위태로워 보였다.

지구의 인력을 요행으로 알고 이용하는 데도 분수가 있어야 할 게고 금金의 점착력의 능력만 믿고 편한 잠만 자는 데도 한도가 있어야 할 것이 아닌가?

인력의 혜택도 금력의 부조도 받지 못하는 사이에 또 목소리를 지르게 된 쩨롬스키는 간단한 인사를 남기고 우리에게서 떨어져 자기 갈 곳으로 가버렸다. "나더러 W.P.A.로 가란 말이오?" 하던 그의 뜬 목소리가 오래 내 귓속에서 사라지지 않아서 기회가 있으면 그의 그림을 한번 구경하고 싶은 생각을 하고 있을 때 "나 어디 가는지 아오?" 하고 하야시가 묻는 것이다. 나는 모른다고 할밖에. "칵테일파티—" 하는 하야시의 어조는 자랑스러웠다.

"칵테일파티에 그런 옷을 입고 가도 괜찮소?"

"더 나은 게 있어야지."

"누구 파티요?"

"중국전재민구제회 주최 바자가 끝난 기회에 기부금을 낸 사람들을 중심으로 각계 명사를 초빙하는 거라나."

동족 수만 명이 전멸을 당하였다는 소식이 채 식기도 전에 그들의 적인 중국인을 위한 회합에 나가는 하야시를 나는 단순히 요령 있는 예술가로만 칠 것이 아니었다.

"어디서?" 하고 나는 겉으로는 조금도 탄복하는 기척을 보이지 않았다.

"아스토에서."

"굉장하군."

"이러다가는 나도 정말 유명하게 될 것 같은데."

"좀 좋소?"

하야시는 내 장단에 매끈한 미소를 짓다가 "타이얼쫭이란 데서 일본 군대가 전멸을 당했다지?" 하고 묻는다. 나는 잠시 어이가 없었으나 여전하게 걸으면서 "그랬다는구면" 하고 동족의 전멸을 마치 화성에서 일어난 일같이 심상하게 말하는 젊은 이세二世의 담담한 태도와 심경에 다시 한번 놀라서, 무슨 말이 또 나오는 것일까, 하회를 기다렸다. 그러나 그는 한참 동안 아무 말이 없었다. 우리는 워싱턴 광장에까지 왔다.

하야시는 자기의 조국에 대하여 더 언급하지 않았다. 유니언스퀘어에서 우리는 지하철을 탔다. 나는 그의 심경을 알 수 있는 것도 같아 화제를 돌려서 "쩨롬스키가 대체 어떤 사람이오?" 하고 물어보았다.

"좋은 사람이오. 순정가純情家요. 나이 사십이 가까운데 독신이고, 폴란드 출생으로 유명한 소설가 스테판 쩨롬스키와 한집안이라는데 가족의 명예를 위해서 그러는지 어떻게 된다는 말은 하지 않더군. 유리 전전하면서 어릴 때부터 고생을 꽤 한 모양입다. 다만 한 가지, 양심은 있는데 사상이 없는 예술가지."

"스테판 쩨롬스키! 저『재灰』라는 소설의 작자?" 하고 나는 깜짝 놀랐다.

하야시는 그렇다고 대답한다. 스테판 쩨롬스키는 폴란드의 대표적 작가다. 제정 러시아가 자기 조국에 가한 포학에 대하여 끝까지 싸우면서 몇 번이나 투옥을 당하고 1905년 혁명운동의 실패 후에 결국 추방을 당하여 프랑스로 이태리로 망명을 하여 어지러운 조국의 하늘을 그리며 금세 때려놓은 강철 같은 소설을 써서 세상에 널리 폴란드의 유원함을 알린 작가였다.

1925년도 노벨문학상의 제일 후보자로 지목까지 받았으나 그의 지나친 조국애가 화가 되어 명예는 그에게 돌아가지 못하고 말았으나 육십일 세의 아직도 아까운 나이로 갑자기 저세상 사람이 되자 폴란드 정부는 그의 말년에 친소親蘇 내지 공산주의적 경향으로 해서 일부의 빈축이 있었음에도 국상으로 이 위대한 반항의 작가를 추모하였던 것이다.

하야시는 타임스퀘어에서 내렸다. 만주사변 이후 시시각각으로 사지가 말라들어 가는 조국을 훌쩍 떠나온 내가 아무리 탕자이기로 풍전등화 같은 내 민족, 내 조국의 먼 하늘이 오매寤寐*에 잊힐 리가 없었던 것이기에, 우연한 기회에 구립도서관에서 읽은 이 폴란드 작가의 단 한 권 영역본 『재』가 검은 눈에 붉은 피가 지다시피 내 머릿속에 타는 숯덩어리같이 남아 있어, 아! 무심한 하늘이 어찌하여 나에게는 하소연 한마디 핍진逼眞*하게 쓸 수 있는 자질도 베풀어주지 않았던 것인가, 하고 알아달라는 것도 아닌 혼자 설움에 가까운 패배감에 잠시는 사로잡히기도 하던 기억이 있는 터라, 그러한 작가의 친척이 되는 사람을 바로 내 눈으로 보고 또 그의 목소리를 들었다는 것만도 큰 재산 같았다.

나는 초연하게 새로운 사상을 몸소 겪고 있는 일본인 이세 하야시 마모루에게보다도 더 가까운 친화를 느끼지 않을 수 없는 동시에 다시 한번 놀라지 않을 수 없었다. 하야시같이 버젓한 조국이 있는 사람은 조국을 구태여 조그마한 조국으로 섬길 필요는 없을 것이다. 그러나 내게는 우선 사슬에서 풀린 조국이 있어야 하겠다. 그러고 나서면 나도 아

---

* 오매 : 잠잘 때나 깨어 있을 때나.
* 핍진 : 실물과 다름없을 정도로 몹시 비슷함.

마, 그런 계제라면 하야시와 같이, 내 사특하고 의롭지 못한 조국을 저주하면서 적을 위한 구휼救恤에 나도 한술 포시布施를 선선하게 아끼지 않을 것으로도 생각하였다.

홍분과 호기심으로 이틀을 넘기지 못하고 다시 하야시에게로 가서 째롬스키를 같이 한번 찾아가보자고 하였을 때, 하야시는 물론 이의가 없었거니와 째롬스키와는 관계없는 일이지마는, 그는 그제 밤 칵테일파티에서 제비 뽑는 노름이 있었는데 자기가 일등에 당선되어 드 소트 한 대를 탔다는 이야기를 하는 것이다.

"참 행운아로군. 그래 자동차는 어디 있소?" 하고 나는 적이 부러운 것을 짐짓 태연하게 이렇게 물었다.

"팔았어. 판 게 아니라, 팔아서 그 돈을 중국 전재민에게 보내주라고 했지" 하고 하야시는 만족스러운 미소를 크게 짓는 것이다.

"훌륭하오." 나는 진심으로 탄복하였다.

"아타리마에데쓰요"* 하고 서투른 일본말로 사회주의자 하야시는 태연자약하게 나의 하잘것없는 정신을 후려 때리는 것이었다.

"하여간 좋소. 우리 째롬스키를 만나거든 축하의 의미로 같이 한잔합시다." 나는 멋대가리도 없는 말을 주절댔다. 그러나저러나 간에 나는 유쾌하였다. 하야시도 기분이 좋은 모양이었다. 기울어져가는 햇빛을 오래간만에 즐기면서 두 사람은 가벼운 걸음으로 그리니치 촌의 큰 거리를 걸어 내려갔다. 걸으면서 이야기를 했다. 하야시는 째롬스키가 피츠버그에서 열리는 카네기 미술전람회에서 삼 년 동안 내리 낙선하였다는 것, 서로 안 지는 얼마 되지 않지마는 친구가 별로 없는 째롬스키에게는 자기가 친한 친구의 한 사람일 거라는 이야기, 생활에 견디다 못하여 사립소학교에서 도화를 가르치는 것으로 호구지책을 삼는다는 것,

*아타리마에데쓰요(あたりまえですよ) : 일본어로 '당연하죠'라는 뜻.

몇 번 개인전을 가져보았으나 비평가들은 누구라 할 것 없이 냉담하였고 심지어 맑쓰 노도라는 비평가는 "화가가 무슨 까닭으로 다시 '재灰'에 앉으려고 하는지 이해할 수 없다. 좋은 그림을 잘 그리는 것이 요령이지 스토안같이 포즈하여보았자 결국 잿더미 위에 주저앉고 말 것이다"라고 혹평을 하였다는 이야기, 잿더미라는 것은 그리니치 촌의 화가들은 다 아는 이야기로, 평생을 참담하게 노력하였으나 결국 아무 성공도 못하고 늙어버린 어느 화가의 자서전 이름『이렇게 하여 나는 잿더미에 앉다』라는 것에서 나왔다는 것, 째롬스키는 자기 생각에도 이건 노파심일는지 모르지만 차라리 연극이나 무용 같은 것을 하는 쪽이 낫겠다는 이야기, 그러나 봄에 우드스톡에서 열리는 화가동인전람회에 출품할 작품을 지금 만들고 있는데 이것이 화가들 사이에서 평이 좋아 추천되어 갤러리에 진열이 되면 전도前途는 열릴 것이라는 등의 이야기를 내게 들려주었다. 그리니치 촌이 거의 끝나는 거리, 이태리인 빈민굴에 가까운 어느 좁은 골목 동향 판에 앉은 아파트 삼층 지붕 밑, 이것이 양심은 있으나 사상이 없다는 화가 째롬스키의 아틀리에였다.

삼층을 다 올라가면 층계 어귀는 넓은 마루요, 방은 하나인데 서쪽에 문이라고 할 것도 못 되는 빈지* 널장이 열린다. 방 안이 좁은 탓으로 마루 구석구석에 그림 캔버스가 그득히 세로 혹은 가로로 뒤집혀 쌓여 있다. 문을 두드릴 것도 없이 주인은 구둣발 소리를 듣고 먼저 나와 반겨 맞는 것이다. 여전히 희고 모순된 얼굴에 시커먼 눈이 크다. 누런 작업복을 입은 것을 보면 제작 중이던 모양이다. 우리가 와서 방해가 되지 않느냐고 하야시가 묻는 인사말에 "천만에, 천만에, 방금 끝내고 손을 닦던 중이오. 이렇게 와줘서 참 고맙소"라고 째롬스키는 방 안으로 우리를 안내한다.

─────
* 빈지 : 한 짝씩 끼었다 떼었다 하게 만든 문.

너덧 칸 되는 방인데 천장이 비교적 여느 다락방보다 높고 창도 제법 서쪽 벽에 뚫리고 지붕에도 들창이 있어 화실로는 그만하면 족하다. 스팀도 잘 들어오는 모양으로 탁자에 놓인 튤립이 얼지 않고 생생한 대로 푸르다.

서창에서 들어오는 광선을 잘 받을 수 있는 위치에 놓인 큰 이젤을 나는 한 바퀴 돌아, 오는 삼월에 우드스톡 전람회에 출품할 작품인 것 같은 제작 중의 이백 호 캔버스 앞에 섰다. 이백 호짜리 캔버스 앞에 서기 전에 나는 우선 벽에 걸린 십 호, 이십 호, 혹은 사십 호에 어지럽도록 사람의 시각을 지리멸렬하게 하는 붉고 푸른 색채에 어리둥절하였거니와, 이것은 또 무엇일까, 옆에서 듣자니 하야시의 묻는 말에 대답하기를 여덟 번째 고쳐 그리는 중이라는 작품은, 푸른 하늘 같은 원경인지 근경인지 밑에 만삭이 된 여자의 배 같은 둥그러한 호수도 아니요, 분화구도 아닌 부분이 핏빛이요, 뼈다구인지 나뭇가지인지 알 수 없는 것을 묘출描出한 진한 흙빛이 다시 모래 조개껍데기들인지 지나가는 구름조각인지 알 수 없는 것을 무수하게 열매같이 드리웠는데, 별안간 왼쪽 피 호숫가에서 여덟 가닥 손목이 부러졌는지 모래에 파묻혔는지, 하여간 그림에 그다지 조예가 없는 나로 하여금 간신히 이해할 수 있는 정도로 하얗게 선명하다.

이게 소위 쉬르레알리슴이라나, 원, 다다이즘이라는 것인가? 하여간 그렇게도 그림을 좋아하는 나를 충분하게 슬프게 할 정도로 유식한 것이다. 그러나 실망을 하면서도 끝까지 그림을 사랑하는 것이 내 병인지라, 아! 역시 저 푸른 하늘인지 바다인지 모를, 호수 같은 여자의 배 위에 깊고도 어렴풋이 씨렁씨렁 흘려놓은 인디고*가 엘 그레코*의 빛깔도

---

* 인디고 : 남색.
* 엘 그레코(1541~1614) : 그리스 출신의 스페인 화가.

같아 나는 자못 기뻤다. 아무리 기쁜들 이것을 가지고야 어떻게 다시 한 번 째롬스키의 얼굴을 쳐다보지 않을 수 있는가? 째롬스키의 얼굴은 그대로 모순되고 희멀건 석고 빛이요, 유창한 영어는 오늘도 뜬 목청이다.

솔직한 이야기가 나는 그의 그림에 대하여 적잖이 낙심하였다. 적어도 저 혁명적 작가 스테판 째롬스키와 피를 나눈 예술가라면 이렇게 사뭇 『주역周易』 같은 세계에서 혼자 부르고 쓰는 재미를 예술의 지락至樂으로 삼고만 있을 수가 있을까? 그러나 다시 생각해보면 세상이야 무엇이라고 하든지 간에 자기 소신대로 자기 예술을 완성시켜보겠다고 빵 조각을 뜯어먹고 맹물을 마시면서 자자곤곤*히 이젤과 싸우고 있는 이 사람에게 자기 말대로 응분한 존경을 베풀지 않을 수도 없는 일이었다. 자기 손으로 끝장을 내보고야 말겠다고 하던 긍지는 비단 그의 굵은 북구적인 미우眉宇*뿐 아니라 어찌 보면 차근차근 칠하고 또 꼬밀꼬밀* 깎아놓은 화면에서도 찾을 수 있는 것도 같이, 기왕 내가 이같이 동정과 존경을 겸해 할 바에는 조금이라도 옳게 그의 그림을 이해하고 싶어서 "실례이지만 이 그림 이름은 무엇입니까?"라고 물어보았다. 째롬스키는 하야시와 주고받던 화구畵具 구입에 대한 이야기를 중단하고 「구원救援」입니다"라고 정중한 태도로 대답하는 것이다.

나는 음, 하고 다시 그림을 쳐다보았다. 아무리 보아야 알 수 없는 노릇이다. 하늘이 붉은 여자의 배가 무거운 것을 구원하기 위하여 푸르다는 뜻일까? 여덟 손가락이 두 손을 의미하는 것 같은데, 그것이 저 호수로 상징한 양수羊水 속에서 지금 빠져 죽으려는 태아를 건지는 산파의 손이라는 뜻일까? 자, 일이 이렇게 되고 본즉 둘에 둘을 보태면 넷이 되는 것밖에 모르는 내 머리로는 다시 한번 이 진지한 예술가 째롬스키의

---

* 자자곤곤 : 부지런히 일하는 모습을 뜻하는 '자자골골'을 말하는 듯.
* 미우 : 이마와 눈썹 언저리.
* 꼬밀꼬밀 : 매우 꼼꼼하고 찬찬한 모양.

얼굴을 쳐다볼 수밖에 없다. 쩨롬스키는 여전히 건강하고 얼굴은 무던하게 이상하다.

"누가 누구를 구한다니요? 미스터 박은 아마 기독교적인 견해를 가지고 물어보시는 말씀 같은데 나는 그런 종류의 윤리나 논리에 아무 흥미가 없습니다. 누가 따로 구하는 사람이 있고, 구원받는 사람이 있는 것이 아니라고 생각합니다. 다만 구원이 있을 뿐이지요. 저 지구 덩어리 같이······."

쩨롬스키의 회화이론은 그의 그림 「구원」보다 더 어렵다. 화상을 타자는 말인지, 막자는 말인지 알 수 없다. 다만 한 가지 아이 밴 여자의 아랫배 같은 것이 지구라는 것을 비로소 그의 설명으로 이해하였을 뿐이다. 하야시가 싱글싱글 웃는다. 쩨롬스키는 여전히 심각한 표정이기에 "지구 덩어리가 어떻게 구원을 받나요?" 하고 또 한 번 물어보았다.

"저 스스로 받지요. 별이나 달이나 해나 꽃이 스스로 구원을 받는 것 같이. 우리는 그것들을 다른 것과 관련시키는 일이 없이 저들의 지니고 있는 아름다운 것을 그대로 평가하고 평가한 대로 재생시켜야 할 것입니다. 순수한 조건하에서 순수하게, 아주 순수하게."

쩨롬스키의 순수 예술론을 듣고 나서 나는 다시 「구원」을 쳐다보았다. 나는 붉은 지구 덩어리밖에 아무것도 이해할 수 없었다.

"예술은 이해하기 위한 것이 아닙니다. 예술은 호소하기 위한 것입니다"라고 쩨롬스키는 나를 계몽시켜주는 것이다.

하야시가 만들어내는 상징들은 그래도 어지간히 알 수 있었으나, 나는 쩨롬스키의 순수한 평가와 재생은 아무리 노력을 하여도 알 도리가 없었다. 자, 병도 이 지경이 되면 그야말로 구원할 길이 없을 것만 같아, 나는 더 캐어묻지 않고 혁명적 작가의 일가에게 기대하였던 모든 희망을 철수하는 수밖에 도리가 없었고, 철수하고만 이상 더 앉아 있을 흥미도 없어서 하야시를 넌지시 종용하여 돌아오고 말았다. 그러나 그림을 좋아하는 병이 고질인 나는 째롬스키를 아주 잊어버릴 수가 없었다. 그런 까닭으로 나는 얼마 후에 혼자서 째롬스키를 다시 찾아가보았다. 째롬스키는 여전히 열심이고 여전히 처량하였다. 방 안의 모든 것이 전날 보던 대론데, 놀란 것은 이백 호의 내용이 달라진 것이다. 전에 있던 붉은 지구 덩어리가 이번에는 하늘에 올라가고 푸른 엘 그레코의 인디고 하늘이 아래로 내려오고 여덟 가락 손은 어디론지 가고 없는 것이다.

"좀 고쳐봤지요. 실제가 무겁다고 예술에서 반드시 무거울 필요가 없는 것이지요. 그것은 차라리 작가의 호흡이 실제의 무게에 가빠지는 경우에는 도리어 가벼워져야 되겠지요."

째롬스키는 변경된 화면에 대한 설명을 이렇게 하고 "아직도 앞으로 두 달이 있으니까 좀 더 생각해볼 작정입니다"라고 하는 것은 아마 자꾸 뜯어고칠 작정인 모양이다.

나는 그때 그 자리에서 불연 간 나 자신이 마치 도깨비한테 홀린 허수아비 같은 어지러운 착각을 느끼도록 째롬스키의 정신상태를 의심치 않을 수 없었다. 나는 째롬스키가 별안간 미쳐서 주머니에서 칼이라도 꺼내서 내 가슴을 찌를 것 같기도 하였다.

나는 어쩐 일인지 오래 앉아 있기가 불안하여 핑계를 하고 총총하게 나와버렸다. 이날이 내가 째롬스키를 본 최후였다. 도저히 구원받지 못할 한 불쌍한 예술가를 측은하게 생각하면서 세상은 넓기도 하여 별사람도 많은 것이라고 바로 혼자 잘난 체도 하여보았거니와, 그러나 한편으로는 제발 째롬스키의 「구원」이 우드스톡 전람회에서 동인들의 인정을 받게 되기를 진심으로 빌기도 하였다. 아닌 말로, 째롬스키는 굶을지언정 W.P.A.에 끌려나가지 않겠다는 예술가적 자존심을 가진 사람이요, 나보다 친히 아는 하야시 말이 양심이 있는 사람이라 하였고, 또 이 사회가 그릇된 자본주의의 농락을 받고 있다는 사실을 자기 입으로 선언도 한 사람이니 좋은 계기를 만난다면 어찌 자기 예술에 대하여 근본적인 성찰인들 하지 않을 것이라고 누가 보장하랴. 그래서 나는 비록 다시 찾지는 못하였을망정 사실 커다란 희망을 가지고 전람회의 하회를 기다렸던 것이다.

그랬던 것이 천만뜻밖에도 나는 청천벽력 같은 소식을 내 손에 들고 말았다. 그것은 눈도 다 풀리고 고향 같으면 종달새도 우짖을 좋은 때.

어느 날 아침 나는 뉴욕 『선』에서 째롬스키가 엠파이어스테이트빌딩 86층에서 떨어져 자살해버렸다는 기사를 읽은 것이다.

"또 하나 다른 자살, 시체는 무명화가 유진 이바노비치 째롬스키로 판명"이라는 표제 아래. "작昨 24일 오후 삼 시 십오 분경 마魔의 탑 엠파이어스테이트빌딩 86층에서 신장 5피트 7, 모발 흑색, 눈 흑색의 청년이 떨어져 죽었는데 조사한 결과 그리니치 촌에 거주하는 폴란드계의 무명화가 유진 이바노비치 째롬스키로 판명. 시체는 소관 구청에 수용 중인데 자살한 원인은 생활난과 실연인 것 같다."

생활난이라면 또 모르겠지만 실연이라는 것은 물론 당치도 않은 소리였다. 그러나저러나 간에 죽어버린 사람이 무슨 까닭으로 죽었는지 새삼스럽게 캐는 것은 살아 있는 사람들의 자유일 뿐, 죽어버린 사람에게는 하등 상관이 없는 노릇이었다. 째롬스키가 자살했다는 신문 기사를 본 그날 나는 하야시를 찾아갔다. 하야시는 「비상」을 다 끝내고 붙잡아 매었던 쇠줄을 풀고 있었다.

"아까운 사람이 죽었소"라고 하야시는 한마디 말뿐 긴 이야기를 하지 않았다. 다만 우드스톡 전람회에서도 고인은 추천을 받지 못하였다는 사실을 내게 알려줄 뿐이었다. 나도 죽은 사람에게 대하여 아무런 시비를 하고 싶지 않아 화제를 딴 데로 돌리고 말았다. 다만 두 사람 사이에 비어 있는 의자에 앉아 있던 허우대 좋고 창백하고 모순된 얼굴에 굵은 눈썹이 이렇게 쉽사리 훌쩍 없어져버리고, 뜬 목소리가 다시 들리지 않는 것인가 하고 생각할수록 이상할 뿐이었다.

"사상이란 어마어마한 것 같으나 기실은 종이 한 장 손가락으로 넘기는 것으로 알아도 지는 것인데"라고 하야시는 고개를 갸우뚱거리면서 혼잣말을 중얼거렸다. 무슨 의미인지 잘 모르겠으나 사상도 결국 산 사람들의 양식糧食이지 죽은 사람에게야, 그야말로 쩨롬스키의 말마따나 아주 완전하게 순수하게 스스로를 구원하고 말았는데, 남을 것이 더 있을 수 없는 노릇이었다. 남은 것은 5피트 7, 뻣뻣하게 식은 고깃덩어리와 이제는 고요하게 움직이지 않을 열 손가락이 가지런할 뿐이다.

나는 이튿날 오후 하야시 마모루와 함께 잠시 알고 지낸 정의情誼를 지키기 위하여 몇 사람 안 되는 친구들이 데리고 떠나가는 유진 이바노비치 쩨롬스키의 영구차의 뒤를 따라 벌써 옷이 무겁도록 따뜻한 강바람을 쪼이면서 브롱스 화장장으로 따라갔다.

—『문학』(1948. 4. 10) 발표.

청춘*

완바오 산萬寶山 사건 이후

배가 영문강迎門江을 지나 신도薪島 앞바다에 나와서 용암포龍巖浦 쪽, 조선 땅이 멀리 수평선 너머로 흔적같이 사라질 때까지 박두수朴斗洙는 갑판 위에 혼자 남아 있었다.

뱃전에 기대어 해면을 내려다보면 이따금 해파리가 한낮에 가까운 유월 햇볕에 붉은빛을 너울거리며 지나가곤 하였다. 해파리는 육지 가까이 살지 않는 고기였다. 이렇게 바다에 나오고 보니 역시 조선으로 들어가지 않고 다시 떠난 것이 옳은 것도 같았다.

그는 평양을 중심으로 하여 일어난 중국 사람 학살 구축 사건을 아직도 머릿속에서 떼어버릴 수가 없었다. 왜놈들의 모함—그것을 모르고 죄 없는 중국 사람들을 돌로 때려죽이는 동족들의 소행을 좀처럼 이

---

* 장편소설『청춘』은 근대서지학회 엄동섭 선생님(수원 창현고 교사)이 소장하고 있는 자료를 제공받아 수록하였음.

해하기가 어려웠다. 완바오 산 사건이라는 것은 완전히 왜놈들이 만들어놓은 모략이 분명한 것이었다. 얼마 뒤에 뒤를 이어 소악공蘇鄂公에서 만들어낸 소위 나카무라中村 대위大尉 조난 사건이라는 흉계를 보더라도 근자에 일어나는 사건은 거개 일본인의 일종의 일관된 정책 아래 움직여지고 있는 현상이라고 볼 수 있는 것이었다. 제가 한 노릇이기에 평양 거리에 온 중국 사람 비단 천이 모조리 터져 나오도록 그들은 낭자한 유혈을 본체만체하고 도리어 사태가 악화하기를 기다리지 않았던가?

어디서 방귀 소리만 나도 눈을 뒤집고 덤비는 놈들이 창춘長春에서 육십 리밖에 안 되는 곳에서 일어난 일을—아니 바로 그놈들이 만들어 돌려 붙인 일을 "잘 모르겠네!" 하면서 한쪽으로는 랴오둥遼東 팔백 리를 발끈 뒤집어놓고 급기야는 조선으로 그 불똥을 퍼뜨려놓은 것인데 그런 것을 알고도 저렇게들 미련한 짓들을 하는 조선 사람은 대체 제정신이 바로 박힌 사람들인가—.

두서없는 생각을 하는 동안, 중국인 남녀들이 통찬(선저선실船底船室) 속에서 갑판 위로 많이 나와 있었다. 그들은 해바른 데를 골라 캐빈(객실) 모퉁이 혹은 하갑판下甲板에 모여 앉았다.

캐빈 안에 있는 이등 손님들은 잘 몰라도 통찬 속에서 나온 사람들은 대개 아침에 안둥 현安東縣 부두에서 한 번 본 사람들이었다. 점심때가 가까웠는지 군데군데서 꿔빙鍋餅,* 만투* 같은 것을 뜯어먹고들 있었다. 저들 속에도 조선서 쫓겨온 사람들이 있을는지 모르겠다.

캐빈 들창 안으로부터 비위에 거슬리는 양요리 지져내는 냄새가 풍겨왔다. 두수는 다시 바다 쪽을 내려다보았다. 해파리는 다시 보이지 않고 밑동이 흰 물새 떼가 속력 느린 제통환濟通丸 앞을 스치고 날으며 따라오

---

* 꿔빙 : 솥뚜껑같이 큼직하고 두껍게 구운 밀가루 떡.
* 만투 : '만두'의 함경도 방언.

곤 하였다. 톈진天津에 간들 지금 형편에 동삼성東三省보다 나을 수가 있을까, 낮고 못하고 대체 나는 무엇하러 가는가. 공부하러 다닌다는 것이 내게 과연 당한 노릇인가. 세상은 소란하고 인심은 흉흉한데 과연 나는 꿀과 젖이 흐르는 내 혼자의 가나안 복지를 발견할 수 있을까. 세상은 소란한데 한 열흘 전에도 베이닝루北寧路 신민新民 근처로 지나가는 기차 속에서 중국 사람이 조선 여자를 승강구에서 밀어 던져 죽인 일이 있지 않았던가— 이런 생각 저런 생각 하고 있을 때에 해면에는 두수 그림자 옆에 다른 그림자 하나가 비쳐왔다. 두수는 무의식중에 몸이 오싹하여지는 것을 깨달으면서 돌아섰다. 그것은 일본인 부선장이었다. 테 두른 모자와 금빛 단추를 보아 알 수 있었다. 얼굴이 홀쭉하게 창백한 것이 반생을 사공으로 늙은 것을 짐작할 수 있다. 통찬을 다녀오는지 손에는 방망이 반 토막만 한 니켈 회전전등을 쥐고 섰다.

"삼등 손님이지요?" 하고 부선장은 상냥하게 묻는다. 두수는 그렇다고 대답하였다. "선객부에 기입을 하여주시오. 선객부는 선실 어귀에 있습니다" 하고 부선장은 휘청휘청 캐빈 쪽으로 가버렸다.

두수는 삼등 선실 다다미방으로 내려왔다. 음식 냄새와 담배 연기가 자욱한 좁은 방 안에 손님들은 남녀 할 것 없이 저마다 편할 대로 드러 눕기도 하고 벽에 기대고 앉았기도 하였다. 문어귀 탁자 위에 놓인 선객부에 조목마다 적어놓고 잡아놓았던 자리에 왔다. 혼자 앉았기도 무엇하고 다시 나갈까 하니 고단도 하여 가방을 베고 누워보았다.

삼등실은 바로 기관실 뒤인지 몹시 울렸다. 누구 한 사람 입을 열지 않았다. 톈진 직항선이니 모두 톈진 가는 사람들인가. 조선 사람은 이상하게도 하나도 보이지 않았다. 외로운 것도 같고 다행한 것도 같았다. 옆에 누웠던 젊은 중국 여자가 앓는 소린지 잠꼬댄지 모로 돌아누우면서 미끈한 흰 팔을 들어 단발한 이마 위에 얹는다. 잘근한 콧마루에 땀이 송송 돋은 것을 보면 어딘가 괴로운 것 같았다. 조선서 몰려 피해가는 사람일까. 우윳빛같이 흰 얼굴에 감은 눈썹이 길었다.

날이 저물면서 천 톤도 못 되는 배는 어지럽게 흔들리기 시작하였다. 원창圓窓 밖에 치는 물결 소리가 기관실 진동에 섞여 들리는 것이 멀리 시원할 뿐, 멀미와 곤끼*와 졸음이 한데 조여 머리는 띵할 뿐이었다.

집을 떠난 지 일 년 반—사진砂塵의 호지胡地*에서 진흙물을 가라앉혀 마시면서 벽에 바른 신문지 글줄에 붉은 연필을 긋고 코피를 흘려가면서 한 노릇이, 과연 손아귀에 두둑하니 잡힌 것이 무엇인가. 가슴 뻑뻑이 무얼 들이켰던가.

"너는 도척 같은 놈이다. 병든 애비 시탕侍湯을 하지 않고 공부하러 간다고 떠나가는 너는 도척 같은 자식이다" 하시던 농담도 아니요, 진담도 아닌 어머니의 말이 머릿속에 뎅뎅 울렸다. 다시 이제 보따리를 걸메고 떠나가면 바로 무슨 신통한 수가 있는가. 밤새 뒤치고 젖히고 하면서 꿈인지 잠인지 분간하지 못할 시간 속에서 이리 고뉘우고 저리 고뉘우면서 날을 밝혔다.

원창 밖이 훤히 밝아 얼마 되지 않아 기관 소리가 뚝 끊어지면서 동요가 다른 것이 배가 어디 머무는 모양이었다. 두수는 갑판으로 나가보았다. 뿌옇게 안개 낀 다롄大連 항구가 멀찍이 바라다보였다. 어째서 배가 여기 머무는 것일까 하는 데 대답하듯이 항구 쪽에서 발동선 한 척이 턱주가리를 치켜들면서 제통환을 향하여 일직선으로 물결을 가르는 것이다. 부선장이 아래위로 오르내리더니 이어 퉁촨과 삼등 손님들이 하갑판에 모이기 시작하였다.

짐작이 갔다.

붉은 줄이 간 깃발을 단 발동선은 톡톡거리면서 호기 있게 다가들더

---

* 곤끼 : 고단한 기색이나 느낌을 말하는 '곤기'인 듯.
* 호지 : 오랑캐의 땅. 중국 둥베이(東北) 지방을 일컬음.

니 무슨 까닭인지 한 바퀴 제물로 돌아 깽웨이(배 승강구)에 와서 닿고, 그러자 사다리 아래 토막이 덜그럭 내려가면서 이어 정복한 수상 서원과 세관 관리와 사복형사가 갑판으로 낼름 올라왔다.

조사가 시작되었다. 선객부와 맞춰보고 중국 사람은 대강 넘기는 것이 무슨 곡절 있는 수색이었다. 수상 서원과 세관 관리는 부선장을 따라 캐빈으로 올라가고 사복형사가 두수에게로 다가섰다.

"물건은?" 하는 일본말이든지 캡 밑에 광대뼈하고 직업적으로 치켜뜬 눈초리가 광채 없는 것을 보면, 즉각적으로 조선 사람이라는 것을 알 수 있었다.

"선실에 있습니다."

두수는 아무것도 켕기는 일이 없는지라 선선하게 대답하였다.

"이리 내와!"

형사는 태연한 젊은 사람의 차진 거동이 아니꼽다는 듯이 쏘아붙였다.

'여기서 끌려 내리면 어떻게 하나.'

두수는 갑자기 막연하게 불안하였으나 될 대로 되라는 발걸음으로 선실에 들어가서 가방 두 개를 들고 나왔다.

"어데서 와?"

"펑톈奉天서 떠났습니다."

"펑톈서?" 반문하는 언성이 심상치 않았다. 두수는 잠시 당황하였으나 안색을 태연하게 가라앉히기 위하여 말대답하는 대신에 신분증명서를 꺼내 공손하게 보였다.

"둥베이東北 대학에 다녔어?"

"네, 톈진 난카이南開 대학으로 전학을 하려고 가는 길입니다."

형사는 증명서를 도로 주면서 발끝으로 가방을 툭툭 찼다. 열어 보이라는 뜻이었다.

형사는 두수가 열어놓은 가방 속을 꼬밀꼬밀 뒤지면서 허리를 꾸부린 채 "톈진으로 가면 기차로 갈 게지 뭣하러 배로 가나?" 하고 넘겨잡아 보는 양으로 꼬집어 물었다.

"우룽베이五龍背에 사는 친척을 만나고 떠나느라고 이쪽으로 왔습니다."

"금반지나 그런 거 안 가졌어?"

두수는 없다고 대답하였다.

'밀수출 취체로구나' 생각하고 보니 얼마 전에 선천宣川인가 어디서 북지로 고추장사 다니는 조선 사람들이 금 밀수출을 대량으로 하다가 발각이 되었다는 기사를 『화베이바오華北報』에서 읽은 기억이 났다.

형사는 두수에게서 손을 뗀 모양인지 매초리 같은 눈초리로 이 사람 저 사람 훑어보더니 끝도 맺지 않고 캐빈 쪽으로 가다가 동행이 나오는 것을 보고 도로 그들을 따라 하선하였다. 우렁차지도 못한 기적을 두어 마디 울리고 떠나 배는 서쪽으로 키를 잡았다.

안개 걷힌 날씨는 저물도록 좋았다. 일렁거리는 유록빛 바다, 듬북듬북 붉게 흐늘거리는 해파리 떼, 그 위로 하늘은 눈이 모자라게 푸르렀다.

두수는 거의 진종일을 갑판 위에서 보냈다. 밤에는 다시 찝찝한 다다미방에서 기관 소리를 베개 밑에 받고 누웠다. 조선서 쫓겨가는지도 모를 창백한 젊은 여자의 갑플디린* 긴 눈썹을 바라다보면서 자며 말며 하였다. 탕구塘沽에 닿은 것은 새벽 네 시나 되었을까 항구는 아직 한밤중이었다. 소조한 불빛이 여기저기서 깜박이고 개 짖는 소리가 부두를 때리는 물결 소리 너머로 한두 번 들려왔다. 내리는 사람이 별로 없는지 아직 하선을 시키지 않는지 선실 안은 여전히 조용하였다. 피로와 권태로 말미암아 완전히 예의를 걷어치운 남녀들은 어깨와 팔다리를 맞겨루지 않을 수 없었다. 이대로 가면 톈진 가선 오전 일찍 닿으렷다. 철환哲煥이가 전보를 받았는지―생각하면서 떠나기만 기다렸으나 배는 오정 때

---

* 갑플디린 : 꺼풀진.

가 되도록 떠나지 않았다. 손님은 몇 사람 동이 튼 뒤에 내렸을 뿐, 새로 타는 사람은 없었다.

배에는 사다리가 두 개 놓였다. 물을 퍼 들이는 소린지 퍼내는 소린지 장시간 촬촬거리는 소리가 들렸다. 선장 부선장이 모두 어디 갔는지 보이지 않았다. 누구 한 사람 하회를 아는 사람이 없었다. 점심때가 되어 일본 군인들이 오르내렸다. 목덜미 흰 일본 계집들도 오르내렸다.

'무슨 일일까?'

이슥하여 손뼉 치는 소리, 고함 같은 웃음소리가 캐빈에서 터져 나왔다. 가고 오는 군인들이 술잔을 들고 떠드는 것이었다.

'배를 세워놓고 술을 마신다―.'

두수는 방종에 가까운 그들의 환호 속에서 일종 자멸을 고하는 비명 같은 것을 듣는 것 같았다. 무슨 풍운을 가까이 맞이하는 것으로 알았는지 일인들은 이 당시 처처에서 이와 같은 탈선을 자취하였다. 오후에도 늦어서야 떠난 배는 바이허白河를 거슬러 오르기 사십 리, 톈진 특일구 다렌 마두馬頭에 닿았을 때는 불빛이 황황히 멀리 별과 닿았을 때였다.

갑판에서 내려다보니 부두에는 역시 김철환이가 나와 있었다. 그는 어떤 젊은 여자와 나란히 서 있다가 두수를 알아보고 손을 들었다.

두수도 손을 들었다. 이등 손(客艙)의 뒤를 따라 내렸다. 부두라고 하기에는 너무도 멀쑥한 시멘트 벌판이었다.

"잘 왔네, 짐은 이것뿐인가."

깽웨이에 다가섰던 철환은 두수에게서 가방을 빼앗듯이 받아놓고 커다란 더운 손으로 두수의 긴 손가락을 틀어쥐었다.

"큰 짐은 기차로 먼저 부쳤네. 전보는 받았을 줄 알았지만 용하게 시간을 맞춰 나왔네그려."

지난가을 평톈서 헤어질 때 늘 고단해 보이던 철환의 얼굴이 밤빛에라도 선이 굵어지고 살이 오른 것 같은 것을 부러움에 가까운 경이의 눈으로 쳐다보면서 이렇게 대답과 인사를 겸했다.

"두 번째 걸음일세. 얘기는 차차 할 셈하고 시장할 테니 어서 가세" 하고 가방을 들고 앞서기를 재촉하였다.

당초부터 섰던 자리에 소곳하게 움직이지 않고 있던 여자는 두 사람이 가까이 오는 것을 보고 마찻길 쪽을 향하여 발걸음을 옮겼다. 그림자 없는 세 사람의 발길이 가지런하여졌을 때 마침 마차 한 대가 방울을 울리면서 다가와 섰다.

철환은 잊었더라는 듯이 새삼스러운 표정으로 "참, 자네 인사하게. 신기숙申己淑 씨, 난카이 고급중학에 다니시는……" 하고 여자의 신분에 대하여 무엇인가 한두 마디 더 설명하려다가 그만두고 "같은 학원이니 앞으로 서로 가까이 상종하게 되리" 하고 신기숙이란 여자의 도독한 얼굴과 표정 없는 두수의 얼굴을 번갈아 보았다.

"박두수올시다."

두수는 몸을 약간 숙이면서 간단하게 인사하였다.

"말씀 많이 들었습니다."

부드럽다기보다 자칫하면 쨍쨍 울릴 것 같은 그러나 아직 고스란히 혼자 울려온 신기숙의 음성이다. 철환의 소개가 마땅치 않은지라 그는 내심 약간 심술이 나서 외마디 대답으로 인사를 분질렀다.

'밑도 끝도 없이 한마디 불쑥 자주 만나게 되리가 뭐야. 내가 그리도 싸담? 기껏 끌려 나와선—내가 꼭 끌려 나온 건 아닌지도 몰라—또 제 맘대로 모르는 사나이에게 함부로 휘저어대야 옳담?'

철환은 기숙이가 약간 뾰로퉁한 것을 알아차렸다. 하나 지라고 하면 메려드는 신기숙이다—아무려면 입에 맞는다고 할 것이냐 아무려면 대수냐는 듯이 철환은 짐을 놓기 위하여 먼저 마차에 발을 걸면서 두 사람을 재촉해서 자리에 앉히고 소리를 쳤다.

"거 너머 양쟈 줍아(저리 영가榮街로 해서 갑시다)."

마부는 뒤돌아보지도 않고 고삐를 잡아대렸다. 둥마루東馬路로 가려면 특일구를 서쪽으로 빠지면 지름길이 되지만 구경도 시킬 겸하여 철환은 일부러 화려한 영조계英租界 빅토리아 가로 마차를 몰게 하였다.

"그래 펑톈서도 사건 이래 중국 사람 쳐다보기 낯이 뜨뜻한 일이 많을 테지?"

철환은 가운데 앉은 신기숙을 건너 두수에게 질문을 던졌다.

두수는 쳐다보기 민망만 했으면 또 좋을 터인데, 실상인즉 자격지심에 배겨낼 수 없다는 결론을 서두로 하고, 한 예를 들면 십간十間 방房에 사는 조선 사람들 모모가 옌지延吉 어떤 중국인 호상과 결탁해가지고 생아편을 대량으로 광제당이라는 일본인 매약상에 대어온 사건으로 해서 중국 사람 여럿이 연루자로 끌려들어 간 대신 조선 사람들은 일본 영사관에서 우물쭈물하여버린 것이 가뜩이나 심화가 난 중국인을 자극해놓았기 때문에 북시장北市場 일대 같은 데서는 조선 사람들이 어두운 길에서 몰매를 맞기도 하고 셋집에서 하나둘씩 쫓겨나고 성안으로 들어가는 길목마다 차마 눈을 뜨고 볼 수 없는 그림 포스터가 붙고 광주학생사건 때에 쫓겨온 조선 학생들을 국빈대우하다시피 하던 각 고급 중학, 대학에서도 조선 학생 배척 사건이 난 데가 한두 군데 아니라는 이야기랑 하였다.

철환은 두수의 이야기가 일단 끝나서도 한참 입을 열지 않았다.

두수도 한참 가만있다가 "불이 나든지 총소리가 그예 나고 말든지 하리"하고 바짝 조여들던 펑톈생활을 돌이켜보았다. 바짝 마른 진흙의 거리—여름 더위도 닥치기 전에 벌써 달 대로 단 검은 기왓장이 무겁게 덮인 회색 벽돌의 도시, 이제 천 리를 떨어져 있어도 떼로 몰려 비비적거리는 이민족과 이민족이 씨근거리며 뿜는 더운 입김이 당장 콧구멍을 태우는 것 같은 착각을 일으키고 있었다.

"망종이야 망종" 하고 철환은 완바오 산 사건 여파가 톈진에도 파급되었다는 말을 간단하게 하였다. 그의 어투 어조는 자기의 관심이 지금 서로 주고받는 이야기 밖에 있다는 것을 표시하는 것 같았다. 그러나 아직도 다분히 신변에 지니고 있는 타성을 끌고 있는 두수는 물론 그런 기색을 알 길이 없다.

마차는 시계탑 로터리를 돌아 유명한 치쓴린起西林 카바레의 화려한 불빛 아래를 지나 어느새 빅토리아 공원 옆을 달리고 있었다. 중국 땅같지도 않은 외국 조계租界*의 밤거리, 저 가로수가 저렇게 성장하도록 오랜 세월을 두고 꾸준히도 착취를 게을리하지 않은 보람으로 우쭉우쭉 솟아 뻗은 육중한 건물들—그 건물들이 방사하는 현란한 불빛과 집요한 압력 밑에서 마치 다리 밑에 쥐새끼들이 젖은 흙을 파헤치면서 생선 대가리를 찾아 헤매듯 꺼진 어깨들의 끝없는 행렬—두수는 한 개의 착각에서 또 다른 착각을 일으키고 있었다.

또 하나의 다른 이민족의 압력에 눌리었다고 느끼자 그의 정신은 벌써 지치기 시작하였다. 그렇지 않아도 항상 가지기 쉬운 패배감, 몇 해를 두고 쪼아야 될 큰 산 밑에 망치를 들고 처음으로 징을 대는 사람 가슴 위에 눌려오는 막연한 중압에서 오는 패배감—.

'완전히 유리된 진공 속에 있다가 나온 탓일까? 이것은 또 무엇일까? 과연 나도 이렇게 젊은 여자와 함께 앉을 수 있는 때를 맞이하였는가? 하나의 세계에서 단 하나의 견디기 어려운 세계로 나옴은 내 눈에만 있지 않고, 내가 느끼는 이 더운 체온은 또 대체 어느 세계에서 오는 것일까?'

두수는 난생처음 여자의 옆에 앉아보는 것이다. 그것은 형언키 어려운 체험이었다.

---

* 조계 : 19세기 후반에 영국, 미국, 일본 등 8개국이 중국을 침략의 근거지로 삼은 개항 도시 내의 외국인 거주지.

신기숙은 두 사람의 이상하게도 어울리지 않는 대화에 별 흥미가 없었다. 마치 아픈 데를 달리한 두 사람의 환자가 한 가지 음식 이야기를 하면서도 제각기 다른 호소를 하는 것같이 들리는 회화였다. 젊은 것이 병인 젊은이의 생각과 감정—그것도 신기숙은 잘 알 수 없다.

'이 병신같이도 보이고 재주 있어도 보이는 이 젊은 사람은 대체 어떤 사람일까? 좋은 친구—철환 씨가 그냥 늘 좋은 친구라고만 지칭해오던 젊은이가 바로 이 사람이다. 그런데 대체 철환이란 양반은 왜 나를 좀 더 버젓하게 인사를 안 시키는 것일까?'

기숙은 못마땅한 것을 표시하는 것은 아니지만 어쨌건 끝까지 입을 열지 않았다. 중원공사中原公司 앞에 내려서 세 사람은 식당에 들어갔다. 음식을 시켜다가 같이 먹을 때도 기숙은 새침한 고집을 풀지 못하는 때문인지 종시 무언이었다.

영가樂街 어귀에서 기숙을 서먹서먹하게 자기 집에 돌려보내고 두 사람은 남고루 근처에 있는 철환의 숙소로 갔다.

김철환의 숙소는 남고루와 병행한 뒷길 중국인 거리 깊숙이 담이자 곧 벽인 막다른 골목에 있는 어떤 장사치의 과붓집 이층이었다. 이층이랬자 복도로 해서 올라가는 제법 규격이 맞는 건물이 아니라 항용 거리 바닥에서 볼 수 있는 것과 같은 홋 겹집으로서 처마 밑으로 마당에 내리 달린 사다리 같은 구름다리를 밟고 올라가게 된 집이었다. 이층 턱 변주리 툇마루에서 곧 방으로 문이 열리는데 방이랬자 굴곡도 장식도 없이 멀쑥한 마루방 한 모퉁이에 널마루 침대가 놓이고 책상 의자가 고리짝 보통이 나부랭이와 뒤섞여 치밀려놓였다.

"세수하려나?"

철환은 양복저고리를 벗고 담배를 꺼내 물면서 물었다.

두수는 고개를 흔들었다.

"그럼 일찍 자게, 빈대가 나올는지 모르지만 그래도 침대가 나을 걸세" 하고 등으로 의자를 밀면서 철환은 담뱃불을 그었다.

"아직 졸리잖네. 대체 여기 학교 형편은 어떤가?" 하면서 두수는 기계적으로 책상을 살폈다. 되는 대로 쌓아올린 책하며 지저분하게 흐트러진 책상이 금세 이사를 했거나 이사를 차비하는 사람 처소의 질서다.

"학교? 그만두었네."

철환은 하다면哈德門* 연기를 피워 올렸다.

"그만뒀어? 왜?"

"왜? 글쎄—."

"글쎄라니."

두수는 앉았던 침상에서 일어났다.

"댕겨 뭣하겠나? 그래 그만뒀어."

철환은 자기 자신 요령 모를 대답을 하였다. 아래층에서 중국 여인들이 떠드는 소리가 들려왔다. 무슨 녹두가루가 썩었느니 굳었느니 비단 찢듯 하는 목청들이었다.

철환은 담뱃불을 끄고 그 손으로 물병을 따라 마시고서 "그렇잖은가? 생각해보게. 속담에 발귀(이륜차二輪車) 걸어 먹는 소가 다르고 술기(사륜차四輪車) 걸어 먹는 소가 다르다고—하기는 누구 말이 삼십까지는 공부를 해야 한다데마는—어차피 암만 공부를 한대도 쓸데없는 걸 일찌감치 아는 바에는 애초에 무리한 노력할 필요 없다고 난 생각해. 책을 놓고 암만 강다짐해봐야 나 같은 건 안되네. 한동안 외상으로 살아야 될 것 같아 외상으로—또 원래 공부란 천재들이 하는 겔 거야. 희거든 부이지나(뿌옇지나) 말라구—내 할 소린진 모르겠네만서두 보게, 공부했다는 천재도 무슨 별 뾰죽한 수가 있던가? 이건 나 자신 대단히 부

---

* 하다면 : 담배 상표 'HATAMEN'.

도덕한 말일세만—요컨대 몇 천재만이 책과 영원히 결혼하는 게 옳을 것 같아. 난 뭐구 암만 생각해도 손으로 하는 것—뭘까, 일테면 하다못해 목수, 미장이 그런 거래두 말이야—이것도 일종 내 자포자긴 줄 모르겠네마는—또 모처럼 공부하러 온 자네에겐 상스럽지 못한 소리이지만 자네야—하여간 공부란 폐일언하구 천재가 하는 거야, 오토 바이닝거 Otto Weininger*가 『성性과 성격』을 쓴 게 아마 우리 나이로 스무 살 때지, 그것도 부족해서 저 비엔나의 천재는 제 대가리, 그 천재 대가리—존엄과 냉혹—학문이란 것 말이야, 그놈을 부정하려고 그때 그 아까운 대가리에 대구 총알을 쏴 넣었잖아? 아까운 대가리지, 그리구 왕청한 데루 뚫고 들어간 총알이지, 보게, 하여간 그게 내 나이도 되기 전 스물두 살 땔세. 그리고 또 한 가지 이유라기보다도 실제 문제가 말이지 현실이라는 게 말이야, 대체로 말한다면 바람이 몰아 때리면 천하가 우는 줄로만 나는 아네, 자넨 어떻게 생각하나?" 하는 철환의 말투는 점점 자조에서 설교로 변하여갔다.

"학교를 그만두면 집으로 도로 갈 작정인가?" 하고 두수는 물었다.

"집으로 도로 갈 게면 공불 그냥 할 게지" 하고 한참 있다가 철환은 계속했다.

"난 이렇게 생각하네. 공부를 꼭 해야 된다든가 집으로 원 간다든가 뭘 어쩐다든가 하는 종류의 생각이란 도대체 너무 의욕적인 것이 아니면 봉건적 사고방식이 아닌가 하고. 내가 나서서 내가 어쩐다, 어쩌겠다하는 건 다 내 중심 목적에만 모든 생의 설계를 두는 거란 말일세, 어차피 진리가 뭔지 모를 바에야 차라리 밖에서 오는 어떤 필연적인—뭐라구 할는지—불가피한 힘이 밀고 가는 데로 밀려가는 게 가장 옳은 길이

———
* 오토 바이닝거(1880~1903) : 오스트리아의 철학자. 23세에 『성과 성격』 출판 후 총으로 자살함.

아닌가 하네, 그야 물론 정신을 항상 오는 최후 순간까지 똑바로 차리고 옳게 밀려가야 되겠지만."

철환의 말이 두수에게는 공허한 넋두리같이 들렸다. 생활의 모순을 합리화시키려고 하는 사람의 항용 늘어놓는 궤변 같았다. 그렇다. 한편, 다시 생각해보면 입버릇같이 책을 봐야 할 텐데 책, 책하던 그가 저렇게 심경이 변하였을 때에는 필연 무슨 곡절이 있는 것도 같았다. 무슨 곡절인가 물어본댔자 말투가 빗나가는 것을 보면 고지식하게 대답할 것도 같지 않아 짐짓 듣고만 있었다.

"자넨 철학을 한댔지, 중국철학? 좋지—. 하지만 아예 마른풀만 골라 뜯어먹는 철학일랑 하질 말게, 세상은 푸른 잔디밭이야."

철환은 하다먼을 새로 피웠다.

"난 무슨 말인지 하나두 잘 알아듣지 못하겠네" 하고 두수는 하품이 나오는 것을 깨물면서 도로 일어나 침대에 가서 기댔다.

"하나도 몰라? 그야 하나만 알면 다 알 수 있겠지, 내 지론이 아니라 내—."

철환은 '계획'이라고 하려다가 말을 뚝 끊고 입을 다문 채 코로 기침 같은 숨을 내쉬고 계속했다.

"내 얘기 하나 함세. 어릴 때 고향에서 늦은 가을이나 초겨울에 맞밋새라는 놈을 잡으러 다니던 일이 생각나네. 이놈의 새는 꼭 밭고랑 바닥으로만 기어 다니는 물건이야. 이놈을 잡으려면 눈이 밝아서 그물론 안돼. 그래서 말총으로 올가미를 만들어서 고랑을 좁히곤 꽂아두네. 그리곤 '저리 가면 올콩, 이리 오면 달콩' 하고 몰면 올가미에 대가리를 들이박고 걸리네. 올가미 하나로 잡는단 말이야."

두수는 손을 깍져 베고 아주 반듯하게 누워버렸다. 비 샌 천장을 쳐다보고 구름을 잡듯 하는 철환의 이야기를 들으면서 눈을 감았다.

"올가미 하나, 일대일이란 말이야. 이건 자네들이 말하는 소위 일대일,

형식 논리가 아닐세. 무슨 개성이라는 둥 무슨 저마다 할 말이 있다는 둥 하는 그따위 알쏭달쏭한 표결주의票決主義를 뒷받침하기 위한, 요컨대 나도 잘났다는 유流의, 개인주의를 모셔가기 위한 일대일의 낡은 논리가 아니야. 아닌 말로 일당백은 낡은 영웅들에게 맡기고 공부는 천재더러 하라고 하구, 또 변증법으로 생각해서 일대일이되 그 먼저 하나와 나중 하나는 질량의 일치를 말하는, 일테면 영도권이나 옳은 의미의 영도자를 내가 뭘 아는 체하구 말하는 것도 아닐세. 내가 말하는 일대일은 아주 단순한 항다반사, 일테면 '땅' 소리가 났단 말은 질량이 꼭 같은 것이 일으킨 운동이 그 방향만을 달리하고 있다는 것과 같은 종류일세.

더 비근하게 말하자면 우린 이것밖에 할 일이 없다고 보네. 또 해야만 되고. 그게 진리일는지도 모르지.

손이 포도에 닿을 양이면 하늘은 두었다가 무얼 할 게냐 한 시인이 있네만 그렇게 뭐 아기자기하게 생각할 게 아니라 뜯어먹을 게 있건 포도송이건 호박이건 뜯어먹는 게 오늘 철학인 줄 믿고 또 믿네. 기술— 기술로 보아도 꿩 잡는 게 매지, 육조를 배포했으면 뭘 해, 골골 신음한, 자네 머릿속에 가사* 먼동이 텄다고 하세. 하지만 내가 가서 자네 모가지를 비틀어놓는다면 자네 내일 아침 영광스런 일출을 볼 겐가?"

"해야만 된다는 일이 대체 뭔가? 구체적으로 얘기하게."

흥분인지 타성인지 모를 그러나 확실히 쓸데없이 곱씹는 넋두리만은 아닌 철환의 요설이 어떤 실제 문제를 암시하는 것 같은 데 흥미를 일으킨 두수는 모로 돌아누우면서 이렇게 물었다.

"구체적인 건 청사진엔 나타나지 않는 거야. 구체적인 건 현장에 가서 내 눈으로 봐야지. 하나 행복스러우려면 애당초 현장엔 안 가는 게 옳고, 또 가지 않으려면 숫제 구체적인 건 모르는 게 좋지. 그렇잖아?"

---

* 가사 : 가정하여 말한다면.

"모르겠네."

"모르겠으면 어서 자게. 자고 내일 학교에나 일찍 하니, 같이 가보세"
하고 철환은 담요를 방바닥에 깔았다. 그리고 손에 잡히는『강희자전康
熙字典』을 베고 드러누워 빈대 때문에 끄지 않은 전등불을 눈이 아프도
록 쳐다보았다.

　두수는 전혀 딴사람같이 변한 철환이란 동무에 대하여 새삼스러운
관심을 가지게 되었다. 학교를 그만두었다는 것은 항용 주기적으로 오
는 허무감에서 온 일일까, 그렇지 않으면 신기숙이란 여자와 무슨 관계
가 있는가.

　'올가미 하나. 일대일, 해야만 되고, 네 모가지를 비틀어—.'

　또 한 가지 이상한 것은—이튿날 아침, 두수는 방을 하나 구해야 되
겠다고 말하였다. 기숙사에 곧 들어갈 사람이 방은 구해 무얼 하느냐,
불편한 대로 같이 있자, 으레 이렇게 말할 철환이었다. 남을 줄 양이면
제 입에 물었던 것도 빼어주는 철환의 성격을 잘 알기에 두수는 의외에
냉담한 철환의 태도가 심상치 않았다.

　"사건 이후로 방 얻기가 여간 힘이 들잖아. 조선 사람이라면 경이원지
하니까" 하고 할 뿐이었다.

　"자네 현장이라고 한 건 뭔가?"

　지난밤 대화에서 혹 무엇이 전개될까 하고 두수는 이렇게 물었다.

　그랬더니 철환은 "객담이야 객담. 모두 객담이야" 하고 자기가 한 말
을 묵살해버리려고 하였다. 그러는 것을 꼬질꼬질 캐물어볼 염치도 없
어서 두수는 학교에나 가보자고 하여 두 사람은 난카이 대학으로 갔다.

　바이허 줄기에 잠긴 조용한 학원. 연조 오랜 대학으로는 창연한 고색
이 벗긴 데가 별로 없고, 탁 트인 건물과 건물 사이 넓은 통로로 오가는
젊은 학생들의 풍모가 이 나라에 한창 팽배한 신문화운동이 공허한 구

호만이 아니라는 것을 말하는 것같이 보였다. 학관 후방候房(접수실)에 가서 소개를 받아온 천마부陳馬夫 교수를 찾았으나 학교에 나오지 않았다는 것이다.

하릴없이 두 사람은 캠퍼스를 돌아 발 가는 대로 새마장(경마장) 쪽으로 가다가 바이허 변邊에 나왔다. 비가 오지 않았던지 언덕 가에 창포와 갈대 허리에 흙 묻은 자리가 성큼하게 드러나도록 물은 줄었으나, 그래도 넘실거리는 물결은 파도조차 일고 폭 넓은 강 위로 꺼루(소형 중국 목선) 같은 배가 몇 번이고 지나갔다.

두수와 철환은 강 언덕에 나란히 앉았다. 어딜 가도 같은 강—강물은 항상 억기憶記에로의 통로, 그것은 또한 시간을 구상화하는 동시에 억측과 예언을 쉽게 하였다. 두수는 막연한 장래를 생각하고 철환은 구체적 '계획'을 세웠다가는 깨고 깨뜨렸다가는 다시 세웠다.

그러는 동안에도 강물은 쉴 새 없이 흘렀다. 일찍이 이 근방에서 청조淸朝가 망하는 것을 겪었고, 북벌北伐 성공을 목도하였고 또 가까이는 화베이華北에 오연傲然하던 평위샹馮玉祥*의 세력이 국민정부로 빨려들어 가고 난 자리에 북에서부터 내리 밀리는 새로운 붉은 사조가 제방을 터뜨리고 꾸역꾸역 밀려들어 와서 뭇 인민들이 매어달린 마른 황토를 적시기 시작하는 것도 보았을 것이다.

조선 식민지

두수는 그 이튿날 다시 천 교수를 찾아갔으나 역시 만나지 못하였다. 다음 날 두수는 철환의 숙소 근처에 방을 하나 얻어놓고 사흘째 가서는

---

* 평위샹(1882~1948) : 중국의 군인, 정치가.

아침부터 기다려서 오후에야 겨우 만났다. 천마부라는 교수는 육십이 훨씬 넘어 보이는 온후한 풍모를 가진 사람이었다.

우선 먼 길 온 것을 위로하고 소개장 써 보낸 두수의 주임교수의 사신도 받았다는 인사를 하였다. 그는 잠시 다른 방에 들어가서 한참 다른 관계자와 의논을 하고 나오는지 들어와서 딱하기는 하나 방법이 없다는 표정으로 "이제 곧 방학이 오래잖았고 해서 지금 당장은 어려우니 구월 새 학기에 가서 생각해보겠다는 것이 학교 당국자의 말이라"는 뜻으로 완곡하게 편입을 거절하는 것이다.

구월에 가서 될 게면 이제라도 될 게고 이제 안 될 게면 구월에 가도 가망 없을 것이라는 것은 뻔한 노릇이었다.

맥이 풀려 숙소에 와서 캉炕(중국 온돌)에 드러누워 있는데 철환이가 왔다. "기왕 왔으니 여름이나 나면서 보세. 그러는 새 또 무슨 변동이 있겠지" 하고 위로했으나 두수에게는 아무 의미 없는 예의였다.

두수는 눈을 감았다. 이렇게 되고 보면 일단 끝난 여로旅路다. 어디로 다시 갈 것인가?

'변동, 또 무슨 변동이 있어야 한다는 말인가. 지긋지긋한 변동이었다―철나서 올라온 서울은 너무 넓었다. 배가 고프면 해는 왜 그리 길던지. 몸 약한 것이 원수이던 응달 쪽 그림자 밑을 또 다만 더위만을 피하였던가, 학생 치기 하던 누이와 연필 한 토막을 끊어 쓰던 해가 바뀌어도 역시 부친은 오 원圓을 아껴야 했다. 아낄 것이나 정말 있었던가, 나들이도 아닌 긴 도로徒勞,* 천식 기침을 더쳐가면서 넘어가고 또 넘어오면서 박석고개에 흘린 땀과 비지도 끓여 먹으면서 다니느라고 한, 학교에서 쫓겨난 후에도 사건, 사건 차디찬 유치장 긴 밤을, 얼음이 녹을 때까지 견디기 어렵던, 뼈마디 굵어서, 떠나간 해도 달도 비치지 않는 만

─────
* 도로 : 헛되이 수고함.

주에서는, 오줌을 누면 금시 얼어붙도록 살을 베이는 삭풍 속에 가서 냉수를 뒤집어쓰며 맷돌 갈듯 갈았던 머릿속은, 아직도 학문이 대체 무엔지, 냉혹한 채찍이라도 저 민한 조선 사람들의 비열한 짓만 아니었더라면 그래도 보기 싫은 꼴을 더 참을 수 있다, 돈 많은 중국 학생들의 흰 이빨이 사람 같잖아 보이었으나 그래도 기왕 내친걸음이 아닌가, 또 가보자고 온 것이 벌써 더운 여름철에 접어드는 땀 냄새— 아 또 무슨 변동이 필요한가—.'

두수는 반듯하게 누운 채 철환의 말에는 대꾸할 흥조차 나지 않았다. 그는 의사에게 내어 맡긴 환자같이 누워 있었다. 철환이는 무슨 심사인지 두수가 뜻을 이루지 못한 것을 한편 반기는 데 가까운 충동을 느꼈다. '내게서 멀어져가지 말기를 나는 비는 것일까?'

"여보게 드러누워만 있으면 어쩔 텐가" 하고 철환은 계속하였다.

"그렇잖아 신기숙, 자네 전일 만난 신기숙이 집에서 자네를 초대한 걸 내가 잊고 있었네. 아직 이르니 시원히 목욕이나 하고 구경이나 가세. 우리 식민지 구경—그 아버진 의사야 호인이지, 집도 깨끗하고 조선 사람들 사이에 낯도 넓고 딸 때문에 학교 사람들과도 그리 막막하진 않을 거야."

"아무 데도 가기 싫어."

두수는 상반신을 일으켜 유리창을 열어젖히면서 "좀 자야 되겠네. 혼자 가보게. 다음에나 가보지" 하고 그는 다시 가방을 베고 드러누웠다.

한약국 뒤채라 약재 냄새가 물컥하고 더운 바람과 함께 열린 창문으로 들어왔다. 철환은 캉 모에 걸터앉았다. 두수는 눈을 감아버렸다. 꼬리표 달린 채 아직 뜯어놓지도 않은 두수의 고리짝이 축축한 방구석에 커다랗게 놓였다. 저 속에 필시 책이 가득 찼으렷다. 철학—세상 떠난 사람이 두고 간 것같이 무겁고 외로워 보이는 짐이다. 그것은 동무의 물건이기는 하나 자기의 물건같이도 보였다.

"혼자 가다니, 여러 사람이 오는 자릴세. 베이징 떠나가는 사람들 저녁 대접하는 자린데 자네가 왔다니까 겸해 초대한 걸세" 하면서 철환은 아까 신기숙이 하던 말을 기억하였다.

"그런 법 어디 있단 말예요. 그분 오시면 선생님 망신 톡톡히 시킬 테요" 하면서 신기숙은 꼭 두수를 데리고 오라고 하였었다. 그러나 철환은 그런 말을 전하지 않았다. 그대로 전하자니 객쩍은 노릇이고 농담같이 꺼내려니 드러누운 폼하고 그도 당치 않았다.

"자네도 잘 알겠지만, 신채호申采浩 씨란 분 있잖아?" 하고 철환은 이야기를 계속하였다. 그것은 사뭇 자기 계획에서 여러 매듭 지나간 이야기가 아니었다.

"단재丹齋, 역사가 말일세. 지금 뤼순旅順 감옥에 계시지만 그분의『조선사朝鮮史』원고를 그 부인이 가지고 여기 있었네. 한데 어떤 놈이 생활비를 대준다고 하고 그 원고를 가지고 얼마 전에 베이징으로 가버린 일이 있었네. 신병휴 씨는 단재와 족친 간이거든, 그래서 여기 있는『반도신문』지국장을 시켜 그걸 찾으러 가게 하는 거야. 내 얘기는 이 신채호 씨를 감옥에 집어넣은 놈이—그 뒤 얼마 안 가서 그놈의 손에 잡혔는지 모르네—이놈이 대만까지 피한 혁명가들을 쫓아댕기는 악질인데 지금 또 여기 와 있네. 경무국 촉탁이야."

"그래서?"

"그래서 신기숙의 부친이 사람을 일부러 보내는 거야. 이런 일이 있으면 항용 그가 여빌 대구 먹여 보내곤 하지. 지국장이란 사람도 재미있는 사람이지. 덜레덜레하구 옛날 북풍회 때 투사지, 신간회에도 들락거렸고. 하여간 가보세. 자네, 현장 구경이 재미있다면 가본다고 안 그랬나?"

철환은 늘 하는 버릇으로 다시 자기 말을 추상화하기 시작하였다.

"조선 사람—여기 답답한 친구들 말로 한인인데, 하여간 우리 동포들의 식민지는 점재點在한 게 특징이야. 어디에다 면적을 점령하고 있는 게 아니라 바늘 끝으로 찍어놓은 점이 여기저기 신발짝같이 흩어져 있는데—대체로 무슨 공사, 무슨 양행 하는 아편장사하고 계집장사들이고, 어떻게 혼자 버티고 사나 알고 보면 뒤로 딸을 내놓아 매음을 시켜 먹고 사는 인종지말도 있고 하지만 그래도 똑바로 박인 점두 많다는 건 알아야 돼. 혁명가—뿔뿔이 헤어지는 혁명가들이지만 하여간 잘났든 못났든 간에 왜놈이 망하기를 기다리는 점에선, 그리고 옳게든지 그르게든지 지조를 팔지 않는다는 점에선 혁명가들임에 틀림없고, 내 얘기 하자는 건 이 모든 점의 영역을 지키고 다스리는 한 마리의 개가 있다는 걸세. 가세, 개가 있으면 개백정이 있을 수 있지 않나? 모두 백정이 되기 싫다면 어쩌나. 나라도 될 수밖에 없지" 하고 철환은 일어서서 같이 나가기를 재촉하였다.

"아무 데도 가기 싫은데" 하면서 두수는 상반신을 일으켜 유리창 문을 열어젖히면서 "좀 자야 되겠네, 자네 혼자 가보게. 난 좀 자야 되겠어."

두수는 종시 일어나지 않았다. 이렇구 저렇구 한 조선 사람들 이야기는 언제든지 아무 데서든지 조선 사람 있는 곳에서는 얼마든지 있을 수 있는 항다반사라고 생각하였다.

그는 모든 것이 대수롭지 않고 탐탁한 일이 없다는 듯한 어조로 "다음 기회에 미루세. 오늘은 무얼 좀 생각해봐야겠어" 하고 아주 눈을 감아버렸다.

"뭘 생각한단 말인가? 집에 돌아갈 생각을 하려나?"

"……"

"생각 잘하게" 하고 철환은 화가 나서 나왔다. 나오다 생각하니 친구가 점심을 먹은 것 같지 않아 평강과 과일을 사서 들이밀고 신기숙의 집으로 갔다.

일본 조계 후쿠시마 가福島街로 빠져나가는 영가 거리에 면한 회색 벽돌 이층집, 대동의원이라는 간판이 붙은 푸른 뻥끼칠한 널대문 초인종을 누르면 으레 한가한 간호부가 나와서 곁문을 열었다.

화초분을 가득 안고 감아 돌아간 마당을 곧장 질러가면 테라스 겸 포치porch* 그리로 곧 중청中廳으로 들어가게 되었다. 개 짖는 소리를 듣고 기숙이가 부엌 쪽에서 나왔다.

대담하게 가위를 먹여 훨쩍 도려낸 흰 조젯 웃옷에 담청색 스커트─약간 치켜 입은 듯한 것은 다리가 미끈하게 긴 때문인지, 굽 낮은 흰 운동화를 신었건만 어깨라도 사뿐 뜰 것 같은 가벼운 맵시였다.

"왜 혼자만 오셨어요?"

기숙이는 철환이가 혼자 온 것이 의외란 듯한 표정으로 물었다.

"몸이 아프다고─"하고 철환은 말끝을 흐려버렸다.

"핑계로군요?"

"글쎄."

"꼭 가자고 그러시긴 그러셨어요?"하고 기숙이는 따졌다.

"아무리 같이 오재두 싫다고 그럽데다."

"어째 그럴까요?"

"어째 그러는지 내가 어떻게 아우?"

철환은 약간 심화가 났다. 기숙이는 곧 눈치를 차리고 "학교엔 그래됐나요?"하고 자기의 지나친 관심을 흘리듯이 물었다. 철환이는 고개를 흔들었다. 철환은 내심 불쾌하기보다 초조한 생각이 앞섰다. 대체 기숙이가 어떻게 생겨먹은 여자이기에 이렇게도 사람을 혼란시키는가 혼자 물어보고 있었다. 멀리 일가가 된다면 일가일지도 모르지만, 또 남이라면 확실히 남인 터인데 기숙이가 마치 무관한 사촌 오라비 격이라

---

* 포치 : 건물의 입구에 지붕을 갖추어 차를 대도록 한 곳.

도 되는 상대같이 어리광 비슷하게 혹은 사뭇 넘겨씌우듯이 사뭇 지나치게 터놓는 것으로 말미암아 속으로 은근히 그러지 말고 이렇게 이렇게 정정당당한 젊은 남녀로 서로 가까워졌으면 하는 철환의 근접을 선수를 떼어 막아버리곤 하는 데는 철환은 초조하여 발이라도 구르고 싶은 만치 질색할 노릇이라고 생각했다. 심화가 좀 가라앉고, 다시 그래서 도려낸 듯한 기숙의 얼굴을 쳐다보면 대체 어쩌자고 이 계집이 이렇게 이슬이 젖을까, 피하듯이 자기와의 정情의 세계에서는 살짝 비켜서곤 하는 것인가 하고 어처구니없기도 하고 사실은 진정 섭섭하였다.

아직 시간이 이른지 손님들도 오지 않았고 부친은 진찰실에 있는 모양이었다.

"싱겁다."

한마디 던지듯이 중얼대고 몇 걸음 물러갔다. 탁자 위 백자에 꽂힌 피지도 않은 작약 봉오리를 어린애 모양 쪽쪽 쪼개기 시작하더니 "학교에서는 그래 뭐라고 그러더래요?" 하고 물었다.

"당장은 어렵다구―."

철환은 통 어긋나가는 감정의 교차를 맞물릴 도리가 없는 데 피로를 느낀 듯이 가까운 등의자에 주저앉았다.

"그래요?" 하면서 기숙은 뜯은 작약 두터운 화판을 엄지손가락과 둘째손가락으로 비벼 푸른 물을 짜면서 한참 서서 서창으로 지는 해를 내다보고 섰다가 별안간 "나갑시다. 우리 그이 있는 데 가보십시다" 하고 철환의 의견이야 무엇이든 간에 들을 필요도 없다는 듯이 톡톡거리면서 이층으로 올라갔다.

철환이는 한순간 어이없이 앉았다가 일어서서 우두커니 빈 층계를 올려다보았다. 신파조 같기도 하고 어떻게 다시 보면 천진한 것 같기도 한 기숙의 언동, 아무리 생각해도 그 던지는 말 하나도 숨을 고르고 마디를 앗아서 똑똑 부러지게 하는 것이 속없는 수작은 확실히 아니다.

봄새* 물오른 땅벌레를 주워 먹고 토실토실 살찐 산새가 작약 꽃이 활짝 필 무렵 해서부터 어미 속 썩이느라고 가지에서 가지로 날아다니는 것같이 저 젊은 여성은 인제 혼자도 능히 점령할 수 있는 공간을 이제부터 더듬어 날으려는 것이다.

'그러나 도대체 제가 두수를 언제부터 알았다고―.'

철환은 다시 동동거리며 층계를 내려오는 기숙을 신기하게 쳐다보았다. 검은 선으로 휘갑을 친 타올지 케이프를 걸쳐 입고 어디까지 걸어가도 좋다는 듯이 굽 낮은 신으로 바꿔 신고 내려오는 것이다. 진홍빛 얼룽얼룽한 새틴 커치프를 수건 대신 손에 감아쥐면서 "참례 안 하셔도 괜찮죠?" 하고 묻는 말은 다짐에 가까운 어투다.

"그렇지만 아버지께서 이렇게 나가도 좋아하실는지―."

철환이는 근심했다.

"내가 내 일 보러 나가는데 아버지가 왜 참견을 하신다는 거예요? 그리고 말이지, 내가 왜 그 오만상을 찌푸리고 밤낮 심각한 표정을 하는 그 지국장인가 뭔가 하는 양반 시중을 들어야 돼요? 나가십시다. 아버지는 밖에 계실 거요" 하고 기숙은 따라 나오는 발발이 새끼를 발뒤꿈치로 밀어 문턱 안에 넣고 엉거주춤하고 서 있는 철환이의 앞을 질러 먼저 처마 밑 복도로 해서 병원 칸으로 들어갔다.

신 의사는 한창 임상복을 벗고 나오는 길이었다.

"어딜 이러구 가는 거냐?" 하고 신 의사는 물었다.

"저녁에 유학생회가 있어서 전 나가야겠어요. 저녁 차비는 다 됐어요. 작은 엄마가 지금 화채를 만드셔요."

기숙이는 되는 대로 주워댔다.

_____
* 봄새 : 봄철이 계속되는 동안.

홀아비 신 의사가 내 목 밑에 달린 혹 같은 딸의 내심을 모를 이치가 없었다. 그러나 엄동설한에 딸기가 먹고 싶으니 내놓으라고 하면 일단 생각만이라도 하게끔 된 마련의 사람이, 내친 딸의 신난 걸음을 막으면 무엇할 것인가?

"저녁이나 먹고 나가렴."

"저녁 먹으러 나가요. 선생님하구 같이" 하고 기숙은 철환을 팔았다.

"일찍 끝나거든 자넨 저 애 올 때 같이 들르게나" 하고 신 의사는 철환이를 쳐다보았다. 오십으로는 사뭇 늙어 보이는 신 의사의 얼굴은 어서 하루바삐 자식을 좋은 자리에 치우고 시름을 덜게 될 때만 기다리는 어버이들의 표정이다.

"그렇지 못할걸요?" 하고 기숙이는 힐끗 자기를 쳐다보는 철환이를 본체만체 그의 대답을 가로채었다.

"글쎄, 아무래나 좋도록들 해라."

신 의사는 통사정이 잘되지 않는 것을 굳이 딱하게도 생각지 않고 자리를 피하듯이 안으로 들어갔다.

기숙이는 서먹거리는 철환을 어서 나오라고 재촉하듯이 병원 정문을 활짝 젖혀놓고 앞서서 걸어 길가로 나왔다. 철환이는 계면쩍은 걸음으로 따라 나왔다. 거리는 어느새 어둑어둑하였다. 이른 저녁 치른 사람들이 포도鋪道 가로수 밑으로 오락가락하고 양차와 마차가 뻔질나게 지나가고 지나왔다. 두 사람은 나란히 걸었다. 우중충한 요리점, 약방, 의복점 들이 있는 거리로 접어들어 가서 두 사람은 창고 마당 같은 두수의 숙소 낮은 통용문으로 들어섰다.

두수의 방에는 불이 켜 있지 않았다. 캉 문을 열고 들어섰으나 두수는 방에 없었다.

해가 지면 곧 더위를 가시는 기온이라 그런가, 창문도 닫혀 있건마는 눅눅한 방 안에는 심하게 냉기조차 돌았다. 철환은 앞을 더듬어 높이 달린 전등불을 켰다. 커다랗게 자빠뜨린 고리짝이나 베개로 삼고 두수가 누웠던 가방이나, 아까 보던 대로다.

"아프다던 이가 어디 갔어요?" 하고 기숙이는 힐난하는 듯한 어조로 물었다. 두수가 방에 없는 것을, 일종 책임지라는 듯이 다시 또렷하게 철환의 얼굴을 쳐다보았다.

"저녁 먹으러 나간 게지" 하고 철환은 말끝을 흐렸다.

"뽀판包辦(숙식을 겸한 기숙寄宿) 아니던가요?"

철환이는 고개를 흔들었다.

"그럼 곧 들어오겠군요. 기다려보죠" 하면서 기숙이는 스툴stool*에 댕그렇게 앉았다.

베이마루北馬路 커브를 도는 전차 바퀴 소리, 포도를 굴러가는 마차 소리가 멀리 또 가까이 들려왔다.

철환이는 별 좋은 수가 없었다. 기숙이 하자는 대로 기다려볼 수밖에 없었다. 그러나 삼사십 분이 지나도 두수는 들어오지 않았다. 저녁 먹으러 나갔으면 그만 됐으면 들어올 것도 같은데 두루 화가 나니까 영화 구경이라도 갔는가, 건너편 방에 사는 노파에게나 물어볼까 하다가 문을 닫고 들어앉은 데 가서 두드리기도 무엇하고 해서 그만 캉 모에 앉은 채 아무 말 없이 옹송그리고 뾰죽하게 앉은 기숙이를 다시 한번 신통한 계집도 있는 게로다 생각하고 있었다.

한 시간이 지나도 두수는 돌아오지 않았다.

"배가 고픈데—" 하고 철환이는 비로소 입을 열었다. 기숙이는 사뿐 일어나면서 "나가서 아무거나 먹고 옵시다" 하고 먼저 나섰다. 두 사람은 근처 음식점에 들어가서 서로 입맛 없는 저녁을 먹고 다시 별 대화도

---

* 스툴 : 등받이와 팔걸이가 없는 서양식 작은 의자.

없이 두수의 방으로 돌아왔다.

두수는 역시 돌아오지 않았다. 산보를 나갔어도 그만하면 돌아올 텐데 "영화 구경이라도 간 게로군" 하고 철환이는 그만 가자는 뜻으로 수선거렸다.

"아니 아프다고 남의 초대를 거절해놓고 영화 구경 간단 말예요? 세상에 그런 사람도 있어요?" 하고 기숙이는 발끈하였다. 말로 따지기로 하면 그렇기도 한지라 철환이는 뭐라고 대꾸할 말이 없었다. 그러나 내심 하도 밉살머리스러워서 혼잣말로 "어쩌면 이렇게 신통할까—" 하고 아닌 한숨을 후— 하고 내쉬었다.

"뭐요?" 하고 기숙이는 불쾌한 듯이 턱을 약간 치어드는 표정이다. '흥, 날, 암팡맞은 게 너 뭣 때문에 여기 도사리고 앉았느냐고 그러는 거지? 누구를 기다리는 거냐, 대체 언제 봤다고.'

"여기 이렇게 하고 앉아 있을 게 아니라 나가서 찾아보든지 합시다."

이렇게 철환이는 짐짓 투정을 했다.

'쓸데없는 소리.'

"호호한 천지 어디 가서 누굴 찾는단 말이어요, 왜 그렇게 심술을 부리세요. 내가 뭘 달라고 그래요?" 하고 기숙이는 어성조차 높였다. 철환이는 어이가 없어서 아무 대꾸도 하지 않았다.

길모퉁이를 돌아가는 전차 소리가 들려왔다.

"그래, 안 가시려오?"

철환이는 물었다.

"안 가요, 여기서 기다리겠어요" 하고 기숙이는 결심하는 것이다.

노력이 수포로 돌아간 사람의 타성을 끌고 철환이는 더 긴말 없이 혼자 밖으로 나왔다. 갑자기 날씨가 흐렸는가 어둠에라도 무거운 구름이 드리운 것을 알 수 있었다. 오래간만에 비가 오려는 것인가, 철환은 자기도 모르게 바쁜 걸음으로 숙소로 향하였다.

철환이가 나간 뒤, 두수는 철환이를 불쾌하게 보낸 것이 후회가 되었다. 그는 도대체 톈진 온 것을 후회하였다. 베이징으로 가볼까, 그렇잖으면 상하이로 가볼까? 그러나 이런 생각도 그를 사로잡고 있는 정신적 피로를 이겨주지는 못하였다. 그러면 펑톈으로 다시 돌아가버릴까? 그것은 역시 가장 가능한 일이었다. 그러나 펑톈이라는 곳은 중국에 있으면서 어딘지 모르게 중국 땅 같지 않은 곳이었다. 그는 그런 곳으로 다시 가고 싶지는 않았다. 집으로 그만 돌아갈까? 집으로 가서 내 분수대로 살어? 역시 이것이 자기의 살 속에 박혀 있는 저 먼 세계의 가장 원시적인 버러지들을 부르는 신호 같았다.

그러나 노력을 하고 또 이겨보아야 될 것이 아닌가? 그는 부친이 보내준 수찰手札을 기억하였다. 그중에서도 극기외무학克己外無學이란 구절을 생각하였다. 나를 이기는 것 외에 학문이란 없는 것이다—이것이 깊은 병이 들어 누워 있는 부친이 자식에게 일러주는 말이었다. 두수는 두루마기에 길게 또박또박 적혔던 여러 가지 부탁을 다시 한번 머릿속으로 읽어보았다. 사뭇 떨리는 손으로 썼을 꼿꼿한 필력, 그것이 웅변으로 말하는 노쇠와 병마, 등심이 생기자 날아가버린 자식이 과연 무엇이 되어 돌아오기를 기다리는지, 어언간에 목도하게 될 생명의 교체가 있을 뿐, 모든 것은 다시 한번 무無에서부터 새로 시작될 미지수의 생의 순례 외에 무엇이 있을까? '아 피는 과연 연면連綿하게 무한으로 이어져가는 것인가?' 이렇게 드러누워 하는 생각이란 원래 갈피가 없는 것이었다.

두수는 아무런 결론도 짓지 못하고 나가서 입맛 없는 저녁을 사 먹었다. 그는 숙소로 도로 오지 않고 발길을 돌려 철환의 집으로 갔다. 혼자 신기숙의 집으로 갔을 것 같지도 않고, 또 화를 내고 헤어졌으니 곧장 집으로 돌아갔으리라고 생각하였기 때문이었다.

풍원 후퉁胡同*이 꺾이는 곳에 공동변소가 있고 거기서 다시 오른쪽으로 접어들어 몇 발자국 더 가서 철환이 집 앞에 온즉, 어떤 사람이 문이 열리기를 기다리고 서 있었다. 외등이 없는 골목이라 얼굴 모습은 분명치 않아도 어깨 벌어진 체격과 양복 입음새로 보아, 또 남자 없는 이 집에 와서 밤에 찾을 사람이라고는 철환이밖에 없을 점으로 보아서 그는 즉각적으로 이 사람은 필시 조선 사람이라고 생각하였다. 문이 안으로 열릴 때에 아니나 다를까 가까이 다가서는 두수에게 모자도 벗지 않고 그러나 은근한 말투로 "김철환 씨를 찾아오셨습니까?" 하는 것이다. 두수는 그렇다고 대답하였다. 집주인 과부가 문을 반쯤 열고 얼굴만 내밀었다.

"김 선생 계시오?" 하고 조선 사람은 서투른 중국말로 물었다.

"아직 안 돌아왔소" 하면서 과부는 마침 곁에 서 있는 두수를 알아보고 함께 온 사람들인 줄 아는 모양인지 "올라가서 기다려보시지요" 하고 길을 비켰다.

"들어가 기다려봅시다" 하고 조선 사람은 서슴지 않고 들어섰다.

두수는 철환이가 없다면 물론 들어갈 필요가 없었다. 그러나 무슨 영문에 끌렸는지 또 무슨 호기심으로선지 그는 얼결에 앞을 지른 조선 사람의 뒤를 따라서고 말았다.

'철환의 친굴까? 끄나풀인가? 그렇잖으면 신기숙의 집에 갔던 손들 중의 한 사람인가?'

마당에 들어선 그는 갑자기 불안을 느꼈다. 그러나 이제 새삼스럽게 누구냐고 물어볼 용기는 나지 않았다. 두수는 자기도 모르는 사이에 앞장을 서서 이층으로 올라가는 것이다. 그는 방에 불을 켰다. 두 사람은 의자에 앉았다. 조선 사람은 방 안을 두리번거렸다. 그러나 조금도 생소한 눈치가 아니었다. 한 사십 되었을까? 목덜미가 굵고 다부지게 생긴 얼굴인데 살빛은 홍조조차 띠고 이마가 좁고 눈이 작은 것이 맵짜 보였

---

* 후퉁 : 중국어로 '골목'을 뜻함.

다. 맵짜 보이는 조선 사람은 어디까지 태연하였다. 어색한 것은 도리어 두수였다. 그는 갑자기 겁이 났다. '아뿔싸! 끄나풀에게 걸렸구나!' 그러나 조선 사람은 여전히 태연하였다. 불그레한 얼굴에 미소조차 흘리고 담배를 피워 물면서 "펑텐서 오시잖았습니까?" 하고 쿡 찌르는 것이다. 두수는 손끝이 짜릿하였다. 이게 촉탁이라던 자로구나. 대답을 무엇이라고 할 것인가 하는 생각도 미처 하기 전에 "그렇습니다" 하고 두수는 대답하고 말았다. 무슨 까닭인지 당연히 심문받아야 할 처지에 있는 사람같이 공손하여지는 자기 자신을 이해할 수 없었다. 피차 통성명이 없어도 서로 누가 누군지 그만하면 알겠고 또 안다는 사실을 알고 있기 때문에 두 사람의 대화는 조금도 부자연하지 않았다. 하기야 두수가 가사 끄나풀인 줄 알고도 대체 댁이 누구요 하고 물어본다면 못 물어볼 것도 없었지마는, 그런 시비에 가까운 용기를 부릴 박력도 없었고 그럴 필요도 이제 와서는 느끼지 않았다.

"학교에는 전학이 되셨나요?"

"아직 모르겠습니다."

"아직 몰라요, 네― 펑텐 같은 데서도 학생들이―선인鮮人들이 말이죠―그 뭐라고 그러나, 정치운동 같은 것 많이 하지요? 일테면 해외로 다니는 사람들 심부름한다든지, 심부름한다는 말은 어폐가 있지마는―가령 연락을 한다든지, 가다가는 돈 같은 것 뺏기고 한다든지, 그 뭐라고 하나―하여간 공부는 잘 안되지요?"

"글쎄요."

"글쎄요, 네, 잘 안되겠죠. 안될 겁니다. 톈진엔 누구 잘 아시는 분이 계시는가요? 아 참, 김철환 씨 아시겠군―. 더러 여기 사는 이들 만나보셨나요? 『반도신문』 지국장 만나보셨나요? 그 사람 학생들 주선 잘하지요."

"아직 만나본 일이 없습니다."

"아, 그러실 테지, 오신 지 며칠 안 됐으니까. 안둥 현서 떠나셨지요? 음, 지루하셨겠군, 어때요? 신의주, 안둥 쪽은, 꽤 소란하지요? 참, 베이다잉北大營에선 날마다 장쒜량張學良*이가 대연습을 한다지요. 한번 구경하셨나요?"

"가본 일 없습니다."

"그러시겠지, 바쁘실 테니까. 여기선 공부하시려면 잘될 겁니다. 학생들도 구주군하구요. 참, 공학孔學이란 사람 만나보셨나요? 김철환하고는 가까울 겁니다. 폐병이라지요. 아마, 아십니까?"

"모릅니다."

"모르실 거야, 이 근처에 살지 않으니까. 사람이 괴팍스러워서 누굴 만나려고 안 한대지요. 지금 어디 있는지 몰라!"

"……."

"자, 실례하겠습니다. 철환 씬 늦으실 모양이고 하니까, 또 종종 만나 뵙지요."

조선 사람은 이때야 비로소 모자를 벗고 작별인사를 하였다. 그는 역시 우습지도 않은 웃음을 눈가로 흘리면서 천천히 밖으로 나갔다. 두수는 서서 있다가 다시 자리에 앉은 채 위태로운 층계를 곱게 구르고 내려가는 발소리를 지키고 들었다. 동안이 떴다가 닫히는 문소리 다음에 멀리 들리는 잡뇨雜鬧는 마치 막이 내린 무대와 같은 정숙을 돋았다.

불빛이 갑자기 더 밝아진 것같이 방 안이 유난히 환하였다. '저 끄나풀이 철환이를 찾아오기는 왔으나 없는 줄 알고도 방에까지 들어온 것은 나를 따라온 것이고, 나를 따라 들어온 것은 필시 나를 알려고 그런 것보다 자기 자신의 정체를 내게 알려두려는 것일 게다. 이놈 꿈쩍 마

---

* 장쒜량(1898~2001) : 중국의 군인, 정치가. 일본의 중국 침략에 대항하기 위해 장제스(蔣介石)를 구금하는 시안(西安) 사건을 일으킴.

라, 내 손가락은 게 발같이 움직인다―그러는 게다―선인들, 종종 만나뵙죠―아하 쥐, 새, 올가미 하나, 일대일, 이게 철환이가 뭐라고 그러던 주구走拘로구나.'

이때 밖에서 대문 두드리는 소리가 났다.

주인 여자가 끌고 나가는 신발 소리, 들어오며 주고받는 대화, 그것은 잘 들리지 않아도 분명 철환이의 음성이었다.

"이제 오는가?"

두수는 난간에 서서 층계를 올라오는 철환이를 맞았다.

"불이 환하더라니, 자네가 여기 온 줄 알았네" 하는 철환이의 어성은 자못 담담하다고 할까, 어찌 생각하면 자기가 와 있는 것을 귀찮아하는 것 같은 어조였다.

"들어오는 길에 자네 누구 만나지 않았나?"

두수는 다시 보면 우울해도 보이는 철환이의 동정을 살피면서 이렇게 물었다.

"누구?"

"형사 같은 사람이 와서 여직 있다 방금 나갔는데."

"목대 굵고 뱀이 눈 같은 자?"

철환이는 의외에도 태연하게 이렇게 물어보는 것이다. 물으면서 그의 표정은 새로운 소식을 들어서인가 사지를 펴기 시작하였다.

"그래" 하고 두수는 대답하였다.

"잘 알아."

"자주 오나?"

"자주? 두고 지내보게" 하면서 철환이는 침대 머리로 가서 자리를 잡았다.

"날 다 알고 있던데."

"신기한가? 다롄서 걸렸다면서, 신기할 것 없지. 조선 사람 움직이는 데 쉬파리가 한 마리만 날아 쓰겠나?"

철환이는 담배를 꺼내 물었다. 두 사람은 잠시 묵묵하게 침묵을 지켰다. 무죽하게 무엇이 해결되지 않을 때마다 철환이는 마른 담배를 잘근잘근 입술로 굴렸다.

'기숙이가 두수를 기다리고 있다. 그 눅눅한 한약국 안방에 문을 안으로 잠그고 철보다 이른 양장을 하고 얼굴은 발갛게 타오르지 않던가? 비가 이제라도 내리면 밤은 이미 깊어가는데 으슬으슬 추울 것도 아닌가? 그런데도 신기숙이라는 여자는 저 사람을 기다리고 있다? 참, 알 수 없는 일이다. 그야 알 수 없는 것도 아니지. 그러나저러나 나야 갈 사람이 떠나가면 다 그만일 게 아닌가, 따지면 그런데도 나는 어찌하여 이렇게 꾸역꾸역 목에 고여 올라오는 미련을 잊지 못하는가? 정情이란 과연 눈이 멀었는가, 눈으로만 보는 것인가? 보면 그래 알 수 있는 것인가? 알았다면 그렇게도 빨라야 하는 것인가?'

"빠르긴 하군, 어느새 연락을 했을꼬?" 하면서 두수는 멍하니 정신 빠진 사람같이 앉아 있는 철환이는 필시 초대연에서 배불리 먹고 돌아온 피로라고만 생각하였다.

"참 빨라" 하고 철환이는 홀쩍 몸을 일으키다가 자기가 지금 한 말이 무엇에 대고 한 소린가 싶어 쓰게 웃다 말다 하다가 다시 몸을 포기하다시피 던지면서 "여보게, 자네 일찍 가보게, 신기숙이가 자넬 기다리고 있네" 하고 일어나서 성냥을 찾았다.

"어디서?"

"자네 방에서."

"왜?"

"내가 어떻게 아나?"

"어떻게 알다니?" 하고 두수는 무슨 영문인지 알 수가 없어서 "자네 대체 어디서 오는 길인가?" 하고 물었다.

"자네 집에서."

"어떻게?"

철환이는 한참 동안 가만히 있었다. 그는 담배를 피워 물고 일어서서 거닐면서 비로소 자기가 어떻게 하여 신기숙이 집에 갔다가 같이 두수를 찾아갔던 이야기를 하고 나서 "하여간 어서 가보게, 비가 올 것 같으니" 하면서 비로소 머릿속이 가라앉는 것인지 커다란 손가락을 움직여 담뱃재를 방바닥에 떨구는 것이다.

알지 못하는 젊은 여자가 자기를 기다리고 있다는 것은 무슨 곡절이 따로 있다면 모르거니와 상식으로는 도저히 이해할 수 없는 일이었다.

수상한 철환이의 거동과 말투, 그리고 거기 와서 어른거리다가 획 사라지는 촉탁이라는 무기미한 존재, 이 모든 것을 다시 멀리, 그들이 뒤에서 조명등같이 밝히고 있는 여자에게서 자기에게로 오는 거리, 그것은 내게로보다 차라리 철환이라는 친구에게 가까운 것이 아닌가 하는 것은 대체로 두수의 옥생각*이었다.

그만하면 독자도 대개 짐작하겠지만, 사실인즉 신기숙이라는 여자는 김철환이가 노리고 있는 촉탁—그 사람의 이름은 현영섭인데—이 사람이 어느 날 피 거품을 물고 죽을 사실과는 아무 관계도 없는 것이었다. 신기숙이는 초상난 집 지붕 위에 와서 5월을 즐거이 노래하는 암비둘기와 같다고나 생각해두는 것이 우리 이야기의 전개를 위하여 필요하겠다.

그렇다면 철환이는 속 시원하게, 왜 나는 이 거머리 같은, 이 어거자리 같은, 이 왕지네 같은 현영섭이 굵은 목덜미를, 양 돼지 멱을 따듯 하여 선지를 짜내고, 너희가 앞으로 해와 달을 두고두고 아리따웁게, 그러나 별수 없이 평범하게 벌어질 사랑이라는 화여花輿의 '뿌레익 삐걱' 하는 소리를 알아들은 듯도 하고 하니, 나는 기왕 멀리 이제 정신이 술래 꼴

---

* 옥생각 : 스스로에게 좋지 않게 받아들이는 생각.

로 해서 먼 소련 땅으로 가버리겠다고 선선하게 털어놓지 못하였던가?

그렇기 때문에 두수는 "자네 암만해도 수상하네, 무슨 음모를 하고 있는가? 말이 상스럽구면서두—하여간 심상찮은 계획을 하고 있는 것 같은데, 내가 이렇게 말하는 게 당돌한가?" 하고 물었다.

철환이는 아무 대답도 하지 않았다. 어찌 들으면 제 할 대답은 하지 않고 도리어 어색한 자기 체면을 유지하기 위하여 먹을 먹이는 훈수 같기도 하였으나 "당돌할 까닭이 무엇인가? 자네 뭘 알고 하는 소린진 모르겠네마는—알았대도 그야 무방하지, 또 자네가 알았다면 구태여 내가 설명할 필요가 있나? 알고만 있게나. 내가 얘기를 하기 싫어서 그러는 것도 아니야. 이야길 어떻게 하나? 무엇이고 도드라지게 인과적으로 다시 말하면 설명을 할 수 있도록 됐어야지. 일테면 이놈은 내 아비 죽인 원순데, 이놈이 또 내 자식을 이렇게 이렇게 해서 잡아먹었다. 그러니 이놈이 바로 저기 있는데, 지금 나는 마침 기회가 이렇게 이렇게 좋으니까 꼭 목을 비틀어 죽여야 하겠다 하는, 말하자면 인과율로 따져낼 수 있는 일이라면, 그야 거기 숨막히는 대목도 있을 것이고 흥분도 날 이유가 있겠지마는—이건 전혀 어, 일종 바람이야, 머릿속에서 일어난 바람이야, 그러니 무얼 어떻게 이야길 하나? 그렇다고 해서 이 바람은 언제든지 돛을 내릴 수가 있느냐 하면 그런 것도 아니야. 이젠 별수 없이 끝장을 봐야지. 또 한 가진 알더라도 알았다는 사람이 어렴풋하게 알아두는 게 후환을 막기 위해 좋은 일이고 해서 가만있었던 게야. 한데, 그건 그렇고 어서 가보게. 정말이야, 그 사람 성질에 한번 기다린다고 했으면 밤을 새우면서라도 기다릴 걸세. 왜 기다리는지는 정말 모르겠네, 큰 비밀이 아니거든 나도 궁금하니 내일이라도 와서 경과나 보고하게" 하면서 철환이는 새삼스레 다정한 표정으로 자기 친구를 쳐다보았다. 두수는 아무 말도 할 수 없었다.

몇 시나 되었을까? 갑자기 바람이 일었는지 유리창이 덜거덕거렸다.

두 사람 사이에는 오랜 침묵이 계속되었다. 이윽고 멀리서 우렛소리가 들려왔다. 우렛소리는 멀리서 가까이 연달아 굴러오다가 한참 즘즉하더니* 굵은 빗방울이 별안간에 북창을 때리기 시작하였다.

"어서 가보게."

철환이는 다시 재촉하였다. 두수는 무거운 듯이 허리를 펴고 일어섰다. 일어서서도 한참 서성거리면서, 삽시간에 억수로 퍼붓는 빗소리를 듣고 있었다. "매질 같은 비로구나."

철환이는 혼잣말을 하면서 두수를 위하여 우비를 갖추었다.

'자네 사람을 속이려는가?' 하는 것을 두수는 말을 바꾸어 "자네 어디 멀리 가버리려고 하나?" 하고 물었다.

"알았으면 묻지 말게, 다음에 이야기할게, 그만 어서 가보게. 쏟아지는 이 비에 자네 기숙이를 어떻게 하려고 그러는가?" 하면서 철환이는 두수를 내밀다시피 하였다.

밖에 나오자 두수는 갑자기 신기숙의 일이 궁금하여졌다. 그 여자는 아직도 나를 기다리고 있을까? 비를 맞으면서 양차라도 불러 타고 집으로 돌아갔을까?

두수가 바쁜 걸음으로 숙소 대문에 들어섰을 때 자기 방에서는 불빛이 흘러나왔다. 아직 가지 않았구나, 생각하면서 중청 댓돌에 발을 얹으면서 우산을 접다가 때마침 억세게 치는 바람에 열렸던 널문짝이 절컥 닫히는 바람에, 발이 미끄러지면서 그는 앞으로 넘어졌다. 이때에 방 안에서 귀를 세우고 인기척을 기다리고 있던 신기숙이는 철썩하는 물건 소리와 함께 꿍 하는 사람 목소리를 듣고 뛰쳐나왔다.

두수는 넘어지자 좌반신이 지끈 부러지는 것 같은 감각과 왼편 손끝이 심줄을 당기듯이 아픈 것을 깨달았다. 그러나 머릿속으로는 자기 방

* 즘즉하다 : 어떤 일이 있은 뒤 일정한 시간이 지나 조용하다.

에서 흘러나오는 희미한 불빛과 거기에 앉았을 신기숙이를 어렴풋이 생각하고 있었다. 누가 와서 어깨를 안으려고 할 때에 그는 벌써 몸을 솟구쳐서 온전한 사람같이 빗물을 털고 있을 때였다.

닫히는 널문에 끼였던가? 왼쪽 손가락이 웅크러져 피가 흐르는 것이 눈에 띄었다.

"에구, 이걸 어쩌나?" 하면서 신기숙이는 당황하게 손을 감아쥐었던 커치프를 풀어서 두수의 손을 싸매었으나 엷고 깔깔한 헝겊은 피를 막기는 고사하고 상처에 아프게 쓰릴 뿐이었다.

"괜찮습니다. 괜찮습니다."

두수는 앞뒤로 따르면서 망지소조罔知所措*하는 기숙이에게 치사하면서 방으로 들어왔다. 헝겊을 벗기고 불 밑에 보니 새끼손가락의 살이 좀 떨어졌을 뿐 그리 대단한 상처는 아니었다. 아픈 것은 왼편 어깨에서부터 팔 뒤꿈치였다. 모로 깔고 넘어지면서 접친 모양이었다. 몸이 젖은 까닭일까? 등어리가 오싹하고 춥기도 했다.

기숙이는 캉에 걸터앉은 두수에게 가까이 다가서서 어느새 벗었는지 자기 케이프 한 귀퉁이로 두수의 손가락을 싸쥐고 지그시 누르고 있었다. 두수는 무엇이라고 말해야 좋을지 몰랐다. 기숙이도 두수의 심사를 읽는 모양인지 아무 말이 없었다. 희미한 불빛에 윤기 있는 두 눈이 반짝였다.

자정이 가까운 밖에서는 비가 여전히 억수로 퍼부었다.

신 의사는 손님을 보내고 기숙이가 돌아오기를 기다렸으나 종시 돌아오지 않았다. 유학생회는 어디서 모였는지, 어디서 모였든지 간에 여지껏 끝나지 않을 리 없는데 무슨 사고가 생겼는가, 철환이가 있는 데

---

* 망지소조 : 어찌할 바를 모름.

로 갔다가 비에 막혀 오지 못하는가, 철환이와 같이 있다면 걱정될 것
은 없지마는 그래도 전에 없던 일이라 가만히 앉아 있을 수가 없어서 그
는 집을 나섰다.

비가 워낙 장대로 퍼부으니 그런가 길에 마차도 눈에 띄지 않았다. 할
수 없이 네거리에서 양차를 잡아타고 불조계佛租界 부근에 사는 공학의
숙소로 향하였다.

철환이는 최근에 숙소를 옮겼는지라 남고루 뒤라는 말은 들었으나
향방을 잘 알 수 없고 하여, 그와 제일 가까이 내왕이 있는 공학이를 찾
으려는 것이었다. 공학이의 아파트에는 얼마 전에 그가 각혈했을 때 왕
진을 갔던 일이 있었다.

극장 모퉁이 거리에서 고물전으로 빠지는 샛길에 있는 북양아파트 출
입구는 한밤중이건만 아직 활짝 열려 있었다. 양차를 보내고 그 대신 문
앞에 머물러 있는 마차를 맞추어놓고 삼층으로 올라가서 맨 구석 공학
의 방문을 두드렸다. 사람이 없는지 대답이 없었다. 그는 다시 두드렸다.
그래도 안에서는 아무 응대가 없었다. 모두 유학생회에 갔는가 생각하
면서 돌아서려고 할 때에 한약 달이는 냄새가 휙 문틈에서 풍겨 나왔다.

"공 선생? 나 신병휴요. 공 선생 계시오?" 하고 다시 두드리자 한참
만에야 문이 열리면서 흰 저고리에 검정치마를 길게 입은 젊은 여자가
나왔다. 다시 보니 그는 『반도신문』 지국장 한결이의 조카 되는 사람이
었다. 젊은 여자는 놀란 표정을 반색으로 감추면서 불의의 내객을 안으
로 인도한다. 공학은 침대에서 내려오면서 "선생님, 웬일이십니까?" 공
학이는 짐짓 찾아온 사람을 모르는 체한 사죄를 겸해 무슨 큰일이 생겼
는가 하는 어조로 신병휴를 맞이하였다.

"기숙이가 철환 군과 같이 유학생회에 간다고 나가선 아직 안 들어오
는구먼."

신 의사는 철환이의 주소를 몰라서 공학이에게 물어보려고 찾아온 길

이라고 설명을 하고, 이렇게 밤늦게 놀라게 하여서 미안하다고 하였다.

"유학생회가 있었다면 제가 모를 리 없을 텐데."

학은 성큼성큼 걸어 다니면서 양복을 주워 입고 신발을 신었다.

흰 저고리 입은 여자는 숯불에 올려놓은 약탕관을 들여다보면서 두 사람의 대화를 귀 바쳐 듣고만 있었다.

"같이 갈 것 없이 번지만 가르쳐주오, 남고루 어디라면서?"

신 의사는 몸 아픈 사람이 비가 이렇게 오는데 어떻게 출입을 하겠느냐고 차려입은 공학의 후의를 굳이 사양하려고 하였다.

"번지를 아셔도 못 찾으실 겁니다. 그렇잖아도 저도 김 군에게 볼일이 있고 하니 같이 가시죠."

공학은 겨울 외투를 내려 입고 "소련素蓮 씨도 같이 가시려오?" 하고 검게 쑥 들어박힌 그러나 광채 나는 눈으로 주위를 살피면서 옷을 여미고 쫑긋하게 서 있는 여자를 마주 보았다.

"저도 가겠어요."

소련이라는 여자는 약탕관을 내려놓고 앞서서 나가는 두 사람의 뒤를 따랐다.

세 사람이 탄 마차가 철환이의 집 문 앞에 닿았을 때에는 박두수가 막 나간 뒤였다. 빗발치는 담 너머로 불빛이 환한 것은 철환이가 아직 자지 않는 것인가, 공학은 문을 두드리며 문을 열어달라고 소리를 쳤다.

내가 따라가면서 설명을 하지 않더라도 신병휴 의사 일행의 마차가 김철환이까지 태워서 박두수의 숙소로 간 것은 더 설명할 필요도 없는 일이니 우리는 앞서 가서 박두수의 방문을 먼저 열어보기로 하자—.

후끈한 향기는 기숙이의 옷과 머리에서 풍기는 우비강 향료 냄새에서 만일까, 음산하던 예자기리 헛간 같은 이 방 안 냉멸冷滅을 차분히 가라앉히는 것은 찬 빗발에 도리어 은은히 일어나는 십 촉 전광뿐일까, 멀리 계절을 알리는 흙냄새같이 노영盧榮 같은 진흙 벽돌담 안에 태양은 흙냄새를 저버리지 않았다. 간호를 받던 두수는 한쪽 팔을 떨어뜨린 채 캉 구석에 기대앉았고 기숙이는 두수의 고리짝을 풀고 있었다. 며칠이 지나도 임자는 생각도 하지 않은 이부자리를 꺼내주려는 것이다. 가방을 뒤지면 손수건도 있겠고, 굳이 사양을 하였다면 새로 맞춰 입은 웃옷을 찢어 손을 싸매줄 때까지는 몇 번 점잖은 사양으로, 체모대로, 차라리 어색하고나 말았을 것인데, 정강이 심줄 잘린 사슴같이 뛰는 허파를 숨결로 싸면서 두수는 과연 아프기 때문인가, 에델*에 마취된 사람 같고 또 기숙이로 말하더라도 내가 참 어쩌자고 이러는가 할 사이도 있었으련만 한 이랑 두 이랑 흙냄새는 연달아 일어 모든 기운과 냄새와 흐름은 삽시간에 골라 도라졌던지라,* 그러는 사이 어쩔 나위 없이 먼 조수는 밀물로 썰물로 흐느끼는 바다에, 다만 두 사람은 벌겋게 피어 어디로 흘러내려 가는지도 모르고 둥실 해파리의 의식意識을 안고 호흡할 뿐이었다.

두수는 왼팔이 떡 켕겨가지고 좌반신 전체가 주리를 틀듯이 아팠다. 그러나 이것은 또 짜디짠 소금이, 달게 살 밑으로 배어드는 무한대의 조수가 아니냐. 기숙이가 엎드려 짐을 끄르는 동안, 고행苦行을 나아가 사서 지니는 사람같이 발끝이 빗놓이는 것조차 스스로 단속하도록까지 단정하게 몸을 가졌다. 기숙이의 손가락이 억세게 올 맺은 삼밧줄을 당기고, 그러면서 반듯한 이마에는 돌돌 땀조차 솟는 것을 쳐다보고 두수의 머릿속은 아직도 혼몽하였다. 역시 아프기 때문인가, '나는 외로운가? 어머니 생각이 난다. 아직도 어린아인가, 모든 선과 악의 근원인 어

---

* 에델 : '에틸'을 말하는 듯.
* 골라 도라졌던지라 : '고르게 퍼졌던지라'인 듯.

머니여—어머니는 부드러운 어루만짐이로구나, 여성이란 결국 어머니였던가, 저 여성은 대체 누군가, 부드러운 것은 어루만짐인가, 어머니에게서 떨어진 부드러운 것을 나는 다시 찾으려는가, 부드러운 것은 벌써 흙냄새같이 내 곁에 와 있는가, 그것은 나를 배고프게 하는 피가, 역시 그 피가 차지하여가는 것인가? 나는 피의 종인가? 그러면 부드러운 것을 찾아 피의 수레를 끌고 가는 고깃덩어린가—'

열이 나기 때문인가, 두수는 우정 입술을 쫑긋하여가지고 콧김을 불어보았다. 열은 없었다. 기숙이는 간신히 밧줄을 끄르고 고리짝을 열었다. 우선 책이 밀려 나왔다. 호기심으로 손에 잡히는 대로 한 권 자그마한 것을 집어 들었다. 그것은 토마스 아켐피스*의 『기독基督의 모방』이었다.

"예수를 믿으세요?" 하고 기숙은 돌아서면서 물었다. 서글서글하다기보다 또렷또렷한 기숙의 눈은 처음 두수의 질크러진* 손을 어루만질 때같이 반짝였다. 기전機轉할 수 있는 대화의 단서를 잡음으로 해서 지긋하게 눌리던 두 어깨로 가쁘던 숨이 패이는 때문일까?

두수 역시 무엇이고 화제가 생긴 것이 더군다나 그것이 이 한증汗蒸 같은 감정의 세계와는 전혀 절연絶緣된, 말하자면 차가운 별에 대한 이야기같이 시작된 것을 반겨하였다.

"믿어본 일 없습니다" 하고 두수는 솔직히 대답했다.

기숙이는 책을 골라서 탁자에 쌓고 이부자리를 안아다가 두수의 발치에 밀어 얹고 아켐피스를 다시 들고 캉 모서리에 간호부 모양 걸터앉으면서 "전, 믿어본 일 있어요. 어릴 때요" 하고 구면같이 두수를 바라보았다. 이런 때에 뭐라고 대답해야 옳은가. 이렇게 단순하고 그리고 도저히 따라갈 수 없는 간단한 처리를 어떻게 받아야 옳은가. 혈관 세포세

---

* 토마스 아켐피스(1380~1471) : 독일의 성직자. 『기독의 모방』은 그의 저서 『그리스도를 본받아』인 듯.
* 질크러진 : 한 부분이 깊이 패어 쑥 들어간.

포 충혈된 듯 뿌듯하던 착각은 잘싹 깨어지면서 신경이 바로잡히는 것 같았다. 흐늘흐늘 방 안으로 하나 가득 부둥켜안았던 육체는 문득 꿋꿋하여지는 것 같고 다시 지푸라기에 동강이가 나는 해삼 허리같이 문득 문득 나가는 것 같았다. '내가 왜 이리 사특(간악奸惡)할까, 좀 더 어질지 못할까. 난생처음 받는 선물을 왜 발가락으로 끌어당기려는가, 착하자. 착하여지자. 어린애같이 울자.' 숨 몇 번 쉴 동안에 획획 징검다리 건너 듯 두수의 머릿속에서는 착잡한 감정이 음계音階대로 타고 내려갔다 다시 솟아 올라왔다. 기숙은 두수가 말을 받지 않는 까닭을 묻듯이 눈동 자를 방긋 다시 조였다. 몹시 아파서 저런 희멀건 표정인가?

"어디서요?"

이윽고 두수는 아무 뜻 없이 말을 꺼냈다.

기숙이는 책을 놓고 선생 앞에 앉은 생도같이 양손을 얌전히 깍지고 "승동예배당에서요. 주일학교는 수표다리 예배당에 갔고요. 아세요? 수 표다리, 동아부인상회 앞으로 가는."

"네―."

두수는 웬일인지 가슴이 물컥하고 기뻤다.

"어때요, 참 서울은 언제 떠나셨죠?"

"재작년에 떠났습니다."

"언제 도로 조선 안 들어가세요?"

"글쎄요. 갈 수밖에 없을는지 모르죠."

"가시면 언제 가세요, 내일이라도? 손가락이 나으면 곧 가실래요?"

두수는 빙그레 웃었다. 기숙이도 따라 웃었다.

"손가락이야 가고 오는 것하고 상관있습니까?"

"그럼요?"

"글쎄요, 잘 모르겠어요."

"그래요?"

이때 밖에서 발자국 소리가 여러 겹 들리더니 이어 노크 소리가 조용하게 났다. 기숙이가 깜짝 놀라면서 일어나 문을 열었다. 철환이가 빗물을 떨구고 들어서면서 밖에 선 일행을 인도해 들였다.

두수는 억지로 몸을 솟구쳐 세워 캉에서 내려와 벽을 기대고 섰다. 피를 보고 철환은 깜짝 놀랐다.

"웬일인가?"

"들어오다가 좀 다쳤어, 대단치 않아" 하고 영문 모를 불의의 내객들의 면전이라 이렇게 대답했다. 철환이가 놀란 것과 동시에 신 의사는 "너, 대체 어쩐 일이냐?" 하고 기막힌 표정으로 딸 앞으로 다가섰다. 기숙은 우두커니 선 채로 대답이 없었다.

공학이는 오한을 느끼듯이 가늘게 한 번 부들 떨었다. 그러고는 실험대를 보는 사람같이 여러 사람의 표정과 동작을 낱낱이 쪼듯이 응시하고 있었고 한소련은 느릿한 키, 자기 키보다 약간 높은 곳을 보는 버릇 있는 그 눈동자는, 연극의 한 토막 같은 이 장면 속에서 무엇보다도 학이를 지켰다.

"지금 어느 때냐, 몇 시냐 말이야."

신 의사는 약간 화가 났다.

"……."

"뭣하구 앉았어, 대체."

죽지를 비틀린 병아리같이 눈만 껌벅거리던 기숙은, 이 말을 듣더니 숙이고 있던 머리를 들고 넓적하게 부친을 맞보면서 "뭐요?" 하고 소리를 쳤다.

아무리 피고被告의 입장에 있기는 하나 이것만은 받아 당하지 못하겠다는 듯한 반동이었다. 에미 없는 자식이라 일찍이 어성조차 높여본 일이 없던 신 의사도 괘씸한 딸의 포드득거리는 말소리에는 핏대가 났다.

"뭐요가 다 뭐냐, 밤늦도록 여기서 뭣하고 있느냐 말이야."

"이이가 손가락을 다쳤으니깐 그렇게 됐지요."

"이인 다 뭐냐? 이이가, 이인 대체 누구냐?"

기가 막히고 어이가 없어서 이렇게 딸을 책망은 했으나 말해놓고 보니 역시 체모가 안 되었는지라 "가자, 어서 그만 가자" 하고 신병휴는 어성을 낮추고 딸을 달랬다. 달래는 한편 두수를 쳐다보고는 최선의 표정을 다하여 미안한 뜻을 표시하려고 노력하였다.

그러나 기숙은 부친의 말을 듣기는 고사하고 도리어 천천히 캉 모로 걸어가서 앉았다. 귀에 젖도록 잔소리만 듣는 며느리같이, 네나 내나 피장파장이란 듯한 태도였다.

흥건하게 피가 배인 케이프가 발길에 놓인 것을 물끄러미 내려다보면서 기숙의 관심은 딴 곳에 있었다.

'저 여자가 누군가, 수녀같이 생겼구나. 이 밤중에 뭐하러 남자들을 따라 여기 왔는가.'

기숙은 두수를 쳐다보았다. 두수는 머릿속에 쌓인 피로와 쓰리고 저린 고통에다가 불연 간에 화닥 뒤집어쓴 모닥불 같은 신 의사의 공격이랑 받고 맹하니 어리둥절하고 섰다. 그러는 동안에 그의 시선은 마침 외투를 벗으려고 하는 공학을 말리는 한소련의 석고와도 같이 흰 얼굴을 무심하게 바라보고 있었다.

비가 잠시 그치고 한동안 낙숫물 소리가 쭈룩쭈룩 가까이 들렸다.

입장이 곤란한 것은 김철환이다. '어쩌면 좋을까?' 하고 망설이다가 부녀간의 싸움이며 여러 사람이 피차에 느끼고 있는 어색한 긴장을 풀기 위하여 우선 두수를 보고 "자네 인사하게, 공학 씨. 이렇게 만나게 한 건 내 불찰이네만" 하고 공학이를 쳐다보고 그만 말끝을 꺾어버렸다. 무엇이라고 말해야 좋을는지 모르는 모양이다. 철환이는 다시 한소련을 소개하려고 입을 열 때, 기숙은 벌떡 자리에서 일어서면서 한층 높은 소리로 한마디 "가십시다" 하고 신병휴의 어안이 벙벙한 시선을 길다랗게 끌고 혼자서 걸어 문밖으로 나갔다.

"미안하오. 일이 그만 이렇게 됐소이다" 하고 신병휴는 두수에게 사과 겸해 작별을 하였다.

두수는 몸을 굽혀 예를 다하였다. 그러나 할 말은 없었다. 신 의사는 기숙을 따라나가다가 문턱을 가로 타고 들어서서, "원, 이런 정신 봐. 공 선생 참 죄송하외다. 같이 가시지. 김 군은 더 앉았다가 가려나?" 하면서 두 청년과 한소련을 번갈아 보았다.

"천만의 말씀을. 먼저 가시지요" 하고 나서 공학은 소련더러 "같은 방향이니 소련 씨는 선생님 차에 함께 가소" 하고 자기는 집에 가지 않겠다는 뜻을 알렸다. 철환은 물론 자고 갈 생각이었다.

"저희는 자든지 있다가 가든지 할 테니 어서 가시죠" 하면서 철환이는 담배를 꺼내 피웠다. 아무리 딸의 일이 노여워서 그랬다고는 하지마는 두수에게 대한 신병휴의 소행이 심히 불쾌했다. '자긴 의사가 아닌가? 대단치는 않은 상처이지만 어찌 됐건 피가 흐르는 걸 보고 일언반사도 없다?' 게다가 기숙이가 자기를 거들떠보지도 않고 나가버린 것도 철환의 말씨를 거슬리게 한 이유의 하나였다.

공학은 한소련을 어서 가라고 눈짓하였다.

"숯불이 다 사위었을 텐데 약은 어떻게 하시나요?"

소련은 걱정하였다.

"내일 달여 먹을 테니 염려 마소."

학은 긴치 않다는 듯한 대답을 하고 겨울 외투를 벗었다. 희고 기름한 소련의 얼굴에 일순 홍조가 피었다. 오면서 마차에서 철환이가 신 의사에게 하던 이야기를 대강 듣기는 하였으나 영문을 잘 모르는 소련은 다만 학이 시키는 대로 하였다. 특별히 두수에게 바치는 듯 가른 머릿기름 흰 줄이 쪽 보이도록 허리를 깊이 숙여 경례와 같은 인사를 세 사람

앞에 남기고 신 의사를 따라 나갔다. 나가기 전에 한소련은 피 묻은 기숙의 옷을 보기 흉하지 않게 들어내다가 문밖에 치워놓고 갔다.

세 사람이 나간 뒤에 두수는 캉에 가서 벽을 기대고 풀썩 주저앉았다. "왜 그러나? 손이 몹시 아픈가?" 하고 철환은 물었다. 두수는 고개를 흔들면서 창백한 얼굴에 미소를 띠고 "팔을 다쳤어. 접친 모양이야" 하고 숨을 길게 내쉬었다.

"뭐야, 그럼 진작 말할 게지 왜 가만있었나, 자네도 딱하지, 신 의사한테 보일 걸 그렇잖았어?"

"글쎄."

"맨손으로 온 의사에게 보인들 이 밤중에 어떡하나?" 하고 공학은 캉에 기대앉아 맞은편 벽을 쳐다보았다.

공학은 두수의 재난을 대수롭게 여기지 않는 모양이었다. 철환이가 두수의 팔을 거두고 보고 있을 때 그래도 무슨 생각이 나는지 공학은 일어나서 두수의 요를 깔고, "자, 누워보시오. 주물러나 봅시다" 하고 신칙申飭하면서 두수에게로 와서 어깨에 더운 두 손을 얹었다.

젊었다는 것만으로 능히 서로 통할 수 있는 감정—두수는 고마운 생각에 가슴이 뻐근하였다. 철환이도 팔을 주무르려고 하였다. 두수는 꿈틀하면서 대지 못하게 하였다. 통세痛勢가 더한 것 같았다. 그러나 그는 기뻤다. 성장한 젊은 사람들의 더운 손은 마른 뿌리를 적시는 풍부한 비와 같이 부드러운 것이었다. 두수는 또 하나의 새로운 부드러움을 알았다.

사랑과 사상

아침 늦게서야 일어난 신병휴는 일과대로 마당에 내려가 화분에 물을 주고 있었다. 고개를 들어 이층을 쳐다보니 기숙의 방 유리창은 아직도 셰이드*가 내린 채다.

혼자 제수가 차려다 주는 조반을 대강 마치고 병실로 나갔다. 흰 셰이드로 가린 유리창 안에 기숙은 벌써 눈을 뜨고 있었다. 그러나 침대에서 일어날 생각은 하지 않았다.

광선이 즉사하지 않아도 동서로 들창이 난 조그만 침실은 숨길 데 없이 환하였다. 너무 환한 것이 싫어서 기숙은 다시 눈을 감아보았다.

두 손을 가슴에 얹고 아— 조례 시간도 지났겠지, 그러나 그까짓 학교는 가서 뭘해, 그냥 드러누워 있자, 가슴에 젖은 웨이리 웨이리— 아 나도 어디 좀 아파봤으면, 차라리 내가 손가락을 다쳤더라면, 피란 무서운 건데 가까이 보면 정말은 말할 수 없이 아름다운 게 아니야, 오죽 아팠으려고, 희멀건 얼굴, 왜 그리 사람이 인색할까, 왜 나더러 좀 어떻게 해달라고 그러지 못한담— 혼자 그 차디찬 캉에 누워 있을까? 내가 꺼내준 그 이부자리에 만주서 가지고 온 그 때 묻은 이부자리, 쿡 찌르던 사나이 냄새, 누가 빨아줄 사람도 없었나, 그런데 그 눈이 뎅굴한 여자는 정말 누굴까? 마차 위에서는 줄곧 머리를 푹 숙이고— 흥,『반도신문』지국 앞에 내리더라. 지국장하고 어떻게 되나, 그런데 그이가 얼빠진 사람처럼 그 여자를 쳐다보고 있었지? 공학이란 사람 애인인가, 참 이름도 별스럽다. 학이 뭐야, 두수, 두수, 박두수, 내가 아프면 그이가 올까, 뭘 사가지고? 오지 않을 거야, 아이고 철환 씨가 또 요 전날 대만 합병 기념일 저녁처럼 삐루 냄새를 피우면서 격문檄文에다가 꽃을 싸쥐고 들어오면 어떻게 하나, 아 일어나기도 싫다.

기숙이는 자줏빛 차겹 이불을 걷어차고 벌떡 일어났다. 슬리퍼를 신고 잠옷 위에 모본단模本緞* 론진 케이프를 길게 걸치고 체경 앞에 섰다.

---

* 셰이드 : 차양.
* 모본단 : 비단의 하나.

엉켜지지 않은 머리를 만져도 보고 눈곱도 닦아보고, 흰 이빨도 아름다운가 열었다가 다물고, 그러고는 또렷또렷한 두 눈을 심각하게 겨눠보기도 했다. 오늘은 참 의미 없는 날이다. 돌아가면서 셰이드를 올리고 동창을 활짝 열었다.

칠월도 가까운 훈풍이다. 하늘은 언제 흐렸던가 싶게 푸르렀다. 기숙은 아래로 내려갔다. 세수를 하고 원피스로 갈아입었다.

고모는 장 보러 나갔는지 발발이만 부엌에서 나왔다. 입맛도 별로 없는지라 찬 우유를 두어 모금 마시고 중청에 들어와서 조간신문을 펼치고 앉았다. 신 의사가 들어왔다. 기숙은 일어났다가 다시 앉았다.

"인제 일어났느냐?" 하면서 의사는 등의자에 딸과 마주 앉았다.

"몸이 불편해서요."

어젯밤 두수의 숙소를 나와서 지금 처음 주고받는 대화였다. 신 의사는 딸을 한참 쳐다보다가, "너 글쎄. 생각해봐라. 네가 잘못했나 내가 잘못했나, 사람이란 게 지각이 있어야지. 아니, 그래야 유시오 사람이 되는 거 아냐."

"……."

"사람이 다 한 번 겪는 일이지만, 내가 모르는 게 아니다. 나도 다 지내본 일이다. 하지만 콩인지 팥인지 분간을 못 하는 것도 유만부득이지 그려 어떻게 사람이 그렇게 원 그렇게 쉽단 말이냐?"

기숙은 아무 대답도 하지 않았다. 그는 『이시바오益世報』를 펼친 대로 머리를 숙이고 젊은 남녀가 끌어안고 있는 영화 광고에 눈을 떨구었다.

"네가 애비가 돼서 생각해봐라, 뭐 있겠니, 정성이라고 한다면 딸뿐일 테지? 고스란히 자라서 넌 이제 그만하면 다 자랐다만―그래도 반반한 데로 의젓한 사람한테 가야 애비두 시름을 덜 거 아니냐?"

설교가 항상 역효과를 내는 것을 잘 아는 신병휴는 이렇게 애소하듯 들뜬 염소 새끼 달래듯 딸의 반성을 구해보았다.

기숙이는 약간 흔들렸다. 쉽사리 알 수 있는 쪽 감정이 잠깐 물거품일듯 하였으나 그것 역시 웬일인지 세상 떠난 모친에게 잠시 기대고 싶은 것 같은 감정으로 변했던 것뿐이다. 그랬다가 부친이 불쌍한 생각이 들었다. 그러나 이것은 머릿속에서 지나가는 생각이고 머릿속보다 더 깊은 먼 어느 살 속인지 뼛속에서 '그러니까 결국 나는 행복한 사람이다' 하는 자기 배반의 신호를 들었다.

'왜 내가 행복할수록 아버지는 불쌍해 보일까? 배필이, 아니 엄마가 없어서?'

기숙은 잠자코 있다가 일어서면서 "잊어버리세요. 아마 저는 조선 땅이 그리워서 그랬던가 봐요. 조선서 오신 분이라니까 아마 조선에 가고 싶어서 그랬던가 봐요" 하면서 부친을 뎅그렇게 앉혀둔 채 가뿐가뿐 이층 자기 방으로 올라갔다.

아랫입술을 지그시 깨물고 섰다가 화장대로 가서 앉았다. 흐린 구름을 헤치고 내리쏘는 태양에 달달 익는 초여름 토마토 같은 두 뺨은 거울이 자주 이불을 반사하는 빛인가? 그렇지 않다. 기숙은 경대 서랍이란 서랍은 다 열어젖혔다. 그리고 거기 들어 있는 화장품을 가짓수대로 다 꺼냈다.

갖은 정성을 다해서 화장을 하였다. 화장이란 얼굴을 아름답게 하는 것이 아니라 감정을 용기와 필적케 하는 거다. 가슴이 뛰었다. 가슴뿐 아니라 정신이 쓴맛이 빠지고 단맛이 오르는 복숭아를 질근질근 씹는 감각이었다. 그러고 나니 자기가 보아도 아름다운 얼굴. 다른 원피스로 또 갈아입고 하이힐을 꺼내 신고, 그리고 아래로 내려가 팔목만 한 중국인 간호부를 본체만체 샛문으로 해서 빠져나갔다.

비에 젖은 가로수는 짙게 푸르고 하룻밤 새 우북하게 더 자란 것 같았다. 중원공사에 가서 컷글라스 화병 한 개와 아스파라거스를 포갠 카네이션 한 묶음을 사서 들고 두수의 숙소로 갔다. 빈지 대문을 밀고 들어서니 곁방 노파가 퇴* 아래 마대를 깔고 조그맣게 다리를 꼬고 앉아 호신 바닥을 만드느라고 풀질을 하고 있었다. 필요가 있어 그러니 보다 인사 겸 "박 선생 계십니까?" 하고 물었다.

칠십도 넘어 보이는 작은 노파는 귀는 밝아서 홀쩍 고개를 쳐들면서 "세이 찌다오너(누가 아오)?" 하고는 다시 헝겊 조각을 풀로 붙이기 시작했다.

기숙은 웃으면서 중청으로 들어가 두수 방문을 토닥였다. 아무 대답이 없다. 잠이 들었나. 난생처음 경험하는 아름다운 모험을 조여 안고 문을 열었다. 텅 비었다. 웬일일까. 처음엔 그 손을 들고 벌써 나가야 할 무슨 일이 생겼는가. 어젯밤 그 안색을 봐서는 종일이라도 누워 있을 사람 같았는데—갑자기 기숙은 다리가 휘청거리면서 몇 십 리 행보를 한 사람같이 맥이 없었다.

밖에서 해는 점점 높이 솟건만 방 속은 승강기로 내려간 지하실 같았다. 사소리*라도 기어 나올 것 같은 구석구석—기숙은 가지고 온 꽃과 화병을 책이 쌓인 탁자 위에 기운 없이 치우듯이 놓았다. 놓고 돌아설 새도 없이 잘칵하는 소리에 홱 돌아보니 화병이 굴러 떨어져서 산산이 부서졌다. 유리 파편이 날카롭게 반짝였다. 기숙은 물끄러미 반짝이는 파편을 굽어보았다. 상스럽지 못한 징조를 말하는 것 같은 파편들이었다.

두수는 밤새 열을 내고 앓았다. 비는 멎었으나 새 날에 접어든 한밤중에 어디 가서 의사를 부를 수도 없고 하여 철환과 학은 찬물을 떠다가 두수의 팔을 식혀도 보고 머리에 젖은 수건을 갈아대기도 하면서 날을 밝혔다. 물장수 구루마 소리가 들릴 때쯤 해서 철환은 밖으로 나섰다.

---

* 퇴 : 행랑의 옛말.
* 사소리(さそり) : 일본어로 '전갈'을 뜻함.

신 의사에게로 가려다가 그만두고 도키와 가常盤街에 있는 오카자키岡崎 외과로 갔다. 어쩐지 병원만은 중국 사람에게 갈 생각이 나지 않았다.

두수는 학과 철환이의 부축을 받아가면서 마차를 타고 병원에 갔다. 세 시간 이상을 대합실에서 기다려서 조반을 먹고 이를 쑤시며 나오는 의사를 데리고 왔다. 두수의 팔은 탈구脫臼 같으니 렌트겐을 찍어봐야 되겠다는 것이다. 그리고 간밤 신열은 염증에서 온 것이니 염려할 것 없다는 것이며 찬물로 찜질을 한 것은 잘못이라며 당돌한 웃수염을 도려 붙인 일본 사람은 웃었다.

사진을 찍어본 결과 역시 탈구였다. 그러나 대단치 않으니 곧 정복整復을 시키고 일주일만 입원하면 낫는다는 것이다. 일주일 입원—두수는 아픈 것보다도 돈 들 일이 걱정이었다. 이 눈치를 챈 철환은 "입원비 걱정 같은 건 하지 말게, 어서 편히 드러누워 빨리 낫도록 하게, 움직이지 않는 게 좋다니까" 하고 수술실로 들어가는 두수를 안심시켰다. 부목副木을 대고 붕대를 칭칭 감고 나오는 두수는 완전한 환자였다.

간호부는 세 사람을 이층 입원실로 안내했다. 두수는 침대에 눕자니 속이 멀쩡한 사람이 청승맞은 노릇이나 입원이란 드러눕는 것이라 친구들이 시키는 대로 하였다.

"됐네, 그렇게 한동안 누워 명상이나 하게. 누군 목욕탕 속에 들어앉 았다가 묘리를 깨쳤더라데만 자네도 이런 기회에 한번 물리나 터보게. 가령 고통에 대해서라든가, 우연에 관하여라든가, 뭣이고 하나 파봐. 그 래야 아픈 것도 잊어요."

철환은 이런 농담이랑 하고 간호부에게 전후 신칙을 시키고 학과 같이 돌아갔다.

두수는 혼자 남자 사지를 풀어헤치고 누워서 눈을 감았다. 마치 이유 없는 악惡으로 행위한 사람이 혼자서 가지는 자기 분만憤懣*과도 같은 무위無爲에서 오는 정신적 파탄을 느꼈다.

'어쩐 셈인가? 대체 나는 무슨 이유로 이렇게 되었는가? 생활이란 결국 이렇게 아무 의미 없는 우연의 연쇄인가?'

눈을 떠봤다. 맞은편에 놓인 빈 침대에 흰 시트를 덮어놓은 것조차 불길해 보였다. 저 침대에도 나같이 아무 이유 없이 마치 지나가는 그날이라는 우연한 바퀴에 깔린 개구리 같은 인과를 받은 사람이 또 들것에 매여 들어오겠지. 다시 눈을 감았다.

'우연— 육체적 고통— 이제 철환이 한 말은 그냥 우스개 농담일까? 기숙이란 여자를 내게 덧놓고 또 그리고 스스로는 자조하는 반어反語가 아닐까?

억울한 연쇄다. 철환 군은 나를 어느새 자기 세계의 한 개 침입자로 만들어놓지 않았는가? 그리곤 스스로 자조하는 반동으로 밖으로 향해 내게 대해서 배가倍加의 기사도를 보이는 것이 아닌가? 자기 안에 있는 영웅을 만족시키기 위해—.'

그 밤 면회 시간도 지난 아홉 시경에 간호부는 내객이 있음을 알렸다. 간호부가 대답을 받아가지고 나갈 새도 없이 뒤따라 누가 들어왔다. 그것은 신기숙이었다.

환자는 언제나 내객을 반기거니와 두수는 기숙을 보자 마치 오래 기다리던 사람이 온 것같이 반가워서 자기도 모르게 벌떡 반신을 일으켰다. 무슨 말이고 입을 연다는 것이 자기의 기쁨을 깨뜨릴 것만 같아서 아무 말 못하고 가까이 걸어오는 기숙을 웃는 낯으로 맞이할 뿐이었다. 그러나 두수의 얼굴에서는 곧 웃음이 꺼졌다. 기숙의 두 눈에서 눈물이 떨어지고 있는 것이다.

'웬일인가? 싼 동정을 파는 건가?'

그러나 기숙의 표정은 멀리 두수와는 상관없는 데 물러앉은 것 같았다.

---

* 분만 : 몹시 화를 냄.

"울지 않으려면 안 울 수 있어요. 혼자라도 실컷 울 수 있어요. 그러나 왜 여기 와서 울음이 나오는 걸 어쨌다고 참아요?"

기숙은 묻지도 않은 혼잣말을 하면서 약병 탁자 앞에 철환이 앉았던 의자에 주저앉았다.

동정을 파는 것이 아니었다. 기숙의 얼굴은 조용하게 몸부림쳤다. 몸부림치는 진폭을 더군다나 예민해진 두수의 신경은 감응할 수 있었다. 아무 응수를 못하고 있다가 "어떻게 알고 왔습니까?" 두수는 겨우 이렇게 입을 열었다.

"김 선생님한테서 알고 왔어요. 팔 다치셨다는 걸 전 몰랐어요."

두수는 기숙의 감정을 알 수 있었다. 그는 조용히 드러누웠다. 그리고 자기 바위에 와서 몸부림치고 부딪혀 흩어지는 파도 소리 같은 것을 책임 없이 듣고만 있었다. 기숙의 눈물은 차차 차졌다.

'아 사나이란 모두 이렇게 숨어 사는 것인가, 사나이의 세계란 이렇게 깊은 것인가, 이렇게 말 없는 것인가, 이렇게 무시무시하고 이렇게 시커먼 밤 같은 것인가?'

이런 생각이 들어갈수록 기숙은 이 순간에도 자기 자신이 두수에게로 시커먼 밤 속으로 끌려가는 것을 깨달았다. 그는 속으로 기뻤다. 끌려가는 것이 좋았다.

'왜 아닌 체해? 내가 누구한테 죄를 지었다고 죄 없는 나를 죄를 짓게 해, 왜 내가 아버지 딸의 시늉만을 해, 반반하고 의젓하고 어쨌다고 내가 아버지 정신적 흥정에 버선짝 모양으로 굴어야 돼? 그렇게 쉽단 말이냐고요. 아, 아버지 그게 얼마나 좋은 일이에요, 왜 모두 쉬운 일을 일부러 어렵게 만들어요?'

"아버지께서 그날 밤 대단히 노하셨지요?" 하고 두수는 물었다. 기숙은 두수의 손가락을 처매든 것과 같은 손수건을 꺼내 눈물을 닦으면서 "그게 그렇게 궁금하세요? 정말 걱정이 돼서 물으시는 거예요? 그렇잖으면 그냥 인사로 하시는 거예요? 전 인사엔 흥미가 없어요"하고는 그 래도 다시 자기 한 말에 대해서 용서를 구하듯 하는 눈으로 두수를 내려다보았다.

두수는 아무 말 못 하였다. 울고 톡톡 쏘고 그리고 혼자 부르고 쓰고 하는 기숙은 자기도 모르는 사이에 벌써 오랜 관습을 뛰어넘어 담 너머로 들어온 피차의 교섭이라는 것을 깨달았다. 기숙은 벌떡 일어났다. 감정의 원류와는 왕청한 데로 빗나간 말의 타동他動을 고쳐 끌어당길 수가 없는 까닭일까?

"일찍 주무세요. 그리고 나으시거든 빨리 조선으로 가세요"하고 나가다가 돌아서서 "참 김 선생이 내일 밤에 베이징 가신다죠. 아마 또 무슨 정치政治인가 봐요"하고 기숙은 나가버렸다. 두수는 팔이 다시 아팠다. 그 아픈 피는 머리속으로도 흘러 올라왔다.

이튿날 철환은 두수를 찾아왔다. 막차로 베이징으로 가게 되어서 자기 없는 동안은 공학이가 들를 것이니 무엇이고 아쉬운 게 있거든 그에게 말하라는 것이다.

"무슨 일로 가나? 가거든 거기 학교 형편이나 좀 알아가지고 오게. 뭣하면 베이징으로나 가보게"하고 두수는 부탁하였다. 철환은 고개를 끄덕였다.

자기와는 멀어진 학교라는 관심을 다시금 일으키는 두수가 어린애같이 보이면서 웬일인지 이런 때에 자기 자신과 자신의 매인 환경에 대해서 한번 설명하고 싶은 충동을 느꼈다.

"여직 자네한테 조용히 얘기할 기회가 없어서―기회야 있었지만 자넨 온 지도 며칠 안 되고 나는 또 육십운동 오 주년 기념 사건 이후에―이건 차차 얘기함세, 난―도무지 경황이 없어서 실상 잠자코 있었네. 간혹 농담이나 객담한 건 다 그런 때문이란 건 자네도 짐작할 줄 아네"하고 철환은 쥐고 온 잡지를 돌돌 말면서 한참 있다가 대략 아래와 같은 조선 청년들 정치활동에 관한 설명부터 하였다. 첫째 톈진과 베이징을 중심으로 연전부터 세 가지 파벌이 있어와서 현재까지도 그 확집確執이 계속되는데, 그 하나는 중국본부 한인청년동맹中國本部韓人靑年同盟이고, 둘째는 재중 조선청년동맹在中朝鮮靑年同盟이고, 또 하나는 재중국 무정부주의자연맹在中國無政府主義者聯盟이라는 것, 한청韓靑은 1925년 상하이에서 조직된 민족주의자의 단체요, 조청朝靑은 원래 지린 성吉林省 판스 현盤石縣에서 1928년 조직되었던 좌익단체인데 그 후로 조선공산당 만주총국으로 들어갔다가 다시 지역적으로 발전하여 나왔다는 것, 이 사이에 무련無聯은 지금까지는 유격대의 임무를 하여왔는데 셋이 다 대개 다시 두 파로 분립되어서 일테면 한청 안에도 좌경파가 있어 그들은 소위 여기서 '일쿠쿠*파'라고 지칭하는 '트로츠키파'를 제외한 조청파는 언제든지 제휴하려고 하고, 조청 중에서도 소위 국내파라고 하는 사람들은 볼셰비키와는 철천지원수같이 아는 아나키스트들과 손을 잡으려고 하는가 하면 아나키스트들은 목적을 위해선 한청에 섞이고 조청에도 접근한다는 것, 아무리 서로 싸우다가도 투쟁 목표가 항일이라는 데 가서는 공동전선을 펼 때가 있다는 것, 그리고 세 단체의 목전의 적은 교민단僑民團이라는 친일파와 그 부류들이라는 것, 그것을 조종하는 동시에 정치단체의 활동을 음으로 양으로 마비시키고 잠식하고 말살시키는 임무를 맡은 것이 영사관에 드나드는 소위 촉탁이라는 끄나풀들인데 그중 악질이 현영섭이라는 자라는 것, 이 자가 지난 육십만세 기념 시위에 동지 여섯 사람을 잡아넣었고 그동안 조선에 갔다 왔다는 둥 이야기를 하였다.

"베이징 가는 건 역시 그런 운동인가?" 하고 두수는 물었다.

"말하자면, 그래" 하고 철환은 "8월 1일은 국제 투쟁 기념일이고 29일은 국치 기념일이고 지난번 육십시위는 선풍이 일어나 유야무야 해산되

---

* 일쿠쿠 : 러시아 지명 이르쿠츠크의 당시 표기인 '일쿠쓰쿠'의 오식인 듯.

고 만 모양이어서—오는 날짜를 기념하는 것보다도 나는 또 내가 필요한 청사진에 마저 그려 넣지 못한 연락선連絡線을 그어놓으려고"하고 담배를 피워가면서 계속했다.

"우리 계획 얘기보다—우리라고 하고 보니 우리란 게 굉장한 숫자 같은데 알고 보면 사실은 기가 막히네. 한청이란 것은 베이징, 톈진 모두 해서 한 열아문* 될까? 대개 학생이고 또 학생 출신이지만—그리고 무련이란 건 톈진엔 공학 하나야.『탈환』이란 걸 부정기로 편집해서 내지"하고 철환은 계속하여 완바오 산 사건 이삼 개월 전부터 일본 주둔군 행동이 활발해진 동시에 노골화해서, 일테면 일본군 병영에서 라오시카이老西開에 있는 영군英軍 병영은 상거*가 얼마 안 되건만 이 근자에는 들어보란 듯이 관동파견군이 대포를 터뜨리고 시가로 행군하고 간혹 또 탕구에서 해병대까지 몰려올 때가 있는데 전하는 말에 의하면 탕구에는 새로 포대가 여러 군데 구축되어간다는 둥 이야기, 신문을 가만히 보면 우메즈梅津의 태도가 장쉐량이를 달래는 것 같은 것이 화베이에 뜻이 연연하던 장쭤린張作霖의 유지를 계승하려는 쉐량의 속을 넘겨잡고 작전적으로 둥베이를 비워놓도록 하려는 계책이 보인다는 이야기, 그리고 제일 두드러지게는 전에 없던 총독부 경무국 직속 파견 촉탁이 생겨서 일종의 예비검속을 하고 있다는 것, 이것이 전번 시위 준비 때에도 일본 병영에 수류탄 사건이 생긴 것을 기회로 두 사람을 총살했다는 것, 교민단이 상당한 금전 원조를 받고 있는 눈치가 있다는 이야기랑 하였다.

두수도 펑톈 있을 때 막연하게나마 사태가 급박해가는 것을 짐작할 수 있었다. 그러나 그것은 다분히 자기 신변 중심의 것이었다. 철환의 긴 이야기를 듣고 두수는 적이 놀랐다. 이야기 내용보다도 철환이가 그

---

* 열아문 : 여남은. '열'보다 조금 더 되는 수.
* 상거 : 떨어져 있는 두 곳의 거리.

동안 사상적으로 저만큼 성숙하였던가 하는 경의였다.

'나는 그런데 뭘 하구 있는가, 공부? 철환은 벌써 그런 종류의 추구 방법은 낡은 법률같이 내버리고 싱싱한 현실 속에 들어가 있지 않은가.'

웅크리고 앉아 담배를 피우고 있는 철환이란 존재가 갑자기 커 보였다.

"앞으로 서로 어떻게들 될 걸 몰라서" 하고 철환은 말을 이었다.

"이런 얘길 하는 걸세마는 난 러시아로 가려네. 내가 볼셰비키라면 자넨 놀랐는지도 모르겠네. 나로서는 내가 아는 이 사회에서 나 자신을 가장 성실하게 살도록 하려면 충실한 볼셰비키가 되는 길밖에 없다고 생각하는 까닭에 나는 오늘부터 발을 벗고 나섰네. 그러나 얼마나 충실한지는 실천을 통해서 내 스스로가 아니라 사회가 판단하는 것을 보아야만 알겠지만 우선 그러나 실천의 구현된 세계, 소련에 가서 우리가 앞으로 창설할 사회를 목도한다는 것은 의미 있는 일인 줄 아네. 갔다가 그야 오지, 도로 오지, 하지만 하여튼 한번 가보고 싶어, 한데 지금 소련으로 가는 게 문제가 아니라 가기 전에 해치울 일이 어려워, 하긴 아주 쉬울는지도 모르지만. 어쨌건 아 가을엔 내가 낙엽을 먼저 볼 걸세."

두수는 한참 잠자코 있다가 "자네 그럼 어떤 직접 행동을 계획하고 있는 건가?" 하고 물었다. 철환은 빙그레 웃으면서 일어났다.

"아무려면 어떤가? 이거나 보게, 그리고 조섭 잘하고" 하고 철환은 가지고 왔던 잡지를 두수의 가슴 위에 얹어놓고 나갔다. 두수는 잡지를 들었다. 그것은 『계급투쟁』 제4호였다.

안으로 빗장을 내린 공학의 방에서, 철환은 베이징 염사焰社 동지로부터 권총이 입수되었다는 전보가 왔다는 소식을 전하고 현영섭 암살에 대한 계획을 피력하였다.

"잘됐네. 무슨 식인지 모르겠지?" 하고 학은 물었다. 철환은 고개를 흔들면서 "가봐야 알겠어" 하고 한참 있다가 "무슨 식이든 간에 방아쇠가 내 손가락에 알맞게 걸리는 거면 좋겠네" 하고 건너편 벽에 검정 외투가 축 내리 걸린 것을 물끄러미 쳐다보았다.

"헛방이 나갈까 봐?" 하고 학은 웃음 절반에 냉랭한 조소를 섞었다.

철환의 시선은 시커먼 외투 자락을 훑어 오르내렸다. 정식靜息 그것은 혼이 금세 나간 형해形骸다.

학은 방 안을 왔다 갔다 하면서 웅크리고 앉아 있는 철환을 심판하듯 음미하다가 발길을 멈추고 돌아서서 "나는 바둑을 둘 때도 늘 그렇게 생각하지만 항상 탕 하는 소리를 먼저 들으려고 안 하네, 사자는 쥐를 잡아도 혼신의 힘을 쏟는다지만 난 거기 이의가 있어, 왜 쥐를 잡을 때 내가 빗자루를 따라가야 되나? 나는 나고 빗자루는 빗자루지. 빗자루로 쥐 잡는 건 힘이 아니야 간단한 일— 자네 손톱으로 이 죽일 때 송편 먹을 때 힘까지 내나? 우리의 실패는 우선 과녁을 크게 잡는 데 있었고—" 하고 말을 끊어버렸다. 막연한 말이나 학의 이야기는 간절한 대목을 때워주는 것 같았고 말보다도 그 말하는 학의 냉정한 투가 철환의 혼란한 생각을 많이 시정하여주는 것 같았다.

"알겠네, 한데 이건 어떨까? 이번 베이징 가는 기회에 조청, 무련, 한청을 종용해서 투쟁일 기념 대회는 퉁저우通州에서 열도록. 그래 가지고 29일엔 놈들의 시선이 전부 그리 집중하도록 그런다면 현玄은 반드시 그리 갈 거고, 나는 나대로 예정한 코스에 가까운 데로 가게 되고" 하고 철환은 물었다. 학은 침대에 걸터앉았다. 전보다 심각한 표정이다. 한참 시커먼 눈을 껌벅거리다가 "글쎄— 그러나 그자가 그리 안 가면 어떻게 할 테야, 또 시골서 총소리를 내놓고 빤한 데서 어떻게 희생을 줄일 건가?" 하고 물었다. 철환은 담배를 꺼내 피우면서 "희생이야 전체가 입을 턱이 있나? 내 이름을 덮을 방법이야 얼마든지 있지— 그리고 현이 안 간다면? 그건—기숙일—기숙일 말이야 어떻게 움직이면 될 것 같은데."

철환의 시선은 학과 마주쳤다. 학은 눈살을 찌푸렸다.

'새침데기 신기숙이가 들을 말이 없어서 더군다나 탐탁지 않게 생각하는 자네 말을 들어? 자네 하는 소리는 결국 소련이가 나서서 미인계를 쓰면 된단 말이지? 그렇게 궁상스런 사람이 어떻게 큰일을 하나?'

"글쎄, 하여간 다녀오게, 다녀온 뒤에 다시 얘길 듣세" 하고 학은 일어났다. 이때 누가 문을 두드렸다. 두 사람은 다시 서로 마주 보았다. 다시 노크―침묵이 계속되었다.

'누군가, 누가 엿듣지 않았던가?'

학은 철환이가 갑자기 불쌍한 생각이 났다. 그러면서 불안하였다. 다시 노크에 따라 움직이는 구두 소리를 듣더니 학은 "없어, 아무도 없어" 하고 벽력 같은 소리를 쳤다. 철환은 깜짝 놀랐다. 노크 소리는 더 나지 않고 멀어져가는 발자국 소리가 들렸다. "빌어먹을 년" 하고 학은 중얼거렸다.

공학을 찾아온 소련은 학이 치는 고함 소리에 자지러지게 놀라 깜짝 한 발 물러섰다. 고함 소리를 다시 울리는 것 같은 푸른 문짝이 장식인가 사개를 물렸다. 철컥 잠기고 다시는 열리지 않을 옥문같이 네 귀 번듯하고 두터이 막혔다. 쌍망이*로 바윗돌을 올려놓은 소沼에 죽어 떠오른 고기 눈같이 빛을 잃은 소련의 시선은 그다음엔 허공에 무얼 보았기에 실소失笑인가 그렇지 않으면 실루失淚인가 실색한 얼굴을 굳이 가리는 것도 아니건만 놓이는 대로 복도를 걸어 나가는 그림자는 아무도 안 보았기, 아 마침 다행이었다. 그래도 층계를 내려올 때는 뚜걱뚜걱 왜 그러면서 약탕관이 엎질러지는 것 같아 걱정걱정하다가 아, 약탕관이 아니라 각혈이 세수수건으로 안돼서 대야를 찾아도 없고 그것도 내가 옆에 지키고 있었으니, 그렇지만 내라니, 아, 내라니, 빨아먹고 내던진 달걀 껍질이 잘각하고 깨어지는 것인데, 그러나 긴 겨울밤 그 이층 방에

---

* 쌍망이 : 광산에서 돌에 구멍을 뚫을 때 쓰는 쇠망치.

서 끌어 서로 안고 하늘인가 땅인가 유월 동산 골짝에 밤나무 늘어지듯 구리배배한 냄새 풍기는 바람을 안고 취하던 것은 숯불 냄새던가, 그러면 현관에 사람들이 드나드는 이 북양아파트로 선생은 아니 당신이 삼촌과 싸우고 이사해 들어올 때 나는 가지런히 따라 들어오면서 나는 더 당신 곁을 가까이 나서 들고 싶지 않았어요? 그렇지 않았다면 저는 그새 벌써 서울로 갔었을 게 아니에요? 이런 가로수 밑으로 그땐 나뭇잎이 떨어질 때였지만 바이허 변에서 밤늦도록 선생 아니 당신은 모든 사람이 가장 행복하게 살 수 있는 사회 얘기를 하시면서 혹은 별을 가르키시기도 하고 시저의 것은 시저에게 돌리고 아내의 것은 아내에게 다 돌리고 그리고 이런 네거리로 그날 밤엔 비켜서면서 걸을 필요도 없이 휘청휘청 어깨를 겨누고 집에 돌아왔을 때 신문을 한창 받아서 발송하느라고 바쁜 삼촌이 어디 갔다 인제 오느냐고 저더러 한 말인지, 당신더러 한 말인지, 그래도 우리는 그냥 밤새도록 새 사회 얘기를 계속하고 마침 정전이 되어서 제가 촛불을 켜놓고 부끄러워하니까 또 당신은 초가 다 녹도록 불이 타서 없어지는 건 마치 생명 같다고, 아니 참 육체라고 하셨던가? 어쨌든 정말 선생님처럼 말씀이 고르다가 또 별안간 저를 끌어안으시곤 하여튼 이렇게 양차를 비키고 마차를 피하고 이렇게 지르고 이렇게 자동차 소리 요란하던 둥마루 극장에 둘이 들어가서 쳐다보았더니 천장은 하늘같이 만들었는데 별들이 또 반짝였지요―.

한소련은 한참 걷다가 보니 대화공원 앞에 왔다. 한 손에는 학을 주려고 샀던 과일을 보자기에 싼 것을 그냥 들고, 그는 공원 안으로 들어갔다. 중국인 남녀들이 주렁주렁 앉았고 유희장에서는 일본 아이들이 썰매를 타고 그네를 뛰었다. 그는 나무 그늘에 가서 널의자에 털썩 주저앉았다. 시계를 보니 여섯 신데 여름 해라 아직 낮밤 같은 하늘이다. 갑자기 목이 말랐다. 그는 무심히 보자기를 끄르고 밀감을 하나 꺼내 힘을 들여 벗겨 씹었다. 몹시 시었다. 이가 저렸다. 그래서 그의 눈에서는 눈물이 흘렀다—.

학과 철환이가 이야기를 맞추고 같이 나와서 신 의사 집으로 간 것은 대개 이때쯤이었다.

철환의 베이징행을 위해 차린 식탁에는 베이징 다녀온 소련의 삼촌 한걸이도 있었고 기숙이가 하품을 하고 앉아 있었다.

단재丹齋의 『조선사』 원고를 찾지 못하고 온 이유가 베이징에 있는 『시대신문時代新聞』 지국장의 손에 들어가버린 때문이라는 한걸의 이야기를 듣고 있던 신병휴는 철환과 학을 반겨 마주 앉혔다. 기숙은 주인 격인데도 마지못해 자리에 나온 손님처럼 도리어 두 사람에게 답례하는 정도의 예의에 흥이 멎었다.

한걸은 학이 들어서면서부터 빗걸렸다. 학은 한걸과 합석을 하게 된다는 말은 들었지만 만나서 이렇게 불쾌할 게면 애당초 오지 않을 걸 하고 속으로 후회하였다. 하지만 철환이가 모처럼 떠나는 저녁상인데 눈엣가시라도 할 수 없는 일이고 또 사실 한걸이가 그래도 반허리를 일으켜 저쪽에서 먼저 아는 양을 하고 은근하게 앉았는데 무슨 까닭 없는 악의를 고집할 필요가 있는가 하면서 냅킨을 폈으나 역시 배알이 틀리고 아니꼬웠다.

'빌어먹을 년— 빌어먹을 자식— 쉬파리처럼 다니면서 저녁이나 얻어먹고 바로 공분公憤에만 움직이는 것처럼 큰소리나 텡텡하고—' 하는 건 대체 소련의 부드러운 손이 지나간 자리를 바로 어떻게 버러지에게 물린 것처럼 착각을 일으키고서 내친 아만我慢이라 독毒을 올리는 것인가는 자기 스스로는 알 바가 없었다.

"열한 시 막차라" 하고 신병휴는 학에게 맥주를 따라주면서 철환에게 물었다. 알고도 묻는 말인 것은 대개 신병휴는 젊은 사람들을 대하니 마음이 유쾌한 까닭이고 더욱이 철환을 만날 때마다 웬일인지 좋았다.

"네" 하고 철환은 대답했다.

"가면 언제 돌아오나?"

"글쎄요, 가봐야 알겠습니다."

"뭐라, 화베이 유학생대회를 연다고?"

"네, 그렇게 해보려고—" 하고 철환은 대답을 흐렸다.

"조심하게, 매사에 조심을 해, 온통 나는 어쩐 셈판이 되는 걸 모르겠
어. 전번 소동 같은 것도 일테면 말이야" 하고 신은 마시다 남은 맥주를
들이켜고 다시 부었다. 철환은 잠자코 있다.

"참 자네 친군 어찌 됐나? 좀 나았나?"

"네. 3~4일 내로 부목을 뗀다니까 곧 퇴원하게 될 겁니다."

"안됐네. 그거 원 먼 델 모처럼 왔다가 그나저나 어떻게 탈구가 되도
록 넘어져? 어째 사람이 얼핏 봐도 맺힌 데가 없는 것 같아. 따분한 사
람이 원" 하고 신 의사는 혼잣말을 만들어버리고 힐끗 기숙을 쳐다보았
다. 기숙은 못 들은 체하고 시선을 피했다. 맥주가 어지간히 돌아갈 때
까지 잔시중을 들면서 앉아 있었으나, 식사들을 시작하기에 자기도 삼
지창을 쥐고 이것저것 찍어봤으나 도무지 입맛이 나지 않았다. 서로 주
고받는 이야기에도 흥미가 없어졌다.

'따분한 사람이 원? 나더러 우정 들으라고, 흥 사람이 늙어가면 다 미
련해지는가? 저 양반은 또 그래 친구가 아파서 드러누웠는데 싸움판
치다꺼리하러 다니고, 이이는 웬 폐병이라면서 맥주를 저렇게 마실까?'

식사가 절반이나 지났을 때 간호부가 들어와서 급한 환자가 왕진을
청한다고 전하였다. 신 의사는 한참 생각하다가 일어서면서 "잠시 다녀
올 테니 천천히들 놀아요. 열한 시면 아직 두 시간이나 있군그래" 하고
괘종을 쳐다보면서 나갔다. 부친이 나간 뒤 기숙은 한참 더 앉았다가
일어났다.

"머리가 아파서 잠시 실례하겠어요" 하고 나가서 이층으로 올라갔다.
손님만 남은 식탁에 어색한 눈들이 마주쳤다. 그러나 학은 한결을 유유

하게 넘겨다볼 수 있는 것을 다행하게 생각했다.

'제 조카를 팔아먹으려고 드는 돼지 같은 놈—.'

학은 컵을 다시 당겨 한 모금에 들이켰다.

무슨 연유로 학이 한걸을 꿰뚫어지게 노려보는지 철환도 잘 모른다. 또 무슨 까닭으로 내가 이렇게 압두壓頭*를 당하고 학의 앞에서 수세를 취하지 않으면 안 되는가 하는 것을 한걸 자신이 정직하게 알아보려고 하지 않았다. 그것은 자기 합리화를 잘하는 인간들이 가지는 유일의 안이한 방법이었다.

공학이 처음 상하이 무정부주의총연맹 화베이 파견 유학생으로 텐진 난카이 대학에 왔을 때 물론 누구에게든지 조선서 곧장 온 사람이라고 하였고 자기 집 형편은 사실 경상도 안동 땅에서는 그래도 노적을 가려 놓고 지내는 터라 그리 남 보기 초라하지 않았고 또 원래 성격이 하루에 다 먹어치우고 열흘을 굶자는 편이라 누구나 만나면 술 한 순배이고 저녁 한 끼라도 자기가 내면 냈지 먼저 얻어먹기를 즐기지 않았던지라 이러한 점과 또 한 가지 한두 마디 말에도 만만찮은 뼈가 들어박인 것 같은 것이 그 당시 텐진 조선인 사교계의 거간 격인 한걸이 눈에 들어 결국 학이 그의 집 이층에 유숙하게 된 동기였다.

돈 있는 집 자식 같고 게다가 생각도 옳게 박인 듯싶고 조선서 갓 온 사람이라 잘 구슬려 자기 사람을 만들면 꿩 먹고 알 먹을 수 있다고 의식적으로는 아니지만 어쨌든 더 꼼꼼히 생각도 하지 않았기에 한걸은 마침 내지에서 유치원 보모의 직업을 가지고 있다가 공부를 더하여보겠다고 자기를 찾아온 소련과 학이 가까이 지내는 것을 시인한 것일 게다. 그러다가 학이 머리 깎는 도수가 줄어가고 출출한 표에 병색까지 있어 보이고 행색이 차차 달라지는 눈치를 보았을 뿐 아니라 다루기 만만

---

* 압두 : 상대편을 누르고 첫째 자리를 차지함.

치 않고 덕을 보기는커녕 도리어 거저먹으려 드는 것 같아서 어느 날 학이 내던지는 의자에 발을 찍히고는 책상 위에 놓였던 파리통을 들어 메치면서 학을 내어쫓은 것이었다. 그러나 한걸의 집에서 나올 때 학은 소련의 상(傷)하였던 사랑이라는 정열을 완전히 살려놓았다.

그러나 다시 생각해보면 소련과 같이 지낸 지나간 긴 겨울밤이 한걸이가 부잣집 자식에게 제공한 산 제물 같은 생각이 들어가는 것을 또한 억제할 수 없이 오늘까지에 이르렀다.

노력 없이 뜯은 열매에 대한 실망과 한걸에 대한 인간적 분노로 학의 눈동자는 시커먼 무쇠 총알같이 한걸을 연방 쏘고 있을 때 한걸이가 일종의 허장성세로 "베이징 가신다니 말씀이지만 가시거든 학생층더러 그『시대신문』지국장인가 한 자 좀 혼내놓도록 해보세요. 이제도 신 선생하고 얘기했지만 이자가 글쎄 생활비를 댄다고 하고는 단재의『조선사』원고를 송두리째 빼앗아 서울로 보냈다는구려" 하고 학의 시선을 피하면서 철환을 쳐다보았다. 철환은 별로 요령이 있는 말 같지 않은지라 의미 없이 고개를 끄덕였다.

'빌어먹을 자식, 뭣이 어쩌고 어째? 돌아가면 남의 중상이나 하고.'

한창 맥주를 들여마시던 학은 알지도 못하는 이야기이건만 비열하게 남을 까고 핥은 한걸의 말에 발끈 피가 거꾸로 흐르는 것 같은 흥분을 느낀 것은, 빈 유리컵을 와지끈 깨물어 탁! 한걸의 얼굴에 대고 뱉은 것과 거의 동시다.

철환은 놀라서 벌떡 일어났다. 학의 입에서는 피가 주르르 흘러내렸다. '개자식—' 하고 다시 한번 한걸을 노려본 학은 의자를 걷어차면서 밖으로 나가버렸다.

이층에 올라갔던 기숙은 옷을 갈아입고 밖으로 나섰다. 병원으로 두수를 찾아갈까 하다가 낮에 다녀오고 또 간다는 것은, 가고는 싶으나 자기 자신에 대하여 염치없는 노릇 같아서 그만두고 어디라 할 것 없이 번화한 길만 따라 걸었다. 가다가 옆을 쳐다보니 푸른 나무가 우거진 숲이 건물 사이로 보였다. 그것이 물론 공원인 줄은 알았지만 기숙은 역시 어떤 깊은 산속을 찾아가는 것 같은 기분으로 대화공원 변죽을 빙 돌아 정문으로 해서 소나무, 버들, 그리고 벚나무랑 둘러 심어놓은 정자 뒤로 해서 등시렁 밑으로 빠져나와 유희장 근처로 갔다. 부부 같은 중국인 남녀, 유카타를 걸친 일본인 남녀들이 오락가락하는데 유희장에는 일본 아이들밖에 눈에 띄지 않았다.

모기 떼가 이렇게 앵앵거리고 덤비는 데서 아이들이 무얼 하는가? 같이 놀아라도 보고 싶은 생각이 나서 모래밭 가까이 가다가 기숙은 걸음을 멈췄다. 비 오던 날 밤 두수의 방에서 만나서 같이 마차를 탔던 여자가 벤치에 앉아 있는 것이다. 긴가민가하고 다시 보았으나 역시 틀림없는 구면이다. 다소곳이 숙인 머리는 여전히 얌전하게 가렸고 입음새도 곱게 치마저고리를 가뜬하게 차려입은 그 여자였다.

'저 사람이 웬일까? 소풍 삼아 나왔나?' 생각하면서 기숙은 소련의 앞으로 다가서서 알림장을 하였다. 여덟 시라 하지마는 여름밤이라 새벽녘같이 훤하여 온자한* 소련의 콧마루에 콤팩트가 흰 분을 바르고 지나간 자취조차 역력히 보였다. 무슨 버러지 기어가는 것을 들여다보고 앉은 사람같이 물끄러미 발 앞을 내려다보고 있는 소련은 앞에 서서 움직이지 않는 사람이 누군가 하고 고개를 쳐들었다.

기숙의 얼굴을 몰라볼 리 없었다. 소련의 고운 얼굴에 희미한 미소가 떴다. 그러나 소련은 일어나지는 않았다. 한참 기숙의 얼굴을 쳐다보다가 치마폭을 거두면서 비켜 앉았다. 기숙을 위하여 자리를 내어주는 것이다.

"우연히 여기서 다시 뵙게 됩니다" 하고 기숙은 선 채로 말을 건넸다. 소련은 일어났다가 다시 앉으면서 "앉으시지?" 하고 가이없는 사람의

---

* 온자하다 : 마음이 넓고 조용함.

기운 없는 말씨로 다정하게 권했다.

'참 이상도 한 여자로구나' 생각하면서 기숙은 소련이 옆에 가서 조심스럽게 웅숭그리고 앉았다.

"무더위가 시작하려는군요" 하고 소련은 속으로 설레는 무슨 생각을 흩어버리려고 하는 것같이 짐짓 이렇게, 그러나 사뭇 동떨어지지도 않은 인사말을 한다.

"그렇군요. 조선 같으면 벌써 참외도 첫물은 지났을 땔 걸요" 하고 기숙은 응종應從*하였다.

"참, 이것 좀 잡숫겠어요?" 하고 소련을 자기가 울면서 먹던, 아니 먹으면서 울던 여름밀감을 손바닥에 곱게 받아들었다.

기숙은 웬일인지 웃음이 나왔다. 그러나 다음 순간 또 웬일인지 거절할 아무런 이유도 발견할 수 없기 때문에 주는 대로 밀감을 받아 힘을 들여 벗겨 한쪽을 씹었다. 몹시 시었다. 이가 저렸다.

"이렇게 더운 밤에 아픈 사람들은 좀 갑갑하겠어요?" 하고 소련은 굳이 닫힌 북양아파트의 흰 벽을 컹컹 울리면서 기침도 할 것 같은 학을 생각하는 것이었다. 기숙은 아무 말도 없었다.

"물을 마시고 싶은 사람도 있을 거예요" 하고 소련은 다시 입을 열었다. 듣기 퍽 부드러운 음성이었다. 그러나 웬일인지 기숙은 갑자기 몸이 오싹하였다. 치마저고리를 그림같이 쪽 다려 입은 이 여자가 무서운 생각이 났다.

'무당의 딸— 판수의 딸—.'

누가 일러준 일도 없이 이런 황당한 연상이 떠올랐다.

오랜 침묵이 계속되었다. 이따금 소련은 쓴 밀감 쪽을 입에 넣고 씹을 뿐이다. 차차 주위가 어두워지면서 아이들은 집에 돌아가고 부부 같지

---

* 응종 : 그대로 따름.

않은 국적도 불분명한 남녀들이 서로 허리를 끼다시피 삼삼오오 나무 그늘 사이로 거니는 것이 많이 눈에 띄기 시작하였다.

실신한 사람의 잠꼬대 같은 한소련의 말에 가위눌리듯 한 기숙은 더 앉아 있지 못하고 일어섰다.

"먼저 실례하겠어요" 하고 어둠 속에 흰 박꽃처럼 뿌옇게 핀 소련의 쳐든 얼굴을 내려다보면서 말했다.

"저도 가지요" 하고 소련은 대답했으나 자리에서 일어나지는 않았다. 기숙은 한참 기다려보았으나 일어나지 않기에 "다시 만나 뵙지요" 하고 돌아섰다.

"만나 뵙지요" 하고 소련은 희미하게 웃으면서 날신날신 사라져가는 기숙의 뒷모양을 바라보았다.

공원 속은 갑자기 조용해진 것 같았다. 희미한 전등불은 우거진 숲에 막혀 그 아래 저기 보이는 것은 끌어안은 젊은 남녀인가, 그렇지 않으면 부대富大*한 사람이 술에 취해 못 일어나고 졸고 있는 뒷모습인가—.

그이는 술에 취했던가, 그렇지 않으면 죽어가는 사람이 정을 떼느라고, 젖가슴을 떼느라고 고함을 쳤던가, 젖가슴아 내 젖가슴—전에 보면 호박잎이랑은 비를 맞아도 물방울을 굴리던데— 아! 해가 뜨면 낫겠지, 기침도 그 파도 소리 멀미도 가라앉겠지, 그러면 누가 그 무거운 창문을 열어줄까? 가야지, 가봐야지, 가서 창문을 열어드려야지—.

공학은 신 의사의 집에서 나와 술집을 찾아가려고 큰길로 가다가 뒤미처 쫓아나온 철환에게 붙들렸다.

"어서 집으로 돌아가게, 자네 취했네. 난 이 길로 정거장으로 곧장 가려네" 하고 철환은 학을 달랬다.

학은 입술에 흐르는 피를 삼키면서 철환을 따라 조심스럽게 걸으면

---

* 부대 : 몸집이 뚱뚱하고 큼.

서 아무 말 없다가 "같이 가세. 나도 정거장까지 갈 테야, 벌써 집에 가면 뭣하나?" 하고 도리어 앞을 서서 걸었다. 한 번 펴면 구부러지 않는 학의 성미를 잘 아는지라 철환은 더 잔소리를 못 하고 지나가는 마차를 불러 같이 타고 총참總站으로 갔다.

정거장의 선로와 잡도에 휩쓸려 들어가 서자 학은 이때까지 끌고 온 사사로운 감정의 타성이 자연히 사라져가고 술도 깨는 것 같았다. 그러나 추하게 상한 입술을 새삼 열어 무슨 말이고 하고는 싶지 않아 철환이가 개찰구로 나가버릴 때까지 우두커니 있다가 천태만상으로 욱실거리는 사람의 파도가 자기만을 빼어놓고 어디론지 흘러가는 것 같은 새로운 고독감을 안고 구내를 나왔다.

사면에서 양차꾼들이 달려들었다. 학은 고개를 저었다. 그리고 호젓한 길로 해서 걸었다.

'인간을 스스로 끌어내려 고깃덩어리를 만드는 짐승들—이렇게 두 다리를 옮겨놓으면 다 인간이라고 할 게냐? 그렇게 아름답지도 못한 넓적다리 삐걱거리는 소리를 기어코 나는 듣기를 원하느냐 짐승 같은 놈들—허리가 지녀 내려온, 억만년 허리로 흘러내려 온 아름다운 생의 기름을, 진액을 의미 없이 구렁창에 흘려 넣고 비쩍 마른 두 정강이로만 겨우 인간이란 허울을 지탱해가는 짐승 같은 것들—그리곤 흰 이빨을 기탄도 없이 드러내는 비열한 고깃덩어리들—.'

나는 과연 허리에 매암*치는 잃었던 검은 피의 샘 줄기를 찾을 수 있느냐? 이빨이 시린 개 같은 놈— 나는 한걸이와 언제부터 같은 태반에서 커가면서 분열해왔던가 형님— 아니 한걸 씨 잘못했소, 에이 자식 용기가 있거든 내게로 와서 내 입에 입을 맞춰라. 소련이, 련이, 련이, 아 왜 내가 련을 내쫓았던가? 가자, 련이 집으로, 가자, 어서 가자, 련의 집으

---

* 매암 : 제자리에서 뱅글뱅글 도는 짓.

로 더운 내 허리가 식기 전에 이 더운 허리를 칭칭 감아줄 더운 배암이 붉은 혓바닥 꼬리를 쳐든 숲 속으로 가자.

공학은 자기 방으로 돌아왔다. 불을 켜지도 않고 침대에 가서 넘어지듯 누웠다. 혼몽한 날들, 복이 지나가고 다시 지나오기 얼마 동안이나 되었는지, 절걱하는 바디집* 소리엔가 비몽사몽간에 눈을 뜨니 소련이가 들어와 서 있었다.

들창이 중정으로 난 방이라 외광이 겨우 재를 털어놓은 숯불에 깜깜한 부엌이 비치는 정도로 어른거리는 모습이 보일 뿐이다. 허연 소련의 얼굴이 흰 달같이 암흑 속에 떴다. 학은 일어나서 침대에 걸터앉았다.

"어떻게 왔소?"

"……"

"어떻게 들어왔소?" 하고 다시 물었다.

"문으로 들어왔어요."

"문으로 들어와—" 하고 학은 소련의 말을 되번졌다.

"오지 않을 걸 왔을까요?"

"……"

학은 기침을 시작하였다. 파쇠 소리 같은 것이 소련의 가슴을 울렸다.

"문이 잠겼나 보려고 왔었어요."

"문을 왜 잠글 것이오?"

"……"

"그러면 왜 쫓으셨어요?"

"내가 왜 쫓았어요?"

침묵이 내려앉는다. 이윽고 소련은 "아, 그럼 주무시다가 바람 소리에 놀라셨군요?" 낮은 목소리로 말하면서 조용히 학의 무릎 앞에 다가섰

---

* 바디집 : 베틀에서 바디를 위아래로 끼워 감싸는 두 짝의 나무틀.

다. 그리고 소련은 두 팔을 조용히 들어서 펴고 한아름 안길 커다란 것을 기다렸다.

열린 골짜기로 치올려 부는 봄바람은 치맛자락과 함께 불어와서 잠들었던 산도야지 정강이를 뛰게 하는 게 아니면 강으로 내닫는 불길이던가—화닥 그은 부싯돌에 타서 끓기 시작한 시커먼 피 흐르는 깊은 강물이 옛날부터 굽이쳤다.

학은 벌떡 일어나 두 손으로 덥석 늘어진 어깨를 움켜잡고 소련을 돌려 침대에 앉히면서 "그래, 그래 바람인 줄 알았어. 바람이, 바람이 불어서 비가 퍼부으려고 문짝이 북처럼 우는 줄 알았잖소, 북을 두드리랴? 응, 련아— 련아, 잘 왔지? 응, 내가 잘 왔지? 내가" 하면서 소련의 어깨를 흔들었다. 학의 더운 손바닥에서 흘러오는 체온을 어깨에서 가슴으로, 가슴에서 아랫배로 더운 피같이 흘리면서 소련은 눈을 감았다.

눈을 감고 몸이 흔들리는 대로 또 보이지 않게 흔들었다. 학은 소련을 끌어안았다. 부둥켜안고 아찔하면서 어딘가 풀썩하고 넘어지는 것을 깨달았다. 소련의 정신은 떨었다. 그리고 몸은 몸대로 풀어졌다. 풀어져서 언덕에서 굴렀다. 네, 네, 잘 왔어요, 잘 왔으니까 다신 쫓진 마세요. 네? 참 잘 오셨어요. 네, 이 숲 속으로 들어오세요. 아 어쩌나, 집에 못 가면 어쩌나, 아이고 이렇게 미시면 어떻게 해요, 모르겠네, 어떻게 되는 건지 모르겠네. 이렇게 숲 속이 더워서 어떻게요, 전 혼자예요, 혼자 왔으니까 죽이지 마세요. 혼자 네? 혼자 가시지 않죠? 이젠 혼자 가시진 못하죠? 혼자 가시면 이렇게 떨리겠죠? 아 가만 계세요. 저기 산도야지가 곤두박질을 치면서 달아나는군요. 피를 흘리면서, 어디예요? 여기가 네 네? 알겠어요, 아 그러지 마세요. 혼자 왔으니까 죽이지 마세요. 네? 멀리 갔다 왔어요. 멀리 가지 마세요. 네? 어디로 가요? 아이고 이렇게 가만있어도 자꾸만 떠내려가죠? 내리 디디세요. 물속이 왜 이리 깊어요? 허리에 차네. 아니 어깨로 넘네. 아! 빠지면 어떻게 하나? 빠지면 어떻게 하나? 아!

숨이 막히네. 이게 화산 속에서 흘러온 유황 물이죠? 헤엄을 쳐보아야죠. 언덕으로 올라가 보아야죠. 아! 언덕이 아득하게 바라다보이네. 저기가 바이허 강변이죠? 이렇게 반듯하게 누워 있으면 눈을 감아도 별들이 반짝이는 게 보이는군요. 밤중에 별이 사람을 호려간다지요? 그래서 애들이 놀다가 참 모두 집에 가더군요. 나무 밑에서 밀감을 먹었더니 어쩌나 시던지요. 그래 그만 울었어요. 아이고 어쩌면 좋아요? 그래 소리를 쳤죠. 소리— 소, 소, 소리 아, 내가 이게 무슨 소린가? 아 그러면서 별들이 희미하게 빛을 잃고 그 드높은 언덕 너머로 미끄러지듯 넘어가더구먼—.

타락을 계획적으로 한 인간은 없었을 게다. 타락이란 타락하는 사람이 일정한 생각을 쓰기 전에 타력에 의하여 그 행동이 앞서버리는 것으로 타락하였다는 자각은 행동에 대한 판단이 뒤미처 왔을 때 성립하는 게 아닌가, 행동을 뒷받침하는 생각이 박약한 데서 오는 것이 아닐까, 뒷받침할 생각이 능히 있으면서도 우정 행동을 앞서게 하는 것은 타락이 아니라 도리어 악이 아닐까, 그러므로 타락이란 다 악한 것이라고 하는 것은 그릇된 삼단논법의 공식 논리가 아닐까.

다만 타락이자 곧 악에 부합되는 행위라는 것은 행위자가 '내가 옳다'고 할 때에만 성립되는 것이요, 그와 반대로 타락이 무력에서 왔을 때에는 구원이라는 것이 도리어 그 타락 속에 내포되어 있는 것이 아닐까, 인간이란 마치 중병 환자가 오히려 그 얼굴에 날아와 앉은 파리를 쫓아달라고 애원하는 것같이 어주리없이 무력한 것이라고 해도 무방하다면 또 인간이 그 육체와 정신의 완전한 균형에서 쪼개어낸 절대치를 생활화할 수 없이 지리멸렬한 상태에서 우왕좌래한다면 생각과는 전혀 동떨어진 행동을, 하게 될는지도 모를 행동과는 또한 전혀 다른 생각을 할는지도 모른다. 이런 의미로 본다면 한걸의 행위는 그것은 결국—장차 올 공학과 김철환과 그 외의 여러 사람의 생활 코스를 뒤번져*놓고야 말았지만—후자에 속하는 것이 아닌가 하여 반드시 한걸을 동정해서가 아니라 자초지종을 잘 아는 나로서는 뒷날 공학이라도 이 점을 알아주기를 바라는 데서 이런 군소리를 하고 한걸이가 현영섭을 만나는 데로 가려고 한다.

어느 날 한걸은 금강양행으로 놀러 갔다가 거기서 현영섭을 만났다. 사실은 놀러 간 것이 아니라 돈이 아쉬워서 주인 강한식에게 구간을 갔던 것이다. 현영섭은 출출만 하면 이 금강양행에 갔다. 해륙물산무역이란 간판을 걸고 아편을 파는 이 양행은 사오십 명 조선인 아편장사 중에서 유수한 상점 중의 하나였다. 상점이라고 하나 그것은 서울서 보는 찻집 비슷하게 된 끽연실을 겸한 아파트와도 같은 처소였다. 곁방으로 난 문이 열린 대로 아편 태우는 노린내가 흘러나오는 방이 둘, 안에는 침대, 디방,* 소파가 이리저리 놓여 있고 중국인 남녀가 편할 대로 혹 드러눕기도 하고 혹 서로가 기대기도 하고서 아편 대나 흰 것을 담은 궐련을 피우고 있었다. 여름이 봄새들인지라 역할 정도의 풍경인데 그래도 손님들은 뉘 아랑곳이란 듯이 눈을 반쯤 감고 늘어진 채 백일몽을 꾸고 있었다.

반 벗다시피 한 십수 명 아편쟁이 중에 한 젊은 사나이가 겨울 외투를 입고 있었다. 팔려고 가지고 나섰다가 작자가 없어서 들고 다니기도 귀찮으니 걸쳐 입었는지도 모른다. 하여간 이 청년 까닭으로 현영섭과 한걸의 화제는 공학에게로 돌아갔다.

여름에 겨울 외투를 입고 다니는 폐병 환자, 폐병이란 건 양광佯狂*인지도 모르겠다는 현영섭의 말을 들으면서 자기가 당한 괄시를 생각하면 한걸은 미친개에게 뒷다리 물린 기억이 새삼스럽게 복수의 염念으로 불현듯 변하여지는 것을 깨달았다.

---

* 뒤번지다 : 마구 엎어지다.
* 디방 : 등받이, 팔걸이가 없는 긴 의자.
* 양광 : 거짓으로 미친 체함.

"공학이가 어디 있는지 모른다고 그랬죠? 한 상"하고 마침 현영섭은 무슨 심사인지 혹 어찌 알고 넘겨잡는 요량인지 혹은 우연히 말끝이 돌다가 제물에 나왔는지 이렇게 물으면서 빙그레 웃었다. 가려운 데를 긁는 듯이 들었는가 창졸간에 한걸은 "왜 몰라요, 아, 내 북양아파트에 있다고 그렇잖습데까?" 하고 말았다. 본심과는 왕청한 대답이었다. 그러나 혀는 돌아가고 말았다. 복수의 신神이 접한 사람은 벌써 그 혀를 제 마음대로 움직이지 못하는 것이었다.

일대일

현영섭이가 공학을 노리는 이유는 두 가지 있다. 첫째 육십운동 기념 때 음모를 공학이가 조종한 것이라는 추측과 그것은 일본 헌병 수류탄 투척 사건과 연관이 있으며 총살한 두 사람 취조 결과로 미루어보면 이 사건의 배후에는 무정부주의자들이 관련되어 있는 것이 확실하다는 것에서 학이 반드시 가담하고 있었을 것이라는 판단이었다.

혐의도 혐의려니와 무슨 탈을 잡아서든지 합방 기념일 같은 날을 앞둔 때라 후환을 없애기 위해서도 폐일언하고 공학을 치워버리려는 것이었다. 사실 한마디로 하면 이것은 군부에서 내려온 특명이었다. 현은 사복형사를 보내서 북양아파트를 지켰다. 어떤 조선 여자가 드나들더라는 부하의 보고를 듣고 확증을 얻고 겸하여 몇 호실에 들어 있는 것을 탐지하기 위하여 어느 날 아침 일찍 아파트로 직접 가서 사무실 접대구에 팔을 고이고 서서 중국인 주인에게 수작을 붙이고 있었다.

바로 그날 아침 베이징 갔던 철환이가 밤차로 돌아온 날이었다. 그는 물론 약속한 대로 자기 숙소로 가지 않고 양차를 타고 곧장 학에게로 왔던 것이다. 손가방과 과일 상자—그 속에는 사과와 물병과 프랑스식 면포麵麭*가 들어 있었다. 양차에서 내리자 큰 유리문 안에서 고개를 돌리고 몇 걸음 나오면서 은근한 인사를 하는 것은 현영섭이었다.

"조동卯動이십니다그려" 하고 현영섭은 쓰게 웃었다. 철환은 가슴이 선뜻하였다. 간신히 당황한 표정을 가리고 "오래간만이올시다. 어떻게 이렇게 오셨습니까?" 하면서 어색하게 반색을 하였다. 현영섭은 물론 철환이가 들고 있는 과일 상자에 들어 있는 프랑스식 빵 속에 자기 생명을 노리는 낡은 모젤식 권총이 파라핀지에 싸여 들어 있다는 것은 몰랐다. 그러나 냄새를 맡는 것은 개의 본능인 것같이 사람의 표정을 글자 읽듯 따져보는 것은 이 인간들의 제어 본능이었다. 그 코에 비린내가 걸리지 않을 리 없었다. 철환은 두 손에 짐을 든 채로 서서 아무 말도 없이 빙글빙글 웃는 현영섭을 갈팡질팡하는 눈으로 마주 보다 말다 하였다.

어떻게 알고 왔을까. 공학이를 찾아온 것인가. 그렇지 않으면 자기를 기다리는 것인가. 공학의 소재를 알고 왔다면 현관에서 머뭇거리고 있을 리가 없는데 결국은 밀정이 있었던가. 그래서 자기 돌아오기를 매복하고 기다리던 것인가. 그렇다고 해도 현영섭의 표정이 너무도 태연하다. 자기 손에 든 것이 무엇이라는 것을 바로 알았다면 혼자 왔을 것 같지 않고 또 저렇게 한만하게 자기에게 시간 여유를 줄 리 없다.

역시 공학이를 찾아왔구나 하는 결론은 내렸으나 그래도 어쩐 일인지 팔다리가 허청거렸다. 식은땀까지는 몰라도 입안이 깔깔하게 마르는 것을 깨달았다.

식전바람으로 이상한 행장을 하고 공학을 찾아오는 사람이 있을 때에는 필히 공학은 한가한 폐병환자만은 아니다. 그리고 김철환도 역시 수상하지 않은가, 수상하지 않을 게면 나를 보자마자 얼굴이 백지장같이 될까, 무엇이 들었는지는 모르지만, 가방을 든 팔이 떨지 않는가—현

---

* 면포 : 개화기 때 '빵'을 이르던 말.

영섭은 이렇게 생각하고 있는 동안에는 줄곧 얼굴에서 그 이상한 미소를 거두지 않았다. 두 사람은 피차에 더 할 말은 생각할 수 없었다. 이렇게 된 바에 현영섭을 예의 같은 것으로 더 미봉을 한들 무슨 소용이랴, 그것은 자기를 더 비굴하게 만들 뿐인 동시에 금이 실린 쇠붙이를 두드려 조음噪音만을 더 내게 할 뿐이 아니냐, 생각하면서 철환은 의식적으로 적개심을 일으켜가지고 대담하게 복도를 향해 걸었다. 현영섭은 철환이가 숨을 골라 일부러 태연하게 걸어가는 뒷모양을 한참 보다가 선뜻 웃음을 거두고 일종의 짐승에 가까운 표정으로 철환의 뒤를 따라갔다.

철환은 현영섭이가 뒤에 따라오는 것을 알았다. 안들 따라오지 말라고 할 수 없고, 그렇다고 같이 들어가자고도 할 수 없는 형편이었다. 배수진이요, 기장지무既張之舞*라 될 대로 되라는 일종 모험에 가까운 용기와 공포를 함께 가지고 걸어 올라갔다.

층계를 두 번 꺾어서 이층, 다시 두 번 꺾어 올라가서 리놀륨을 간 서편 긴 복도 오른쪽 끝 둘째 방으로 철환이가 사라져 들어가는 것을 층계 손잡이에 기대서 지켜보고 있던 현영섭은 무슨 생각을 하였는지 더 따라가지 않고 도로 내려와 거리로 나갔다.

해가 구름에 가렸어도 아침결부터 몹시 무더운 날이다. 그는 네거리 휘발유 스탠드 옆에 있는 공중전화실로 들어가서 문을 잠그고 수화기를 떼었다.

마침 열린 공학의 방으로 노크도 없이 피하듯이 철환이가 들어섰을 때 학은 침대에 누워 있다가 일어나 반겨 맞았다. 누워서 무엇을 생각하고 있었는지 검은 수염이 푸시시한 수척한 얼굴에 시커멓게 들어박인 두 눈은 황황하게 타고 있었다.

"다녀왔나? 아무 일 없었나? 윤철 군 잘 있던가?" 하고 학은 명랑한

---

* 기장지무 : 벌인 춤. 이미 시작하여 중간에 그만둘 수 없음을 뜻함.

어조로 물었다. 철환은 짐을 놓고 의자에 조심스럽게 앉으면서 고개를 끄덕이고 "잘 있네, 긴 얘기는 못 하고 왔지만" 하고 대답하였다. 철환의 얼굴을 들여다보고 있던 학은 "자네 얼굴빛이 왜 그런가? 어디 아팠나?" 하고 물었다.

"막차라 사람이 많아서 더워서 자지 못하고 와서 그런가 봐" 하고 담배를 꺼내 피우면서 "여보게 큰일 났네, 현영섭이가 여기 와 있어" 하고 금세 피웠던 담뱃불을 껐다.

"여기?"

"그냥 밖에 있는지 모르지만, 현관에서 만났는데 따라올 것 같았어."

학의 큰 눈이 크게 두어 번 껌벅거렸다.

이윽고 그는 무슨 발작인지 기침이 나오는 것을 그대로 받아 침을 탁 방바닥에 뱉었다. 그러고는 혼잣말같이 "방을 알고 갔겠지? 개 같은 새끼, 한걸이 새끼 기어코 발악을 했구나" 하면서 일어나 과일 상자로 가까이 갔다. 점방에서 물건 고르는 사람같이 허리를 굽히고 사과랑 꺼내고 면포를 집어 들면서 "이건가?" 하고 물었다.

철환은 고개를 끄덕였다.

"알은?"

"찾어."

"잘했네."

"어떻게 할 건가 여길—."

"옮기지."

"어떻게?"

"가만있게, 내 좀 나갔다가 들어올 것이니" 하고 학은 들었던 면포를 침대 위에 놓고 와이셔츠 바람으로 나가려고 하였다.

"여보게 어쩌려나 밖에 있으면?"

"상기 있을 리 없어. 그놈은 우리만큼 바쁘지 않을 줄 아나? 일이 이렇게 됐는데 우두커니 복도에 서서 쇠불알 떨어지기를 기다릴 줄 아나? 기다리면 또 어째, 변소 가는 사람 잡을 테야? 이 집 안에선 못 잡아—."

학은 밖으로 나와서 사무실에 내려갔다.

주인과 잠시 무슨 이야기를 수군거리더니 확실한 책임을 가지고 고개를 끄덕이는 주인의 호의에 감사하면서 자기 방으로 다시 돌아왔다.

"밖에 없던가?" 하고 철환은 물었다.

"못 봤어, 있으면 문밖에 있겠지" 하고 학은 대답했다.

"어디 갔다 왔나?"

"장궤*한테."

"왜?"

학은 아무 대답도 하지 않았다. 그는 물끄러미 철환을 쳐다보다가 "대체 자네 왜 그리 신경을 쓰나?" 하고 핀잔을 주었다. 철환은 외면을 하고 침묵을 지키다가 다시 담배를 꺼내 피웠다.

"시장할 테니 이걸로 조반이나 우선 먹세" 하고 사과를 씹으면서 약탕관을 들고 다시 밖으로 나갔다.

철환은 피우던 담뱃불을 다시 껐다. 그리고 침대 위에 놓인 빵을 들어 쪼갰다. 파라핀지를 벗기고 손바닥에 거의 싸쥐는 모젤을 만져보았다. 뿌연 회색빛 묵직한 무게, 아무리 생각해보아도 생명과는 아무 상관도 없어 보이는 조그만 물건이었다. 반듯하게 마주 대고 총알 나오는 구멍을 들여다보았다. 두 치나 될까 말까 한 길이지만 까맣게 뚫린 그 구멍 속은 백 리, 천 리로 뻗은 나락 속 같았다. 오싹하면서 뒷머리가 켕겼다. 극도의 시장기를 느끼는 것 같은 것과 동시에 학이 끓는 물을 사 들고 들어오면서 도어를 탕 하고 뒤로 닫았다.

"시험하나?" 하면서 학은 빙그레 웃었다. 철환은 아무 말도 못 하였

---

* 장궤 : 중국 사람을 속되게 이르는 말.

다. 학은 류두꿔우 세 개를 끓는 물에 풀어서 보시기 두 개에 나눴다.

"자 마시게" 하고 학은 "무인은 칼을 빼보지 않는 법이야. 우선 배를 만드는 법이라네. 흐뭇하게 우선 먹는다는 말이야. 농담이 아니라 참 그러고 보니 옛날 얘기 하나 생각나네. 옛날 얘기도 아니지 문헌이지, 에픽테토스란 사람이 사형선고 받은 얘긴데 '너 인제 죽는다' 하니까 '아 그렇소? 죽지요' 하고 앉았는데 이졸吏卒이 와서 '너 밥을 먹어라' 하니까 '그러오' 하고 우선 밥 한 사발을 다 먹더란 얘기야. 싱거운가? 하하 하하—" 하고 학은 류두꿔우 물을 다시 마셨다. 그리고 철환의 손에 든 권총을 물끄러미 내려다보았다.

"잘 알았네. 어서 내 걱정은 말게. 위대한 사람만이 큰일을 하는 것이라고는 생각하지 않네. 큰일이 이뤄진 뒤에 오죽잖은 인간이 위대하게 되는 수도 있는 것 같아. 하여간 물에 들어가 보고 할 얘기야. 뜰는지 가라앉을는지는 팔짱을 끼고 마주 서서 할 얘기가 아니야. 자넨 그런데 어쩔 텐가?"

"뒷문으로 나갈 테야, 장궤하고 의논했네. 짐은 숙소를 정하는 대로 알리면 보내도록. 불조계佛租界가 마땅치 않으면 영조계英租界로 갈까 하네. 하여간 자넨 앞으로 나가게. 그건 우선 자네 처소에 갖다 두게. 침대 밑에 숨겨서. 숙소를 정하는 대로 자네한테 가서 내가 맡아둘 테니 지금에야 그 외에 방법이 없지 않은가?"

철환은 한참 무엇을 생각하다가 "그렇게 하세. 그럼 옮긴 다음 저녁에 들르도록 하게. 내가 혹시 늦더라도 기다리게. 경우에 따라서는 예정보다 일이 일러질는지도 모르겠네" 하고 일어났다. 철환은 권총을 양복 속 주머니에 넣고 가방을 들었다.

"마귀는 제 먹고 싶은 때에 먹으려고 하겠지?" 하면서 학은 철환을 보내고 부리나케 짐을 싸기 시작하였다.

탄환을 넣어서 권총을 요 밑에 넣고 나서 철환은 그 위에 앉았다. 문을 열었으나 바람 한 점 없는 날이다. 지난밤 피로와 아침에 당한 시련과 공복에 얹히는 무더위에 빈 구역질이 나도록 속이 허청거렸다. 웃통을 벗고 찬물로 씻고 두붓국과 라조러두를 사다가 조반으로 먹고 마당에 내려가 거닐며 몸을 펴보기도 하면서 기운을 내보려 하였다. 그러나 역시 몸을 이길 수가 없어서 도로 들어와 침대에 드러누웠다.

나는 역시 비겁한 인간인가. 도대체 주제넘은 착각을 한 것인가. 자기합리화를 하기 위해서 역량이 미치지도 못하는 거창한 일을 할 수 있다고 한 것이 아닌가. 결국 내 자신을 속인 것이 아닌가. 설혹 자기 판단은 옳다고 하더라도 사회는 과연 이런 종류의 행위를 인정할 것인가. 이런 행위는 자기중심, 자기만족에서 나오는 것이지 결코 대의大義는 될 수 없지 않을까. 그러나 이제 와서 나는 무슨 쓸데없는 생각을 하고 있는 것인가. 모두가 약하기 때문이다. 강철 같은 의지, 진정한 볼셰비키가 되려면 우선 강철 같은 의지를 가져야 한다. 그다음에는 실천을 하여야된다. 강철 같은 의지로써 감행하는 실천— 아! 그것은 바로 내가 장차 감행하려는 것이 아니냐—그러나 볼셰비키가 한 개인을 살해하는 것이 과연 정당할까. 개인 테러를 하지 말라고 하지 않았는가. 아 모르겠다. 지금 새삼스럽게 그런 것을 다시 되풀이 생각할 여유도 시간도 없다. 주사위는 벌써 굴렀다. 무엇이 나오느냐는 것만이 남은 문제다.

"우선 배를 만드는 것이야"하던 학의 말이 귀에 다시 울렸다. 그렇다. 나 자신을 시비하고 있을 때는 벌써 지나갔다. 그러나 또다시 생각해보면 나는 벌써 현영섭이를 죽이고 있지 않은가. 원래부터 현영섭이란 것은 내 머릿속에 있던 존재가 아니던가. 그것은 결국 김철환의 속에 들어 있는 '현영섭'을 죽여 없애자는 일종의 자기부정이 아니던가. 그렇잖으면 과연 자기와는 별개의 한 개 민족 반역자를 한 대상으로 생각한 것인가. 그러나 자기 밖에 있는 민족 반역자가 한 개의 실재라면 그것은 자기가 구태여 손을 대지 않더라도 역사 법칙에 따라 자멸할 것이 아닌

가. 내가 누르지 않더라도 영양營養 이외의 피를 빨아먹은 빈대는 스스로 그 창자가 터지고 말 것이 아닌가. 그러나 또다시 생각하면 이런 생각은 결국 행동을 앞에 두고 유유순준悠悠巡逡하는 나를 안이한 생활로 전환시키려는 센티멘털리즘이 아닌가. 다른 한 개의 합리화가 아닐까. 빈대는 결국 포복된 피를 소화시키고 다시 여러 개의 민족 반역자를 번식할 것이 아닌가. 합리화를 하지 말자. 내가 안 하더라도 사회 대세가 있을 것이니 그냥 내버려두어도 자멸한다고 생각하는 것은 마치 원동기가 돌아가니 공작기계 스위치는 젖혀놓아도 좋다는 말과 다른 것이 무엇일까. 그러나 나는 기어코 어느 스위치고 하나 넣어야 되겠다.

철환은 일어나서 옷을 갈아입었다. 그러면서 다시 '배를 만들어야 된다'고 하던 학의 말을 스스로 일깨우면서 밖으로 나섰다. 두수를 찾아보려고 생각하였다. 박두수—아직 완전히 무풍지대에서 핍진한 생활의 날카로운 다면에 접촉하지 않고 있는 젊은 청년, 아직도 급을 부하고 천하로 소요하면서 스승을 찾는 어린 '파우스트'—차라리 박두수 같은 인간이 남을 위해서나 자기를 위해서나 행복할는지 모르겠다.

이런 생각, 저런 생각을 하면서 후쿠시마 가 대로까지 와서 그는 발길을 멈추었다. 갑자기 신기숙을 먼저 찾아보고 싶었다. 일이 예정같이 자기 생각의 직선상에서 일어날 것 같지 않고 무궤로도 발전할 것 같은 것 또는 어느 때에라도 일어날 것 같은 직감은 웬일인지 그로 하여금 아름다운 신기숙을 한 번 더 만나는 것이 순서인 것같이 생각게 하였다. 철환은 신기숙의 집으로 갔다. 신 의사가 병원에 있었다. 그러나 기숙은 집에 없었다.

기숙은 방학이 되어서 이틀 전에 학교 동무들과 같이 탕구 해수욕장으로 놀러 갔다는 신 의사의 이야기였다. 진찰실에 한참 앉아 한담을 하다가 생각하니 친구를 돌려놓고 기숙이부터 찾아왔다는 것이 두수에게 대하여 죄를 지은 것 같은 생각이 났다. 점심을 먹고 가라는 것을 사양하고 나와서 철환은 오카자키 외과로 갔다.

병실에 들어가보았으나 두수는 보이지 않았다. 간호부 말이 나흘 전에 퇴원을 하였다는 것이다. 입원비는 자기가 치러주었지만, 공학이 그새 자주 다니며 보아주기나 했는지 물어볼 것을—철환은 두수의 숙소로 향해 걸어가면서 이런 생각을 하였다. 어쩌고 어쩌고 하더니 기숙은 인정머리 없이 톡톡 털고 일어나서 혼자 해수욕장을 갔구나—하긴 원래 그런 사람이니까, 그런 사람이니까. 그러나 나는 참 어디 의지할 것인가. 기숙이를 나는 은근히 사랑하지 않았던가. 그러나 이제야 사랑이 있으면 무얼 할 것인가. 멀리 떠나갈 사람이—같이 갈 수 있을까, 같이 가자고 해볼까. 이런 생각은 내가 기숙이를 사랑하기 때문일까. 그렇지 않으면 부질없이 바람을 일으키려는 영웅심일까. 허장성세를 가장 위선적으로 표현하기 위하여 긴 치맛자락 앞에 무릎을 꿇고 읍揖*을 하는 시늉을 하려는 사이비 기사도가 아닐까.

치마 속에 감추인 익은 육체를 요구하기 위하여서, 사랑이란 결국 육체의 요구인가. 그렇다면 그 육체는 언제든지 바꿔놓을 수 있는 물건이 아닐까. 이 복숭아를 놓고 저 복숭아를 골라 물어도 아무런 차이가 없을 것이 아닌가. 역시 육체 외에 다른 무엇이 있는 것 같다. 그것은 습관이다. 정신적 습관일지 모른다. 어린아이가 처음 가졌던 숟가락을 늘 찾는 습관, 아무리 더 좋은 것을 주더라도 용이하게 바꾸지 않으려고 하는 습관, 그것이다. 또한 아이들이 우연히 손바닥에서 주무른 눈 덩어리를 굴려서 결국 커다란 눈사람을 만들어내는 것같이 한 개의 상념이 정이라는 눈벌판을 자꾸 구르면서 만들어낸 정신적 습관이 굴려온 물건이 이른바 사랑이라는 것이 아닌가. 이것은 육체하고 부합할 때도 있

---

* 읍 : 인사 예법의 하나. 두 손을 맞잡아 얼굴 앞으로 들어 올리고 허리를 공손하게 굽혔다가 펴면서 손을 내림.

고 부합하지 않을 때도 있다. 나의 경우에는 부합하지 않는 경우에 해당하지 않는가. 정신적 사랑—이런 게 도대체 가능할까, 이건 거짓말이다. 위선이 아니면 내시다. 내시—나는 내시냐—찌는 더위에 절어 배인 약상藥商 냄새가 물씬물씬 풍기는 골목, 언제 보아도 무기미한 회색 벽돌 담을 끼고 돌아서 뚫린 뒷문, 여전히 음산한 뒤채 마당, 유리창은 닫혔으나 두수의 방문은 미는 대로 열렸다.

철환은 방 안에 들어섰다. 오래 잠갔던 방이라 무겁고 탁한 공기가 코에 엉겨들었다. 그러나 그는 유리창을 열 생각이 나지 않았다. 우두커니 방 가운데 서서 이것저것 물건을 두루 살피면서 갑자기 목구멍에서 괴어오르는 슬픈 분노를 누르고 있을 뿐이다.

책상 밑에 놓인 굽 높은 여자 구두. 그것은 기숙이 신발이었다. 탁자에 놓인 컷글라스 화병과 거기 꽂힌 시들었을망정 아름다운 붉은 장미꽃, 이부자리를 덮은 흰 시트, 그리고 캉 위에 팽개친 여자 레인코트, 만져볼까, 골고루 만져볼까, 그럴 게 아니라 나는 어서 이 자리를 피하자. 피해서 어차피 멀리 갈 사람이니 친구에게서도 우선 멀어지자. 친구가 무엇을 점유했던지 그것을 추궁할 필요가 무엇인가. 새가 날아갔으므로 내 손이 비었을 뿐이 아닌가. 두수는 기숙이와 같이 해수욕장에 갔다—내 마음은 픽 고요하다. 사람은 이런 순간을 겪을 때마다 아름다운 인도주의자가 되는가 보다. 적을 사랑하라, 과연 그 말이 이것인가? 그러나 하여간 얼마나 현란한 순간들이냐, 휙휙 지나가는 차창같이 현란한 것이 생활이라는 생태로구나.

날이 훤하게 밝자 시각을 같이하여 북양아파트로 향하여 좌우 쪽 어귀로부터 걸어오는 사람들이 있었다. 한 사람은 흰 여름 양복에 누런 파나마를 쓴 사십가량 되어 보이는 부대한 인물이고 또 한 사람은 회색 옷을 입은 이십 전후의 청년이었다. 청년은 흘러내리는 머리를 여윈 손가락을 넣어 훑어 올리면서 주위를 두리번거렸다. 이들은 현영섭이 오기를 기다리고 있는 현영섭의 부하들이었다.

해가 상당히 높이 솟을 때까지 통행인의 그림자가 드문 것이 유곽 거리의 특징이었다. 각광을 받고 화려하게 시각을 속이던 무대장치가 대낮에 드러난 것과 방불한 적료감寂蓼感, 꺼버린 담배꽁초나 뜯어먹고 내버린 닭의 뼈다귀 같은 것과 다름없는 이른 아침 거리거리의 지난밤 잔재, 거기 들어찬 누기와 이상한 냄새―이런 것도 모르고 한 어린아이가 석탄재 시커멓게 배인 골목 가 쓰레기통에 기대어 자고 있었다.

입은 옷은 그리 남루하지 않았으나 다박머리 아래 해쭉이 드러난 얼굴은 핏기 하나 없고 깜박 감은 눈가에는 검은 티조차 서리었다. 신발은 쫓겨가다가 벗겨졌던지 쫑그리고* 누운 손발을 자라배* 앓은 아이 경련을 일으킬 때같이 가슴에 붙이다시피 하고 누웠다.

'고아인가, 중국 아인가' 생각하면서 현영섭은 무심히 가까이 다가섰다. 이 근처에 산 지 사오 삭*이 되었지마는 이런 광경은 처음 보았다. 해가 내리쪼이면 일어나 가겠지, 현영섭은 다시 걷기 시작하였다. 북양 아파트로 보낸 사람들이 기다릴 것이다. 열아문 발자국 가서 그는 우뚝 섰다.

'배가 고파서 아주 지쳤나?' 하고 돌아섰다. 그는 다시 쓰레기통 있는 데로 갔다. 가까이 서서 허리를 굽히고 아이 얼굴을 다시 들여다보았다. 입술이 약간 열린 속으로는 하얀 아래 이빨이 드러나 보였다. 쌔근쌔근 하는 숨결은 골랐다.

'역시 배가 고픈 게로구나' 생각하면서 현영섭은 어린아이 등을 어루만졌다. 아무 기동이 없다. 어깨를 흔들었다. 아이는 곧 눈을 뜬다. 웅크

---

* 쫑그리다 : 긴장하여 몸을 잔뜩 쪼그리다.
* 자라배 : 배 안에 자라 모양의 멍울이 생기고, 열이 몹시 오르내리는 어린아이 병.
* 사오 삭 : 4~5개월.

리고 서 있는 조선 사람이 무표정한 얼굴로 내려다보는 것을 알자 아이는 소스라쳐 놀랐다. 놀라면서 '엄마' 하고 낮은 소리를 쳤다.

'조선 아이가 여기 웬일일까' 생각하면서 현영섭은 목소리를 부드럽게 하여 달랬다.

"너, 조선 아이냐?" 하고 물었다. 조선말을 듣더니 아이는 적이 안심한 듯이 야윈 눈을 깜박거리면서 가는 목대를 앞뒤로 흔들었다.

"너 이름이 뭐냐?"

아이는 대답이 없다.

"배가 고프냐?"

아이는 고개를 떨어뜨리고 역시 머리를 흔들었다. 아이는 한참 무죽거리다가 제 발로 일어났다. 현영섭은 어린아이의 손을 잡았다. 어떻게 되어서 자기가 아이 손을 잡았는지 알 수 없었다. 그러나 일단 손을 잡고 보니 퍽 좋았다. 게 발같이 야윈 손에서 오는 따뜻한 체온을 현영섭은 의식적으로 단단하게 싸쥐었다. 그러면서 그는 일종 자비에 가까운 희열을 느꼈다. 그는 어린아이와 함께 나란히 걸었다.

"뭐 먹고 싶으냐, 밥이 먹고 싶으냐, 떡이 먹고 싶으냐?"

"밥" 하고 아이는 외마디 대답을 하였다.

"그래라, 그럼 밥 사줄게."

현영섭은 아이를 데리고 금성탕지金城湯池 골목에 있는 허수룩한 '관절'에 들어가 정관 한 그릇과 지단탕 한 그릇을 시켰다. 아이는 더위를 못 이겨서 그러는지 음식이 나올 때까지 졸았다.

음식이 나왔다. 현영섭은 아이를 깨웠다. 아이는 숟가락을 들고 먹기 시작하였다. 밥을 먹겠다고 하던 아이는 계란 국물만 자꾸 마셨다. 속이 갈한 모양인지 밥보다도 국물을 더 먹고 있었다.

"밥을 먹어라, 국만 먹지 말고" 하고 현영섭은 충고하였다. 아이는 시키는 대로 밥도 반 그릇쯤 먹었다. 음식이 뜨거워서 그러는가 아이는 창백한 이마에 땀을 주룩주룩 흘렸다.

"다 먹었느냐? 자 인제 시원한 데로 같이 가자"하고 현영섭은 아이를 데리고 나와서 마차를 불러 타고 일본 영사관으로 갔다.

'엄마는 잡혀가고 거짓말 아버지*는 때리고 해서 무서워 달아났다'는 길준이라는 아이를 우선 잘 보아달라고 관원에게 부탁하고 현영섭은 바쁜 걸음으로 영사관을 나왔다. 마차를 잡아타고 북양아파트 들어가는 어귀 못미처 큰길에서 내렸다. 이제 과일장수가 어깨짐을 휘청거리면서 지나가고 지나오는 시장 거리였다. 네거리를 가로질러 금세 물을 뿌려놓은 포도로 해서 식료품 상점들이 가지런한 앞길을 걸어가다가 현영섭은 멈춰 섰다. 극장 어귀에서 꽃바구니를 들고 섰던 서양 계집아이가 달려들기 때문이었다.

"꽃을 사주세요. 세 묶음만 사주세요, 네?"하고 중국말로 아양조차 부리면서 열서너 살 된 백계 러시아 소녀는 길을 막으면서 바구니를 현영섭의 가슴에 올려댔다. 물을 뿌려 수북이 담은 달리아, 글라디올러스, 금잔화, 옥잠화 그리고 붉은 나리꽃과 아스파라거스는 향기는 나지 않아도 싱싱한 것이 탐스러워 보였다.

주근깨 가무잡잡한 소녀는 한 손으로 '틱'를 뜯어 먹으면서 걸음을 옮겨놓는 현영섭에게 매어달릴 듯이 따라왔다.

누런 머리에 꽂은 빛 낡은 비로드 리본이 심히 애처로워 보였다. 현영섭은 다시 걸음을 멈추었다. 그는 빙글빙글 웃으면서 속주머니에서 지갑을 꺼내어 대양大洋 십 원圓을 내주었다. 소녀는 무르팍을 짤끔 움직여 인사하면서 돈을 받아 바구니에 넣고 빵을 마저 입에 넣고 씹으면서 붉은 나리 한 묶음을 꺼내어 현영섭에게 주고 달아났다. 꽃을 받을 생각은 없었으나 얼결에 받고 보니 길에 내어버리기도 아까워 그냥 들고 아파

---

* 거짓말 아버지 : '계부'를 말하는 듯.

트 길목에 들어섰다.

미리 신칙을 시켰던 두 사람은 이때까지 각자 제자리를 지키고 섰다
가 눈치 인사를 하였다. 아무 이상이 없다는 뜻을 알자─즉 공학이가
나가지 않았다는 사실─현영섭은 눈짓으로 파나마를 쓴 자를 오라고
하여 뒤에 따르게 하고 뚜벅뚜벅 북양아파트로 들어가 시치미를 떼고
삼층으로 올라갔다.

긴 복도의 미끄러운 리놀륨 장판이 끝난 데서 오른쪽 끝으로 두고 세
번째 방, 꽃을 왼손에 바꿔 쥐고 뒤꽁무니에서 권총을 꺼내 들고 꽃을
쥔 왼손으로 노크를 하였다. 아무 응대가 없었다.

다시 두드렸다. 중청에서 누가 말다툼하는 소리가 들려왔다. 현영섭
은 도어를 열어보았다. 문이 열렸다. 방 안은 텅 비었고 맞은편 유리창
조차 열려 있었다. 후끈한 바람이 약간 지나갔다. 경대하며 책상이며 깨
끗이 치워놓은 것이 새로 들어올 손님을 기다리는 빈방이다.

'놓쳤구나.'

현영섭은 새가 날아간 조롱 속에 손을 넣었다가 뺀 사람같이 풀이 꺾
였다. 그러나 헷물었던 이가 저리면서 더 독한 진액을 짜내는 배암이 같
은 심사로 이를 갈며 현영섭은 권총을 도로 넣고 형사를 데리고 붉은
나리꽃을 들고 밖으로 나왔다. 기다리던 젊은 형사가 가까이 왔다. 현영
섭은 고개를 흔들었다. 안에서는 아파트 주인이 속으로 쓴웃음을 낄낄
웃고 있었다.

"다메다, 니게찻타"* 하고 현영섭은 부하들에게 돌아가란 말도 없이
혼자 화원 로터리 쪽으로 걸었다. 더위는 완전히 아침 바람을 죽이고
사람의 살을 찌기 시작했다. 술 먹는 사람이 더 독한 술을 찾듯이 현영
섭은 차라리 더우려거든 아주 이글이글 타도록 더웠으면 시원할 것같이

---

* 다메다, 니게찻타(だめだ, にげちゃった) : 일본어로 '이미 도망쳤다'라는 뜻.

속에서 부아가 터진 노기가 붉은 혀를 내저으면서 헐떡거리게 하는 듯이 빨리빨리 걸으면서 중얼거렸다―.

'네가 편히 자나, 내가 편히 자나 이따 보자.'

영조계 만세가 교문 후통 29호, 월성조상관月星照像舘 이층―빅토리아 공원 정서 편 서태인서관西太印書館 골목―이런 안내가 적힌 원고지 쪽을 소련이가 북양아파트 주인에게서 받아 들고 나온 것은 현영섭의 일행이 다녀간 지 두 시간 후였다.

'어째서 숙소를 별안간 옮겼을까? 불편하다거나 나은 데가 있어서 옮겼다면 나한테 아무 말 없었을 것 같지 않은데.'

아파트 주인에게 물어보면 각별히 봐주던 사이라 물론 무슨 사연으로 옮겨갔는지 알 것이었으나 중국말을 모르기도 하고 또 중국 사람과는 도대체 누구를 막론하고 대하기 싫은 것이 그의 성미라 한소련은 아무 말도 묻지 않고 그냥 나왔다.

그러나 다시 생각해보면 갑자기 이상한 까닭을 짐작할 수 있는 것 같았다.

'피신이다, 무슨 불길한 일이 생겼다' 하고 소련은 즉각적으로 판단을 내렸다. 그러고 보니 자기 행동도 학에게 불리해서는 안 되겠다. 내 몸을 위해서가 아니라 공 선생님 신변을 위해서 조심해야 되겠다고 생각하였다.

'그러면 찾아가 뵙지 말까?'

길에 나선 소련은 잡도에 섞여 어디로 가는 것도 아니면서 다른 사람들의 발길을 따랐다. 목이 아린 콩기름 냄새, 무연탄 불꽃이 태우는 무더운 공기는 갑자기 근심에 조인 심장의 고동을 돋았다.

'내가 이렇게 나오는 걸 누가 보지 않았을까. 선생님 뒤를 따르던 형사가 내 얼굴을 아는 사람이면 혹시 내 뒤를 쫓을는지도 모르겠다.'

소련은 가던 방향을 바꾸어 오던 길을 도로 걸었다. 그러면서 주위를 유심히 살폈다. 그러나 수상한 그림자는 찾아볼 수 없었다. 이런 잡도 속에서는 사실 찾아보려고 해도 불가능한 일이었다.

'가봐야지, 가봐야지.' 소련은 길목에서 양차를 불러 타려고 하였다. 그러다가 갑자기 조선 옷을 입은 것을 깨닫자 그만 겁이 덜컥 났다.

'눈에 띄면 어떻게 하나. 아! 그런데 참, 뭐 나는 여지껏 조선 옷을 입고 다녔나. 아이고 왜 선생님은 내가 조선 옷을 입고 다니는 걸 가만 내버려두셨을까?'

양차를 타지 않고 한참 걷다가 생각하니 걸어가는 것이 더 사람들 눈에 띄는 것 같았다. 지나가는 사람들이 자기만 유심히 쳐다보는 것 같았다. 그는 다시 양차를 불러 탔다. 타고 집으로 가서 양복으로 바꿔 입고 걸어서 교문 후통을 찾아갔다. 월성사진관은 곧 찾을 수 있었다. 달에 별을 포개 그린 유리 쌍창을 열면 분합문이 막히고 막힌 대로 돌아가면 곧 촬영실에 통한 로비에 응접 테이블과 소파와 의자가 곱게 놓인 한적한 장소, 손님인가 하고 반기면서 일어서는 것은 러닝셔츠 바람에 부채질하던 중국 청년. 다시 알아차린 듯이 은근히 인사를 하면서 소련을 안채로 통하는 낭하에서 꺾어 올라간 이층으로 안내하였다. 층계 구르는 소리를 듣고 암실 옆방의 열렸던 문으로 웃통을 벗은 학이 성큼 나섰다. 소련을 보고 "잘 왔소" 하고 학은 다시 중국 청년에게 영어로 내려가지 말고 같이 들어오라고 하였다. 중국 청년은 웃으면서 아래 가게가 비었으니 용서하라고 사양하고 내려갔다.

학은 어째서 갑자기 이사를 하게 되었다는 말은 하지 않고 셔츠를 입으면서 이제 내려간 청년은 왕투기라는 관동 사람이라는 것, 학교 다닐 때 친한 무정부주의자라는 것, 그의 호의로 그의 집에서 당분간 묵게 되었다는 것, 원래 사진에 취미를 가졌다가 생활 대책 겸 사진관을 냈다는 이야기를 하고 "이 방이 어떻소, 자그마한 게 안 좋소? 이층이라 좀 덥기는 하지만" 하고 소련의 이상한 몸단장을 재미로운 듯이 훑어보면서 물었다.

"좋군요. 그런데 침대는 없어요?" 하고 소련은 방을 두리번거렸다. 간 반이나 될까? 벽에는 틀에 넣은 나체 그림이 두 개, 구석에는 갖다 놓고 풀지 않은 학의 짐이 쌓였다.

"차차 사오지. 오늘 어디 가서 저녁이나 잘 먹도록 합시다. 그런데 참 당신 철환 군한테 좀 가주려오? 내가 어제저녁에 간다고 해놓고 저 친구한테 끌려서 약속을 잊었는데."

"가지요."

"가서 뭘 좀 가져와야 되겠는데" 하고 한참 무얼 생각하더니 "그만두소. 내가 가지" 하고 학은 일어나 더위도 잊었는지 또 그리고 무슨 생각에 지배되었는지 땀을 흘리고 앉아 있는 소련의 어깨를 끌어당기면서 머리를 쓰다듬었다.

소련은 등의자에 앉아 앞으로 끌린 채 물건 들어낸 자국이 거친 마룻바닥을 내려다보면서 가슴 아래 크게, 그러나 느리게 움직이는 학의 배에 한쪽 귀를 파묻은 채 말할 수 없는 평화를 느꼈다. 멀리 자기 이성 쪽에서 '이이가 왜 이러실까? 버릇도 고약해라' 하는 반항이 일어나는 것을 들었으나 다시 제정신으로 '내가 무슨 힘이 있다고 거역을 하오? 거역이라니 이렇게 행복스러운 풍부한 율동을 왜 표독스러운 뭇 여자들의 눈살을 가지고 찔러 죽일 것이오ㅡ. 아, 이는 선생님 당신 말씀이에요.'

학은 소련을 일으켜 바로 앉히고 다시 제자리에 가 앉았다.

"아, 할 일이 태산 같은데 어떻게 하나?" 하고 학은 피로에서 나오는 한숨에 놓아 이런 말을 중얼댔다. '할 일이 태산 같은데ㅡ.' 이 말을 듣고 생각하니 참 저 어른은 대체 무슨 일을 하는 양반인가. 대체 어떤 사람인가. 무슨 일을 할 작정을 하고 계신 분인가 알고 싶다. 소련은 어린애 같은 미소를 띠고 "참 선생님 뭣하세요?" 하고 물었다.

"뭣하세요?"

"네, 알고 싶어요."

학은 따지는 듯한 시선을 더위와 살의 정열에 타서 얼룽거리는 소련의 두 눈에 두고 한참 침묵을 지키다가 "생각" 하고 정색을 하며 대답했다. 무서운 것도 아니건만 개웃이 내밀었던 소련의 호기심은 털을 다 쳐 놓은 버러지같이 쑥 들어가고 말았다.

"토론, 토론, 토론─" 하면서 학은 벌떡 일어나서 의자 뒤로 왔다 갔다 하였다.

"쓸데없는 토론─ 아니 생각 말이요, 다 쓸데없는 것이오. 사람이 말이요, 소련─ 머리로 생각을 하지 말고 가슴으로 아니 배로 아니 허리로 아니 손으로 아니 발로 하게 되면 어떻게 될까?" 하고 돌아섰다. 소련은 웃음이 나오는 것을 억지로 참았다. 차마 웃을 수 없었다. 그는 학의 얼굴 모양처럼 억지로 깎아 세우고 조용히 고개를 흔들면서 땀에 젖었는가 얼룽거리는 두 눈을 애원하듯 무엇을 달라는 듯이 크게 떴다.

"몰라, 모르시겠소? 그래 모르는 게 제일 좋아. 모르는 것도 좋지만 모른다는 생각조차 없는 것 니힐nihil*─아무것도 아니─그게 좋지" 하고 다시 계속해서 "그만둡시다. 그만두고 나갑시다. 나가서 서늘한 데로 갑시다. 당신 좋아하는 폭찹으로 저녁이나 먹읍시다" 하고 옷을 입었다.

너와 나는 육체로밖에 하나가 될 수 없는 존재들이다. 네가 어떻게 내 영혼 사상의 영원 속에까지 같이 들어와 나일 수가 있겠느냐는 듯한 학의 표정을 소련이 알아보았는지, 못 알아보았는지 작자는 알 수 없다. 두 사람은 밖으로 나갔다. 소련의 의견에 따라 바이허로 갔다. 거기서 종일 배도 타고 언덕에 드러눕기도 하고 발을 물에 적시기도 하였다.

수박을 사서 점심을 에우고* 또 배를 타고 하였다. 학은 웬일인지 오늘

---

* 니힐 : 라틴어로 '무(無)'를 뜻함.
* 에우다 : 다른 음식으로 끼니를 때우다.

은 가장 저속하게 천하의 모든 인간이 하듯이 평범하게 남녀의 의를 즐겨보고 싶었다. 그러면서도 그는 내심 내내 형사에게 들킬까 염려하였다.

두 사람이 거리에 들어선 것은 어두워서였다. 멀리 대화공원 쪽에서 불꽃놀이의 화전이 아름답게 검푸른 중공(中空)에 피어올랐다.

두 사람은 터키 식당에 들어가서 저녁을 먹었다. 사람들은 시장하였고 음식은 풍부하였다. 학은 베르무트를 청하여 소련에게 권하고 자기는 셰리를 따랐다. 늦은 저녁이라서 그런지 식당에 다른 손님은 없었다. 학은 처량한 울음을 짜는 레코드를 끄게 하고 포도주만을 서로 나누었다. 웬일인지 학은 별로 말이 없었다. 소련도 한사코 침묵을 깨뜨릴 필요를 느끼지 않았다. 말없이 믿음직한 남자의 얼굴을 쳐다보는 편이 훨씬 나았다.

식당에서 나오면서 학은 "일찍 돌아가세요. 나는 철환 군 집에 가야겠소" 하고 소련을 마차에 태워 보내고 그는 혼자 남고루 쪽으로 걸어갔다. 이때쯤 철환은 퉁저우 대회 준비를 의논하기 위하여 방학이 되어 빈 난카이 대학 기숙사에 혼자 남아 있는 친구를 찾아 불빛 훤한 캠퍼스를 걷고 있었다. 현영섭은 대화공원 벤치에 걸터앉아 이를 쑤시면서 불꽃놀이 화전이 국화꽃처럼 별빛이 반짝이는 하늘에 피는 것을 쳐다보고 있다가 무슨 생각이 났는지 김철환을 한번 찾아보기 위하여 일어났던 시각이었다.

학이 철환의 숙소 문을 두드리자 열대여섯 되어 보이는 계집아이가 나와서 고리를 벗겨준다. 전에 보지 못하던 계집아이다. 불꽃놀이에들 나갔는지 아래위층이 다 빈 모양이었다. 철환도 물론 방에 없었다. 학은 이층에 올라가서 철환의 방 불을 켰다. 그가 만일 불을 켜지만 않고 있었던들 현영섭은 오늘 밤에는 대문 밖에서 그냥 돌아갔을 것이고 또 돌아갔으면 두 사람의 운명은 달리 전개되었을는지도 모른다. 학은 의자를 툇마루에 내다 놓고 한참 앉았다가 다시 방에 들어가서 침대 매트리스를 들어보았다. 권총은 자기와 약속한 자리에 있었다. 편지나 써놓고 가지고 갈까 하다가 늦더라도 기다리라고 하던 철환의 말을 기억하였다. 권총에는 탄환이 들어 있었다. 그는 권총을 벗어놓은 자기 양복 속 주머니에 넣고 툇마루로 다시 나왔다. 환한 불빛이 동그랗게 벽돌 마당에 비쳤다. 하인 계집아이가 머리를 감더니 한참 만에 밖으로 나간다. 사람이 있으니까 안심하고 동네로 마실을 나가는 것일까? '그러나 내가 누군 줄 알고 집을 비워놓고 나갈까' 하고 부질없는 걱정을 하면서 다시 방으로 들어갔다. 더워서 견딜 수가 없었다. 그는 편지지를 꺼냈다.

'가지고 가오. 월성조상관 공.'

이렇게 써서 봉투에 넣고 있을 때 층계로 걸어올라오는 구둣발 소리가 들렸다.

'철환이 들어오는구나' 하면서 책상 위에 놓았던 편지를 봉투째 찢어서 꾸겨 주머니에 넣었다. 그리고 툇마루로 나가 '인제 오나' 하면서 철환을 맞이하려고 하였다. 그러나 올라오던 사람은 김철환이가 아니었다. 그것은 현영섭이었다.

현영섭은 층계가 돌아지는 데 멈춰 섰다. 불빛을 등에 받고 나오는 것은 김철환이가 아니라 공학이었다.

현영섭인 것을 알자 학은 깜짝 놀랐다. 놀란 것과 동시에 거의 본능적으로 양복저고리를 찾아 방으로 들어가려고 하였다. 그러나 뒷걸음을 치려고 할 찰나에 도리어 몸은 일종 반사적으로 앞으로 나서지는 것을 어찌할 수 없었다.

"오래간만이구려" 하고 현영섭은 입을 열었다.

"……."

"그렇잖아도 꼭 좀 만나보려고 그랬는데 마침 잘됐수다."

"……."

"이사하느라 얼마나 바쁘셨소?"

"……."

학은 아무 말도 할 수가 없었다. 가슴속에서 절구질하는 고동을 느꼈다. 다리가 휘청거리기 시작했다.

"아, 그렇게 흥분할 거야 뭐 있소."

"……."

한동안 얼음장 밑으로 흐르는 물 같은 침묵이 계속됐다.

"들어오시지요" 하고 학은 비로소 입을 열었다. 간신히 입을 열어서 한 말이다.

의외에도 침착한 자기 목소리를 들은 학은 이상하게도 절구질하는 것보다 더 큰 힘이 아랫배에 내려앉으면서 휘청거리던 두 다리가 든든해지는 것을 의식하였다.

"더운데 들어갈 거 뭐 있소."

"……."

"들어갈 거 없이 나갑시다. 이렇게 된 바에 너무 밝은 데서 서로 얼굴을 쳐다보고 앉아 있을 것도 없지 않소? 나는 또 다음 일이 바쁘고─" 하고 흥분된 머리를 식히느라고 우정 의식적으로 노력하기 위하여 현영섭은 이렇게 사무적으로 입심을 써보았다.

"갑시다, 어서" 하고 현영섭은 노기 띤 목청을 울렸다. 노기를 띤 현영섭의 이 명령에 가까운 말을 듣자 학은 반사적으로 주먹이 쥐어지는 것을 느꼈다. 아래윗니가 꽉 다물어졌다. 그는 완전한 자신을 얻었다.

"그럽시다" 하고 학은 방으로 들어가서 양복저고리를 팔에 걸고 나왔다. 나오면서 권총을 꺼내 양복 가린 손에 쥐었다. 학은 현영섭이 앞까지 다가섰다. 가까이 가서야 비로소 현영섭의 손에 권총이 들려 있는 것을 알았다.

"먼저 내려가시지요" 하고 학은 모든 수단과 방법을 포기한 포로 같은 몸짓을 가지고 이렇게 말하였다.

어느 하늘이 도왔는지 현영섭은 군소리 없이 그러나 학의 곁에 가지 런히 서서 내려갔다. 서너 층계 내려디뎠을까 했을 때 학은 휙 한두 걸 음 뒤로 올려 디디면서 한 손으로 손잡이를 붙잡고 돌아서려고 하는 현 영섭의 옆구리를 있는 힘을 다해서 찼다. 차인 현영섭은 '응' 외마디 소 리를 지르면서 거꾸로 허궁 떨어졌다.

파도가 지나간 뒤

거리로 소풍 나갔던 하인 계집아이가 피가 흥건한 현영섭의 시체를 발견하고 혼비백산하여 순경에게 달려간 것은 공학이가 자취를 감춘 지 한 시간 뒤였다. 이층에 조선 사람이 들어 있다는 말과 현영섭의 시체 옆에 떨어져 있는 일본제 권총, 그리고 현영섭의 윗주머니에서 나온 명 함들과 증명서 등속을 조사해보고 중국 순경은 이 범행은 조선 사람의 소위所爲*라고 단정하였다. 그는 나가서 일본영사관에 전화를 걸었다.

일본영사관에서 무장을 갖춘 관원들과 헌병 두 사람이 현장에 불자동 차와 모터사이렌을 몰아서 온 것은 현영섭이가 이십여 척 되는 데서 거 꾸로 떨어져 즉사한 후 약 두 시간 뒤였다. 중국 순경에게서 일단 설명을 듣고 나서 그들은 우선 시체를 치웠다. 몇 시간 전까지 같이 마주 앉아 서로 이야기하던 상대인지라 손을 대 뒤져보고 조사할 필요도 없었다.

머리가 깨진 것이 분명한 이상 새삼스레 검사를 하기 위하여 위치를 흔들어놓으면 안 될 것도 없었다. 도리어 그들 중 한 사람은 현영섭의 엉덩이 쪽을 발로 밀어 시체를 젖혀보려고 하였다. 마치 죽은 개나 도야 지의 무게를 촉감으로 알아보려는 사람같이—. 흐르는 피를 받기 위하

---

* 소위 : 소행.

여 그들은 현영섭의 양복저고리를 벗겨서 시체의 머리를 둘둘 말았다. 사지를 일으켜 들고 나간 사람들은 현영섭의 동료 조선 사람들이었다. 헌병 두 사람 중에 키 작고 칼을 차지 않은 사람은 불꽃놀이 구경을 하고 들어오는 중국 여자 식구들을 중국 순경을 시켜 소동을 하지 않도록 일러 안으로 들여보내고 문들을 잠그게 하고 발발 떠는 계집아이 하인만을 데리고 다시 이층 철환의 방에 올라가서 서캐 훑듯 샅샅이 뒤졌다. 그러나 이렇다 할 만한 증거품은 아무것도 나오지 않았다. 철환이는 거사하기 전에 필요 없는 문서 등을 모두 태워버리고 중요한 것은 베이징 염사에 갖다 두었고 자기 처소에는 학교 시절 공부하던 서적만을 두고 편지 같은 것도 남겨두지 않고 깨끗이 치워버렸던 것이다. 키 작은 헌병은 불을 끄고 일행을 데리고 내려왔다. 그는 다른 헌병에게 영사관에 가서 별동대를 정거장에 수배하도록 시켜 다른 사람들과 함께 보내고, 중국 순경 한 사람과 조선인 촉탁—방금 현영섭을 들고 나가서 자동차에 실어놓고 들어오는 사람이었다—만 남겼다. 김철환이 돌아오기를 기다리는 것이었다.

중국 계집아이는 여전히 덜덜 떨었다. 집 안에 갇힌 중국 여인들도 무슨 영문인지도 모르고 덜덜 떨면서 창구멍으로 바깥 광경을 내다보고 있었다. 헌병은 주머니에서 은단을 꺼냈다. 과자라도 있었으면 주고 싶었으나 몸에 지닌 것은 은단밖에 없었다. 계집아이는 헌병이 주는 은단을 사양하고 받지 않았다. 헌병은 내밀었던 손을 홀쭉한 허리에 넓은 가죽띠를 두른 중국 순경에게로 가져갔다. 중국 순경은 고맙게 은단을 받아 입에 넣고 씹었다.

헌병은 조선인 관원을 시켜 물을 떠다가 피를 씻게 하였다. 조선 사람은 계집아이가 날라오는 바케쓰를 받아 물을 쏟아 부어놓고 빗자루로 피를 닦았다. 희미한 등불이 안에서 새어 나오는 정도라 잘 닦였는지는 모르겠으나 비린내가 풍기는 것이 물 내가 나는 것을 보면 어지간히 닦인 것을 알 수 있었다. 이럭저럭 자정이 넘었다. 그러나 철환은 돌아오지 않았다. 키 큰 헌병은 할 수 없이 중국 순경과 조선인 관원을 보내고 혼자 철환이 방에 올라갔다. 계집아이는 쫓기듯이 안으로 들어가더니 소리를 내어 울었다.

탕구 역전 큰길에 나와서 서북으로 삼 마장*가량 되는 곳부터 해안이 민 듯하게 모래펄을 드러내고 그 모래밭이 다시 수수밭에 닿은 데가 해수욕장이다. 이름이 해수욕장이지 이렇다 할 만한 설비가 있는 것도 아니고 경치가 좋은 곳도 아니었다. 다만 이 근방이 원천遠淺하고 가까이 어촌이 있기 때문에 며칠 숙박하기 편할 뿐이었다.

그래도 여름 삼복지간이 되면 탕구 시내 사람들은 물론 멀리 톈진이나 혹은 바다가 그리운 베이징인들까지도 이곳을 찾아와서 더위를 피했다. 그럴듯한 소나무 한 그루 없고 기암괴석이 점철된 곳도 아니지만 그래도 해가 지고 으스름달밤 같은 때 수박이나 한 통 쪼개서 수수밭 고랑으로 해서 모래밭에 나와 앉으면 바람도 좋거니와 먼 등대가 명멸하는 게며 검푸른 파도가 철석철석 밀려오는 앞바다에 즈푸芝罘* 등지에서 오는 정기 항로선의 기적 소리랑 들으면 호화로운 피서지에 간 것만 못하지 않은 만족과 정취를 느낄 수 있다.

시간으로 따져본다면 김철환이가 한창 난카이 대학 기숙사 빈방에서 친구와 함께 퉁저우에서 거행할 행사에 대해서 이야기할 때요, 공학이가 현영섭이 올라오는 것을 철환인 줄 알고 밖으로 나갈 때쯤 되어서, 두수와 기숙이는 모래밭을 걸어 나와 물가에 마른자리를 잡고 나란히 앉았다. 낮에 보던 것과는 다른 바다였다. 별도 없는 밤이다. 수평선이 보이지 않고 바다와 하늘이 한데 검게 풀렸다. 기적 소리도 들리지 않았

---

* 마장 : 한 마장은 3킬로미터 남짓.
* 즈푸 : 중국 옌타이(煙臺)의 옛 이름.

다. 다만 일정한 리듬으로 밀어다가 쏟아놓는 파도 소리가 꾸준하게 계속될 뿐이었다. 낮에 본 바다는 허무하게 아득하기는 하나 그래도 해변 위로 시선을 뻗으면 찾아갈 수 있는 것이었다. 그러나 어두움 속에서 죽었다가는 또 이어 살아오는 파도 소리만 나는 바다는, 도리어 사람을 찾아서 자꾸만 깊은 데서 헤어나오는 저승 인간들의 유혹 같았다. 낮에 보는 것과 다를 뿐 아니라 어젯밤에 보던 바다와도 달랐다. 어젯밤에는 달은 없어도 별이 그야말로 바다 밑에 진주와도 같이 저마다 반짝였었다. 칠석이 가까운 은하銀河는 유달리 흰하게 흘러내려 갔다. 파도는 잔물결에 흰 꽃을 피우기도 하고 그 고랑에 별빛을 그대로 심기도 하였다. 별도 없이 어두운 오늘 밤에 불역*에 와서 풀어놓고는 다시 가서 어둠 속에서 한 아름 굵은 선율을 묶어오곤 하는 것은, 아름다운 삶의 향연을 위하여 어둠을 몰아내려고 몸으로써 노력하는 헛된 반주伴奏 같기도 하였다. 바다는 별이 뜨고 안 뜨는 것에 따라서 삶과 죽음의 차이를 가져오는 것일까? 그렇게 바다는 별빛 하나에 왕청한 착각을 일으킬까?

왕청한 것은 마음이었다. 병아리 뒷다리같이 약한 마음들의 소치였다. 바다는 무심하였고 사람은 생각하였다. 결국 바다는 사람의 마음을 점쳤다. 결국 사람의 마음은 바다를 이기지 못하였다. 결국 무심한 것이 생각을 이겼다. 두수와 기숙은 바닷가에 앉아서 부르는 소리 같은 파도 속에 파묻혀 헤어나지 못하고 있었다. 그러는 동안 먼 데서 공학은 무심하게 발길로 현영섭을 찼다. 현영섭은 피를 쏟고 죽었다. 바다와는 아무 상관없는 일이었다. 다만 바다 위에는 아름다운 유성이 흘렀다.

"무슨 생각을 그렇게 하세요?"

오랫동안 아무 말 없이 모래에 아무 의미 없는 글자를 쓰고 있던 기숙은 손을 털면서 바다 쪽을 향한 채 이렇게 물었다.

---

* 불역 : 큰 강이나 바닷가의 모래벌판.

"생각요? 글쎄— 인제 그만 가봤으면—" 하다가 두수는 말을 중단하였다. 기숙이 묻는 말에 대답이 되는 것 같지 않았기 때문이다.

"여관으로요?" 하고 기숙은 머리를 들었다.

"아니요."

"그럼 조선으로 말이에요?"

"톈진으로 인제 그만 돌아갔으면 하고."

"아이 원 참, 톈진으로 뭘 돌아가고 안 가고가 어디 있어요? 여기서 저긴데."

"그야 그렇죠."

"그럼 뭘 그러세요? 그걸 뭘 다 길게 생각하고 그러세요?"

"길게야 뭐, 하지만 온 지도 여러 날 됐고."

"오신 걸 후회하세요? 속아서 왔다고? 제가 속이긴 또 뭘 속여요."

"누가 속였대요?" 하고 두수는 고개를 들었다. 기숙이는 아무 말대꾸를 더하지 않았다. 어둠 속에 그리는 희미한 미소가 기숙의 얼굴에 떠올랐다. 기숙은 두수에게로 바짝 다가앉았다. 왼손바닥으로 모래밭을 누르고 기우듬히 얼굴을 돌려 두수의 턱밑에 쳐들었다. 쫑긋이 벌리고 더 더운 입술을 기다리듯 기숙의 입술은 도사린 거머리 붉은빛을 뿜고 있었으나 다행히 어두운 밤이라 다만 '후' 내부는 입김만이 확실하게 두수의 코를 찔러 자칫하면 아찔하게 하였다.

아무리 기다려도 더 더운 것은 가까이 오지 않았다. 두수는 기숙이를 따라 역시 긴 한숨 같은 숨을 자꾸 쉴 뿐 기숙에게로 가까이 나서지를 않았다. 기숙은 손을 털고 자세를 고쳐 앉으면서 혼잣말같이 "아, 무얼 잃어버리는지 모르는구나" 하고 옹송그리고 앉아 한숨을 쉬면서 엄지손가락으로 모래를 자꾸 찌르고 있었다. 두수도 한숨을 쉬었다. 그리고 기숙이 하는 모양으로 모래 장난을 하였다. 의미 없는 글자를 모래에 쓰다가는 그림으로 만들어보곤 했다. 그러나 아무것도 보이지는 않았다.

바람이 어찌 흔들릴 때마다 짧은 홑옷을 입은 기숙의 몸에서 향기로운 분粉 살 냄새가 풍겨와서 머릿속을 다시 어지럽게 하였다. 두수는 물론 속아서 왔다고 생각할 이치가 없다. 자기가 좋아서 온 것이었다. 기숙이가 병원에 와서 거두절미하고 불쑥 해변으로 같이 가자고 할 때 그는 우선 바다가 그리웠고 그다음에는 모든 시비 판단을 포기해버리고 비용 걱정이라든가 기타 일체의 이해타산 같은 것을 생각할 나위 없이 고개를 흔들었던 것이다.

사람이란 가끔 이렇게 절반 이상 의미 없는 고개를 흔드는 수가 있다. "속이긴 속였어요. 그건 사실이에요. 그러나 더 심하게 속이기보다는 훨씬 나요. 저 자신을 속이는 것보단 말이에요. 날 억지로 속여서 전 혼자 여기 와서 이렇게 혼자 앉아 자꾸만 저를 속이느라고 애를 썼을 수 있었어요. 그러나 왜 누가 무서워서 우정 그렇게 군색스러운 짓을 해요? 값싼 연극이라면 그것도 아주 불건전한 사람들이라면 혼자 애를 태우고 간을 달이고 눈물을 흘리면서 가장 고상하고 가장 깨끗한 체할는지 모르지만 전 그렇게 어렵게 생각할 게 하나도 없다고 생각해요. 목이 말라서 물 좀 달라는 게 체면 차리느라고 그 우물을 그냥 지나가는 사람이죠. 그렇잖아요?" 하고 기숙은 대답이 있을 때까지 돌린 머리를 다시 기우듬히 쳐들고 있었다. 두수는 기숙이 말을 듣기는 들었으나 멀리 또 가까이 첩첩이 포개 들리는 파도 소리를 물리치고까지 기숙이 말을 깊이 이해해서 들어보려는 열정을 갖지 못하였다. 기숙의 자신을 위한 말이거나 간에 말이 길어지면 길어질수록 더욱이 상대가 여자인 경우에는 특히 그것이 뼛속에서 우러나오는 것이 아니라 머릿속에 베껴두었던 지혜를 복습하는 모양으로 피 다루기가 아니면 잔재주를 피워 만들어내는 요설饒舌로밖에 들리지 않았다.

그러나 어떤 경우에든지 반드시 그렇다 하고 단정할 만한 용기는 물론 없었고 도리어 이렇게 생각하는 것은 자기 심지가 굽은 때문이라고 다음 순간에는 자책하는 두수는 "난 그런 것, 저런 것 다 생각한 일 없습니다. 그저 지금쯤 철환 군도 베이징 갔다 왔을 것 같고 하니까 그렇단 말이죠" 하면서 천천히 일어섰다.

젊은 사람이 생각을 던지고 육체로만 돌아갔을 때에는 완전히 어린 아이같이 된다.

이튿날은 구름이 한 점 없는 푸른 하늘이었다. 파도 빛도 새로 다시 유록을 퍼부은 듯하였고 파도 소리도 아무 괴로운 의미를 갖지 않은 대조화음大朝和音으로만 들렸다. 두수와 기숙은 다시 해변에 나와서 엎드렸다.

"밤에 소나기 지나간 거 아세요?" 하고 기숙은 더운 모래에 엎드려 자줏빛 양털 수영복을 통해 올라오는 지열과 반사하는 태양열이 무럭무럭 창자에 배어드는 것을 지그시 눌러 받으면서 이렇게 물었다.

"몰랐습니다" 하고 두수는 대답하였다.

지난밤에도 두 사람이 서로 가까이, 실로 가까이 한방에 가지런히 누웠으면서 멀리, 실로 천 리나 멀리 서로 갈라져 있을 수 있었던 것은 두 사람이 다 완전히 청춘을 소유하고 얼마든지 마음대로 할 수 있었기 때문이었을까? 내 동산에 완전히 자유로 핀 꽃이기에 성급하게 꺾을 필요를 느끼지 않는 이치였던가? 기숙은 그렇지 않았다. 기숙은 기다렸다. 자꾸자꾸 기다렸다. 그러나 아무 손도 그 포도를 따지 않았다. 기숙은 그 짧은 남성에 대한 지식이나마 전면적으로 수정하지 않을 수 없었다. 남성이란 굴레 벗은 말이다. 그 큰 키를 이용해서 울타리 너머로 모가지를 디밀고 두릅같이 연하게 문득문득 나가는 어린 푸른 풀을 잘근잘근 씹어 먹는 짐승으로만 알았다.

그러나 여기에는 또 하나 다른 말이 있다. 굴레를 쓰고 발바닥에 못을 십자가로 박고 눈을 가리고 자기 외의 또 하나 다른 기사騎士를 태우기 위하여 한이 없는 시간을 기다리는 젊은 지혜의 말도 있다는 것을 깨달았다.

"그것도 모르시면서 뭘 생각하신다고 그래요? 전 한잠 못 자고 생각했는데."

기숙은 이렇게 지나간 날 밤 둘이 소리 없이 속으로 울리는 육체라는 그릇의 변주리를 울렸다.

"무슨 생각요?"

"별생각 다했죠. 여름이 가면 가을이 오는 생각, 가을이 가면 어떻게 되나—그런 생각도 하고요. 그리고—."

"그리고?"

"아이 참, 말을 해야 아세요? 말 안 하면 영 모르세요? 뭐 세례 문답이에요?"

학문의 존엄과 냉혹, 청춘의 탐욕과 비상飛翔— 두수는 어지러웠다. 다만 머릿속이 어지러울 뿐이었다. 허리로 불 같은 끓는 피가 강물처럼 철철 흘러서 전신으로 돌아가는 것을 의식하였다. 아— 그는 방법을 발견하지 않고는 견딜 수 없었다. 마침 불연 간에 생각도 하지 않은 웃음이 터져 나왔다. 웃음을 터뜨리고 본즉 사실 모두 우스운 것도 같았다. 차차 기쁨으로 변하는 웃음인 것을 느꼈다. 기뻐서 소리쳐 웃는 것—이 것은 좋은 청춘의 방법이었다. "뭐 세례 문답요? 하하, 이것은 참 기쁜 말이다." 두수는 소리를 내어 웃었다. 오래간만에 웃어보는 홍소였다. 실로 오래간만이었다. 일 년 만인지, 이 년 만인지 모른다. 나중에는 자기 웃음소리가 얼마나 계속되는가 보느라고 우정 소리를 쳐 웃었다. 기숙이도 따라 웃었다. 영문 모르는 웃음이었다. 그러나 좋았다. 해는 높고 바다는 푸르고 모래밭은 더웠다. 그리고 그들은 다시금 젊다는 것을 알았다. 지나가는 아이들도 따라 웃었다. 불역에서 뛰고 드러눕고 물장구를 치는 사람들이 늙은이, 젊은이 할 것 없이 모두 웃고 삶을 즐기는 것 같았다. 저들 중에는 정치가도 있으리라, 돈 많은 사람도 있으리라,

돈 없는 사람도 있으리라, 망명객도 있으리라. 그러나 다 웃는 것 같았고 행복스러운 것 같았다.

"자, 물속으로 들어갑시다" 하고 기숙은 흘러내리는 머리를 고갯짓하여 치켜올리면서 두수의 팔을 끌어당겼다.

"그럽시다" 하고 두수는 선선히 일어났다. 다친 팔을 만져보았다. 다쳤던 기억조차 없으리만치 잘 나았다. 두 사람은 달음질하여 물속으로 헤엄쳐 들어갔다. 한 굽이 높은 파도에 걸려 두 사람은 같이 넘어졌다. 눈을 감고 입으로 물을 뿜고 머리를 다듬어 올리면서 두 사람은 또 웃었다. 두수는 바닷물 속에 들어온 것도 오래간만이었다. 몇 해 만인가, 오 년 만일까, 육 년 만일까? 지난 며칠 물속에 들어섰다고 해도 발을 적시는 정도였다. 몸을 잠그는 정도였다. 몸을 잠가도 목욕통에 들어앉아 몸을 씻는 사람같이 가릴 데를 다 가리고 주위를 두리번두리번 살피는 정도였다. 그러고는 세상 만난 소학생같이 헤엄치는 기숙이를 도리어 부끄러운 눈으로 쳐다보던 그였다.

물속에 잠겨 있으면서도 늘 생각을 하였다. 바다는 그대로 내버려두고 싶었다. 이렇게 뛰어들어 와 매닥질*을 쳐서 바다의 현실을 깨뜨리고 싶지 않았다. 멀리 푸른 전체를 바라보면서 바다의 여실如實을 들여다보고 싶었다.

그러나 오늘은 하늘에 구름이 한 점 없고 육체는 젊다는 것을 다시 깨달았다. 바다의 현실을 여지없이 깨뜨려서 그 속에 잠긴 비밀을 여지없이 알고 싶은 충동을 느꼈다.

"모르세요? 뭘 놓치시는지 모르세요?" 하던 기숙의 말, 그게 밤인가, 그그저께 밤인가 자리에 누워 수수께끼 같은 말을 중얼거리던 기숙이가 무엇을 의미하였는지 알 수 있는 것 같았다.

---

* 매닥질 : 정신없이 마구 되는 대로 하는 몸짓.

"나 따라와봐요" 하고 두수는 몸을 홱 젖혀 반듯하게 누워 발길로 푸른 물을 차면서 그리고 웃으면서 깊은 데로 깊은 데로 미끄러져 달아났다. '따라와봐요. 따라와봐요.' 기숙은 속으로 두수가 한 말을 반복해보고 모랫바닥을 딛고 한참 서서 새로운 발견을 한 사람같이 멍하니 헤엄쳐 달아나는 두수를 바라다보고 있다가 만족한 미소를 붉은 입술로 깨물었다. 그러고는 미끈한 두 팔을 가지런히 내 가르고 두수를 따라 같은 데로 헤엄쳐 들어갔다.

두수는 물결을 휘어 안으면서 몸을 뜨게 하였다. 그리고 헤엄쳐 나오는 기숙을 기다렸다. 기숙은 모로 누워 머리를 들었다 놓았다 하면서 간혹 흰 팔을 내젓기도 하였다. 헤엄쳐 나오다가는 큰 물결 이랑을 만나면 도로 해조海鳥같이 밀려가기도 했다. 그래도 여전히 한 곳을 향해 오는 것을 보고 두수는 바다는 반드시 허무한 것으로만 여길 수 없도록 미더운 생각이 들었다. '나를 따라온다. 팔을 내저으면서 구원을 찾는 손, 고독만이 아니라는 것을 유일한 것만이 현실이 아니라는 것을 알려주기 위한 상징—언어 밖에 있으면서 언어까지 구축해버리고 완전한 이해의 섭리를 다스리는 손.

기숙은 손을 저으면서 내게로 온다. 내게로 오려고 한다. 죽지 부러진 날새가 나뭇가지를 찾듯, 목마른 다람쥐가 포도송이를 찾아 올라가듯 기숙은 나를 찾아오고 있다. 얼마나 애처로운 상징이냐? 그러나 또 얼마나 아름다운 손짓이냐—.'

기숙은 가까이 왔다. 어깨로 숨을 쉬도록 가빠하는 것을 알 수 있었다. 그러나 얼굴에는 조금도 피로한 빛이 없다. 도리어 오디 따먹은 어린애 입술같이 검붉게 질린 입을 크게 벌리고 흰 이빨을 기울어지는 수평선 햇빛에 나란히 반사시키면서 웃었다. 서로 조롱을 하는 것이 아니었다. 서로 이만한 거리를 정복한 기쁨을 혼자로서는 도저히 이루기 어려운—기쁨을 성취한 것을 축하하는 웃음이었다.

"인제 그만 가세요. 못 따라가겠어요" 하고 기숙은 맥이 빠진 목소리로 애원하였다. 그러면서도 바짝바짝 헤엄쳐 다가오면서 웃었다—마치 어미 품 밑으로 기어드는 병아리같이—. 두수는 갑자기 오래 살 속에 묵었던 자기 시험의 기회를 얻은 것 같은 생각이 났다. 그것은 심술궂은 반응이었는지도 모른다. 하여간 두수는 "더 가지 말고 그럼 여기서 장난이나 해봅시다" 하고 숨을 크게 쉬고 나서 양손으로 물결을 끌어당기면서 동시에 하반신을 들고 물속으로 숨바꼭질을 하듯이 들어갔다. 거꾸로 자세를 잡은 채 일직선으로 내려가보려고 하였으나 옆으로 밀리는 수압 때문에 뜻대로 되지 않았다. 파동은 심하지 않아도 은은하게 비틀리고 꼬이는 저류는 고무같이 반발하였다. 그러나 두수는 반발이 심한 단층을 만날 때마다 힘을 들여 발로 물결을 차고 머리를 내리박았다. 눈을 떠보았다. 고기도 해초도 없는 물은 바닥도 들여다보이지 않는 멀뚱멀뚱한 검푸른 물결이 반투명한 유리 속같이 비쳐 눈에 걸릴 뿐이다. '기숙이가 따라 들어오는가' 하고 주위를 살폈으나 자기 팔밖에 움직이는 것이 없었다.

기숙은 숨을 돌려 쉬는 사이에 바다 밑으로 들어가버린 두수가 괘씸하였다. '바다에서 장난이 뭐야 장난이' 하고 기운 없이 몸을 놀렸으나 다음 순간 '역시 가보자. 물밑으로 들어가보자. 그러다가 빠져 죽으면? 알 수 있나 그거야 내가 알 수 있나?'

기숙은 두수가 하는 모양으로 거꾸로 헤엄쳐 내려갔다. 그러나 두수는 눈에 띄지 않았다. 물속에 들어가 십 초 되었을까? 기운이 파한 몸뚱이는 도로 해면으로 뜨고 만다. 뜬 것이 아니라 견딜 수가 없어서 나왔다. 나와서 그냥 머물러 있을 수도 없어 기숙은 해안을 향했다. 뒤를 돌아다보았다. 그러나 두수는 보이지 않았다.

기숙은 고개를 돌리고 한 굽이 높은 물결 이랑에 올라탄 채 밀리는 데까지 몸을 그냥 내어 맡겼다가 다시 오른팔로 물결을 걷어 당기려고 하였다. 그때 두수가 불쑥 옆에 떠올랐다. 그는 젖은 머리를 흔들면서 울음소리 같은 숨을 내어 쉬었다. 쪽 빨아 내린 검은 머리며 눈을 떴다가 감았다 하는 게며 한 손으로 코를 푸는 모양이 볼만하였다. 괘씸한 데다가 기운이 없는지라 아무 경황도 없었지만 하도 꼴이 우스워서 기숙은 깔깔대고 웃었다. 두수도 웃으면서 기숙이와 나란히 몸을 놀렸다.

"무슨 장난이 그래요?"

"왜요?"

"난 물속에 따라 들어갔다가 혼났어요."

기숙의 목소리는 할딱거렸다.

"근데 왜 내가 못 봤을까? 눈을 뜨고 한참 있었는데" 하고 두수는 고지식하게 이야기했다.

"아이 참, 눈을 뜨곤 다 뭐예요? 사람을 그렇게 골리면 어떻게 해요?" 하면서 기숙은 고개를 젖히고 다시 밀어붙이는 물결에 몸을 놓고 내려갔다.

"오래간만이라 숨바꼭질하던 생각이 나서 그랬죠" 하고 두수는 변명했다. 기숙은 꽁한 생각을 유지할 수 없었다. 그는 도리어 될 수 있는 대로 두수 곁으로 가까이 헤엄쳐갔다.

가까워지는 것을 알면 두수는 몸을 될 수 있는 대로 비켰다. 그렇게 하는 것이 반벌거숭이 몸뚱이로의 예의 같았다. 그런 눈치를 알았는지 기숙은 소리를 빽 질렀다.

"아이 전 더 못 가겠어요. 맘대로 하세요" 하고 물 위에 누웠다. 두수는 아무 말 없이 성큼 등을 빼서 기숙의 겨드랑이에 손을 넣었다.

"정말 위험한 장난하네" 하면서 두수는 기숙을 끌었다.

"장난할 기운도 없어요" 하고 기숙은 다시 다리를 놀리기 시작했다. 기숙은 사실 기운이 파하였다. 혼자였더라면 사실 가라앉았을는지 모른다. 두수는 기숙의 몸 반응으로 그가 정말 표정 이상으로 지친 것을 알았다. 그제야 그는 "큰일 날 뻔했네. 그러면서 뭣하러 따라 들어오셨소?" 하고 모로 누워 헤엄치면서 기숙의 초점 잃은 눈을 들여다보았다.

"제가 알아요? 왜 그랬는지."

두수는 더 입을 열지 않았다. 다만 기숙이 겨드랑이에 왼팔을 넣었다가 손을 잡았다가 하면서 기숙에게 힘을 빌려주었다.

처음에는 팔이 서로 꺾이고 다리가 감겨서 도리어 힘이 들었으나 차츰 율동이 고르게 되고 힘이 안 들뿐더러 밀물을 탔는지라 다리를 뻗는 대로 죽죽 나갔다. 기숙은 햇볕이 싫은지 눈조차 감았다. 차차 기운이 회복되었다. 쉬기도 하였거니와 든든한 두수의 팔에 안기며 끌리며 하는 동안에 새로운 저항력이 몸에 생기는 것을 알았다. 이제는 혼자라도 넉넉히 마저 헤엄쳐나갈 것 같았다. 그러나 그는 두수의 손이 당기는 대로 눈을 감고 몸의 율동을 두수에게 내어 맡길 뿐이었다. 한참 만에 눈을 떴다. 두수는 차차 피로한 모양이었다.

"다친 팔을 이렇게 써서 어떻게 해요?" 하고 기숙은 물었다.

"아프진 않지만 그러지 않으면 또 어떻게 해요?" 하고 두수는 도리어 기숙에게 물었다. 기숙은 정색을 하고 묻는 두수의 표정이 우스워서 다시 깔깔거리고 웃었다.

"기운이 나는 게로군요" 하는 두수의 말에 "네, 기운이 나요. 인제 그만 놓으세요" 하고 기숙은 두수의 손을 풀었다. 올려 받치는 물결을 타고 다시 내리 밀렸을 때 해변에는 아이들이 쌓았던 모래성을 허물고 있었다.

모래밭에 나와서 두 사람은 누웠다. 기숙은 지친 뒤끝이라 완전히 몸을 버리고 반듯하게 누웠다. 누가 와서 힐난을 한대도 일어날 생각이 없었다. 쪼이던 해는 수평선에 피하였고 모래는 여전히 더웠고 그리고 옆에는 젊은 사나이가 있었다. 아무 조심할 필요가 없었다. 시장기가 났으나 그렇다고 일어날 생각도 없었다. 눈을 감은 채 가슴 위를 서늘하게 스치는 바람을 될 수 있는 대로 더 받으려고 도리어 사지를 시원히 폈다.

얼마나 시간이 지나갔을까? 눈을 떴을 때는 해가 수평선에 잠긴 뒤였다.

차차 사람들이 흩어져 돌아갔다. 두수는 반듯하게 누워 탈구되었던 왼팔을 만지고 있다.

"아프세요?" 하고 기숙은 물었다. 두수는 고개를 흔들었다.

"배 안 고파요?" 하고 두수가 물었다.

"고파요."

"그럼 들어갑시다."

기숙은 고개를 흔들었다. 그리고 긴 한숨을 내쉬었다. 두수는 더 입을 열지 않고 모래를 긁어다가는 배와 가슴을 덮었다.

"보세요."

"네?"

"제가 그냥 물에 빠져 죽었더라면 어떻게 됐을까요?"

"왜 죽어?"

"왠 왜 죽어요? 혼자였으면 죽었죠."

"……"

"죽었을 테죠?"

"글쎄요" 하고 두수는 가슴에 얹은 모래를 털고 다시 새 모래를 끌어다가는 덮었다. 기숙은 속으로 기가 막혔다. 기가 막힌데 왜 그럴까? 그는 돌아누우면서 힘없이 한쪽 팔을 두수의 허리에 얹었다. 마치 잠결에 돌아눕는 사람같이 아무런 의미 없이―. "모두 장난이군요, 모두" 하면서 기숙은 이윽고 손으로 두수의 배 위에 덮인 모래를 밀어 내렸다. 그러고는 가슴 위에 있는 모래도 쓸어내렸다. 두수의 몸은 볕에 쬐인 조갯살같이 조여들었다. 그러면서 역력히 알 수 있는 흥분을 느꼈다. 흥분하는 자기 머리를 일깨우듯이 그는 "장난요? 어릴 때 장난하던 생각이 나면 장난하게 되지요" 하면서 벌떡 일어났다. 기숙이는 얼결에 따라 일어 났다. 그리고 두 사람의 시선은 멀리 초점을 잃은 채 뿌옇게 마주쳤다. 바람이 한결 서늘하게 일어났다.

그것은 바닷바람이 아니라 멀리 고량 밭에서 오는 뭍바람이었다. 서 늘하면서도 농도가 있는 바람이었다. 주위가 차차 하늘과 바다 빛을 닮 아갔다. 두수는 그대로 앉아 있을 수가 없었다. 무슨 필요가 있어서 구 태여 이렇게 숨 가쁜 시련을 받아야 하는 것인지 알 수 없었다. 잘못하 면 자기 자신에 대해서 책임을 질 수 없게 되는지도 모를 것 같았다.

"자 들어갑시다. 배가 몹시 고프군요" 하고 두수는 일어나서 걷기 시 작하였다. 기숙이는 화가 나서 다시 물속에 뛰어들어 가고 싶은 충동을 느꼈다. 그는 한참 무릎을 안고 있다가 일어났다.

"같이 가세요" 하면서 케이프와 양산을 들고 두수의 뒤를 따랐다.

항구 쪽에서 굵은 기적 소리가 들려왔다. 그것이 수수밭을 지나가는 바람 소리에 걸려서 산골 속에서 우는 짐승 소리같이 들렸다. 깊은 산속 으로 들어오라는 소리 같았다.

그날 밤차로 떠났을 때 기차 기적 소리도 두수에게는 역시 산짐승이 지르는 비명같이 들렸다. 일본 군인들의 구둣발 소리와 창가 소리를 뚫 고 길게 뽑히는 기적 소리는 구원을 찾는 비명같이 들렸다.

찻간에 몸을 서로 기대고 흔들리면서 바닷속의 율동을 다시금 기억 하였다. 그리고 역력한 흥분에서 도망질하려고 하는 것은 어느 짐승의 비명이었을까—하나 며칠 동안 풀렸다 쪼그라졌다 한 육체를 자세대로 바로잡아놓는 것이었다. 바로잡을 뿐 아니라 현실은 바다의 것보다 더 생생하고 핍진했다—.

이튿날 아침 텐진에 내렸을 때 조간신문은 전 시가에 계엄령이 내렸 다는 것을 보고하고 있었다.

철환이가 베이징에 가서 학교 형편을 알아가지고 왔는가? 새 학기에는 베이징으로 가게 되는가? 그렇지 않으면 펑톈으로 도로 가는가? 그렇게도 안 되면 그만 서울로 갈까? 이런 생각만을 하면서 톈진으로 돌아온 두수에게 계엄령이라는 현실은 편주扁舟*를 때리는 태풍과 같은 것이었다. 신문을 날마다 읽지 않은 것은 아니지만 목각木刻 특호 활자를 물 쓰듯 하는 중국 신문의 보도에 흥미를 잃었다는 것까지는 몰라도 어느 정도 에누리하게 되는 습관을 길러온 것이 사실인 터라 또 자기 자신 의식적으로 시사에 관심을 가져보려고 노력하면 노력할수록 사회적으로는 일종의 불구자와 같은 자신의 무기력한 천성이 슬프기도 하여 그만 관중의 사람으로 자기 자신을 말석末席에 스스로 앉혀놓은 채 현실을 멀리 좁혀 바라다보고 있었다. 그렇다고 자기가 이 현실이라는 물을 떠나서 호흡을 할 수 없는 어족의 하나라는 것을 또한 깨달았다. 그것이 더구나 자기가 돌리는 지네미*를 제한하고 또 지배하는 조류潮流일 때는 누구보다도 먼저 반사적으로 반응을 일으키기도 하였다. 물론 그것은 구름이 나직이 드리우면 비 올 것을 알고 미리 마루 밑으로 기어드는 길버러지같이 육체적으로 얻는 반응이 아니고 머릿속에서 일어나는 판단이기는 하지마는―하여간 계엄령이라는 것은 족히 놀라도 좋을 사실이었다.

계엄령의 내력―장저파江浙派 중심의 난징정부南京政府를 부정하는 광둥정부廣東政府에 호응하여 산시山西 이북에서 기회만 보고 있던 옌시산閻錫山*은 유유순준하던 펑위샹과의 제휴에 성공하였고 이보다 앞서 동북군의 관내 진출 도모는 과연 장제스蔣介石*와 합류하자는 것인가, 그렇

---

* 편주 : 작은 배.
* 지네미 : 지느러미.
* 옌시산(1883~1960) : 중국의 정치가. 중일전쟁 중에는 장제스 휘하에서 제2전구(戰區) 총사령관을 지냄.
* 장제스(1887~1975) : 중국의 정치가. 항일전쟁 중에는 국민정부 주석, 중국국민당 총재 등을 맡아 최고권력자로 군림하였으나, 제2차 세계대전 후 중국공산당에 패퇴하여 대만으로 정부를 옮겨 중국국민당 총재로서 대만을 지배함.

지 않으면 북지에 딴 야심을 가진 장쉐량이가 도리어 부친의 유지를 계
승하여 수행하려는 의도인가 하고 적지 않은 의혹을 품고 있던 시유산
石友三은 미리 쑨촨팡孫傳芳과 합류하여서 근자에 와서 반장반봉反蔣反奉을
선언하고 이어 군사행동을 일으켰다. 장제스는 직접 중앙군을 이끌고
북상할 수 없는 처지에 있었고 또 자신이 출마하기보다 북지에 관심을
가지고 있는 장쉐량이를 움직이는 것이 득책이라 생각하였다. 이러한
결론은 얼마 전에 펑톈에서 돌아온 사절 장췬張群, 사오리쯔邵力子의 진언
에 의한 바 적지 않았다.

이리하여 궁경의 장제스는 장쉐량에게 반장군 토벌을 명하였다. 사십
만 대군을 거느린 장쉐량은 만푸린萬福麟을 토벌군 총사령관으로 임명
하고 자신 진두에 서서 관내로 진군하였었다. 시유산 군軍은 산시 군과
합류해서 스자좡石家莊 선에서 동북군과 충돌하게 되었다. 수세를 취하
게 된 동북군은 베이징을 지키면서 더허德河로 해서 톈진으로 나가려고
하였다.

한쪽으로는 조선 사건, 나카무라 대위 사건을 계기로 하여 일어난 배
일排日운동은 각 지방 반일회가 주동이 되어 일화배척日貨排斥을 실행하였
다. 톈진에서도 일본 화물등급제 검사등기를 실시하고 대량의 일인 물
건을 태우고 일본상인을 쫓아내는 등 물정이 소요하였다. 조선 사건이
나 옌시산, 시유산 반동이나 모두 일본군의 사촉唆囑*이라는 결론을 내
린 장제스는 엄중한 단속을 계속해오던 민중운동 금지 해제령을 내리
고 일방 전투가 벌어진 지역에는 계엄령을 내렸던 것이다.

난징정부가 산발적인 민중운동을 묵인한 결과는 급기야 민중운동을
한 개의 커다란 국민운동으로 전개시키고 말았다.

장제스가 볼 때에는 한창 들썩거리는 군벌들의 반장反蔣 기세를 일본

---

* 사촉 : 사주.

이라는 공동의 적을 내세움으로 말미암아 일반 민중의 여론 통일을 꾀하려고 한 것도 있겠지마는 배일운동 그 자체는 벌써 전부터 시작되었던 일이었다. 다만 그것이 이번 완바오 산 사건 이후에 조선 각지에서 일어난 중국인 학살 사건과 나카무라 대위 사건을 계기로 해서 치열하게 표면화한 데 지나지 않았다.

이 배일운동은 각 지방에서 단순한 일화배척운동에만 그치지 않고 점점 실질적인 정치적 투쟁으로 벌어졌다.

결국 칭다오靑島에서는 삼천여 명의 군중이 일본인의 정치적 집단인 국수회國粹會를 습격하여 육십여 명의 사상자를 낸 사건에 빙자하여 거류민 보호라는 명목으로 동경정부는 군함 구마玖摩를 칭다오로 급파하고 남육상南陸相*은 기존 방침대로 관동군에 대하여 소위 긴장령緊張令이라는 것을 내렸다. 관동군이 긴장령이 내리기를 벌써부터 기다리고 있었던 것은 말할 것도 없다. 긴장령과 전후하여 육전대는 벌써 각지로 파견되었고 또 증원부대가 뒤를 이어 일본 본토에서 중국 땅으로 밀려들어 와서 결국 경계 구역 확장이라는 명목으로 교두보를 만들어가고 있었다. 텐진에 3개 사단 병력이 탕구 방면으로부터 새로 집결된 것 같은 것은 실로 계엄령이 내리기 한 달 전 일이었고 자경단自警團이 반일회反日會와 충돌한 것을 방관하고 내버려둔 것도 역시 그들의 기존 방침 중의 한 가지였다.

일일이 예증을 들 것 없이 원래 일본 내각이 군부의 힘에 눌려서 군제軍制 개혁안을 통과시킨 것 한 가지만 보더라도 이 당시 일본 군부가 어느 정도로 철저한 정책을 가지고 있었으며 어떠한 종류의 대외정책을 쓰고 있었는지 알 수 있다.

일본으로 보아서는 난징정부가 한창 공산군의 협공을 받다가 이제

---

* 남육상 : 미나미 지로(南次郎, 1874~1955) 육군장관(陸相)을 가리키는 듯.

다시 반장군을 남북으로 상대하지 않으면 안 되게끔 된 이때에 더군다나 동북 육군 병력의 태반이 북지로 이동이 된 이 기회를 놓쳐서는 안될 것이라고 생각하고 있었다는 것은 그 당시에 계속 발표한 시데하라幣原 외상의 강경한 태도와 언명을 보아도 넉넉히 알 수 있다. 이리하여 북지 일대는 때마침 창장 강 일대를 흙 바다로 만든 수십 년 만의 홍수의 여파에 물심양면으로 상당한 타격을 받고 있는 데다가 엎친 데 덮치는 격으로 동란은 시작되었고 이 틈을 타서 일본의 마수는 도처에 뻗쳤다.

무기미한 긴장상태 밑에 도시는 불길한 말굽 소리에 숨을 죽이고 다만 오고야 말 것을 기다리고 있을 뿐이었다.

말 탄 순경들이 길목을 지키고 서서 방약무인한 태도로 시가를 행진하여가는 일본 육전대의 대오를 울분에 타는 눈초리로 쏘아보고 있었다.

"만몽 이권 회수", "타도 일본제국주의", "일화배척" 등의 포스터가 새로 갈아 그은 먹물을 흘리고 대일 무력항쟁을 절규하는 붉고 푸른 그림이 끌어당기는 늘어진 어깨들이 첩첩이 몰리는 거리거리의 파도—.

중국 인민은 바야흐로 눈을 뜨고 제국주의자의 총부리를 무서워하지 않고 일어나기 시작하였다.

이렇게 물정이 소요한 때에 공부하겠다고 하는 것은 어리석은 노릇이다. 공부할 때가 아니다. 각자가 피로써 싸워야 할 때다. 그러나 나에게 무슨 확호한 지식과 용기가 있는가? 나는 현실에서의 낙오자다. 가자, 집으로나 돌아가자. 돌아가서 제 분수대로 살자—.

두수는 중원공사 앞에서 기숙이와 헤어졌다. 자기 숙소로 가려다가 우선 철환이를 찾아보는 것이 순서일 것 같아서 그는 남고루 쪽으로 발길을 옮겼다.

이별

두수는 철환의 숙소 문을 두드렸다. 그러나 아무 대답이 없었다. 밀어 보았으나 문은 안으로 잠겼다. 안으로 잠겼으면 안에 사람이 있을 터인데 왜 열리지 않을까? 소리를 쳐서 "철환이, 철환이" 하고 불러보았다. 혹 늦잠을 자는가, 조반이 지났을 시간인데 한 사람도 일어나지 않고 늦잠을 잘까? 두수는 한참 더 두드려보다가 그만 자기 숙소로 왔다. 노파가 밧줄에 이부자리를 내걸고 있었다. 집을 지켜준 치사를 하고 방에 들어갔다. 떠날 때와 한모양이었다.

화병의 꽃이 시들다 못해 썩고 있는 것이 다를 뿐이었다. 옷을 갈아입고 밖으로 다시 나왔다. 나와서 생각하니 갈 곳이 없다. 식당에 들어가서 요기를 하고 다시 소제하기 시작했다. 비가 온다고 여기까지 입고 와서 벗어놓은 우장과 신고 와서 벗어놓았던 기숙의 구두가 떠날 때 놓인 자리에 그냥 있었다. 이것들을 어떻게 처치해야 좋을는지 몰라서 한참 망설이다가 구두와 우장을 돌돌 말아서 가방 속에 넣었다. 그리고 화병의 꽃을 들창 밖에 썩은 물과 함께 쏟아버리고 이부자리를 들어내다가 널고 들어와 방을 쓸고 집에 편지를 쓰려고 엎드렸다.

붓을 들게 될 때는 대개 돈이 떨어졌을 때였다. 항상 괴로운 편지였다. 아무리 괴로워도 이 편지는 쓰지 않을 수 없었다. 공부를 계속할 형편이 못 되어서 혹 집으로 돌아가게 되는지도 모르니 돈을 보내달라고 하는 것이었다.

무슨 짓인지 알 수가 없다. 병신처럼 넘어져서 친구에게 폐를 끼치고 그리고 또 병신같이 여자에게 끌려 해수욕하러 가서 돈을 쓰고, 쥐쥐하게* 여자의 뒤나 따라다니면서 철없는 여자의 심심파적거리나 되고 철

---

* 쥐쥐하다 : '꾀죄하다'의 방언.

환이가 알면 얼마나 웃을까? 얼마나 조소할 것인가? 두수는 쓰던 편지를 북북 찢고 한참 앉았다가 다시 펜을 들고 같은 말을 쓰기 시작하는 그때 기숙이가 찾아왔다.

"웬일입니까?" 하고 두수는 황망하게 옷을 주워 입으면서 물었다.

"더운데 뭘 입으세요. 그런데 큰일이 난 모양이군요?" 하고 기숙은 손수건으로 코의 땀을 씻었다.

"왜요?"

"아버지가 그러시는데, 밖에서 들으신 얘기라는데 공 선생이 현영섭이를 죽였다는군요. 한걸 씨가 그러더래요. 그 조칸가 뭔가 된다는 여자 있잖아요? 공 선생이 그 여자한테 밤에 왔더라는군요. 철환 씨 집에서 현영섭이를 총으로 쏘아 죽이고는" 하고 기숙은 요령 없이 들은 대로 두서없는 이야기를 하였다.

두수는 놀랐다. 그러나 이야기를 듣고 생각하면 그럴 법도 하였다. 그러나 어떻게 되어서 철환이 집에서 공학이가 현영섭이를 총살하게 되었을까?

'아― 그래서 문이 열리지 않았구나.'

"그래, 철환 군은 지금 어디 있대요?" 하고 두수는 물었다.

"철환 씨가 아버지한테 와서 그런 얘기 저런 얘기 없이 그저 베이징 가서 운동자금으로 쓸 일이 있으니 돈을 좀 취해달라고 그러더라나요? 그래 아버지가 가만 보시니까 얼굴빛이 시커멓게 된 게 아무래도 무슨 딱한 일이 생긴 것 같아서 대양 천 원을 주셨다는군요. 그리곤 어떻게 됐는지 모르신대요" 하고 기숙이는 흥이 난 사람 같은 어조로 계속하며 "오세요. 우리 신문 지국에 가보십시다. 그 여자 있는 데" 하고 다시 땀을 씻었다.

두수는 쓰다 만 편지를 구겨버리고 대강 걸쳐 입고 기숙이 하자는 대로 한소련을 찾아보기 위하여 집을 나섰다. 가만있자, 혹 내 집을 뒤지면 내겐 뭐 걸릴 게 없는가, 멈칫하고 생각해보았다. 그러고는 다음 순간 어째서 나는 요렇게 조라지게 작고 비겁한가 하고 자책하였다. 철환이가 지금 어디 있는지 그의 앞에 머리가 숙여졌다.

그는 마차를 불러서 기숙이와 같이 올라탔다. 당하세. 환란이면 나도 같이 당하세. 내게 환란을 감내할 용기가 없거든 자네들이 내 목덜미를 끌고 같이 가주게 하고 센티멘털한 감정을 짜내기도 하였다. 그리고 생각하니 자기가 텐진 오면서부터 철환이가 늘 뭐라고 중얼거리던 것이 무엇을 의미하였던 것인지 알 수 있었다.

그러나 죽인 사람은 철환이가 아니라 공학이라는 것은 무슨 이야긴가, 잘못 전한 말인가, 혹 두 사람이 공모한 것인가, 도대체 철환이는 왜 내게 한마디도 이 일에 대해서 구체적으로 알려주지 않았을까, 믿을 수 없다고 생각하기 때문이었던가, 그렇지 않으면 설토할 기회가 없었던가, 기회야 얼마든지 있었지 않았는가, 병원에 들러서 잡지를 던지고 갈 때에도 뭔가 얘기를 할까 말까 망설이다가 그냥 나가버리지 않았던가, 역시 나를 믿을 수가 없다고 생각한 게다, 그렇잖으면 도대체 유치하여서 그런 종류의 설토를 할 만한 상대가 되지 않는다고 생각하였는지도 모른다.

섭섭하다. 철환이 일이 섭섭하다고 생각하면 할수록 자기 자신의 존재라는 것이 슬펐다. 이렇게 기숙이란 여자와 함께 궁둥이를 들썩거리면서 인제 와서야 일이 다 끝난 뒤에 그들 친구의 뒷자취를 따라 달려간다는 일이 한없이 부끄럽고 또 슬펐다. 도대체 언제 일어난 일일까, 공학이가 소련에게 왔더라면 그리고 철환이가 돈 구간하러 신 의사에게 갔다면 처사 후에 두 사람이 만난 것이 분명하다. 잡히지 않고 지금 어디에 두 사람이 같이 있는 모양이다. 무사할까, 모두 같이 조선으로 들어갈 방법이 없을까, 눈이 벌겋게 뒤집혀서 깐죽깐죽 들이덤비는 이 왜놈의 종자들이 그냥 있을까, 그러나 죽은 것이 조선 사람이니까 대단치 않게 여길는지도 모르겠다.

　속으로는 이런 생각 저런 생각하면서도 눈으로는 한 가지밖에 볼 수
없었다. 그것은 사면에 나붙은 배일운동 포스터와 기마순경대의 수효가
부쩍 늘어난 것이다.

　『반도신문』 지국 사무실, 사무실이라고 해야 거리바닥 가겟방 한쪽을
빌려 책상 두 개 마주 놓은 봉당에 두 사람이 들어서자 병원에 신문 배
달하던 낯익은 아이가 기숙이를 보고 아는 체한다.

　"저 계시냐, 아씨 계시냐?" 하고 기숙이는 물었다. 러닝셔츠만 입은 두
어깨가 새까맣게 탄 조선 소년은 '아씨'란 말에 잠깐 눈을 껌벅이다가
곧 "네. 이층에 계시는데 아프세요. 지금 주무시나 봐요" 하고 대답한다.

　"좀 만날 수 있겠니?" 하고 기숙이는 다시 물었다.

　"글쎄요. 얼음찜질해드렸더니 잠이 드셨나 봐요. 깨워드릴까요?" 하
고 소년은 도리어 기숙의 의견을 묻는다.

　"대단하시냐?"

　"대단하셨어요. 헛소리를 자꾸 하시고. 영사관에 가서 하룻밤 주무시
고 오시더니 열이 나셔서 드러누우셨어요" 하면서 소년은 책상 위에 놓
인 주판을 절그럭거리면서 낯선 청년과 기숙이를 번갈아 쳐다보았다.

　"언제 영사관 갔다 오셨느냐?" 하고 두수가 물었다. 소년은 한참 생
각하다가 "나흘 전이죠, 아마. 아니 형사가 와서 데리고 간 건 닷새 전이
로군요" 하고 대답한다.

　"무슨 다른 이야기 못 들었느냐?" 하고 두수는 다시 물었다.

　"무슨 얘기요?" 하고 소년은 반문한다.

　"누가 같이 잡혀가지 않았나, 그런 건 넌 모르니?"

　"우리 집에서요? 아뇨, 주인어른 얘기하시는 걸 들으니까 누구라던가
정거장에서 잡혔는데, 그래서 괜히 불려갔더라고 하더구먼요" 하면서
그는 이층을 쳐다보았다.

"주인어른 어디 가셨니?" 하고 기숙이가 물었다.

"모르겠어요. 날마다 어딜 그렇게 가시는지" 하는 소년의 어투와 표정은 확실히 누워 있는 병자에게 대한 한결의 냉대를 나무라는 것 같았다.

"올라가봐도 괜찮겠지 응?" 하고 기숙은 따졌다.

"괜찮겠죠" 하고 소년은 두 사람을 안으로 난 좁은 쪽으로 인도하였다. 두수는 올라갈 생각이 없었다. 아무리 급한 일이라도 잃는다는 사람에게 이것저것 물어본다는 것이 예의가 아닐 것 같았다. 또 한 가지는 한소련의 앞에서 공학의 이름을 건드리기 싫었다. 그리고 기숙이와 같이 한소련의 눈앞에 나란히 앉고 싶지 않았다. 혼자 왔더라면 하면서도 한마디 의견도 내지 못하고 좁은 판자 빈지문으로 따라 나가서 일단 마당에 내려섰다가 층계로 다시 올라갔다. 소년이 안내하는 곳은 원래 상점 창고 같은 것으로 썼던 넓은 방인데 두터운 마분지로 칸살을 막고 다다미를 깔았다.

한소련은 엷은 무명 요를 깔고 머리를 문어귀에 두고 반듯하게 누워 있었다. 잠이 그냥 들었는지, 탈진이 되어 눈을 감았는지 원래 석고와 같이 흰 얼굴에 긴 눈썹이 유달리 검어 보였다. 아름다운 것이란 저런 것을 두고 하는 말인가 싶게 묘하게 생긴 턱이었다. 머리는 언제 빗었는지 단정하게 쪽진 데로 물기가 없을 뿐 처음 만나서 최경례* 같은 인사를 할 때 보던 것과 똑같은 가르마가 콧마루와 함께 곱게 갈렸다. 다만 구겨진 모시 적삼을 풀어헤친 것이 의외였다. 시원히 드러난 젖가슴, 검붉은 젖꼭지로 돋우어진 아름다운 음영陰影을 그리는 낮은 숨결, 두수는 더 볼 수가 없어서 얼굴을 돌리고 말았다. 소년을 쳐다보았다. 어색하고 엄숙한 장면이었다. 나라와 민족을 위하여 청춘을 내어걸고 어디론가 바람같이 사라진 사랑하는 사람의 곁에서 멀리 떨어져 이렇게 누워서 구르는

---

* 최경례 : 가장 존경하는 뜻으로 정중히 경례함.

육체, 사랑이 떠나간 젖가슴은 영혼이 떠나간 육체와 다를 것이 없었다.

두수가 찾아다니는 대상은 공학도 아니고 김철환도 아니고 여기 드러누워 있는 아름다운 육체인 것 같았다. 그 육체에 더 어려운 문제가 엉켜 있는 것 같았다. 청춘과 사상이 버리고 간 육체, 그것은 희생이 되지 않으면 안 될 다른 한 개의 청춘이었다.

"주무시니?" 하고 기숙은 소년에게 물었다. 소년은 기숙이를 마주 보다가 머리를 돌리고 소리를 높여 "손님 오셨어요" 하면서 소련의 발치로 돌아갔다. 한소련은 눈을 조용히 떴다.

머리맡에 선 사람들이 눈에 띄자 소련이는 반사적으로 저고리를 여미며 가슴을 가렸다. 그리고 머리를 들고 일어나려고 했다.

"그냥 누워 계세요" 하면서 기숙은 소련이 옆에 앉았다. 두수도 한참 기숙이 뒤에서 망설이다가 멀찍이 한구석에 앉았다. 소련이는 굳이 일어나려고 하지 않고 다만 베 홑이불을 당겨 가슴까지 덮으면서 두 사람 쪽을 향해 모로 돌아누웠다. 입술에 핏기가 없을 뿐 소련의 얼굴은 병인 같지는 않았다. 그러나 다시 보면 감았다가 뜨는 눈초리에 정기가 하나도 없는 것이 역시 학질을 앓고 난 사람같이 어쩌다가는 손끝을 바르르 떨기도 했다.

"애매하게 욕을 보셨군요?" 하고 기숙은 인사말을 건넸다. 무슨 말인지 알아들을 수가 없어서 그러는가 소련은 대답이 없다. 다만 잿빛으로 변한 입술에 미소를 그렸다. 이러한 불의의 방문, 이러한 긴치 않은 회화에도 아무런 싫증이 나지 않는다는 것을 표시할 뿐이다. 그 이상 아무 흥도 없고 기운도 없었다. 소년이 세숫대야를 들고 나갔다.

"공 선생이 현영섭이를 죽이셨다죠?" 하고 기숙이는 물었다. 소련은 고개를 약간 끄덕였다. 그러면서 두수를 멀거니 바라다보았다. 무슨 생각이 돌아가는 것일까? 기숙이는 두수의 반응을 살폈다. 두수는 시선을 다다미에 떨어뜨렸다.

"그래 잡히셨나요?" 하고 기숙이는 계속해 질문한다. 소련은 고개를 크게 흔들었다.

"그럼 철환 씨가 잡히셨나요? 정거장에서."

소련은 그렇다고 역시 고개로만 대답한다. 두수의 머릿속에서는 조각조각으로 된 그림이 지나갔다.

일찍이 상상하여보지 못한 그림 쪽들이다. 다다미 발이 죽죽 간 데 그대로 떨어져 있는 그 눈에 철창이 보였다.

"그럼 공 선생님은 지금 어디 계세요? 아세요? 어디 계신지" 하고 기숙이는 또 물었다. 소련은 모른다고 고개를 흔들었다. 그러고는 다시 두수의 이마를 쳐다본다.

"그 뒤로 통 만나지 못하셨나요?" 하고 기숙은 또 물었다.

"누구요?" 하고 소련은 비로소 입을 열었다.

"공 선생님요."

"만났어요."

"만나셨는데 어디 가셨는지 모르세요?"

"네" 하고 소련은 눌린 쪽 가슴이 괴로운지 반대 방향으로 돌아누웠다. 두수는 일어났다. 돌아누운 소련의 뒷목이 머리털에 허옇게 길어 보이는 것이 역시 중병을 치르고 난 사람 같았다. 앞으로 쏠린 어깨로 긴 한숨이 한 번 크게 오르내렸다. 기숙이도 일어났다. 더 앉아 있어야 문병도 되지 않고 도리어 싫어하는 것 같기에 "조섭 잘하세요. 저희는 무슨 소식 듣는 대로 자주 와서 알려드리죠" 하고 돌아서서 나왔다. 두 사람은 소련이가 돌아눕는 것도 보지 못하였고 인사말도 듣지 못하였다.

창밖으로 멀리 맑게 갠 하늘을 바라다보면서 찬 눈물이 소련의 두 눈에서 흘러내리는 것도 물론 몰랐다. 소련 자신도 어째서 눈물이 흐르는지 알 수 없었다. 아픈 것도 슬픈 것도 원통한 것도 아닌 눈물이었다. 그것은 소련의 살 속에 흐르는 피의 일부분이었는지도 모른다. 그 자신 아무런 슬픔도 아픔도 모르는 피—. 다만 생명을 흘리고 있을 뿐인 피—. 그 피가 이제 또 하나의 다른 생명을 흘리기 위하여 싸우고 있다는 것을 소련 자신 몰랐다. 공학은 사랑을 빼앗아갔을 뿐 아니라 앗아버린 소련의 육체 속에 괴로운 씨를 심어놓고 떠나갔다.

철환*에게는 머리가 무겁고 마음이 괴로운 날이 가고 날이 왔다. 창장강 일대에는 홍수가 졌다는데 하늘은 누린내가 나도록 날마다 탔다. 바람 한 점 없는 날이 며칠씩 계속되었다. 흙으로 만든 벽돌로 첩첩이 쌓아올린 도시에서 도피할 수 있는 것이라고는 죽음밖에 없었다. 언제나 끝날지 알 수 없는 복더위는 만주에서 견딜 수 있던 것과는 또 다른 불이었다. 잠이 곤히 들어도 짧은 여름밤은 거의 그냥 밝아버리다시피 하는 괴로운 어둠이었다. 철환이가 잡혔다. 뭐라고 늘 중얼중얼하던 철환이는 소원대로 러시아에 가지도 못하고 잡혔다. 피를 토한다는 그 시커먼 눈동자를 잘 굴리지도 않으면서 딱 버티고 섰던 공학은 어디로 바람같이 도망가버리고 말았다. 소련이라는 여자는 돌아누웠다. 그는 누군가?

두수는 자기의식 밖에서 들리는 자기의 목소리를 들었다. 친구들의 환란 밖에서 백 도를 오르내리는 수은주 뒤에서 머리털이 한 줌씩 빠지는 괴로운 학문에 대한 번민 밖에서 자기를 부르는 소리, 소련이라는 여자를 부르는 자기 목소리를 들었다. 미련한 인간, 나는 별수 없이 미련하기 때문에 눈앞에 보이는 신기루를 믿고 따라가려고 하는 어리석은 인간이다. 우선 돌아가자, 조선으로 가자, 이 초토에서는 도저히 박약한 내 정신으로는 그날그날도 견딜 수 없다. 돌아가서 다시 흙냄새도 맡고 귀에 익은 목소리도 듣고 또다시 들리지 않는 목소리도 찾자.

두수는 며칠 동안 정신 빠진 사람 모양으로 우두커니 앉아서 두서없는 생각만 하고 있었다. 어떤 때는 어서어서 늙어버리고 싶은 생각도 났

---

* 원전에는 '철환'이라고 되어 있으나 '두수'를 뜻하는 듯.

고, 어떤 때는 자살이라는 것도 생각해보았다. 그러다가는 커다랗고 굵은 목소리一, 부친의 낮은 목소리, 모친의 날카로운 목소리 또는 철환이나 공학의 젊고 튼튼한 목소리가 한데 아우성같이 들리기도 하면 그는 다시 사람이라는 것은 결코 혼자서만 살 수 있는 것이 아니라 저 많은 목소리 속에 같이 있어야 된다, 같이 있을 뿐 아니라 같이 살아야 된다, 같이 살 뿐 아니라 같이 일을 해야 된다, 일, 일 그렇다 큰일, 내가 잘사는 일이 아니라 그 큰 목소리들이 부르짖는 그 일一, 아 그것이 무엇인지 모르지마는 어쨌든지 죽어서는 안 되겠다 하고 벌떡 일어났다. 그는 땀이 들지 못하는 새벽 거리를 헤매기도 하였다. 거리는 날마다 더 타들어갔다. 사람들의 짜는 땀이 아니면 이제라도 어디서 성냥 한 개비만 그어대면 불이 일어날 것 같았다. 봉군奉軍과 반장군의 교화, 무엇을 실어서 어디로 가는 비행기인지 날마다 도시 상공을 들볶아놓았다. 반일운동은 완전히 폭동화되어갔다.

어느 날 조간신문은 만철滿鐵 하이청海城 부근에서 열차 전복을 계획하였다는 구실로 일본수비대 대종大宗이라는 군인이 중국인을 총살하였다는 기사가 실렸다. 이것이 만주사변 첫 막을 든 전주곡이었다.

둥베이의 사태는 점점 위태하여가는 것이 신문지상에 역력히 드러났다. 결국, 둥베이 수비를 혼자 맡고 있던 장쭤샹張作相은 베이징에서 반장군 토벌을 지휘하고 있던 장쉐량에게 곧 선양瀋陽으로 귀환하라는 급전을 쳤다. 그것은 일본군의 은근한 압력이 얼마나 드세어갔던가 하는 것을 역력하게 말하는 것이었다.

결국, 두수는 집에서 돈이 오기만 하면 곧 서울로 돌아갈 작정을 하였다.

어느 날 이 말을 들은 기숙이는 "생각 잘하셨어요. 저도 가요" 하고 집에 돌아가서 그는 신 의사를 조르기 시작하였다.

기숙이는 개학이 되었는데도 학교에 나가지 않았다. 머리가 아프다는 핑계로 드러누웠다. 조선으로 가게 해달라고 몇 번 얘기해보았으나 신병휴는 선선히 대답하지 않았다. 조선으로 가는 일에 반대하는 것보다 자기를 떠나가는 일을 즐기지 않았다. 간다면 같이 갈 생각이었다. 또 한 가지는 김철환이가 잡혀 들어갔는데 그 하회를 기다려보지 않고 가겠다는 기숙이의 소갈머리 없는 생각에 노여움이 생긴 까닭도 이유의 하나였다. 젊은 사람에게 대하여 자기 딸의 배반을 자기가 스스로 책임지고 싶은 생각에서 나온 심리적 반동이었다. 나이가 차도 무르팍에서 떠나게 못 하는 부친의 심사도 마땅치 않거니와 김철환이가 큰 욕을 보게 된 일이 마치 자기 잘못으로 된 것같이 생각하는 것을 기숙이는 속으로 코웃음을 치면서 못마땅하게 여겼다. 그런 눈치를 알고 더욱 못마땅한 표정으로 점점 강경한 태도를 취하는 부친이 한없이 미웠다. 그렇다고 별 방법이 있는 것도 아니었다. 기숙이는 며칠을 대면하지 않고 자기 방에 틀어박혔다. 아프지 않던 머리도 자연히 아팠다.

"대체 너는 애비 말을 듣는 거냐 먹는 거냐?" 하고 신 의사는 무더운 이층에서 일부러 트집을 쓰고 누워 있는 딸에게 다시 말을 붙였다.

"몰라요. 전 그만두겠어요. 조선 안 가요. 안 갈 테니 그만두세요" 하고 기숙은 돌아누운 채 내쏘았다.

"그게 애비 말을 먹는 소리야. 그래 어쩌자는 말이냐? 대체 조선 가게 된다면 어련히 내가 갈 때 데리고 가려고. 내가 여기서 죽겠니? 나도 가기야 가지. 하지만 일을 펴놓은 사람이 어떻게 그렇게 훌쩍 일어선단 말이냐?"

"그러기에 누가 간대요, 지금?"

"그럼 학교에 가야 되지 않니?"

"학교 인제 안 다녀요. 그까짓 학교 다녀서 뭐해요?"

"아니 조선 가면 이화전문에 간다면서?"

"그건 조선 가면 그런단 말이죠" 하고 기숙은 자리에서 일어나 얌전하게 앉았다. 신병휴는 속으로 웃음이 나오는 것을 억지로 참고 여전한 어조로 "모르겠다. 너 하는 소리는 타잔 말인지, 막자는 말인지 정말 모르겠다"하면서 딸의 옆으로 가서 앉으며 계속하였다.

"하긴 가는 게 옳아. 그야 옳지. 예서 뭘 하겠니? 아무래도 평생 살 데 가서 살아야지. 하지만 인제 이태만 더 하면 마칠 텐데 그걸 못 참고 별 안간 전학을 한다니 그게 모를 일이란 말이다. 그러나 정 가고 싶거든 내년 봄에 가도록 해봐라. 그때까지 대강 병원 일도 처리될 것 같고 하 니. 잘하면 아주 이사를 해도 좋지."

"어쨌든 학교엔 안 가겠어요. 여기선 학교 안 다녀요" 하고 일어나 화 장대로 걸어갔다.

집에 편지를 한 지 보름이 지나도 돈이 오지 않았다. 두수는 다시 전 보를 쳤다. 무더위는 여전히 계속하였다. 거리는 날마다 소연하여갔다. 그는 철환이와 공학의 소식을 알아보려고 애를 써보았다. 신병휴도 찾 아보고 난카이 대학에도 가보았다. 그러나 신병휴도 철환이에게 돈을 준 것까지밖에 알지 못하였고 난카이 대학에는 조선 학생이라고는 한 사람도 남아 있지 않았다. 한걸이도 다시 찾아보았다. 그러나 한걸이는 베이징으로 가고 없었다. 소련이를 다시 만나러 갔다가 그만 도로 왔 다. 무슨 이유로 만나지 않고 그냥 돌아왔는지 자기도 알 수 없었다. 기 숙이가 가끔 찾아와서 자기도 조선으로 가게 될 것이라고 묻지도 않는 광고를 하곤 하였다. 그러나 두수의 귀에는 구경 간다는 이야기를 하는 아이들 말같이밖에 들리지 않았다. 두수의 표정이 무딘 것을 알아차린 기숙은 "사람이 가고 오는 게 쉬운 일인 줄 아세요?" 하고 일종 힐난을 하였다.

"그게 무슨 소립니까?" 하고 두수는 정색을 하고 물었다.

"그게 무슨 소린 줄도 모르세요? 그럼 여태껏 얘기한 건 다 잠꼬대였 군요" 하고 기숙의 목소리는 약간 떨렸다. 두수는 가늘게 떨리는 기숙의 말소리에 풀이 죽고 말았다.

"글쎄요. 난─" 하는 두수의 말을 채 받아 듣지도 않고 기숙이는 "같이 가자고 못 하세요? 저하고 같이 서울 가자고 못 하세요?" 하고 일어나서 두수에게로 바짝 다가섰다. 두수는 당황하였다. 무엇이라고 대답하여야 좋을는지 몰랐다. 다만 쌔근거리는 기숙의 숨소리가 가까이 들리는 것을 답답하게 생각하였다. 별안간 기숙이는 넘어지듯 두수의 어깨에 두 팔을 던지면서 쓰러졌다. 그리고 소리를 내어 울었다. 두수는 조용히 기숙이를 이끌어 안았다. 기숙이 울음소리는 차츰 어린아이 울음소리같이 변하였다. 그는 드세지도 못한 두수의 팔에 가벼이 실컷 몸을 풀었다. 울음을 그치고 어깨로 이따금 흐느꼈다. 차차 잠이 드는 것 같았다. 그러나 기숙이는 두수의 팔이 그렇게 힘이 세지 못한 것을 알았다. 그는 한숨을 쉬면서 두수의 가슴에서 오는 호흡을 먼바다에서 일어나는 파도같이 느끼고 있었다. 탄력성이 있는 파도를 타고 헤엄치는 것 같았다. 그다지 넓지도 못한 두수의 가슴은 그래도 바다같이 넓은 것 같았다. 잦은 공복과 더위와 요란한 거리, 그리고 다시 만날 수 있을 것 같은 친구들의 생각, 그리고 자기 자신을 매질하면 할수록 커지는 도로감徒勞感─이러한 강압에 눌린 채 끌어안았던 기숙이란 여자의 더운 몸뚱이가 물러간 뒤에 두수는 다시 잊었던 새로운 공허를 느끼기 시작했다. 역시 모든 것 이외의 또 하나의 다른 태양이 녹이고 이개고 빚어내고 끓이는 피와 살의 세계가 자기 안에도 있는 것을 깨달았다. 모든 것 이외의 하나가 아니라 차라리 하나인 육체 안에 모든 것이 있었는지도 모른다. 이것이 정욕인가, 이것이 청춘인가, 이것이 아름다운 것이며, 이것이 생활인가, 나는 이 문으로 들어가야 되는가, 들어가면 과연 그 하나는 아름다울까, 무서운 것 슬픈 것이 아닐까, 들어갔다가는 도로 다시 나오지 못할 세계가 아닐까, 아주 잃어버리는 길이 아닐까, 다시 혼자 나올 수 있을까, 아니 같이 들어갈 수 있는 문일까, 문은 확실히 시커떻게 열린 것 같았다. 그 문은 기숙이란 여자의 육체로 통하였는가, 기숙이의 육체는 영혼으로 통하였는가, 영혼은 과연 육체와 같이 명백한가, 영혼이란 육체의 부담을 지지 않으려고 하는 도피가 아닌가, 육체의 길은 육체 이외에 다른 길로 뚫렸는가, 내 상상이 사실이 아니면 결국 기숙이란 여자는 부드러운 육체에 지나지 않는 것인가, 사랑, 사랑, 아, 그렇다 그 여자, 돌아누운 한소련이라는 여자가 있다. 그 사람의 육체는 아니 몸은 아니 얼굴은 어떻게 생겼던가, 아름다웠던가, 어떻게 아름다웠던가 다시 보았으면, 멀리서 보고야 알 수 있나 가까이 보아야 할 것이 아닌가, 만져보아야 할 것이 아닌가, 안에 들어가봐야 할 것이 아닌가, 어디로—기숙이가 열어놓은 문으로, 아 기숙이가 열어놓은 문은 기숙에게로 들어가는 문이 아니었구나. 그리로 들어가면 그 여자가 한소련이가 기다리고 기다리고 있다는 말이로구나. 말만이 아니라 그게 사실이다—두수는 저녁 거리에 나섰다. 약간 서늘한 기운이 도는 거리였다. 그는 아무 작정도 없이 『반도신문』 지국으로 갔다. 그러나 문을 열 용기가 나지 않았다. 한참 길가에 서서 서성거렸다. 길 가는 사람들의 시선이 자기만을 쏘아보는 것 같았다. 그는 용기를 내어 문을 열었다.

소년이 반색을 하고 맞이한다. 두수는 짐짓 "주인어른, 베이징서 오셨니?" 하고 물었다. 소년은 아직 돌아오지 않았다고 대답한다.

"그럼 저, 아주머니 저, 이층에 계신 어른 계시냐?" 하고 두수는 더듬거리면서 물었다. 소년은 고개를 쳐들면서 "안 계셔요. 조선으로 가셨어요" 하고 대답한다. 두수는 속으로 놀랐다. 더 할 말이 없었다. 그는 인사를 하고 밖으로 나왔다. 한참 걸어가다가 다시 돌아왔다. 소년이 문을 열고 내다보고 있었다. 그는 소년의 앞에 선뜻 다가서면서 태연하게 "조선 어디로 가셨는지 아니?" 하고 물었다.

"서울로 가셨어요" 하고 소년은 대답하였다.

"서울 어디로 가셨는지 아니?" 하고 두수는 다시 물었다. 소년은 고개

를 흔들었다. 두수는 소년과 작별하였다. 거리로 중국보안대가 행진하
여갔다. 그들이 지나간 뒤에 뿌연 먼지가 어두워가는 거리 위로 날려 올
라갔다.

기숙이는 부친에게서 조선으로 가도 좋다는 승낙을 받았다. 승낙은
조건부였다. 신 의사도 같이 따라간다는 것이다. 전 가족이 이사를 하게
된 것이다. 혼자 가거나 같이 가거나 기숙이는 하여간 좋았다. 혼자 가
기보다 모두 이사를 하여간다는 것이 차라리 좋았다. 기숙이는 부친의
승낙이 떨어지자 그 자리에서 곧 일어나서 나와 두수를 찾아갔다. 두수
는 짐을 싸고 있었다. 기숙이는 깜짝 놀랐다.

"왜 짐을 싸세요?" 하고 기숙이는 물었다.

"집으로 가려고요" 하는 두수의 목소리는 표정 없는 얼굴빛과 같이
아무 감동이 없다.

"혼자 가세요?"

기숙이는 어이없는 어조로 또 물었다.

"네."

"그래요—" 하고 기숙이는 어이없이 섰다가 "저도 가게 됐어요. 아버
지하고요, 모두 이사한대요" 하고 자기의 기쁨이 나누어질 것을 믿고 웃
으면서 말했다. 그러나 두수의 표정에는 아무런 변화도 없었다. 뒤숭숭
한 아니 섭섭한 꿈을 깬 사람의 표정이었다. 기쁘지도 슬프지도 차지도
덥지도 않은 감정의 휴식이 계속하는 멀건 표정이었다.

"그래요" 하고 두수는 손의 일을 거두며 말대답을 할 뿐이다. 기숙은
어이가 없었다. 저 사람의 마음속에서 어떤 측량할 수 없는 변화가 생겼
는가, 집에서 무슨 상서롭지 못한 소식이 왔는가, 짐을 싸는 것을 보면
돈은 온 모양인데, 캉 위에 바로 밀어놓은 자기의 신발과 레인코트가 처
량하게 보였다. 설사 집에서 불길한 소식이 왔다고 하자, 그것과 나와

무슨 상관이 있는 것일까, 내가 왜 그런데 비중比重이 될 것인가, 얼싸 안고 기뻐하여주어도 흡족하지 않을 터인데 저 사람은 등을 어디에 대고 섰는가, 기숙이는 달려들어 두수를 흔들어놓고 싶었다. 그러나 참았다. 참은 것이 아니라 자연히 참아졌다. 두수의 표정은 없으나 조용한 거동이 엄숙하게 보였기 때문에 몸부림을 칠 엄두가 나지 않았다. 기숙이는 조용히 목소리를 떨구고 처음으로 "두수 씨" 하고 울음 섞인 목소리로 물었다. 두수는 돌아섰다.

"제가 보기 싫으세요?" 하면서 기숙이는 두수의 앞을 막아섰다. 두수는 묶다가 만 고리짝 위에 걸터앉았다. 무엇이라고 대답하여야 좋을는지 알 수 없었다. 그는 머리를 떨어뜨린 채 아무 말도 하지 않았다. 오랜 침묵이 계속되었다.

"장난이었어요. 제가 어리석었어요. 안녕히 계세요" 하고 기숙이는 캉 위에 놓인 자기 구두와 우장을 집어 들고 나가버렸다. 두수는 기숙이가 나간 뒤에 천천히 일어나 다시 짐을 싸기 시작했다.

두수는 짐을 꾸리다 말고 우두커니 섰다. 탈구가 되었던 팔이 아팠다. 만져보면 원래 여윈 약한 팔이었다. 여름내 땀이 빠진 긴 팔 끝에 앙상한 다섯 손가락이 자기 것이기에는 너무도 길어 보였다. 두수는 긴 한숨을 지었다. 들창 밖으로 주인 노파가 하수구에 물을 버리는 모양이 내어다보였다. 흰 머리털은 빠지다 말았는지 잘랐는지, 구부렸다 펴는 허리는 산허리를 넘는 앙상한 나귀의 등같이 보였다.

두수의 눈에서는 눈물이 흘러내렸다. 언제 흘려보았던 눈물인지 알 수 없다. 눈물이 흐르면 목구멍으로는 슬픈 피가 고여 올라왔다. 고여 올랐던 슬픈 피가 내려가면 저리던 가슴속이 후련한 것 같았다. 아등아등 기어오르려고 하던 쓸데없는 손. 따라가면 돌아눕던 두둑한 한소련의 어깨와 어깨를 흔드는 숨소리, 그리고 왜걸왜걸 지껄이던 신기숙의 타는 눈동자 속에 몇 번이고 빨려들어 가다가는 나오던 자기의 속이지 못할 약한 육체에서 푸드덕거리며 날아 나오던 부나비 떼, 그리고 배고 픈 것과 꿈속에서까지 중얼거리던 철환의 허다한 설법들―이러한 모든 것이 잠시 후련한 공허만을 위하여 넓은 자리를 피하여주는 것 같았다.

두수는 집에서 온 전보를 다시 펴보았다.

"부친 사거死去 삼백 원 안전은행 추심."

부친이 세상을 떠났다. 반듯하게 천장을 향하고 누웠던 부친의 얼굴 이 눈앞에 떠올랐다. 각혈을 하고 나서 소금을 먹다 말고 반듯하게 누 워서 천장을 쳐다보던 부친의 곱게 늙은 좋은 얼굴이었다.

"공동을 하지 말아" 하던 그 목소리는 대대로 굵은 박 씨 집 목소리 였다.

"너는 도척 같은 놈이다. 앓는 애비 시탕을 하지 않고 공부하러 간다 고 떠나가는 너는 도척 같은 놈이다" 하고 농담도 진담도 아닌 모친의 목소리도 다시 들렸다. 박 씨네의 굵고 낮은 목소리를 찢어 가르는 안 동 김 씨의 높고 날카로운 목소리였다. 부친의 굵고 낮은 목소리를 찢 기도 하고 누르기도 하던 김 씨네의 오래 세련된 목소리였다. 그러나 한 번도 이겨본 적이 없던 목소리였다. 한 번도 굵고 낮은 박 씨네의 기름 같이 부드러운 목소리를 이겨보지 못한 영원한 복종이었다. 이제 복종 하는 목소리만 남았다. 모든 것에 판단을 내리던 목소리는 다시 들리지 않을 것이다. 모든 목소리 위에서 항상 높이 들리던 그 낮은 목소리는 이제 끝이 났다.

"공동을 하지 말아!"

두수는 이 말이 마지막 유언 같은 것이 되고 말 줄은 꿈에도 몰랐다.

더위도 선뜩 가신 날 이상하게 뿌연 안개조차 흐르는 어느 날 아침. 아, 잤던가 말았던가 며칠 동안이었던가―.

두수는 다시 톈진 특일구 다롄 마두에서 인천으로 가는 직항선이 떠날 동안 날로 거칠어가는 이 도시의 관문으로 불안한 짐짝들이 들어오고 또 나가는 부두에 서서 요란한 사람들의 굵고 낮은 그리고 날카롭고 부드러운 목소리를 듣고 섰었다. 요란한 목소리는 굴속에서 터져 나오는 미친바람 소리같이 들리기도 하였다. 그것은 또 마지막 뼈다귀까지 태워버린 재를 날리는 사막에서 일어나는 바람 소리 같기도 하였다. 이 소리 속에서 두수는 여러 번 머리를 숙였다. 여러 번 머리를 드는 기숙의 얼굴이 안갯속에 먼 그림같이 찍히는 것을 보고 있었다.

일, 이등 손님이 다 올라가고 나서 구중중한 중국인 남녀들이 보따리를 안고 혹은 어린 것들을 등에 걸메고 통찬으로 오르기 시작할 때 두수는 기숙이 앞으로 가까이 다가섰다. 기숙이는 목을 잘근 돌려 감은 보랏빛 지지미 블라우스에 쪽빛을 퍼뜨린 대마지 스커트를 전보다 훨씬 늦춰 입었다. 블라우스 가운데 총총하게 한 줄로 늘여 단 보랏빛 단추 여러 개가 늘어뜨린 두 어깨에서 가지런히 내려 드리운 불룩한 소매로 길게 손목까지 내려와서 역시 잘근 화판花瓣같이 핀 것이 한가지로 두수의 눈에 몹시 의식적인 의장衣裝같이 보였다.

낮은 샌들을 신고 손에 든 것은 역시 쪽빛을 풀어 들인 대마지 손수건밖에 없는데 어찌하여서 기숙이는 균형을 잃은 듯이 가끔 반듯하게 가라앉은 어깨를 구부렸다 폈다 할까, 몸을 쭉 펴서 고루 잡고 짙은 안개 연기를 피하려는 눈시울이 움직이는 것인가, 가물가물 흐린 물결이며 시커먼 배 허리며 오르내리는 사람들을 보다 말다 하다가 "배가 퍽 크군요" 하고 입을 열었다.

"네. 올 때 탔던 것보다 큰가 봅니다" 하고 두수는 동의하였다.

"며칠 걸리죠? 인천까지" 하고 물으면서 기숙은 손수건으로 손등에 내려앉은 안개 연기를 조심히 닦았다. 마치 포물선으로 구운 도자기의 물기를 닦듯이―.

"이틀! 풍랑을 만나면 좀 늦어질는지 모르지요."

"발해渤海에도 풍랑이 심한가요?" 하면서 기숙이는 눈썹에 내려앉은 안개 연기를 쪽빛 대마지 손수건으로 닦았다.

"글쎄요. 알 수 없지요."

"가봐야 하는군요."

"그렇죠."

한참 침묵이 흘렀다. 이윽고 기적 소리가 났다. 수수밭 고랑 뒤에서 들려오던 기적보다 훨씬 불기운을 많이 품은 소리였다. 퉁촨으로 들어갈 사람들도 다 배에 올랐다. 두수는 모자를 벗었다. 그리고 가벼운 인사를 하였다.

"공부 많이 하십시오. 그리고 편지하세요―. 아 제가 편지 쓰지요" 하고 두수는 몇 걸음 뒤로 물러서다가 아주 돌아서서 빈 깽웨이로 올라갔다.

기숙이는 긴 한숨을 크게 내쉬었다. 콧속에서 덥고 또 찬바람이 일었다. 기숙이는 배가 곧 떠나기를 바랐다. 그러나 배는 곧 떠나지 않았다. 두수는 모자를 벗어든 채 뱃전에 섰다. 한참 만에 기적이 다시 울렸다. 배가 강벽江壁에서 떨어져나갔다. 흐린 바이허 동남쪽으로 움직여 내려갔다. 기숙이는 다시 눈썹에 내려앉은 안개 연기를 손수건으로 닦았다.

멀어지는 배 모양은 그리 아름답지 못한 화물선 종류였다. 그러나 갑판 위에 흰 양복을 입고 선 사람은 검은 배와 조화가 잘되었다. 기숙이는 두 눈 속으로 흘러들어오는 안개 물방울을 자꾸자꾸 쪽빛 손수건으로 씻었다. 그래도 두 눈은 마르지 않았다. 기숙은 자꾸자꾸 손수건으로 눈을 닦았다.

어머니와 아들

배는 풍랑 없는 바다를 건넜다. 밖에도 날은 흐렸으나 바다는 비교적

고요하였다. 두수는 밤낮을 거의 갑판에서 보냈다. 아무 희망도 없는 시간이었다. 몸둘 데를 찾을 수 없는 시간이었다. 한참씩 앉았다가 일어나 걸어 다니기도 하여보았다. 암만 걸어도 십여 평밖에 되지 않는 갑판 속이었다. 풍랑이라도 높이 일었으면 하고 기다리고 싶은 생각이 나는 것을 걷잡을 수 없는 무료한 시간이었다. 하늘빛도 바다 빛도 헤아릴 수 없는 칠흑 속을 뚫어가는 시간과 시간에 시시각각으로 부딪치는 물결 소리를 타고 가는 걷잡을 수 없는 무료감은 자꾸자꾸 시간 밖으로 뛰어넘어 가려고 하였다. 뛰어넘어 가서는 죽음 속으로 들어가려고 하는 정신이었다. 죽음—그것이 커다란 것의 넓고 깊은 품속에 안긴다는 말같이 이해되는 것도 이렇게 바다에 뜬 영혼이 자기도 모르게 찾는 의욕인지도 모른다. 방막한 광무廣袤*를 다 포섭하려고 하다가 기진맥진하고 쓰러지는 정신의 패배, 그것은 죽음에서 가장 가까운 상태에 있는 삶의 정지, 항상 흐르지 않는 삶의 정지의 표상인 바다는 죽음에 가장 가까운 것이기도 하였다.

바다는 여전히 고요하였다. 고요한 바다에 누운 사람들은 대개 어지럽지 않은 평화스러운 잠을 이룰 수 있었다. 쫓겨나온 조선 땅으로 저 중국인 남녀들은 무엇하러 또 들어갈까? 조선이 그렇게 좋은가? 거기에 묻어주지 못하고 온 뼈가 있는가—.

두수는 슬펐다, 그러나 울음은 나지 않았다, 생각이 지리멸렬하기 때문일까, 아무렇게 생각을 모아보아도 죽음을 똑똑히 생각할 수가 없었다. 죽음, 부친의 죽음, 다시 모든 죽음이라는 것을 아무리 생각해도 알 수가 없었다. 어떻게 되면 죽음이 오는 것인가!

그러다가도 그는 부친의 목소리를 들었다. 아, 이 목소리가 이제 더 들리지 않을 것이구나. 목소리가 다시 들리지 않는다는 것, 두수는 죽

---

* 광무 : 넓이.

음이 무엇인지 알 수가 있었다. 그래도 울음은 나오지 않았다. 슬픔이란 얼마든지 있을 수 있는 것이 아니다. 슬픔이 있다면 그것은 저기 시시각각으로 물결을 밀고 나가는 시간같이 내 밖에서 내 기쁨을 시시각각으로 물리치고 나가는 시간이 아닐까, 다른 데 있는 나의 외로운 것, 이것이 슬픈 것이 아닌가?

아 요망한 나는 죽음을 앞에 놓고 무엇을 피 다루고 있는가, 한마디 말도 들어가지 않아야 될 존엄한 죽음을 놓고 나는 무슨 잡된 정신적 장난을 하고 있느냐?

두수는 캐빈 어귀에 있는 세면소에 가서 세수를 하려고 하였다. 그는 거울 속에 비친 자기 얼굴을 보고 깜짝 놀랐다. 거울 속에 비친 자기 얼굴은 알아볼 수 없으리만치 변하였다.

시커멓게 죽은 살빛, 눈은 쑥 들어가고 눈동자는 죽은 생선 눈깔 같았다. 콧구멍이 훤히 들리고 입술을 놀리던 비뚤어지는 살점, 오래 면도를 대지 않은 동안에 자란 수염이 시커멓게 돋아난 것이 가시를 뽑는 황토 같았다. 황토와 같이 죽은 얼굴, 그러나 다시 어찌 보면 휙 비치는 부친의 모습이 거울 속에 지나갔다. 두수는 다시 자기 얼굴을 쳐다보는 것이 두려워서 세수도 하지 않고 다시 갑판으로 나왔다.

인천에 들어온 것은 해가 저물어 이슥해서 언덕 위에 전등불이 총총하게 드러나기 시작하여서였다. 두 팔을 벌리고 맞아줄 아무런 까닭도 없는 고향 언덕이었다. 그러나 결국은 다시 돌아올 수밖에 없는 땅이었다.

이태 반 만에 듣는 고향 사람들의 말소리, 부두에서 주고받는 욕지거리의 높고 낮은 억양, 그리고 그전보다 훨씬 부피가 크게 들리는 일본말 소리의 파도. 두수는 어리둥절, 무엇에 밀리듯이 하인천역下仁川驛에 와서 얼마 있지 않아 떠나는 기차에 몸을 실었다. 그는 서울에 와서 내릴 때까지 걷잡을 수 없는 자기 반발을 누르고 어디론지 끌려가는 사람같이 빠른 기차의 속력을 정신적으로 저항하고 있었다. 그러나 아무리 저항하여도 그것은 의미 없는 일이었다. 그것은 비겁한 정신을 더욱 비겁하게 할 뿐이었다.

정거장에 내렸을 때, 무기미한 불빛과 불빛이 드러내는 차디찬 벽돌 사이에 죽어 누운 공간이 그를 맞이하는 것이었다. 도무지 고향 같지 않은 곳이었다. 어찌하여 발길은 선뜻선뜻 내키지 않을까, 전차를 버리고 어두운 박석고개를 넘어가면서 그는 고단한 것도 아니었건만 몇 번 길 복판에 우두커니 서서, 병원 쪽에서 오는 알지 못할 엄습을 막고 동물원에서 들려오는 짐승의 소리를 듣곤 하였다.

죽음이 들려 나간 집, 다시 들리지 않는 음성을 찾지 않으면 안 될 집, 그러나 아직도 살아 있는 어머니의 집으로 들어가는 것이 어찌하여서 이렇게 두려운 것일까, 그러나 아무리 저항하여도 그것은 의미 없는 일이었다. 그는 결국 어머니의 집으로 오고 말았다.

대학병원 뒷담, 막다른 골목에 있는 자기 집 널대문은 잠겨 있었다. 희미한 외등 아래 걸려 있는 하숙옥下宿屋 영업 목패가 여전히 붙어 있었다. 몇 해를 두고 비에 씻기운 목패였다. 세상 떠난 부친의 성명 석 자가 흐리다 말고 그대로 남아 있었다. 두수는 가방을 땅에 놓고 한참 동안 목패 앞에 섰다. 빗물에 씻기우고 햇볕에 낡은 역력한 부친의 필적이었다. 텁텁하고 정직한 글씨였다. 목패에도 부친의 성명 석 자가 쓰여 있었다. 그것은 형사들이 늘 따라다니던 문패였다. 역시 텁텁하고 정직한 필적이었다.

문패 옆에는 숭사동崇四洞 몇 번지 '의' 몇 호라고 쓴 또 하나의 문패가 있었다. 국문으로 집어넣은 '의' 자 토는 예전대로 그 자리에서 고집하고 있다. 그러나 아무 쓸데없는 고집이다. 그는 고집을 하다 말고 세상을 떠나고 말았다. '의' 자 토를 지키고 하숙옥 영업 목패를 남기고 부친은 가버리고 말았다.

두수는 주먹으로 널빤지 문을 두드렸다. 문간방에서 늦게까지 앉아 공부하던 학생이 누구냐고 소리를 치면서 나왔다. 두수는 갑자기 슬펐다. 그는 조용한 말소리로 문을 열어달라고 청하였다. 학생은 빗장을 벗겼다. 문간에 서 있는 젊은 손을 보자 즉각적으로 이 집 아들이라는 것을 알아차렸는지 학생은 두말없이 비켜섰다.

두수는 목례를 하고 안으로 들어갔다. 부엌에서 희미한 불빛이 새어 나왔다. 그는 부엌문을 조용하게 열었다. 부엌 마루에서 모친이 콩나물을 다듬고 있었다. 두수는 발을 더 옮기지 못하고 섰다. 마주 열린 부엌 문간에 불빛을 받고 서 있는 사람을 보자 모친은 벌떡 일어났다.

"명식 엄마야!" 하고 모친은 딸의 이름을 부르면서 부뚜막으로 해서 아들에게로 달려왔다.

두수는 문턱을 넘어섰다가 부뚜막에 주저앉았다. 그리고 가까이 와서 팔을 내미는 모친의 작은 발등을 붙들었다.

모친이 부르는 소리를 듣고 두수의 누이는 안방에서 자다가 빈지문으로 해서 부엌 툇마루로 나왔다. 그는 부뚜막에 앉아 서로 붙들고 흑흑 느껴우는 모자를 보고 어찌할 바를 모르고 마루에 그냥 서 있었다. 두수는 부둥켜 쥐고 있던 모친의 무릎에서 손을 떼었다. 그리고 얼굴을 떨어뜨린 채 그대로 흐느꼈다. 그는 아직 모친의 얼굴을 똑똑히 쳐다보지 못하였다. 터져 나오는 울음을 죽이느라고 애를 쓰는 모친의 고민을 헤아리면 심줄을 당기는 것 같았다. 그는 막히는 숨결에서 간신히 끌려 나오듯 하는 울음소리를 듣고는 도저히 그 얼굴을 쳐다볼 용기가 나지 않았다.

한참 만에 그는 얼굴을 들고 치마 끝을 당기어 눈물을 씻는 모친의 아직 그리 늙지도 않은 점잖은 얼굴을 처음으로 똑똑히 쳐다보았다. 그 얼굴 옆에 항상 가까이 같이 보이던 부친의 얼굴은 보이지 않았다. 툇마루 위에 선 누이의 둥근 얼굴이 희미한 전등불 밑에 누렇게 커다랗게 두 사람을 지키고 서 있는 것을 보았다. 두수는 자기 누이가 친정에 와 있는 것을 모르고 있었다. 주근깨 돋은 둥근 누이의 얼굴이 건강한 탓인지 부은 탓인지 윤곽이 커 보였다. 그 얼굴에도 거울 속에서 휙 비치고 지나가던 자기 얼굴 뒤에 어른거리던 부친의 모습이 역력히 드러나 있었다. 두수가 멀거니 쳐다보자 누이는 두 손에 그 커다란 얼굴을 파묻고 소리 없이 울기 시작하였다. 조용하게 몸부림치는 둥근 어깨, 두수는 또한 소리도 내지 못하고 땅을 치듯 하는 젊은 오열을 들었다. 희미한 전등불에 드러난 어려운 살림살이 속에 이렇게 한데 모인 세 사람의 말 없는 재회는 이것이 마지막 모임인 것같이도 생각되었다. 죽음에서 그렇게 멀리 떨어져 있지도 않은 운명의 등불 같았다.

"올라가자" 하고 딸을 앞세우고 샛문으로 들어갔다. 두수도 따라 들어갔다. 낯익은 방이다. 낡은 장롱이며 때 묻은 이불들이며 달라진 것이 별로 없다. 누이 옥순玉順이는 스물다섯 살, 사 년 전에 홍원洪原으로 시집을 갔었던 것이다. 옥순이는 방 한구석에 가서 아직도 울고 있었다. 두수는 그의 곁에 섰다. 머리를 풀고 서 있는 것을 두수는 처음으로 알았다. 새로 지어 입은 긴 광목 치마저고리도 비로소 눈에 띄었다. 어느새 땟물이 낀 그 치마저고리에서 오는 새 천의 구리텁텁한 냄새가 풍겼다. 두수의 목에서는 다시금 설움이 복받쳐 올라왔다. 더운 눈물이 비로소 그칠 줄 모르고 흘러내렸다.

두수는 모친 앞에 가서 절을 하였다. 모친은 머리를 약간 굽혔다. 슬픔을 이기려고 애를 쓰는 강파른 얼굴에 푸른 심줄 같은 그림자가 어리었다. 모친은 다시 치마 끝으로 흘러내리는 눈물을 씻었다. 상복도 아닌 낡은 모시 치마였다.

"앉아" 하고 두수는 옥순이더러 같이 앉으라고 권했다. 옥순이는 구석에 앉았다. 시집을 가서 새로 자기의 삶을 마련한, 완전히 독립한 누이였건마는 초췌한 그의 모습은 자기 자신보다도 더 외로워 보였다. 두수는 물론 자기 누이가 남편과 이혼을 하고 친정에 와 있다는 것은 꿈에도 몰랐다.

"저 방으로 가자" 하고 모친은 다시 일어났다. 두수는 모친을 따라서 마루로 나가서 건넌방으로 들어갔다. 칸살이 작은 두 칸 방, 부친이 마지막으로 이사를 와서 마지막까지 쓰던 방이다. 뒤집어 세운 여덟 칸 병풍 안에 모신 간소한 영상에는 불 꺼진 촛대, 과일 담긴 백자 접시, 그 뒤에 희미한 부친의 사진이 놓여 있었다. 두수는 영상 앞에 놓인 소반 앞에 부복하였다.

울음도 나오지 않았고 슬픈 것도 느낄 수 없도록 머릿속이 텅 비고 만 순간이다. 그는 고개를 쳐들고 재가 소복한 보시기에 분향을 하고 술을 따라 부어 올리고 재배를 하였다. 평생에 입에 대지도 않던 부친에게 술을 부어 올리는 것은 아무리 생각하여도 어찌 된 일인지 알 수 없었다. 그는 다만 법이라니까 법대로 하였다. 죽은 사람에게 다할 수 있는 산 사람의 도리와 법은 술을 부어 올리는 길밖에 다른 방법이 없었다. 향을 피우고 술을 부어 올리는 것은 세상을 떠나간 사람에게 다하는 산 사람의 도리인 동시에 그것은 또한 죽음을 이어 삶으로써 대수를 이어가는 맹세를 하는 도리였다. 학생 치기 하는 모친과 동생들에 대하여 절대의 책임을 지겠다고 스스로 나아가서 맹세를 하는 분향과 헌작獻酌이었다. 현실에서 도저히 용납이 되지 못하는 이질적인 박 씨네의 피를 이어서 다시 도저히 용납되지 않는 현실과 싸울 수밖에 없다는 각오를 표시하는 아룀이었다. 부친은 한 십 년 전에 뇌빈혈을 일으키고 나서부터 거의 반병신에 가까운 사람이 되었다가 마지막에는 중풍을 겸하고 한참 앓다가 세상을 떠났던 것이다. 모친과 누이가 방에 들어오지 않고 마루에 앉아 있었다. 두수는 오랫동안 실로 영원같이 오랜 시간 동안 부복을 하고 풀 향기 새로운 새 돗자리, 그윽한 냄새를 맡고 있었다.

드나드는 아무것도 없고 지새는 빛도 없이 텅 빈 머릿속에는 이제 새삼스레 아기자기 슬픈 것도 원통한 미련도 없이 다만 커다랗게 허무하였다. 이윽고 졸음 같은 피로가 몰려왔다.

"공동을 하지 말고 인제 그만 가서 자라" 하던 소리가 들리는 것 같았다.

그리고 한참 있다가 텅 빈 머릿속으로 온갖 잡념이 쏟아져 들어오는 것을 억제할 수가 없었다. 만주에서 휘몰아 때리는 눈보라, 더운 피를 억제할 수 없어서 머리끝에서부터 부어내리던 얼음물, 소란한 천지를 굴러가던 바퀴, 바퀴의 뒤를 따르는 백만, 천만의 구둣발자국 소리, 탕하고 인제 와서야 똑똑히 들리는 것 같은 총소리, 현영섭의 죽음, 사상을 팔과 다리로 그리는 젊은 친구들의 질주, 그사이에서 드러누워 사뭇 곤두박질하다시피 하는 풍부한 육체와 고요히 돌아눕기도 하고, 물결을 타고 허부적거리는 어느 소녀의 발간 뺨과 길게 내려가기 시작한 넓고 두터운 정강이―.

두수는 머리를 흔들면서 고개를 쳐들었다. 아 이게 무슨 잡된 습성이냐 하고 옆에 놓인 목침을 부서뜨리듯이 틀어쥐었다. 부친의 머리 때에 까매진 목침이다. 이제 다시 머리 받을 곳이 없어진 물건이다.

두수는 조용히 일어섰다. 일어서서 나직이 달린 전등불을 끄고 마루에 나왔다. 늦게 솟은 달이 앞채 지붕 위에 휘영청 밝았다. 두수는 모친 곁에 앉았다.

"산소는 어디로 모셨어요?" 하고 두수는 물었다.

"미아리에 모셨다. 예서 가깝기도 하고 또 일가 어른들도 그리 모시는 게 좋겠다고들 하시길래" 하고 모친은 대답한다.

두수는 더 물어볼 말이 없었다. 입을 열고 싶지 않았다. 어느 날 돌아가셨는가, 돌아가실 때 괴로워하시지나 않았던가, 유언은 없었던가, 초상은 무법하게나 치르지 않았던가, 어째서 위독하다는 기별을 좀 일찍 해주지 못하였던가―그야 물어보고 싶은 것이 한두 가지가 아니었다. 그러나 이제 물어본들 무엇하랴, 알아보았던들 이제는 아무 쓸데없는 노릇이었다.

"부친 돈은 찾았더랬느냐?" 하고 모친은 물었다.

"네."

"학교는 그럼 결석하고 왔느냐?" 하고 모친은 다시 물었다. 두수는 무엇이라고 대답하여야 좋을는지 몰라서 한참 망설이다가 "학교는 그만두었어요" 하고 대답했다.

"그럼 인제 어쩌누, 그래 또 가느냐?"

"아직 아무 생각 없습니다."

"인제 공부고 뭐고 다 그만두고 살림이나 하면 내사 좋겠다."

두수는 다시 아무 대답도 할 수 없었다.

"그만 어서 자고 아침에 산소에 가자" 하고 모친은 일어섰다.

"어서 들어가 주무세요. 전 고단하지 않아요."

"자지 않으면 이제 별수 있느냐, 가신 어른은 가신 어른이고 살아 있는 사람은 살아 있는 사람 구체를 해야 될 것이 아니냐, 네 아버지는 잘 가셨다. 아무래도 사시지 못할 걸 더 고생하시면 뭘 하시겠니, 약도 써볼 대로 다 써봤고 더 고생하실 걸 생각하면 난 아무 유한도 없다" 하고 딸을 보고 "네가 들어가서 자릴 가져다가 건넌방에 펴줘라" 하고 딸에게 말했다.

두수는 자리에 누울 생각은 없었으나 모친과 누이를 편하게 하려고 시키는 대로 다시 방에 들어가서 불을 켜고 이부자리를 받아 아랫목에 펴놓고 그 위에 앉아서 한참 누이에게서 초상 이후 이야기를 듣다가 "건너가 어서 쉬우, 나도 좀 잘 테니" 하여 건너 보내고 이슥하여 다시 조용히 마루로 나와 앉아 달이 기울 때까지 지붕 위의 하늘을 바라다보고 있었다. 잠시 조는 듯 잠이 들었다가 눈을 떴을 때는 벌써 동녘이 훤히 밝아왔었다.

두수는 마당에 내려섰다. 원래 학생 하숙옥으로 지은 양통 사 칸씩

안팎채 사이에 멋없이 길고 좁은 마당이었다.

안채 뒤꼍으로 돌아가서 변소 맞은쪽 서향 방은 자기가 쓰던 방이다. 툇마루에 작은 신발들이 놓인 것을 보고 두수는 미닫이를 조용히 열고 아직도 곤하게 자는 두 동생의 얼굴을 가만히 들여다보았다. 열네 살 된 큰 동생 두철이는 금년에 중학교 이년생이 되었고 끝에 동생 두환이는 소학교 사 학년이었다. 두수의 눈에서는 다시 눈물이 흘러내렸다. 그는 조용하게 다시 미닫이를 닫고 수도에 가서 물을 뽑아 세수를 하고 다시 건넌방으로 들어가서 해가 다 밝을 때까지 부친의 사진을 쳐다보고 있었다.

두수 모친은 식모와 함께 일찍 일어나야 학생들 이른 조반을 지을 수가 있었다. 모친은 두수의 동생들을 깨웠다. 응당 반가워야 할 형이 왔건마는 그들도 역시 울음으로 형을 대하였다. 두수는 다시 한번 목이 메고 말문이 막혔다. 다만 눈물 없는 커다란 시선으로 두 동생에게 든든한 약속 같은 안심을 주어서 학교로 보내고 다시 한번 고독이라는 것은 차라리 혼자 견디는 것이 훨씬 용이한 것이라는 것을 깨달을 뿐이었다.

상식을 올리고 조반을 대강 치른 두수는 모친과 함께 미아리 공동묘지로 나갔다. 남향판 붉은 산, 나무도 별로 서지 않은 살풍경한 경사진 구릉들, 여기가 하루에도 몇 차례씩 늙고 어린 주검이 실려와서는 영원히 묻히는 곳이다.

아무리 이제는 생명과 하등의 교섭이 없는 백골만의 취락일지라도 좀 더 푸릇푸릇한 지역이 될 수 없을는지, 좀 더 생명에 가까운 거리에 있는 엄숙하고 그윽한 동산이 될 수 없을까. 만산이 다 희어도 좋겠다. 울다가 울다가 땀과 함께 피가 빠져서 하얗게 된 넋을 상징하는 하얀 꽃들이라도 좋겠다. 붉은 꽃 누런 꽃이 너무 죽음에 대하여 무정한 홍소洪笑* 같

---

* 홍소 : 입을 크게 벌리고 떠들썩하게 웃는 웃음.

다면 벙어리같이 하얀 꽃들이라도 드문드문 있으면 좋겠다. 산은 너무도 붉고 흙은 너무도 거칠고 그 위에 텅 빈 하늘은 너무도 허무하였다.

이렇게 황당한, 전혀 뜻하지도 않은 황당한 불평을 머릿속으로 읊조리면서 부친이 드러누워 있는 봉분 앞에 모친과 함께 잠시 섰던 두수의 먼 정신 속에서는 이상한 소리가 들려왔다.

……너의 부친은 죽었다. 보아라, 꼼짝 움직이지 못하고 무거운 흙이 그의 가슴을 누르고 있지 않느냐, 이제는 다시 일어나지 못한다. 섭섭한 일일는지도 모른다. 그러나 죽었다는 일이 섭섭한 것뿐이지 살아 있는 너를 위해서는 다행한 일이다. 너는 이제로부터 자유로운 개성이다. 그 개성이 하고 싶은 대로 무엇이든지 할 수 있다. 한 양반의 집주인이 없어졌다.

이제 너는 구태여 그의 앞에서 무릎을 꿇고 앉아 주자朱子가 어떻다는 둥 육상산陸象山*이가 어떻다는 둥 하는 따위 설교를 들을 필요가 없다. 괴로운 너의 세대는 해방이 되었다. 너희 동무들은 이제 그 봉건주의 앞에서 안경을 벗을 필요도 없고 피우던 담뱃불을 황겁하게 끌 필요도 없다. 실컷 피워라. 네가 가지고 있는 정신에 우뚝 서 있는 격률格率*이 또한 동시에 너의 세대의 만, 백만의 격률이 될 수 있거든 모든 권위와 존엄에 실컷 항거하여도 좋다. 항거하여도 좋은 것이 아니라 항거해야 한다.

부친은 죽었다. 간섭할 아무 세력도 이제는 없다. 사랑도 일도 아무러한 사랑이라도 할 수 있고, 아무러한 일이라도 필요할 경우에는 지게인들 지지 못할 것이 무엇이냐.

체면도 위선도 볼 것이 없다. 다만 네 세대가 가장 옳다고 생각하는 일이거든 죽어가는 낡은 세대가 세워놓은 율법은 따라가지 않아도 좋을 것이다.

---

* 육상산(1139~92) : 중국 남송의 유학자 육구연의 성과 호를 같이 부르는 말. 주자의 이기설에 반대하여 이일원론(理一元論)을 주창함.
* 격률 : 타당한 실천과 윤리.

백정의 딸이라도 너는 이제 사랑할 수 있지 않느냐, 다만 네가 코피를 두 손에 철철 흘려 받으면서 따라가는 사랑이라면 창기인들 어떠랴, 노여워하고 기가 막혀 할 사람이 이제는 없다.

마음대로 하여라, 나라에 큰일을 위하여 가장 적은 일에 네가 몸소 나아가 죽더라도 이제는 슬퍼할 사람도 억울하게 애처롭게 생각할 사람도 없다.

너는 완전히 해방된 것이다. 낡고 묵은 것에서 해탈된 것이다. 이제로부터 네가 갈 곳은 너의 낡은 봉건주의의 집이 아니라 바야흐로 범람하는 너희의 젊은 혁명의 세대다―.

"너 왜 그러고 섰니?"

눈물 한 방울 흘리지 않고 오랫동안 우두커니 서 있는 아들을 보고 모친은 이렇게 물었다. 그제야 두수는 신발을 벗고 한두 발 나가서 아직 가비假碑만 꽂힌 봉분 앞에 절을 하였다.

아들의 설움을 조금이라도 덜어주기 위하여 이때까지 울음을 먼저 내지 않고 아들의 거동만 살피던 모친은 그제야 아들의 곁에 풀썩 주저앉아 소리를 내어 울기 시작하였다. 두수의 귀에 그 울음소리가 몹시 거슬렸다. 지나치는 가작假作 같았다. 생각이 이렇게 들어갈수록 슬픔도 울음도 멀리 떠나가고 그의 눈에는 거친 흙으로 쌓아올린 붉은 봉분이 심히 불유쾌한 형상으로 보이기만 하였다.

그는 강잉强仍*하게 모든 불순한 잡념을 물리치고 경건하게 그리고 유순하게 몇 십 대를 내려오면서 모든 조상이 이어 이어 지켜오던 대로 지키려고도 노력하였다. 그러나 괴로운 날이 가고 또 괴로운 날이 왔다. 날마다 보고 날마다 자기가 당하는 일에서 자기의 산지식이 되고 그 지식이 산 신념이 되어감에 따라서 그 괴로움은 더 컸다. 낡은 것을 물리

———
* 강잉 : 마지못하여 그대로 함.

치기 이렇게 어렵고 괴로운 것이라는 것을 비로소 자기가 당면의 책임자가 되어서, 취사선택의 결정을 자기가 하여야 될 입장에서 비로소 절실히 깨달았다. 여태껏 자기가 살아온 것은 부모에게 혹은 가장이라는 것에 매달린 기생충 같은 생활이었기 때문에 자기가 먹어야 될 분량에 대해서만 나아가서는 그 먹은 것을 소화시키는 과정에 놓인 문제에만 자기 고민이 있었고 그 외의 모든 사실에 대하여서는 얼마든지 무책임할 수 있었다. 그러나 이제 한 성숙한 이성을 가진 책임자가 되고 보니 그렇게 무책임할 수가 물론 없으려니와 책임을 지는 데 있어서도 그 책임에 대한 판단이 종래에 가지고 내려오던 자기 개인 중심의 이해라는 것을 떠나 좀 더 큰 데서부터 거두어 모은 현실의 여러 가지 조건을 가지고 비춰서 내리는 판단이요, 책임지는 것을 느끼는 동시에, 그것은 전혀 방향을 달리하는 데로 뻗어져나가는 것을 스스로 의식하였다.

아침저녁으로 그는 상식을 올렸다. 날이 날마다 같은 일을 꼭 같은 형식으로 반복하였다. 이런 일은 애초에는 물론 어떤 이유와 이치가 있어 시작된 일일는지 모른다. 그러나 오늘도 이러한 일을 계속하여야만 과연 그것이 영원한 진리인지 큰 의문이었다.

삼 년을 날이 날마다 저 비인간적인 대접을 하여야 한다—소상을 치르고 울고 대상을 치르고 울고—그날까지 저 작은 방에는 죽음이 엄연하게 들어앉아 있어야 된다—그동안에 모든 살아 있는 사람은 다 한결같이 저 죽음에 영향을 받고 살아야 한다—이제는 냄새만 맡아도 어지러운 향을 날마다 피우고 저 청승맞은 흰 천을 둘러치고—두수는 도저히 견디기 어려웠다. 죽음을 위하여 삶을 희생시킬 수는 없다. 희생시킬 필요를 느끼지 않았다. 세상이 무엇이라고 하든지 정신적으로 큰 수술을 하고 생생한 삶이 되어서 이 죽음의 집을 벗어나 나가야 되겠다. 이렇게 마음을 먹은 두수는 어느 날 모친에게 "어머님, 물론 섭섭하게 생각하시겠지요만 상문을 삼 년 동안 모신다는 건 우리 형편에 사실 어려운 일일 것 같습니다"하고 화제를 꺼내었다. 모친은 놀랐다. 그러지 않아도 아들의 그동안 하는 거동이 비위에 맞지 않아 속으로 적지 아니 섭섭하게 여기고 있던 차라 "삼 년이나 나돌아다니다 이제 와서 한다는 소리가 그거냐?"하고 어성을 높였다. 두수는 다시 입을 열지 못하고 잠자코 말았다.

"못 한다, 못 해 그런 일 못 한다. 우리 형세가 아무리 뭣해 삼순구식을 할 지경이더라도 그건 못 한다. 삼 년을 꼭 모실란다. 삼 년이 뭐냐? 소상이 끝나면 고제 대상인데—아니 대체 너는 뭘 배워가지고 왔길래 이 지경이냐? 무슨 염치로 대체 그런 망령 들린 소릴 하는 것이냐?"하고 휙 일어나서 건넌방으로 들어가더니 몸을 풀어헤치고 통곡을 하면서 온갖 시설*을 하기 시작하였다. 모친은 옥순이가 말리는 것도 듣지 않고 계속해서 통곡을 하고 시설을 하였다.

"제가 잘못했습니다. 그만두십시오. 어머니 제발 그만하세요"하고 두수는 모친을 만류하고 사죄하였다. 그래도 모친은 듣지 않고 사뭇 몸부림을 쳤다. 고인을 위하여서보다도 태산같이 믿었던 아들에 대한 낙담과 당돌한 젊은 자식의 괘씸한 생각에 대한 분노를 겸한 자기 한탄의 울음이었다. 이런 모친의 심사를 잘 아는 두수는 속으로 억제할 수 없는 반항을 느꼈다. 모친에 대하여 일종의 경멸에 가까운 증오심까지도 느꼈다. 그러나 그는 좋게 사죄하는 이상 아무런 내색도 내지 않고 물러나와서 동생들이 나가고 없는 방에 누이를 조용히 청하였다.

"말로는 내가 잘못했는지 모르겠소만 누이는 그래 어떻게 생각하우? 그래 어떻게 세상이 소란한데 상문을 삼 년씩 꼭 지켜야만 될 일이우? 그렇기로 하라면 그야 고려장도 했을라고, 모두 같이 죽어야 마땅할 게 아니우? 그래야만 꼭 효도고 그래야만 꼭 법이 되라는 거야 어디 있

---

* 시설 : 보기에 실없이 수선을 부리는 짓.

우?" 하고 두수는 옥순의 의견을 물으면서 겸해 답답한 심사를 토로하였다. 옥순이는 잠자코 있다가 "그러니 어쩌니, 어머니가 자진해서 그런 의견이라도 먼저 꺼내셔야 될 건데, 그렇지 않으신 걸 우리가 아무리 뭐라고 하더라도 들으시겠니? 그리고 도대체 네가 너무 조급하게 굴었다. 좀 더 있다가 천천히 기회를 봐가면서 말씀을 드렸더라도 저렇게 야단은 하시지 않으셨을 거야" 하고 자기 의견을 말한다.

"난 나대로 또 다른 생각이 있어서 그랬지."

"무슨 생각?"

"……."

"어디로 또 가려고 그러니?"

"아직 그런 생각은 없소만―."

"베이징으론 이제 다시 안 가는 거지? 아 톈진이던가 참."

"못 갈 것 같아."

"그럼 어디 다른 데로 갈래?"

두수는 고개를 흔들었다.

"그럼 왜 결혼이라도 하려고 그러니?"

두수는 물끄러미 옥순의 얼굴을 쳐다보다가, "그건 왜 물우?"

"좀 물어보면 어떠냐? 만일 네가 결혼한다면 나도 좀 참견을 하려고 그래."

두수는 입을 다물고 웃었다. 앞방에서는 모친의 울음소리가 차차 작아져가다가 뚝 그쳤다.

"그런 게 아냐. 아까도 얘기했지만 누인 아직 모르는 모양이구려. 지금 세상이 어떻게 돼가는지."

"세상이 뭘 어때 늘 그렇지."

"늘 그런 게 뭐야? 당장 전쟁이 일어날는지도 모르는데."

"전쟁이 일어나면 또 우리가 뭐 별수 있니? 밤낮 그렇지. 좋으나 궂으나 그놈들 일이지. 우리하고 무슨 상관이냐?"

"그런 게 아니야."

"그런 게 아니면."

"우리도 같이 휩쓸려 들어가고 말아요. 또 될 수 있는 대로 이런 기회를 타서 어떻게 좀 움직여봐야잖소."

"글쎄."

"그러니까 개인 살림 같은 것도 가뜬하게 해놓고 봐야 한다는 의미에서 한 소리예요. 난 어지간하면 재라도 올려서 그만 탈상을 하는 게 되레 아버지한테도 도리가 아닐까 생각했기에 그렇게 말씀 여쭌 거야, 사십구재라도 올리면 좋잖소. 혹시 몰라 우리 집이 어느 한가한 촌에 있는 대가 같아서 제법 사당이라도 따로 있다면야 삼 년 아니라 십 년인들 모시지 못할 거 뭐요? 하지만 누이도 좀 보구려. 앞뒤 채에 학생 애들을 잔뜩 걷어놓고 거기서 초하루 보름으로 곡성을 내고 아니 뭐 그 애들 꺼려서가 아니라 도대체 우리 생활에 맞지 않는 지나친 독선이에요."

"독선?"

"독선이지 뭐요? 동네도 생각하고 남들이 다 어렵게들 사는 것도 생각해야 하지 않우? 앞으론 내 집 마당만 싹싹 쓸고 대문을 꼭 닫아놓고 조석으로 부침개질이나 해먹고 살아갈 시대가 못 돼요. 문밖에 길에 똥도 같이 치우고 쓰레기도 같이 치우고 해야만 살아요."

"다른 집은 안 그런다데."

"그러니까 집집마다 다 이 탈을 벗어버려야 된단 말이에요."

"글쎄" 하고 옥순이는 더 의견을 내지 않고 있다가 "알겠다. 하여간 어머님을 위해서라도 나도 탈상을 될 수 있는 대로 빨리하는 건 찬성이야. 하지만 재를 올린다는 건 불교식이 아니냐?" 하고 물었다.

"불교건 유교건 그건 캐서 뭘 하는 거요? 아무렇게나 예의범절만 차렸으면 그만 아냐?" 하고 두수는 약간 짜증을 내었다.

"글쎄, 그래도 어른들이야 그러냐?" 하고 옥순이는 무슨 까닭인지 한숨을 내쉬다가 "하여간 넌 인제 더 말 마라. 내가 잘 여쭤볼게, 될 거다 될 거야, 정 안 들으시면 널 결혼도 곧 시켜야 되지 않느냐고 우길 테다. 초상난 집에서 결혼이 다 뭐냐고는 안 하실 거다. 그건 내가 잘 알아" 하고 옥순이는 자신 있는 표정이었다.

"결혼? 글쎄 그것도 있을 수 있는 일이지—" 하고 두수는 혼잣말같이 말끝을 흐려 내리다가 자기로서는 전혀 염두에 없던 일이나 옥순이 입에서 나오는 말을 듣고 나서 새삼스레 자기도 그런 것에 전혀 관심이 없는 것이 아니라는 것을 깨달았다—. 물론 구체적으로 결혼이라는 것은 생각해본 일이 없지만 남녀의 관계라고 한다든가 혹 사랑이라고 한다든가 하는 것은 자기가 지금도 시시각각으로 몸소 부딪치고 있는 현실 문제 중의 하나인 것은 사실이었다.

"참 아까 한 말이 무슨 뜻이우? 참견을 한다는 말이, 내가 결혼하는데 왜 누이가 참견을 해야 된다고 그랬우?" 하고 호기심으로 물었다.

옥순이는 한참 아무 말도 하지 않고 가만히 있다가 다시 무슨 까닭인지 한숨을 내어 쉬면서 "내가 한 번 실패를 했으니까—" 하였다.

"그게 무슨 말이우?"

"나 이혼했어."

"왜?"

"왜? 이유야 충분히 있지."

"아니 매부가 싫다는 거요, 누이가 이혼하자고 했단 말이오?"

"내가."

"누이가?" 두수는 적이 놀라는 표정이다.

"사람 이하야, 사람 이하 사람하고 어떻게 사니? 하루 이틀도 아니고" 하고 옥순이는 긴 설명 대신 이렇게 간단하게 자기 남편이던 최치달崔致達이를 단죄하고 마는 것이다.

최치달이는 함경도 홍원 사람으로 함흥에서 중학을 마치고 일본 가서 어느 사립대학 전문부를 다니고 와서 한때 서울『동양일보』기자로 다니던 사람이었다.

서북도에 소위 서울서 말하는 양반이라는 게 있었을 이치야 없었지마는 그래도 최치달이 집안은 이조李朝 전엽前葉 때 한 번은 세도를 부렸던 일이 있었다는 것으로 해서 그 지방에서는 그래도 아전이나 중인 집안과는 달리 자처해 내려왔고 낡은 족보를 들고 관가에 가서 출역出役 같은 것도 면하고 지내오던 일테면 자칭 지방 양반 가문 출신이었다. 그의 부친 최경석崔景錫은 한말韓末에 삼수三水 군수도 지냈고 퇴관 이후로는 해산물에 손을 대서 한때는 상당한 금전도 모아서 홍원 바닥에서 최삼수라면 애 어른 할 것 없이 함부로 괄시 못 할 엄연한 존재가 되었다. 그러던 것이 크게 시작한 명태잡이에 실패한 후로는 좀처럼 다시 일어나지 못하고 식소사번食少事煩* 격으로 서울 내왕만 하였거니와 이 서울 내왕 끝에 두수의 부친 박효범朴孝範과 상종하게 되었던 것이다. 당시 두수의 부친은 서울서 조선물산권장회라는 것을 조직하여서 자작자급自作自給이라는 원칙 아래서 민족운동이라는 것의 기반을 이어가는 것으로 소극적이나마 자기의 입장을 지켜왔다. 최경석이가 해산물 매매와 그 판로 획득을 위해 분주하게 만주로 부산으로 돌아다니다가 이런 장사를 지방 자작자급운동에 결부시켜서 생각하게 된 것은 오로지 두수의 부친을 서울서 만난 뒤부터였다. 만나서 서로 통사정을 하고 보니 서로 다 같은 함경도요, 지체나 처지도 비슷하고 거기다가 자기가 타도他道 여자를 아내로 얻은 데서 받은 여러 가지 불합리한 것을 약간 뉘우치는 나머지 자기 딸자식을 꼭 함경도 사람에게 주어야 되겠다고 마음먹고 있던 터라, 당시 신문기자로 있던 최치달이의 위인됨이 그다지 빠지

---

* 식소사번 : 먹는 것은 적고 일은 번잡함.

는 데가 없는 것을 보고 그때 한양보육학교를 마치고 들어앉았던 딸의 사주를 그만 주고 말았던 것이었다.

옥순이가 결혼한 뒤 언젠가 그들이 살림을 차린 가회동 꼭대기 열 칸 방 집에 두수가 찾아갔을 때 치달이가 신문사에서 돌아올 때마다 신문 지를 한 줌씩 가방에 넣어가지고 와서는 모아두었다가 관으로 달아서 판다는 둥 꼭 남편 흉을 하는 것은 아니로되 어딘지 모르게 견디기 어려운 서운한 표정이 누이의 얼굴에 가득하였던 것을 두수는 새삼스럽게 기억하였다. 그러나 옥순이가 친정에 와서 자기 남편이 답답한 사람이란 말을 한 일이 없는 것도 기억하였다.

두수가 만주로 간 뒤에 최치달이가 『한양일보』 홍원지국을 떼어 맡아서 홍원으로 가서 잘산다는 소식을 들었을 뿐, 옥순이 편지에도 다만 젊은 아내가 넋두리같이 항용 하는 정도의 불평 외에 별다른 구체적 파탄을 예언하는 종류의 언사는 별로 없었던 만큼 두수는 그만 그들 생활의 내막을 전혀 알지 못하고 있었다. 다만 답답한 사람이라는 것만으로는 이혼의 이유가 될 것 같지 않아서 두수는 "크게 무슨 싸움이라도 했었소?" 하고 물었다. 그 뜻이 매부 되는 사람이 어디 딴 데 여자라도 숨겨두었던 것이 드러났느냐는 뜻이었다.

"쌈? 쌈이라도 시원히 하는 인간이면 또 좋겠다. 쌈이 다 뭐냐? 어디 나간 사이 여자 경대나 닦아놓고 하는 위인이 그냥 조라지고 궁상맞은 스라소니야, 두말할 것 없이 인간 이하의 인간이야, 단 하루를 살더라도 남자라는 게 무슨 발전하고, 뭐 좀 달라지고 커지는 게 있어야지 않아?" 하고 옥순이는 기탄없이 자기 심중에 파묻어두었던 분노와 증오를 추상적으로나마 이렇게 토로하였다.

두수는 더 묻지 않았다. 그만하면 대강 알 수 있었다. 최치달이가 오입을 한 것도 아니고 아편을 먹은 것도 아니고 아내를 돌보지 않은 것도 아니다. 옥순이 요구는 자기를 위해달라는 것보다 남편 자신이 어떤 모양으로든지 커져달라는 것이었다. 남편이 커져야 나도 크게 살 수 있다는 말이었다. 다시 말하면 옥순이는 어떤 모양으로든지 커지고 싶어 하는 생물이었다. 다시 함께 클 수 있는 짝을 찾아보든지 그것이 정녕 꿈이면 혼자라도 날아보겠다는 것일 게다. 두수는 입은 열지 않았으나 아직도 한 가지 미타未妥*한 것이 머릿속에서 떠나지 않았다. 누이가 혹 육체적으로 불만을 느꼈기 때문이 아닐까? 그러나 이것은 물어볼 수가 없었다. 그러나 그 호기심은 버리기가 역시 아까워서 짐짓 "매부는 지금도 냉수욕을 하우?" 하고 물어보았다. 결혼 초에 치달의 특징이 아침마다 냉수욕을 한다는 것이 화제였던 것을 두수는 기억하였기 때문이었다.

"아마 할 게다" 하고 옥순은 다시 경멸하는 어조로 대답하였다.

"언제 갈라졌우?"

"오월에."

"그럼 앞으로 어떻게 할 거유?"

"글쎄 취직이라도 해볼까 하는데 넌 어떻게 생각하니?"

"글쎄" 하고 두수는 자신 있는 답을 할 수가 없었다.

이날부터 두수도 또 하나 새로운 문제를 생각하게 되었다. 그는 여태껏 이혼이라는 것은 남자가 일방적으로 취하여온 방법이라고만 생각하였다. 같이 살아본 아내가 마음에 맞지 않는 경우에 또는 아내보다 더 아름다운 여성이 나타나서 거기에 지고 들어가는 경우에 집에 돌아와서 취하는 남편의 태도요, 담판하는 방법인 줄만 알아왔다. '콜론타이'의 사랑이고 '노라'고 하는 따위는 예언자들의 머릿속에만 있는 신기루 같은 상상인 줄만 알았었다. 그러던 것이 상상이 아니라 바로 자기 눈앞에 있는 현실이라는 것을 깨달았을 때 두수는 머리를 크게 흔들고 머릿속에 있던 모든 낡은 기성의 관성을 떨쳐버리지 않으면 안 되었다.

---

* 미타 : 든든하지 못하고 미심쩍은 데가 있음.

남자가 이제는 여자를 소유할 수 없다. 완전히 일방적인 생활 행위는 이제 도저히 성립될 수 없다. 남자와 여자의 관계는 완전히 일대일의 원칙, 질량으로 꼭 같은 두 개의 생명이 꼭 같은 입장 위에서 교통되는 생활의 길—이러한 새로운 윤리를 새로운 세대는 요구하는 것이로구나 생각하면서 두수는 다시 한번 그러면 자기가 한소련에 대하여 가지고 있는 애정은 어떤 종류의 것인가 생각해보았다. 결혼이라는 것은 아직 미지수다. 그러나 결혼 후의 남녀관계가 일대일의 원칙 위에 서야 할 것이라면 결혼 전의 남녀의 관계도 일대일의 원칙 위에 선 것이라야 될 것이 아닌가. 쌍방이 똑같이 성숙하여야 할 것이고 쌍방이 똑같이 정열을 가진 경우라야만 사랑이란 것이 성립될 것이 아닌가. 한쪽이 어느 한쪽을 소유하여서는 안 되는 것과 같이 한쪽이 어느 한쪽의 사랑을 강요하여도 안 될 것이다. 신기숙이가 내 사랑을 강요하듯이 나는 한소련의 사랑을 강요하는 것이 아닐까. 이러한 사랑은 결혼 후에는 결국 일방적인 소유가 되고 마는 사랑일 것이다.

그러나저러나 나는 언제 한소련에게 내가 그를 사랑한다는 의사를 표시한 일이 있었던가, 그런 눈치나 보였던가. 나는 도대체 어느 별을 타고 난 허재비냐, 껍질을 벗자, 벗으려고 애를 쓰지 않아도 차차 저절로 벗어지는 것도 같다. 어버이를 여읜다는 것이 만 사람에게 다 이같이 꿈에도 생각지 않은 손이 떨리는 모험을 가져오는 것인가. 이렇게 머릿속으로 혼자 고뇌이다가도 우선 먼저 바싹 다가드는 현실에 부딪힐 때면 두수는 새삼스레 생각도 없는 진정 허수아비 같은 자기를 발견하곤 하였다.

현실이란 다른 것이 아니었다. 안으로는 학생 치기 하는 살림이 현실이고 밖으로는 한 치 두 치 폭발물로 가까이 타들어가는 도화선 같은 정세가 그것이었다. 어떻게 혼자 우두커니 앉아 푸른 하늘에 별이나 헤면서 몽상적 공화국을 그려보고만 있을 수가 있는가. 우선 집의 일을 보살피고 취직이라도 하여야 될 것만 같아 도서관에 가서 앉았다가도

책을 덮고 벌떡 일어나 나오고 말곤 하였다.

개학이 된 뒤라 하숙옥은 활기를 띠었다. 슬픈 활기였다. 그래도 반찬이 나쁘다는 둥 독방을 안 준다는 둥 하고 언짢은 뒷소리를 남기고 학생이 다른 데로 옮겨 나가면 섭섭하기도 하고 불쾌하기도 하여 숙박부를 들고 파출소에 갈 때마다 내일부터는 도서관이고 공부고 다 집어치우고 정말 취직을 해야겠다고 마음을 먹어보곤 하였다.

어느 날 저녁에 모친은 두수를 불렀다. 지난번 상문 모시는 이야기를 하다가 의견 충돌이 있은 뒤로는 모자간 서로 서먹서먹하게 지내오던 차라 두수는 무슨 일인가 속으로 적지 않게 불안하였다. 또 무슨 화풀이라도 하지 않을까 하면서 안방으로 들어갔다. 그러나 모친의 표정은 부드러웠고 음성은 침착하였다.

"넌 그만 취직이나 하고 살림할 생각이나 해보렴" 하고 모친은 밑도 끝도 없이 불쑥 이렇게 화제를 꺼내었다.

"글쎄요" 하고 두수는 막연한 대답을 하면서 모친의 태도가 타협적인 데 내심 적이 마음이 놓였다.

"그럼 나도 안 편하겠나?" 하고 모친은 짧은 한숨을 내쉬었다.

두수는 한참 가만있다가 "그렇잖아 저도 취직할 생각을 하던 중이에요" 하고 선선하게 복종하였다.

"그래라 마. 그리고 너 아버지 상문은 네 말대로 안 모시는 게 되레 아버지한테도 좋을 성싶다. 저 애 생각도 그렇고 또 난들 자라는 자식들이 가득한데 울음소리 내는 걸 좋아할 리야 있나? 그저 섭섭해서 모실까 했다만 세상도 뒤숭숭하고 해서 난 이제 각황사覺皇寺에 가서 재를 올리기로 작정하고 왔다" 하고 모친은 두수와 옥순이를 번갈아 보았다. 옥순이는 놀랐다. 두수도 놀랐다. 옥순이는 얼마 전에 두수의 의견과 같이 상문을 폐하는 것이 좋겠다는 이야기를 한 번 모친에게 한 일밖에 없었다. 그때에 모친은 잠자코 듣고만 있었고 아무런 응대도 없었던 만큼 자기들의 의견은 통하지 않고 마는가 하고 말았을 따름이었다.

모친의 양보는 도리어 두수를 잠시 불안하게 하였다. 모친이 양보한 것만 한 양보를 나도 하여야 될 것이 아닌가. 취직이나 하고 어느새 들어앉아 완전히 한집안 주인 노릇을 하여야 될 것이 아닌가. 그러나 두수는 다시 생각하였다. 자기가 도대체 무슨 염치로 이렇게까지 타산적으로 되어버렸는가 스스로 물어보면 다음 순간에는 양보를 한 모친에게, 나아가서는 세상 떠난 부친에 대하여 죄송스러운 생각이 났다.

두수는 모친의 선언에 대하여 가타부타 말할 용기조차 나지 않았다. 다만 한 가지 모든 타산과 시비를 일단 불문에 부치고 자기는 우선 취직을 하기로 결심하였다.

취직을 하기로 결정을 하였으나 어떻게, 무슨 일에 종사하느냐 하는 것이 문제였다. 당장 벗어부치고 지게를 지고 나가서 품팔이 노동을 할 수 있는 것도 아니요, 그렇다고 어디 입에 맞는 떡 같은 일자리가 아무 데나 굴러다니는 것도 아니었다. 친면 있는 사람들을 찾아가서 소개라도 얻어볼까 하여보았으나 사뭇 이해利害 속 있는 사회에는 두문불출하다시피 한 부친의 친지들이라 거개가 답답하고 어려운 사람들이다. 찾아간댔자 그네들의 주변으로는 탐탁한 일자리가 쉽사리 얻어질 것 같지 않았다.

체장이 버젓하게 있는 것도 아니요 실무에 경험이 있는 것도 아니다. 취직이라는 것이 말이 쉽지 막상 찾아다녀보면 일을 해야 되겠다는 신념만 가졌다고 곧 실현되는 노릇이 아니었다.

도서관에 가서는 신문실에 들어가 날마다 광고 면을 뒤져보곤 하였다. 그러나 한 줄 광고도 자기를 환영하는 일은 없었다. 직업소개소라는 데도 가보았다. 그러나 거기서 주렁주렁 들어갔다가 그냥 빈손으로 나오는 사람들과 그들을 면접하고 있는 직원들의 무표정한 얼굴만 보아도 그럴듯한 일자리가 자기 차례로 올 것 같지도 않아 그냥 나와버리고 말았다.

　생각이 궁해진 끝에 두수는 한 가지 기발한 모험을 시험해보기로 하였다. 그것은 자기가 가지고 있는 약간의 중국어 지식을 한번 활용해보려는 것이었다. 그는 하루아침 명치정明治町 뒷골목 중국 영사관 문을 열었다. 오랜 주저 끝에 큰 용기를 내어서 중국 총영사를 찾아간 것이었다. 뜻밖에 왕王이라는 총영사는 선선하게 초면인 조선 청년을 만나주었다. 맑게 파인 조그만 눈, 얀삽하게 생긴 입술, 저며 붙인 것 같은 엷은 귀하고, 조용히 내밀어 상대자의 손을 얌전하게 흔들고 천천히 소맷길 속에 다시 감추는 작은 손가락들, 어디를 뜯어보든지 외교관이라기보다 선비에 가까운 풍모를 갖춘 중년 신사였다. 두수는 자기소개를 간략히 하였다. 왕 영사는 두수가 중국 유학생이라는 것을 우선 반가워하면서 응접 테이블에 놓여 있는 담배를 권하였다. 두수는 먹지 못하노라 사양을 하고 단도직입적으로 내방한 용건을 말했다.

　젊은 조선 청년이 아무 소개도 없이 불쑥 찾아온 것에 대하여 왕은 조금도 놀라지 않았거니와 다시 일자리를 달라는 요구에도 조금도 당황하지 않았다.

　"잘 알겠습니다" 하고 왕 영사는 한참 생각하더니 "내 좀 생각해볼 터이니 내일 아침에 다시 한번 들러주시오" 하고 호의를 표시하였다. 두수는 희망을 얻어가지고 나왔다.

　이튿날 아침 오라고 하던 시간에 다시 찾아갔을 때 왕 영사는 은근한 말소리로 "아무리 생각해보아도 영사관에 날마다 나와서 일 보신다는 것은 서로 재미가 없을 것 같습니다. 아시다시피 정세가 이렇고 하니까 저 사람들은 또 저 사람들 생각이 있을 게고, 뭐 일자리야 없으면 하나 만들 수도 있기는 합니다마는, 평상시 같으면야 영사관 울타리 안은 독립된 나라와 같아서 모든 것이 자유이지만, 사람의 일을 알 수가 있습니까? 저네들이 당신을 의심하려면 얼마든지 할 수 있고 또 나로 보아서도—" 하다가 "보시요, 그럴 것 없이 이렇게 하면 어떻겠소, 날마다 여기 출근할 필요는 없고 또 재미도 없으니 며칠에 한 번씩만 들르시오. 그래서 내가 청하는 조선 신문 기사를 중국말로 번역해다 주시오. 하면 보수는 내 좋도록 알아서 여기 와서 직접 일하는 거나 다를 게 없이 드리도록 할 테니까."

이렇게 하여 왕 영사는 친절하게 초면인 청년에게 생업의 방도를 열어주었다. 두수는 두터이 치사를 하고 물러나왔다.

두수는 그 후로 왕 영사가 하여달라는 번역 일을 새로운 흥분과 열성으로 시작하였다. 배운 지식이 쓰인다는 일, 그것이 다시 돈으로 바뀐다는 일은 실로 신기한 일이었다. 부족한 중국어 지식으로 읽을 만한 글이 되게 만든다는 것은 그렇게 용이한 일이 아니었다. 쓴 것을 몇 번씩 고쳐 쓰고 쓰다가도 흡족하지 않으면 자전을 찾아 바로잡고 하였다. 그러나 아무리 고쳐 써보아도 마음에 만족하지는 못하였다. 그래도 이것이 돈으로 바뀌는가 하면 다시 신기하였다. 그러다가도, 공부를 하기는 어떤 가치를 찾으려고 한 것인데 그것이 결국 가격으로 환산된다는 것을 생각하면 역시 내 혼자만의 비애가 아니고 어디엔가 이 사회 조직에 커다란 구멍이 뚫어져 있기 때문인 것만도 같았다.

그러나 그는 우선 무겁던 어떤 짐이 자기 어깨에서 내려놓이는 것 같은 안도감을 느꼈다. 동생들과 마주 앉아 밥을 먹다가도 나는 비로소 이 밥을 거저먹지는 않는구나, 나도 약간의 생산을 한다, 나도 이제는 단순한 기생충은 아니라고 스스로 위로하였다.

그러나 위로가 되는 것은 사정이었지, 결코 정신이 아니었다. 합숙소 같이 소란한 자기 집에 드러누워 떠들썩한 학생들의 아무 책임 없는 젊은 자유를 그는 다시 부러워하는 것이다. 다시 어디론지 사라져버린 공학이란 인간과 그와 같은 세계에서 사는 많은 사람이 가지고 있는 더 커다란 세계를 막연히 동경도 하여보고 철환의 이야기를 좀 더 자세히 들어보고 대체 어떻게 살아가는 것이, 또 무슨 일을 어떻게 하는 것이 가장 옳은 생활인가, 자기에게는 두터이 닫히고 말아버린, 행동의 세계의 더 커다란 여러 사람이 가진 자유를 흠모도 하였다. 그러다가 또 신기숙이를 생각하고 한소련을 생각하고 사랑이란 나뭇가지에 새가 앉아 오월 태양을 노래하는 것이 아니라 무거운 씨가 땅에 떨어져서 포근한 흙으로 들어가서 지기地氣를 먹고 생명의 싹을 탄생케 하는 가장 구체적인 생활 체험이라, 누가 과연 내 씨를 받아줄 더운 땅이며, 내가 깊이 머리를 박고 파묻힐 수 있는 땅은 어디 있는가, 꾸역꾸역 고여오르는 육체의 소리 없는 요구를 듣기도 하였다. 그러다가 그는 다시 한번 철썩하고 땅바닥에 내려앉고 마는 현실을 괄목하는 것이다.

어느 날 다시 번역한 원고를 가지고 일찍 집을 나섰을 때 가까이 요란한 방울 소리가 들렸다. 그것은 물론 호외를 뿌리는 배달부가 울리는 방울 소리였다. 두수는 호외 한 장을 얻었다.

"일본군과 중국군 충돌, 펑톈서 목하 대격전"이라는 표제 아래 중국 군인들이 베이다잉에서 만철선滿鐵線을 폭파하고 일본 수비대를 습격하였기 때문에 일본군은 응전할 수밖에 없이 되어 베이다잉을 포격하기 시작하였는데 전투는 아직도 계속 중이라는 소식이었다.

전쟁이 터졌으니 물론 저놈들이 영사관을 감시할 게다. 갔다가 혹시 형사에게라도 들켜서 주목을 받으면 어떻게 할까 하고 박석고개를 넘어가면서 두수는 근심하였다.

그러나 기왕 떠난 길이라 그는 역시 전차를 타고 남대문 차표를 끊었다. 영사관 근처에 가보아서 공기가 험하면 도서관으로 갈 작정이었다.

그는 명치정에서 내려서 사잇길로 들어섰다. 생선가게 앞에서 한참 서성거리다가 휘청휘청 걸어 영사관 앞을 지나 공동변소 있는 데까지 일단 갔다.

지나가면서 영사관 대문 안을 들여다보았다. 그러나 아무 변동이 없는 고요한 정원이다. 다시 영사관으로 와서 그는 선뜻 대문 안으로 들어섰다. 왕 영사는 마침 마당에 내려와서 아침 운동으로 도수체조를 하고 있었다.

두수를 보자 반겨 목례를 하였다. 그러나 체조를 계속하였다. 두수는 한참 댓돌 아래에 서서 왕 영사가 심호흡할 때까지 기다렸다. 이윽고 일과를 마친 영사가 돌아서서 야윈 손을 내밀어 인사를 청하였다. 두수는 아무 감흥 없이 상대자의 손에 흔들리면서 "호외 보셨습니까?" 하고 물었다.

"네" 하고 영사는 간단한 대답을 한다. 그의 표정은 어두웠다. 그렇다고 초조하거나 불안한 기색은 없었다.

"들어갑시다" 하고 영사는 대청 위로 올라섰다.

"저는 그만 가지요" 하고 두수는 엉거주춤 주저하다가 재차 올라오라는 영사의 호의에 못 이겨 따라서 방으로 들어갔다. 마주 앉은 주객은 서로 다시 말이 없었으나 서로 피차에 속을 헤아릴 수 있었다.

"당분간 아마 자중하시는 게 좋을 것 같습니다" 하고 영사는 완곡하게 사정을 설명하려고 하였다.

"잘 압니다" 하고 두수는 긴말을 하지 않았다. 영사는 일어나서 대청 건넌방에 가서 봉투지에 돈 이십 원을 넣어가지고 와서 "또 기회가 있을 줄 압니다" 하고 봉투를 두수에게 주었다. 두수는 그만두라고 사양하였다.

"기념으로 받으시오" 하고 영사는 좋은 낯으로 강잉하게 권하는지라 두수는 마지못해 받았다. 두수는 번역한 원고를 내어놓을까 말까 하다가 도로 가지고 가는 것도 무의미한 일이라 테이블 위에 놓고 일어설 때 마침 전화가 왔다. 영사는 어두운 표정으로 전화 있는 데로 갔다. 두수는 일어나서 전화기를 드는 영사에게 받은 보수에 대하여 치사하고 그와 작별하고 나와버렸다.

영사관을 나섰으나 갈 데가 없었다. 슬픈 봉투를 주머니에 넣고 그는 발길 닿는 대로 걸었다. 허무한 하루를 다시 걸어가야만 되는 패배감을 억제할 도리가 없었다.

어디로 갈까, 왜 어디로 갈 수 없는가, 몸이 매어졌기 때문에? 혼자 몸이면 과연 갈 데가 있는 것을 그러는가, 학생 치기 하는 모친이나 동생들 때문에 나는 못 가는가, 모친과 동생들 때문에 나는 이 봉투를 받았는가, 나는 결국 책임자인가, 나는 모친이나 동생에 대하여 책임을 지지 않을 수는 없는가, 어떤 전체가 그들에 대하여 책임을 지는 수는 없는가, 나는 또 그 전체에 대해서만 책임을 지는 일을 할 수 없는가, 쓸데없는 공상이다. 너는 배덕자背德者다, 너는 아무 데도 가지 못하리라―.

그는 우편국 앞으로 나와서 상업은행 앞을 질러 장곡천정長谷川町으로 들어갔다. 전쟁이 났다는데 거리에는 아무런 변화도 보이지 않았다. 어제 모양대로 그제 모양대로 언젠가 한 번 시작한 윤회의 템포를 꾸준하게 지켜가고 있는 사람 살림살이의 생태였다.

갈 수도 있고 또다시 그 땅으로 돌아올 수도 있기는 하나, 그러나 커다란 구멍이 뚫어진 대로 모든 추악하고 불순한 것이 빠져 달아나게 마련이 된 이 사회제도 앞에서는, 모든 아름답고 착하고 진실한 것은 그물코마다 걸려 있는 불합리는 누구를 위한 것도 아닌 만 사람의 도로徒勞였고 그 도로를 가지고 같이 나누고 있을 뿐이라고 생각하면 다시 한번 우울하고 처량하였다.

어디로 갈까―부청府廳* 앞에까지 와서 그는 잠시 멈춰 섰다. 다섯 갈래로 난 길로 많은 사람이 지나가고 지나왔다. 저 사람들이 거의 다 그물코에 걸린 사람들일 것이다. 그렇지 않고야 저렇게 도로의 땀을 흘릴 까닭이 없다. 그러나 저들에게는 그래도 속을 수라도 있는 일자리는 있는 것이 아닌가, 나는 나를 속일 수 있는 일자리도 없지 않은가.

---

* 부청 : 일제강점기에 부(府)의 행정 사무를 처리하던 관청.

다시 발길이 떨어지는 대로 포도를 걸었다. 상점 유리창에 획 비치는 박 씨네의 어주리없는 자식의 그림자가 무서웠다. 그는 고개를 숙이고 황금정 네거리까지 왔다. 그는 또 한 번 멈칫 섰다. 네 갈래길로 여전히 많은 사람이 지나가고 지나왔다. 역시 저 사람들 가운데도 나같이 새로이 책임자가 된 사람도 있을 것이다. 나같이 어주리없는 배덕자도 있을 것이다. 지난밤에 흘린 피만 한 분량의 물을 마시려고 어디론지 걸어가고 있는 사람도 있을 게다. 학생 치는 모친과 역시 새로운 배덕자인 누이와 절대로 누가 책임을 져주어야 될 동생들 외에도 할애비, 할미, 손자, 증손자까지 한방에 한 양푼 밥을 나누어 먹으면서 제각기 목에 얽힌 그물코를 의식하기에는 너무도 기운이 없는 사람들도 있을 것 같다.

제2의 육체

초가을 볕이 쨍쨍 내리쪼이는 D동 예배당 마당에서 그 예배당 부속 유치원 어린아이들이 빙 둘러 손을 잡고 풍금 소리에 발을 맞추어 돌아가고 있다. 가지각색 빛깔 옷을 입고 어린아이들이 둘러싸고 돌아가는 나직한 울타리 한가운데 놓여 있는 풍금을 치는 여 보모는 이따금 일어나서 비뚤어져나가는 아이들을 제자리로 불러들이기도 하고 혹 저희끼리 의견이 틀려서 싸움이 벌어지는 쌍쌍이 있으면 달음질을 하여가서 말리고 소매 속에 손을 쥐어놓고 돌아와서 다시 단조로운 행진곡을 울리곤 한다. 여러 바퀴 돌아간 다음 어린아이들이 잡념을 버리고 자기들의 단독 행동을 의식하고 그들의 청각을 충분히 행진곡에 집중시키고 거의 자동적으로 발길들이 제법 잘 돌아갈 때쯤 헤아려서 보모는 풍금 건반에서 두 손을 거두고 일어서서 "자 이제 어제 배운 춤을 다시 같이 춰봐요" 하고 풍금 옆에서 서너 발 떨어져 나와서 모았던 두 손을 둥글

게 공중에 폈다가 다시 다물리면서 노래를 시작하면,

> 해바라기 꽃이 피면
> 우리들은 언제든지
> 해바라기 아이들이 되었다

하고 아이들은 따라서 노래를 하면서 두 손바닥을 머리 위로 모아 올렸다 내렸다 하면서 보모가 하는 대로 흉내를 내었다.

> 해바라기 아이들은
> 어머니가 없어도

하고 보모는 오른손을 들어 자기 얼굴 앞에 저으면 아이들도 따라서 저마다 손을 저으면서 선생님의 노래를 되풀이하였다.

> 붉은 주먹을 빨기도 하면서
> 다리도 성큼 들면서

하고 다음 순서로 넘어가다가는 "안 돼요, 주먹을 정말 빨면, 그리고 곡조가 맞지 않아요" 하고 보모는 잘못하는 아이를 고쳐준다.
　"다시, 자 풍금을 칠 테니 들어봐요" 하고 보모는 다시 건반을 울리면서 노래를 한다.

> 붉은 주먹을 빨기도 하면서
> 다리도 성큼 들면서
> 아이들은

누우런 해바라기와 같이 돌아간다.

햇님은 해바라기를 쳐다보고
해바라기는 우리들을 쳐다보고
우리들은 또 붉은 햇님을 쳐다보고
해가 져서
·다른 아이들이 다 집에 돌아가도
너하고 나하고는
해바라기 가까이 잠을 들자.

보모는 다시 일어서다가 현기증이 나는지 스툴에 풀썩 주저앉아 한참 한 손으로 이마를 받들고 눈을 감았다. 이 광경을 예배당 유리창에 기대서서 내어다보고 섰던 집사執事 송달헌宋達憲은 안타까이 이맛살을 찌푸리고 서서 쨍쨍 내리쪼이는 볕을 원망하였다.

해바라기같이 둥글게 피었던 어린아이들이 다시 무질서하게 떠들어대는 한가운데서 이마를 받들고 눈을 감고 앉아서 멀리 떠나가는 영혼을 보내는 울음소리 같은 것을 듣고 있는 것은 한소련이었다.

아이들이 떠드는 소리는 차츰 역력히 알 수 있는 얼굴들로 변하고, 얼굴들은 다시 꿈틀거리는 손발을 갖추어서 자기 주위로 달려들었다. 달려든 아이들은 모두 자기 뱃속으로 들어가서 거기서 꿈틀거리면서 몸부림을 치는 것 같았다.

송달헌은 안타까이 유리창 설주를 두 손으로 붙들고 있다가 달음질하다시피 뒷문으로 나가서 소사小使가 거처하는 협실에 들어가 종을 들고 나와서 뒷마당에 아무도 없는 것을 두루 살피고 종을 울렸다. 시간에 아무 관념이 없는 아이들은 와 하고 흩어지기 시작하였다.

한소련은 눈을 뜨고 머리를 들었다. 머릿속이 어지럽고 속이 메슥메

승하다가 가슴에서 무거운 쇳덩어리가 떨어지는 것 같은 심한 고동을
느꼈다.

"무슨 종소릴까, 벌써 시간이 되었을 리는 없는데 누가 종을 벌써 치
는가, 내가 잘못 들었는가."

한소련은 몸을 의지하려는 듯이 두 손으로 건반을 눌렀다. 조음이 커
다랗게 울렸다. 건반을 누르고 기댄 채 주위를 살펴보았다. 아이들이 흩
어져 돌아다녔다. 모래사장으로 그네 있는 데로 제멋대로 뛰어다니면서
놀았다. 역시 종소리는 확실히 났다. 확실히 소사가 잘못 알고 종을 쳤
나 보다.

그러나 소련은 아이들을 다시 불러 모을 기운도 생각도 없었다. 그는
조용히 일어나서 뜰아래채 김 목사 집 툇마루에 놓았던 핸드백을 들고
조용히 걸어서 당주정 자기 하숙으로 갔다.

집사 송달헌이는 예배당 건물 수채통 모퉁이에 서서 소련의 거동을
살피다 뒤를 따랐다. 그는 소련이가 들어가는 집을 알아놓고 큰길에
나와서 이발소에 가서 머리를 깎고 내수정 자기 집에 가서 목욕을 하고
저녁 후에 나서니 든든한 팔다리가 자신만만하였다.

중학 시절에는 축구도 하고 Y전문학교 시대에는 악기도 두드린 삼십
세의 청년, 옛날 주일학교에 같이 선생 노릇하던 장로의 딸인 아내에게
서는 일남 이녀가 있는 부친이고, 지금은 어느 건축업 경영하는 친구와
동사를 하여 두루 분주하기는 하여도 항상 흥청거릴 시간이 더 많은 사
람이다. 소련이가 텐진서 돌아와서 구면인 김 목사를 찾아 일자리를 하
나 얻어달라고 하는 것을 곁에 서서 들으면서 은근히 자기는 왜 이렇게
행복한가 하고 스스로 물어본 위인, 김 목사의 의견은 열 번도 백 번도
옳다고 한소련이가 마침 결원이던 D동 교회 유치원 보모로 즉석에서
봉직하게 된 것도 이 연보 잘 내고, 연보 잘 받고 무사분주하게 교회 안
팎으로 들락거리는 송달헌의 공로였다.

큰길에서 사과를 한 상자 사가지고 송달헌은 소련의 하숙으로 갔다. 마침 대문이 열려 있었다. 그는 중문턱에 서서 주인을 불렀다. 오래간만에 다시 들어가볼 수 있는 흥분과 모험으로 가득한 헌당이다. 안에서 심부름하는 아이가 나왔다.

"유치원 선생님 좀 뵈러 왔는데 어디 계시냐?" 하고 송달헌은 물었다.

"저리 들어가보세요" 하고 계집아이는 행랑채 뒷방을 가리켰다. 중문에 들어서서 오른손 쪽으로 꺾어 뒷마당으로 난 좁은 통로에 안채 함실* 아궁이를 면한 뒷방이 D동 예배당 목사 김필연金弼然이가 소개하여준 소련의 방이었다. 툇마루에 올려놓은 누런 여자 구두 한 켤레가 몹시 송달헌의 시선을 끌었다.

"한 선생 계십니까?" 하고 송달헌은 불렀다. 미닫이가 곧 열렸다. 자리를 펴고 누워 있던 소련은 몸을 일으켜서 불의의 내객을 내어다보았다. 유치원에 봉직한 후로 늘 자기에게 여러 가지로 고맙게 하여주는 집사 송달헌이가 모자를 벗고 은근한 인사를 하는 것이었다.

"어떻게 이렇게 오셨어요?" 하고 소련은 일어서서 문을 활짝 열고 내객을 반색으로 맞았다.

"아 그냥 누워 계시오. 불편하신데" 하고 송달헌은 문밖으로 인사만 하고 돌아가려는 사람의 시늉을 하였다.

"괜찮아요, 좀 올라오세요" 하고 소련은 웃는 낯으로 권하였다. 이 분이 어떻게 내가 몸이 불편한 것을 아는가, 그보다도 대체 어떻게 내가 여기 있는 것을 알고 왔는가, 소련은 속으로 이렇게 지나가는 질문에 대해서는 구태여 스스로 대답해볼 겨를도 없이 웬일인지 멀쑥한 사나이가 누구든지 간에 그 움직거리는 육체를 좀 더 가까이하고 싶은 일종의 본능을 일으키고 있는 것을 자신은 물론 의식하지는 못하였다.

---

* 함실 : 불길이 턱을 넘지 않고 곧게 구들장 밑으로 들어가도록 만든 아궁이 구조.

"그럼 좀 실례할까요" 하고 송달헌은 사과를 들고 방으로 들어왔다.

"목사님 부인이 그러시더군요, 몸이 불편하신 모양인지 일찍 돌아가셨다고요. 그래 저 거기 있는 사람더러 계신 데를 좀 가르쳐달라고 해서 가지고 왔습니다" 하고 송달헌은 사뭇 의사가 환자 곁에 앉는 모양으로 소련이 곁에 가까이 앉아 이렇게 고하는 것이었다.

"구들이 차서요, 이리 앉으시지요" 하고 소련은 자기가 누웠던 요 끝을 손님 앞으로 내밀었다. 송달헌은 화끈 몸이 달아오르는 것을 의식하였다. 그러나 태연하게 "천만에, 어서 누우세요" 하고 사양을 하였다. 그러면서도 속으로는 몇 번이나 저 여자의 체온이 아직 식지 않은 요 위에 올라가 앉고 싶었다.

소련도 저 손님이 굳이 사양하지 말고 덥석 자기가 깔았던 요 위에 올라와 앉아주었으면 하는 일종의 알지 못할 본능을 부인할 길이 없었다.

그와 동시에 소련은 맑아지는 머릿속에서 커다랗게 뚫린 신작로 같은 공간이 어두운 밤과 밝은 낮 사이에 열리고 그리로 환하고 똑똑한 사람의 발걸음 소리가 무슨 판단을 내리는 소리같이 정확하게 들리는 것 같은 착각을 느꼈다. 따라오는 발자취 소리가 바로 머리 정수리 위에서 나는 것 같은 강압을 느끼다가 "그럼 좀 실례하겠습니다" 하고 소련은 발길로 걷어놓았던 이불에 머리를 얹고 다리를 쭉 펴고 누웠다. 아랫배 속에서는 올챙이 같은 생명이 자기의 핏속에서 자꾸 헤엄치고 있는 것 같았다. 그는 눈을 감았다.

'어떻게 하면 좋은가, 어떻게 하면 좋은가, 어떻게 하면 좋은가, 나는 어떻게 하면 좋은가.'

소련은 오랫동안 한 가지 한탄을 자꾸 하였다. 소리 없는 한탄이 높아가다가 더 그 이상 높아지지 못하고 그만 생리적으로 쓰린 물이 목구멍으로 치밀어 올라오려고 할 때 깊이 감은 두 눈에서는 더운 눈물이 흘러나왔다.

"왜 그러십니까, 어디 몹시 아프십니까?" 하고 송달헌은 허리를 굽히고 소련이 곁에 바짝 다가앉았다. 거친 숨결이 오르내리는 넓은 가슴과 다시 쳐다보면 살결 고운 얼굴과 그리고 두둑하게 넓었다가 미끄러져 내려간 소련의 두 다리가 엷은 검정치마 밑에 긴 것을 훑어보면서 고동이 높아지는 숨결을 속이지 않았다. 소련은 아무 대답도 없다. 송달헌은 전신이 뜨거워지는 것을 느꼈다.

"의사를 불러올까요?" 하고 송달헌이가 말을 떼자마자 전후를 다 잊어버리고 만 사람같이 누웠던 소련은 눈을 크게 뜨고 벌떡 일어나면서 "아니에요, 아니에요" 하고 반듯하게 앉아 뒤로 몸을 피하는 송달헌의 기름하고 매끈한 얼굴을, 놀란 눈을 새삼스레 부드럽게 깜박거리면서 바라보았다.

"아침 먹은 것이 체했더랬어요. 인제 아무렇지도 않아요. 약을 먹었으니까 곧 나을 거예요" 하고 소맷길로 눈물을 닦았다.

"공연히 와서 되레 불편하실 것 같으니—" 하고 송달헌이가 일어날 시늉을 하자 어떤 알지 못할 발작인지 자기도 모르는 사이에 소련은 "가지 마세요" 하고 손을 내밀고 말았다. 송달헌은 버리다시피 내던지는 것 같은 저 여자의 감정의 율동에 호응할 때는 바로 이제라는 것을 의식하고 일어서던 자세를 돌려 덥석 소련의 손을 잡아 끌어당겨 건축업자의 튼튼한 팔로 소련을 끌어안고 걷어놓은 이불 위에 비스듬히 쓰러졌다.

"누가 들어오면 어떻게 해요" 하고 한소련은 근심하였다. 근심은 한 가지뿐이었다. 누가 들어오면 어떻게 하느냐는 걱정 한 가지뿐이었다. 그 외에 대하여는 아무 의견도 항의도 없었다.

'대체 이 사람이 누군가?' 하는 의문이 머릿속에서 일어났다. 그러나 일어났다가 곧 불이 꺼지듯이 사라졌다. 지그시 눌린 튼튼한 육체에 눌려서 조그마한 반딧불은 차게 빛나다가 아주 꺼져버린 모양이다. 나머지는 깜깜한 세계다. 눈으로는 도저히 볼 수 없고 다만 손으로 어루만져야만 알 수 있는 깜깜한 밤이었다. 한소련은 깜깜한 밤이 좋았다. 마음에, 아니 자기의 식어가려고 하던 육체에 다시 기름을 붓고 불을 지르는 도적의 행위를 환영하였다.

'이어가야 될 것이 아닌가, 내 생명과 네 생명과 또 모든 생명을 이어가야 될 것이 아닌가, 어떻게 내가 그대로 차디차게 죽어버려야 된단 말이냐, 살자, 살자, 누구든지 상관없다. 누구든지 내 생명과 이 살 속에서 한 치씩 두 치씩 자라는 생명을 위하여 더운 피를 흘려 넣어줄 사람만 있으면 좋다.'

소련은 미덕을 위하여 약간 노력하던 저항도 완전히 포기하고 정확하게 피의 구원자를 시인하기 위하여 눈을 한 번 크게 떴다. 그러나 어느 사이엔지 전등불도 꺼졌다.

"아—" 하고 소련은 고운 음성으로써 모든 것은 옳다고 시인하고 말았다. 그리고 육체의 모든 비밀을 아는 커다란 손이 고루고루 어루만지는 살 전체를 통하여 구원자가 역시 자기를 시인하는 신호를 들었다.

초가을 볕이 쨍쨍 내리쪼이는 종로 네거리 종각 앞에서 서서 오고 가는 사람을 살펴보고 서 있는 젊은 여자가 있다. 거리로 내왕하는 사람을 지키고 있을 뿐 아니라 지나가는 전차, 자동차라도 속력이 느릴 때면 낱낱이 헤아려보곤 하였다. 이따금 섰던 자리를 옮겨 화신상회 모퉁이에 가서 서기도 하고 혹 건너편 파출소 앞에 가 서기도 하였다. 그러다가 오정을 알리는 사이렌 소리가 나면 이윽고 남대문통으로 해서 경성우편국 앞을 꺾어 본정으로 가서 점심 요기를 하고 다시 종로 네거리에 와서 사뭇 오 분이나 십 분 후에 오기로 약속한 사람을 기다리는 초조한 표정으로 길목을 지키고 섰다. 남대문통이나 본정통을 걸을 때에도 항상 지나가고 지나오는 사람들을 눈 익혀보곤 하였다. 아무리 기다려도 기다리는 사람은 오지 않는 모양이라 러시아워가 지나 여섯 시가량 되어서는 다시 터벅터벅 서대문 쪽으로 걸어가서 홍파동 언덕길로 접어들어 갔다. 그러나 이튿날도 비만 오지 않으면 정한 시간인 아침 아홉 시 좀 지나서 여전히 종로 네거리 종각 앞에 와서 십 분이나 십오 분 후에 오기로 된 사람을 기다리는 사람같이 가끔 팔뚝시계도 쳐다보면서 가로수 밑에서 서성거리곤 하였다.

플라타너스랑 은행나무 잎사귀가 누렇게 단풍이 들어 그것이 다시 이따금 소낙비 뒤끝 바람에 떨어져 길가로 날리고 구르고 사람들이 입었던 옷 빛깔에서 흰빛이 차차 줄어들 때가 되었을 때에도 젊은 여자는 자기도 가을 옷으로 바꾸어 입고 나와서 길목을 지키고 섰다.

이 여자는 신기숙이다. 그는 박두수를 찾다 못해 할 수 없이 이렇게 날마다 종로 네거리를 지키고 서서 행여나 박두수가 지나가는가 하고 기다리고 있었던 것이다.

두수가 톈진을 떠난 뒤 바로 그의 뒤를 따르다시피 자기 부친을 단식으로 위협도 하고 은근히 애걸도 하여 납득을 시켜서 가장집물을 팔고 병원을 청산시켜가지고 총총히 서울로 이사를 와서 홍파동에 자그마한 양옥을 사고 들어 부녀간에 얼떨떨한 고향 살림을 시작한 지도 두 달이 넘었다.

기숙이는 R전문학교에 무난히 전학이 되었다. 그러나 개학이 된 지도 오래이건마는 학교에는 처음 며칠밖에 나가지 않았다. 기숙사에 들어가라는 부친의 말을 듣지 않고 집에서 통학하겠다는 이유도 이렇게 네거리를 지키고 박두수를 찾기 위함이었다. 그러나 박두수는 눈에 띄지 않았다. 아, 주소라도 물어둘걸, 무슨 학교를 다녔던가 그런 거라도 알아둘걸, 나는 그를 안 뒤에 참 무슨 이야기를 조용히 물어보고 무슨 이야기를 조용히 하였던가, 어쩌자고 나는 당치도 않게 저 혼자인 체하고 은근히 공치사만 하고 진작 물어볼 말, 긴하고 실삼스러운 말은 한마디도 물어보지도 않고 말았던가. 아무리 후회하여도 인제 와서는 쓸데없었다. 박두수는 좀처럼 만날 길이 없었다.

시월도 저물어가는 어느 날 저녁때 그는 역시 앓는 다리를 사뭇 끌다시피 하고 앞만 보고 걸었다. 경성중학교 앞길을 지날 때 누가 앞을 막고 자기 이름을 부르는 소리를 듣고 고개를 쳐들었다. 천만뜻밖에 김철환이가 우뚝 서서 검은 중절모를 벗는 것이다.

"아이고머니―." 기숙이는 소스라쳐 놀랐다.

"뭘 그렇게 놀라요?" 하고 철환이는 웃는 것이다. 웃기는 하나 그도 놀랐다. 기숙이네가 텐진을 떠난 것은 알았다. 그러나 여기서 신기숙이를 만나리라고는 꿈에도 생각하지 않았다.

"아니 그런데 이게 모두 어떻게 된 일들이에요?" 하고 기숙이는 묻는 말인지 자탄인지 알 수 없는 말을 이렇게 하였다. 다시 쳐다본 철환의 얼굴은 그동안 살이 쪘는지 부었는지 혈색은 없어도 멀뚱하니 커 보였다.

"긴가민가하였더니 역시 기숙 씨군요. 그때 잡혀서 뤼순으로 끌려갔다가 죄가 없는 게 확실하니까 내놓더군요. 그래 곧장 서울로 왔죠" 하고 철환이는 창졸간에 대강 꾸민 이야기를 이렇게 하고 "기숙 씨 언제 서울 오셨소?" 하고 물었다.

"몇 달 됐어요. 이사 왔어요. 아주 살려고."

"그럼 아버지도?"

"네."

"지금 어디 계세요?"

"홍파동이요, 여기서 멀지 않아요, 지금 같이 가시죠."

"글쎄요" 하고 철환이는 망설였다. 서울에서 얼굴을 널리 알리고 싶지 않았다. 기숙이를 따라서 그의 집으로 간다면 그것은 단순히 예의로써다. 그 외에 아무 다른 관심은 없었다. 짧은 경험이나마 자기가 당한 정신적·육체적 수난은, 그에게서부터 사소한 감정을 쓰는 일에 대한 관심을 거의 덜어버리고 말았다. 젖은 땅에 물이 잡히는 것 같은 정신상태, 하여간 어리광스러운 자기의 과거가 우스워지는 것 같은 지금의 철환이다. 그러나 기어코 고집을 부릴 필요도 없어서 "그럼 갑시다. 아버님도 좀 뵙고" 하고 오던 길을 돌아서서 기숙이와 같이 나란히 걸었다.

"지금 그래 어디 계세요?" 하고 기숙이가 물었다.

"마포 이종사촌 집에요, 기숙 씬 모를 거야 아버님은 혹 아실걸요."

"그래요? 서울 오신 지 며칠 되시죠?" 하고 기숙이는 다시 물었다.

"사흘 전에."

"그럼 박두수 씬 아직 만나지 못하셨겠군요?"

"두수가 서울 와 있나요?" 하고 반문하는 철환의 어조는 기숙에게 대해서는 어디까지 태연하였다.

"그러믄요, 그 일 난 뒤 곧 떠나온걸요, 아버지가 돌아가셨다죠 아마" 하고 기숙이는 설명하였다.

"그래요? 만났더랬어요?" 하고 철환이는 물었다.

기숙이는 고개를 흔들었다.

"아버지가 돌아가셨어요?" 하고 철환이는 "그럼 곧 좀 찾아봐야 되겠군" 하고 혼잣말같이 중얼거렸다.

"어디 사는지 아세요?"

"동네는 알지만 번지는 몰라요."

"그럼 어떻게 찾아요?" 하고 기숙이는 재차 물었다. 철환이는 힐끗 기숙의 얼굴을 옆으로 보다가 "방법이 있겠죠" 하고 기숙이보다 한두 걸음 앞서서 홍파동 들어가는 골목 언덕길로 접어 올라갔다.

재회

절에 가서 사십구일재를 올리고 상문을 거둔 두수의 집안은 한동안

다시 한번 초상난 집같이 우수에 잠겼다. 텅 빈 건넌방에서 숨이 끊어진 사람이 금시 어디론지 옮겨가고 난 뒤 같은 분위기가 전 가족의 감정을 사로잡고 있었다.

그러나 차차 날이 감을 따라서 모자간에나 모녀간에 서로 주고받는 화제도 차차 추상적인 것에서 구체적인 것으로 바뀌어갔다. 초하루 보름을 당해서 삭망을 기억하기는 하면서도 그렇다고 모친이 조석반을 폐하고 한숨짓는 일은 없었다. 다만 이따금 딸이 차려오는 소반에 새로 나오는 철 물건이 있으면 용이하게 수저를 대지 못하는 정도였다.

옥순이는 재를 올리고 나서 곧 옛날 자기 모교 선생도 찾아다니고 또 서울에 있는 동무들도 찾아보고 유치원 같은 데 취직을 하여보려고 애를 썼다. 그러나 일자리는 좀처럼 나지 않았다. 그렇다고 친정 밥을 그냥 먹고 있을 수 없다 생각하고 마땅한 일자리 날 동안까지라도 무엇이고 해보아야 된다는 생각에서 오후마다 본정 어떤 일본인 양재학원에 다니기 시작하였다.

두수도 영사관 일이 뜻대로 되지 않은 뒤에 거의 날마다 돌아다니면서 일자리를 구해보았다. 조선물산권장회에 가서 그전 부친이 상종하던 사람들도 찾아보고 하였으나 모두 헛일이었다. 그는 할 수 없이 신문광고에 나는 일자리를 기다리는 수밖에 다른 도리가 없었다. 신문광고는 태반이 보험회사 외교원 모집이 아니면 신직업이라는 명목으로 어떤 종류의 재료를 팔아먹고 그 대신 내직內職을 시키는 따위밖에 없었다.

취직이라는 것이 거의 불가능한 일인가 보다 하고 희망을 아주 포기하고 말 때마다 그는 전후 사정을 생각할 것 없이 에라 빌어먹을, 다시 일본에 가서 고학이라도 할까, 집에서는 그럭저럭 조석은 끓여 먹고 지낼 터이니 모두 한데 모여 서로 붙들고 있다가는 죽도 밥도 안 될까 보다 하고 불현듯이 획 하니 밖으로 나가 거리를 한 바퀴 돌기도 하였다. 그러던 차에 운명은 어떻게 두수를 위하여 그러는지 시월 초 어느 날 신문에 그럴듯한 광고 하나가 눈에 띄었다. 그것은 한성제약합명회사라는 데서 판매계원 약간 인을 모집한다는 것이다.

두수는 이튿날 곧 황금정으로 이 제약회사를 찾아갔다. 벌써 응모자가 십여 명이 넘기 때문에 시험을 받는다는 것이다. 그는 정해주는 날에 다시 가서 시험을 쳤다. 상식, 구두 문답이 있고 필기로는 회사에서 주는 내용을 가지고 일본문 상업통신문을 쓰는 것이다.

두수는 요행히 세 사람 중의 하나로 선발이 되었다. 한 달에 삼십 원, 우선 하는 일은 공장에서 넘어오는 약병에 레벨을 붙이고 포장을 하고 짐짝으로 만들고 고객들의 주소, 성명을 써서 발송하는 일을 되도록 돕는 일이다. 아무 일이고 무슨 상관이냐, 두수는 팔을 걷고 비로소 가격 생활의 첫 땀을 흘리기 시작하였다.

일을 마치고 벤또*를 들고 길거리에 나서면 뱃속과 뱃속이 피로와 만족감으로 아울러 후련하였다.

일자리가 생겼다. 그러나 누구를 위한 일이냐, 애초부터 허무한 노릇인 것을 몰랐던 바는 아니지마는 찾아다니던 일자리를 얻어 첫 땀을 흘리고 보면 역시 얄궂게도 다시 한번 허무해지는 것을 억제할 도리가 없었다. 그러나 일을 하자, 아무 일이라도 하자, 일을 통해서 삶을 깨물어 속속들이 삶의 맛을 보자, 이만해도 다행한 일이다. 부친이 생존이면 감불생심敢不生心*이지 어떻게 이렇게 아무 데고 뛰어들어 와볼 수 있을 것이냐.

쌓였던 피로와 흥분이 함께 바람 빠지듯 나가버리고 완전히 틀어 짜인 평범한 자기 자신에 돌아와 오래간만에 책을 꺼내어 읽으면서 깨끗하게 쓸어버린 건넌방에 엎드리고 있던 늦은 가을 어느 날 초저녁에 두

---

* 벤또 : 일본어로 '도시락'을 뜻함.
* 감불생심 : 힘이 부쳐 감히 마음먹지 못함.

수는 의외의 내객을 맞이하였다. 그것은 김철환이었다.

"철환이 아니야?"

두수는 맨발로 축대 아래 내려와 식모에게 안내를 받아 들어온 철환이를 부둥켜안다시피 하면서 소리를 쳤다.

"철환일세."

철환이는 침착하였다. 두수의 모친도 누이도 철환의 이야기는 들었다. 황겁한 두수의 목소리를 듣고 마루에 나온 두수의 모친과 옥순에게 철환이는 인사를 하고 두수를 따라 방으로 들어갔다.

"자네 당고*를 당했다며?" 하고 철환이는 인사를 하였다. 두수는 고개를 끄덕이고 나서 "어떻게 알았나?" 하고 물었다.

"기숙일 만났어, 신기숙이."

"어디서?"

"길에서, 어저께."

"서울에 와 있단 말이야?"

철환이는 고개를 끄덕여 응종을 하면서 "같이 자네 보러 오자고 해놓고 우선 오늘 내가 먼저 왔네, 퍽 만나고 싶어 하데" 하고 철환이는 담배를 끄집어내어 물고 성냥을 그어댔다.

"그래?" 하고 한마디 가벼이 받고 두수는 "어떻게 된 일이었나 대체, 난 그만 전보를 받고 떠나오고 말 수밖에 없었지만—."

"뭘 어떻게 돼, 이렇게 무사하게 됐다" 하고 철환은 빙그레 웃다가 정색을 하고 "그럼 운명하시는 건 뵈었나?" 하고 물었다. 두수는 고개를 흔들고 "아니, 무사하다니, 글쎄 그렇긴 하지만 모두 통 어떻게 된 일이냐 말이야, 공학이가 현영섭이를 죽이잖았어—."

"그렇게 됐어."

———
* 당고 : 아버지 또는 어머니의 상을 당함.

"그렇게 되다니."

"내가 죽일 걸 공학이가 죽이게 된 거지 뭐—" 하고 철환이는 말끝을 비꼈다.

"글쎄, 그렇게 짐작은 했어" 하고 두수는 어성을 낮추었다.

"자네 짐작대로야 뭐, 그러나저러나 그 얘긴 그만두세 창피해" 하고 철환이는 담배를 길게 빨았다.

"뭐가 창피해?"

"모두 창피해. 내가 부끄러워."

"그건 또 무슨 소린가."

"글쎄, 그 얘긴 그만두세, 그렇다니까 그래. 공학이가 그놈을 쏘고 갔어, 그것뿐이야."

"어디로 갔어?"

철환이는 고개를 흔들면서 맞은편 벽을 물끄러미 한참 쳐다보았다.

"어디로 갔는지 몰라?"

"몰라, 어디 가다 죽었을걸—."

"왜?"

"왜야 뭐 왜야, 내 생각이 그렇단 말이야" 하고 철환이는 천천히 곁에 놓인 대접에 재를 떨었다.

"자네 정거장에서 붙잡혔다면서?" 하고 두수가 물었다. 철환이는 고개를 끄덕이고 "붙잡혀서 매달리고 어쩌고 하다가 뤼순 갔다가 곧 나왔어" 하고 나서 "내가 정거장에서 붙잡힌 건 어떻게 아나?" 하고 물었다.

"한걸의 집 아이가 그랬지 아마, 누가 정거장에서 붙잡혔다고, 그래 자네가 붙잡힌 줄 짐작했지."

"개 같은 자식" 하고 철환이는 혼잣말같이 중얼거렸다.

"누구 말인가?" 하고 두수는 물었다.

"아니야, 아니야" 하고 철환이는 고개를 흔들었다. 두수는 한참 가만 있다가 다시 그때 정경을 이것저것 물었다. 그러나 철환이는 그 질문에 별반 흥미를 가지지 않았다. 다만 간단하게, 그날 밤에 자기는 난카이 대학 기숙사에 가 있다가 열두 시가 지나서 집에 돌아오는 길목에서 한 소련이를 만나 무슨 일이 생겼다는 것을 알고, 그날 밤은 다시 대학 기숙사에 가서 날을 밝히고 이튿날 돈을 구해서 저녁차로 베이징으로 가려고 하다가 정거장에서 붙들렸다는 이야기를 간단하게 하고 나서 "자네 지금 뭘 하나?" 하고 물었다.

"취직했어."

"취직?" 하고 철환이는 반문하다가 "그럼 공부 그만두나?" 하고 물었다. 두수에게는 이 말이 일종의 조롱같이도 들렸으나 솔직하게 "글쎄, 어쩌면 좋겠는지 아직 잘 모르겠네" 하고 더 화제를 벌리지 않았다. 한참 침묵이 계속되었다. 두수는 철환의 얼굴과 몸매를 차근차근히 음미하여보았다. 신색은 그전보다 좋은 것 같고 두 어깨는 침착하게 버티는 자세다.

"서울 언제 왔나?" 하고 두수는 물었다.

"오늘이 아마 나흘쨌가 봐" 하고 철환이는 숙였던 고개를 잠시 쳐들었다.

"저놈들이 가만있어?"

"꼬리가 길면 밟힐는지도 모르지, 그렇게 서울엔 오래 있지 않을 작정이야."

"그래 앞으론 뭘 하려나?"

"일본 가는 길일세" 하고 철환이는 뚝 잘라 한마디 거짓말 대답만 하였다.

"다시 공부하러?"

"글쎄 가봐야지 뭘 할는지."

"잘할 순 있나?"

"방법이 있겠지" 하고 철환이는 대화에 피로한 듯이 모로 누웠다.

"동경 같은 데 가면 고학할 수 있을까?"

"동경 갈 생각이 있나?"

"고학이라도 할 수만 있다면—."

"모르겠네, 하나 공부를 정 하려면 차라리 돈을 먼저 벌어놓고 공부는 공부대로 하는 게 낫잖아, 난 어쩐 일인지 고학한다는 말을 들을 때마다 궁상 끼고 주제비*가 든 사람의 생각 같아, 그야 고학도 고학 나름이겠지만." 두수는 아무 말도 못 하였다.

"고학도 글쎄 세상이 어떻게 돌아가는지, 세상 돌아가는 대로 해야 되겠지" 하고 철환이는 알아듣지 못할 말을 한다.

두수는 쓸데없는 말을 꺼냈다 싶어 화제를 돌려서 "뤼순, 다롄에는 일본 함대가 집결하는 모양인데 그쪽 공기는 어떻던가?" 하고 시국담을 시작했다. 철환이는 시국담에도 냉담하였다.

"공기가 어떻고 할 땐 벌써 지났잖았어? 동삼성이 그냥 쑥밭이 아냐? 신민新民 진청錦城*에 벌써 대규모 비행장도 되어간다니까 인제 러허熱河*로 쳐들어가는 길만 남았지 않았어?" 하고 도리어 반문에 가까운 어조다. 세상 돌아가는 소식이나 알고 말려거든 신문이나 날마다 읽는 것이 낫지, 이러고저러고 혼자 셈을 따져볼 건 무엇이냐, 하는 철환의 어조다. 두수는 내심 섭섭하였다. 친구가 잡혀 들어갔을 때 허재비 모양 속수무책으로 있었다는 것을 나무라는 데서 빈정대는 심사일까, 그야 자기가 병신 구실한 것은 열 번 백 번 잘 안다. 그렇다고 오래간만에 그것도 서로 역경에서 만나서 이렇게 감정을 빗나가게 쓸 것은 무엇일까, 또 아니 할 말로 철환이로 보면 나에게 자기가 장차 무엇을 어떻게 하겠다는 것

---

* 주제비 : '주접'을 말하는 듯.
* 진청 : 청두(成都)의 옛 이름 진광청(錦官城)을 줄인 말.
* 러허 : 중국 허베이 성에 있는 도시 청더(承德)의 옛 이름.

을 허심탄회하게 이야기한 일이 있었는가, 그것이 볼셰비키의 통측*인지는 모르지마는 그렇다면 이쪽의 고충도 알아주면서 불만하거나 오해하여야 될 것이 아닌가. 철환이는 지금 내가 신기숙이와 놀러 떠난 것도, 자기의 호의를 모르는 체하고 혼자 바다로 갔던 일도 오해하고 있는지 모르겠다.

그렇다고 그것을 일일이 내가 어떻게 변명을 해가면서 고해바친다는 말인가 하는 생각에서 두수는 심사가 약간 비틀렸던 까닭에 "정세가 그러니까 자네는 자네대로 또 그 청사진엔가 뭔가에 하나 더 그어 넣을 게 있어서 일본으로 가는 건가?" 하고 빈정대었다. 철환이는 이 말을 듣고 벌떡 일어나 정색을 하고 "천만에, 천만에 오해하지 말게, 그런 종류의 유치한 모험담 같은 것은 극복해버린 지 오래, 그야 빈대나 벼룩이 같은 건 죽여버려야지만, 뭐라고 할까, 하여간 내가 혼자 어떻게 한다는 건 영웅담이야, 그러게 창피하다고 그러잖았어. 우린 별수 없는 당나귀들이니까, 불깐 말같이 껑충껑충 뛸 순 없단 말일세. 별수 없이 사이사이 좁은 길로 해서 십 년이고 이십 년이고 타박타박 그러나 꾸준하게 걸어서—자넬 절친한 친구의 한 사람으로 알고 하는 말일세마는—완전히 사개 물린 조직 속으로 들어가야 된다는 것을 절실히 느끼고 떠나가는 길이라는 것만을 알아주게" 하고 철환이는 자기 자신을 새삼스러이 납득시키려고 하는 듯이 열과 성의를 가지고 말을 하였다.

그제야 두수는 빗나간다고 본 친구의 태도는 지나간 일에 대하여 자기를 꾸짖는 데서 나오는 것이 아니라 구태의연하게 앉아 다시 구태의연한 내일을 멍하니 기다리고 있는 자기에게서 한 뼘도 전진이 없었던 것을 발견하고 친구를 위하여 탄식하는 데서 나온 반사적 응대가 저렇게 표시되었구나 하는 것으로 이해하였다. 철환이는 더 이상 구체적으로 이

---

* 통측 : 일반에게 공통으로 적용되는 법칙인 '통칙'을 말하는 듯.

야기하지 않았다. 그는 톈진 일본 헌병대에서 이렇다 할 만한 증거가 없는 것은 잘 아는지라 갖은 고문을 받으면서도 현영섭의 피살에 대하여는 아무것도 모른다고 끝까지 버틴 덕택으로 무사히 석방이 되어 나오자 곧 베이징에 있는 염사 동지들을 만났던 기회에 새로운 조직에 들어가게 되었고 그 조직의 임무를 맡아가지고 조선으로 단신 쿨리coolie*로 변장을 하고 들어왔던 길이었다. 염사는 원래 중국공산당 화베이공작위원회에 소속한 조선인 공산주의자들로 조직된 별동대였는데 대개 서북간도 출신 청년들이 중심이었다. 염사는 1930년 이른 봄에 간도 제3차 조선공산당이 중국공산당에 가입하자 별동대로서 맡은 반일전술이던 현지 첩보 혹은 일본인 개인 암살 같은 행동에만 그치지 않고, 완전히 간도공산당의 지령 아래서 조선 내지와의 연락에 주력을 넣게 되었다. 김철환이가 이번에 내지로 들어온 것은 마침 만주사변이 일어난 기회에 내지의 반일반전운동을 조직하기 위한 선견대의 임무로서였다. 그러므로 자기가 뤼순으로 이송이 되었더라는 것이 거짓말이라는 것은 실토하지 않았다. 신기숙이나 그 부친을 만났을 때 톈진에서 곧 뤼순으로 이송이 되었더라고 한 것은, 첫째는 그들이 자기가 들어가 있는 동안 아무런 석방운동도 하지 않았더라도 당연한 일이라는 것을 뒷날의 자료로 알리기 위함이요, 둘째는 자기의 앞으로의 운동을 위하여 한 개의 알리바이를 만들어서 자기는 톈진에서 밀항하여온 것이 아니고 버젓하게 뤼순 항구에서 정기선을 타고 왔다는 것을 알려두기 위함이었고, 우연히 말을 그렇게 시작한 바이니 두수에게도 똑같은 거짓말을 할 수밖에 없었던 것이다. 철환이는 일어섰다. 두수는 자고 가라고 권하였으나 밤늦게 자기를 찾아올 사람이 있으니까 가야 되겠다고 모자를 집어 들고 "신기숙이가 자네를 꼭 만나겠다고 그러던데. 다시 내가 같이 오든지 그렇

---

* 쿨리 : 육체노동에 종사하는 중국이나 인도 등의 하층 노동자.

잖으면 주소만 알려주든지 할 터일세. 자네 집 주소를 알아야지, 그래 조선물산권장회에 가서 물었지, 기숙인 이화전문에 전학을 했다네, 깨끗한 집을 샀더구먼, 홍파동에, 빚진 걸 다 정리했으면 돈 십만 원이나 착실히 되었을걸" 하면서 방을 나왔다.

"무슨 일인진 모르지만 난 별로 만나고 싶은 생각이 없는데—" 하고 두수는 대문간으로 같이 나오면서 말했다.

"무슨 일이 무슨 일이야, 사랑이지, 자넨 일일이 다 일러줘야 알아듣는 게 한 가지 탈이야" 하고 두수의 손을 잡아 흔들면서 웃었다. 두수도 웃었다.

"만나기 싫긴 왜 만나기 싫어, 그게 다 포즈야. 자네가 그렇게 포즈를 하고 섰는 동안에 어느 소리개가 내려와서 휙 채가지고 달아날 병아린지 아나, 지지 말게. 매사는 선취득권이라네, 자신을 가지게, 행여 지지 말게, 사랑이 요구하는 건 결국 승리밖에 없는 거야."

철환이는 이렇듯 소신의 일단을 피력하고 외등에 희미하게 우중충한 골목길을 돌아서 나왔다.

이날부터 두수에게는 다시 괴로운 문제를 가지고 오고 또 가지고 가는 날이 오고 날이 가기 시작하였다. 유학의 실패, 부친의 별세, 집안 살림 걱정 등으로 한동안 머리를 차지 못하였던 애정이라는 문제가 다시 염두에 떠오르기 시작하였다. 자신을 가지게, 행여 지지 말게, 사랑이란 결국 승리야— 하던 철환의 말에 비추어볼 때 사실 자기는 한 개의 커다란 그림자를 떨구고 서 있는 포즈에 지나지 않는 허구인 것 같았다.

어떻게 하면 이러한 허를 쁘득하게 충만시킬 수 있는가, 충만을 시키고도 남아서 철철 흘러넘칠 수 있는 삶의 흐름을 꿀떡꿀떡 삼킬 수 있고, 그러함으로써 내가 소유하고 있는 세포가 메두사같이 자꾸자꾸 풍부한 분열 번식을 지속해가는 생명 전체의 소유자가 될 수 있을까.

이튿날은 토요일이라 오후 일찍 회사를 나왔다. 오늘 저녁때 필시 신기숙이가 혼자 오든지 철환이와 같이 자기를 찾아올 것이다. 만날까 말까, 역시 만나보고도 싶다. 그러나 익지 않은 열매를 내가 왜 따랴, 실례되는 말이다. 나를 따러 왔을까? 천만에 익지 않은 열매를 어떻다고 판단할 것이냐, 내가 무슨 우월감을 가졌을라고? 그러면 공주 타입이 되어서? 아 하여간 한 옥타브가 높은 여자다. 그 목소리를 내가 어떻게 따라간단 말인가. 못 따라갈 게면 차라리 만나지 말자, 서글프게 아름다운 저 백합을 하늘이 알아서 좋도록 하시라―.

두수는 지리멸렬한 생각을 하면서 나무 잎사귀가 발길에 차이는 포도를 걸었다.

그는 이윽고 K거리 반도신문사 문 앞에 와 서 있었다. 그는 한참 망설이다가 문을 열고 들어섰다. 홀에 서서 다시 한참 망설였다. 한편 쪽 책상 위의 전화통을 붙잡고 앉았던 문지기가 "누굴 찾으십니까?" 하고 묻는다.

"저 신문사 지국 관계 일은 어디 가서 알아보나요?" 하고 두수는 물었다. 문지기는 복도 왼손 편을 가리키면서 "영업국에 들어가서 물어보시죠" 하고 다시 유리창 밖으로 큰길을 내어다본다. 두수는 영업국으로 들어갔다. 기다란 방에 빈틈없이 책상이 들여놓였고 십여 명이 들썩거린다. 한창 바쁜 시간인 것 같았다. 두수는 모로 놓인 책상으로 가서 모자를 벗고 "말씀 좀 여쭤보겠습니다" 하고 말을 건넸다.

"네" 하고 책상에 장부를 펴놓고 전표를 뒤지고 있던 머리에 기름을 흠씬 바른 사람이 공손하게 응대한다.

"다른 게 아니라 톈진 있는, 중국 톈진 말씀입니다. 거기 귀사 지국장으로 있는 한걸이라는 분 혹 아시는 이가 이 신문사에 안 계신가 하고 좀 여쭤보려고 왔는데요" 하고 사연을 꺼내었다.

"한걸 씨요?" 하고 영업국원은 머리를 기웃거리다가 "톈진 지국장 한걸이라는 이 누구 아십니까?" 하고 어지간히 높은 목소리로 동료들에게 물었다. 몇 사람이 고개를 쳐들었을 뿐 아무 대답도 없었다.

"글쎄요, 잘 모르겠는데요" 하고 친절한 국원은 대답한다. 두수는 더 묻지 않고 실례한 것을 사하고 신문사를 나왔다. 날씨가 흐리고 바람이 이는 길거리에는 플라타너스 잎사귀가 날렸다.

한소련이는 찾아낼 길이 없다. 그는 한참 길목에 서서 어디 가서 시간을 보낼 데가 없을까 하고 생각해보았다. 아무 데도 갈 데가 없다. 무슨 심사로 구태여 외식을 하고 영화구경이야 가랴. 두수는 터벅터벅 걸어서 집으로 왔다. 와서 생각하니 불안하였다. 신기숙이를 만난다면 어떻게 하여야 좋을는지 불안하였다.

학생들 먹는 시간에 같이 이른 저녁을 먹고 옥순이에게 만일에 철환이가 오거든 지금 유숙하고 있는 집 번지를 적어놓고 가도록 부탁을 하고 그는 수건을 들고 목욕탕으로 갔다.

두수가 나간 지 얼마 되지 않아서 기숙이는 혼자서 두수의 집을 찾아왔다. 식모가 나와서 두수가 목욕하러 갔다고 하는 말을 듣고 기숙이는 대문 밖에 한참 서 있었다. 돌아가지 않고 골목에서 서성거리는 여자가 있다는 말을 들은 두수의 모친과 누이 옥순이는 호기심으로 같이 대문간에 나가보았다.

몸매 나는 양장에 단발을 한 미인이다. 서울서는 흔히 볼 수 없는 이상하게 기다란 핸드백을 옆에 끼고 회색 코트 양쪽 주머니에 두 손을 넣고 굽 낮은 구두 앞코로 톡톡 모래를 차보기도 하면서 문 앞을 왔다 갔다 하다가 나오는 사람들 발자취 소리를 듣고 쳐드는 고개, 똑 따놓은 모형같이 흠잡을 데 없는 얼굴을 보고 두수 모친은 속으로 호기심보다도 알 수 없는 만족감이 앞서는 것을 의식하였다.

"누구신지 들어와 기다리시구려" 하고 두수의 모친은 상냥하게 말을 건넸다. 기숙이는 포켓에 넣었던 두 손을 빼고 허리를 굽혀 인사를 하고 "고맙습니다" 하고 잠시 머뭇거리다가 "곧 들어오실까요?" 하고 물어보왔다.

"곧 들어올 게요" 하고 두수 모친은 이 젊은 미인이 가버릴까 근심이다. 기숙이는 대문 안으로 들어섰다. 두수 모친과 옥순이는 동정을 살피면서 안마당으로 이 진객을 들어오게 하였다. 몇 발 옮겨놓지 않아서 기숙이는 주춤하고 멈춰 섰다. 대체 나는 무엇 때문에 지금 이 우중충한 집으로 들어가는가. 박두수는 확실히 나를 피하는 것이다. 갑자기 이런 생각이 났다. 더 갈 필요가 없다. 그는 윗니로 아랫입술을 지그시 깨물었다.

그는 이렇게까지 누추하게 되어버린 자기 자신을 저주하였다. 두수의 모친과 옥순이가 의아한 눈으로 기숙이를 돌아다보는 것이다. 저렇게 쪽 뺀 양장을 한 여자가 저렇게 세련된 몸매를 가진 여자가 왜 저렇게 수줍어할까 하는 것이 두수 모친의 생각이었다.

"어서 들어오우, 안엔 아무도 없다우" 하고 그는 마루 앞에 가서 손이 들어오기를 기다렸다. 자기 증오감에서 오는 자포심이 불현듯이 일어나는 마련으로는 모든 것을 팽개치고 달아나버리고 싶었으나 그러나 완전히 참패를 당한 자기의 허물을 남의 눈앞에 볼꼴 사납게 드러낸다는 것은 더 견디기 어려운 고통이었다. 그는 조용히 마루 앞에까지 걸어와서 옥순이가 내어다 놓은 왕골 방석을 조용히 밀어놓고 마루 끝에 걸터 앉았다.

"좀 올라오세요, 목욕하러 갔으니까 곧 돌아올 거예요" 하고 옥순이는 마루 위에서 권하였다.

"괜찮아요" 하고 기숙이는 가작 웃는 낮으로 사양을 하고 울타리 너머로 완전히 어두워지는 서쪽 하늘을 쳐다보았다. 다시 일어나 나가버리고도 싶었으나 기왕 이렇게 박 씨네 집 안에까지 들어와 앉았으니 이제로부터 자기라는 것이 어떻게 되어가는가 두고 보리라 하는 얄궂은 노름꾼의 심리와도 같은 것에 지배를 받고 있는 것을 어두운 흥분으로 도리어 채찍질하고 있는 것이다. 그는 의외에도 소극적인 자포심이 적극적 자포심으로 변하여가는 것을 깨달았다.

모친은 방에 들어가서 불을 켜고 널린 것을 거두고 나서 식모더러 찻물을 끓이고 과일을 사오라고 이르고 치마를 바꿔 입고 다시 마루로 나오면서 "어서 좀 올라오, 응?" 하고 간곡하게 청하였다.

"괜찮습니다. 잠깐만 뵙고 갈 테니까요" 하고 기숙이는 다시 나오지 않는 가작 웃음을 그리고 사양하였다. 모친과 옥순이는 할 수 없이 같이 마루에 앉았다.

"어디 먼 데서 오신 모양인데" 하고 두수 모친은 막연한 화제를 꺼내었다. "네" 하고 기숙이는 막연한 대답을 하였다.

"두수와 같은 학교 다니셨나요?" 하고 모친은 다시 물었다.

"아니요" 하는 기숙이 대답은 간단하다.

"톈진서 오셨나요?"

"네."

"그럼 댁은 톈진인가요?"

"아니요" 하고 긴치 않다는 듯이 외마디 대답을 하는 기숙이는 전혀 자기들에게 대하여는 흥미를 가지고 있지 않다는 것을 안 두수의 모친과 옥순이는 차츰 면구스러운 주인이 되어갔다. 다만 두수가 빨리 들어오기를 기다렸다.

"몇 시에 만나기로 했는데 이렇게 공교스럽게 늦어질까 원" 하고 모친은 딱해 하였다. 이윽고 식모가 사과와 복숭아를 벗겨서 접시에 담아 내어왔다. 기숙이는 아무리 권하여도 한 조각도 집어 들지 않고 옹송그리고 앉았다. 두 주인은 어찌할 바를 몰랐다. 옥순이는 차라리 자리를 피하고 싶었으나 모친이 젊은 내객에게 대해서 무슨 잘못을 저지를까 몰라서 이내 일어서지 못하고 망설였다.

식모가 나무 쟁반에 홍차를 들고 나와서 기숙의 옆에 놓았다. 다시 권하였으나 기숙이는 역시 사양하고 입에 대지 않았다.

무료한 침묵이 한동안 계속되었다. 학생들이 세 사람의 앞을 질러 몇 번 왔다 갔다 하였다. 이윽고 앞채 지붕 위에 하늘이 완전히 어두워졌다. 두수는 일부러 나를 피하는 것이다. 더 앉아 있다가는 내 염치가 드러나버릴 것 같다. 기숙이는 사뿐 일어섰다.

　"왜 좀 더 기다려보지 않고" 하고 두수 모친은 만류하였다.

　"다시 또 한 번 오지요" 하고 기숙이는 댓돌에서 내려섰다.

　"누구시라고 하는지?" 하고 두수 모친은 기숙이 이름을 묻는 것이다. 기숙이는 한참 가만 있다가 "여러 여자가 찾아오나요?" 하고 정색을 하고 묻는 것이다. 모친은 적이 당황하였다. 이때 두수가 돌아왔다. 어두운지라 홱 돌아선 기숙의 표정은 노여움과 설움이 한데 서리어 까맣게 빛이 굳은 조각 같다 하더라도, 뿌옇게 흰 윤곽이 눈에 익었던 대로 가까이 커 보이는 것을 어색한 대로, 두수는 하여튼 반기는 것이므로 기숙이 눈에 차디찬 눈물이 핑 고여 흐르는 것은 물론 몰랐다.

　"어떻게 이렇게 혼자 오셨어요?" 하고 두수는 인사말을 꺼내는 것이다. 별로 의미 없는 말이었다. 듣는 사람으로는 어떻게 받아야 좋을는지 알 수 없는 공중에 뜬 인사였다. 기숙이는 한두 걸음 두수에게로 가까이 와서 약간 고개를 숙여 말 없는 인사를 하는 것이다. 검정 고무신에 흰 바지저고리를 입고 손에는 세수수건을 꾸려 쥐고 선 사나이, 역시 구수하고도 뻣뻣한 박두수다.

　"들어가시지."

　두수는 수건을 마루 위에 던지면서 이렇게 말하고 기숙이보다도 당황하게 서 있는 모녀의 거동을 살폈다.

　"원 누가 온다고 그랬으면 기다리든지 할 게지, 어쩌자고 이렇게 늦게 돌아댕긴다는 말인고" 하고 모친은 당치도 않은 꾸지람을 한마디 하고 "저 뒷방이 비었다. 그만 들어앉으시게 하여라" 하고 모친은 아까 젊은 손에게서 받은 일종의 괄시를 당한 빛을 아들에게나 손에게 보이지 않게 하기 위하여 짐짓 안방으로 들어가버렸다. 어찌 되는 하흰가 하고 섰던 옥순이도 차라리 자기가 자리를 피하여주는 것이 이 두 젊은이에게 유리할 것이라 생각하고 두수가 던진 수건과 비눗갑을 들고 모친을 따라 방으로 들어갔다.

"들어갑시다."

기숙에게 가까이 와서 낮은 목소리로 달래듯 말하는 두수의 음성으로 족히 그가 자기가 없는 사이에 한 곡절 어떤 원만치 못한 일이 있었던 것으로 추측하는 데서 사죄에 가까운 용서를 청하는 것으로 간취한 기숙은 이것도 저것도 아니라는 듯이 "밖으로 좀 나가지 않으시겠어요?" 하고 비로소 입을 열었다. 그러고는 천천히 한두 발 옮겨놓는 것이다. 두수는 잠시 걸어나가는 기숙의 뒷모양을 지키고 섰다가 뒤를 따라서 대문 밖으로 같이 나섰다.

철환에게서 기숙이가 자기를 찾는다는 말을 들었을 때는 그 자리에서 거의 반사적으로 이기지 못할 어떤 이질적인 유혹을 물리치기 위한 신변 경계와도 같은 반동을 느꼈고 그 반동의 타력으로 일단 넘어졌다가 다시 일어났을 때에는 공허한 자기 육신이 지탱할 데를 찾아 헤매는 것을 알았다. 찾아 헤매었으나 한소련은 아무 데도 없었다. 두수는 다시 한번 자기로도 알 수 없는, 육신과 정신을 가지고 농락하는 이율배반의 절름발이 논리의 수레바퀴에 이끌려 지향도 없이 끌려가는 자신을 발견하고 다시 한번 아연하였던 것이다.

두수는 기숙의 곁에 가까이 서서 걸었다. 역시 이렇게 자기를 잊지 않고 찾아준 기숙이가 고맙고 좋았다. 두려운 것도 아무것도 없는 착하고 어진 조그마하고 가녀린 여자다. 천 리 밖에 떨어지는 무르익은 열매가 있은들 어떻게 하랴, 내 손과 입에 가까이 있는 쓴 씀바귀가 차라리 그 풍기는 향내만도 우선 귀한 것이 아니냐, 이렇게 아무 말도 없이 자기 걸어가는 데로 유순한 양같이 따라오는 기숙이가 바로 이제 천 리 밖에서 굴러온 무르익은 열매일는지도 모른다.

"철환 군한테서 기숙 씨 서울 와 있단 말은 들었지만 진작 곧 찾아가 보지 못했습니다" 하고 두수는 이야기를 꺼냈다. 기숙이는 아무 응대도 하지 않고 걸었다. 그러나 두수의 곁에서 물러서지는 않았다. 큰 골목을 빠져나와 돌다리를 건너 참기름 집 앞으로 해서 큰길에까지 나왔다. 두수는 옷도 갖춰 입지 않고 나온 터라 어디로 가야 좋을는지 몰라서 큰 길가에 멈춰 서서 기숙의 의향을 살폈다. 그런 눈치를 차린 기숙이는 별 의논도 없이 앞을 서서 큰길을 질러 경학원으로 올라가는 골목으로 들어서는 것이다. 두수는 기숙이 가는 대로 따라서 걸었다. 기숙이는 서울이 첫 길이나 다름없었다. 그러나 그는 발길 닿는 대로 걸었다. 환한 큰 길보다도 어두운 나무 그늘이 멀리 보이는 좁은 길이 도리어 자기의 자유를 부르는 것 같았다.

"학교엔 전학이 됐다지요?" 하고 두수는 다시 말을 꺼냈다. 그러나 기숙이는 아무 대답도 하지 않았다. 걸으면서 다만 이따금 짧은 한숨을 내쉬었다.

"왜 아무 말도 안 해요?" 하고 두수는 물었다. 그래도 기숙이는 입을 열지 않았다. 그러나 두수의 곁에서 떨어지지는 않고 발을 맞추어 걸었다. 우정 아무 말도 하지 않는 것은 내게 대한 분풀이를 하느라고 그러는 것이다. 그러나 지금의 두수로서는 그 분풀이라도 달게 받는 수밖에 없었다. 다시 어찌 생각하면 이렇게 아무 말도 없는 것이 가벼운 짐같이도 생각되었다.

이윽고 두 사람은 경학원 앞을 지나 왼쪽 좁은 길로 들어섰다. 여기까지 왔으면 어디로 가는 것이 좋은 것을 두수는 알았다. 좁은 길을 접어 올라가면 산이었다. 장마에 패인 길바닥이 험한 데가 발끝에 걸리면 두수는 오른손으로 기숙의 팔과 옆구리를 부축하여주기도 하였다. 가까이 물소리가 들리는 산 밑을 돌아 오른쪽으로 희미한 불빛이 새어나오는 토막 같은 집들이 있는 앞을 지나면 곧 징검다리를 건너게 된다. 훤히 밝아오는 달빛에 약수터로 올라가는 굽은 길이 언덕 모퉁이로 사라지는 것이 올려다보이고 오른쪽 언덕은 민 듯하게 누워 내려와 자갈밭에까지 이어지는 풀밭이다. 벌레 소리가 자지러지게 나고 왼편 언덕 위 앵두밭 쪽 인가에서 개 짖는 소리가 들려왔다. 쌀쌀하여가는 기온은 이런 산 밑에서는 굽이를 따라 도는 바람 때문인가 제법 선선하였다.

징검다리를 넘어선 두 사람은 길 언덕에서 내려서서 자갈밭을 건너 풀밭으로 올라섰다. 거리 쪽 불빛이 한벌 내깔려 멀찍이 반짝거리는 것이 바라다보이는 소나무 숲 밑에까지 올라왔을 때 "춥지 않으세요?" 하고 두수는 다시 말을 건넸다.

기숙이는 머리를 숙인 채 고개를 흔들었다. 그는 이윽고 옆에 선 큰 소나무에 가서 기대서면서 "배가 고파요" 하고 비로소 입을 열었다. 두수는 기숙이가 서 있는 앞으로 가까이 가서 섰다.

"그럼 도로 내려가서 뭘 요길 합시다" 하고 두수는 의견을 말했다. 기숙이는 고개를 흔들면서 두 손을 내미는 것이었다. 들었던 핸드백이 풀밭에 떨어졌다. 두수는 내민 기숙이 손을 얼결에 잡았다. 희미한 달빛에 창백하게 보이는 그의 얼굴빛같이 그의 손은 찼다.

"시장해서 어떡합니까?"

얼결에 나온 두수의 말이다. 기숙이는 커다랗게 한 번 눈을 감았다가 뜨면서 "그게 그렇게 걱정이 되세요? 먹어서는 뭘 하는 거예요?" 하고 기숙이는 긴장이 풀린 몸이 허물어지는 대로 소나무 밑에 앉으면서 잡힌 손으로 두수의 손을 되레 잡아끌었다.

"제가 그렇게도 보기 싫으세요?" 하고 옆에 앉은 두수의 커다랗게 가까워진 얼굴을 쳐다보면서 기숙이는 물어보는 것이다. 앉아지는 대로 두 무릎을 모로 누이고 앉은 두수는 아무 말도 못 하고 차디찬 기숙의 손을 다시 쥐어볼 따름이다.

"보기 싫어도 할 수 없어요. 어떻게 해요? 전 모르겠어요" 하고 그는 천주교당 위로 밝아지는 달빛을 멍하니 보고 있는 두수의 어깨에 한 손을 빼어 얹고 대답을 기다렸다. 두수는 아무 말도 없다.

"정말 다 모르겠어요, 정말이에요, 그냥 구체적으로 좀 구체적으로 살아보고 싶어요."

기숙이는 말끝마다에 힘든 억양을 주었다. 그러나 두수는 머리로도 몸으로도 아무 향응이 없다. 기숙이는 두수의 어깨에서 손을 떼었다.

"구체적으로 어떻게 산단 말이에요?" 하고 두수는 물었다. 반드시 알고 싶어 묻는 것이라기보다 아무 말도 할 수 없었던 까닭이다.

"그걸 저보고 물어보세요? 아무것도 모르고 따라온 저보고 물어보세요? 제가 뭘 안다고 저보고 물어보세요?" 하고 기숙이는 두수를 쳐다보다 마른풀을 뜯다 말다 하였다. 한참 침묵이 지나간 뒤에 두수는 "나하고 결혼하시면 좋겠단 말이에요?" 하고 물었다. 기숙이는 고개를 획 쳐들었다. 두수는 기숙이를 아무 표정 없이 마주 보는 것이다. 바람이 차게 불고 지나갔다. 멀리 창경원에서 모가지가 긴 새 울음소리가 들려왔다. 기숙이는 다시 고개를 푹 숙였다. 가장 소중하게 담아놓았던 술 항아리가 와지끈하고 깨어지는 것 같은 머릿속이 다음 순간에는 그 파편으로 감추어 육체를 싼 여린 비단옷을 좍좍 찢어 젖히고 가장 소중하게 감추어둔 것을 어느 독한 눈초리 앞에 드러내어놓은 것 같은 착각을 일으켰다. 그 눈초리가 두수의 것이 되는 것 같은 순간에 모든 생각이 사라지고 바로 옆에 좋은 젊은이를 두고도 가까이 할 수 없는 먼 허공을 느낄 때 그는 텅 빈 뱃속이 쓰라린 것으로 가득 찼다가 다시 후련하게 허공으로 흘러가버리는 것 같은 슬픔을 느꼈다.

"왜 그렇게 뼈아픈 말로 하세요?" 하고 기숙이는 중얼댔다. 두수는 마른 풀잎에 떨어지는 기숙의 눈물방울을 볼 수 없었다. 이윽고 기숙이는 어깨를 흔들면서 흐느꼈다. 두수는 팔을 커다랗게 돌려 기숙이를 안듯이 어루만졌다. 기숙이는 온몸이 저리도록 슬펐다. 그는 푹 머리를 두수의 몸에 묻고 어린아이 같은 소리를 내어 울었다.

멀리 창경원에서 모가지가 긴 새 울음소리가 들려오고 다 둥글지 못한 달이 어느새 천주교당 종탑 위에 높이 올라 비쳤다.

당원黨員과 친구

김철환이가 인천 부두에 내렸을 때 펑톈은 벌써 함락되었고 봉황성鳳凰城 안동 현은 일본군에게 보장점령*이 되고 라남羅南에 주둔하고 있던 1사단 병력이 신의주에 집결하던 때였다. 한편 자기가 소속하는 간도공산당에서는 장주련張周連* 지도하에 있는 동만東滿항쟁위원회가 서북간도 내지 지린 각지 일본인 거주지 주변에서 산발적이나마 상당히 치열한 무력항쟁을 전개하고 있었고 차차 내지로도 그 일부분을 들여보내어서 구성龜城에서는 소위 일본 관헌에게 노농적위군勞農赤衛軍이라고 알려진 무장 공작대로 경찰서와 주재소 여러 곳을 폭파한 것을 위시하여 함경남북도 각처에서 농민조합 혹은 청년동맹을 동원시켜 다각적인 직접 운동을 전개하고 있었다.

서울에 오자 철환이는 곧 지시받은 대로 간도공산당 계통 오민호吳敏鎬라는 동지의 아지트를 서강西江으로 찾아갔다. 그러나 찾아간 동지는 만날 수 없었다. 그는 할 수 없이 마포 이종사촌의 집에 잠시 머무르면서 안팎 정세를 살피던 차 신기숙이를 길에서 우연히 만났고 뒤미처 박두수를 만나게 되었던 것이다.

---

* 보장점령 : 휴전조약, 항복 조건 등의 이행을 상대국에게 압박하기 위해 행하는 점령.
* 장주련(1891~1953) : 한국의 사회주의운동가, 독립운동가.

얼마 뒤에 오민호는 전협全協* 계통이 지도한 방직공장 직장 결사 사건에 연루자로 검거되었다는 것을 알았다. 철환이는 완전히 고립한 사태에 빠졌다. 남북만주 일대의 전투가 치열하여갈수록 내지의 좌익운동 탄압은 날로 심하여갔다. 신문은 계속하여 각처의 검거 선풍을 거의 연일 전하고 있었다. 어디 가서 누구와 의견을 교환할 자리도 없었다. 뒤미처 곧 오기로 한 베이징 동지들에게서는 아무 소식도 없었다. 친한 사람이라고는 박두수밖에 없다. 그렇다고 박두수를 이런 일로 찾을 생각은 없었다.

그럭저럭 날을 보내고 있는 동안에 11월로 접어들어서는 다시 경성대학을 중심으로 공산당 재조직을 목표로 한 반제동맹反帝同盟 적우회赤友會의 조직체가 발각되어 십여 명이 검거되었다는 신문 호외를 읽게 되었다. 탄압, 검거, 송국送局*—이러한 질식할 것 같은 사태가 험해가면 갈수록 그는 가만히 혼자 앉아 세끼 밥을 달게만 먹고 있을 수는 도저히 없었다. 지령도 받았거니와 무슨 일이고 하지 않고는 견딜 수가 없었다. 그러나 동지들은 베이징에서 오지 않았다.

동짓달 중순 철환이가 박두수를 다시 찾아간 것은 이렇게 가만히 앉아 있을 수 없는 것이 동기였다. 그 동기 속에는 한 걸음 더 나간 모험도 있었다. 박두수를 동지로 만들리라—이러한 성의와 용기를 가지고 그는 어느 날 저녁 일찍이 쌀쌀한 바람을 안고 박석고개를 넘어섰다.

두수는 집에 있었다.

"오래간만일세, 난 벌써 일본으로 가버렸다고" 하고 두수는 섭섭하였다는 농담 겸 반가이 오래 못 본 친구를 맞아들였다. 건넌방에서 두수와 한소련이에 대한 이야기를 하고 있던 옥순이는 철환이 만류하는 것

---

* 전협(1878~1927) : 한국의 독립운동가.
* 송국 : 경찰청에서 조사한 피의자를 사건 서류와 함께 검찰청으로 넘김.

을 사양하고 안방으로 들어갔다. 어쩐 일인지 옥순이는 철환이가 온 것을 퍽 반가워하는 표정이었다.

"일본 간다던 건 거짓말일세. 용서하게, 내가 자네와 장황하게 늘어놓고 번지르르하게 말해서 뭘 하나? 한마디로 자르네. 오늘 갑자기 자넬 찾아온 것은 거짓말을 하지 않기 위해서 온 걸세" 하고 철환이가 전제를 떼자 "거짓말 좀 했기로서니 대순가?" 하고 두수는 대단찮게 여겼다.

"물론 대술 거야 없지, 어떤 커다란 목적을 위해선—."

"설곤가?" 하고 두수는 철환의 말을 잘랐다.

"자네도 많이 거칠어졌네, 좋아 몸이 마저 거칠어져야지."

"그래야 정신에 금강수가 고인다는 뜻인가?"

"자네가 그렇게 비틀어 묻고 내가 대답한다면 농담이 되고 말 게고."

"듣는 사람이 농담으로 듣지 않아도?"

"그렇다면야 농담을 해도 무방하지, 농담이란 원래 일종의 비틀어진 허장성세이니까."

"허장성세라? 내가?" 하고 두수는 반문한다.

"허장성세면 차라리 고맙겠네, 농담 말이 나왔으니 말이지, 정말 농담으로 말한다면 자넨 허장성세 이하야, 왜? 머릿속으로만 살기 때문에."

"그러니 어쩌나, 원래 그런 걸" 하는 두수의 말씨는 갑자기 가라앉았다. 철환이는 한참 침묵하고 있다가, "객담은 그만두세, 우리가 이러고 앉았을 때가 아니라고 나는 생각하네, 오해하지 말게, 이렇게 말하면 그야말로 바로 설교같이 들릴는지 모르지만, 자네가 다 알고 있는 걸 내가 설교할 게 뭐 있겠나? 다만 내가 혼자 설 수 없으니까 부득이해서 자네 세계를 간섭하려고 하는 거겠지, 간섭, 간섭이야 아니겠지. 일테면 두터운 성안에, 일종의 절연체로 둘러싼 정신 속에 들어앉은 자네에게 밖에서 일어나는 아우성을 전달하려는 거겠지, 같이 듣자고. 절연체 테두리 밖에는 이런 소리도 있다고 들어봐서 그 소리가 옳은 게면 우린들 가만있을 수 있나. 그러면 그건 값싼 희생이라고 할는지 모르지만, 희생을 안 하고야 희생이 뭔지 어떻게 아나, 헤엄을 치지 않고 헤엄을 설법하는 석가모니가 백만 명이 있은들 헤엄치는 올챙이보다 나을 수 있을까 모르겠네. 그야 물론 가치판단이 잘못됐다고 그럴는지 모르지만, 도대체 우리가 여태 알아온 가치란 전도顚倒된 것이 아니었을까. 일테면 무슨 절대를 찾는다든가, 개성을 충실하게 함으로써 자기완성을 위하여 노력한다든가, 한마디로 하면 구세주가 세계를 건질 수 있다는 따위 정신적 착각을 우리가 부지불식간에 그냥 계승해오는 게 아닌지 몰라. 그리고 모든 종류의 고답주의高踏主義, 유아주의唯我主義에 몰두하는 것을 귀하게 여기는 습성을 버리지 못하고 있기 때문에 따라서 한 기둥만을 붙들고 집은 네 기둥이란 걸 모르고 있다가 그야말로 값없는 어떤 한 개의 고집의 희생이 되어서 완전히 몽매한 것과 분간 없는 매장을 당하고 말아온 게 아닌가 생각하네. 나 혼자가 나선다고 창해일속滄海一粟이 어디 가서 무슨 구실이 되겠는가 하는 게 일테면 우리들의 그럴듯한 최후의 고집인데, 이건 결국 자기를 안이하게 속이기 위한 자기변명, 자기 합리화 밖에 아무것도 아니고, 하나가 있어야 둘이 있지, 이야말로 설교 같네마는, 아따 아무렇게 쳐도 희생은 그예 있고 말아야 될 바에 피를 또 자낸 뭐라고 생각하나, 결국 청춘이란 일찍 죽는 거 아니야, 죽어서 청춘이라면 물론 훌륭한 죽음을 말하는 거겠지, 다만 그 청춘이 하나에 그치지 않고 여럿이 되어서 지속하느냐 못 하느냐 그것만 문제지 옳게 세계가 흘러가는 방향을 옳은 역사의 관점에 서서 파악한 다음에도 고고孤高나 노래하면서 인간은 괴로워할 줄 알아야 한다고 주절댄다면 이야말로 맹자 말대로 불위不爲언정 비불능야非不能也*야.”

---

* 不爲也 非不能也 : 안 하는 것이지 못 하는 것이 아니다. 어진 정치를 할 수 있는데도 안
  하고 있다는 말.

철환이는 여기서 잠시 말하던 것을 중단하고 상대자의 반응을 살폈다. 두수는 조용히 고개를 약간 숙이고 듣고 있다가 "거기까지는 나도 알아, 그러나 어쩌느냐 말인가? 안들 아는 걸 가지고 어쩌느냐 말일세" 하고 철환이를 마주 보고 묻는 것이다.

"행동이지" 하고 철환이는 서슴지 않고 대답한다. 두수는 다시 한참 침묵하였다. 철환이는 두수에게 충분한 시간을 주고 나서 "담배 없나?" 하고 물었다.

"사오지" 하고 두수가 자리를 일어나는 것과 동시에 안방 미닫이를 열고 옥순이가 나와서 두철이를 불러 담배를 사오라고 이르는 것이다. 철환이는 옥순이가 안방에서 자기가 두수와 이야기하는 것을 듣고 있었다는 것을 알았다. 사실 옥순이는 모친이 나가고 없는 안방에서 가만히 두 친구가 주고받는 이야기를 한마디도 빼지 않고 듣고 있었다. 그것은 단지 호기심에서뿐만이 아니었다. 자기 자신에게 똑똑히 들려줄 것을 찾는 귀였다. 옥순이는 오래간만에 알지 못할 새로운 세계에 대한 흥분을 느꼈다.

"행동을 어떻게 한단 말인가?" 하고 다시 들어와 자리에 앉은 두수는 물었다.

"구체적으로 가까운 데서부터, 조직을 통해서, 조직, 조직이 가장 중요한 것이라는 것을 나는 체험을 통해 알았네" 하고 철환이는 낮은 목소리로 힘을 넣어 끝에 말을 강조하였다.

"조직이 뭔가?" 하고 두수도 역시 덩달아 낮은 목소리로 물었다.

"조직? 당黨이지, 일테면 구슬이 열 말이라도 끼는 줄이 있어야 전체가 살아나는 이치가 아니겠나?" 두수는 다시 묵묵하고 앉았다. 두철이가 미닫이를 열고 담배를 디밀었다. 철환이는 그것을 받아 한 대 빼어 피워 물고 "자네 책을 좀 보게. 그 키르케고르고 뭐고 그런 몽유병자 병리학病理學만 들여다보지 말고 생생하게 살아 있는 사회의 물리학을 좀 공부하는 게 좋잖아? 그래서 이 사회의 병은 어디가 들었으며, 병이 든 원인은 무엇이고, 고칠 방법은 무엇이라는 것을 한번 알아보는 게 좋잖아. 그러노라면 차차 무엇이 필요하다는 것도 알아질 것 같아, 말하자면 조직이라는 게 왜 필요하다는 철저한 이해가 생길 거야.”

“조직체를 만든다는 말인가?” 하고 두수는 고지식하게 물었다.

“절대로 만들어야지” 하고 철환이는 더 낮은 목소리로 힘을 주어 다시 강조하였다.

“지금 어느 때라고—” 하고 두수가 시작하는 말을 철환이는 뚝 잘라 막고, “때가 이럴수록 좋지 않은가, 보게마는 이놈들이 이번에 그냥 성하지 못하리, 제집 곳간에 불을 질러놓은 셈이야, 만주가 제대로 먹힐 듯싶은가? 천만에, 놈들의 생각이야 간단하지, 시안西安 사건 이후로 어찌 보면 중국이 역사적 추세로 국내 통일이 되어갈 것 같으니까 이다음에 힘이 더 드는 후환을 없애기 위해서 미리 봉오리 때 잘라버리고 겸해 숙원이던 대륙정책을 수행하려고 하는 거지만, 중국도 앞으론 밤낮 비틀거리진 않을 테니 두고 보게. 완전히 새로운 혁명 세력이 일사천리로 밀고 나갈 게니까, 이건 좀 요원한 얘기같이 들릴는지 모르지만—. 자넨 또 어떤 의미로 지금이 어떤 때냐고 그러지만, 아 자넨 눈이 없나, 날마다 신문에 보도되는 내지 각처의 투쟁이 날마다 늘어가면 늘어갔지 저놈들이 탄압을 한다고 아주 찍소리 못 하고 말라버릴 거라고 생각하나? 천만에—.”

두수는 철환이가 이렇게 열렬하게 또 이렇게 심각하게 의견을 토로하는 것을 일찍이 보지 못하였다. 설혹 다른 의견이 있다고 하더라도 지금 당장 앉아서는 코끝으로 튀겨버리기에는 너무도 엄숙한, 어떤 진실이 앞에 바위같이 버티고 있는 것을 느끼지 않을 수 없다. 두수는 차츰 자기 자신을 다시 성찰하지 않을 수 없었다. 저 사람이 정신에 이상이 들지 않은 한 저러한 입바른 말만이 아닌 진실이 우연하게 그 사람 자신이 되었을 것 같지 않았다. 저 진실 속에는 반드시 어떠한 내가 알지 못하는 진리가 들어 있을 것을 믿어도 좋을 것 같았다. 진리는 바로 종이 한 장 밑에 깔린 것을 사람이 모르고 지나가는 수가 얼마나 많은가.

처음 만났을 때 하던 어리뻥뻥한 이야기, 병원에 드러누웠을 때 잡지를 던져주고 갈 때에 받던 일종의 격려감을 오늘 다시 돌아다보면 두수의 눈에 철환이는 역시 철환이대로 겨우 한 발자국 두 발자국 자라오기는 하면서도 거기에는 일관한 성실과 진실이 꿰뚫고 있었다는 것을 새삼스레 느끼지 않을 수 없었고 이렇게 일관하게 자라가는 친구의 미래에 대해서는 전적으로 큰 신뢰를 하지 않을 수 없었다. 그뿐더러 사실 철환이가 말하는 대로 일본 놈의 탄압이 심하면 심할수록 각종 각색의 투쟁은 그 수와 도수가 늘어가는 것을 또한 부인할 수 없었다.

다만 여태까지 그러한 실제 행동에 대한 생생한 보도를 들을 때마다 이것은 특수한 사람들이 특수한 무대에서 연출하는 비극에 가까운 것으로밖에 믿어지지 않았고 자기와 같은 힘없는 사람으로서는 도저히 따라갈 수 없는 실행이라고만 방관하고 오던 것이 바로 지금 자기 앞에 그러한 실천자들의 한 사람을 생생하게 마주 앉아 바라다보고 있으면서 그에게서 오는 더운 체온을 느끼고 진실한 태도를 목도하면 자기 자신도 사뭇 차디찬 달세계에서 혼자 살고 있는 것 같지는 않았다.

"잘 알겠네" 하고 두수는 간단하게 마음으로 항복하였다. 그것은 그 자리에서 만들어진 빈 대답은 아니었다. 자기 자신도 늘 막연하게 느껴오던 무게에서 짜내어진 진실한 기름 같은 대답이었다. 다만 자기 자신의 막연한 체험이 쌓인 축적물의 무게를 모르고 있던 것을 친구가 한 번 들었다 놓아주는 것으로 말미암아 자기의 체중을 알게 되는 것과 같은 우연한 사실이다.

"알고 일을 하고, 일을 하고 알게 되는 거겠지" 하고 철환이는 다시 정색을 하고 자기가 간도공산당 화베이공작위원회의 사명을 가지고 우선 혼자 내지에 들어왔는데 뒤미처 동지들이 베이징에서 올 것이라는 이야기, 그들의 임무는 경성을 중심으로 원산, 함흥, 평양 등지에서 학생층을 통하여 제2광주학생사건 같은 형태로 학원 투쟁을 하여야 되겠다는 등 이야기를 귓속말같이 조용히 하고 일어나면서 "믿네, 다음에 다시 만날 땐 완전히 구체적 토론이 자네 입으로 먼저 나오길 바라네. 좋은 경험을 들려주게, 가령 이 하숙옥이라는 걸 자네가 어떻게 또 달리도 생각할 수 있었고, 또 실제로 어떻게 하면 가능하겠다는 것을―" 하고 철환이는 작별하고 갔다. 철환이가 나가자 옥순이가 건넌방으로 들어왔다.

"네 동무 또 언제 온다데?" 하고 물었다.

"왜?" 하고 두수는 반문한다.

"나 그이하고 얘기 좀 해보게" 하고 옥순이는 웃었다.

"공명하우?"

"좋잖아?" 하고 옥순이는 정색을 한다.

"좋기야 좋지."

"그러면?"

"나 혼자 마음대로 할 수 있다면, 큰 기둥을 세우기 위해서 한 개 파묻히는 자갈이 되어 깔리는 것은 하룻밤 옳게 하고 일어나면 문제없는 일일 거요."

"그런데?"

"문제는 어떻게 깔리느냐 말이요, 어떻게 그곳까지 갈 수 있느냐 말이에요."

"용기가 없어서?" 하고 묻는 옥순이 말에 두수는 고개를 흔들었다.

"딸린 사람들 때문에?"

"우선 그게 한 가지죠" 하고 계속하려는 것을 옥순이는, "그럼 그곳을 사랑이라는 것으로 바꾸어놓으면 어떻게 돼? 가령 그곳이 불이 붙은 사랑이라면 말이야, 다시 오지 못할 파멸인 경우도 있을 거 아니냐, 극단으로 말해서 아주 패가망신하여버리고 말 그런 사랑이라도 아마 모르기는 하지마는 그때에는 조심조심 전후좌우를 다루고 맞춰보고 그렇게 되지 않을 걸, 또 그렇다면 그걸 누가 참된 사랑이라고 할 거야?" 하고 옥순이는 정색을 하고 따졌다.

두수는 대답할 말이 없었다. 너를 지금 따라오는 신기숙이란 여자를 또한 네가 얼마나 사랑하고 있는지는 모르겠다마는 그 여자가 만일 건져지지 못할 붙는 불더미 속이라고 하더라도 아마 너는 그것을 위해서는 부모 형제를 속히 잊어버릴 수가 있을 게다. 그렇다면 철환이가 가리키는 곳에 갈 수 없는 까닭이 몸에 매달린 시름 때문이라든가 하는 것은 새빨간 허위가 아니냐 하는 의미로 두수는 옥순의 말을 이해하였거니와 과연 그렇게 비교하여보면 그럴 성도 싶고, 그런 것이 아니라 때가 있는 것이 아니냐라든가 혹은 어느 시기까지는 공부를 한다든가 경험을 쌓는다든가 하는 것이 대체 밟아가야 될 길이겠지, 누가 장단을 친다고 덩달아 따라나선다면 도리어 우스운 노릇일 것이 아니냐 하고 시비를 캔다고 하더라도, 벌써 이런 종류의 이해타산을 넘어서서 총을 들고 진지로 가고 있는 사람들은 이제 새삼스레 돌아서서 아 네 말이 과연 옳다고 도로 총을 꺾고 후퇴할 리는 만무한 것도 잘 안다. 몇 해를 두고 곰곰이 생각을 하여보고 떠났든지 덩달아 떠났든지 하여간 떠난 사람들은 돌아올 길보다도 나아갈 길을 기약하는 것이 엄연한 사실에 필적하게 부합이 되어 정당할 때에는 옆에 떨어져 있는 나만이 그른 것이다. 검거, 공판, 투옥, 다시 검거, 공판, 투옥이 날마다 날마다 계속되는 철환이가 말하는 지속을 가능케 하기 위하여 다시 검거되고 투옥되는 사람들도 부모도 있고 자식도 있고 공부를 한 사람도 있고 공부를 제대로 못 한 사람도 있고 경험을 쌓은 사람도 있고 쌓지 못한 사람도 있으나, 다 한가지로 그들이 같은 것은 내가 마른 데를 골라 디디려고 할 때 그들은 젖은 땅을 말리기 위하여 허리를 굽히고 도랑을 파는 것이다. 모순된 사회를 근본적으로 개혁하지 않고는 배기지 못하는 것이다. 나는 나대로 내가 가지고 있는 분수가 있을 게다. 두고 보자, 구태여 나를 속일 필요가 없다.

이렇게 생각하는 두수의 머릿속에서는 신기숙이가 아니라 한소련이가 떠나지 않고 마치 살 속을 파고들어 박힌 거머리같이 쫄깃쫄깃 늘어지는 것이다. 한소련이가 남매간에 화제가 된 경위는 다음과 같다.

옥순이가 양재 배우러 다니면서 여기저기 취직자리를 구하고 있을 때 이 주일 전에 마침 어느 유치원에 보모로 있는 어떤 동창생의 소개로 D동 예배당 부속 유치원에 취직을 하였던 것이다. 자기가 맡은 일자리가 자기 동생 두수가 잊지 못하고 찾는 여자가 내어놓은 자리라는 것을 옥순이는 꿈에도 몰랐다.

아이들을 가르치기 시작한 바로 다음 날 파할 무렵에 예배당 안으로 얼굴빛이 창백한 젊은 여자가 들어왔다. 여러 아이들이 그에게로 달려가서 선생님, 선생님 하고 매어달렸다. 어떤 아이가 무심코 「해바라기」 노래도 하는 것이었다. 그러니까 여럿이 따라서 이 창백한 병색을 가진 젊은 여자의 가장자리에 모이기도 하였다. 옥순이는 이 여자가 자기 오기 전에 아이들을 가르치던 보모였을 것이라고 짐작을 하고 먼저 인사를 청하여서 그의 이름이 한소련이라는 것을 알았다. 몸이 아파서 그만 계속하지 못하게 되었는데 어떤 선생님이 새로 오셨는가 궁금해서 어디 가던 길에 잠시 들렀다고 하면서 "몸이 아파서요, 어디 따뜻한 남쪽으로 갔으면 좋겠어요" 하고 묻지도 않은 말을 한마디 하고 아이들 손을 일일이 쥐어도 보고 머리도 쓰다듬고 소매에서 수건을 꺼내서 코도 씻어주고 가버렸다. 검은 치마에 자주 세까루 저고리를 입은 한소련이가 돌아서서 나갈 때 옥순이는 여자의 육감으로 한소련이가 임신한 여자라는 것을 알았다. 그러나 옥순이는 집에 와서 이런 여자 이야기를 할 필요는 느끼지 않았다.

그 후 어느 일요일에 옥순이는 예배당에 갔다. 직업상 할 수 없이 그는 일요일마다 예배 보러 갈 수밖에 없었던 것이다. 그날은 딴 데 목사가 와서 설교를 하였다. 그는 부흥 목사로 알려진 사람이었다. 그는 『히브리 전서』 13장 1절부터 10절까지 읽고 바울이 히브리 사람에게 향하여 일찍이 고성질타한 뽄*으로 고함과 저주와 위협과 탄식으로 회중을 때렸다. 이제 곧 이 자리에서 회개하지 않으면 벼락이 당장 칠 것같이 소리소리 쳤다.

회중은 숨을 죽이고 눈들만 껌벅껌벅하였다. 그 여러 개의 눈 가운데 커다랗게 초점을 잃고 흠뻑 젖은 두 개의 눈이 있었다. 이윽고 강도가 끝이 나고 모두 일어나서 찬송가를 부르기 시작하였다. 집사 송달헌이가 나와서 싸릿가지 지휘봉을 흔들었다. 회중이 설교에서 받은 감동으로 터져 나오는 대로 한창 목청을 울릴 바로 그때였다. 어떤 여자의 비명에 가까운 울음소리가 터져 나왔다. 찬송가 소리는 갑자기 조음으로 높고 낮아지면서 시선들은 슬몃슬몃 울음소리의 주인공을 찾았다. 울음소리 주인공은 구태여 찾을 필요가 없었다. 주인공은 얼굴을 가리고 미친 사람같이 밖으로 달아나가는 것이다. 송달헌의 지휘봉이 몇 번이고 공중에 머물렀다. 그리고 그는 모가지로 올라오는 이상한 숨결을 자꾸 삼키었다. 자주 세까루 저고리에 검은 치마를 입은 여자가 횡 문을 열고 나가버리는 것을 어떻게 이해하여야 좋을는지 몰라서 옥순이는 찬송가를 중단하고 말았다. 옥순이는 그날 집에 돌아와서 저녁상을 받고 모친과 두수에게 이 진기한 이야기를 한 것이다.

밥을 먹다 말고 두수는 "이름이 뭐라고?" 하고 눈이 둥글해서 물었다. 한 개의 시정사市井事에 이렇게 개인적인 관심을 가지고 묻는 열띤 눈을 보고 모녀는 놀라지 않을 수 없었다.

"한 뭐라던가 이름은 생각 안 나" 하고 옥순이는 무슨 심사인지 우정

---

* 뽄 : 본(本). 모범으로 삼을 만한 대상.

담담한 대답을 하는 것이다.

두수는 그 자리에서는 아무 말도 더 묻지 않았다. 모친은 화제가 우연히 좋은 것을 기회로 신기숙이에 대한 것을 이렇게 저렇게 은근하게 물어보는 것이다. 그러나 두수가 별로 흥을 내지 않았다.

모친은 어쩐 까닭인지 알 수가 없었다.

"아버지는 의사라면서?" 하고 모친은 굳이 파고들어가는 것이다.

"그렇대요" 하고 두수는 길 지나가는 사람 이야기하듯 한다.

"그런데 좀 당돌한 데가 있기는 하더구면" 하고 모친은 한번 아들의 속을 뒤집어본다.

"부잣집 자식이니 그럴 수밖에 없겠죠" 하고 두수는 모친의 의사에 동의한다.

"외딸이라니까 귀엽게 자라서 어리광이 그냥 남아서 그러는 거지, 그야 뭐 그리 흉될 거 있어요?" 하고 옥순이도 모친의 가진 관심에 늘 합류하여온 것이다.

두수의 모친은 자기 아들을 가끔 찾아오는 신기숙에게 대하여 점점 호의를 가지게 되었고 나중에는 호의가 적극적으로 실제 그날그날의 관심사가 되어버려서 저런 토실토실한 것을 며느리로 삼았으면 그도 하 괜찮을 성싶어 하였고 옥순이도 자기는 떨어져나간 사람이지마는 역시 동생의 장래에 대하여 누가 시키는 놀음은 아니지만 무관심할 수는 없는 터인데 깍둑깍둑 걸어 들어와서는 어린 여학생이 선생을 만났을 때 경례하듯 고개를 잘름 구부려 인사하는 미인이 벌써 올케로 되어 보인 것이 여러 차례였다. 어머니가 없다는 게 흠이나 그야 또 되레 시집을 와서 친어머니 없는 것만큼 시어머니를 공경할 것이라면 그도 새옹지마 격으로 하 괜찮은 일이고 도대체 집안이 넉넉하다 하고 교육도 상당히 받았다 하고 나이도 스물하나라니 두수에게는 안성맞춤 신붓감이라고 생각하였다. 그러나 두수는 모녀가 가지고 있는 은근한 기대에 대하여 아무런 호응도 하지 않고 "그런 사람 기운을 누를 만한 사람이라야 우선 그 사람을 행복하게 할 거요. 그 사람이 행복해야 그 사람을 맞이하는 사람도 행복할 거 아니오? 그리고 내 나이에 결혼이란 게 다 뭐요?" 하고 결론을 짓고 말아버리는 것이었다. 그러면 옥순이는 그럴 법도 해서 아직 두수는 역시 공부를 더 해야 될 거라고 모친에게 대변을 하던 터인데 두수가 어떠한 여자에게 관심을 가지고 있다는 것을 알고 우선 놀랐고, 더욱 놀란 것은 두수가 그 한이라는 여자의 이름을 똑똑히 알아다 달라 하는 것이었다. 철환이가 찾아왔던 날 저녁 때 옥순이가 그 여자의 이름은 한소련이라고 하는데 톈진서 왔으며 당주동 몇 번지에 유숙하고 있다는 것까지 목사 부인에게서 알아가지고 와서 이야기하고 있던 때였다. 목사 부인에게 꼬치꼬치 캐물어서 어디서 왔고 어디 있다는 것까지 소상하게 알아본 것은 옥순 개인의 흥미였음은 물론이다. 옥순이는 어떻게 되어서 두수가 한소련이란 이상한 여자에게 흥미를 느끼는지 알 수 없었다. 여자의 육감으로 동생이 위태로운 다리를 건너가려고 하는 것을 느꼈다.

창백한 병색, 얼빠진 사람 같은 눈동자, 그리고 미친 듯이 울며 달아나는 그 여자는 벌써 갈대와 같이 약한 사람이다. 벌써 벌레가 파먹고 지나간 병든 과육이다. 옥순이는 길게 반대 의견을 늘어놓는 대신 간단하게 "그 여자 애를 뺐더라" 하고 한마디로 두수를 찔렀다. 모를 소리다, 모를 소리다, 그럴 이치가 없다—두수는 속으로 몇 번이고 머리를 흔들면서 일종 커다란 환희와도 같은 다음날의 기약을 기다리면서 철환의 방문을 받았던 것이다.

그날 밤 같은 시각, 한소련의 방에서—집사 송달헌은 들어오자마자 "오늘 예배당엔 뭣하러 왔었소?" 하고 힐난하기 시작하였다. 마치 십 년을 같이 살아온 아내에게 구박을 주듯 하는 그의 어투는 짧은 그동안 벌써 얼마나 실컷 상대방을 흐뭇하게 알아버리고 말았다는 것을 웅변으로 말하고도 남는 것이었고, 또한 들어서자마자, 십 년을 같이 지내온 자기 아내의 방에나 들어온 것같이 겉저고리를 벗어젖히고 넓적하게 웅크리고 앉는 태도는 사뭇 쥐새끼를 어르는 수고양이의 자세였다. 이제는 떨어지려야 떨어질 수도 없는 그러나 아직도 잘 알지 못할 사나이였으나 그래도 와준 것만 고마워서 선뜻 일어나 반가이 맞이하다가 무안하게 물러앉아 아무 대답도 못하고 고개를 숙였다.

오랫동안 자고 일어난 탓인지 실컷 울었는지 소련의 눈은 뚱뚱 부었다. 창백한 얼굴빛은 희다 못해 푸른 기운조차 돌았다.

아 저 사람이 확실히 어제 그제까지 들어서자마자 나를 끌어안고 뒹굴고 하던 사람인가?

"너무 여러 날 안 오시기에 궁금해서 갔었지요" 하고 소련은 간신히 대답하는 것이다.

"누구를 망신시키려고."

"제가 왜 누구를 망신시켜요?" 하고 소련은 애원하듯 양해를 구했다.

"그럼 왜 내가 나가 서자 울고불고 달아나는 거요? 도대체 뭣하러 예배당엘 오는 거요?" 하고 송달헌은 추궁하는 것이다.

"인제 다시 안 그럴게요" 하고 소련이는 빌었다. 눈에는 눈물이 글썽글썽하였다. 마음 한 모퉁이에 어질고 좋은 구석을 가지고 있는 여자다. 그러나 그것을 내가 깊이 생각해서 무엇을 할 것이냐, 그만하면 흡족하다, 또 꼬리가 길면 밟히는 것이고 도대체 이렇게 되고 보면 다 잘된 일이 아니냐 싶은 의미를 뒤집어서 "대체 누구 아이요?" 하고 송달헌은 단도직입적으로 묻는 것이다. 네가 밴 아이 애비가 누구냐는 말이었다. 한소련의 육체를 한 번 소유한 그날부터 송달헌은 거의 저녁마다 소련에게로 왔다. 탁하고 흐린 처참한 밤이 가고 또 밤이 왔다. 한소련은 완전히 정복을 당한 육체 안에서 살았다. 일어설 수는 없는 육체였다.

모든 것을 마다하지 않고 받아주는 땅과 함께 누워야 될 육체였다. 한 소련의 머리는 다시 가벼워질 도리가 없었다. 이제는 차라리 무거운 육 체가 끌고 내려가는 데까지 끌려가는 것이 훨씬 편하였다. 송달헌은 소 련이가 요구하는 것을 충분히 제공하였다.

그것은 거의 무자비한 학대에 가까운 폭군의 굵은 채찍질이었다. 그 채찍질이 뚝 끊겼을 때 소련은 너무 밝은 햇빛이 칠야삼경보다 두려웠다. "임신했구먼" 하고 어느 날 새벽에 더운 자리에서 손을 떼고 나가버린 뒤에 송달헌은 발을 뚝 끊었던 것이다. 한소련은 높은 데서 갑자기 떨어 진 것 같은 절망 속에서 며칠을 헤매었다. 잃어진 육체는 다시 건질 길 이 없다. 그러나 생명을 건져야 되겠다. 생명을 건지기 위해서는 무자비 한 학대가 인제 와서는 차라리 절대로 필요하였다.

그러한 필요에서 그는 송달헌을 만나보기 위하여 예배당에 갔던 것이 다. 그러나 깜깜한 밤이 육체를 통하여 전하던 무차별의 세계와는 전혀 다른 차별의 세계가 바로 눈앞에 내세우는 것은 아무것도 아닌, 말하자 면 짐승보다도 너절한 인간이었다. 그렇게 미칠 지경으로 울었건만 육 체란 한 번 원수로 맺어놓으면 영원히 원수인 것이었다. 그것은 또다시 자기도 모르게 아름다운 음모를 시작하는 것이었다. 생명을 지속시켜야 되겠다는 미명美名하에서—그러므로 "당신 것이지 누구 거란 말이에요?" 하고 한소련은 거짓말을 할 수밖에 없었다. 그러면 "그래?" 하고 비스듬 히 드러누우면서 송달헌은 속으로 너털웃음을 웃는 것이다.

한소련의 얼굴은 금시에 흰 연꽃처럼 곱게 피었다. 그리고 흰 이빨조 차 드러내고 웃으면서 지난 며칠 동안을 저버리고 드러누운 사람의 가 슴으로 인어같이 나서 들어 어디든지 상관없이 아무 데나 머리를 파묻 는다. 송달헌은 계속하여 속으로 너털웃음을 소리쳐서 웃는 것이다. 그 러나 타던 부지깽이 하룻밤을 더 새운다고 더 검어질 것은 없는 노릇이 었다.

날이 훤히 밝아서 송달헌은 잠을 깨었다. 소련은 반듯하게 누운 채 아직도 깊은 잠이 들었다. 곧 일어나 나가버릴까 하다가 소련이가 잠을 깰 것 같아서 그냥 드러누워 있었다. 실컷 자게 내버려두자. 소련이는 아침 늦게까지 실컷 잤다. 잤다기보다도 완전히 죽었다가 간신히 다시 살아난 것이었다. 눈을 뜨고 보면 멀끔한 현실은 다시 정확한 차별을 가지고 와서 얼마나 무지하고 얼마나 무자비한 하룻밤이 지나갔던가 하는 것을 일일이 밝혀주는 거울과 같은 환한 창에서 흘러들어 오는 높이 뜬 햇빛이었다.

'아 일어나서 꾸물거려선 무얼 한담, 나는 어쩌다가 이 모양이 되었을까' 하는 생각에 잠기고 있을 때 밖에서 소련이를 찾아온 손님이 있었다. 소련이는 옷을 주워 입고 머리를 가다듬었다. 송달헌도 일어나 앉았다.

소련이는 미닫이를 열었다. 안집 소녀의 안내를 받고 들어와 툇마루 앞에 선 사람은 유치원 보모와 낯이 익은 젊은 청년이었다. 송달헌이는 일어나 앉아서 소련이 어깨 너머로 열린 미닫이 밖에 가지런히 서 있는 보모와 청년을—어떻게 보아야 좋은 것인지, 놀라는 것인지 무서운 것인지 도로 눕지도 못하는 쫓긴 도적이 막다른 골목에 등을 대고 한 번은 발악에 가까운 용기를 내어보아도 그냥 휘청거리다가 무릎을 꺾는 도수장에 들어선 소 모양으로 뿌옇게 흐려진 눈동자를 감을 수도 없을 때까지 간신히 아하 네 뱃속에서 꿈틀거리는 아이 새끼 애비로구나, 그러면 무슨 죄가 있느냐, 네가 끌어당긴 데서부터 오른 불길도 이제는 재가 되었다면 말이 될까, 가버리면 그만이거니와 저 보모는 대체 어떻게 알고 온 것이냐고 하는 데 대답하듯 하는 눈초리는 모이를 쪼려는 씨암탉의 뾰로통한 코끝은 찬 서리를 맞아 푸르른 것 같은 것은 어느 하늘 밑에도 있는 의분義憤이라면 알아듣겠느냐는 듯이 쏘아보면서 하늘 아래서는 처음 보는 광경이라는 듯이 경멸하는 것 같은 여자로서의 수치를 차라리 정신 빠진 놈 같은 동생을 위하여 도리어 스스로 느끼는 것을 아는지 모르는지 지각이 없어서 이렇게 된 것이 아니라 이리저리 이리저리 하여튼 아 하늘이나 내 속을 알아줄까 말까 하게 꿈틀거리는 생명을 위해서보다 도리어 내가 살아갈 길을 찾아간다는 것이 훤히 날이 밝고 보니 벌써 때는 늦어서 어찌할 수 없이 무거워진 살덩이를 이제는 가릴 수도 없는 것은 저 보모보다도 저 양반은 어디서 꼭 본 듯한 방에 서서 모두 서로 쳐다보는 날은 참 비가 억수로 퍼붓던 생각이 나는구나 하고 같이 돌아가지 않고 그 양반이 철환 씨하고 남아서 보아주던 까닭은 옳아 팔을 다쳤다고 하던가, 그런데 저 양반이 왜 나를 잡으려고 왔을까.

"들어오시지요" 하고 소련이는 하여간 인사는 다할 수밖에 없었다.

어디로 들어오라는 말인가, 기가 막히고 머릿속이 어지러워 구역에 가까운 것을 억지로 누르면서 두수는 "실례했습니다" 하고 한마디 인사도 되지 않는 인사를 던지고 돌아서서 나와버렸다. 옥순이는 실례하였다는 말조차 하지 않고 그냥 동생의 뒤를 따라나와 동생에게도 역시 아무 할 말을 생각할 수 없으리만큼 깔깔한 입맛을 다시면서 파출소 앞에서 헤어져서 유치원 쪽으로 가버렸다.

두수 역시 더 입을 열기 싫어서 길 복판에 서서 옥순이가 걸어가는 것을 한참 바라보다가 종로로 나갔다. 진저리나는 악몽을 깬 사람같이 그는 몸서리를 치면서 한 시각이라도 빨리 자기 기억을 씻어버리려고 애를 썼다. 그러나 애를 쓰면 쓸수록 더욱 어두운 구석구석으로 쫓아가면서 생의 실태를 밝히고 있는 자기를 속일 수가 없었다. 어두운 구석을 파고 들어 가서는 깨어진 단편을 한데 얽어가지고 나서는 그 흉측한 모양과 혼탁한 냄새에 다시 한번 몸서리를 치고는 시원하게 부는 쌀쌀한 바람을 혼자 콧구멍으로 깊이 들이킬 수 있는 것을 다행하게 생각하였다.

아무리 생각하여도 모를 일 같았다. 아무리 생각하여도 어떤 착각 같았다. 그러나 다시 생각하여보면 간단한 일도 같았다. 그렇게 어렵게 생각할 것도 없는 간단한 인간생활 생태生態의 아주 간단하고 아주 충분히 가능한 발생사 같기도 하였다. 다만 그동안에 자기만이 꿈을 꾸고 있었던 것이다. 꿈이라도 어림도 없이 아름다운 꿈을 꾸고 있었던 것이 잘못인 것뿐이었다. 자기 혼자 어림도 없는 꿈을 꾸고 있는 동안에 인간은 모든 어두운 구석까지 필요로 하면서 자자곤곤*히 생활을 계속하고 있었고 또 지금도 모든 형상을 가진 냄새를 빚어내고 자아내면서 씨근거리는 것일 게다. 길 가는 사람들의 웅크린 모양, 출출한 기색, 멀건 눈동자, 휘청거리는 발걸음 등의 하나하나가 이제 방금 어두운 골방 속에서 씨근거리다가 기어 나와 다니는 것같이도 보였다.

그날 저녁때 박두수가 홍파동 신기숙의 집 문 앞에 와서 서 있던 것을 우리는 발견한다. 신기숙이는 어디 나가고 없었다. 만일 신기숙이가 있었더라면 박두수가 신기숙에게 어떤 표정으로 대하였을 것이며 또한 어떤 음성으로, 그보다도 어떤 심정으로 대하였으리라는 것을 우리는 잘 알 수 있다.

신기숙이를 위하여 섭섭한 날 밤이었다. 그가 만일에 집에 있었더라면 그날 밤에 처음으로 부드러운 말하자면 성자 비슷하다고 할까 하여간 앓아 드러누운 누이동생을 찾아온 오빠 같은 박두수의 위무를 받았을 것은 물론 또 기숙이로 볼 때는 성스러이 처량하여진 박두수의 외로운, 무엇이라고 할까 속칭 말하는 영혼을 실컷 위로하여줄 수 있고 그래서 결국 나중에는 두 사람이 푸른 셰이드 불빛 희미한 그림자 아래서 소리 없이 조용히 웃고 우선 좋은 친구로서의 새로운 의誼를 맺었을는지 그것까지는 몰라도 하여간 잠시 동안은 퍽 행복스러웠을 것이다.

이렇게 알지 못할 것이 사람의 심리다. 왜 그런고 하니 심리란 천 길 흙 속에 파묻힌 바위같이 절대적인 것은 아니기 때문이다. 심리를 밀고 쓸고 하는 거친 파도에 따라서 심리는 자꾸자꾸 변하여가는 것이기 때

---

* 자자곤곤 : 부지런히 일하는 모습을 뜻하는 '자자골골'을 말하는 듯.

문에. 그러기에 어떤 일이 생기고 그 일이 어떻게 발전하여나가는지 그 것을 알기 전에는 박두수하면 박두수의 심리를 그릴 재조가 없다. 그러나 그렇다고 내가 박두수가 죽는 날까지 앉아서 그를 영향 주는 모든 사물을 그리고 또 그의 심리가 어떤 곳을 찾아나간다는 것을 그리고 있을 수는 없다.

그러므로 이 이야기의 작자로서 나는 다만 그 후에 일어난 몇 가지 사실만을 간단하게 또 내가 아는 대로 기록하고 말겠다. 왜 그런고 하면 박두수는 아직도 죽지 않고 오늘까지 살아 있기 때문에 완전한 끝을 맺을 도리는 없기 때문이다. 그의 이야기를 그칠 때에 따라서 그와 같이 그리던 사람들의 이야기도 함께 그칠 수밖에 없다.

첫째 한소련이는 공학의 아이를 밴 지 7개월 만인 이듬해 정월 초에 유산을 한 뒤 한 달가량 동대문부인병원에 입원을 하고 있다가 급성폐렴을 덧쳐가지고 세상을 떠나고 말았다.

사망진단서에는,

연령 : 22세

사망 연월일 : 1933년 2월 7일 오전 2시 15분

병인 : 산욕열産褥熱 겸 급성폐렴

이라고 적혀 있었다. 이것을 가지고 박두수는 부청에 가서 화장 증명을 내어서 홍제원 화장터에 가서 네 푼 목판에 들어 있는 한소련의 시체를 태워 유골은 연자에 찧어 가루를 만들어 중이 시키는 대로 밤에 섞어서 산에 올라가 서너 치 깊은 눈 위에 뿌려 날씨들을 기다리게 하고, 며칠 뒤에는 지난 동짓달 어느 날 밤에 와서 다음에 올 때에는 구체적 토론을 들려달라고 하고 간 뒤에는 소식이 끊어진 김철환의 소식을 석간신문으로 알게 되었다.

신문 기사는,

> 종로서鍾路署 맹활동 개시
> 다수 청년을 검거
> 내용은 비밀결사인 듯

이라는 표제 아래, "부내 종로서 고등계에서는 한 달 전부터 각처에서 활동을 개시하여 청총靑總* 간부 박제영朴齊永을 필두로 북지에서 잠입한 간도공산당원 김철환 외 수명의 청년과 학생 십수 명을 시내 모처에서 돌연 검거하였다. 당국에서는 사건의 내용을 극비밀리에 부치고 계속 엄중 취조 중인데 모종 비밀결사 조직을 하려다가 미연에 탄로된 것 같다더라" 하는 것이었다.

이 신문 기사의 내용은 사실과는 좀 틀리는 점이 있거니와 김철환이는 박두수와 헤어진 뒤에 곧 베이징에서 중국인으로 변장을 하고 들어온 화베이공작위원회 동지 세 사람을 서울에서 맞이하여 세상에 소위 적우회로 알려진 결사를 토대로 학생층과 관청, 고원雇員, 인쇄소 직공층을 널리 망라하여 조선공산주의자청년회라는 것을 조직하기 위하여 수표정 일월관이라는 중국 요릿집에서 그 준비 회합을 하다가 때마침 청총 검거 선풍이 불 때였던지라 그 수사망에 우연히 빗걸려 들어간 것이었다. 그러므로 신문에 청총과 같이 행동한 것같이 기재된 것은 잘못이다.

박두수는 김철환이가 두 번 다시 찾아주지 않은 것을 섭섭하게 여길는지 모르겠지마는 김철환이로 볼 때에 그 이유는 간단한 것이었다. 첫째, 기다리던 동지 세 사람이 베이징에서 무사하게 들어왔기 때문에 자기가 단독으로 조직에 착수해보겠다는 생각을 그만두고 원래 계획대로

---

* 청총 : 조선청년총동맹.

우선 중앙과 지방에 흩어져 있는 간도공산당 계통 동지들과 연락을 취하는 일에 바빴고 또 한 가지는 데인 고기와 같은 사이가 되어버린 두수 같은 사람을 하루 이틀에 동지로 만들어서 곧 일선에서 일을 하게 한다는 것은 위태롭기도 하려니와 무리한 일이라고 생각하였기 때문에 서로 긴밀해지지 못할 바에는 차라리 한동안 만나지 않는 것이 좋겠다고 철환이는 생각하였던 것이다.

다만 그가 바라기는 머지않은 장래에 박두수도 그 개인주의적 사상과 관념의 세계를 떠나서 꼭 자기 손을 잡아주지는 않더라도 같은 진영에 들어와주기를 바라면서 눈보라를 쓰고 거리의 연락을 하고 다녔던 것이다.

박두수는 철환이가 검거되었다는 신문 기사를 보기 전에 사실은 한동안 애써 철환의 거처를 찾아보았다. 그는 한소련이를 제 손으로 태워 그 뼈를 바람에 날리고 나서 곧 동경으로 다시 공부하러 가기로 결심을 하고 여러 가지 의논도 하고 겸하여 자기 누이 옥순이가 한번 꼭 만나 보았으면 좋겠다고 여러 번 외우던 터라 무엇하면 자기 떠나가기 전에 한번 다시 두 사람을 잘 소개하여주고 싶었던 까닭이다. 두수는 삼월 초에 서울을 떠나 동경으로 갔다. 그때 철환이는 검사국에 곧 넘어올 때고 삼 년 언도를 받았다는 것은 그해 가을에 옥순의 편지와 신문을 통하여 알았다.

그 뒤에 옥순이는 한가한 시간에 신기숙이를 만나면 김철환이 이야기를 하곤 하였다. 신기숙이가 김철환이에 대하여 그야말로 인식을 전혀 새로이 하고 감옥에서 나오면 아주 높이 존경을 해야 되겠다고 신기숙의 유流로 생각을 달리하게 된 것은 오로지 옥순이 영향에서였다. 신기숙이가 김철환이에게 가진 감정은 물론 새로운 존경에 그치고 마는 것이었다.

박두수가 동경으로 떠나가기 전 얼마 동안 신기숙이는 학교에서 돌아오는 길로 날마다 두수의 집에 들러서 사뭇 살다시피 하였다. 두수의 모친은 기숙이를 좋게 맞이해주었다. 옥순이와는 차차 서로 평범해갈수록 더 친할 수가 있었다. 그것은 신기숙이가 훨씬 평범하게 된 덕택도 있었다.

한소련이가 세상을 떠나간 뒤부터 박두수는 어쩐 일인지 신기숙이를 누이와 같이 어루만지고 싶은 감정에 사로잡혔고 사실 좋은 낯으로 부드러이 기숙이를 대하게 되었다. 기숙이도 자연히 따라서 부드러이 고개를 숙이고 이야기를 듣는 일이 많았고 그전처럼 왜걸왜걸 지껄이는 일이 없었다. 이렇다고 말은 하지 않았어도 은연중 박두수가 주는 믿음직하고 커다란 시선에 확실한 장래를 기대할 수 있다고 믿었고 박두수는 또한 신기숙이가 그렇게 믿는 것을 결코 모르는 체하지는 않았다. 다만 한 가지 "공부를 더 해야 되겠어요" 하고 말아도 신기숙이는 모든 것을 알아들을 수 있는 것 같았기 때문에 안심을 하고 학교에도 잘 나갔다.

모든 것을 다 알고 나서는 더 불안하고 초조할 필요를 느끼지 않았다. 박두수와 한소련의 관계는 대강 짐작하는 것이거니와 옥순이에게서 어떻게 두수가 한소련이를 다시 서울서 만나게 되었고 소련이가 유산을 하고 병원에 누워서 예배당으로 옥순이에게 편지를 써보내고 박두수 씨가 어디 계신지 연락할 수 있거든 한번 만나게 하여달라고 한 것으로 해서 박두수가 다시 한소련이를 병원으로 찾아가보게 되었고 입원하고 있는 동안에는 늘 시중을 들었고 급기야 죽은 뒤에는 혼자서 장사까지 치러주었다는 것까지 다 알고 나서는 기숙이는 평화스러운 안심을 느꼈던 것이다. 아마 이런 종류의 만족감을 남몰래 슬쩍 훙청거려보고 싶은 동기에서였겠지만 하여튼 옥순이에게서 한소련이 이야기를 들은 것을 구체적으로 방불彷彿한 데서 그 사람의 모습을 그려보기 위해서겠지, 두수가 동경으로 떠나간 뒤 눈이 다 녹고 한강도 풀리고 양지바른 남향판 언덕에는 푸른 풀이 한벌로 깔린 부활절에 D동 예배당에 가서 낯선 회중 속에 앉아 찬송가 소리가 한창 높아질 때에는 아하 이때쯤 한소련이가 바로 여기서 울고 나갔었겠구나 하고 살며시 두리번거려보는 것이었다.

그러나 신기숙이는 오른손에 싸릿가지를 들고 그 찬미가를 인도하는 어떤 젊은 사람이 바로 한소련의 육체를 결국 죽인 집사 송달헌이라는 것은 꿈에도 모르고 역시 평화하고 고요한 마음으로 집으로 돌아왔던 것이다. 집사 송달헌이가 어느 이른 아침 어두운 난음亂淫의 구렁텅이에서 불쑥 한소련이와 같이 나타났더란 이야기를 옥순이는 기숙이에게 하지 않았다.

옥순이는 김철환이가 하루 저녁 두수와 늦게까지 하던 이야기를 사뭇 처음부터 끝까지 외우다시피 하였던 것만큼 기숙이를 만나면 언제든지 화제는 김철환이가 하던 이야기와 그 이야기에서 나오는 사상에 대한 데로 돌아가곤 하였다. 절연체 같은 것으로 둘러싼 정신 속에서만 살아서는 안 된다, 희생을 하지 않고는 희생이 무엇인지 알 수 없는 것이라고 하던 말, 청춘이란 결국 일찍 죽는 것이 아니냐, 청춘이 하나에 그치지 않고 여럿이 되어서 지속하는 것이라야 되지 않겠느냐고 하던 철환의 말이 가지고 오는 모든 아름다울 수 있는 젊은이의 장래를 두 사람은 설계하여보기도 하는 것이었다. 옥순이는 머릿속으로만이 아니라 실제로 그러한 설계를 실천에 옮기기도 하는 것이었다. 그러면서 은근히 어서 삼 년이라는 세월이 빨리 지나가기만 기다렸다.

그는 두수가 동경으로 떠난 뒤에 유치원을 그만두고 발재봉틀을 우선 한 대 월부로 사서 삯바느질 양재를 시작하고 두수에게 긴 편지를 썼거니와 그 편지 속에 아래와 같은 대목이 있었다.

……나는 네가 공부하러 떠나갔다고는 생각지 않는다. 너는 절실한 것을

피하기 위해서 떠나갔다고 생각한다. 네가 취한 태도는 옳다. 그러나 옳은 것도 정도 문제다. 너 혼자 옳은 것을 위해서 답답하게 시간을 끌어가기만 한다면 그것은 수도승의 선禪과 다를 것이 없겠다.

나는 수도승의 선을 찬성할 수 없다. 수도승이 아니라도 자기 개인만은 누구든지 구원할 수가 있다. 나 혼자 구원을 받아서 무엇하느냐. 백치白痴는 노력 없이도 벌써 자기 자신을 구원하고 있지 않느냐. 네가 추구하는 것이 너 혼자만을 구원하는 공부가 되지 말기를 나는 바란다.

……기숙이라는 동무를 알게 된 것을 나는 기뻐한다. 너는 그 사람을 살 속에 박히고 싶어 하는 화살 같은 여자로 알았을는지 모르겠다. 나는 그렇게 생각지는 않는다. 그렇게 생각할 요량이면 기숙이는 도리어 타는 불 속에 뛰어들고 싶어 하는 부나비 같은 여자라고 생각하는 것이 온당할 게다.

불 속에 뛰어드는 것을 그냥 방관한다는 것이 얼마나 무자비한 노릇이겠니? 그리고 생각하니 기숙이는 결코 부나비가 아니다. 그는 차라리 부드러운 땅속에 묻히고 싶어 하는 한 개 조그마하고 단단한 씨앗일지 모른다.

기숙이는 자주 내게로 온다. 오기는 와도 별로 말이 없다. 동경 갈 생각이 없느냐고 농담 삼아 한번 물었더니 웃으면서 서로 공부하는 데 방해가 될 거라고만 하더라. ……철환 씨에게 잊지 않고 차입을 넣고 있으니 안심하여라.

후기

1930년대에서 1940년대를 걸어온 우리 세대가 일제 폭압하에서 어떠한 모양으로 그 정신과 육체를 살리고 또 길러왔던가 하는 것을 그려보려고 한 것이 『청춘』이다.

그러나 역불급力不及하여 『청춘』을 일단 이것으로 끊고 보니 결국 한 개 미완성 작품이 되고 말았다. 이야기 첫 시작을 하다가 그만둔 모양이고 보니 작자로서 하고 싶은 말이나 행동을 다하여보지 못한 셈이다. 게다가 문장이

유려하지 못하여 독자에게는 큰 무례가 될 수밖에 없이 되었다. 그런 것을 굳이 자별自別한 의도 때문이라고 석명釋明하는 것도, 구차스러운 짓이라 다만 처음 계획대로 계속해 쓸 수 있는 기회가 있기만 기다릴 뿐이다.

—『한성일보』(1946. 5. 3~10. 16) 부분 발표, 『청춘』(1949) 수록(전문).

제 3 부

평론

현대 미국소설

1. 아메리카의 정신적 질서

아메리카의 정신적 질서는 유럽의 그것에 비하여 극히 단순하다. 우선 아메리카는 신화를 기억할 필요가 없고 역사를 반성할 필요가 없다. 경험을 예상하지 않는 정신은 질서를 요구하지 않는다. 질서란 항상 지나간 것에 대한 반성을 기억하는 것이기 때문이다. 개성은 정신적 질서 분화分化 특히 윤리적 질서 분화의 도수度數에 의하여 형성되어가는 것이다. 이러한 점으로 보아 미국은 아직 개성을 가지지 못한 문화권이라 하겠다. 여기에서 개성이라는 말은 문화가 특수한 차별성을 갖춘 것을 이른다. 차별성을 통하여 경험은 비로소 역사의 이유가 되는 것이다. 역사를 우리는 '피血'의 조건과 '비의지非意志'의 관념 아래 본다. 이러한 견해로 문학을 관련시킴으로써 비로소 문화적 경험의 실상도 이해할 수 있다. 경험의 빈약과 개성의 미숙, 이것은 문학 특히 소설에 가장 밀접한 관계가 있는 것이다. 대체 소설이 문제 삼는 것이란 경험세계이고 그중에도 가장 핵심을 이루는 것이 윤리적인 것인데 윤리적 경험의 축적이

박약하여 윤리와 논리의 구분조차 모호한 문화세계에서 위대한 작가나 작품이 나올 수 없다. 하물며 가속도로 맹목적 발전을 하는 화폐문화의 '날'과 미정리상태에 빠져 있는 잡다한 종교의 혼란한 '씨'에서 나올 것이란 빤한 것이다. 화폐문화에 있어서 기술이 수단이 아니고 목적인 것과 같이 기성 종교—미국의 경우에는 기성 종교라고도 할 수 없다. 사람은 신을 믿는 것이 아니라 신이 있는 것을 알기만 하므로(슬픈 스피노자들). T. S. 엘리엇Eliot*이 영국국교회 가톨릭파주의Anglo-Catholicism*를 찾으러 간 것도 그 이유인가?—에 있어서 신앙은 영생을 위한 것이 아니라 그날의 신앙을 위한 것이다. 따라서 개성은 많이 유형화되어 상이相異 특성이 무시되고, 육체와 정신이 동일시되고, 본능과 이성이 분리되지 않으며, 심하게는 지적 차별도 심각하지 않게 되어 결국은 일치유사一致類似 끝에 이상理想이 되고 만다. 존 듀이John Dewey*는 이 개성의 몰각沒却을 미국적 심성mentality의 정량화quantification, 기계화mechanization 그리고 규격화standardization에 기인하는 것이라고 지적하였다.

2. 미국 현대소설의 특질

① 아메리카니즘의 형성

아메리카니즘이 무엇인가에 대하여는 비평가들의 여러 가지 견해가 있다. 문학을 통하여 형성되어가는 아메리카니즘은 역시 문학을 통하여

---

* T. S. 엘리엇(1888~1965) : 미국 태생의 영국 시인, 문학 비평가. 영국국교회 가톨릭파주의의 성공회 신자.
* 영국국교회 가톨릭파주의 : 성공회의 가톨릭 전통을 중시하는 신학조류인 고교회주의(高敎會主義).
* 존 듀이(1859~1952) : 미국의 철학가, 교육운동가.

이해하는 것이 첩경일 것이다.

'피'에 대한 몰각을 우선 아메리카니즘의 제1요소로 본다. 아메리카적 윤리에서 유럽적 '피'를 발견하기 어렵다. 아메리카적 '피'는 거의 물질 원소로 환원되고 말았다.

유럽에는 '피'의 대립 상극이 있고 그것을 규정지어 내려오는 전통적 윤리의식이 있다. 아메리카에는 유럽과 반대로 '피'의 혼합이 있고 윤리와는 그 내용을 달리하는 모럴(도덕)이 있다. 유럽에 모럴이 없고 아메리카에 윤리가 없는 것은 아니다. 그러나 여기에서 우리는 대체론大體論에 그치기로 하며 윤리는 그 근거를 생물학적 범주에 두고 행동의 내용을 관념화한 것, 모럴은 이것을 받는 형식이라는 데 그쳐둔다.

유럽소설에서 가장 많이 문제가 되는 것이 구舊윤리에 대한 반동反動과 구명究明을 작가는 그의 제1의적 임무로 생각한다. 올더스 헉슬리 Aldous Huxley*가 그의 저서 『가자에서 눈이 멀어Eyeless in Gaza』에서 현대적 성격 파산에 대하여 어떻게 반동했는가를 독자는 잘 알 줄 안다. "자존심은 강간보다 악하다. 하고何故* 요하면 자존심은 한 사람뿐 아니라 만인을 상傷하므로." 헉슬리는 이렇게 말한다. 이러한 종류의 윤리에 대한 성찰은 미국문학에는 거의 없다고 해도 좋다. 미국은 지금 국가 민족 형성에 있어서 그 형식 준비에 바쁘다. 논리의 형식인 '사회'에 대하여 최대 관심을 두는 것은 그 까닭이다. 행동에 대한 태도도 어디까지든지 형식주의로 규정지으려 한다. 이것은 생물적 조건이 정리 안 된 역사에 있어서 불가피한 것이다. '사회적 약속'과 '사회적 양심'이 '개인적 약속'과 '개인적 양심'에 대치되는 것을 본다. 이러한 점에서 나는 유럽의 보수주의가 미구未久에 미국으로 건너가서 그곳에서 한동안 성장하지

---

* 올더스 헉슬리(1894~1963) : 영국 출신의 작가.
* 하고 : 왜, 무슨 까닭.

않을까 하는 추측을 한다. 지나간 유럽의 보수주의 중에도 가장 그네에게 가까운 영국의 빅토리아니즘이 알비온의 왕조에서와는 다른 방향으로 아메리카의 20세기를 흘러갈 것 같다.

'피'에 대한 몰각에 반하여 아메리카는 인간의 위치를 새로운 지점에서 발견한다. 민주주의도 기실 이 지점을 보지保持하려는 관념이다. 그러나 미국에서 이 관념의 실천이 있다는 것을 잊어서는 안 된다. 이러한 새 관념에서 나오는 것이 아메리카니즘의 제2요소인 국가적 자각이다. 19세기 후반까지도 아메리카는 국가라는 것이 인간생활을 측정하는 데 필요한 한 개의 위치라는 자각이 없었다. 그것을 자각할 필요를 느끼지 않고 그 임무를 웅변가들에게 맡겼다. 그러나 대전大戰을 계기로 이러한 산만한 개인주의는 차차 박약해졌다. 단위를 통하여 실리주의는 더욱 발전하는 것을 보았다. 현금現今 미국에서 이 국가의식이 점점 농후해가는 것은 문학 작품 중 대중성을 띤 것들이 자기 역사의 어떤 단층을 다시 살펴보거나 개척사의 선구先驅들을 영웅화하려는 현상 및 이것을 잘 받아들이는 퍼블릭의 엄청난 숫자를 보면 또한 저간這間의 형편을 잘 짐작할 수 있다.

끝으로 아메리카니즘의 요소로 신인간 조성에 대한 자신이다. 환언하면 신문화 건설에 대한 자신이다. 수년 전 파리에서 폴 발레리*를 중심으로 한 담화회談話會에서 각국 지성들이 새 인간의 장래를 위하여 근심한 일이 있었다. 나는 이 '근심스러운 탄생'이 미국에서 되리라고 믿는다. 아메리카가 정신의 장래에 대한 자신이 있다면 미국문화의 현상을 잘 아는 사람에게는 들리지 않을 말 같지만 아메리카는, 특히 아메리카의 시詩는 정신에 대하여 미국이 그 부원富源에 대한 자신을 가지는 것과 동등의 자신을 가지고 있다. 이 자신은 지금에 있어 의지와 정력

---

* 폴 발레리(1871~1945) : 프랑스의 시인, 사상가.

이라는 형태로 문학에 나타난다. 그것이 뉴잉글랜드에서 프래그머티즘 pragmatism과 이혼하고 새 '도로'들의 삼림에 들어간 지 벌써 여러 해 되었다.

② 문학정신의 박약

즉 작가의 창작역량과 태도가 창조적이 아니고 생산적인 것. 그러므로 소설에 취급된 사상은 사실대로 남아 있기가 일쑤다. 비록 사실이 아닌 경우에도 그것이 재생산되어 소설세계의 리얼리티에 재현상되지 못하면 소설은 암만 심화되어도 소재는 사실대로 남는다. 소설세계의 사실은 현실사상이 사상捨象*되고 남은 그림자로서의 사실이라야 한다. 현상現象을 사상捨象하고 그것을 다시 현상現像하는 창조력을 문학정신이라 한다. 그것은 새가 날아 그 그림자로 그의 존재를 방불케 함과 동시에 너무 높이 날면("그러나 새는 자신의 나래로 나는 한 너무 높이는 날지 않는다", 윌리엄 블레이크) 그림자가 나타나지 않는 것과 같다. 실제적 영상은 정신적으로 그 사상과 동일 내지 이상의 질량을 가져야 된다. 소설의 성숙은 현상에 필적하여야 한다. 소설의 방법은 이 점에서 시의 그것과 같다. 다만 시세계 자체가 전연全然 완미完美 속에 유리되어 고립 완결될 수 있는 데 반하여 소설세계는 늘 생활과 치륜齒輪 회전적 상관성을 맺고 있는 점이 다를 뿐이다. 그러므로 문학정신은 항상 '비재非在'에 대한 부절不絶한 탐구와 반성이다. 외연적으로 '비재'의 위치를 발견하는 데서 문학은, 특히 소설은 그 형식을 얻고 '비재'의 기태機態를 구심적으로 감득感得할 때 소설은 소재를 소화하여 내용을 얻는다. 감득하는 한 창작은 늘 감정적이다. 지성이란 요컨대 감정을 기억하여 그것을 특수

---

* 사상 : 어떤 사물이나 표상에서 뽑아낸 본질적인 공통성 이외의 비본질적인 개개의 특수성을 고려하지 않고 버리는 작용.

한 질서를 주는 힘을 말하는 것이므로 창조란 기실 항상 있는 것을 재창조하는 데 불과한 것이다. 문학에서 창조라는 말은 이 재창조를 말함이다. 재창조되지 못한 창조는 생산에 불과하다. 창조의 특질은 '하나'만인 자를 전제로 하나 생산은 '아무것'이라도 가정할 수 있다. 창조정신에는 의욕과 욕구가 분열되어 있지 않으나 생산에서는 양자가 분리되어 있다. 창작의식이 분리될수록 작품은 단편적이 될 수밖에 없다. 이것이 현대 미국소설의 둘째 특질이다.

③ 미국소설은 단편적이다

미국소설 전체를 볼 때 작품은 있으나 작가는 아직 없다고 보는 것도 소설 창작이 단편적임을 말해주는 것이다. 작가가 단편적이라는 말은 완숙하기까지 성장하는 작가가 드물다는 말이다. 한 작가가 한 작품만은 어떻게 썼으나 그것이 그의 전작全作의 한 개 단편으로만 남아 있을 뿐 아무런 성장의 흔적을 보이지 않는다는 말이다. 헨리 제임스Henry James*만은 예외다. 그는 작가로 완성하였다고 볼 수 있다. 차고此稿*에서는 1920년대 후반기부터의 작가를 논하기로 했으므로 헨리 제임스뿐만 아니라 윌리엄 딘 하우얼스William Dean Howells,* 이디스 워턴Edith Wharton* 같은 작가는 물론 1920년대 작가로 지금은 거의 망각된 윈스턴 처칠Winston Churchill*이나 조지프 허거스하이머Joseph Hergesheimer*도 지면 관계상 논하지 않기로 한다.

작가가 단편적이거니와 작품도 역시 단편적이다. 그것은 시어도어 드

---

* 헨리 제임스(1843~1916) : 미국의 소설가.
* 차고 : 이번 원고.
* 윌리엄 딘 하우얼스(1837~1920) : 미국의 소설가, 비평가.
* 이디스 워턴(1862~1937) : 미국의 여류소설가.
* 윈스턴 처칠(1871~1947) : 미국의 역사소설가.
* 조지프 허거스하이머(1880~1954) : 미국의 소설가.

라이저Theodore Dreiser,* 싱클레어 루이스Sinclair Lewis,* 존 더스 패서스 John Dos Passos,* 어니스트 헤밍웨이Ernest Hemingway, 제임스 패럴James Farrell*의 경우에도 같다. 드라이저는 사실 수집, 루이스는 기사 보고에, 존 더스 패서스는 자기의 기술적 표방도 있기는 하지만 철저한 단편 촬영에 시종하였고 패럴의 사실 보고는 말할 것도 없고 헤밍웨이까지도 단편적이라는 비난을 받는다. 왜 그런가 하면 모 비평가의 말과 같이 그는 아무 할 말도 없으므로. 작품이 단편적이라는 말은 두 가지로 볼 수 있다. 첫째는 이념 내지 테마가 없거나 박약한 것. 둘째는 구성력의 부족으로 소재를 소화하지 못한 채 생산해놓는 경우를 말하는 것이다. 그 결과 소설은 대체로 에피소드의 연속이거나 그렇지 않으면 재미있는 항간담巷間談*이 되고 만다.

그러나 단편적 소설이면서 마치 시에 있어서의 노발리스*와 같은 존재가 미국의 현 문단에도 있으니 그가 바로 요절한 토마스 울프Thomas Wolfe(1900~38)다. 울프는 자신이 고백한 것과 같이 소설의 형식을 찾지 못하였고(그는 제임스 조이스James Joyce*를 놓고 하는 말이었다. 울프는 조이스를 사숙私淑하였다. 울프에 대해서는 따로 쓰기로 하였으므로 여기서는 자세한 논란을 약한다) 별로 할 말도 가지고 있지 않았다. 그 이유는 할 말이 너무 많기 때문이다. 그는 할 수 있는 말을 다하려고 하였기 때문에 한마디도 못하고 죽었다. 그러나 그가 남기고 간 거대한 단편『시時와 하

---

* 시어도어 드라이저(1871~1945) : 미국의 소설가. 대표작『미국의 비극』은 영화「젊은 이의 양지」로 만들어졌음.
* 싱클레어 루이스(1885~1951) : 미국문학사상 처음으로 노벨문학상을 받은 작가.
* 존 더스 패서스(1896~1970) : 미국의 소설가. 이른바 '잃어버린 세대(lost generation)' 를 대표하는 작가.
* 제임스 패럴(1904~79) : 미국의 소설가.
* 항간담 : 항간의 이야기.
* 노발리스(1772~1801) : 독일의 시인, 소설가. 초기 낭만주의의 대표적 인물.
* 제임스 조이스(1882~1941) : 아일랜드 출신의 소설가, 시인, 극작가.

河*Of Time and the River*』(이것은 그가 전 작품에 붙이라고 했던 제목이다) 3권
은 한 개의 운성隕星*적 존재로 미국의 고전에 남으리라고 생각한다.

작가와 작품이 단편적이 되는 원인에 대하여 H. B. 파크스Parkes는 계
간 『스크루티니*Scrutiny*』*지 금년 6월호에 다음과 같은 의견을 말하였다.

Aesthetic disintegration should probably be regarded as a symptom of moral
confusion; but the causes for it are usually to be found in society rather than in
the individual.

Experience remains fragmentary because there is no established social
structure or accepted code of manner or generally hold body of moral belief
which might serve as a standard for emotional belief which might serve
as a standard for emotional integration and as a go into reference for the
measurement of individual deviation.

미美의 와해瓦解 조화粗化라는 것은 대개 도덕적 혼란의 징조라고 본다. 그
원인은 개인에게서보다 차라리 사회에 있다고 하겠다.

경험이 단편적인 데 그치고 마는 이유는 감정의 형성과 개인의 행동 탈일
성脫逸性을 제어하는 데 하나의 참작이 될 표준으로 삼을 기성既成된 사회기구
라든가 통용되는 관습의 기강 또는 기존의 도덕적 신조信條가 없기 때문이다.

이러한 정통주의적 견지나 18세기 합리주의적 견해로 미국문학의 현
상을 비판하는 데는 물론 유럽적 특히 영국 빅토리아니즘적 편견이 없
을 수 없으나 그것은 정통주의나 합리주의를 경험하지 못한 미국으로
서는 받아 마땅할 것이다.

---

* 운성 : 암석이나 금속 물질의 입자가 지구 대기로 진입하여 증발할 때 하늘에 나타나
  는 빛줄기.
* 『스크루티니』 : 1932년부터 1953년까지 간행된 영국의 계간 문예평론지.

필자는 서두에서 말한 바와 같이 경험의 유형화, 사상의 유사화되어 가는 화폐문화의 필연성인 기계주의가 사상을 단편적인 데 떨어뜨리고 만다는 것을 우선 생각하고자 한다. 심술궂은 늙은 '새뮤얼 버틀러'가 미국이란 나라는 천재가 있을 곳이 못 된다고 어디선가 말했거니와 역시 천재도 토양을 요구한다. 그러므로 문화가 전반적으로 단편적일 때 문학이 단편적으로 되는 것은 자연스러운 현상인가 한다.

④ 사회적 관심과 개성의 몰각

현대 미국소설에서 사회적 관심을 제외한다면 남는 것은 결국 윌라 캐더Willa Cather*의 온건한 프러빈셜리즘provincialism*과 세련된 스타일, 헤밍웨이의 유럽, 독선주의적 미에 대한 의식, 그리고 울프의 정력쯤일 것이다.

드라이저는 사회적 관심이 그의 작품의 전부라고 해도 과언이 아니다. 여기에도 잘 알려진 『미국의 비극』은 어느 교수의 말과 같이 사회학적 문헌이라고도 볼 수 있다.

유전과 환경이라는 전제하에 그는 한 개성을 포척抛擲한다. 그리고 질시한다. 질시한 대로 기록한다. 기록은 사실을 위한 사실에 그친다. 여기에 드라이저의 진화론적 사회관을 토대로 한 문학이 있다. 성격을 중심으로 하는 경우에 있어서도—예를 들면 단편집 『12인』—성격은 어디까지 환경의 지배를 받는다. 사실로 말하면 이 열두 사람은 모두 드라이저가 친히 아는 사람들이다. 그러나 그는 그들을 볼 때 자신의 친구로 보기 전에 우선 아메리카 자본주의의 바퀴에 든 운명적인 다람쥐들로 보기를 주저치 않는다. 그의 인간 문헌록은 이렇게 하여 어느 정도의

---

* 윌라 캐더(1873~1947) : 미국의 여류 작가.
* 프러빈셜리즘 : 편협, 편견, 지방적 특색.

기형畸形에 들어가고 만다. 웃음을 아주 빼다니 그것만 해도 드라이저의 죄가 아닌가? 그는 1900년 처녀작 『시스터 캐리Sister Carrie』를 출판할 때부터 벌써 이러한 죄의 각오를 하고 나섰다. 1911년 두 번째 작품 『제니 게르하르트Jennie Gerhardt』에서는 가혹한 기계적 숙명론을 시험해보는 일방一方 사회를 의식적으로 구분해놓고 인간의 역사라는 것은 이렇듯 우발적이라는 것을 제니라는 여성을 통해 말한다. 이러한 경우 개성 즉 소설의 성격은 다분히 작자의 희생이 되고 만다. 외계에서 오는 영향만이 비극의 소이연所以然이 되고 성격 자체의 내부에서 오는 원인은 많이 말살되어버려야 하기 때문이다. 원칙적으로 비극의 원인은 내재적·성격적이라는 것을 등한시하는 것은 비단 미국의 현 문단뿐 아니라 세계를 통하여 어떠한 이데올로기의 노예가 된 문학에도 공통적이다. 『미국의 비극』의 프로타고니스트protagonist*와 토머스 하디의 『비운의 주드Jude the Obscure』의 주인공을 비교해보라. 또 드라이저의 『제니 게르하르트』와 하디의 『테스』를 비교해보라. 주인공 제니와 테스를 비교해보라. 숙명관에 있어서 어느 정도까지 일치하는 두 작가의 비극에 대한 해석이 어떻게 다르며 어느 것이 비극의 원리에 가까운가? 인간의 약점 때문에 일어나는 최고의 감정, 그것이 그리스에서 타당하였으면 오늘에도 그럴 것이다.

사회적 관심은 루이스에게 있어서도 가장 중요한 대상이 되어 있다. 다만 그 대상이 드라이저와 달리 문헌적이 아니고 비평적 내지 풍자적인 것이다. 『메인 스트리트Main Street』를 통하여 루이스는 미국 중산계급의 진로를 점쳤다. 서문에서 그가 말한 것과 같이 그 메인 스트리트는 미국의 어느 도시의 메인 스트리트도 될 수 있으며 그 거리를 걸어가는 여성의 생애는 또한 통계적으로 뻔한 것이라는 대체론大體論을 가지

---

* 프로타고니스트 : 고대 그리스 연극의 주인공. 이후 모든 극작품의 주인공을 일컬음.

고 쓴 것이 이 작품의 의도다. 그는 이 통계를 반증키 위하여 신문기자적 임무를 다한다. 현미경적인 사실주의가 그 임무를 다하기에 또한 필요하였다. 루이스에게 성격이 없는 것이 아니다. 『배빗*Babbitt*』, 『애로스미스*Arrowsmith*』나 『엘머 갠트리*Elmer Gantry*』는 다 기억할 만한 성격들이며 최근의 저서 『베델 메리데이*Bethel Meriday*』도 무난한 성격이지마는 그것이 대상작가인 크리스토퍼 몰리Christopher Morly의 근작 『키티 포일*Kitty Foyle*』에서 얼마나 지나가는 정도인 것인지 자못 의심이다. 루이스의 성격들은 대개 풍자를 위하여 만들어놓은 전형이기 때문에 과연 얼마나 오래 살는지 자못 의심이다.

존 더스 패서스는 마르크스주의자들과는 결별한 좌익 작가로 자연주의에 영화기술을 넣은 사실주의 수법으로 자본주의 사회의 기구와 성층을 검색해나간다. 『맨해튼 역*Manhattan Transfer*』, 『1919』, 『북위 42°선*42nd Parallel*』은 그의 3부작으로 문장은 약간의 의식의 흐름을 가진 불연속적 구성으로 로렌스가 말한 미국의 문장이 시네마토그래픽 cinematographic하다고 한 것의 전형적 표본이다. 그러나 신기술의 응용, 주관주의적 수법의 시험에도 불구하고 그의 성격들은 진전을 못 하고 단편적 경험을 반복할 뿐이다. 에피소드는 작고 퍼지기만 하고 아무런 통일을 보지 못한다. 그러는 중에서 『북위 42°선』의 맥Mack이나 『1919』의 선원 존 윌리엄은 다만 이차원의 세계를 한정 없이 걸어가고 있을 뿐이다. 그러니 자연히 행각行脚의 경로는 술에서 여자, 여자에서 혹은 전쟁으로, 사회의 암흑면으로, 거기서 다시 여자에게로 돌아오게 된다.

3부작 이후 최근에 발표된 『한 청년의 모험*The Adventures of a Young Man*』은 공산당에 대한 반박론이다. 이 작품에서 그는 극단의 분노로써 공산주의자들을 매도하는 동시에 자기의 정치론을 전개시킨다. 그러나 전체로 보아서 이렇다 할 만한 진전이 없는 것은 유감이다.

이렇게 하여 드라이저에서 비롯하여 루이스를 거쳐 존 더스 패서스에 이르기까지 1920년대 문학의 최대 관심은 사회였고 개성은 다만 그 사회를 말하기 위한 두 번째 대상이었다. 그러나 그들은 사회기구의 오류를 수집, 보고, 지적할 뿐 이렇다 할 대책을 내어놓지 못하였다. 이점에 있어서 테마나 이데올로기를 가지고 쓰는 작가들은 역시 프롤레타리아 문학운동을 중심으로 한 사람들이다. 한때 발매금지를 당한 『신의 작은 땅God's Little Acre』의 작자 어스킨 콜드웰Erskine Caldwell이 우선 기억되어야 할 것이다. 일시 물의를 일으킨 그의 『타바코 로드Tobacco Road』는 지금 뉴욕 브로드웨이에서 7년째 상연되고 있어 미국인치고 이 연극을 보지 않은 사람이 별로 없다는 것이다.

　작가로서의 콜드웰은 지금도 쓰는 중이나 이데올로기의 발전이라는 점에서 보면 벌써부터 안가安價한* 성性 문제 취급에 타락하고 말았다고 할 수 있다. 본인은 물론 여기에 대하여 불복할 줄 안다. 왜냐하면 그는 전기 작품의 서문에서 춘본春本*을 찾아다니는 이 책의 독자 십만 명보다 차라리 조지아의 지옥 같은 제분 공장의 소년 소녀들 중에서 백 명의 독자가 나와주기를 바란다고 한 것을 보더라도 그는 어디까지 성 문제를 사회 문제의 한 항목으로 취급하겠다고 선언한 것으로 볼 수 있기 때문이다.

　부언하거니와 미국문학에 있어서 성 문제는 1910년대 전반까지도 극히 보수적이었다.

　보스턴에서는 로마가톨릭교와 신교파 동맹으로 유진 오닐Eugene O'Neill의 『기묘한 막간극Strange Interlude』의 상연을 금지하고 데이비드 로렌스David H. Lawrence*의 『채털리 부인의 사랑Lady Chatterley's Lover』을 판매한 서점을 처벌하였다. 그러나 이러한 무지는 지식계급의 조소

---

* 안가한 : 값이 싼.
* 춘본 : 남녀의 정사 장면을 선정적으로 쓴 책.
* 데이비드 로렌스(1885~1930) : 영국의 소설가.

를 받았을 뿐 아니라 10년 후에 미국 세관이 제임스 조이스의 『율리시스Ulysses』를 통과시키는 것을 보게 되었다. 콜드웰과 같이 남부 취재를 많이 하는 작가에 그레이스 럼프킨Grace Lumpkin이라는 신진이 있다. 그는 『생계를 위하여To Make My Bread』에서 도시와 절연된 산중생활자들의 현대공업의 바퀴에 휩쓸려 들어가는 경로를 박력 있는 필치로 그렸고 존 샌포드John Sanford는 『노인의 장소The Old Man's Place』, 『일흔 번씩 일곱 번Seventy Times Seven』*에서 신선한 문장으로 농부들의 생활을 그렸다. 도시를 배경으로 한 좌익작가들 중에서 유태인의 생활에 지식이 풍부한 대니얼 푹스Daniel Fuchs가 있고 『플러싱에서 갈보리까지From Flushing to Calvary』의 작자 에드워드 달버그Edward Dahlberg가 있다.

좌익작가와 아울러 기억해야 할 작가는 현 문단에서 가장 활약하는 존 스타인벡John E. Steinbeck(1902~68)이다. 스타인벡은 캘리포니아 주 살리나스Salinas에서 태어났다. 그는 회계사의 아들로 초등교육을 살리나스에서 받고 1919년에 스탠퍼드 대학교에 입학했으나 중도에 폐학廢學하고 말았다. 첫 습작을 『뉴요커The New Yorker』 잡지사에 보낸 후 한때는 뉴욕에 매디슨스퀘어가든이 건축될 때 일개의 노동자로 땀을 흘린 일도 있었다. 처녀작 『토르티야 대지Tortilla Flat』가 인정받기 전까지 그는 로스앤젤레스 등지에서 아내 캐롤과 같이 문학 수업의 쓰린 나날을 보냈다. 처녀작이 발표된 것이 1935년이었다.* 뉴욕의 출판업자 파스칼 코비치에게 인정을 받아 『승부 없는 싸움In Dubious Battle』과 『생쥐와

---

* "그때에 베드로가 나아와 가로되 '주여, 형제가 내게 죄를 범하면 몇 번이나 용서하여 주리이까 일곱 번까지 하오리이까.' 예수께서 가라사대 '네게 이르노니 일곱 번뿐 아니라 일흔 번씩 일곱 번이라도 할지니라'(Then Peter came to Jesus and asked, 'Lord, how many times shall I forgive my brother when he sins against me? Up to seven times?' Jesus answered, I tell you, not seven times, but seventy times seven)"(『마태복음』 제18장 제21~22절)의 한 구절.
* 원전에는 『토르티야 대지』가 처녀작이라고 되어 있으나, 존 스타인벡의 처녀작은 1929년에 발표된 『황금의 잔』이라고 알려져 있다.

인간『Of Mice and Men』 등을 속속 세상에 내어놓았다. 그는 작년(1939)에 『노호怒號의 포도The Grapes of Wrath』*가 퓰리처상을 수상함으로써 작가로서 확호確乎한 지반을 다졌다. 미국 인구 25명에 1명꼴로 이 소설을 읽었다니 그 인기를 가히 짐작할 수 있다. 이 소설이 끼친 영향은 실로 컸다. 문단에서는 새로운 리얼리즘에 대한 논의가 이 소설을 중심으로 전개되었고 사회 각층을 통하여 각기 그 특수한 입장에서 이 소설이 제기한 사실을 검토하였다. 워싱턴의 백악관에서는 의회의 문젯거리가 되었으며 심지어 루스벨트 대통령 부인이 실제로 소위 '노호의 포도' 지대인 캘리포니아의 빈민 농민 구區를 답사한 일까지 있다. 문학적 평가를 보더라도 1930년대의 걸작 중의 하나다. 이 작품은 서부에 흔히 있는 농민 수난사의 한 전형적인 종류다. 오클라호마 주에는 자연의 협위脅威와 같이 오는 자본주의의 잔혹이었다. 농민은 호읍號泣*을 하면서 혹은 체어諦語하면서 생산지에서 추방을 당한다. 토마스 조드 일가도 그중의 하나였다. 『노호의 포도』는 이 조드 일가의 추방기다. 이 기록 속에는 어느 정도로 과장된 부분과 성격의 왜곡이 있다. 그러나 전체를 통하여 일관하는 박력迫力과 사실에 충실한 묘사는 독자에게, 특히 사실에 대한 호기好奇가 많은 미국 독자들에게 어필하는 바가 적지 않다. 이 책에 나오는 주인공 톰이나 폐업한—영구히 신을 배반한—목사 등은 잘된 미국 소설 성격의 좋은 표본이며 더욱이 흐트러지는 일가를 끝까지 통솔하는 톰의 어머니는 울프의 『시와 하』에 영구히 살아 있는 유진Eugene의 어머니 못지않을 만치 성교成巧된 성격이다.

---

* 노호의 포도 : 현재는 '분노의 포도'로 번역됨.
* 호읍 : 소리 높이 목놓아 욺.

⑤ 미국소설은 정력적이다

미국소설에 희망이 있다면 그것은 정력적인 데 있다고 생각한다. 미국은 현대에 있어서 문학적 소재가 가장 풍부한 곳과 같이 생각되지만, 사실은 그렇지 않다. 본질적 소재는 항상 피상적 소재의 질량에 반비례한다. 이것은 다시 현대 미국의 기계적 모더스 비벤디modus vivendi*에 숙명적 규정을 받게 된 바 일률화, 개괄화가 소재의 빈곤을 가져오게 하는 것이다. 필자는 어느 소설가(그의 처는 한때 베스트셀러 작가였다)가 자기는 소설을 더 쓰려야 쓸거리가 없다고 한 말을 기억한다. 객관적 소재의 빈곤이 있는 동시에 작가의 지적 빈곤이 또한 있다. 더욱이 불어가는 독자의 요구에 따라 소설이 상품화되는 현재에 있어서 작가는 문학적 수업과 거기에 따르는 고민을 될 수 있으면 피하려는 경향이 있다. 요컨대 소재란 객관세계에 있는 것만큼 작가의 뇌 속에 있어야 할 것이다.

제임스 조이스의 『율리시스』를 보라. 객관적 소재로 말하면 이보다 더 단순한 소설은 현대에 드문 동시에 주관적 소재(억기憶記된 사상의 질서화)로 보면 이보다 더 복잡한 작품이 다시없을 줄 안다. 진부한 리얼리스트는 조이스나 프루스트의 세계는 2차원의 사상세계가 아니라는 것을 지적할는지 모른다. 그렇다면 관습적 시간(조이스나 프루스트의 시간은 말이 영원의 시간과 상관없는 것같이 감각적 관습과는 상관없는 유리적遊離的 차원이라고 본다)을 떠나지 않은 쥘 로맹Jules Romains*의 근작 『선의의 인간』을 보라.

『선의의 인간』보다 국포局布와 구성이 큰 소설은 현대에 드물다. 이곳에서 우리는 복잡다단한 프랑스적 소재를 본다. 그러나 그 소재를 산출한 객관세계가—역사적인 즉 시간적 경험의 기억을 제한다면—미국

---

* 모더스 비벤디 : 라틴어로 '살아남는 방법, 생존을 위한 상호 타협'을 뜻함.
* 쥘 로맹(1885~1972) : 프랑스의 소설가.

의 그것보다—예를 들면 저 통속소설의 백미 윌리엄 앨런William Allen의
『앤소니 애드버스Anthony Adverse』—얼마나 더 풍부한가? 자못 의문이
다. 이것은 곧 작가의 지성 빈곤에 따르는 내적 소재의 생산 능력이 부
족한 때문이다. 결국 소재는 작가의 두뇌 속에 있는 것이요, 시가市街에
있는 것이 아니다. 역량의 미흡에도 불구하고 창작적 의욕이 왕성한 것
을 문학이 정력적인 것이라고 할 수 있다면 미국소설은 확실히 정력적
이다. 누언累言을 비費할 것 없이 토마스 울프가 이것을 잘 대언代言한다.
앞에서도 말한 것과 같이 그는 문학을 통하여 모든 것—그것이 미국적
인 한—을 다 알고 모든 것을 다 쓰려고 하였다. 휘트먼의 목록에 훈힐
訓詁 주석을 내는 것을 그의 문학적 임무로 생각하였다. 또한 그는 창
작하기 위하여 살았고 그러므로 문학을 이해하려고 했다. 그의 최종작
『거미줄과 바위The Web and the Rock』만큼 정력적인 작품은 현대 세계문
학을 통해 드물다. 그는 이 정력을 소모하기 위한 특별한 스타일을 창
조하기까지 하였다. 세상이 일러 울프는 치기稚氣 있는 무질서한 작가라
고 한다. 무리가 아니다. 그가 어리다는 것은 곧 미국문학을 상징하는
말이고 무질서하다는 말 역시 미국의 정신을 고백하는 것이다. 울프는
물론 미완성한 작가다. 그의 소설도 작법식 견지로 보면 아무것도 아닌
쓰레기다. 그러나 이렇듯 거대한 쓰레기를 우리는 많이 희망한다. 이러
한 원료 삼림의 발견 없이 문학은 타고 남은 재를 재삼 태울 수밖에 없
고 문학의 정열은 기화氣化되어 공허한 추상에 끝나고 말기 때문이다.

3. 최근의 소설가

1900년에 발표된 드라이저의 『시스터 캐리』가 대개 미국소설의 본격
적 출발이었다. 대전을 전후로 미국소설은 대체로 성性 문제가 그 중심

소재였는데 전술한 바와 같이 이 경향은 1930년대에 와서도 계속되었다. 1933년 전후에 일어난 일군一群의 좌익 신진들이 있었으니 중심인물이 전기한 콜드웰이고, 로버트 캔트웰Robert Cantwell, 에드워드 달버그 등과 여기 소개하려는 패럴이 있었다. 캔트웰과 달버그는 그동안 침묵을 지켰고 콜드웰도 작년 말에 무엇인가를 하나 썼을 뿐 별 활동이 없다. 역시 패럴만이 문단에서 한 방향을 가리키고 있는 존재로서 어느 정도의 진전을 보이고 있다.

패럴은 그의 3부작 『스터즈 로니건Studs Lonigan』을 가지고 드라이저를 계승한다. 그가 취급하는 것은 대개 그의 출생지인 시카고이며, 인물은 아일랜드 이민자들의 후예들이다. 그는 미국 영어에 대한 정확한 지식을 가졌다는 평을 받는다. 성격 묘사는 간혹 핍진할 때가 있으나 창조적 형이 아니고 실제인물 보도報導*적이다. 문장의 치밀한 도수度數와 사실의 국부局部에 충실한 점에서 드라이저에 못지않다. 제23부작 대니 오닐Danny O'Neill 시리즈* 중 『내가 만들지 않은 세계A World I Never Made』와 『별은 잃어버리지 않는다No Star is Lost』는 전작보다 좀 더 여유가 있고 성격 묘사도 전형적인 데서 벗어나갔으나 진부한 르포르타주의 낡은 스타일은 그대로 남아 있다. 패럴이 타 경향 작가와 다른 점은 그가 소설 제작을 통하여 인간수업을 하려는 인간적 노력을 항상 보이는 것이다. 소설을 통하여 그는 자신을 발견하려고 애를 쓴다.

『무기여 잘 있거라A Farewell to Arms』로 명성을 얻었으나 『해는 또다시 떠오른다The Sun Also Rises』에서 미국문학에 예술적 향기를 넣은 헤밍웨이는 그의 근작 『가진 자와 못 가진 자To Have and Have Not』에서는

---

* 보도 : 원전에는 보도(報道)의 '道'가 '導'로 쓰였다.
* 대니 오닐 시리즈 : '대니 오닐'을 주인공으로 한 5부작 시리즈. 『내가 만들지 않은 세계』(1936), 『별은 잃어버리지 않는다』(1938), 『아버지와 아들』(1940), 『내 분노의 나날』(1943), 『시간의 얼굴』(1953)이 이에 해당한다. 당시에는 23부작을 예정하고 있었던 듯.

자못 무기력하게 되어 종래에 잘 다루던 육肉의 세계조차도 차디차게 죽어버린 감이 있다. 그러나 헤밍웨이는 역시 미국이 낳은 현대작가 중에서 가장 예민한 미의 추구자다. 그의 소설에서 독자는 비로소 미국이 산문의 나라만이 아니라는 것을 알게 된다. 그는 자기의 뒤에 숨은 미국의 시―그것은 희곡과 함께 세계 최고의 수준이다―를 느끼게 한다. 헤밍웨이에 관하여는 추후 논할 기회가 있기에 여기서는 그의 존재만을 알려둔다.

헤밍웨이와 유사한 작가에 윌리엄 포크너William Faulkner와 윌리엄 사로얀William Saroyan이 있다. 전자는 단편소설의 제1인자로 독창적 '보는 법'을 가지고 사물을 명석하게 해부하는 작가다. 그러나 그도 헤밍웨이와 같이 할 말이 별로 없는 작가다. 미국문단에서는 할 말이 별로 없는 작가가 가장 양심적이고 가장 예술적인 작품을 내어놓는다. 한번 생각해볼 문제다. 그것은 대중작가들이 으레 서부 개척하러 가고 남북전쟁을 그리는 것과 대조적이다. 또한 문단의 주류인 사회 문제에 대한 관심과 비교해보아도 흥미 있는 일이라고 생각한다. 사로얀도 단편소설에 물리가 튼 사람으로 지금은 극작가로 전향하였다. 작년 브로드웨이에 상연되어 늦은 봄까지 인기를 끈 『너의 인생의 한때The Time of Your Life』는 1940년도 풀리처상을 받은 작품이다. 그는 캘리포니아에서 한 장의 전보를 보내 천불금千弗金은 문학에 대한 모독이라고 하여 상을 거절하였다.

장래가 촉망되는 작가에 프레더릭 프로코슈Frederic Prokosch가 있다. 그는 『가난한 사람들의 밤Night of the Poor』에서 1935년의 작품 『아시아인The Asiatics』에서와 같이 여행 이야기를 한다. 이번에는 여행을 하는 소년이 미 대륙을 횡단한다. 어느 깊은 밤에 위스콘신을 떠난 소년은, 즉 프로코슈 자신은 울프와는 다른 의미에서 아메리카를 인식하며 '말 없는 비애감'으로 대지에 반동한다. 그곳에는 환멸과 환상과 정열이 있고 대륙적 산문시의 세계가 있다. 그러나 이 역시 울프와 같이 별로 '할 말' 없이 여로를 끝낸다. 작가는 이 소설의 제목과 내용을 어느 멕시코 화가의 회화繪畵를 들여다보면서 지은 것이라고 말하였다. 이 밖에 유망한 신진 작가로는 『아버지들The Fathers』의 앨런 테이트Allen Tate와 『복면기마단Night Rider』의 로버트 워런Robert Warren, 『콘크리트의 그리스도 Christ in Concrete』의 작가 피에트로 디 도난토Pietro Di Donato가 있다는 것만을 적어둔다. 쥘리앵 그린Julien Green도 추가할 만한 작가다. 그는 미국 부모의 피를 받았지만 프랑스에서 공부해서 프랑스어로 창작한다.

하퍼 출판사에서 그의 전 작품을 영역英譯한다. 대표작으로 『닫힌 정원The Closed Garden』 등이 있다. 그의 스타일은 세련되었으며 소설에는 어떤 종류의 동양적 '초탈超脫'이 있다. 쥘리앵 그린만큼 잘 짜인 리얼리스트도 미국에 쉽지 않다는 점을 부기附記해둔다. 미국문단이 이 작가를 중요시할 날이 머지않은 것을 믿는다. 특이한 존재로 말하면 쥘리앵 그린 말고도 두 명이 더 있으니 하나는 흑인으로 금년도 베스트셀러가 된 『네이티브 선Native Son』*을 써서 물의를 일으킨 리처드 라이트Richard Wright요, 두 번째는 헨리 밀러Henry Miller라는 조이스의 아류亞流다. 『네이티브 선』은 아직 읽지 않아 내용을 모르지만 평론가 중에는 라이트를 도스토옙스키에 비교하는 사람도 있으니 과장도 있겠지만 상당한 작품이라는 것은 추측해도 무방할 줄 안다. 밀러는 미국인으로 파리에서 살면서 창작하는 사람으로 얼마 전에 『우주적인 시각The Cosmological Eye』이라는 해괴한 소설을 썼다. 자기 딴에는 로렌스나 조이스를 밀치고 나가려는 욕심이었지만 써놓은 것은 보잘것없는 춘본이었다.

통속소설과 대중작가들을 일별一瞥하고도 싶으나 그것은 이곳에도 많이 알려졌으므로 그만둔다.

—『조광』(1940. 10) 발표.

---

*『네이티브 선』: 한국에서는 『토박이』로 번역되어 출간되었으며, 흑인문학 중에서도 걸작으로 손꼽힌다.

토마스 울프에 관한 노트
─소설『시時와 하河』를 중심으로

1.『시時와 하河』

이 고稿는 원래 토마스 울프의 최종 작품『너는 집에 다시 가지 못하리라You Can't Go Home Again』를 읽은 뒤에 쓰려던 것이었으나 문책文責을 진 지 오래서 단편적 노트만을 적어두기로 한다.『너는 집에 다시 가지 못하리라』가 지난 9월 출판되었다는 것을 수일 전에 도착한『뉴욕타임스』9월 22일자의 북 리뷰를 보고 비로소 알았다. 이 작품은 하피스 출판사에서 1년 전부터 예고하였다. 울프 독자들은 그 소설의 제목이『거미줄과 바위』의 최종구最終句라는 것만 알았을 뿐 그 내용이 어떠한 것인지는 몰랐다. 필자는 여기서『뉴욕타임스』북 리뷰에 실린 제이 도널드 애덤스의 평문 중에서 몇 구절을 뽑아서 그 작품의 대체大體를 상상하여보기로 한다.

토마스 울프가 만일 살았더라면(울프는 1938년 11월에 폐렴으로 죽었다─필자 주) 미국의 가장 위대한 소설가가 되었으리라는 것을 이번에 출판된 소설이 나로 하여금 전적으로 믿게 한다. (……) 그의 모든 작품 중에도 이 작품과 같이 훌륭한 것들이 많기는 하였다. 그러나 『너는 집에 다시 가지 못하리라』는 그의 모든 작품 중에서 떨어져 나와 독자獨自의 자리를 차지할 것이다. 그 이유는 이것이 자아라는 것을 파악하고, 자기 예술을 완전히 해오解悟하게 되고, 그리고 어떤 중차대한 말을 하려고 한 사람의 작품이기 때문이다. 그의 죽음은 현대 우리 미국문학에 있어서 가장 큰 손실이다.

『너는 집에 다시 가지 못하리라』는 울프의 다른 작품과 같이 심히 농후한 자서전적 소설이다.

『너는 집에 다시 가지 못하리라』는 조지 위버(조지 위버는 『거미줄과 바위』의 주인공이다—필자 주)의 첫 소설 『천사여! 고향을 바라다보아라Look Homeward, Angel』(1929년 11월 출판)가 출판된 이야기부터 시작된다. 종국에는 주인공이 일찍이 사랑하였으나 지금에 와서는 어떤 종류의 나락의 악과 부패가 구현화된 데라는 것을 깨닫게 된 독일로 가는 것으로 마친다.

그곳에는 일찍이 어떠한 소설의 페이지에도 그려져 있지 않은 가장 생동하며 함축적인 미국생활 묘사가 있다. 1929년 공황 직전과 그 후의 뉴욕은 이곳에서 강렬한 조명을 받고 있다.

『너는 집에 다시 가지 못하리라』는 울프의 생전 계획대로 보면 한 개의 단편이 되고 만 것이다. 그것은 이 소설의 속편으로 두 장편을 쓰기로 예정하였고 여섯 권이 다 된 뒤에는 그 전부에 『시時와 하河』라는 총제목을 붙이려던 것이다.

2.

    토마스 울프는 1900년 10월 3일 미국 노스캐롤라이나 주 아슈빌에서 탄생하였다. 소설에 나오는 카타우바 지방 알타몬트라는 곳이 곧 아슈빌이다. 『천사여! 고향을 바라다보아라』에도 쓴 바와 같이 그의 조선祖 先은 펜실베이니아 주에서 남하한 네덜란드인이었다. 울프는 이 펜실베이니아 더치를 이야기할 때마다 일종의 자긍을 가지고 말하였다. 그것은 자기의 핏속에 게르만 전통의 어느 모럴 룰moral rule이 있다기보다는 황원荒原을 개척한 근면한 노동자의 후예라는 데 아메리카적 이유를 두고 자부하는 바일 것이다. 전기前記 처녀작 속에 세밀히 묘사되었거니와 울프의 부친은 석공이었다. 석공의 아들로서 가지는 과분의 긍지에는 또한 아메리카적 과장誇張이 있다. 그것은 자기 부친이 토지매매로 10만 불을 모아 소小 누보 리시nouveau riche*가 된 사실에 대하여는 아무 의미도 갖지 않은 것을 보아도 알 일이다. "내 아버지는 석수장이다"라는 것을 울프는 어린아이의 흥분과 자만을 가지고 항상 곱뇌이곤 하였다. 우리는 울프의 가보家譜에 대하여 아무 흥미도 갖지 않았다. 울프 자신이 피의 친화력에 대하여는 별로 흥분을 느끼지 않았기 때문이다. '땅 위에 떨어진 한 아들'로서의 의식이 울프에게는 있었다. 젖에서 떨어진 한 열린 입 같은 의식이 울프에게 있을 뿐이었다.

    "그리고 우리 중의 누가 그 아버지를 찾으리며 그 얼굴을 알랴"라고 한 것과 같이 울프는 또한 그의 어머니를 잊었다. 우리는 그의 어머니 얼굴을 알아보지 못한다. 그것은 울프의 경험이란 항상 영구히 지나간 것, 결코 다시 돌아오지 않는 것으로서다. 감정이란 말은 감각의 기억들이 억기憶記되는 경로를 말하는 것이다. 울프에게는 이 경로가 없다. 울

---

* 누보 리시 : 벼락부자, 졸부.

프에게 있어서는 감각이 항상 감정에 앞섰다. 그는 통일된 감정에서보다 분산된 감각의 세계에서 먼저 출발하였다. 그러므로 그에게는 감각이 준 무수한 기억이 있을 뿐이다. 그러므로 어머니는 그의 기억 속에서 분산된다. 그의 기억 속에 어머니는 성격을 분산한 감각의 연쇄상태에서만 남아 있다, 파묻히고 말았다. 그러나 울프는 소설의 '어머니'를 위하여 자기의 어머니를 두드려 깨운다. 누가 그 얼굴을 알랴, 우리는 그 어머니의 얼굴을 모른다. 그 대신 우리는 한 '어머니'의 얼굴을 발견한다. 그것은 시간의 계속성을 부여하면 다시 사는 얼굴이다. 시간의 계속성을 빼면 다시 성격의 파편들이 되어버리는, 감각의 재료가 되고 마는 비윤리적 어머니다. "한 개의 성격을 만들기 위하여 작가는 한 도시 인구의 반을 동원해야 한다"라고 울프는 말한다. 이것이 그의 소설에 대한 의식이요, 정열이다. 잃어진 어머니는 그의 물적物的 소재였고 재생한 얼굴은 그의 심적 형식이다. "나는 진흙을 이긴다.*"—아슈빌 시민들이 울프가 만일 돌아오면 죽이겠다고 야단을 칠 때 울프는 『천사여! 고향을 바라다보아라』 중에 동원된 이 도시의 반수의 시민에 대하여 말한다. "나는 내 한 개의 성격을 만들기 위하여 너희들의 반을 진흙과 같이 이겼다." 이렇게 빚어낸 진흙 화병花甁은 그 화병의 소재이자 곧 그 화병의 내용이 되고 말았다. 울프에게는 형식과 내용의 구분이 없다. 있는 것은 오직 지나간 것이 잃어진 것뿐이다. 그러나 지나간 파도는 잃어진 바다는 아니다.

어떠한 것도 아니요, 또 어떠한 것일 필요도 없다는 한 개 역설의 세계를 경험으로 구상화하는 데 울프 독자獨自의 입장이 있다. 그것은 곧 '단 한 번 있는 것at-once-ness'이다. 이 입장에 대하여는 다시 언급하기로 하고 우선 울프의 위인을 알기로 하자.

---

* 이개다 : 뭉개다.

토마스 울프는 키가 육 척 육 인치나 되고 체구가 커서 거인의 칭稱을 들었다. 대식大食 대주大酒로 유명하고 하루에 15~16시간씩 소설을 쓰고 잠은 4~5시간밖에 자지 않았다. 술을 오정午正 때 마시기 시작하면 자정에 가서 비로소 술맛을 알기 시작하였다. 하루의 창작을 마치고 자정이 넘어서 거리를 돌아다니는 것이 대개 그의 하루의 루틴routine이었다. 어느 때는 우인友人의 집에 가서 주인 없는 부엌에서 생고기를 움켜쥐고 집어 먹은 적도 있다. 그것은 필자가 친히 그 고기의 주인에게서 들은 이야기다. 그렇게 대식가이면서도 소설을 한 장 쓸 때는 대개 문자대로 침식寢食을 제쳐놓았다.

울프의 천재성을 처음으로 인정한 찰스 스크리브너 출판사의 편집주임 맥스웰 퍼킨스는 울프의 일생을 통하여 가장 유익한 반려였으며 친밀한 우인이었다. 퍼킨스의 말에 의하면 울프가 사는 방은 언제든지 들어가보면 마치 몇 시간 전에 이사 왔다가 다시 몇 시간 뒤에 이사하려는 사람의 거처 같았다고 술회한 것을 미루어보더라도 그의 일상생활의 대강을 짐작할 수 있을 것이다. 『헤럴드 트리뷴』지 기자인 샌더스 밴더빌트가 1935년에 브루클린 하이트에 살던 울프를 왕방往訪한 인터뷰 기사에 아래와 같은 내용이 있다.

욕조 칸에 냉장고가 있고 창 문턱에 우유병과 달걀 몇 개와 베이컨 조각이 놓였다. 갓과 전구 없는 가로등이 한 개, 쓰지 않는 전화기가 매트리스 위에 놓였고, 그 옆에는 17불 18선仙짜리 요금 청구서가 있었다. (……) 토제병土製瓶에는 울프가 사용하는 연필 한 묶음이 꽂혀 있었다.

『뉴욕타임스』 북 리뷰 기자는 이 냉장고가 울프의 책상 대용물이었고 그 속에는 저 방대한 『시와 하』의 원고가 꽉 들어차 있었다는 것을 설명하였다.

토마스 울프는 생전에 아무 위안도 없이 살았다. 그는 늘 가정을 이루기를 희망하고 아이들을 가지고 싶어 하였다. 이러한 욕구를 가졌으면서 독신으로 일생을 거리에서 하숙생활을 하다가 죽었다는 사실은 운명에 패배를 당한 한 예술가의 작품을 생각하는 데 일종의 아름다운 생활의 여실감如實感을 갖게 한다.

울프는 타인에 대하여 의심증이 있었고 자기의 친구를 대체로 경멸하였다. 자기 자신을 또한 잔혹하게 매질하였다. 이러한 모든 불안한 생활 태도는 항상 창작의식의 강도에 정비례하였다.

토마스 울프의 학력은 간단하다. 19세에 북캐롤라이나 주립대학교를 마치고 곧 하버드 대학교에 가서 베이커 교수 아래서 희곡을 공부하였다. 하버드 대학교를 중도 폐학廢學하고 뉴욕에 와서 희곡을 한두 편 썼으나 성공치 못하고 찰스 스크리브너의 단편소설 현상에 응모하여 당선된 뒤부터 붓을 소설로 옮겼다. 뉴욕 대학교에서 한때 교편을 잡은 일도 있으나 처녀작에서 생긴 인세로 넉넉히 먹고 창작할 수 있었기에 강의를 그만두고 원고지를 꾸려가지고 다시 유럽으로 갔다.

아래에 토마스 울프 자신의 말을 적어둔다.

나는 겸손하고 놀라기 잘하고 열심스럽고 예민하고 관대하고 유머러스한 사람이다. 나는 나보다 더 훌륭한 사람을 모르며 나보다 나은 반려를 모른다.

3.

이상에서 우리는 토마스 울프의 작품을 이해할 준비를 하였다. 생활의 편린을 알고 내력의 소식을 들어두는 것이 작품을 이해하는 데 한 도움이 되는 것은 어느 작가의 경우에 있어서도 일반이겠지만 토마스 울프에 있어서는 생활을 빼고는 전혀 그의 작품의 소재와 소이연所以然을 알 수 없다. 울프는 "소설은 작가의 실경험에서 나온 것이다"라고 말한다. 그의 소설이 농후하게 자서전적인 것도 그가 허구에 대하여 이른바 일종의 프루덴스prudence를 가졌기 때문이었다. 여하간 그의 생활과 그의 작품은 부즉불리不卽不離*의 상호관계를 가지고 있다. 이러한 점에서 울프를 만일 한 위대한 '생의 도제徒弟'라고 한다면 그것은 곧 그 작품까지 포함해 말하는 것이다.

울프가 이 부즉불리의 관계를 가지고 있는 자기의 생활과 창작을 어떻게 관련시켜 한 개의 작품을 만들었는가? 생활을 작품으로 어떻게 시프트shift하는가 우선 그의 키노트를 듣기로 하자. 이것은 '오푸스opus'*에서 '오페라'로 이전되어가는 감각과 감각의 접촉면을 이해하려면 그 필요는 더욱 크다. 이 키노트의 반향은 『시와 하』의 서곡序曲에서 듣기로 하자. 이 '오버추어'가 물론 서문이나 서요序謠가 아닌 것을 알아야 한다. 그것은 다만 창작의식의 진폭을 의미하는 한 '톤'에 불과하다.

영구히 방랑하다가 다시 지구에 돌아오는 것을…… 씨 뿌릴 때를, 꽃, 그리고 익어 떨어지는 수확, 그리고 커다란 꽃들, 훌륭한 꽃, 이상한 알지 못할 꽃들을…….

어디에 피로한 자는 쉬려느냐? 언제 마음의 고적孤寂이 제집으로 오려느냐? 방랑하는 사람을 위하여 어떠한 문이 열렸느냐? 그리고 우리 중의 누가 그 아버지를 찾으리며, 그의 얼굴을 알았느냐? 어디서, 어느 때 그리고 어느 땅에서, 마음의 피로가 영구히 안주할 수 있는 곳, 방랑의 피로가 평화를 찾

---

* 부즉불리 : 두 관계가 붙지도 않고 떨어지지도 아니함.
* 오푸스 : 작곡가의 작품 번호.

을 수 있는 곳, 소란과 격앙과 집조集操가 영구히 가라앉을 곳은 어데냐?

누가 지구를 소유하느냐? 방랑을 하기 위하여 우리가 지구를 원하였느냐? 그 위에 머물러 있을 수도 없는 지구를 우리는 요구하였느냐? 누구든지 지구를 요망하는 자는 가지라. 그는 그 위에 머물리라. 그는 자그마한 자리 속에 쉬라. 그는 자그마한 방 안에 영구히 살리라.

수천 흥분한 거리의 고역과 전율을 통하여 그렇게 모색한 것으로 해서 그는 수천 언설言舌의 필요를 느꼈느냐? 그는 미구未久에 언설을 버리리라. 침묵과 지구를 위하여 그는 아무 언설도 필요치 않으리라. 뿌리박힌 입술을 거쳐서 한마디 말도 하지 않으리라. 배암이의 차가운 눈초리가 뇌수의 요와凹窩*를 통하여 그를 노리리라. 술이 고이는 심장, 거기서는 아무 절규도 없으리라. 독지주毒蜘蛛*는 썩은 참나무 속을 기어 다닌다. 독사는 젖가슴에 대고 입맛을 다신다. 주배酒杯는 쏟아진다. 그러나 지구는 영구히 지속하리라. 사랑의 꽃은 광야에 있다. 그리고 유수楡樹* 뿌리는 묻힌 애인들의 뼈다귀를 얽는다.

죽은 혀는 시들고 죽은 심장은 썩는다. 다문 입술은 묻힌 살 속을 통하여 공동空洞을 뚫는다. 그러나 지구는 영구히 지속하리라. 머리털은 묻힌 가슴 위에 오월과 같이 자라고 뇌수의 요와에서는 죽음의 꽃이 피어지지 않으리라.

아! 사랑의 꽃은 우리를 죽음으로 내려 마시는 억세인 입술, 멀고 멀어져 가는 모든 사상事象에, 우리 2만 날 동안의 요마妖魔, 그의 입술에 씹히어 머리는 미치고 심장은 비틀리리라. 그러나 영광이여, 영광, 영광 그는 남으리 홀로 있으며 광야에 쓰라린 불멸의 사랑, 우리는 너에게 호읍呼泣하였다. 너는 우

---

* 요와 : 구멍.
* 독지주 : 독거미.
* 유수 : 느릅나무.

리의 고독에서 떠나지 않았다.

　형식은 내용이 끝난 데서 비롯한다. 악樂은 음音이 끝난 데서 시작한다. 만일 서곡의 톤이 어떤 음차音叉에 공명한다면 그것은 우선 재래의 분류법에 의한 낭만주의일 것이다. 현대 비평정신은 추상적인 것을 싫어한다. 그러면서도 도달하는 점은 개념이라는 추상推象이다. 그러므로 비평정신은 개념을 존중하지 않으면 안 된다. 그것은 결코 형식주의가 아니라 축적된 교양에 대하여 경의를 표시하는 개성의 태도일 뿐이다.
　우리의 입장을 이렇게 세운다고 해서 우리가 관념의 죄를 범할 리 없다. 하고何故 요하면 관념이란 항상 '오는 자'요, 그에 반하여 개념이란 '지나간 자'이기 때문에. 그러므로 한 작가를 비평하는 자는 '오는' '나'이기보다 '지나가는' '때'이기도 하다. 다만 개성이라는 생물적 선천성이 그 '때'의 지속遲速에 토끼와 거북의 걸음 같은 운명의 차이성을 첨가할 뿐이다. 울프도 이렇게 하여 현대라는 한 개념의 전제와 '에토스ethos'* 라는 동시 발생적 독단 아래 섰다. 우리는 다만 토마스 울프가 그 입장을 떠나가는 것을 따라가며 볼 뿐이다. 우리는 그의 소설의 '플롯'에 별 흥미를 갖지 않았다. 그것은 진부한 소년 출향기류出鄕記類다. 그의 소설의 '플롯'은 우리가 일독한 그의 내력으로 족하다. 『천사여! 고향을 바라다보아라』가 그러하였고, 『거미줄과 바위』가 그러하였고, 『시와 하』 역시 그러하다.
　『시와 하』의 주인공 유진 간트는 울프 자신이다. 유진에게는 양친과 형과 매妹가 있었다. 대망을 품은 한 소년 유진은 남미일한촌南米―寒村*을 떠나 교양의 도시 보스턴으로 간다. 그동안 석수장이 부친이 피를 토하

---

* 에토스 : 윤리, 풍습.
* 남미일한촌 : 미국 남부의 가난하고 쓸쓸한 마을을 말하는 듯.

고 죽는다. 학교생활이란 그저 그러한 것이었다. 보스턴에서 삼촌 되는 바스콤 펜트랜드를 만나고 학우 프랜시스 스타워크를 만난다. 고향에 한 번 다시 돌아왔다가 뉴욕에 간다. 노작勞作한 희곡의 실패, 강사생활, 그리고 세계의 도시 뉴욕—한 거대한 프로테우스Proteus*—의 이모저모, 이 사람 저 사람의 대언代言, 교양을 위하여 모든 예술의 학도가 프랑스에 통학한 것과 같다. 이 24세의 청년도 대서양을 건너 영국에서 잠류暫留 후 내 그리운 영靈의 고향 파리로 간다. (울프에게는 영이 없으므로 파리는 그의 육肉의 고향이었다.) 그곳에서 만난 보스턴 여자 '안'과의 짧은 교제 그리고 고향을 바라다보는 자신의 영자影子를 밟아 내려가는 남프랑스의 기후에 대한 감촉, 이것이 저 방대한 소설 『시와 하』의 전 내용이다. 토마스 울프를 낭만주의에 도인導引한 것은 일방 낭만주의의 현대적 성격을 알아보는 방편도 되는 것이다. 울프는 자기도 모르는 사이에 현대 낭만주의의 생장을 위하여 다분의 공헌을 하였다. 그러므로 여기서 울프를 논하는 것은 또한 낭만주의를 이해하려는 것도 된다.

현대 낭만주의의 특질의 첫째는 신이 그 신학적 내용을 상실한 것뿐 아니라 전혀 인간의 욕구 항목 중에서 몰각된 것이다. 자아를 주장하기 위하여 낭만주의는 원래부터 그 혈로를 인간 속에 뚫었다. 인간 자체를 굴종시키기 위하여 철학은 합리주의를 내어놓았다. 그것은 물론 유럽이 생물학보다 물리학을 먼저 배운 까닭이었다. 여하간 18세기는 기계적 우주관을 낭만주의자에게 빌려주었다. 낭만주의자는 이것으로 신을 부정하려고 하였다. 그러나 부정하는 것의 대상이 신이 아니던 때는 없었다. 신은 항상 새 관계에 서려는 낭만주의적 인간을 제지하려고 하므로 인간은 신을 관통하는 인간 혈로를 뚫으려고 하였다. 이것이 19세기 낭만주의의 특질이었다. 그러나 금일의 낭만주의는 신을 대상으로 삼지

---

* 프로테우스 : 그리스 신화에 나오는, 자유자재로 변신할 수 있는 바다의 신.

않는다. 신은 사망하였다. 울프의 소설에 신은 한 번도 등장하지 않는다. 오직 자기 분열을 하는 낭만주의적 자아를 제어하는 것은 신을 대신해 군림한 리얼리즘의 주격인 화폐다. 리얼리즘이란, 원래 그 비인간적 엄밀성이란 그물로 낭만주의의 미끄러운 금붕어의 일탈성을 방지하려고 나온 것이다. 그렇다고 리얼리즘이 결코 낭만주의의 적은 아니다. 울프의 소설은 리얼리즘의 제어성의 점토를 그 최하 성층成層으로 한다. 그렇다고 낭만주의는 교단教壇 학자가 관용하는 고전주의에 대립하는 것도 아니다. 현대에서 그리스를 바라보기는 그 거리가 너무 멀다. 또 폴 발레리의 이른바 '뒤에 오는' 고전주의에 대하여 '앞서오는' 자도 아니다. 현대 낭만주의는 인간을 자연 이하로 강하시켜서 그를 한 새로운 역사의 방향에서 이해하려는 자다. 현대 낭만주의 인간은 루소가 상상한 것과 같이 자연 속에 있지도 않고 노발리스가 요청한 것과 같이 절대자의 안에 있지도 않고(여기서 신과 같이 살았다는 에머슨*을 기억하라. 그리고 저 얼어붙은 '뉴잉글랜드'에 칩거한 구약의 신과 칼뱅 신도와 그 후의 역사를) 또 그렇다고 어빙 배빗Irving Babbitt*이 타협한 것과 같이 자연과 초자연 양자의 중간 단계에 엉거주춤하고서 이성의 신—철학 교과서에 무수히 나오는 신들과 동일시해도 좋다—을 초대하려는 이상주의 속에도 있지 않다. 낭만주의는 '나'에게만 있고 그 하나는 '나' 밖으로 나가서 외계外界의 신질서를 위하여 싸우면서 자기의 성격을 주장하였고 또 하나는 '나' 안으로 들어가서 내계內界의 무질서를 극복하려다가 분실했으니 이 부분은 상징주의의 세계로 넘어간다. 현대에 와서는 그 고집하던 성격을 외계에서도 포기한다. 이것이 울프가 그의 입장을 떠나가는 방향이다. 또한, 새로운 낭만주의의 태도다. 일방 현대 낭만주의는 자연

---

* 랠프 에머슨(1803~82) : 미국의 시인, 사상가. 청교도주의를 고취함.
* 어빙 배빗(1865~1933) : 미국의 평론가.

이하에 있다고 하였지만 정확하게 그 소재를 밝힌다면 그것은 개나 말과 인근隣近하고 있는 데만 존재한 선善의 세계를 인간세계로 끌어올리려는 데 있다. 현대인은 필시 이 말을 듣고 놀라리라. 그들은 D. H. 로렌스를 읽고 벌써 놀랐다. (끌어올린 순간에 선도 벌써 악이 되고 말았다. 그러므로 올더스 헉슬리는 악을 조롱만 하였지 그 근원을 알지 못하는 것을 고백한다.) 여기서 새로이 필리스티니즘*의 한계는 협정된다. 교양은 봉상스 bon sens*를 의미하였다. 필자의 우인인 모 영국 시인이 울프는 테이스트가 없는 작가라는 말을 한 것을 기억한다. 그는 필시 아래와 같은 울프의 묘사를 놓고 한 소리 같다. (아, 슬픈 빅토리아조朝의 소녀여!)

그는 그 여자의 젖가슴에 그 커다란 손을 얹으려고 하였다. 그러나 수치감과 남독감濫瀆感이 그를 휩쓸었다. 그는 손을 뗄 수밖에 없었다. 그는 손을 그 여자의 무릎에 얹었다가 치마 밑으로 밀어 넣었다. 다리의 더운 살이 전기와 같이 그를 쳤다. 그는 얼른 손을 떼고 말았다.

그러나 나는 너를 사랑한다. (……) 아, 이 덩치 크고 주둥이 다문 아름다운 보스턴 암캐야! 하고 그는 색정을 띠고 헐떡거렸다. 얼굴을 쳐들고 나를 한번 쳐다봐라. 아이고 맙소사! 나는 그에 그럴 테다, 그럴 테야 하고 그는 짐승같이 중얼거렸다. 그리고 처음으로 일종의 자폭심을 가지고 그 여자의 입을 맞추었다. 그리고 자기의 주위를 미친 사람과 같이 휘돌아보았다. 자기 자신이 무엇을 하고 있는지 알지 못하면서 그 여자를 침대 쪽으로 밀치며 끌어가기 시작하였다. "빌어먹을 놈의, 내 기어코 그럴 테다. 아, 요 달콤하고 주둥이 다물고 아름다운 '백 베이Back Bay'* 갈보야, '안'아!' 하고 그는 통쾌한 듯이

---

* 필리스티니즘 : 속물주의.
* 봉상스 : 양식(良識).
* 백 베이 : 미국 매사추세츠 주 보스턴의 서쪽.

소리쳤다.

    여기서 우리는 갈 수 있는 데까지 다 간 현대 인간의 어느 도달점을 볼 수 있다. 그것이 승리인지 패배인지는 모른다. 가치라는 종래의 척도는 가격이라는 새 규준規準에 가 있으므로. 그러나 19세기의 '과도過度의 감동'과 무병신음無病呻吟 소리와는 다른 정직한 무슨 소리가 들리는 것만은 우리가 안다. 예술론자의 이른바 퍼데틱 팰러시pathetic fallacy*는 없는 것을 우리는 안다. 현대 성격이 자기에게 주註를 대지 않는다는 소식만은 엿들을 수 있다.

    자기 행동이 자기 설명에 대치된 것이 현대 낭만주의의 특질이다. 현대에도 물론 그 자기 주석註釋이 있다. 쥘 로맹은 그의 소설 『육체의 황홀』 속에서 여자의 옷을 벗기다 그만 부끄러워 손을 떼고 돌아서서 우리에게—즉 현대교양에게—이렇게 말한다. "이 아래로 내려가면서 나는 더 묘사할 수는 있다. 그러나 여기서 그만두기로 한다." 그만두는 이유는 다분히 창작 방법론에 가 있다. 그러나 그가 교양이라는 것, 환언하면 테이스트에 대하여 이만큼 프루덴스하다는 자기 주석에 불과하다. 이것이 T. S. 엘리엇을 중심으로 양성釀成되는 현대 신고전주의—만일 이런 신어를 만들 수 있다면—의 율법의 하나다.

    살롱과 회화, 특히 저 빅토리아니즘적 식탁 회화—거기서는 체취에 관한 언사와 해부학적 술어, 예를 들면 배라든가 하는 따위—와 퍼블릭 스쿨 훈련에서 성장한 테이스트에 대하여 반동하는 정도를 넘어가서 전혀 도외시하는 것이 울프의 테이스트다. 요컨대 현대인은 그 입맛이 옛날과 달라졌다.

---

*퍼데틱 팰러시 : 감정의 허위. 동물과 사물도 감정이 있는 것으로 묘사하는 것. 영국의 미술이론가 존 러스킨(John Ruskin)이 처음 사용한 말.

현대 낭만주의는 성격이 자아 연소燃燒는 하면서도 그 집착하는 것은 생生이라는 자기모순을 내포한 생활의식을 또한 가지고 있다. 낭만주의 가 이상주의의 속임에 빠져 그 양자 노릇을 하던 때에는 생生을 구가하 였거나 저주하였거나 항상 그 목적 관념이 사死였다. 그것은 반드시 생 의 부정을 의미하지 않았다. 그러나 죽음이라는 것을 떼어놓고 무엇을 생각해본 일이 없다. 애초에는 그 관념이 하늘 밑에 홀로 서서 떨던 파 스칼의 갈대를 생각하는 소극적 입장에서 비롯한 것이나 나중에 가서 는 일종의 정신적 유희가 되고 말았다. 심지어 사死를 구가謳歌하였다.

현대에 와서 사死는 신에 속하는 것이 되고 말았고 오직 삶만이 사람 에게 관계있는 것이 된다. 토마스 울프의 작품에서 가장 심각한 것이 이 삶에 대한 굶주림이다. 그는 한때 자기는 죽을 것으로 생각하지 않았다. 그는 그대로 육肉으로 영생할 줄 알았다. 이 강렬한 연소작용이 유한하 리라는 것을 모르는 무한한 정열이 곧 낭만주의의 시작이요, 끝이며 토 마스 울프의 전부였다.

4.

신은 라이너 마리아 릴케*의 이웃에도 거주치 않고, 행동은 새로운 역 사의 단계에서 동물의 선善에 접근하려 하고, 성격은 포기되고 자아는 분열을 하여 성격의 와해를 그 연쇄상태에서만 의식하고 그리고 부절不 絶히 자아 연소를 하면서 영생을 찾지 않는 생의 방법, 이것이 현대 낭만 주의의 방향이고 토마스 울프의 방법이었다.

울프는 이 방법을 아메리카라는 데로 가지고 왔다. 그리하여 아메리

---

* 라이너 마리아 릴케(1875~1926) : 독일의 시인.

카라는 소재를 소화하여 그것을 원형에 돌리려고 했다. 다시 말하면 한 개의 아메리카 신화를 창조하려고 하였다. 그가 『시와 하』의 부제목을 '청춘에 있어서의 한 인간의 배고픔의 전설'이라고 한 것은 많은 함축을 한 말이라고 생각한다.

아메리카는 시의 나라다. 그것은 울프가 감각을 가졌기 때문이다. 아메리카의 시는 두뇌 속에보다도 그 공기와 피부 속에 있다. 그것은 영혼의 전야前夜다. 아메리카에 시가 있는 이유는 역사의 이유와 같다. 먼저 호흡하는 것은 늘 시였고 또 경험의 발생학적 순서는 우미優美한 것에 접근하는 감각이었다. 아메리카에 시가 있다는 말은 곧 포도는 아직도 술이 되기 전에 나무에 열려 있다는 말과 같다. 누가 낡은 포도주의 훌륭한 경험을 모르랴, 그러나 이 맛을 경험하지 못하였다고 포도는 어서 나무에서 떨어져야 하느냐? 포도가 떨어지기 전까지를 우리는 시의 세계라고 한다. 떨어지자 경험이 시작한다. 떨어진 포도의 맛을 다시 돌려보내려는 것, 그 경험을 통하여 포도의 원형을 이야기하려는 것이 토마스 울프다. 다시 돌려보내지 않은 시인이 휘트먼이었다. 그의 시에서 디티람보스dithyrambos*의 혀를 빌려서 떨어진 포도가 산문의 세계로 나온 것이 울프다. 역사의 초기 단계에 있어서는 경험의 재료가 단순하였다. 그것은 경험자가 단순한 경험밖에 할 수 없었던 까닭이다. 이 공식대로 보면 아메리카의 경험이 단순한 것은 정당한 일이다. 이것을 복잡화하는 것은 늘 두뇌다. 그중에도 천재다. 울프는 그 사명을 다할 수 있다. 곧 아메리카의 시적 경험을 복잡화할 수 있다. 그는 이것을 결코 노발리스와 같이 시적 각성에 의하여 하지 않았다. 그는 노발리스의 소피아 같은 계기를 갖지 않았다. 아메리카의 특수를 통하여 아메리카의 보

---

* 디티람보스 : 디오니소스 축제에서 열창되던 찬미가. 여기에서는 '포도 맛이 인지되는 것은 시인의 열광된 시적인 표현을 통해서'라는 뜻인 듯.

편을 말한 것이 그 내용이다. 오직 그에게 있는 것은 정력과 아메리카적 수업이었다. 이 정력과 수업이 혼연하게 서려서 된 것이 그의 작품이다. 이하 우리는 그가 시의 원형에서 떠나서 산문의 구체상具體像을 지나 다시 시의 태원太原으로 가는 스타일을 잠깐 보자.

우선 그의 시의 도로는 기찻길과 병행한다. 유치하다고 하라. 그러나 울프의 소설에 사실 기차여행 이야기, 특히 차창에서 내다보는 만상萬象(하나도 빼지 않은 모든 물상物象, 크게는 정거장으로부터 작게는 기관차의 바퀴에 꽂힌 못 하나까지 울프의 시 재료였다)에 대한 기록이 없을 때는 없다. 기차 밖에 한 번 지나가고 다시 돌아오지 않는 만상, 그것을 조망하는 입장이 곧 울프의 '단 한 번 있는 것'이다. 그리스 철인哲人은 하수河水를 건너며 이를 깨달았다. 현대 기계문명을 배경으로 한 기차가 울프의 '하河'가 되고 '시時'가 되는 일은 또한 미국적인 동시에 시인의 예민성을 알 수 있는 흥미 있는 재료다. 기차 밖의 지나가는 만상은 스티븐 스펜더 Stephen Spender*의 소들과 같이 비현실적인 것이 아니라 산 생명들이다.

강렬한 울프의 생활욕을 우리는 아메리카의 생활욕이라는 것으로 이해한다. 창작에 있어서 울프의 욕망은 아메리카의 개연화蓋然化한 경험을 통하여, 즉 아메리카인의 보편적 심상을 통하여 아메리카의 원형을 발견하려는 것이었다. 이 원형을 탐구하기 위하여 울프는 한 개의 신화를 창조하려고 하였다. 환언하면 기록되지 않은 창조 이전의 신화를 통하여 아메리카의 원형을 찾으려고 하였다. 울프는 그 탐색의 길을 닦았다. 그러나 그 집에 들어가지는 못하였다. 그것은 울프가 어리기 때문이었다. 그의 수천만언數千萬言 정열에도 불구하고 울프는 한 개 도제의 기록, 한 개의 커다란 단편밖에 남기고 가지 못하였다. 그것은 울프 자신이 하나의 '생의 도제'였기 때문이다.

---

* 스티븐 스펜더(1909~95) : 영국의 시인.

5.

훌륭한 단편을 남긴 천재가 흔히 독창성을 많이 가지고 있는 예例에 울프도 빠지지 않는다. 울프의 독창성은 그의 '보는 법'에 있다.

만상의 변전變轉을 보지 않은 사람이 없고 전변轉變의 법칙을 믿지 않은 사람이 없었으나 자기를 철저하게 이 법칙 아래 내어 맡긴 사람은 드물다. 토마스 울프는 자기 자신을 철저하게 이 법칙에 포기하였다. 그리고 그 법칙이 가는 데까지 따라갔다. 『시와 하』는 그 행로의 기록이다. 그곳에는 가는 길만 있을 뿐 돌아오는 길은 없다. 차창으로 내민 사람의 얼굴은 다시 돌아오지 않는다. 다시 돌아오는 것은 아무 쓸데도 없는 도로徒勞다. 다시 돌아오지 않기 때문에 그 얼굴은 산다. 울프의 소설 속에는 다시 만난 동무가 없고 갈라지지 않은 애인이 없고 죽지 않은 혈육이 없다. 다시 돌아가본 고향이 없다. 그리스도 한 번은 찬란하였으나 그만 사라지고 문명도 한 번뿐이었고 꽃도 한 번만 피었다. 시들지 않는 꽃이란 기억에 피는 꽃만이었다. 어제 행위를 한 자아에 대하여 오늘 나는 책임을 질 수 없다. 진실로 한 번 건넌 개울물을 다시 건널 수 없다. 이것은 관념도 아니요, 체오諦悟도 아닌 사실이다. 경험의 사실이다.

울프의 비애는 이 '너무도 사실적인 사실'에 대한 허무감이었다. 술을 마시고 깨어진 머릿속에 울려오는 먼 공진회共進會*의 음향을 듣는 자의 허무감은 지나간 것을 연상시키는 사물을 증오하는 슬픔과 비슷하다.

울프는 그의 소재를 '단 한 번 있는 것'으로만 보았다. '단 한 번 있는 것'은 시간이란 마술 속에서 나왔다. 그러므로 그는 항상 이 '단 한 번 있는 것'을 보기 위하여 시간을 기다렸다. 기다리던 하수河水는 흘러 시간이 또 오는 줄 알게 하였다. 하수가 흐르지 않으면 그 시간조차 없다.

---

* 공진회 : 각종 산물이나 제품들을 모아놓고 전시하고 품평하는 모임.

'단 한 번 있는 것'도 없을 때 울프는 시간을 잃어버렸다고 한다. 시간을 잃어버렸을 때 그는 언제나 고독loneliness이라는 말을 한다.

—『인문평론人文平論』(1941. 2) 발표.

김기림 시집 『바다와 나비』에 대하여

혼히 편석촌片石村*을 일러 '기교技巧'라고 하였다. 비닭이* 강촌 보자기 같은 기술의 의미라면 무시해도 좋겠다. 그러나 너는 왜 그런 모자를 쓰느냐 하고 묻는 의미라면 편석촌의 대답이 자재自在할 것이나 또 대답하지 않은들 무슨 탓이 되리오. '기교'를 '근대'와는 사뭇 괴리된다고도 할 수 없는 것으로 보자. 편석촌은 다만 끊임없이 연필을 가지고 지웠다 살렸다 하면서 운산運算하는—아마도 일생을 두고 끝없는 운산을 계속하는 부단한 자아완성 의식 속에서 '피카소'적이라고 할까? 조간朝刊 최신 뉴스에까지 육박하는 긍정. 그것은 확실히 근대적이다. 긍정하는 데 편석촌의 행복이 있을 것이다. 상실될 수 없는 것의 정체를 편의상 지성이라 하고, 인격이라는 것에 대한 진실한 회의懷疑를 새로운 도그마라고 해놓는다면 이제 말한 소위 정체가 드러난 근대에서는 이 두 가지를 보류해야 하겠고 따라서 편석촌에게서도 보류해야 되겠다. 『바다와 나비』는

---

* 편석촌 : 김기림(1908~?) 시인의 호.
* 비닭이 : 비둘기.

이 두 가지를 보류한 나머지 근대의 계도系圖라고 할 수 있지 않을까?

십여 년 전 감득感得할 수 없었던 편석촌의 새로운 체온, 우리가 쳐다본 편석촌은 청공을 흐르는 전류였다. 맥脉을 짚을 수 있고 또 확실히 무슨 통신인지 부절不絶히 보내왔다.

'조이스'가 탯줄을 통하여 어머니에게 전화하듯 한 의미였다면 새로운 체온의 소생蘇生은 더욱 의미 깊다. 냉정하였던 나는 반성하여도 좋을 것이다. 다만 우리가 항용 구원이라고 하는 익어 떨어지는 임금林檎*을 줍기에 편석촌은 또한 많은 발자국을 떼야 하지 않을까? "그러나 사월이 오면 나도 이 추근추근한 계절과도 작별해야 하겠습니다/ 습지에 자란 검은 생각의 잡초들을 불사뤄 버리고/ 태양이 있는 바닷가로 나려 가겠습니다/ 거기서 벌거벗은 신들과 건강한 영웅들을 만나겠습니다"라고 그는 장차 "검은 기관차 차머리마다/ 장미꽃 쏟아지게 피워"가지고 임금 따러 갈 것이다.

—『자유신문』(1946. 5. 6) 발표.

---

* 임금 : 능금.

시詩의 위치

항용 건성 띄워놓고 짐작하기를 시인이란 메뚜기같이 이슬만 먹고 또될 수 있는 대로 주나라 우로雨露조차 혀끝에 닿지 않기를 기약하는 고고孤高를 빙자까지 해서라도 물외物外에 적연適然하는 위인으로 생각하는 폐폐弊가 있는 모양이나, 만일 시인으로 처處하는 자신마저 이러한 제삼자의 망패妄悖를 긍정함이라. 나아가서 그 치기를 자처한다고 할진대 진실로 그 시인을 위하여 슬픈 일입니다. 시인은 본질적으로 세계에서 유리될 수 없는 운명을 지니고 나온 사람 가운데 하나입니다. 그는 심산 백합이기보다 차라리 부단히 사상事象을 듣고 보고, 또 백百까지 생각을 아니할 수밖에 없는 거리의 신문팔이 소동小童에 가까운 것입니다.

실상 홀로는 도저히 살 수 없는 인간 중에서도 가장 고립할 수 없을 만큼 벌거벗고 있는 인간이기 때문에 유시호有時乎* 그는 길버러지의 총민聰敏과 선지자의 예견을 가지고 있는 것입니다.

길버러지는 멀리 뇌명雷鳴이 구르고 구름이 나직이 드리우면 인간들과

---

* 유시호 : 어떤 때는.

포유동물들은 물론 저 화살같이 빠른 날짐승들보다도 먼저 비가 내릴 것을 알고 마루 밑으로 기어들어가는 것입니다. 눈을 감고 육체로도 대기의 흐름을 족히 알 수 있는 것은, 가장 단순하면서 동시에 피하는 것 이외의 아무런 무기도 갖지 않은 생명의 유지를 위하여 특수화된 직관은 거의 본능에 가깝게 연마된 세포의 시냅시스synapsis*를 가지고 있는 것이니, 시인은 이 경지에 가까웁도록 우선 두터운 의상을 벗어버려야 하겠고 정체되어 부패한 세탁물을 말갛게 흘려버림으로써 정확한 정신적 태도를 가져야 할 것입니다. 그 순간부터 그 시인은 시를 어떻게 써야 되겠다고 고민하는 대신에 자기에게로 쏟아져 들어오는 옳고 아름다운 시를 이루 주체하지 못하여 당혹할 것입니다.

그 순간부터 그 시인은 도도하게 흐르는 천하의 정당한 대세를 알게 되고 그것을 자기의 재산으로 만들 수 있을 것입니다. 가이사의 것은 가이사에게, 아비의 것은 아비에게 돌리고 돌아서서 아무런 미련도 선입주견도 없이 자기 세계에 서는 순간부터 그는 세계를 정확하게 보고, 세계를 옳게 노래할 것입니다. 옳게 노래하였다는 말은 내가 가지고 있는 천재나 혹은 천품天稟과 대상세계가 필적하여서 진실한 공명이 울렸다는 것이니 그것은 더 말할 것 없이 아름다울 수밖에 없습니다. 왜 그런고 하니 세상에는 성실한 것보다 더 아름다운 것은 없기 때문입니다. 성실하기만 하면 두 번 다시 삶과 죽음을 혼동하지 않을 것이고 우는 사람을 보고도 웃는다고 하는 따위의 치인痴人이 읊조리는 염치를 되풀이하지 않고 한 마리의 어족魚族이 되어 자재 무애無碍하게 될 것입니다.

성실한 경지로 가는 길은 의지하는 길입니다. 그리하여 물物을 격格하여 아는 것을 이루는 방법의 세계입니다. 별수 없이 옛사람의 말대로 시자지야詩者持也*입니다. 내가 두터운 편견의 무장을 하고 서서 압박을 당

─────────

* 시냅시스 : 세균이 결합하여 한쪽 세균의 유전 물질이 다른 쪽으로 전달되는 현상.

하고 있는 동족의 분노를 알 길은 천년을 가도 불가능합니다. 내가 홀로 풍월을 일삼는 것으로 물외物外에 소요逍遙하고 있으면서 진실한 청춘의 시시각각으로 토하는 피를 이해할 도리는 만무한 것입니다. 가까이 와서 그 압박과 그 청춘에 살을 대고 될 수 있으면 배꼽을 마주 대고 의지함으로써 비로소 정의와 고뇌를 이해하게 되고 이해하면 시는 벌써 그 자리에서 성립되는 것입니다.

세계와 시와 시인은 얼음이 서리 잡히듯이 한데 모여서 무쇠 화로 세발같이 서야 될 것입니다. 세계를 떠난 시도 없고, 시인을 떠난 시도 없습니다. 삼자가 똑같은 질량으로 서로 동일한 방향으로 필적해야 합니다. 다시 옛사람이 이르기를 "참새 한 마리가 떨어질 때에 우주가 협력한다"고 하였습니다. 그렇거늘 어찌 훌륭한 시의 성립이 하찮은 재주 정도로 가능하리까?

부단히 의지하여 부단히 체온을 느끼는 것, 이것이 시의 알파요, 오메가입니다.

의지한다는 말은 다시 체험과 실천을 말함입니다. 항용 건성 띄워놓고 짐작하기를 시인은 산정山頂에 독야청청하여 원래의 영감靈感을 기다리기만 하면 시인으로서의 천년지복千年至福을 누릴 수 있는 것같이 생각하는 폐弊가 있으나 필자 과문한 탓인지 일찍이 위대한 시인이 이렇게 하여 이루어졌다는 말을 듣지 못하였습니다.

영감이란 대가 없이 존재하는 것이 아닙니다. 시인이 시인으로서 다할 수 있는 최대한의 노력을 하고 나서 그 이상 더할 수 없을 때에 생기는 허虛 속에서 응결되어 탄생하는 미美의 아들이 곧 영감입니다. 점잖은 의관속대衣冠束帶를 위하여 부질없이 점잖게 걸어가기를 노력한다면 그

---

* 시자지야 : 『문심조룡(文心雕龍)』 권 2 「명시(明詩)」 편에 나오는 구절로 "시라는 것은 지탱시켜 주는 것이다. 사람의 정성을 단정하게 지탱시켜 주는 것이다(詩者, 持也. 持人情性)"라는 뜻.

보다 더 슬픈 육체는 없을 것입니다. 그러면 육체의 영감은 어떻게 생기는가? 육체는 우선 땀을 흘리기 위하여 있는 것입니다. 그것은 반드시 성실한 것을 위한 성실한 땀이어야 합니다. 또한 육체는 피를 흘리기 위하여 있는 것입니다. 두 손에 받는 코피의 정열, 의를 위하여 쏟는 자기 부정, 그리고 생명의 유지를 위하여 또는 나의 완성을 정당히 도모하기 위하여 두터운 다른 하나의 살 속에 흘려 넣는 영원한 것. 이러한 모든 육체의 속성을 충실히 다하고 나서 생기는 육체의 허虛에서 육체의 시는 부득이 탄생되고 마는 것입니다.

땀을 흘리지 않고는 꿀보다 달 수 있는 그 소금 맛을 체득할 수 없으며 체득하지 못하면 땀의 영광을 노래할 수 없습니다. 일체 부동하고 따뜻한 사랑방 아랫목에 앉아서 세계에 어느 날 소금 기둥이 일어서는 기적을 이해할 수는 없습니다. 이해하는 그것으로써 시를 썼다면 그것은 왕청한 허위입니다.

허위를 지적받은 사이비 시인은 정신이라는 둥, 지성이라는 둥 하는 따위로 변해辨解할 것을 나는 잘 압니다.

그러나 이 시인은 벌써 시의 제1장도 모르는 인간입니다. 왜냐하면 시는 아무런 변해도 요하지 않기 때문에—백 보를 양보해서 정신이라는 정체를 따집시다. 정신이란 별것이 아니라 육체가 백 도로 은련銀鍊되어 가는 동안 낳아놓은 허虛가 축적된 총화를 이름입니다. 그 이외 아무것도 아니올시다. 정신을 안가하게 팔아먹는 몽유병자를 믿지 마십시오. 스위프트라는 영국 작가가 시인에게 주는 글 첫머리에서 "신을 꼭 믿을 필요가 없다"라고 한 것은 역시 이런 뜻이었을 것입니다. 물론 그 사람의 말에는 기성, 권위, 존엄, 히에라르키hierarchy*가 끌고 덤비는 중압을 두려워하지 말라는 뜻도 그 뜻의 하나였습니다.

---

* 히에라르키 : 계급, 계층.

축적되어가는 총화가 그대로 무한정 쌓이기만 한다고 그것이 시인의 무기는 될 수 없습니다. 쌓이는 총화를 옳게 제자리에 놓아야 되며 놓기 위해서는 놓을 수 있는 방법이 필요합니다. 방법은 곧 일종의 형型을 이루는 것이니 시인은 각자 자기의 원형을 가져야 되는 것입니다. 이 원형을 정신이라고 하든지 영감이라고 하든지 기술이라고 하든지 상관없습니다. 다만 모든 사실을 정확하게 아름답게 찍을 수 있는, 일테면 사진기와 같은 원형이 있어야 되겠고, 또 한 걸음 나아가서 이 원형에 녹이 슬지 않도록 부단히 감시하는 애정이 누구의 간섭도 받지 말고 따로 있어야 할 것입니다. 그것의 원천이 '피'인 것은 말할 것도 없습니다. 다만, 그 피는 사상捨象된 피라서 무겁고 붉지 않을 뿐입니다. 그러나 원형이 원형대로만은 '용用'을 얻지 못한 '체體'에 불과하듯이 '정情'의 감시 역시 원형의 제약을 받지 않아서는 그 '용'을 발휘하지 못하는 것입니다. '물物'을 '격格'하여 아는 것을 이루기 위하여 의지하는 위치에 서서 체험할 것을 충분히 체험하여 어느 날 시인이 시월 들에 엎드리면 오는 해 사월 지열을 오막五膜으로 느낄 수 있습니다. 그런 다음에 그 체험 자체가 남기고 간 '허虛'로 쏟아져 들어오는 사실이 이 '허'의 축적으로 형성된 원형에 반조反照되어서 '실實'을 이룰 때, 이 과정을 포섭하며 또 식별하는 전全 애정이라는 양지良知의 시험을 동시에 겪으면서 시는 비로소 서리 잡히는 것입니다. 그리하여 시인이 비로소 입을 열어 아래와 같은 시를 읊었다면 그 시인은 벌써 길버러지의 총민을 세계와 통하고 있다고 할 수 있을 것입니다.

Thou canst not stir a blade of grass without troubling of a star.

너는 저 별을 근심시키지 않고는 저 풀 한 포기를 건드리지 못하리라.

—프랜시스 톰프슨

이렇게 하여 시인의 위치를 발견해놓고 우리가 앞으로 시에 대하여 이야기한다면 여러 가지 어려운 문제를 해결할 수 있을 것입니다.

—『신인』(1948. 3) 발표.

제4부

번역

불패자

어니스트 헤밍웨이*

　마누엘 갈치아는 돈 미겔 레타나의 사무실 쪽 층계로 올라갔다. 그는 손가방을 내려놓고 문을 두드렸다. 아무 대답이 없다. 복도에서 마누엘은 방 안에 누가 있는 것을 알았다. 문을 통하여 그것을 알 수 있었다. "레타나" 하고 귀를 기울였다. 아무 대답도 없다. 있기는 한가 본데 하고 그는 생각하였다. "레타나" 하고 문을 두드렸다. "누구요?" 하고 방 안에서 누가 소리쳤다. "마노로요" 마누엘은 말했다. "뭣하러 왔소?" 소리는 물었다. "일거리 좀 잡으려고요." 마누엘은 말했다. 몇 번 절그럭거리더니 문이 확 열렸다. 손가방을 들고 마누엘은 들어갔다. 방 저편 책상 뒤에 키가 짤막한 사나이가 앉아 있었다. 그의 머리 위쪽에는 마드리드 박제사가 만든 황소의 대가리가 걸려 있다. 벽에는 사진액자와 투우 포스터가 붙었다. 키 작은 사나이는 마누엘을 쳐다보고 있다. "나는 댁이 죽은 줄 알았소" 하고 그는 말했다. 마누엘은 손가락 마디로 책상을 또닥

---

*어니스트 헤밍웨이(1899~1961) : 미국의 소설가. 『노인과 바다』(1952)로 1954년에 노벨문학상 수상.

거렸다. 키 작은 사나이는 책상 건너로 그를 쳐다보았다.

"올해 몇 번이나 출장하였소?" 레타나가 물었다. "한 번" 하고 마누엘이 대답했다. "단 한 번?" 키 작은 사나이는 물었다.

"그것뿐이었소."

"그 경기는 신문에서 보았소."

레타나는 의자에 기대면서 마누엘을 쳐다보았다. 마누엘은 박제 황소를 쳐다보았다. 그는 그것을 전에 여러 번 보았다. 그는 박제 황소에 대하여 일종의 근친적近親的 관심을 가졌다. 그 황소가 한 9년 전에 그의 동생을 죽였다. 마누엘은 그날을 기억하였다. 황소 대가리가 얹힌 참나무 패에는 주석 명판銘板이 있었다. 마누엘은 그것을 읽을 수가 없다. 그러나 그것은 필시 자기 동생을 기념한 것일 게라고 짐작하였다. 동생 녀석은 착한 놈이더니. 이 명판에는 '베라구아 공작의 황소 메라포사는 말일곱 필을 죽이고 아홉 번 창槍을 받았고 노비레로의 안토니오 갈치아를 1909년 4월 27일에 죽였다'라고 쓰여 있었다. 레타나는 박제 황소를 쳐다보는 그를 보았다. "일요일에 나갈 공작이 보낸 황소들은 필경 망신을 시키고야 말 거야. 모두 다리들이 나빠. 카페에서 무슨 말이 돌지 않았소?" 레타나가 말했다.

"나는 모르오. 바로 다녀오는 길이오." 마누엘이 대답했다. "그래서 손 가방을 들고 있구려." 레타나가 책상에 기대면서 마누엘을 쳐다보았다. 레타나가 모자를 벗고 앉으라고 권하자 마누엘이 앉았다. 모자를 벗자 그의 얼굴이 변하였다. 창백해 보였으며 모자 밑에 가리우도록 핀으로 머리 위에 쪽진 머리채가 그의 모양을 이상하게 돋았다.

"신색身色이 좋지 못하구려." 레타나가 말했다.

"병원에서 방금 오는 길이오."

"다리를 잘랐다더니."

"아니오. 다 나았소."

"담배 한 대 피우시오." 레타나가 다가서면서 목제 담뱃갑을 마누엘 쪽으로 밀면서 말했다. "고맙소." 마누엘은 담배를 피워 물었다.

"안 피시오?" 레타나에게 담배를 권하면서 그는 물었다.

"나는 담배를 먹지 않소. 그런데 왜 취직을 해서 일을 못 하오?" 레타나가 물었다. "일할 생각은 없소. 나는 투우사요." 마누엘이 대답했다.

"어디 요새 투우사라는 것이 있소?"

"나는 투우사요." 마누엘은 우겼다.

"여기 있는 동안에는 그렇기도 하겠지요. 보아서 야간흥행에 나가게 해주리다." 레타나가 말했다.

"언제?"

"내일 밤."

"나는 누구 대신 들어가기는 싫소." 마누엘이 말했다. 모두 대신 들어가 그렇게 죽었던 것이다. 살바도르 역시 대신 들어갔다가 죽었다.

그는 손가락 마디로 책상을 또닥거렸다.

"그런 자리밖에 없소." 레타나가 말했다.

"왜 다음 주에 나가게 못 해주오?" 마누엘이 이견을 내었다.

"당신은 인기가 없소. 관중이 원하는 것은 리트리와 루비토, 라트레오 뿐이거든. 모두 상당한 패들이오."

"내가 해내는 걸 보러들 올 게요." 마누엘이 희망을 가지고 말했다.

"아니요, 올 리 없소. 당신이 누군지 이제야 알기들이나 하오?" 레타나가 말했다.

"나는 자신 있소." 마누엘이 말했다.

"내일 밤에 출장시켜줄 생각은 있소. 젊은 헤르난데스와 같이 나가보시오. 광대놀이가 끝나면 황소 두 마리만 넘어뜨리오." 레타나가 말했다.

"누구 소요?" 마누엘이 물었다.

"모르오. 어떤 게든 소깐에 있는 걸 테지요. 낮에 수의獸醫가 인정하지 않은 것들일 게요.” 레타나가 대답했다.

“나는 누구 대신 들어가기는 싫소.” 마누엘이 말했다.

“마음대로 하오.” 레타나는 말을 막은 뒤 서류가 놓인 데로 향하여 기대었다. 레타나는 생각이 뜨악해졌다. 옛날을 생각하고 잠시 동안 마누엘이 준 호감은 사라졌다. 싸게 고용할 수 있으므로 라리타 대신 그를 쓰려고 했던 것이다. 다른 사람도 싸게 데려올 수 있다. 그러나 좀 도와주고 싶은 생각도 물론 없지 않아 있어 그에게 기회를 준 것이다. 모든 것이 그에게 달린 것이다. “얼마나 줄 거요?” 마누엘이 물었다. 그는 아직도 마음속으로는 거절할 궁리를 하고 있었다. 그러나 그럴 수 없는 것을 곧 깨달았다. “이백오십 페세타.*” 레타나가 말했다. 레타나는 오백을 생각하였으나 정작 입을 열고 보니 이백오십밖에 불러지지 않았다.

“비랄타에게는 칠천 페세타를 내지요?” 마누엘이 물었다.

“댁은 비랄타가 아니오.”

“그런 줄 아오.”

“그는 그만한 인기가 있소. 마노로.” 레타나는 설명하였다.

“그렇지요.” 마누엘이 일어서면서 말했다. “삼백만 주시오, 레타나.”

“그렇게 하오.” 레타나는 동의하면서 서랍에서 종이를 찾았다.

“오십 페세타만 우선 주실 수 있소?” 마누엘이 물었다.

“그러오.” 레타나는 오십 페세타짜리 한 장을 꺼내 책상 위에 납작하게 펴놓았다. 마누엘이 그것을 주머니에 넣었다.

“꼬드리라*는 어떻게 되오? 야간흥행 때 늘 내 앞에서 일하는 아이들이 있소. 모두들 괜찮지요.” 레타나가 말했다.

“삐까도르picador*는 어떻게 되오?” 마누엘이 물었다.

---

* 페세타 : 스페인의 화폐 단위.
* 꼬드리라 : 도보창수(徒步槍手).
* 삐까도르 : 기승창수(騎乘槍手). 말을 타고 창으로 소를 찌르는 투우사.

"별로 없소." 레타나가 사실대로 말했다.

"삐까도르 한 명은 꼭 가져야 되겠는데." 마누엘이 중얼거리자 레타나가 말했다. "그럼 나가서 구해보구려."

"이 돈 가지고야 어떻게 하오. 육십 듀로스* 가지고는 꼬드리라 사댈 턱이 없소." 마누엘이 말했다. 레타나는 아무 말도 않고 책상 너머로 마누엘을 보았다.

"좋은 삐까도르가 하나 있어야 되는 줄 아시지 않소?" 마누엘이 졸랐다. 레타나는 아무 말도 않고 마누엘을 멀찍이 쳐다보았다.

"우리 집에 삐까도르가 있지요." 레타나가 의자에 멀찍이 기대앉아 말했다.

"그건 알고 있소. 당신 집 삐까도르는 잘 아오." 마누엘이 대답했다.

레타나는 웃지 않았다. 마누엘은 일이 틀어진 것을 알았다. "내가 원하는 것은 공평한 기회라오. 나가는 바에야 소를 찔러내야지요. 좋은 삐까도르 하나만 데리고 나가면 될 터인데." 그는 대꾸도 안 하는 사람에게 이렇게 떠들어댔다.

"주는 것 외에 더 원하는 게 있거든 어디 가서 구해보오. 투우장에는 소속 꼬드리라가 있을 게오. 원하거든 마음대로 댁 삐까도르를 데리고 오시오. 광대 프로는 열 시 반에 끝날 거요." 레타나가 말했다.

"알아듣겠소. 정 그렇게밖에 생각해줄 수 없다면." 마누엘이 말했다.

"그 이상 더 생각할 수 없소." 레타나는 잘라서 말했다. "내일 밤에 봅시다" 하고 마누엘은 일어섰다. "나도 나가겠소." 레타나가 말했다. 마누엘은 손가방을 집어들고 나갔다.

"문을 닫고 나가오." 레타나가 소리쳤다. 마누엘이 돌아다보았다. 레타나는 무슨 서류를 들여다보고 있다. 마누엘은 문을 잡아당겨 꼭 닫았

---

* 듀로스 : 1듀로스는 5페세타.

다. 그는 층계를 내려가서 문밖으로 나가 덥고 밝은 길거리에 나섰다.

거리는 심하게 더웠고 하얀 건물에 반사된 햇빛이 눈을 부시게 하였다. 마누엘은 푸에르타 델 쏠을 향하여 내리막길을 그림자 진 쪽으로 걸어 내려갔다.

그늘이 흐르는 물같이 선뜩하고 시원하였다. 네거리에 다다랐을 때 더운 기운이 확 몰려왔다. 행인 중에 알 만한 사람이라고는 없었다. 푸에르타 델 쏠 바로 앞을 돌아 카페로 들어갔다. 카페 안은 고요하였다. 테이블에 몇 사람이 벽을 등지고 앉아 있었다. 한쪽 테이블에서는 네 명이 트럼프를 하고 있었다. 테이블 위에는 술잔과 빈 커피 잔이 놓여 있고 담배를 피우면서 대개 벽을 등지고 앉았다. 마누엘은 긴 방을 통해서 뒷골방으로 들어갔다. 구석에서 한 사람이 테이블에 기대 자고 있었다. 마누엘은 자리를 잡고 앉았다. 웨이터가 들어와서 옆에 섰다.

"쭈리토를 보았나?" 마누엘이 물었다. "점심 전에 다녀갔습니다. 다섯 시 전에는 오지 않을 겝니다." 웨이터가 말했다.

"커피와 우유, 그리고 술 한 잔 가져오게." 마누엘이 청했다. 웨이터가 큰 커피 잔을 받쳐들고 왼손에는 브랜디 병을 들고 다시 와서 테이블 위에 이것들을 놓았다. 급사가 뒤따라 들어와 손잡이가 길고 윤택이 나는 두 개의 중두리*에서 커피와 우유를 잔에다 부었다. 마누엘이 모자를 벗자 웨이터는 그의 앞이마에 핀으로 꽂혀 있는 머리채를 보았다. 커피 잔 곁에 놓인 작은 잔에 술을 부어 넣으면서 웨이터는 급사를 보고 곁눈질을 하였다. 급사는 마누엘의 창백한 얼굴을 이상하게 보았다.

"여기서 투우하십니까?" 웨이터가 병마개를 막으면서 물었다. "응, 내일 밤에 나가." 마누엘이 대답했다. 웨이터는 술병을 허리춤에 댄 채 서 있다. "찰리 채플린 광대놀이에 나가십니까?" 웨이터가 물었다. 급사는

---

* 중두리 : 항아리보다 조금 크고 독보다는 작으며 배가 불룩한 오지그릇.

당황하여 시선을 딴 데로 돌렸다. "보통 홍행이야." 마누엘이 말했다.

"차베스와 헤르난데스가 나가는 줄 알았더니." 웨이터가 말했다.

"아니, 나하고 나가."

"누구하고? 차베스하고요? 헤르난데스하고요?"

"아마 헤르난데스일 거야."

"차베스는 어떻게 되었습니까?"

"다쳤어."

"어디서 들었어요?"

"레타나에게서."

"여보게, 루이! 차베스가 다쳤다네." 웨이터는 곁방 쪽을 향해 소리쳤다.

마누엘은 각설탕 종이를 벗겨서 커피 속에 넣었다. 그는 커피를 저어서 마셨다. 달콤한 미각, 따끈하고 빈 뱃속에서 더워지는 커피. 그는 브랜디를 마저 마셨다. "이거 한 잔 더 주게." 웨이터에게 말했다. 웨이터는 병마개를 따서 접시에 적지 않게 흘려가면서 한 잔 가득 부었다. 다른 웨이터가 왔다. 그사이 급사는 가고 없었다.

"차베스가 대단하게 다쳤습니까?" 새로 들어온 웨이터가 물었다. "모르겠는데. 레타나는 아무 말 없었어." 마누엘이 말했다. "경치게 자주 나가니까." 키 큰 웨이터가 중얼거렸다. 마누엘은 그를 쳐다보았다. 아마 새로 온 사람인 게다.

"만일 여기서 레타나 앞에서 일한다면 성공은 해놓으신 것이죠. 그 사람과 아니라면 차라리 자살해버리는 것이 나을 겝니다." 키 큰 웨이터가 말했다. "자네 말이 맞았네." 나중에 들어온 웨이터가 맞장구를 쳤다.

"내 말이 맞았다는 자네 말이 맞았네. 그가 비랄타를 어떻게 출세시켜 놓았는지 알아야지." 첫 번 웨이터가 말했다.

"그뿐인가?" 키 큰 웨이터가 말했다. "갈치아 라란도도 그렇고 나시오날도 그가 성공시켰지."

"내 말이 그 말이야."

마누엘은 테이블 앞에서 말을 주고받는 그들을 물끄러미 쳐다보았다. 그는 두 잔째 브랜디를 마시고 있었다. 웨이터들은 그의 존재를 잊어버렸고 별 흥미도 없었다.

"그 낙타 무리 같은 놈들을 보라지. 나시오날 2세를 본 적 있나?" 키 큰 웨이터가 말을 이었다. "요전번 일요일에 보지 않았나?" 다른 웨이터가 말했다.

"그는 기린麒麟과 같아." 키 작은 웨이터가 말했다. "내가 뭐랬어? 모두 레타나의 집 투우사들이야." 키 큰 웨이터가 말했다. 마누엘이 한 잔 더 부으라고 청했다. 웨이터들이 이야기하는 동안 그는 접시에 흐른 술을 잔에 따라 마셨다. 술병을 든 웨이터가 기계적으로 술을 붓고 세 사람은 이야기하면서 뒷골방을 나갔다. 한쪽 구석에 자리 잡은 사람은 아직도 잠들어 있었다. 머리를 벽에 기댄 채, 숨을 들이쉴 때마다 코를 가볍게 골았다.

마누엘은 브랜디를 마셨다. 졸음이 왔다. 밖으로 나가기에는 너무 더웠다. 그뿐 아니라 나가봤자 별로 할 일이 없었다. 쭈리토를 만나야 되겠다. 기다리고 앉았다가는 잠이 들어버릴 게다. 테이블 밑의 손가방이 제자리에 있는지 발끝으로 차보았다. 차라리 의자 밑에 넣어두는 게 안전할 것 같다. 그는 손가방을 밀쳐 넣었다. 그러고는 테이블에 기대어 곧 잠이 들었다. 그가 깨어났을 때 누군가 맞은편 테이블에 앉아 있었다. 인디언과 같이 거무튀튀한 갈색 얼굴에 몸집이 큰 사람이었다. 그는 거기 앉아 있은 지 한참 되어 보였다. 그는 웨이터를 가까이 오지 못하게 하고 신문을 들여다보면서 테이블에 머리를 대고 자는 마누엘을 가끔 쳐다보았다.

그는 입전*을 우물거리면서 신문을 자세히 읽었다. 보다가 싫증이 나면 마누엘을 보곤 하였다. 코도반* 모자를 앞으로 눌러쓴 채 그는 의자

에 푹 눌러앉았다. 마누엘이 일어나 앉으면서 그를 보고 "쭈리토!" 하고
인사를 하였다. 몸집 큰 사람이 "헬로!" 하면서 반겼다. 마누엘은 "잠이
들었어"라며 손등으로 눈을 비볐다.

"그런 줄 알았네. 재미가 어때?"

"좋아, 자네는 어떤가?"

"괜찮아."

그리고 두 사람은 한참 침묵하였다. 기승창수 쭈리토는 마누엘의 창
백한 얼굴을 쳐다보았다. 마누엘은 신문을 집어 주머니에 넣는 쭈리토
의 엄청나게 큰 손을 내려다보았다. 마누엘이 입을 열었다. "마노스, 자
네에게 청할 말이 한 가지 있네." 마노스 듀로스는 쭈리토의 별명이었
다. 쭈리토는 자기의 커다란 손을 연상하지 않고 이 별명을 들어본 적이
없다. 그는 의식적으로 두 손을 테이블 위에 내려놓았다. 쭈리토는 마누
엘에게 한잔하자고 했다. 웨이터가 다시 돌아왔다가 두 사람을 쳐다보
면서 다시 나갔다. "무슨 일이야? 마노로." 쭈리토는 자기 잔을 내려놓
았다. "내일 밤 소 두 마리만 찔러줄 테야?" 마누엘이 테이블 건너로 쭈
리토를 보면서 물었다.

"싫어. 나는 그 노릇 안 해." 쭈리토가 딱 잡아뗐다. 마누엘은 그의
술잔을 물끄러미 내려다보면서 그런 대답이 나올 줄 미리 알았다는 듯
한 표정이었다. "미안하네. 마노로. 나는 창질을 더 안 해. 너무 늙었어"
하고 쭈리토는 자기 손을 보았다. "그저 한번 물어본 걸세." 마누엘이 말
했다.

"내일 야간흥행에 나가나?"

"그래. 좋은 삐까도르 한 놈만 같이 나가주면 어떻게 해낼 수 있을 것

---

* 입전 : 입술.
* 코도반 : 윤이 나게 무두질하여 만든 염소 가죽이나 말 엉덩이 가죽. 스페인의 코르도
바 지방에서 생산되며 고급 구두나 혁대 등을 만드는 데 쓰인다.

같은데.”

“얼마나 받나?”

“삼백 페세타.”

“나는 창질만 해도 그보다는 더 받네.”

“모르지 않아. 자네에게 청할 아무 권리가 없네.”

“무엇 때문에 투우는 그만두지 않는 거야? 마노로, 그리고 그 머리 꼬랑이*는 왜 잘라버리지 않는 거야?”

“나도 몰라.” 마누엘이 말했다.

“자네도 이제 나만큼이나 늙었잖아?” 쭈리토가 말했다.

“할 수밖에 없어. 내가 원하는 것은 어떻게 해서든지 맛 떨어지게 되는 것이야. 마노스, 나는 어쩌든지 붙잡고 늘어져야 되겠네.”

“그럴 필요가 뭐야?”

“그래도 그걸 해야지. 그만두려고도 몇 번 애써 보았네만.”

“짐작하겠네. 그러나 어디 그래서야 되겠나? 어찌 됐건 그만두고 발을 씻어야지.”

“그렇게 할 수가 없네. 그뿐 아니라 요새 나는 이력이 나는걸.”

쭈리토는 그의 얼굴을 쳐다보았다.

“그동안 입원하고 있었지?”

“부상을 당하던 때가 바로 크게 성공하려던 때였네.”

쭈리토는 아무 말도 하지 않고 접시에서 꼬냑을 들어 잔에 따랐다.

“일찍이 보지 못한 훌륭한 게임이었다고 신문들이 특서하였다네. 내가 성공하리라는 걸 잘 알지 않나?” 마누엘이 자랑했다.

“자네는 너무 늙었네.” 기승창수 쭈리토가 말했다.

“천만에. 자네는 나보다 10년이나 나이를 더 먹었네.”

---

* 머리 꼬랑이 : 투우사의 변발(辮髮)을 말하는 듯.

"나야 나이하고 상관있나?"

"나는 아직 늙지 않았네. 부상당했을 때가 바로 성공하게 되려던 참이었다니까? 내가 어떻게 경기를 하는지 자네가 꼭 보았더라면 좋았을걸 그랬네, 마노스." 마누엘이 나무라는 듯한 어조로 말했다.

"나는 자네 경기하는 걸 보고 싶지 않네. 보면 신경질이 나서" 하고 쭈리토가 말했다.

"근자에 내가 하는 걸 보지 못했지?"

"실컷 보았네." 쭈리토가 그의 눈을 피해가면서 말했다. "마노로, 이제 그만 발을 씻게."

"그럴 수 없네. 나는 점점 승세가 나는 중이야. 정말일세" 하고 마누엘이 끊어 말했다. 쭈리토가 테이블에 손을 얹으며 앞으로 다가앉았다.

"이거 봐, 내가 창질을 해주기로 함세. 그러나 만일 내일 밤 성공하지 못하면 투우를 아주 그만두어야 하네. 알아들어? 그렇게 할 테야?"

"그래."

쭈리토는 안심하면서 뒤로 기대었다. "꼭 그만두어야 해. 쓸데없는 노릇 그만둬. 그리고 그놈의 머리 꼬랑이 잘라버려." 쭈리토가 타일렀다.

"나는 그만둘 필요가 없네. 어떻게 하는지 잘 보게. 자신이 있어." 마누엘이 말했다.

쭈리토는 시비하기가 싫증이 나서 일어서면서 말했다.

"그래도 그만두어야 해. 내가 그 머리 꼬랑이 잘라버리고 말 테야."

"천만에. 안 될 말일세. 자네는 그럴 기회를 갖지 못할 거야."

쭈리토가 웨이터를 부르고 식당에 가자며 일어섰다. 마누엘은 의자 밑에서 손가방을 꺼냈다. 그는 쭈리토가 도와주기로 하자 만족한 표정이었다. 쭈리토는 살아 있는 삐까도르 중에서 제일 나은 사람이었다. 일은 간단하게 다 되었다. "식당에 가 무엇 좀 먹세" 하고 쭈리토가 소리쳤다.

마누엘은 마구간 마당에서 찰리 채플린의 흥행이 끝나기를 기다렸다. 쭈리토가 그의 옆에 섰다. 사방이 어두웠다. 투우장으로 나가는 높은 문은 닫혀 있었다. 문 너머로 그들은 아우성을 들었다. 따라서 웃음소리가 들리고 다시 조용해졌다. 마누엘은 마구간 냄새를 좋아했다. 어두운 데서 나는 냄새가 더욱 좋았다. 투우장 쪽에서 다시 떠들어대는 소리가 들려오고 박수갈채가 그치지 않았다. "자네, 저런 구경 못 해보았지?" 쭈리토가 어둠 속에서 크게 움직이면서 물었다. 마누엘은 그렇다고 했다. "꽤 재미있는 거야" 하고 쭈리토는 어둠 속에서 혼자 웃었다. 투우장으로 들어가는 높고 꼭 들어맞은 이중문이 활짝 열리자 마누엘은 고광등孤光燈*의 센 빛에 비친 투우장을 보았다. 어두운 대광장에서 투우장만이 밝게 떠올랐다. 투우장 가장자리에는 걸인과 같이 차린 두 사람이 따라다니면서 가끔 절을 하며 걸어갔고 그들을 따라 호텔 사환 복장을 한 소년이 허리를 굽히며 모래밭에 떨어진 모자와 지팡이를 집어 어둠 속에 다시 던지곤 하였다. 전깃불이 마구간 마당에 켜졌다.

"내가 말을 타고 있을 테니 그사이에 조수들을 데리고 오게." 쭈리토가 말했다. 등 뒤에서 나귀들이 짤랑거리며 오는 소리가 들렸다. 나귀들은 경기장에 들어가서 죽은 말을 끌고 나올 것이다. 장책墻柵*과 관람석 중간 통로에서 구경하고 있던 꼬드리라들이 몰려나와서 이야기를 주고받았다. 은황색 복장을 한 얼굴 잘생긴 소년이 마누엘에게 와서 미소 지으며 "저는 헤르난데스입니다" 하고 손을 내밀었다. 마누엘이 그와 악수를 하였다. 소년은 "오늘 밤에 나오는 황소들은 모두 큰 것들입니다"라며 신이 난 듯이 말했다. "뿔이 제대로 박힌 덩치 큰 놈들이야." 마누엘이 동의하였다.

---

* 고광등 : 불빛이 강한 아크등.
* 장책 : 울타리, 담장.

"당신은 잘못 걸렸는가 봅니다." 소년이 말했다. "염려 마라. 클수록 어려운 사람들이 먹을 고기가 많지." 마누엘이 말했다. "어디서 맡아가지고 오십니까?" 하고 물으며 소년이 웃었다. "새삼스러운 게 아니야" 하고 마누엘이 말을 이었다. "가서 네 꼬드리라를 모아놓아. 좀 보기나 하게." "잘 고르셨죠" 하고 헤르난데스는 대단히 신이 났다. 그는 예전에 두 번이나 야간흥행에 나갔었고 앞으로 마드리드에서도 한 번 나가게 되어 있다. 얼마 안 있어 시작되는 경기를 그는 재미있게 기다리고 있다. "삐까도르들은 어디에 있니?" 마누엘이 물었다. "마구간에서 서로 맵시 있는 말을 차지하겠다고 야단들입니다." 헤르난데스가 웃었다. 나귀들이 문으로 몰려나왔다. 회초리 소리와 짤랑거리는 방울 소리가 나더니 어린 소들이 모래 고랑을 파며 끌려 나왔다. 소들이 사라지자 투우사들은 입장해서 행진을 하기 위해 줄을 섰다. 맨 앞에 마누엘과 헤르난데스가 섰다. 그 뒤에 젊은 꼬드리라들이 어깨에 무거운 케이프*를 휘감고 섰다. 그다음에는 말을 탄 삐까도르 네 사람이 어두컴컴한 속에서 강철 끝에 단 창을 꼿꼿이 세우고 늘어섰다. "말이 지나가는 것도 못 보게 불을 비춰주지 않는 레나타의 처사는 참을 수가 없어." 한 삐까도르가 불평했다. "들여다보지 않고 덮어놓고 타는 게 오히려 우리에게 좋을 줄 알고 그러는 게지." 다른 삐까도르가 대꾸했다. "이놈의 짐승, 내 발바닥이 땅에 닿을 지경이구나." 첫 번째 삐까도르가 말했다. "그래도 말은 말이야." "암, 말은 말이지." 그들은 어두움 속에서 여윈 말 등에 앉아 이렇게 주고받았다. 쭈리토는 아무 말도 하지 않았다. 그는 가장 좋은 말을 골라 타고 있었다. 쭈리토는 그 말을 타고 마구간 마당을 돌며 시험도 해보았다. 말은 고삐 잡는 대로 말을 잘 들었다. 쭈리토는 말의 오른쪽

---

* 케이프 : 소매가 없는 외투를 뜻하며, 투우사가 소를 다룰 때 사용하는 것은 겉은 핑크색이고 안은 노랗다.

눈에 덮인 붕대를 풀고, 귀를 막은 끈을 잘라주었다. 말은 그만하면 되었다. 쭈리토는 이번 경기에는 시종 이 말만을 타기로 했다. 어두운 데서 커다랗고 푹신한 안장에 올라앉아 행렬이 지나가는 것을 기다리는 동안에도 쭈리토는 마음속으로는 벌써 경기장에 나가 창질을 하고 있었다. 그의 양옆으로는 다른 삐까도르들이 이야기하면서 지나갔다. 쭈리토에게는 아무런 소리도 들리지 않았다. 마따도르matador* 두 명이 케이프를 왼팔에 똑같은 모양으로 걸치고 하복下僕* 세 사람을 뒤에 세워놓고 있다. 마누엘은 그 뒤에 있는 세 소년을 생각하고 있었다. 그들은 모두 헤르난데스와 같이 마드리드에서 온 19세가량의 소년들이었다. 마누엘은 그중에서 얼굴이 검고 열의가 있어 보이는 거만한 집시 아이가 마음에 들었다.

"이름이 뭐냐?" 마누엘이 집시에게 물었다. "후엔데스" 하고 집시는 대답했다. 마누엘이 좋은 이름이라고 하자 아이는 이빨을 드러내며 웃었다. "황소가 나오거든 맡아서 한참 좀 달리거라." 마누엘이 일렀다. "염려 맙쇼"라고 대답하는 집시 아이의 얼굴빛은 열의에 들떠 있었다. 그는 벌써부터 어떻게 하리라는 것을 미리 궁리하고 있는 듯했다.

"황소가 나온다" 하고 마누엘은 헤르난데스에게 말했다.

"저놈 봐라. 자, 나가자." 음악 소리에 맞춰 늘씬거리는 오른팔을 내흔들며 머리들을 쳐들고 그들은 나갔다. 고광등 불빛 아래 환한 모래를 깔아놓은 경기장을 가로질러 가면서 꼬드리라는 뒤에서 두 편으로 갈라지고, 삐까도르 뒤를 하복들과 짤랑거리는 나귀들이 따라왔다. 그들이 경기장을 질러나가자 관중은 헤르난데스를 소리치며 맞이했다. 거만하게 또 그리고 늘씬거리며 그들은 앞만 내다보고 행진하였다. 그들은

---

* 마따도르 : 마지막에 소의 정수리를 찔러 죽이는 투우사.
* 하복 : 아랫사람, 조수.

총재 앞에서 예를 갖추고 제자리들을 맡아 서로 헤어졌다. 투우사들은 장책 쪽으로 가서 입었던 무거운 망토를 벗고 가벼운 경기용 케이프로 바꿔 입었다. 나귀들은 퇴장했다. 삐까도르들은 투우장 주위로 말을 달렸다. 그중에서 두 명의 삐까도르는 나왔던 문으로 도로 나갔다. 하복들이 모래판을 쓸어 평평하게 만들었다. 마누엘은 레타나의 대리代理가 따라준 물을 한 사발 마셨다. 그는 마누엘의 매니저로 칼을 바꿔주는 사람이었다. 헤르난데스가 자신의 매니저와 이야기를 맞추고 왔다. "귀인을 만났군그래." 마누엘이 치하하자 "나를 좋아들 하지요" 하고 헤르난데스는 신이 났다. "행렬의 입장이 어땠소?" 하고 마누엘이 레타나의 대리인에게 물었다. "결혼식 행렬 같았소. 잘됐소. 당신은 마치 호세리토나 벨몬테와 같이 나타났소" 하고 대리인이 대답했다. 쭈리토가 말을 타고 지나간다. 한 개의 육중한 기마상. 그는 말을 달리어 투우장 저쪽, 황소가 나올 문 가까이로 향했다. 고광등 밑에서는 모든 것이 이상하였다. 그는 늘 오후의 뜨거운 햇볕 아래서 큰 몫을 받고 창질을 해왔었다. 그는 이렇게 어두운 데서 하는 노릇을 즐기지 않았다. 그는 어서 경기가 시작되었으면 하고 조급해졌다. 마누엘이 그에게 다가왔다. "잘 찔러. 마노스! 내 손아귀에 들어맞도록 만들어와." 마누엘이 말했다. "염려 말게. 그놈의 소, 투우장 밖으로 뒹굴어 나가게 만들어놈세." 쭈리토가 모래 위에 침을 뱉었다. "바짝 대들게." 마누엘이 일렀다. 쭈리토는 상자 모양으로 된 등자鐙子*를 딛고 녹피제鹿皮製 무장화를 깊이 신은 두 다리로 말의 양쪽 허리를 조이며 왼손에는 고삐를, 다른 손에는 기다란 창을 쥐고 불빛을 가리기 위해 광연모廣緣帽를 깊이 눌러썼다.

쭈리토는 말 위에 높이 앉아 멀리 황소가 나올 문을 바라다보았다. 말의 두 귀가 바르르 떨었다. 쭈리토는 왼손으로 말을 어루만져주었다.

---

* 등자 : 안장에 달아서 말의 양쪽 옆구리로 늘어뜨린 제구(諸具).

붉은 대문이 뒤로 활짝 열리자 쭈리토는 광장 너머로 멀리 빈 통로 속을 한참 바라보았다. 그러자 황소가 쏜살같이 뛰어나왔다. 불빛을 온 몸에 받으며 네 발굽을 모아 다그치며 구보로 도전한다. 아무 소리 없이 재빠르고 가볍게 돌아다니며 간혹 달려들 때는 콧구멍을 씰룩거리며 소리를 친다.

어두운 우리 속에서 해방된 광희狂喜. 제일 앞자리에 앉은 『엘 헤랄드』지의 투우 경기 대리기자는 약간 귀찮은 표정으로 자기 무릎 앞에 있는 시멘트 벽에 몸을 대고 이렇게 적었다. "캄파그네로. 흑색. 42호는 충분한 연료를 가지고 시속 90마일의 속도로 달려 나왔다." 장책에 기대어 황소를 보고 있는 마누엘은 손을 저었다. 그러자 집시 소년은 그의 케이프를 끌며 달음박질해서 나왔다. 있는 힘을 다해 돌진하던 황소는 휙 돌아서면서 꼬리를 쳐들고 머리는 푹 숙이고 케이프를 향해 달려들었다. 집시 소년은 비뚤비뚤 달아났다. 지나가는 그를 본 황소는 케이프 대신에 사람에게 덤벼들었다. 집시는 껑충 뛰어 장책의 붉은 울타리를 뛰어넘자 따라온 황소가 그곳을 들이받았다. 미친 듯이 뿔로 말뚝을 들이받고 두 번이나 울타리에 튕겨나갔다.

『엘 헤랄드』지의 기자는 담배를 한 대 붙여 물고 성냥개비를 황소를 향해 던졌다. 그런 다음 수첩에 이렇게 적었다. "몸집이 크고 뿔이 좋아서 족히 장꾼들을 만족시킬 만한 캄파그네로는 투우사의 발뙈기*를 꿰뚫어 받을 만한 기세를 보였다." 황소가 울타리를 받자 마누엘은 단단한 모래밭 위로 발을 옮겼다. 그는 곁눈으로 쭈리토가 백마를 타고 투우장의 오른쪽 사분지 일가량의 거리에서 장책 쪽에 가까이 있는 것을 보았다. 마누엘은 케이프를 앞으로 펴서 두 손에 접어 쥐고 황소를 향해 "우""우" 하고 소리를 쳤다. 황소는 휙 돌아서서 장책에 앞가슴을 튕기

---

* 발뙈기 : 얼마 안 되는 밭. 여기서는 투우사가 경기하는 장책의 안쪽을 말하는 듯.

다가는 옆으로 물러서는 마누엘이 쥔 케이프를 향해 몸부림치면서 덤벼들었다. 마누엘은 몸을 꼬면서 달려드는 황소를 흘려 넘기고 케이프를 다시 펴서 바로 소의 뿔 앞에 날렸다. 도전의 한고비가 지난 다음 순간 그는 황소를 다시 마주하게 되자 케이프를 전과 같은 위치에 폈다가 또 한 번 홱 몸을 꼬아 돌렸다. 이렇게 할 때마다 관중은 소리를 쳤다. 네 번이나 황소를 휘몰아 케이프를 높이 휘날렸다. 그럴 때마다 소는 다시 달려들었다. 다섯 번째에는 케이프를 엉덩이에 대고 몸을 돌리니 케이프는 발레 무용가의 치마자락같이 활짝 열렸다.

케이프가 황소를 띠같이 휘감았다가 얼른 비키기 위해 놓아주니 소는 백마를 타고 와서 버티고 있는 쭈리토를 향한다. 말의 귀는 앞으로 숙였고 입술을 떤다. 쭈리토는 모자를 푹 눌러쓰고 앞으로 숙인다. 그의 오른팔 밑의 기다란 창은 예각으로 비스듬히 내려져 앞뒤로 뻗쳐 나오고, 삼각형 날카로운 창끝은 황소를 노린다. 『엘 헤랄드』지의 제2번 경기 담임기자는 담배를 붙여 물고 소를 보면서 적었다. "노장 마노로는 몇 개의 상당한 묘기를 연출하며 벨몬테류流의 따내기로 끝을 맺어가니 투우통으로부터 갈채가 잦다. 이제 경기는 제3번으로 들어간다." 쭈리토는 말에서부터 창끝과 황소와의 거리를 재고 있다. 그가 노리자 소는 온몸에 힘을 모아 말의 가슴팍을 향해 덤벼들었다. 황소가 받으려고 대가리를 후렸을 때 쭈리토는 소의 어깨 위에 인들거리는 살에 창을 꽂았다. 그리고 창 자루를 힘껏 누르면서 왼손으로 말을 허공으로 치켜올렸다. 말은 앞발질을 하면서 쭈리토를 오른쪽으로 돌려댔다. 쭈리토가 황소를 치밀어 들여보내니 두 뿔은 말 배때기 밑으로 살짝 지나가고 말은 땅에 내려와 떨고 소는 꼬리로 말의 배때기를 때리면서 헤르난데스가 휘두르는 케이프를 향해 다시 달려들었다.

헤르난데스는 황소를 이리저리 몰고 게걸음을 치면서 다른 삐까도르가 있는 곳으로 달려갔다. 그는 케이프를 날려 황소를 머물게 하니 소는 말과 그 위의 사람을 똑바로 바라본다. 이때 헤르난데스는 뒤로 물러났다. 황소는 말을 보자마자 대들었다. 삐까도르의 창이 소의 등살을 스쳤다. 황소에게 받친 말이 솟아오르자 삐까도르는 헛창질을 한 바람에 안장에서 미끄러져 오른쪽 다리를 꼿꼿이 쳐들고 왼쪽으로 떨어지면서도 말을 안정시키려고 애를 썼다. 솟아오른 말은 황소의 뿔에 박힌 채 쓰러졌다. 삐까도르는 말 옆구리를 발길로 떠밀고 나가자빠져 누가 와서 떠메고 가서 보아주기만 기다리고 있었다. 마누엘은 황소가 말을 짓밟게 내버려두었다. 바쁠 것 없다. 삐까도르는 살아 있지 않은가? 뿐더러 저따위 삐까도르 놈들 간담을 좀 서늘하게 해야 다음에는 더 늑장을 부릴걸. 허재비 같은 놈들! 그는 모래판 건너 장책에서 얼마 떨어져 있는 쭈리토를 보았다. 그의 말은 늠름하게 대기 자세를 취하고 있다. "우"하고 마누엘은 소를 불렀다. 케이프를 두 손에 펴 쉽게 눈에 띄게 들고 "토마―"하고 외쳤다. 황소는 말을 내버려두고 케이프를 향해 달려들었다. 마누엘은 비켜가면서 케이프를 펴든다. 한참 섰다가 돌아서 황소를 쭈리토 쪽으로 이끈다. 『엘 헤랄드』지의 기자는 이렇게 적었다. "캄파그네로는 말 한 필을 죽인 대신에 창 두 개를 맞았다. 헤르난데스와 마노로는 여유를 보이고, 소는 조금도 비겁하지 않으며 말에 대한 증오심을 여실히 나타내 보였다. 노장 쭈리토는 옛날의 기술을 회복하여 창질에 한 솜씨를 보였다."

"오레! 오레!" 하고 곁의 친구가 소리를 쳤다. 고함소리는 관중의 열광 속에 묻혀버리고 그는 얼떨결에 기자의 등을 두들겼다. 기자는 바로 그 위에 서 있는 쭈리토를 쳐다보았다. 쭈리토는 말 머리 위로 몸을 기울이고 겨드랑이 밑에 예각으로 솟게 꽂은 창의 바로 끝 대목을 틀어쥐고 전력을 다해 겨누면서 황소와 맞선다. 소는 말을 받으려고 다가온다. 쭈리토는 몸을 길게 빼서 황소 바로 위에서 그를 멈추게 한다. 공세를 받아가며 천천히 말을 돌려 황소의 뿔질을 비켜나갔다. 쭈리토는 즉각적으로 말이 안전하다고 느꼈다. 소가 옆으로 지나치자 쭈리토의 창의 삼각 쇠뿌리는 황소의 어깨 속을 찌르고 들어갔다. 소는 코앞에 나타난 헤르난데스의 케이프를 받으려고 한다. 황소가 미친 듯이 달려들자 집시 소년은 소를 넓은 데로 끌고 나갔다. 쭈리토는 말을 어루만지면서 헤르난데스가 관중의 갈채를 받아가며 밝은 불 밑에서 휘두르는 케이프에 도전하는 소를 지켜보고 있었다.

"봤어?" 쭈리토가 마누엘에게 물었다. "대단해." 마누엘이 칭찬했다. "저럴 때 잡았어, 이제 봐." 쭈리토가 말했다. 케이프가 뒤집혀 돌아가자 황소는 무릎을 꺾고 넘어졌다가 곧 일어났다. 그러나 마누엘과 쭈리토는 멀리 모래밭 끝에 황소의 등을 검은빛으로 물들이며 콸콸 흐르는 붉은 핏빛을 보았다. "바로 저럴 때 잡았어." 쭈리토가 반복해서 말했다. "좋은 솜세." 마누엘이 말했다. "한 번만 더 찔렀더라면 꼬꾸라졌을걸." 쭈리토는 분해했다. "세 번째에는 박을걸?" 마누엘이 말했다. "이제 두고 봐." 쭈리토가 말했다. "이제 가봐야겠네." 마누엘은 투우장 저쪽으로 달음질쳤다. 거기서는 하복들이 열을 지어 말 한 필에게 회초리질을 해가면서 멱을 잡아 끌어당겨 소 앞으로 나가게 하고 소는 머리를 숙인 채 아직 어찌할 바를 몰라서 발버둥질을 친다.

쭈리토는 말을 몰고 이곳으로 가까이 오면서 꼬밀꼬밀 일동을 살펴보더니 불길함을 예감한 듯 눈살을 찌푸렸다. 황소가 돌진했다. 말꾼들은 장책 쪽으로 도망했다. 삐까도르가 헛방을 치자마자 소는 말의 배때기 밑에서부터 탁 차올려 꼬나메었다.

쭈리토는 지키고 섰다. 붉은 셔츠를 입은 하복들이 굴러떨어진 삐까도르를 떠메고 가려고 달려온다. 삐까도르는 부스스 털고 일어나서 중얼대면서 소매를 턴다. 마누엘과 헤르난데스는 케이프를 펴들고 대기 자세를 취한다. 그리고 크디큰 시커먼 황소는 말을 떠메고, 말다리는 흐느적흐느적, 재갈은 뿔에 걸쳤다. 비틀거리면서 밭은걸음을 한다. 그러다가 목을 구부려서 털면서 말을 젖히려 한다. 말은 굴러떨어졌다. 그러자 황소는 마누엘이 펴든 케이프를 향해 달려갔다.

그러나 소가 맥이 점점 빠져간다고 마누엘은 생각했다. 피가 몹시 흐른다. 주위가 피로 물들었다. 마누엘은 다시 케이프를 폈다. 온다. 눈을 허둥그레 부릅뜨고 케이프를 응시하며 대든다. 마누엘은 옆으로 살짝 비켜서면서 팔을 들어 황소 머리 앞에 케이프를 조여 베로니까(투우 연기의 한 기술―옮긴이 주)를 하였다. 다음 순간에 황소와 마주 섰다. 머리가 좀 숙여진다. 머리를 숙여서 노리는 전술. 쭈리토가 왔구나. 케이프를 한 번 더 펄럭이며, 홱 비켜서서 베로니까 또 한 번. 이놈 상당히 정확하게 겨누는구나. 지쳤나보다. 응시만 하고 있다. 지금 나에게 덤빌 곳을 찾는구나. 눈깔을 보아라. 그러나 나는 항상 너에게 이 케이프를 준다.

마누엘은 케이프를 흔들었다. 달려든다. 홱 비킨다. 아기자기하다. 다시는 그리 가까이 대지 말자. 황소를 스치자 케이프 모서리가 피에 젖었다. "가만있거라. 마지막 쾌를 보자."

마누엘은 황소를 정면으로 대하고 이리저리 휘돌리면서 그럴 때마다 케이프를 내밀었다. 소가 그를 쳐다본다. 눈은 노리고 뿔은 꼿꼿이 솟아 있다. 여전히 노리면서 "우" 하고 마누엘이 도전하였다. "토로" 하고 뒤로 몸을 젖히면서 케이프를 앞으로 폈다. 온다. 비켜줘라. 케이프를 뒤에 대고 일 회전. 따라오던 황소는 멋쩍게 뒤통수를 치고 케이프의 위와 앞쪽에 눌려 휘날린 자리에 멀거니 서서 엉거주춤. 마누엘은 소가 꼼짝달싹 못하게 한 손으로 케이프를 들어 바로 황소의 코밑 턱에 갔다대었다가 물러섰다. 아무도 손뼉을 치지 않았다. 마누엘은 장책 쪽을 향하여 사장沙場을 가로질렀다. 한편 쭈리토는 투우장을 나왔다. 마누엘이 황소를 다루고 있는 동안에 반데리야banderillas*(길이 45.7센티미터 되는 전창箭槍을

---

* 반데리야 : 창. 투우에 쓰이는 작은 깃발이 달린 작살.

대개 색지로 장식한 것이다―옮긴이 주)를 꽂는 순서를 알리는 나팔소리가 들렸다. 마누엘은 그 소리를 듣지 못하였다. 하복들은 죽은 말 두 필 위에 헝겊을 덮고 그 주위에 톱밥을 뿌렸다. 마누엘은 장책으로 물을 마시러 왔다. 레타나의 대리인이 깨어진 물 중두리를 내주었다.

키 큰 집시 후엔데스는 소창小槍 두 개를 손에 쥐고 섰다. 가느다란 붉은 창, 낚시 바늘과 같이 끝이 뾰족하다. 그는 마누엘을 쳐다본다. "나가봐!" 마누엘이 말했다. 집시는 뛰어나갔다. 마누엘은 물 중두리를 놓고 쳐다본다. 그는 손수건으로 얼굴을 씻었다. 『엘 헤랄드』지의 기자는 더운 샴페인 병을 꺼내어 한 모금 마시고서 기사를 맺었다. "늙은 마노로는 케이프와 속된 창질을 가지고 아무 환영도 받지 못하고 경기는 세 번째 창박기로 들어간다." 투우장 가운데 소가 혼자 우뚝하게 섰다.

키가 크고 뒷등이 넓은 후엔데스는 팔을 벌리고 두 손에 붉은 창을 손끝에 곧게 쥐고 거만하게 황소 앞으로 가까이 갔다. 그의 뒤와 한쪽 옆에는 조수가 케이프를 들고 섰다. 황소는 그를 쳐다보고 움직이기 시작하였다. 소는 머물고 서 있는 후엔데스를 응시한다. 주춤하고 으르렁댄다. 후엔데스는 반데리야를 저었다. 번쩍거리는 창끝이 황소의 눈을 쏘았다. 소가 꼬리를 쳐들더니 덤벼든다. 사람을 노리면서 곧장 내질러 온다. 후엔데스는 가만히 서 있다. 뒤로 몸을 젖히면서 반데리야를 치켜 들었다. 소가 받으려고 막 머리를 내렸을 때 후엔데스는 몸을 뒤로 젖히고 두 팔을 모아 올려 두 손을 맞대니 반데리야는 두 개의 내리꺾인 붉은 줄, 몸을 일으켜 앞으로 던지면서 황소를 찔렀다. 황소 뿔 위에 엎드리다시피 몸을 내맡겼다. 두 다리를 모아 꽂힌 창대를 의지하여 몸을 후려 돌리자 밑에 있는 소가 그를 스치고 지나간다. "우와" 하는 열광 소리. 황소는 미친 듯이 허공에 솟아 마치 송어처럼 날뛰면서 받으려 한다. 그럴 때마다 붉은 창 자루가 튀었다. 마누엘은 장책에 기대서서 소가 항상 오른쪽을 받는 것을 알았다.

"나머지 두 개는 오른쪽에 박으라고 일러라." 마누엘이 후엔데스에게 가는 아이에게 말했다. 누가 어깨를 툭 쳤다. 쭈리토였다. "어때? 친구." 쭈리토가 말했다.

마누엘은 그냥 소를 보고 있었다. 쭈리토는 팔로 몸을 괴이고 장책에 기대었다. 마누엘이 그에게로 향하였다.

"자네 솜씨가 나아가네." 쭈리토가 마누엘을 평하였다. 마누엘은 머리를 흔들었다. 다음 3회전까지 그는 아무 할 일도 없었다. 집시 소년은 반데리야질을 잘하였다. 황소가 3회전에는 그럴듯한 모양으로 덤벼들 것이다. 그놈은 훌륭한 소다. 여태까지는 모든 것이 쉬웠다. 마지막으로 칼 가지고 하는 경기가 근심이었다. 사실은 별걱정을 하지 않았다. 그는 걱정은커녕 거기에 대해 아무런 생각도 하지 않고 있었다. 그러나 이렇게 서 있노라니 자연히 막연한 불안감을 느꼈다. 그는 묘책을 강구하면서 황소를 바라보았다. 무레타muleta*로 황소가 힘을 못 쓰게 하는 연기를 생각하고 있었다. 집시는 황소에게로 다시 가고 있다. 경멸하듯이 발끝과 뒤꿈치로 마치 무용가와 같이 깐죽대면서 걸어갔다. 걸을 때마다 붉은 창대는 비틀거린다. 황소는 노린다. 가만히 서서 엿보면서 될 수 있는 대로 가까이 오면 뿔로 후려치려고 기다리고 있다. 후엔데스가 다가서자 황소는 덤볐다. 후엔데스는 소의 도전을 받으면서 한참 동안 빙빙 돌아다녔다. 황소를 피해 돌아서서 한참을 섰다가 두 팔을 내뻗고 발끝으로 잰걸음을 치다가 허탕 친 황소의 단단한 등살에 반데리야를 곧게 파묻었다. 관중은 열광했다.

"저놈은 얼마 안 가 이런 야간흥행은 그만둘걸." 레타나의 대리인이 쭈리토에게 말했다. "썩 잘하는군." 쭈리토가 말했다. 그들은 열심히 구경한다. 후엔데스는 장책을 등지고 섰다. 꼬드리라 두 사람은 바로 그

---

* 무레타 : 투우사가 소를 다룰 때 쓰는 막대기에 감는 붉은색 천.

의 뒤에 서서 케이프를 울타리 위에 걸쳐 들고 소를 떼어놓기 위해 흔들 준비를 하고 있다. 황소는 혀를 내밀고 배를 펄떡거리면서 집시 소년을 노린다. 이번에는 잡았다고 생각하는 듯이. 붉은 판자 앞에 바로 한 번 받으면 되겠다. 소는 집시를 노린다. 집시 소년은 몸을 젖히고 팔을 뒤로 뽑았다. 반데리야가 소를 겨눈다. 그는 한 발을 구르면서 황소를 불렀다. 소는 의심증이 들린 듯했다. 후엔데스는 황소에게 다가섰다. 몸을 젖히면서 소를 다시 불렀다. 관중 속에서 누가 위험하다고 소리쳤다. "너무 가까워." 쭈리토가 걱정했다. "잘 보라구." 레타나의 대리인도 거들었다. 후엔데스는 몸을 젖히면서 반데리야로 황소를 화나게 하면서 두 발을 모아 껑충 뛰었다. 그가 뛰어오르는 순간 황소가 꼬리를 치켜들면서 덤벼들었다. 후엔데스는 땅에 내려와 발끝으로 몸을 지탱한다. 팔을 곧게 벌리고 전신을 활같이 굽혀 소의 오른쪽 뿔을 비킨 다음 몸을 꼬아 돌리면서 창을 곧장 내질렀다. 사람을 놓치자 황소는 장책을 받고 들어갔다. 그곳에는 케이프들이 펄럭거렸다. 집시 소년은 관중의 갈채를 받으면서 마누엘이 있는 곳으로 왔다. 그의 조끼는 뿔에 받혀서 찢어졌다. 자랑스러웠다. 그는 조끼를 관중에게 보였다. 그는 투우장을 한 바퀴 돌았다. 쭈리토 옆을 지나며 그는 웃으면서 조끼를 가리킨다. 쭈리토는 웃었다. 누가 나머지 반데리야를 꽂았다. 그러나 아무도 보아주는 사람이 없었다. 레타나의 대리인이 바톤을 무레타에 싸서 장책 너머 마누엘에게 주었다. 대리인은 가죽 칼집을 집어 칼 한 자루를 꺼낸 다음 칼집째 판장 너머 마누엘에게 주었다. 마누엘이 붉은 자루 달린 칼을 끄집어내니 칼집은 풀석하고 떨어졌다. 그는 쭈리토를 쳐다보았다. 쭈리토는 마누엘이 땀을 흘리는 것을 보았다.

"이번엘랑 잡아!" 쭈리토가 말했다. 마누엘은 고개를 끄덕였다.

"이제 꼴이 잘돼가고 있네." 쭈리토가 말했다.

"자네가 바라는 대로 되고 있네." 대리인은 말했다. 마누엘은 고개를 끄덕였다. 나팔수가 다락에서 최후의 경기를 알리는 나팔을 불었다. 마누엘은 경기장을 가로질러 어두컴컴한 내빈석의 총재가 있는 데로 갔다.

관람석 첫 줄에 앉은 『엘 헤랄드』지의 대리 투우 비평가는 더운 샴페인을 마셨다. 그는 오늘 밤은 관전기를 쓸 만한 게 못 된다고 판단하고 나머지는 신문사에 돌아가서 쓰기로 작정하였다. 아무려면 어때? 기껏해야 야간흥행인걸. 기사에서 빠진 게 있으면 내일 조간에서 보충하면 되지 않은가? 그는 샴페인을 한 모금 더 마셨다. 그는 맥심에서 열두 시에 누구와 만나기로 약조하였다. 그러나저러나 이 투우사들은 대체 어떤 놈들이야? 애송이들이 아니면 쓰레기들, 쓰레기 한 떼. 그는 수첩을 호주머니에 넣고 마누엘을 보았다. 마누엘은 투우장에 홀로 서서 잘 보이지도 않는 광장 쪽에 있는 내빈석을 향해 모자를 벗어들고 인사를 하였다. 투우장 가운데 소가 멍하니 서 있다.

"총재 각하! 나는 이 소를 귀하와 세계에서 가장 현명하고 관후한 마드리드 시민에게 바칩니다." 이것이 마누엘의 인사였다. 그것은 형식이었다. 그는 한마디 빼지 않고 모두 말했다. 그런 인사는 야간흥행에서는 너무 길었다. 그는 어두운데도 절을 하고 허리를 폈다. 모자를 어깨 너머로 벗어 넘기고 왼손에는 무레타를, 오른손에는 칼을 쥐고 황소가 있는 데로 갔다. 소가 그를 쳐다본다. 소는 눈치가 빠르다. 마누엘은 황소의 어깨에 꽂힌 채 축 늘어진 반데리야와 쭈리토의 창질로 간단없이 흘러내리는 피를 보았다. 그는 또 소의 발 내딛는 거동을 살폈다. 한 손에 무레타, 다른 한 손에 칼을 쥐고 앞으로 나가면서 그는 소의 발을 보았다. 소는 발을 한데 모으지 않고는 덤벼들지 못한다. 황소는 지금 멀거니 네발을 버티고 있다. 마누엘은 소의 발을 주의해서 보면서 앞으로 다가섰다. 괜찮다. 이만하면 됐다. 머리를 숙이게 만들어야지, 그래야 뿔 사이로 냅다 넘겨받아 찔러 죽일 수가 있겠다. 그는 칼 가진 생각을 안 한다. 죽일 생각도 없다. 그는 한순간에 한 가지 일만 생각하였다. 그러나 닥쳐오는 일이 그를 불안케 하였다. 앞으로 다가서면서 황소의 발을 내려다보고 또한 눈과 코끝과 앞으로 넓게 뻗친 뿔을 번갈아 보았다. 소의 눈 가장자리에는 옅은 빛깔이 어렸다. 두 눈으로는 마누엘을 지켰다. 소는 이 얼굴 해쓱하고 키가 짤막한 사람을 잡으리라고 생각했다. 가만히 서서 칼로 무레타를 폈다. 마누엘은 왼손에 든 칼끝으로 형겊을 꽂아 범선의 돛대같이 해서 들고 황소의 뿔 끝을 보았다. 한쪽 뿔은 장책을 받아서 이미 쪼개졌다. 또 한 개는 산돼지 털처럼 날카롭다. 무레타를 펴면서 마누엘은 뿔 아래 붉게 물든 것을 보았다. 그는 이러한 것들을 살펴보는 동안에도 황소의 발을 내려다보기를 게을리하지 않았다. 소는 마누엘을 지켜보고 섰다. 지금은 소가 방어태세라고 마누엘은 생각했다. 삼가는구나, 이놈을 들썩거려놓아 머리를 떨어뜨리도록 만들어야 하겠는데. 반드시 귀를 떨어뜨려놓아야. 쭈리토가 한 번 성공했다. 그러나 소는 다시 왔다. 내가 저놈을 서둘러 놓으면 필경 피가 흐르리라. 그렇게 되면 고개를 숙이겠지. 칼을 들고 무레타를 펴 들면서 황소를 불렀다. 소가 쳐다보자 마누엘은 얕보듯이 뒤로 몸을 젖히면서 플란넬flannel*을 펄럭거렸다. 황소가 무레타를 보았다. 고광등 밑에서 빛나는 진홍색. 황소가 다리에 힘을 주었다. "이크! 온다." 마누엘이 돌아서면서 무레타를 높이 쳐들었다. 그러나 무레타는 황소의 뿔을 지나 등덜미로 하여 꼬리를 스치고 지나갔다. 황소는 헛뿔질을 하고 나갔다. 마누엘은 움직이지 않았다. 고비가 지나자 소는 모퉁이를 도는 고양이같이 곧 돌아서서 마누엘을 노린다.

그는 공세를 취했다. 마누엘은 황소의 잔등에서 피가 죽죽 흘러내려 다리를 적시는 것을 보았다. 그는 칼을 빼서 들고 왼손에는 무레타를 축 늘어뜨려 쥐고 왼편으로 몸을 기울이면서 황소를 불렀다. 소가 두

---

* 플란넬 : 모직의 일종.

눈으로 무레타를 노려보면서 다리에 힘을 준다. "이크!" 그는 홱 돌아서면서 소 대가리 앞을 무레타로 받고, 버티고 서서 칼날은 불빛에 번쩍거리며 커브를 그린다. 황소가 다시 덤빈다. 마누엘은 파쓰 드 페쵸(소의 가슴을 찌르는 투우 경기의 용어―옮긴이 주)를 하기 위하여 다시 무레타를 쳐들었다. 버티고 섰던 황소가 달려와 무레타를 든 마누엘의 겨드랑이 밑의 옆 가슴을 스치고 지나갔다. 마누엘은 반데리야를 피하기 위하여 머리를 제쳤다. 뜨겁고 시커먼 황소 몸뚱어리가 그의 가슴을 스쳤다. '아차! 넘어갔구나.' 마누엘은 생각했다. 쭈리토는 집시에게 뭐라고 빨리 말했다. 집시는 케이프를 가지고 마누엘에게로 달려갔다. 쭈리토는 모자를 푹 눌러쓰고 경기장 쪽의 마누엘을 보았다. 마누엘은 무레타를 왼편에 내려 쥐고 다시 황소를 피하고 있다. 황소는 무레타를 보면서 머리를 숙이고 있다.

"만일에 벨몬테가 저렇게 했으면 모두들 미쳐서 날뛰었을걸." 레타나의 대리인이 말했다. 쭈리토는 말이 없다. 그는 투우장 한복판에 서 있는 마누엘을 보고 있다. "우리 주인이 어디서 저 사람을 발견했누?" 대리인이 물었다. "병원에서." 쭈리토가 말했다. "바로 거기가 저 사람이 또 갈 데야." 대리인이 말했다. "그걸 두들겨." 쭈리토가 장책을 가리키며 말했다. "농담이었소." 대리인이 말했다. 대리인은 앞으로 허리를 굽혀 장책을 세 번 두드렸다. "저 묘기를 잘 보오." 쭈리토가 주의를 주었다. 투우장 한가운데 불빛 아래 마누엘이 무릎을 꿇고 황소와 맞서고 있다. 그가 무레타를 두 손으로 쳐들자 황소는 꼬리를 치켜들며 덤벼들었다. 마누엘은 몸을 홱 돌려 뺀다. 황소가 다시 덤벼들자 무레타를 반원형으로 휘두르니 황소가 무릎을 꺾고 엎드린다.

"야! 상당한 투우사로군." 대리인이 칭찬했다. "아니야, 그렇지도 않아." 쭈리토가 말했다. 마누엘이 일어났다.

그는 무레타를 왼손에, 칼을 오른손에 쥐고서 어두운 관중석에서 들려오는 갈채를 받고 인사를 한다. 소는 일어나서 고개를 숙인 채 기다리고 있다. 쭈리토가 꼬드리라의 다른 두 아이에게 뭐라고 말하자 그들은 케이프를 들고 달려가 마누엘의 뒤에 선다. 모두 네 사람이 뒤를 받친다. 헤르난데스는 처음에 마누엘이 무레타를 들고 나왔을 때부터 그를 따라다녔다. 키가 큰 후엔데스는 자세를 여유 있게, 도도하게 가라앉혀서 케이프를 펴들고 서서 기다린다. 게으른 눈빛으로 기다린다. 이때 조금 전 그 두 아이가 따라왔다. 헤르난데스가 눈짓을 하니 둘은 양쪽으로 갈라선다. 마누엘은 혼자 소와 마주하고 있다. 케이프를 휘둘러 사람들을 비키라고 한다. 조심조심 뒷걸음질치는 그의 얼굴은 창백하고 땀이 흘렀다. 무엇하러들 가까이 오는 거야? 다 되었는데 이제 와서 케이프를 가지고 황소의 눈을 빼라는 건가? 할 일들이 없어서 별걱정을 다 시킨다.

황소는 네 다리를 떡 버티고 서서 무레타를 본다. 마누엘은 왼손으로 무레타를 흔들었다. 황소의 두 눈은 그것을 지켜보았다. 몸뚱이가 무거워 보였다. 목이 숙여졌다. 그러나 너무 숙이지는 않았다. 마누엘은 무레타를 처들었다. 황소는 꼼짝 안 한다. 다만 두 눈알이 돌아갈 뿐이다.

저놈은 납덩어리라고 마누엘은 생각했다. 사지와 골격이 딱 벌어졌다. 저놈의 몸뚱이를 받으리라. 마누엘은 투우 용어를 떠올리며 모든 상황을 생각해보았다. 어느 순간 한 가지 기술이 떠올랐으나 꼭 들어맞는 말이 얼른 떠오르지 않아 그 생각을 못하고 만다. 그의 본능과 지능은 자동적으로 돌아갔다. 그러나 머리는 천천히 돌아가고 언어로써만 움직였다. 그는 소에 대해 모르는 것이 없다. 소에 관해서는 생각할 필요조차 없다. 그래도 일은 바로 제대로 되곤 하였다. 그의 눈이 사물을 식별했고 그의 몸이 생각 없이도 적당한 임무를 감행해왔다. 만일 그가 생각을 하였다면 그는 글렀을 게다. 자, 이제 황소를 마주 대하고 일시에 여러 가지 일을 상기한다. 우선 뿔이다. 하나는 쪼개지고 또 하나는 민숭

하니 날카롭다. 왼쪽 뿔을 향해 몸을 옆으로 던져야겠다. 짧고 곧게 창을 써야겠고, 무레타를 내려뜨려서 소를 이끌어야겠다. 뿔 너머로 팔을 넣어 바로 목덜미와 어깨에 있는 은전 한 푼만 한 점에 칼을 꽂아야겠다. 이 모든 일을 한꺼번에 해치운 뒤 뿔 사이로 살짝 빠져나와야만 되겠다. 그는 이 모든 것을 해야만 될 것을 의식하였다. 그러나 그의 유일한 생각은 한마디 말로밖에 성립되지 못하였다.

"꼴토 이 떼레쵸!"(짧고 또 곧게—옮긴이 주) 그는 무레타에서 칼을 끄집어냈다. 쪼개진 뿔을 겨누어 몸을 옆으로 댄다. 무레타를 가로 떨군다. 그리하여 가슴과 수평이 된 칼을 쥔 오른손이 십자가를 그린다. 발끝으로 몸을 일으켜 세우면서 칼날을 황소의 어깨 사이에 높이 박힌 점을 겨누었다. "꼴토 이 떼레쵸!" 하면서 소를 공격하였다. "탁!" 하는 충격과 함께 자신이 허공에 떠오른 것을 느꼈다. 그는 넘어가면서 깊이 찔렀으나 칼은 손에서 떨어지고 말았다. 마누엘이 땅에 떨어지자 황소가 그를 덮쳤다. 그는 땅에 드러누운 채 슬리퍼를 신은 발로 소의 콧등을 찼다. 황소가 흥분해서 사람을 놓쳤다. 대가리로 그를 치받고 모래사장을 찧는다. 공중에서 공을 굴리는 사람같이 마누엘은 황소를 발로 차면서 들이받지 못하게 하였다. 마누엘이 황소에 대고 펄럭거리는 케이프에서 오는 바람을 느꼈을 때 소는 떨어져갔다. 소가 그를 타고 넘어 달아났다. 황소의 배때기가 머리 위를 지날 때 사방이 컴컴했지만 밟히지는 않았다.

마누엘은 일어나서 무레타를 집어 들었다. 후엔데스가 칼을 집어준다. 칼은 황소의 견압골을 찌른 데가 휘었다. 마누엘은 칼을 무릎에 대고 펴서 황소를 쫓아갔다. 소는 지금 죽은 말 옆에 서 있다. 마누엘이 쫓아가니 그의 재킷이 찢어져서 어깨에서 펄럭인다. "이쪽으로 내몰아!" 마누엘이 집시에게 외쳤다. 죽은 말의 피 냄새를 맡은 황소는 뿔로 그 시체를 덮은 덮개를 찢고 있다. 황소는 쪼개진 뿔에 보자기를 건 채 후엔데스의 케이프를 향해 덤벼든다. 관중은 폭소한다. 투우장 가운데서 황소는 보자기를 떨쳐내려고 머리를 흔들었다. 헤르난데스가 뒤로 다가가서 보자기 끝을 잡아 빼냈다. 황소는 그를 한참 따라가다가 그만두고 섰다. 소는 다시 방어태세를 취하고 있다. 마누엘은 다시 칼과 무레타를 가지고 소 앞으로 다가간다. 그는 무레타를 흔들었다. 그래도 황소는 도전할 의사가 없다. 마누엘은 옆으로 몸을 돌려세우고 내려뜨린 칼날을 겨누었다. 황소는 투기를 잃고 죽은 듯이 꼼짝 않는다. 마누엘은 뒤꿈치를 높이 쳐들어 칼날을 겨누면서 도전하였다. 다시 "탁!" 하는 소리와 함께 몸이 떴다가 "탕!" 하고 땅에 떨어졌다. 이번에는 황소를 발로 찰 기회가 없다. 소가 그를 깔고 있기 때문이다. 마누엘은 머리를 팔에 묻고 죽은 듯이 드러누웠다. 황소가 그를 받아 찍었다. 등도 받는다. 모래밭에 처박힌 그의 얼굴을 받으려고 한다. 그는 구부린 팔 사이로 뿔이 지나쳐 모래밭을 파고들어가는 것을 보았다. 황소는 그의 잔등과 모래밭을 받는다. 뿔이 그의 한쪽 소매를 뚫고 들어가 옷을 찢는다. 황소는 마누엘을 받아 젖히고 케이프를 따라가면서 다시 덤빈다. 마누엘이 일어나 무레타와 칼을 찾았다. 엄지손가락으로 칼끝을 만져본다. 그는 장책으로 달려가서 다른 칼로 바꾼다. 레타나의 대리인이 판장 너머로 그에게 새 칼을 내주면서 "얼굴을 닦으시오"라고 말했다. 마누엘은 소 쪽으로 달려가면서 손수건으로 피 묻은 얼굴을 닦았다. 그는 쭈리토를 보지 못했다. 쭈리토는 어디에 있는가? 꼬드리라들이 뒤로 물러서서 케이프를 들고 대기하고 있다. 황소는 한바탕 기세를 올리고 나서 기운이 빠져 멍하니 서 있다.

마누엘이 무레타를 들고 앞으로 다가섰다. 황소는 본체만체한다. 그는 황소의 코앞에 무레타를 대고 이리저리 흔들었다. 황소는 무레타를 따라 머리를 돌리기는 하였으나 덤비지는 않는다. 소는 마누엘 자신을 기다리고 있다. 마누엘은 걱정이다. 마누엘은 별수 없이 공격하는 수밖에 없다. "꼴토 이 떼레쵸" 하면서 그는 황소 가까이 가서 몸을 반쯤 돌렸다. 무레타를 가슴에 대고 소를 불렀다. 칼을 내밀면서 몸을 비키기 위하여 왼편으로 돌렸다. 황소가 옆으로 빠지면서 칼이 허공에 날렸다. 고광등 밑에 번득이는 붉은 자루 달린 칼이 모래밭에 떨어졌다.

마누엘이 따라가서 그것을 집어들었다. 칼은 휘었다. 그는 칼을 무릎에 대고 폈다. 마누엘은 주춤하고 서 있는 황소를 향해 돌진하면서 헤르난데스가 케이프를 들고 있는 곳을 지났다. "온 몸뚱어리가 뼈다귀 천지인가 봅니다" 하고 집시 소년은 애가 탔다. 마누엘은 고개를 끄덕이면서 얼굴을 씻었다. 그는 피 묻은 손수건을 주머니에 넣었다. 그는 장책 가까이에 섰다. "빌어먹을 놈의 소, 뼈다귀 천지여서 칼이 들어갈 자리가 없는지도 모르지. 천만에, 이제 봐라." 마누엘은 무레타를 펼쳐 들었다. 그러나 황소는 움직이지 않는다. 소 앞에 대고 무레타를 앞뒤로 찢었다. 그래도 그대로다. 그는 무레타를 휘날리면서 칼을 빼들어 황소를 찔렀다. 전신의 무게를 다 기울여 찌를 때 마누엘은 칼이 휘는 것을 느꼈다. 칼은 공중으로 튀어 날았다. 대단원의 아우성이 관중석에서 일어났다. 마누엘은 칼이 튀면서 튕겨져 나갔다. 컴컴한 관중석에서 방석 한 개가 날아왔다. 두 번째 날아온 방석 한 개가 관중을 바라다보고 있는 마누엘의 피 묻은 얼굴 위에 떨어졌다. 관중들이 내려온다. 모래밭이 사람 떼로 덮인다. 누군가 빈 샴페인 병을 가까운 데서 던졌다. 마누엘의 발에 맞았다. 그는 일어나 어두운 데서 다가오는 포위를 본다. 무언가 획! 하고 날아와 옆에 꽂힌다. 그의 칼. 무릎에 대고 펴서 들고 관중을 향해 인사했다.

"고맙소." "고맙소." 오— 빌어먹을 놈의 자식! 더럽고 빌어먹을 놈의 자식! 오— 육시할 떼갈 놈의 자식! 그는 달아나면서 방석을 하나 찼다.

황소는 아직 살아 있다. "여전하군. 오냐, 너 이 빌어먹을 놈의 자식!" 마누엘은 황소의 시커먼 콧등 앞에 무레타를 흔들었다. 소식이 감감.

"가만있는다고? 두고 봐라." 그는 바짝 다가가서 축축한 소의 코밑에다 무레타를 덮은 뾰족한 칼끝을 들이박았다. 황소는 몸을 비키는 마누엘을 덮쳤다. 방석 위에 넘어지자 마누엘은 뿔이 그의 겨드랑 쪽으로 들어오는 것을 느꼈다. 마누엘은 두 손으로 뿔을 틀어 단단히 쥐고 황소를 거꾸로 탔다. 황소가 고갯짓을 하니 마누엘이 나가자빠졌다. 가만히 누워 있다. 그저 그렇구나. 소는 간데없다. 그는 기침을 하면서 일어났으나 발이 제대로 말을 듣지 않았다. "이 빌어먹을 놈의 자식! 칼을 다오" 하고 그는 소리쳤다. 후엔데스가 무레타와 칼을 가지고 달려왔다. 헤르난데스가 그를 부축했다. "부속병원으로 어서 갑시다." 헤르난데스가 말했다. "어리석은 노릇 하지 마시오. 비켜나!" 하고 마누엘은 성이 났다. "비켜들 나라니까그래, 빌어먹을—" 하고 그는 몸을 뺐다. 헤르난데스는 마음대로 하라는 듯 어깻짓을 하고 내버려두었다. 마누엘은 소가 있는 데로 갔다. 황소는 버티고 서서 헐떡거린다. "어디 보자. 이놈의 자식" 하고 마누엘은 무레타에서 칼을 빼들고 소를 향해 몸을 던졌다. 그는 칼이 푹 들어가는 감촉을 느꼈다. 칼막이 쇠까지, 다섯 손가락이 모두 들어갔다. 뜨거운 피가 손등으로 흘렀다. 그는 아직 황소를 타고 있다. 한편으로 쓰러진 황소는 마치 가라앉는 것 같았다. 마누엘은 일어섰다. 황소의 몸뚱이가 자신의 옆으로 무너져내리는 것을 보았다. 그러자 갑자기 황소의 네 다리가 공중으로 뻗었다. 그는 피에 젖은 손을 들어 관중의 인사를 받았다. "어디 보자. 이 빌어먹을 놈의 자식!" 하고 맹세 짓거리를 하고 싶었다. 그러나 말이 나오기 전에 기침이 터져 나왔다. 가슴이 뜨겁고 숨이 막혔다. 그는 무레타를 찾았다.

"가서 총재에게 인사를 해야 한다." "총재는 다 뭐야!" 그는 주저앉아 무엇인가 보고 있다. 그것은 황소였다. 네 다리를 쭉 뻗고 혀를 한 발이나 내민 짐승, 배때기 위아래로 또 다리 밑으로 무엇인지 꿈틀거리며 엉긴다. 피는 털이 설핀 데 더욱 엉긴다. 죽은 소. 떼갈 놈의 소. 모두들 떼가라. 그는 발을 옮기려고 하였으나 기침이 다시 터져 나왔다. 기침을 하면서 다시 주저앉았다. 누군가 와서 그를 둘러맸다. 사람들이 그를 떠메고 투우장 건너 병원으로 데리고 갔다. 모래밭을 건너 따라가다가 출입구에서 나귀들이 지나가 한동안 지체했다. 다시 어두운 통로를 지나 사람들은 중얼대며 층계를 올라가더니 한곳에 그를 내려놓았다. 의사와 흰옷을 입은 조수 두 사람이 그를 기다렸다. 그들은 마누엘을 테이블 위에 올려놓았다. 마누엘의 셔츠를 찢어 펼쳤다. 마누엘은 피곤하다. 가슴속이 부글부글 끓었다. 그가 기침을 시작하자 의사는 입에 무언가를 대어주었다. 모두들 바쁘다. 전등불이 비친다. 마누엘은 눈을 감았다. 그는 누군가 층계를 무겁게 구르며 올라오는 것을 느꼈다. 그러다가 아무 소리도 듣지 못하였다. 그러고는 멀리 사라지는 소리를 들었다. 그것은 관중의 환호성이었다. 흠, 나머지 소 한 마리는 누가 처치하여야 될걸. 조수들이 마누엘의 셔츠를 모두 찢었다. 의사는 그를 보고 웃었다. 레타나가 옆에 서 있다. "헬로, 레타나!" 하고 마누엘이 불렀다. 그는 자신의 말소리를 들을 수 없다. 레타나가 그를 보고 웃고 무엇이라고 말한다. 마누엘은 아무것도 들을 수 없다. 쭈리토는 테이블 옆에 서서 의사가 손질하는 것을 엎드려 들여다보고 있다.

그는 맨머리에 삐까도르 유니폼을 입은 채였다. 쭈리토가 그에게 뭐라고 말했다. 조수 한 명이 쭈리토에게 가위를 보냈다. 레타나는 그것을 쭈리토에게 준다. 쭈리토가 또 뭐라고 마누엘에게 말한다. 그는 알아들을 수 없다.

귀찮은 놈의 수술대! 이제는 수술대가 딱 질색이었다. 죽은 것은 아니로구나. 내가 죽었으면 승려가 와서 섰겠지. 쭈리토가 가위를 들고 그에게 뭐라고 말한다. 아하! 그거로구나. 머리채를 자르려는 게로구나. 상투를 자르려고 하는구나. 마누엘은 수술대 위에 일어나 앉았다. 의사가 노하여서 뒤로 물러섰다. 누군가 그를 붙들고 앉는다. "마노스, 자네 아무리 그래도 그럴 수가 있나?" 마누엘이 말했다. "아니야. 그럴 리가 있나? 장난으로 그랬지." 쭈리토의 목소리가 똑똑히 들렸다. "나는 성공할 수 있었을 텐데" 하고 마누엘이 계속 말했다. "운수가 나빴지. 그것뿐이야!" 하고 마누엘은 드러누웠다. 조수들이 무언가를 그의 얼굴에 덮었다. 그것은 익히 아는 물건이었다. 그는 숨을 길게 들이마셨다. 마누엘은 심신이 너무 피곤함을 느꼈다. 조수가 그의 얼굴에서 그 물건을 떼어내자 마누엘은 기운 없이 중얼거렸다. "나는 성공할 뻔했네." 레타나는 쭈리토를 쳐다보고는 방문 쪽으로 걸어가려고 한다. "나는 여기 이 사람과 같이 있겠소" 하고 쭈리토가 말했다. 레타나는 마음대로 하라는 듯한 표정을 지었다. 마누엘은 눈을 뜨고 쭈리토를 쳐다보았다. "내 말이 옳지 않아? 마노스" 하고 따져 물었다. "아무렴. 자네 크게 될 참이었네." 쭈리토가 말했다. 의사의 조수가 한 개의 원추형 물건을 마누엘의 얼굴에 씌웠다. 마누엘은 숨을 깊이 들이마셨다. 쭈리토는 어색하게 지키고 서 있었다.

—『인문평론』(1941. 1) 발표.

마魔의 민족

토마스 만*

토마스 만은 금년 70세. 1938년 도미, 그의 딸과 함께 독일인으로 미국에 입적했다. 문단의 중진으로 미국문화 전반에 걸쳐 영향은 다대하다. 철저한 반파쇼 본부 각 대학에서 수시로 문학과 철학 강연을 계속하여 대전 중에는 『조셉』 속편 2권과 단편집─그중에 유명한 「미완성 관棺」이 들어 있다─을 간행. 여기에 번역한 논문의 본제목은 「독일과 독일인」이다. 『예일 리뷰』 1945년 12월호에 특별 기고한 것이다. 『예일 리뷰』는 예일 대학교에서 발행하는 계간지로 가장 권위 있는 문명비평 잡지의 하나다. 시어도어 드라이저, 올더스 헉슬리 등은 그 유수한 소설 기고가들이었다.─옮긴이 주

내가 젊었을 때 생각하고 또 말한 바 사람이 한세상 태어났으면 되도록 오래 살고, 살되 삶이 공허하지 않고 도사道士와 같은 생활을 할 수 있다면 그에서 더 훌륭하고 값이 있을 바 없을 것이요, 그가 예술가

---

* 토마스 만(1875~1955) : 독일의 소설가, 평론가. 대표작 『마의 산』(1924)으로 1929년 노벨문학상 수상.

라 할진대 모름지기 그 생애를 통하여 독특하게 성숙해야 할 것으로 생각하였다. 그러나 나는 우선 육체적으로 자신을 갖지 못하였다. 다소간 내가 성취한 바가 있다면 그것은 나 자신의 기운 있는 감내로 말미암은 것이라기보다 차라리 내게로 쏠리는 '생生' 그 자체 천재의 힘에 의한 바클 것이라고 하겠다. 불로이득不勞而得하는—생의 천재 그것은 실로 한 자비다. 자비는 놀랄 만한 것이고 또 전혀 예측할 수 없는 것이었다. 그것을 체험하는 사람은 꿈을 꾸고 있다고 생각할 것이다.

내가 살아 있고 또 살아 이곳에 있다는 것이 꿈과 같다. 시인으로 태어난 이 사실을 솔직히 받아들이기보다 차라리 딴 인간이었던 것이 옳았을는지도 모르겠다.

환몽幻夢을 그리지 않아도 생이 환몽이라는 것을 깨닫기는 지극히 쉬운 일이다. 내가 어떻게 여기에 와 있는가? 어떤 꿈 물결이 나를 내가 탄생하고 또 어쨌거나 내가 속해 있는 저 독일 한구석에서 이 나라로 오게 되었던가? 와서 한 미국인이 되어서 미국인에게 말을 건네고 있는가? 나는 이 사실을 부자연한 것으로 생각하지는 않는다. 도리어 당연한 일이라고 본다. 운명의 소치였다. 도대체 말하면 나 같은 유類의 독일주의는 아메리카라고 하는 친절한 파노폴리스의 민족 내지 국가적 세계에서 가장 편하게 통할 수 있다고 생각한다. 내가 미국인이 되기 전에 나는 체코 시민이 될 기회가 있었다. 그렇게 되었더라면 재미있었고 또 내게 만족했을는지 모르겠다. 그러나 그 사실은 풍운風韻도 이성도 없는 일이었을 것이다. 마찬가지로 내가 프랑스인이나 영국인 혹은 이태리인이 되었다고 가정해본다면 미국인이 된 것이 얼마나 더 자연스럽다는 것을 재확인하게 된다. 미국인이라는 것 외의 모든 사실은 내게는 나의 존재를 너무도 한정하고 구속하는, 한 유리물遊離物밖에는 안 되었을 것이다. 미국인이므로 말미암아 나는 세계의 시민이 될 수 있다. 이것은 또한 독일인의 천성에 부합하는 바다. 그 천성이란 도피적이란 또 냉혹한 현실 앞에 서면 소심적인 데가 있기는 하지만 이 소심적인 성격이 아만我慢에서 생긴 것인지 그렇지 않으면 국제사회적 열등감에서 나온 것인지는 잘 모르지만 아마 두 가지가 다 원인이 되는지도 모르겠다.

나는 여기서 독일과 독일인에 관하여 글을 쓰게 되었다. 자신 없는 노릇이다. 제목이 복잡하고 한이 없는 까닭뿐 아니라 그 제목을 싸고도는 감정이 격렬하기 때문이다. 단순히 심리적으로만 감정도 천착도 없이 이 제목을 취급한다면 기가 막힌 욕을 당한 사람으로 앉아서 이 가련한 나라가 세계에 대하여 행한 소위所爲를 생각할 때 그것은 거의 패덕에 가까운 짓일 것이다. 그렇다면 독일인은 이 주제를 기피할 것인가? 나더러 말하라면 나는 이 주제 외에 다른 어떤 제목도 택하지 않겠다. 개인적 이유로서만이 아니라 현재 우리가 오론誤論을 한다면 사사로운 이야기는 별문제이겠지만 적어도 그것이 공론이면 독일 문제에 언급하지 않게 될 때가 없을 것이다. 설사 격별格別*한 동정은 안 갖더라도 저 참담한 운명을 지닌 독일, 미증유의 재난 속에서 그 역사가 어느 한도에 달한 나라, 그 알기 어려운 성격, 그 전도前途 세계에 거듭 치명적 중압을 준 나라, 또 한편으로 생각하면 인류에 대하여 위대한 것과 아름다운 것을 많이 공헌한 나라 독일에 대하여 무관심할 수는 없을 것이다.

지금 독일 태생으로 동정을 사기 위하여 독일을 변호하고 용서하려고 노력하는 사람이 만약 있다면 그것은 실로 당치 않은 일일 것이다. 그렇다고 누가 자기는 선량한 독일인이라고 자처하고 음험한 독일인과는 아무 상관도 없다는 태도로 심판자의 위치에서 독일이 범한 헤아릴 수 없는 죄악에 의하여 야기된 증오에 따라서 저주하고 단죄한다면 이것 역시 독일 태생으로서는 당치 않은 일일 것이다. 독일에서 태어난 사람은 누구나 다 독일의 운명과 죄악에 관여를 갖고 있게 될 것이다. 비

---

* 격별 : 각별.

평적 태도를 가지고 이러한 관여에서 피한다고 불충不忠이 될 것은 없을 것이다. 자기 민족에 대하여 언급할 때 다만 진실할 수 있자면 자기 성찰을 함으로써만 가능할 것이다.

말하다 보니 나는 벌써 독일적 심리의 복잡한 세계에 들어가고 말았다. 그 외연적인 동시에 내면적인 것을 말하였고 그 코즈모폴리턴적인 동시에 지방적인 것을 이야기하였다. 이러한 관찰을 내리는 것은 내 내력을 두고 생각하여보아도 정확한 것이라고 믿는다. 일테면 코스단스 호수를 건너 스위스로 여행하였다고 하자. 그것은 곧 지방에서 세계로 여행하는 것일 것이다. 거대한 도시들이 산재한 강대한 독일제국에 비해 저 조그마한 나라 스위스를 한 세계라고 일컫는 것이 기이하다고 할는지 모르나 역시 사실임이 틀림없다고 생각한다. 그 규모의 왜소함에도 불구하고 중립이요, 다어원적多語源的이요, 또한 프랑스 영향 밑에 있으면서 서구적 호흡을 하는 스위스는, 국제적이라는 말조차 한 모욕으로 쓰이고 방만한 지방주의가 풍미風靡하고 또 침투한 북방의 정치적 거물 독일보다는, 훨씬 유럽적이요, 훨씬 세계적이다. 이것이 고古독일의 쇄국주의와 우울한 비현실주의가 국가적 형태로 나타난 것이 현대 독일이며 거기다가 범속한 세계주의, 왜곡된 코즈모폴리터니즘이 작용하여 만들어진 것이 독일의 형상이다. 독일적 심리, 이 비현세적이요, 지방적인 독일 코즈모폴리터니즘에는 항상 일종의 한 유령 같은 요소가 있고 어딘지 모르게 음흉한 마魔가 따랐다. 은밀한 악마주의라고나 할까, 하여튼 이것 역시 나는 내 내력 덕택으로 잘 알 수 있는 것이다. 나는 지금 꿈의 파도가 나를 여기 밀어오기 전까지 내 잔뼈를 굵게 키워준 저 독일 세계의 한구석을 기억하여본다. 12세기 전엽에 창건되고 바바로사에 의해 자유 제도帝都의 지위에까지 오르고 한때 한자동맹*의 요충 발트 해

---

* 한자동맹 : 북해와 발트 해 연안의 독일 여러 도시가 상업상의 목적으로 결성한 동맹.

안에서 멀지 않은 고도古都 뤼베크가 내 고향이다. 내 부친이 상원의원으로 자주 드나들던 아름다운 시 의회당은 현대 초기에 마틴 루터가 비텐베르크* 캐슬 교회당 정문에 그의 성명을 내어 붙이던 바로 그해에 준공되었다. 루터가 종교개혁가로서 나서면서 어딘지 다분히 중세기적인 데를 계승하면서 일생을 통하여 악마와 싸웠듯이 청교도의 도시 뤼베크에 산 우리도, 그곳이 비스마르크*의 제국의 일원이 된 뒤에까지라도 또한 고딕 중세적 분위기 속에서 살았다.

나는 지금 지평선 상에 부조浮彫된 뾰족한 그 도시의 탑과 문과 성벽과 또 성모마리아 교회당,「사死의 무도舞蹈」벽화*에서 받는 것과 같은 이상하게 처량한 감동과 고古길드guild*의 이름을 딴 구부러지고 인기척 없는 골목들뿐만 아니라 주종사鑄鐘師들이며 예술인들이며 또한 보기 좋은 주택을 상기하여본다. 역시 그 모든 분위기 속에는 어떤 심적 집착, 무엇이라고 할는지 일테면 15세기 말엽의 예영曳影*이라고 할까? 죽어가는 중세기의 히스테리 혹은 어떤 종류의 영적 전염병 같은 것이 따라다녔다.

하나의 안정된 현대 상업도시에 대하여 이렇게 말하는 것은 기괴한 일일는지도 모른다. 그러나 그곳에서 소아小兒 십자군이 봉기했을 수도 있을 것이요, 성聖 비투스 무도 즉 맹신도배輩의 신비 행렬에 따르는 한 종교적 광신주의 또 무엇이든지 한마디로 하면, 예부터 흘러내려오는 신경병 환자적 기질이 명확히 드러났다. 실제 표면적으로는 그러한

---

* 비텐베르크 : 마틴 루터가 살았던 종교개혁의 진원지.
* 오토 비스마르크(1815~98) : 프로이센 출신으로 독일제국의 초대 총리. 철혈정책으로 독일을 통일함.
* 원전에는 '사의 무도'가 벽화라고 되어 있으나 실제로 뤼베크의 성모마리아 교회에는 '사의 무도'라는 이름의 유명한 파이프오르간이 있었다고 함.
* 길드 : 중세 시대, 유럽의 도시에서 발달했던 상공업자들의 동업 조합.
* 예영 : 드리워진 그림자.

비결적秘訣的 정신상태는 도시 성안에 무수한 기행자, 무실無實한 정신병자가 살고 있었다는 사실로 미루어보더라도 알 수 있을 것이다. 그들은 단지 그 성안에 살기만 하였을 뿐 아니라 거기에 부즉불리不卽不離하는 성분이었다고도 할 수 있다. 예를 든다면 그곳에는 속칭 마녀라고 하는 눈이 짓무르고 막대 짚은 노파가 있었다. 또는 붉고 혹이 난 코에 미란*성糜爛性 기묘한 습관을 지니고 항상 무시로 새소리 같은 음성을 내는 노인이 소액의 은급恩給을 받으면서 은거생활을 하고 있기도 하였고 혹은 산발을 하고 맨날 복장을 몸에 둘러 감고 미친 척하면서 발발이와 괭이 새끼를 가득 뒤에 따르게 하고 거리를 활보하는 여자도 있었다. 그리고 거리의 떼 아이들은 또한 이 그림의 한 부분이었다. 그 아이들은 이러한 인물의 뒤를 따라다니며 놀리다가 그 인물들이 휙 돌아서면 일종의 미신 같은 공포를 안고 도망가는 것이었다.

나는 어째서 지금 여기서 이러한 어릴 때의 기억을 얽어 늘어놓는지 모르겠다. 내가 독일을 눈으로 또 정신적으로 이 이상한 고도古都로써 처음 경험하였던 까닭일까? 독일정신은 악마적인 것과 은근히 연관하고 있다는 것―그 주제는 실상 나의 내적 경험의 한 부분이기는 하나 그렇다고 용이하게 그 연유를 설명할 수 없거니와―을 암시하려는 까닭일까?

우리의 위대한 작품의 주인공 괴테의 파우스트는 중세와 휴머니즘 중간 분기점에 흘립屹立*한 인간이다. 파우스트는 신의 인간으로 교만하게 지식을 추구하다가 마술 악마에게 굴복한다. 언제든지 지혜의 교만이 정신적 진부陳腐와 골동과 상대할 때 항상 길은 악마를 위하여 열렸다. 그리고 그 악마는 루터의 악마든지 파우스트의 악마든지 모두 나에

---

* 미란 : 썩거나 헐어 문드러짐.
* 흘립 : 산이나 바위가 깎아지른 듯이 높이 솟음.

게는 특이한 독일적 악마로 보인다. 또 그 동류들과 그들의 마맹魔盟이 영혼의 구원을 대상으로 지상의 모든 보화와 권력을 앗아가는 것도 또한 전형적 독일 기질 같다. 고고한 사색가, 탐구자, 신학도인 동시에 철학가인 그가 세간의 향락과 세계 제패를 꿈꾸면서 악마에게 그의 영혼을 판다는 일—이것이 독일의 형상을 옳은 순간에 포착한 것이 아닐까? 독일이 문자 그대로 악마에게 이끌려가고 만 순간이 아닐까?

전설이나 설화로 볼 때 파우스트를 음악에서 떼어 생각한다는 것은 도저히 상상할 수 없는 일이다. 파우스트는 음악적이었어야 할 것이고 또 음악가였어야 하겠다. 음악은 마의 영역에 속한다. 위대한 기독교 신자인 키르케고르는 모차르트의 「돈 조반니」에 관한 열렬한 논문에서 가장 철저하게 이것을 증명하였다. 음악은 부정적 전제를 내포한 기독교적 예술이다. 음악은 계획된 질서와 무질서를 배양하는 비합리가 동시에 일어나는 예술이다. 풍부한 추상문推想文 같은 예기藝技, 수數의 번롱翻弄,* 그리고 가장 비현실적이고 또 가장 정열적인 예술, 음악은 신비롭고 상징적이다. 만일 파우스트가 독일 혼의 상징이라면 그는 반드시 음악적이어야 될 것이다. 왜 그러냐 하면 독일인의 세계에 대한 관계는 추상적이고 신비적이기 때문이다. 바꿔 말하면 음악적이다. 마魔에 좀 눌린 한 교수—어색하기는 하나 교만한 지혜가 가득한 그는 결국 '깊이'에 있어서 세계를 극복할 수 있다고 자부하는—와의 관계와 같다.

무엇이 이 깊이를 구성하는가? 단순히 독일 혼의 음악성, 우리가 따져 말하기를 그 내재적이라 하는 것, 그 주관성 인간 정력이 사회정치적 행동에서 유리된 사색, 그리고 절대적으로 우세한 후자의 우위, 그것이 깊이를 구성하는 것이다. 유럽은 항상 이것을 감지하였고 또 그 해괴駭怪하고 불행한 일면을 목도하였다. 1839년에 발자크는 아래와 같은 말

---

* 번롱 : 이리저리 마음대로 놀림.

을 하였다. "독일인은 자유의 위대한 기구는 다룰 줄 모른다고 할 수 있으나 음악의 모든 기구는 다룰 줄 안다." 이것은 적절한 관찰이다. 위대한 소설가가 한 말은 이것뿐이 아니다. 그는 『숙부叔父 폰쓰』 중에서 슈묵케라는 독일 음악가를 이렇게 묘사하였다. "나는 독일 사람이다. 그러한 바와 같이 화음학和音學에는 능통하였고 편곡도 잘하였다. 그러나 멜로디는 늘 폰쓰가 제공하였다." 맞았다. 독일인은 근본적으로 종적 음악가이지 횡적 음악가는 아니다. 멜로디보다 화음학—발자크는 여기에 대위법까지 포함시켰거니와—의 대장大匠들이었다. 육성의 예술가라기보다 기악의 달인들이었다. 그들은 음악에서 지적·정신적 추구를 찾았고 멜로디의 행복스러운 시율施律을 즐기지 않았다. 그들은 서구에 가장 아름답고 사교적인 음악은 주지 않았을는지 모르지만, 확실히 가장 심오하고 가장 의의 있는 음악을 제공하였다고 생각한다. 여기 대하여는 세계도 또한 그 찬사와 감사를 아끼지 않는다.

동시에 세계는 또한 독일의 그러한 음악성이 다른 분야—정치적 내지 인간 교환*계交驩界—에 소득도 없이 많이 희생된 것을 잘 안다.

독일정신의 거대한 권화權化인 마틴 루터는 특히 음악적이었다. 솔직히 고백하거니와 나는 루터를 좋아하지 않는다. 순수한 독일주의, 반로마, 반유럽적인 모든 것이 나를 경해驚駭*케 하고 빈축케 한다. 비록 그것이 종교적 자유, 영적 해방을 가장하고 나올 때에도 한가지였다. 특히 루터류의 담즙膽汁질의 조야粗野, 그 독설, 그 돈어敦圉,* 그 노기, 인정의 감정에 흘려넣는 짝 없는 그 몽매 조잡한 미신과 악령 신앙 그리고 그 요마술妖魔術과 요정간계妖精奸計는 본능적으로 나의 혐기嫌忌를 일으킨다. 식인귀의 집에서 재미를 볼지언정 루터의 초대연에는 참여치 않을

---

* 교환 : 같이 즐김.
* 경해 : 뜻밖의 일로 몹시 놀라서 괴이하게 여김.
* 돈어 : 크게 노함.

것이다. 나는 루터보다는 차라리 레오 10세나 루터가 '악마의 빈돈牝豚*'
이라고 일컫는 친애할 만한 휴머니스트 메디치의 지오반니와 더불어 사
귈 수가 있다고 생각한다. 더군다나 나는 시체時體* 건강미와 예의작법
의 대조—루터의 변모와 세련된 현학衒學* 에라스무스*—를 기어코 찾
는 데는 흥미가 없다. 괴테는 이 대조에서 지양되어 나와 양자를 조화시
켰다. 그는 예의적이요, 도화陶化*의 힘을 입었고 동시에 자연한 건강미
와 욱아郁雅한 악마주의 영과 육의 일체, 다시 말하면 그러한 예술을 지
녔었다. 괴테로 말미암아 독일은 인류문화에 거보를 내디뎠다기보다도
내어디뎠어야 할 것이었다. 독일은 본질에 있어서 늘 괴테에게보다도
루터에게 가까웠다. 누구도 루터가 위대한 인물이라는 것—독일류로
위대하고, 비록 해방과 반동 두 세력을 내포한 보수적 혁명가라는 그의
이중성을 가지고도 위대하고, 또 철두철미한 독일인이라는 것—을 부인
치 못할 것이다.

그는 비단 교회를 재조직하였을 뿐 아니라 기독교 자체를 구하였다.
유럽인은 늘 독일 사람을 비종교적이고 이단적이라고 비난하여왔다. 논
란될 문제다. 독일은 확실히 어느 나라보다도 기독교를 진지하게 생각
하였다. 다른 나라에서는 기독교에 대하여 아무런 성찰도 없을 때에 독
일의 루터는 기독교를 한때 유치할망정 성심으로 취급하였다. 루터의
혁명이 기독교를 보전하였다. 마치 뉴딜정책이 자본주의 경제를 보전하
려고 하는 것과 같은 의미에서. 비록 자본주의는 그것을 이해하려고 하
지 않겠지만.

---

* 빈돈 : 암퇘지.
* 시체 : 그 시대에 유행한 풍습.
* 현학 : 학문이 있음을 자랑하여 뽐냄.
* 에라스무스(1466?~1536) : 네덜란드의 인문학자.
* 도화 : 감화.

위대한 루터를 책방讀謗*하지 말자.

뒷날 괴테와 니체가 완전하게 하였지만, 루터의 획시기적* 성서 번역에 의하여 독일어는 창조되었다. 또는 재래在來의 학문연구 구속을 타파하고 윤리관의 개혁에 의하여 연구의 자유와 비평을 확대 촉진하고 철학적 탐구를 기탄없이 할 수 있게 한 것 역시 루터에 부負하는 바 실로 크다. 신에 인간을 직접 연결함으로써 그는 유럽 데모크라시의 발전을 위하여도 크게 공헌하였다. "각자는 모두 주교다"라고 갈파한 것은 바로 데모크라시였다. 독일 이상주의 철학 개성의 양심을 경건하게 검토함으로써 수립한 진보된 심리학 이성의 도덕률을 위하여 기독교적 도덕률의 자극自克*─이것은 니체의 업적이거나 혹은 실패이지만─이 모든 것은 루터로부터 생겼다. 그는 해방의 영웅이었다.─독일류로─왜냐하면 그는 자유라는 것이 무엇인지 몰랐기 때문에. 나는 여기서 기독교적 자유를 말하는 것이 아니라 정치적 자유, 시민의 자유를 일컫는다. 이런 자유는 루터에게 아무 동정도 받지 못하였다. 자유의 충동과 요구조차가 그에 대하여는 심히 증오를 받았다. 루터 사후 400년 사회민주주의자 독일 공화국의 제1대 대통령은 이와 같은 말을 하였다. "나는 혁명을 죄악과 같이 싫어한다." 이 말은 루터적이요, 또한 독일적이다. 그와 같은 의미로 루터는 농민 반란을 증오하였다. 교회의 영향으로 일어난 그 반란이 성공하였다면 독일역사에 행복한 계기를 재래齎來하여 자유에로의 약속을 바랄 수 있었을 것인데 루터는 그러한 반란에서는 자기의 정신적 해방운동의 반동밖에는 찾지 못하였다. 그러므로 그는 이러한 반란을 극력 반대하였다. 농민은 그의 말에 의하면 미친개와 같이 타살打殺하여버려야 한다. 그리고 그는 귀족들에게 진언하여 가로대 이제 이

---

* 책방 : 꾸짖고 헐뜯음.
* 획시기적 : 획기적.
* 자극 : 스스로 이겨냄.

농민들을 학살하면 천당에 갈 것이라고 하였다.

독일 인민의 한 사람인 루터는 이 독일혁명의 첫 시험이 실패로 돌아간 데 대하여 많은 책임을 져야 하는 동시에 귀족들의 승리와 그것이 재래한 모든 결과에 대하여 또한 책임을 져야 할 것이다.

그 당시에 독일에는 내가 특별히 관심을 갖는 한 예술가가 있었다. 그의 이름은 틸만 리멘슈나이더다. 그는 종교예술의 대가요, 조각가이며, 목각가였다.

그는 자기의 성실하고 표현적인 작품 특히 전 독일에 산재한 성당제단을 장식한 심오한 회화와 성결한 부조로 유명하다. 그는 뷔르츠부르크의 시민으로 또한 한 인간으로 주위에서 높이 평가하였으며 존경을 받았다. 뷔르츠부르크에서 그는 시의회 의원이었다. 그는 추호도 정치나 세간사에 관여할 생각이 없었다. 그의 겸손한 성격과 자유롭고 평화로운 자기 제작에 집착하는 마음은 그로 하여금 정치에서 멀리 떨어져 있게 하였다. 패도覇道라는 것은 전혀 그에게 따르지 않았다. 그러나 압박받고 굶주린 사람들에게 대한 한량없는 동정심이 결국 그로 하여금 농민들의 편을 들고일어나게 하였다. 자기가 생각만 있다면 영주나 승정僧正이나 귀족들의 호의와 우대를 얼마든지 받을 수 있었을 것이다. 리멘슈나이더는 도리어 그들에 항거하여 신의를 좇고 정의를 찾는 노농계급을 위하여 진력하였다. 시대의 중대한 움직임에 따라서 순수한 정신생활의 침잠과 심미적 예술생활에서 나와서 자유와 정의를 위한 투사가 되지 않을 수 없었다. 자기의 예술과 자적自適하던 정익靜謐보다 훨씬 중히 여긴 대의를 위하여서는 자신의 자유를 희생시킬 수밖에 없었다. 뷔르츠부르크 시가 주교후主教候에 대하여 병무를 거절하고 대체로 반항적인 태도를 취한 것은 그의 영향에 의한 바 많았다. 그는 자신의 목적 때문에 치명적 수난을 당하였다. 농민 일규一揆*가 실패한 뒤 위정자는 복수를 시작하였다. 그는 투옥당하고 고문을 받았다. 수형受刑이 끝났을 때 그는 벌써 폐인이 되어 다시는 나무나 돌에 미美를 새기지 못하고 말았다.

각 시대를 통하여 독일에는 이러한 인물이 늘 있었다. 그러나 이런 인물들은 반드시 특수한 또는 불후不朽한 독일형이라고는 할 수 없다. 그러한 형은 음악적 신학자 루터에 의하여 나타났다. 루터는 정치에 관여할 때 애초에는 귀족이나 농민이나 모두 옳지 않다는 것을 말해왔으나 점차 그의 태도는 광포하게 변하여 결국 농민을 매도하기 시작하였다. 그의 정신 경향은 성 바울의 계유戒諭* "모든 영혼으로 하여금 천명에 습복慴伏*케 하라"는 대로 가고 있었다. 그러나 이 훈계는 기독교 사회 종교와 그 정치성을 전제로 한 로마제국을 두고 말한 것이지만 루터의 경우 천명은 반동적 독일 귀족의 소小권위를 의미함이었다. 음악적 독일정신의 경향과 비현실주의의 소산인 그의 반정치적 노예근성은 독일인이 그들의 귀족이나 국가에 대한 진부하고 비굴한 태도를 갖는 데 대해 책임짐과 동시에 일방으로 천착을 능사로 하는 이원론을 창조 육성하였고 또 정치적 미숙을 재래하였다. 그는 국가적 충동과 정치적 자유의 환상을 지리멸렬케 하는 데 있어서 특히 도전적 태도를 보임으로써 또한 전형적으로 독일인을 대표하였다. 왜냐하면, 종교개혁은 후일에 반나폴레옹혁명과 같이 자유를 위한 국가적 운동이었기 때문이다. 여기서 잠시 '자유'에 대하여 이야기하자. 늘 그래 왔고 또 현재도 그러하지만, 이 특이한 개념인 자유란 것이 독일 민족 같은 말하자면 중요하다고 할 수 있는 사람들의 곡해를 받고 있다. 하기는 심각한 사색을 하는 사람에게 있어서는 한 정신적 양식거리가 되는 말이라고도 하겠다. 독일 자유

---

* 일규 : 일본어로 '농민·신도 등의 폭동'을 뜻함.
* 계유 : 경계하고 삼가게 하기 위하여 이르는 말. 현재는 '유(喩)'로 쓰이나 원전에는 '유(諭)'로 쓰여 있음.
* 습복 : 두려워서 굴복함. 황송하여 엎드림.

해방운동이라는 것은 세상이 다 반동적이라고 지칭한 것인데 어떻게 국가사회주의가—결국 실패하고 말았지만—그 이름을 조금도 거리낌 없이 차용하였는가? 이 호칭은 도전적 교만의 표시일뿐더러 자유라는 개념에 대한 근본적 인식착오를 노정한 것이다. 그 영향이 독일역사에 되풀이하여 나타났다. 자유라는 말을 정치적으로 해석할 때 그것은 정치력의 내적 도덕성을 말하는 것이다. 내적으로 자유를 갖는 동시에(또한 그것에 대하여 책임을 질 수 있는 민족이 아니고는 외적 자유를 향유할 수 없다.—옮긴이 주) 자유는 평화회의에 가만히 앉아 있을 수 없다. 그리고 자유가 부드러운 운율을 동반할 때 항상 결과는 좋지 못하다. 독일 사람의 자유에 대한 개념은 항상 외연적이었다. 바꿔 말하면 독일인이 될 수 있는 권리를 의미한 것에 불과하였다. 독일인, 그 외의 아무것도 아니고 또 그 이상 바라지도 않았고.

그것은 반항의 개념이었다. 국가적 이기주의를 제한하고 한정하는 모든 것에 대하여 독선적으로 대항하는 반항이었다. 나아가서는 그 반항을 조장하여 전 인류에게까지 강요하려는 의식이었다. 세계에 관련될 때 유럽의 문명에 미칠 때 그 개념은 한 개의 완강한 개인주의로 변하였다. 이 독일적 자유의 개념이 국가적으로 행사될 때 그것은 구속과 미숙, 그리고 둔한 굴복으로 변하였다. 그것은 군력적軍力的 노예정신이었다.

국가사회주의는 이 외연적 개념과 내면적 개념 모순의 이율배반을 실상은 과장하면서 이미 노예가 된 민족이 세계 노예화를 꿈꾸고 있었다.

어째서 독일의 자유 추구는 늘 자기 구속을 의미하게 되었는가? 어째서 또 그 자유는 다른 사람의 자유를 정복하려고 하였으며 나아가서는 자유 그 자체를 탈거奪去하려고 하였는가? 그 이유는 독일은 일찍이 한번도 혁명을 일으켜본 일이 없으며 국가라는 개념과 자유라는 개념을 조화하지 못하였기 때문이다. 국가는 프랑스혁명에서 일어났다. 그것은 혁명적인 것을 일컬음이요, 또 휴머니즘을 의미하는 자유로운 개념이었다. 내면적으로 그것은 자유를 의미하고 외연적으로 유럽을 의미하였다. 프랑스의 모든 매력 있는 소질을 가진 정치정신은 다 이 다행한 일치 위에 입각하였다. 독일의 모든 강압적 불쾌한 애국 정열은 이 일치가 실현된 일이 없었다는 전제 위에 입각하였다. 국가라는 것이 가진 자유의 개념과의 역사적 친화력은 독일인에게는 전혀 생소한 것이었다고 해도 과언이 아닐 것이다.

독일을 한 국가라고 하는 것은—독일인 자신이나 또 타국인은 그렇게 인정하는지 모르지만—타당치 못하다고 생각한다. 국가주의라는 말을 그들의 애국적 열기를 위해 쓰게 한다면 그것도 당치 않은 일이다. 그것은 프랑스적 이념을 오용한 것이요, 따라서 오해를 사기 쉽다. 우리는 한 가지 각양各樣을 이질의 두 개 사물에 붙일 수 없다. 독일류의 자유는 혈족적이요, 또 유럽적이다. 그것은 극상極常 야만적이었다.—비록 현재와 같이 아주 드러내놓고 야만적인 데를 세상에 보이지 않았을 따름이지—멀리는 해방전쟁의 용사들이 지니고 있던 그 조야하고 불쾌한 소질, 또는 가까이 학생동맹의 그 아름답지 못한 것이라든지 혹은 '얀' 과 '마쓰만' 같은 형은 다 그 불행한 성격들의 증거다. 괴테는 결코 평민 문화에 문외한이 아니었다. 그는 고전적인 『이피게니』만 쓴 것이 아니라 『파우스트』 제1부, 『운부韻付 금언金言』 같은 초독일적인 것도 썼다. 그러나 많은 애국자의 분노를 산 바이지만 괴테는 나폴레옹 침략항쟁전에 대하여 전혀 냉담하였다. 그 이유는 그가 대제大帝를 존경해서뿐만 아니라 그 항쟁 속에 고이고 있는 야만적 · 혈족적 요소에 진저리를 쳤기 때문이었다. 이 위대한 인간의 고독—모든 것을 관대하게 시인하고 용납하고 초국가적인 것, 세계적 독일주의, 세계적 문학을 고조高調한—이, 괴로운 고독이 자유에서 또 애국적인 데 있으면서 당시의 독일인을 자극했다는 사실은 과장되어서는 안 될 것이다. 그의 주위에 있던 우세하고 결정적인 개념이란 것은 문화와 야만주의였다. 괴테의 운명은 자유라는 개념을 야만화하는 사람들과 함께 살게 하였다. 야만화—그것은 외연적이며 반유럽적인 것이었다.

이것은 불행이요, 저주도 또한 그치지 않는 비극이었다. 정법적 신교주의에 대한 괴테의 냉담한 태도에도 불구하고 그러한 사상은 루터의 정신과 정치 자유의 이원론을 한층 더 확인하고 전국적으로 심각하게 만들어놓았다. 특히 지식층이 입은 타격은 실로 심하여 결국 그들은 문화이념으로써 정치성이라는 것을 수긍치 않고 말았다. 위대한 인간들이 그 민족을 성격 짓는 데 어느 정도로 영향을 주었는지 의문이다. 또한, 그네들 자신이 어느 정도까지 민족문화의 권화가 되었는지도 알 수 없다. 그러나 이것만은 확실하다. 즉 독일정치는 부정적이요, 허실한 것이었다. 역사적 사실은 모든 독일혁명 기도가 실패하고 만 것을 증명한다. 1525년 혁명이 그러하였고, 1813년 혁명이 그러하였고 또 독일 중산계급의 정치적 오해 때문에 패퇴한 1848년 혁명과 1918년 혁명이 그러하였다. 또한, 다른 증거는 언제나 야심이 정치를 구사할 때 용이하게 정치에 편승할 수 있다는 조잡하고 음흉한 생각을 주저 없이 갖는 허다한 태도에서 간취看取할 수 있다.

정치는 '가능성 기술'이라고 일컬어왔다. 정치는 사실 어느 의미에 있어서 예술과 흡사한 성질을 가지고 있다. 예술과 같이 정치가 정신과 생활, 이념과 실재, 욕구와 필연, 양심과 행위 또는 윤리성과 권력을 창조적으로 간섭시키는 소임을 할 때 그것은 예술과 다름없다. 정치는 다분히 용이치 않은 것, 필요한 것, 윤리적 소재, 방편, 사실에의 굴종, 인간의 약점, 그리고 천박한 것을 통틀어 포섭한다. 정객이나 정치가라고 하는 사람처놓고 자기네가 위대한 업적을 성취했다고 할 때 후일에 자문하여보아 과연 내가 인간으로서 깨끗한 처신을 한 사람이었는가 하는 데 참회의 염念을 일으키지 않는 사람은 드물 것이다. 그러나 마치 인간이 전혀 동물계에만 속하지 않는 것과 같이 정치는 반드시 악에만 따르는 것은 아니다.

정치는 악마적인 데로, 파괴적인 것에로, 급기야 인류의 적으로 타락함으로 말미암아 또 그 창조력을 불명예하고 범죄적인 데 기울임으로 말미암아 그 본연의 이상과 정신적 역량을 상실하며 따라서 도덕적·인간적으로 건실한 사명을 다하지 못하고 만다. 그리하여 결국 부도덕한, 야비한 허위, 살인, 기만 그리고 폭력의 기구가 되고 만다. 그러한 것은 예기藝技라고 할 수 없으며 창조적 중매자라고 할 수 없다. 그것은 아무러한 순미純美한 것도 만들어내지 못하는 맹목적·비인간적 난센스에 불과하며 할 수 있는 것이 있다면 그것은 순간적·탄압적 성공뿐일 것이요, 불출不出을 파괴하려는 허무한 자멸의 초래뿐일 것이다. 대개 부도덕한 것은 원래 존속하지 못하는 것이다.

생래生來로 정치에 본능적으로 능한 사람들은 양심과 행동의 일치라든가 정신과 권력의 균형이라는 것을 어떻게 보전할 수 있는가를 적어도 주관적으로는 잘 안다. 그러한 사람들은 정치를 생의 한 예기의 대상으로 또는 생동적인 마魔를 능히 선도할 수 있는 권력의 대상으로 추구하여 마지않을뿐더러 고차高次의 비약, 고결 그리고 도덕성을 망각하지 않는다. 이러한 점에서 그네들은 정치를 체험하고 경험계와 자신의 의존을 체득한다. 타협에 입각한 이런 종류의 생활 방법을 독일인은 허식이라고 한다. 독일인은 원래 그러한 타협적 방법을 모르는 사람들이고 정치 능력에 대한 자격도 구비하지 못한 사람들이기 때문에 이러한 엄연한 사실을 이해하지 못하는 것으로써 자기 합리화를 삼았다.

독일 사람이 원래 천성이 악독하여 그런 것이 아니라 일종의 정신적 자기 고집—그것은 직관적인 천성에서 유래한 것인지도 모르지만—이 그로 하여금 정치라는 것은 다 허위요, 살인이요, 기만이요, 폭력, 일언이폐지一言以蔽之하면 '도대체 더러운 것'으로 현실 지었고 그리고 나서라도 만일 명성의 유혹에 이기지 못하여 정치에 투족投足할 때에는 서슴지 않고 이 철학에 따라가는 까닭이다. 독일 사람이 정치를 택할 때에 그는 세계 인류를 진해震駭*케 할 작정으로만 손을 대었다. 이것이 그들의 정치에 대한 이념이다. 이 이념이 기왕 순전한 악인 바에는 그도 역시 이것을 추급追及하기 위하여 악해지지 않을 수 없다.

우리는 이 사실을 목도하여왔다. 도저히 이해 못 하고 죄악이 방자하게 되풀이되었다. 더욱이 용서 못 할 것은 그들은 죄악을 지으면서도 오히려 한술 더 떴다. 그들은 원래 그런 사람들이었다. 그렇다고 그네가 독일에 꼭 불가결한 인간들은 아니었다. 나치스 독일은 그네들 없이도 능히 해나갈 수 있었을 것이다. 나치스는 그네들의 도움 없이도 넉넉히 그 권력주의와 정복 계획을 수행할 수 있었다.

트러스트나 카르텔 같은 기업체나 착취를 잘 아는 독일 같은 국가에 있어서 괴링* 기업체제를 가지고 타국을 독점적으로 약탈하려고 한 의도는 전혀 새로운 창안이라고 할 수 없다. 다만, 한 가지 지배계급기구를 과대평가하고 거기에 따라간 것뿐이다. 그뿐 아니라 한 이념으로는 너무 시기가 늦었다.

오늘날 같은 인류가 경제적 데모크라시를 고위高位의 사회적 성숙을 희구하는 시대—.

독일인은 항상 늦었다. 그네들은 늦었다.

마치 음악이 세계 사상事象을 재현하는 데 최종 예술의 자리를 차지하는 것과 같이 그리고 그 사상 자체가 벌써 최종단계에 들어갔을 때 그들은 추상적이요, 음악과 같이 신비적이다. 극한으로 갈 때에는 항상 범죄적이면서.

---

* 진해 : 몸을 벌벌 떨며 놀람.
* 헤르만 괴링(1893~1946) : 독일의 정치가. 게슈타포를 조직했으며 히틀러의 후계자로 지명됨.

다시 말하거니와 그들의 죄악은 착취 과정에서 나온 필연적 소산이라기보다 차라리 민족의 망상罔象*—관념을 즐기는 이론적 독단에 침몰한 한 개의 사치에서 생긴 것이다. 이 말이 만일 타기唾棄*할 용서容恕같이 들리지 않는다면 그들은 환몽 같은 이상주의 때문에 죄를 범하였다고 해도 좋다.

　가끔 독일역사를 회상할 때 특히 생각나는 것은 세계는 신 혼자만이 창조한 것이 아니라 다른 어떤 협력자가 있었지나 않았는가 하고 자문할 때가 있다. 선이 악에서 올 수 있다는 것으로 신에게 치사하고 싶다. 그러나 가다가는 악에서 선이 오는 것을 보면 이것은 반드시 신 이외에 누가 또 한 사람 있었던 것 같다. 독일 사람들은 모름지기 그들의 선이 어째서 흔히 악으로 변하는지 그 소이연을 생각해볼 일이다. 예를 들면 그네의 고대 초국가적 영역, 즉 신성로마제국은 독일의 정신적 산물인 그네의 철저한 세계주의와 코즈모폴리터니즘, 그리고 내적 무한성과 같이 긍정적이요, 상당한 가치 있는 성격이었건만 일종의 변증성적辨證性的 괴리에 의하여 악으로 변질되고 말지 않았는가? 독일인은 유럽 제패의 유혹에 끌려 생래의 세계주의를 포기하였다. 유럽 제패를 그치지 않고 그들은 세계 제패를 꿈꾸었다. 그로 말미암아 그들의 성격은 정반대의 악으로 변하여 결국 가장 위험하고 거창한 국가주의와 제국주의로 화하고 말았다. 그러나 슬픈 것은 그 제국주의는 또 늦어졌다. 그것을 알자 그들은 제국주의에 대신할 것으로 좀 더 새로운 것, 좀 더 현대적인 것을 고안하였다. 그 고안의 결과가 저 민족적 우상이었다. 그 우상은 출현하자마자 곧 그 민족을 끌고 온갖 범죄를 감행하기 시작하여 함께 나락 속에 빠지고 말았다.

---

* 망상 : '근거가 없는 주관적 신념'의 뜻으로 쓰인 듯하나 원전의 한자는 '망(妄)'이 아닌 '망(罔)'으로 쓰여 있음.
* 타기 : 업신여기거나 더럽게 생각하여 버림.

또 한 가지 독일인의 특징이라고도 할 내재성이라는 것을 생각해보자. 규정짓기 가장 어려운 이 말, 온유한 것, 감동성 비현실적 몽상, 자연에 대한 사랑, 사색의 진실성, 양심적인 것, 한마디로 말하면 서정주의가 포함한 모든 아름다운 것의 특징들—기실 세계는 이 독일의 내재성에 부負한 바를 잊지는 않을 것이다. 독일 형이상학, 독일음악 특히 독일 서정시의 기적—독특한 국가적 산물—이러한 것이 독일 내재성의 소산이다.

독일 내재성이 낳은 하나의 큰 역사적 행동은 루터의 종교개혁이었다. 우리는 그것을 가리켜 큰 해방운동이라고 하였다. 그리고 확실히 좋은 것이라고 해석하였다. 그러나 악마가 그 행동에 간섭한 것도 사실이다. 종교개혁은 서양에 있어서 종교적 분열을 재래하였고—그것은 확실히 불행한 일이거니와—독일로 보아서는 30년 전쟁을 가져온 결과가 되었다. 30년 전쟁은 인구의 감퇴, 치명적 문화의 퇴보, 그리고 죄악과 악질로 말미암아 독일 피를 중세 때의 그것과는 전혀 다른 악질의 것으로 만드는 결과를 지었다. 『허책虛策*의 찬미』의 저자 로테르담의 에라스무스는 종교개혁의 의미하는 바를 잘 알고 있었다.

내성*력內省力을 갖지 못하였던 회의적 휴머니스트 에라스무스는 이러한 말을 하였다. "세계에 한 파국이 일어나거든 내가 그것을 예언했더라고 전하라." 그러나 존경할 만한 비텐베르크의 루터는 심각한 내성력의 소유자였으나 평화주의자가 아니었다. 그는 비극을 수긍하는 전형적 독일인이었다. 그리고 언제든지 자기 목에서 흘러내릴 피를 받아들일 용의가 있음을 선명宣明하였다.

독일 낭만주의란 이 가장 훌륭한 독일적 성격, 내재성의 표현에 불과

---

* 허책 : 헛된 책략.
* 내성 : 자신을 돌이켜 살펴봄. 자기관찰.

한 것이 아닐까?

낭만주의란 고독한 사색, 몽상적으로 처량한 것, 심히 조야한 것, 예기적藝技的 단아 그리고 편만한 악희惡戱—이 모든 것을 포함한 개념이 아닐까? 그러나 내가 낭만주의를 말할 때 이러한 것들을 우선 생각하지는 않는다. 그것은 일종 탁하게 풍요한 것이고 경멸한 것—말하자면 정신적 골동벽癖, 유명幽明에 가까운 비합리적 생의 마력—말하자면 생의 진정한 원천이다.

그것은 보다 깊은 지식인 까닭에, 더욱 밀접한 성스러운 것과의 관계인 까닭에 단순한 합리적 추구를 거부한다. 독일인은 낭만적 반혁명의 민民이다. 그들은 철학적 주지주의나 계몽적 합리주의에 배치한다. 문학에 대한 음악의 반항, 명료한 것에 대한 신비로운 것의 반항, 낭만주의는 유약한 감상주의에 불과하다. 그것은 깊이요, 또 그것은 그 자체의 역량을 알며 그것의 충실성을 안다.

비판과 개선론에 반대하여 모든 실존하고 여실한, 그리고 역사적인 것에 가담하는 진실성의 비관주의다. 환언하면 정신에 대하여 권력에 가담하고 세계를 가장假裝시키는 모든 수사학적 미덕과 이상주의에 대하여 심히 냉담하다. 여기에서 낭만주의와 리얼리즘과 그리고 독일이 낳은 오직 하나인 정치적 천재 비스마르크에 의해 유럽을 풍미시킨 마키아벨리즘과의 결합이 비로소 가능하다. 비스마르크에 의해 프로이센적 방향으로 지향된 독일의 통일과 제국에 대한 갈망을 만일 국가 민주주의적 통일운동 같은 것으로 인정한다면 그것은 오해다. 그것은 한때 1848년대에 그렇게 될 뻔하였다. 물론 성 바울 의회에 대한 전국 논란이 중세 제국주의—신성로마제국의 잔택殘澤*을 가지고는 있었으나—의 성격을 띠고 있었다.

---

* 잔택 : 남아 있는 은혜.

그러나 그것이 통일을 위하여 발전시킨 진부한 유럽적 국가 민주주의적 방향, 독일적 방향이 아니었다. 비스마르크의 제국은 근본적으로 우리가 항용 하는 민주주의적 의미로서의 국가와는 아무런 연관도 없었다. 그것은 단순히 유럽 제패를 목적으로 한 권력체에 불과하였다. 그뿐 아니라 그 현대성에도 불구하고 그 1871년대의 체제는 중세적 영광과 '색슨'과 '스와비안'* 시대의 영웅들을 흠모하였다.

이 한 가지 사실만으로도 그것이 얼마나 위협을 주었던 것인가를 설명할 것이다. 일면으로 시대성을 갖추고 또 한 면에는 회고주의를 가진—한마디로 하면 고도의 기술화한 낭만주의였다. 전쟁 속에서 탄생한 프로이센의 불신성 독일제국은 결국 호전 제국 외의 아무것도 아니었다. 그러한 것이 세계의 한구석에 끼어 있을 때 그것은 가시였고 그러한 것이 오늘도 있듯이 그것은 멸망하고 말았다.

사상사에서 독일 낭만주의혁명이 공헌한 바는 상당히 평가되어도 좋을 것이다. 헤겔 자신이 그의 변증법적 철학이론으로 마치 프랑스혁명과 합리론적 계몽사상이 이성과 역사를 구별시킨 것과 같은 의미에서 이 낭만주의혁명에 기여한 바는 실로 다대하다. 그는 이성과 실재를 타협시킴으로써 역사적 사고방식을 발전시켰고 또한 헤겔 이전에 없던 역사과학을 창조하였다. 낭만주의는 본질적으로 하나의 몰입이다. 특히 그것은 과거 몰입이다. 과거에 대한 동경, 동시에 사물이 그 자체의 필연성에 의하여 과거를 요구하는 모든 소재에 대한 특수한 지방색과 분위기를 동반한 음미吟味다. 이러한 의미에서 낭만주의가 특히 역사 기술에 적합하였음은 우연이 아니다. 그것은 실제 현대성을 구비한 역사를 창시하였다. 낭만주의가 과학에, 또한 미美이론으로써 미의 세계에 공헌한 바는 풍부하고 다채로운 바가 있다. 실증론과 지적 계몽주의는 시詩의

---

* 스와비안 : 독일 남부 지방 사람.

본질에 대하여 무지하였다. 낭만주의만이, 고상한 현학衒學이 빈사瀕死의 권태에 빠진 세계에서 시를 건져내었다. 낭만주의가 개성의 권리를 주장하고 자유로운 성열性熱을 고조함으로써 윤리를 시화詩化하였다. 그것은 또한 과거의 심연에 빠진 민속문화 속에서 시가詩歌와 패설稗說을 순화 지양시켰다. 낭만주의는 또한 이국 정조情調의 다채성을 가진 민속 전설 계열에 대하여 수호의 소임을 다하였다. 합리적인 것에 대하여 우위를 점령하는 감정적인 것, 그것은 그것이 비록 그 퇴색한 신비로운 황홀, 디오니소스적 도취를 띤 형식으로 나타날 때에도 항상 심리적으로 이상한 고차의 색인성索引性을 병적인 데까지 끌어가고 만다. 예를 든다면 작고 한 낭만주의자 니체는—그 자신 병에 의하여 운명적 천재의 지경에까지 이르렀지만—항상 병을 지식의 매질媒質이라 하여 찬미하였다. 이런 의미에서 병이라는 출발점부터 인간을 이해하는 데 다대한 공헌을 한 정신분석학도 낭만주의의 한 분류라고 볼 수 있을 것이다. 괴테는 간명하게 고전주의는 건강한 것, 낭만주의는 병적인 것이라고 말하였다.

낭만주의의 맨 마지막 죄와 악까지 사랑하던 사람으로서 이 얼마나 고통스러운 정의였을까? 그러나 낭만주의가 그 가장 아름답고 천래天來의 그윽한 것이 있어 그것이 흙 냄새 내는 것과 숭고한 것을 비록 아무리 융화를 시킨다고 하더라도 역시 그 심장 속에는 병적 균이 잠재해 있다는 것은 부인치 못할 것이다. 마치 장미 속에 버러지가 들어 있는 것 같이.

낭만주의의 가장 본질적인 특질은 유인誘引이다. 죽음으로의 유인. 이것은 또한 그것의 혼란한 역설이다. 생의 비합리적 힘의 혁명적 대변자들로서 추상적 이성과 썩은 인본주의에 반항하는 일면 그것은 비합리성과 과거에 굴복함으로써 항상 죽음에 가까운 요소를 갖고 있다.

낭만주의의 고향 독일에서 그것은 가장 광채 나는 이원론을 발휘하였다. 단순히 윤리적인 것에 대한 생의 영광화, 죽음으로의 친근.

낭만주의는 하나의 독일정신으로, 또한 낭만주의혁명으로써 유럽 사상계에 심각하고 생동적인 충동을 주었다. 그러나 그 반면에 그것은 죽음이냐 삶이냐 하는 자존으로써 유럽이 보내는 어떠한 교훈에도, 유럽적 종교에도, 또한 유럽적 데모크라시에도 귀를 기울이지 않았다.

비스마르크주의와 같이, 프랑스 내지 문명 제패와 같이 권력정치의 가장假裝으로써 또는 강권 독일제국 건설에 의하여 가장 건실한 발전을 유지하면서, 그것은 세계의 경탄을 일으켰고 동시에 세계를 혼란케 하고 압박하였다. 그리고 이 제국에 천재가 떠나간 뒤 그것은 세계를 부단한 불안 속에 몰아넣었다. 그뿐 아니라 이 이원론적 세계는 문화의 실망을 의미하였다. 독일은 일찍이 세계의 스승 될 위대한 지성을 낳은 일이 없었다. 강한 것뿐이었다. 그러나 이 강하고 조직화된 능률 속에는 항상 낭만주의적 병과 죽음이 살아 있었고 또 활동하고 있었다. 역사적 불행, 수난, 패전에서 받는 경멸은 낭만주의의 영양榮養이었다. 그리고 비참하고 비개성적 레벨, 말하자면 히틀러의 레벨에까지 저하低下할 때 독일 낭만주의는 정신병자적 번성, 흥행적 예뇨穢鬧,* 교만, 범행에까지 이르게 되는 것이니 바로 현재 독일이 받고 있는 국가적 대난大難, 비길 바 없는 정신적 내지 육체적 파멸은 자연히 따라온 그 결과라고 할 것이다.

여기에 간략히 말한 것은 독일 내재성에 관한 것이었다. 나는 이것을 비극적이라고 부르는 대신 우울한 이야기라고 하였다. 왜냐하면, 불행은 자랑하지 말아야 하기 때문에. 이 이야기는 한 가지 우리를 승복시키는 데가 있어야 하겠다. 즉 독일이라는 것은 선한 것과 악한 것 두 가지가 있는 것이 아니라 오직 하나라는 것, 그리고 그의 가장 훌륭한 것이 마魔의 농간에 의하여 악에 끌려갔다는 것. 악한 독일은 단순히 선한 독일이 미로에 방황한 것이요, 불행에 빠진 것이요, 범행한 것이요, 또 멸망에 빠

---

* 예뇨 : 더럽고 시끄러움.

진 것이다. 그러한 이유 때문으로서도 그곳에 탄생한 사람으로 앉아 악하고 죄 있는 독일을 모른다 하고 자기는 '선량하고 고상한 그리고 의관衣冠을 갖춘 의로운 독일인이다. 악한 것을 삼제芟除*하는 일은 여러분에게 맡긴다'라고 하는 태도는 당치 않다. 여기서 내가 독일에 관하여 말한 것, 또는 지적하려고 노력한 것은 냉정하고 객관적인 지식에서 나온 것이 아니다. 모든 것은 내 안에 있었다. 나는 그것을 다 한 번 겪었다.

환언하면 이 짤막한 서술로 내가 말하고자 한 것은 한 개 독일의 자기 비평이었다. 그렇게 하는 것 말고 또 무엇이 그보다 더 독일 전설에 충실한 것인지 모르겠다. 흔히 자기 증오, 자기 저주에까지 이르는 자기 비판, 그것은 전형적으로 독일적이다. 자기 해부를 하지 않고는 못 배기는 사람들로서 어떻게 세계 정복을 꿈꾸게 되는가 하는 것은 실로 영원히 풀 수 없는 수수께끼다. 세계 정복의 야심에 따라다니는 성질은 무사기無邪氣한 것, 가엾이 부족한 것, 나아가서는 목적 없는 생각들이다. 그러나 확실히 철저한 정신적 생활에서 나오는 생각─독일 사람과 같이 교만한 동시에 회오悔悟하는─은 아니다.

저 위대한 독일인 횔덜린,* 괴테, 니체같이 자기 민족을 그렇게 여지없이 비평한 사람들은 미국에도 없고 영국에도 프랑스에도 있는 것 같지 않다. 괴테는 대화 중에 심지어 독일 민족의 유리游離, 부정착까지 희망하였다. 그는 "유태인과 같이 독일인은 이식시켜야 하겠고 온 세계 각지에 뿌려버려서 그들이 가진 좋은 품성을 살리고 그리함으로써 타민족에게 이로운 사람들을 만들어야 하겠다"라고 말하였다.

괴테가 말한 품성이 있기는 하다. 그러나 그것은 전설적 국가 형태 속에서는 도저히 성실成實*키 어렵다. 각국의 이민성移民性은 물론 괴테가

---

* 삼제 : 베어버림, 무찔러 없앰.
* 프리드리히 횔덜린(1770~1843) : 독일의 시인.
* 성실 : 곡식 따위가 다 자라서 열매를 맺음.

희망하고 또한 지금은 그들 자신이 같이 희망하는 유리 이주를 사무적으로 방지할 것이다.

강권의 정치 자행恣行이 재래한 거창한 타격을 이유로 해서 우리가 그리 큰 기대를 갖는 것은 무모라는 경고에도 불구하고 우리는 이번 대파국이 지나간 뒤에 19세기적 국가적 개인주의가 해체 소멸되고, 불길한 이전 독일을 청산하고 보다 나은 상태에서 독일인의 좋은 품성을 계발할 수 있으므로 말미암아 저들에게 행복을 약속할 수 있는 그러한 세계로 나가게 하여 한 개의 실험을 시켜줄 수 없을까? 나치즘 청산은 독일인이 희망하고 갈구하는 행복을 가져올 수 있는 사회개혁의 길을 닦아주지 못할까?

세계 경제주의, 정치계 선線의 한정, 국가의 보편적 정치력 삭감, 실제적 통일성을 실현시키려고 하는 인류 지성의 교안覺眼,* 세계 국가사상—어떻게 이 모든 사회가, 인본주의가 인류 투쟁의 진정한 인적因的—인 동시에 부르주아 민주주의 영역을 훨씬 넘어서는 독일 사람의 성품에 생소하고 당치 않은 것이라고 할 수 있을까?

독일 사람의 고독 속에는 항상 반려를 기다리는 정의情誼가 있다고 생각한다. 진실로 말하거니와 그를 악하게까지 한 이 고독 속에는 늘 사랑하고 싶어 하고 사랑받고 싶어 하는 인정이 품어 있다.

결국 독일의 불행은 인류 비극의 한 개의 예다. 그리고 독일이 희구하는 자비는 또한 우리가 갈구하는 것과 같다.

—『문학』(1946. 11. 26) 발표.

---

* 교안 : 꿈을 깨어 눈을 뜸.

하므렡

—서序

『하므렡』 번역에 손을 댄 지 1년이 되었다. 부득이한 사정으로 여러 달 쉬었고 또 한꺼번에 계속해서 일하지 못한 탓도 있지만, 역시 번역 자체가 내게는 힘든 일이었기 때문에 이렇게 늦어진 것이다.

13년 전 미국 마운트유니언 대학교의 셰익스피어 강독 시간에 『하므렡』을 처음 읽었는데 그때는 시험을 치러 넘기는 일에 쫓겨서 그랬던지, 여유 있게 음미할 겨를이 없었다. 어느 해 여름휴가에 산중에서 다시 읽고 문학이란 과연 이런 것이로구나 하는 것을 처음으로 느꼈다. 그러므로 나 개인으로 볼 때 『하므렡』은 문학수업에 있어서 유달리 의미 깊은 작품이다. 그때부터 오늘까지 셰익스피어는 몇 권 되지 않는 내 서가에서, 사전류 다음에 가장 손이 자주 가는 책이 되었다.

로버트 브라우닝이 말하기를 작가, 시인을 지망하는 사람은 "셰익스피어 되기를 노력하라, 그리고 나머지는 운명에 맡기라"고 하였지만, 나는 나 자신의 문학을 이룰 수 없을진대, 셰익스피어 번역이나마 하고 싶었던 것이 외유外遊 4년 전 늘 하던 생각이었다.

다행히 해방 후 기회가 돌아와 번역을 시작하여보았다. 그러나 생각만이 간절한 것이지 마음대로 수월하게 되지 않는 일이었다.

우선 번역하면서 절실하게 느낀 점은 나의 우리말 어휘 부족이었다. 사뭇 호미 하나를 들고 아름드리 느티나무를 옮겨다 심는 것 같은 고생이었다. 붓을 든 후 처음 겪은 노릇이다.

이번 번역은 직역이다. 나의 공부를 위해서나 후학을 위해서나 직역을 해놓는 것이 좋겠다고 생각한 때문이다. 그러나 무대 대본이 되어야 할 것을 잊지 않았으며 어운語韻과 어조語調를 될 수 있는 대로 살려보려고 노력하였다. 그러므로 한자를 부득이하게 혼용하면서도 관중이 들어서 알 수 있는 말을 골라 썼다.

다만, '말 맞춤'이나 가사 같은 데서 어찌할 수 없이 의역 내지 간접 역譯을 한 데가 몇 군데 있다. 일테면 제2막 제2장에서 하므렡이 포로니어쓰에게 오피리아더러 "머리로 배는 것은 좋은 일이다. 그러나 네 딸이 배로 배는 것은 좋지 않다"라고 한 거라든지, 제3막 제2장에서 하므렡이 포로니어쓰에게 대학 시절에 연극 출연을 했다니, 무슨 노릇을 맡아 하였느냐고 묻는 대목에서 포로니어쓰가 "줄리어스 시저를 했습니다. 의사당에서 암살을 당했지요. 브루투스가 저를 죽였습니다"고 하자 하므렡이 "뭐? 사당祠堂에서 사람을 죽이다니 그것참 듣기만 해도 부르르 떨리는 일이구나"라고 해놓은 따위다.

이렇게 내가 자의로 의역을 하여놓은 데는 방점을 찍어놓았다. 그리고 독자의 편의를 위하여 원본에 없는 지문stage direction을 몇 군데 집어넣었고, 전후 맥락이 무슨 뜻인지 모를 데는 주해註解(별책)*와 중복이 되는 줄 알면서도 간단한 주註를 몇 개 달아놓았다.

텍스트는 W. J. 크레이그Craig의 『셰익스피어 전집The Complete Works of

---

* 대사 중 일부의 영한문을 대조하고, 주석을 모아 별책으로 출간함. 『하므렡 주해(Hamlet with Note)』, 백양당, 1949. 1.

Shakespeare』을 썼고 주해는 역시 크레이그의『셰익스피어 전집 해설*The Complete Works of Shakespeare's Glossary*』과 A. W. 베리티Verity의『학생을 위한 셰익스피어 : 하므렡*The Student's Shakespeare : Hamlet*』, 에드워드 다우든 Edward Dowden의『아르덴 셰익스피어 : 하므렡의 비극*The Arden Shakespeare : The Tragedy of Hamlet*』, 아서 E. 베이커Arthur E. Baker의『셰익스피어 사전 : 파트 5. 하므렡*A Shakespeare Dictionary, Part V. Hamlet*』, 번역에는 쓰즈키 도사쿠 都築東作의『집주集註 하므렡』, 오카쿠라 요시사부로岡倉由三郎와 이치카와 산키市河三喜의 연구사研究社 영문학총서『하므렡』등과 쓰보우치 쇼요坪内逍遙의『하므렡』, 요코야마 유사쿠橫山有策의『사옹걸작집沙翁傑作集』, 혼다 아키라本多顯彰의『하므렡』등을 참고하였다.

주해서는 주로 어학 공부에 도움이 될까 하여 만들어놓은 것이므로 번역에서는 그것을 다시 말글로 풀어놓은 데가 많다.

원고를 읽어보니 셰익스피어라는 저 커다란 호랑이를 그야말로 사뭇 고양이로 만들어놓은 감이 불무不無하다. 나의 재간이 이것뿐이니 어쩔 수 없는 노릇이다. 다만, 일후日後에 다른 이의 훌륭한 번역이 나오기를 기다리며, 아울러 선배 동학들의 준열峻烈한 비판이 있기를 바랄 뿐이다.

옮긴이 설정식

하므렡

윌리엄 셰익스피어*

__등장인물

크로디어쓰	덴마크 왕
하므렡	선왕의 아들, 현재 왕의 조카
포로니어쓰	시종 장관
호레이쇼	하므렡의 친우
레아티쓰	포로니어쓰의 아들
볼티만드	정신(廷臣)
코네리어쓰	정신
로젠크란쯔	정신
길덴스턴	정신
오스릭	정신
마세러쓰	사관
버나도	사관
프란씨쓰코	병졸
레이날도	포로니어쓰의 시복
포틴브라쓰	노르웨이 왕자
거튜루드	덴마크 왕비, 하므렡의 모친
오피리아	포로니어쓰의 딸
망령	하므렡의 망부
광대	무덤 파는 노동자 2인

기타 귀족, 숙녀, 사관(士官), 병졸, 뱃사공, 시종(侍從), 시복(侍僕), 신사, 승려, 대장(隊長), 배우 수인(數人), 영국 사신 수인

__장소

엘시노어   덴마크의 수도

---

* 윌리엄 셰익스피어(1564~1616) : 영국 최고의 시인, 극작가. 수많은 작품을 남겼으나 『햄릿』은 그중에서도 『오셀로』, 『맥베스』, 『리어 왕』과 함께 4대 비극에 속하며 세계문학의 걸작으로 손꼽힌다.

제1막 제1장 엘시노어 궁전 앞 고대^{高臺}*

프란씨쓰코가 보초로 섰다. 그리고 사관 버나도가 등장.

버나도　　게 누구냐?

프란씨쓰코　뭐라고? 그대부터 말하여라. 게 섰거라. 누구냐?

버나도　　성상 만세.

프란씨쓰코　버나도십니까?

버나도　　그래.

프란씨쓰코　시간을 대어 잘 오셨습니다.

버나도　　바로 열두 시를 쳤네. 쉬러 가게, 프란씨쓰코.

프란씨쓰코　대신 와주셔서 고맙습니다. 어찌 추운지, 뼈가 저립니다.

버나도　　별일 없었는가?

프란씨쓰코　쥐새끼 한 마리 어른거리지 않았습니다.

버나도　　그래? 어서 들어가게. 가는 길에 동료 호레이쇼와 마세러쓰
　　　　　를 만나거든 곧 이리 오도록 전해주게.

프란씨쓰코　발자국 소리가 들리는 것 같습니다. 게 서라, 누구냐?

호레이쇼와 마세러쓰 등장.

호레이쇼　　이 나라의 벗들.

마세러쓰　　그리고 성군^{聖君}의 충신들.

프란씨쓰코　그러면 안녕히 계십시오.

마세러쓰　　아, 조심해 돌아가게, 누가 교번^{交番}하였는가?

———

* 고대 : 높이 쌓은 망대.

프란씨쓰코	버나도께서. 안녕히 계십시오.

프란씨쓰코 퇴장.

마세러쓰	보시오, 버나드 공.
버나도	누구요, 아, 호레이쇼 공도 오셨소?
호레이쇼	그런 모양이오.
버나도	어서 오시오. 호레이쇼 공. 잘 오셨소, 마세러쓰.
마세러쓰	그런데 그 물건이 오늘 밤에도 나타났었소?
버나도	아무것도 보지 못하였소.
마세러쓰	호레이쇼 공의 말씀이 이건 우리의 망상이라고. 우리가 두 차례나 목도한 저 무서운 광경을 전혀 믿지 않는다는 말이오. 그래서 오늘 밤에는 우리와 함께 매분초每分秒를 지키고 있다가 만일에 그 괴물이 나타나거든 친히 보고, 우리가 본 것이 확실했는지 아닌지를 판단하고 직접 말이라도 건네보도록 같이 오기를 청하였던 것입니다.
호레이쇼	원, 원, 나오기는 무엇이 나온다는 말이오?
버나도	좀 앉으시오. 우리 말을 듣지 않기로 아주 절벽을 만들어놓은 그대의 귀에 대고 이틀 밤이나 우리가 본 얘기로 그대의 고막을 울려보리라.
호레이쇼	그럼, 우리 앉아서 버나도 얘기를 듣기로 합시다.
버나도	바로 어젯밤, 북두칠성 서쪽 바로 저 별이 지금 반짝이는 그 자리에 왔을 때 마세러쓰 공과 내가 보초를 서고 있자니까 그때 시종時鐘이 새로 한 시를 치고…….
마세러쓰	쉿! 조용하시오. 저것 봐요. 괴물이 다시 나타났소!

망령 등장.

버나도　　　승하昇遐하신 선왕先王 바로 그 모습대로.

마세러쓰　　그대는 학자이시니 말씀하여보시오, 호레이쇼 공.

버나도　　　똑똑히 보시오, 호레이쇼 공! 선왕과 같지 않소?

호레이쇼　　참 그렇소이다. 이상하다 할는지, 두렵다 할는지, 머리끝이
　　　　　　오싹하오.

버나도　　　말을 건네주기를 기다리는 것 같소.

마세러쓰　　좀 물어보시오. 호레이쇼 공.

호레이쇼　　너는 대체 누구이기에 이렇게 야음을 타서 저세상 떠난 덴
　　　　　　마크 선왕의 근엄하고 풍위風威 늠름한 군장軍裝을 참용僭用
　　　　　　하고 이렇게 횡행하는 것이냐? 감히 신명神明의 이름으로
　　　　　　명령하노니 대답하라.

마세러쓰　　성이 난 모양이오.

버나도　　　저것 봐, 물러서 가버리네.

호레이쇼　　가만있거라. 대답해라. 대답해. 명령이다. 대답해라.

마세러쓰　　사라지고 말았다. 대답하기 싫은 모양이다.

망령 퇴장.

버나도　　　웬일이오, 호레이쇼 공, 낯빛이 어찌 그리 창백하오? 덜덜
　　　　　　떠는구려. 역시 망상이라고만 할 수 없지 않소? 어떻게 생
　　　　　　각하오?

호레이쇼　　확실히 내 두 눈으로 보았기에 그렇지, 그렇잖았으면 신명
　　　　　　을 두고도 믿지 못할 일이오.

마세러쓰　　선왕과 방불치 않소이까?

호레이쇼	그대가 그대를 닮은 것같이. 그 투구는 바로 당신께서 오만 불손한 노르웨이 왕과 단기응전單騎應戰하실 적에 떨치셨던 것. 그 성나서 찡그리신 면모는 일찍이 담판談判만으로는 될 일이 아니라고, 폴란드 빙원에서 썰매 탄 적군을 무찌르시던 때의 그 표정. 그것참 이상도 하다.
마세러쓰	저렇게 진두위의陳頭威儀로 시간도 어김없이 야반에 우리 보초 선 앞을 두 차례나 지나갔었소.
호레이쇼	당장 무엇이라고 내 감히 단정할 바 아니지만, 짐작하건대 이것은 필시 이 나라에 이재괴변罹災怪變의 흉조 같소.
마세러쓰	자, 좀 앉으시오. 누가 알거든 설명해주오. 무슨 까닭에 전국적으로 밤마다 이렇게 철옹성같이 삼엄한 경비를 계속하고, 날이 날마다 어쩌자고 청동 대포를 주조하는 것이며, 국외로 군수물자를 맞치우는 것이며, 게다가 무엇 때문에 쉬는 날도 없이 뱃사람들을 온통 풀어서 가열한 고역을 베푸는 것이오? 어떤 위기가 장근將近*하였기에 주야겸행晝夜兼行 백성들을 볶아대어 소 땀을 흘리게 하는 것이오? 누가 이 까닭을 알거든 말씀해주오.
호레이쇼	그것은 내가 말씀하리다. 잘 모르기는 하오만, 어쨌든 항간의 풍설은 이러하오. 이제 방금 우리들 앞에 나타났던 선왕께서 여러분도 아시다시피 노르웨이 왕 포틴브라쓰의 교만한 호언장담에 노하셔서 결국 피차 자웅雌雄을 겨루게 되었거니와 세상이 아다시피 용맹이 과인過人하신 하므렡 선왕께서는 일도하一刀下에 포틴브라쓰를 거꾸러뜨리셨소. 따라서 포틴브라쓰는 무인의 통례대로 일찍이 서로 맹세한 바,

* 장근 : 어떤 수나 시간에 거의 가깝게.

자기 신명과 더불어 전 소유 영지를 승리자인 선왕께 바치려 했던 것이오. 선왕께서 패하셨다면 동일한 조건을 서약했으니 명문明文대로 우리 쪽에서 국토를 잃고 말았을 것이오. 즉 그의 소유가 하므렐 선왕께 돌아오고 만 것과 같은 결과가 되었을 것이오. 그러자 혈기 방자한 포틴브라쓰의 아들이 노르웨이 변경에 준동蠢動, 무위도식하며 무슨 일이라도 있기를 기다리면서 혀를 다시는 무뢰지도無賴之徒를 여기저기서 긁어모아 가지고 있는 것을 우리나라 추밀樞密*에서 아는 바이니, 이것은 다름 아니라 저들이 억지공사로, 폭력으로써 내거來擧하여 기왕에 잃었던 땅을 찾아보려는 배짱이 뻔한 사실이오. 이것이 내 알기로는, 우리가 제반 차비를 하는 동기요, 거국일치擧國一致 총동원으로 주야로 경계하는 소이所以라 생각하오.

버나도   내 소견에도 그런 것 같소. 그러고 보니 저 괴이한 유령이, 이 쟁전爭戰에 일찍 몸소 관계하였고, 또 지금도 관련을 가지고 계신 선왕 그대로의 무의武儀로 우리 앞에 나타난 것도 일리가 있는 것 같소.

호레이쇼   이야말로 심안을 아프게 하는 티끌이라 할 것이오, 일찍이 로마 전성시대, 저 위대한 시저가 운명하기에 앞서, 모든 분묘墳墓는 갑자기 텅 비고 수의襚衣를 떨친 송장들이 로마 거리를 횡행하며 떠들고, 별은 화염을 끌고, 피 이슬이 내리고, 태양은 광망光芒*을 잃고, 대양大洋을 섭리하는 달은, 말세가 온 것같이 몸을 피하여 세계는 암흑이 되었다던가.

---

* 추밀 : 군정에 관한 중요한 사항. 아주 중요한 기밀.
* 광망 : 빛의 줄기.

바로 이렇듯 괴변을 알리는 전조前兆가 짓궂은 흉운의 선구
先驅처럼 또한 재위災危의 전주前奏같이 천지가 함께 설렁대
어, 이 땅 백성들에게 알려주려는 것─앗! 조용하십시다. 저
것 보세요, 유령이 다시 나타나오.

망령 등장.

앞을 가로질러 보리라. 부정을 타서 천벌을 받게 되면 받더
라도. 기다려라. 이 괴물! 네가 만일 음성을 가졌거나 말을
하면 내게 일러다오. 만일 내게 도움이 되는 동시에 너의 시
름을 덜 수 있는 어떤 좋은 수가 있거든 말해다오. 미리 알
면 피할 수 있는 국난을 알거든 아, 말을 하여라.
너는 혹시 전하는 말대로, 생시에 땅속 깊이 묻어둔 부정한
재물에 미련이 남아 있어 명목瞑目을 못하고, 이렇게 방황하
는 것이냐? 그렇거든 그렇다고 말을 하여라. 게 섰거라! 말
을 하여라.
(계명성鷄鳴聲*이 들린다.)
마세러쓰! 저 유령을 붙들어보시오.

마세러쓰   이 갈고리로 유령을 때리리까?
호레이쇼   가만있지 않거든 때리시오.
버나도   에익!
호레이쇼   에익!
마세러쓰   가버리고 말았다.

---

* 계명성 : 닭 울음소리.

망령 퇴장.

저렇게 고귀한 영물靈物에게 난폭하게 손을 댄다는 것은 우리들의 잘못이었다. 공기와도 같이 아무리 쳐도 자리도 없는 것을 헛되이 때린다는 것은 쓸데없이 우리들 자신의 조롱만 사는 것이구나.

버나도   한창, 무슨 말을 하려고 하던 것 같은데 그만 닭이 울어서.

호레이쇼   그러자 유령은 문초를 받는 죄인같이 안색이 달라졌었다. 전하는 말에 닭은 단신旦晨*의 전령傳令, 그 높고 날카로운 목청으로 태양신을 흔들어 깨우면 그 소리를 듣고 해海, 화火, 지地, 공空 어디서든지 방황하던 정령精靈이 저 갈 곳으로 숨어버리고 만다더니 그 증거를 이제 망령으로 보았구나.

마세러쓰   계명성과 함께 유령은 사라지고 말았소. 혹 이르기를 구주 탄생을 축하하는 계절이 되면, 일출을 고하는 계명이 종야 불식終夜不息하는데 그러면, 유령은 떠돌아다니지 않고, 만뢰萬籟* 식적息寂, 신성晨星*도 여상如常하여 아무런 탈을 내리지 않고, 요정도 짓궂은 짓을 못하고 마녀도 신통력을 잃어버려 때는 진실로 성결聖潔하게 된다고도 말하오.

호레이쇼   그런 말은 나도 들었고 어느 정도 믿기도 하오.
그건 그렇고 저것 보오. 저 동쪽 이슬 잦은 구릉 위로부터 주홍 태양이 걸음발 옮기듯이 솟아오르오. 이제는 파수把守 보는 자리를 떠날 때외다. 그런데 지난밤 우리가 목도한 전말顛末을 하므렡 왕자께 알려드리는 것이 어떻겠소?

---

* 단신 : 아침과 새벽.
* 만뢰 : 자연 속에서 만물이 내는 온갖 소리.
* 신성 : 새벽의 별. 샛별.

장담하거니와 유령이 우리에게는 함구무언이로되 왕자에
게는 필시 말을 건넬 줄 아오. 동감이라면 그렇게 합시다.
그렇게 하는 것이야말로, 우리가 왕자를 진심으로 경애하
는 소치가 될 것이며, 또 우리들의 직책으로도 그렇게 하는
것이 도리일까 하오.

마세러쓰   그럽시다. 마침 오늘 아침에 왕자를 어디서 만날 수 있는지
를 내가 잘 알고 있습니다.

제1막 제2장 궁전 내의 광실廣室

왕, 왕비, 하므렡, 포로니어쓰, 레아티쓰, 볼티만드, 코네리어쓰, 기
타 정신, 시종들 등장.

왕   세상 떠나신 친형 하므렡 왕에 대한 기억은 상기 새로운
바, 우리 다 함께 비애를 감추고 천하가 오롯이 한가지로
수미愁眉*에 잠겨 있어 마땅할 바로되, 무위상심無爲傷心도 생
각할 것이므로, 모름지기 우리는 분별을 가지고 극정極情을
싸워 이겨서, 선왕께 대하여 응분한 애도의 정을 지니는 동
시에 일국의 주재主宰인 스스로의 본분을 또한 잊지 못할 것
이라 생각하오. 그러므로 전날은 형수였으나 오늘날 여왕
이 된 거튜루드, 이 군국軍國의 지엄한 협동자로 말하자면
깨뜨려진 기쁨으로, 또한 한 눈에는 눈물을 또 한 눈에는
웃음을 띠고 기쁘게 장례를 마치고 슬프게 혼례를 치른다

---

* 수미 : 근심에 잠긴 눈썹. 근심스러운 얼굴.

할까? 희비애환을 똑같이 헤아리며 나의 비妃로서 맞이하
는 바이오.

이번 일에 있어서는 물론 경卿들과 유루遺漏* 없이 상의하였
고, 또 경들의 현명한 의견을 충분히 들었거니와 그대들의
진충육력盡忠戮力*을 또한 장하게 여기는 바이오.

그다음, 경들도 아는 바와 같이 젊은 포틴브라쓰라는 자,
우리 역량을 줄잡았는지, 또는 형 왕 승하하신 까닭으로 말
미암아 국내가 문란하게 된 줄 그릇 알고 좋은 기회라고 생
각한 모양인지 번거롭게 사람을 보내 연전에 그 아비 포틴
브라쓰가 계약의 명문대로 나의 용맹스러운 친형께 헌상獻
上한 구舊영지를 반환하라고 졸라대는 것이오. 그자에 대한
것은 이만하고.

다음, 오늘 경들을 모이게 한 용건은 다름 아니라…….

젊은 포틴브라쓰의 숙부 노르웨이 왕은 노약하고 와석불
기臥席不起하는 터로 자기 조카의 음모를 모르는 모양이고,
또 이번 징병, 부역賦役 일체가 그의 신하들 중에서 동원되
는 것 같으니, 차제에 그에게 일서一書를 보내 그로 하여금
이 망령된 기획을 제지시키려 하는 것이니 코네리어쓰와 볼
티만드 양 경卿은 이 서간書簡을 가지고 노르웨이 왕에게 갈
것이오. 왕과 판단함에 양 경은 모름지기 이 서간에 쓰여 있
는 이외의 일에 사사로운 언급이 없어야 할 것이오. 그러면
경들은 조속히 명을 받들어 충성됨을 알게 하오.

코네리어쓰/볼티만드   하명下命이 지엄하온즉 진충盡忠을 기약할 따름이옵

---

* 유루 : 빠지거나 새어 나감.
* 진충육력 : 협력하여 충성을 다함.

나이다.

왕 미쁘게 여기오, 그러면 잘 다녀와요.

볼티만드와 코네리어쓰 퇴장.

자 그러면 레아티쓰, 무슨 얘기냐? 소청所請이 있다고 하였
는데 네 소원은 무엇이냐? 사리에 가합可合한 청일진대 어
찌 덴마크 왕이 들어 흘릴까 보냐? 레아티쓰, 대체 어떤 청
인가? 너의 소청이라면 듣기만 할 것이냐? 청하기 전에 들
어주기를 내가 청할 것이다. 너의 부친과 덴마크 왕의 정의
情誼는 사람의 머리와 마음이 부즉불리不卽不離한 것보다, 손
이 입에 따르는 것보다 더 긴밀하다 하겠으니, 서슴지 말고
소청을 말해보아라.

레아티쓰 전하, 황송하오나, 프랑스로 다시 돌아가게 허락하여주옵소
서. 전하 대관식에 삼가 참석하여 저의 의무를 다하고자 귀
국한 것이오나 이제 대전大典도 끝났으니 저는 다시 프랑스
로 가고 싶습니다. 모쪼록 통촉하시어 허락하여주시옵소서.

왕 부친의 승낙은 얻었느냐? 포로니어쓰, 그대 의견은 어떠
하오?

포로니어쓰 황송한 말씀이오나 자식의 간청이 극심하여 할 수 없이 승
낙했습니다. 황공무지한 말씀이오나 하락下諾해주실 것을
간절히 비옵니다.

왕 레아티쓰, 너의 소원대로 하여라, 좋은 젊은 시절을 마음껏
즐겨라. 그런데 하므렡, 이전에는 내 조카요, 오늘은 내 자
식인…….

하므렡 (방백傍白)* 친척이라고 하면 좀 더 될지 모르나, 인정으로는

남남 간보다도 못한 사이인데.

왕   어째서 늘 심기가 좋지 못한 것같이 얼굴에 구름이 낀 표정
     이냐?

하므렡   그럴 리가 없습니다. 구름이 끼기는 너무 햇볕을 쪼여 얼굴
         이 뜨뜻할 지경입니다.

왕비   하므렡, 제발 그 어두운 표정을 가셔버리고 다정한 눈으로
       전하를 뵈어라. 답답하게 눈을 감고 명부冥府*에 가신 어른
       만 생각할 것이 없다. 알다시피 생자는 필사必死, 사람이 한
       번 태어나서 이 사바娑婆에 왔다가 영겁으로 가는 것이 인세
       人世의 상정常情이다.

하므렡   그렇습니다. 어머님, 상정입니다.

왕비   그렇다면 어찌하여 나의 눈에만 심상尋常치 않은 듯이 보이
       는 것이냐?

하므렡   '듯이 보이는 것'이라고요? 어머님, '듯이 보이는 것'을 저는
         모릅니다. 사실은 사실대로 있을 뿐입니다. 이 검은 외투나
         누구나 입는 이 검은 상복이나 억지로 짓는 듯한 한숨이나,
         개울물같이 고여오르는 눈물이나, 파리한 얼굴의 수심이나,
         그 밖에 슬픔을 표시하는 온갖 갖춤과 꾸밈과 정장整裝이
         저의 진실을 드러내는 것이 못됩니다. 이것들이야말로 '그
         럴 듯이 보이는 것'이라 하겠습니다. 왜 그런고 하니 이러한
         것은 아무라도 흉내 낼 수 있는 것이기 때문에……. 이러한
         것들은 그야말로 비애를 분식粉飾하는 의상이나 노리개에
         지나지 않는 것입니다. 그러나 저의 가슴속에는 이러한 모

___

* 방백 : 작중 인물이 대화 중에 관객에게는 들리지만 상대역에게는 들리지 않게 혼자 하
  는 대사.
* 명부 : 사람이 죽은 후에 그 혼령이 가서 산다고 하는 세상.

든 분식을 초월하여 눈에 보이지 않는 것이 들어 있는 것입니다.

왕 하므렡, 그처럼 선고先考께 대해 망극罔極한 지정至情으로 애도하는 것은 너의 효성이 지극한 천성이라, 아름답고 가상타 하겠으나, 이것은 알아두어라. 선고께서도 어버이를 여의셨고, 또 그 어버이를 여읜 어버이도 어버이를 여의셨다. 어버이를 여읜 사람이 효도를 하기 위하여 잠시 복을 입고 애틋한 정을 다하는 것은 마땅하지만 그렇다고 도에 넘치게 슬퍼하는 것은 첫째, 하늘 뜻에 어긋나는 억지요, 또한 사나이답지 못한 소행이다. 그런 짓은 천의天意에 벗어지는 것이며, 신심信心이 없는 증거요, 옅은 생각에 분별수행分別修行이 다 없는 것을 나타내는 것이다. 왜 그런고 하니, 죽음이란 반드시, 한 번은 오고 마는 것이요, 또한 인간 상사常事의 하나인데 무슨 까닭으로 어리석은 반항심 같은 것으로 지나치게 슬퍼한단 말이냐? 아니다. 그런 짓은 하느님을 배반하고 죽은 사람을 배반하고 또 자연을 배반하며 가장 천리天理에 가당치 못한 일인 것이니, 어버이를 여읜다는 것은 불가피한 천리가 아니냐? 인류 가운데서 맨 처음 죽은 사람에서부터 바로 이제 죽은 사람에 이르는 동안 천리는 그러기에 이런 것을 '이게 필연한 천리 소치'라고 하여오지 않았더냐? 그러니 제발 그 쓸데없이 슬퍼하는 것을 땅 위에 팽개쳐버리고 나를 친아비로 알아주렴. 나는 네가 왕위를 계승할 사람이라는 것과 내가 너를 사랑하는 바가 친아비에 못지않다는 것을 만백성에게 알리고 싶기 때문에 이 말을 하는 것이다. 따라서 비텐버그 대학으로 돌아가겠다는 너의 소청은 실로 들어주기 어려운 것이다. 부디 생각을 돌

려서 이곳에 머물러 있으면서 중신重臣으로, 근친近親으로 또
는 내 아들로서 내 눈이 보아서 늘 기쁘고 또 위로가 되는
상대가 되어주기 바란다.

왕비   하므렡, 제발 내 소원을 저버리지 말고 함께 있어다오. 비텐
버그로 가지 마라.

하므렡   될 수 있는 대로 어머님 뜻을 받들어보도록 하겠습니다.

왕   그러면 그렇지! 기특한 대답이로다. 덴마크에 머물러 우리
와 함께 지내자. 자, 비여! 하므렡이 저렇게 자발적으로, 또
유순하게 말을 들어주어 내 마음이 무한 기쁘오. 그 기쁨을
축하하기 위하여 주연을 베풀고 동시에 축포를 하늘에 터
뜨립시다. 그리하면 하늘도 왕의 축배를 돌려보내는 뜻으
로 벽력霹靂으로 지상에 향응할 것이오. 자 들어갑시다.

나팔소리. 하므렡만 남고 일동 퇴장.

하므렡   아, 어쩌자고 이 단단하고 질긴 살덩어리가 녹아서 이슬이
라도 되지 않는 것이란 말이냐. 그렇지도 못하거든 제 손으
로 제 목숨을 끊어버리는 것을 극죄極罪로 마련한 천신天神
의 계명戒命이나 없애주던지……. 아, 하느님! 이 세상 만 가
지 일이 내게는 모두 귀찮고, 탐탁지 않고, 짓궂고 또 쓸데
없는 노릇 같기만 하구나. 더러운 세상, 상스럽지 못한 풀
과 못된 넝쿨이 제멋대로 자라는 마당, 거기서 되지 못한
종자가 씨를 퍼뜨리고, 원래부터 더럽고 고약한 것만이 불
어가고 또 심해가는 것이로구나. 세상 일이 이렇게 되어버
릴 줄이야! 세상 떠나신 지 겨우 두 달인데……. 아니 두 달
이라니, 두 달도 안 되는구나. 그처럼 뛰어나신 어른, 저러

한 인간에 대면 태양신에 사티로스를 비기는 것. 어머님을 그처럼 위하시더니, 바람조차 어머님 얼굴에 거칠게 불세라 사랑하시던 어른……. 덧없어라, 야속하여라……. 나는 이 것을 잊어버릴 도리가 없는 것이냐? 사랑을 받으시면 받으실수록 한시도 아버님의 곁을 떠나기를 한사코 역겨워하시던 어머니……. 그러던 이가 한 달도 못 되어서……. 아니다. 더 생각하지 말자……. 여리고 약한 것이여, 그는 여자로다! 한 달도 채 되기 전에 니오베처럼 눈물지으며 가엾은 아버님의 영해靈骸를 따라갈 때 끌던 신발이 빛도 낡기 전에…… 어머니가, 그 어머니가. 아, 하느님, 미물의 짐승이라도 그보다는 좀 더 슬퍼할 줄 알 것인데. 내 삼촌과 결혼을 하였다. 내 삼촌이라고는 하나 그자는 내가 헤라클레스에 비슷한 것보다도 못한 아버님의 아우. 한 달도 못 되는데 거짓 눈물이 흐른 자리 붉게 짓무른 데가 아직 채 마르기 전에 그에게 시집을 갔다. 아, 해괴망측한 짓, 무엇이 그리 바쁘고 몸이 달아서 달음질하여 들어가는 더러운 이불 속이더냐? 이러고서 제대로 될 일이 결코 있을 이치가 없다.
가슴이 터질 것 같구나! 그러나, 잠시 입을 다물자.

호레이쇼, 마세러쓰, 버나도 등장.

호레이쇼	안녕하십니까?
하므렡	잘 있었소? 오, 호레이쇼 아니오? 혹 내가 잘못 보는 것인가!
호레이쇼	바로 당신의 신臣 호레이쇼입니다.
하므렡	그대는 나의 동무요, 나를 동무로 불러주오. 그런데 대체 비텐버그에서 어째 이리 왔소, 호레이쇼? 아, 마세러쓰도

왔는가?

마세러쓰   귀중하신 몸이…….

하므렡   반갑소. (버나도를 향하여) 어서 오시오. 그런데 대체 무엇 때문에 비텐버그에서 왔소?

호레이쇼   방랑하기 좋아하는 성벽性癖 소치인가 합니다.

하므렡   천만에, 그런 소리는 그대의 원수가 하더라도 듣고 싶지 않을 것인데, 항차 자기 입으로 저 자신을 게으름뱅이라고 해서 내 귀를 틀어막아 믿게 하려는 것은 무모한 짓이오. 그대가 게으름뱅이가 아니라는 것을 잘 알고 있는 터요. 대체 이 엘시노어에서 볼일이 무엇이오? 잘못하다가는 떠나는 날까지 술을 말로 마시게 되리다.

호레이쇼   사실은 돌아가신 선대왕先大王 장의식葬儀式에 참례하기 위해 왔습니다.

하므렡   여러분, 나를 너무 놀리지 마오. 아마 여러분은 내 어머니 혼례식 구경하러 온 것일 게요.

호레이쇼   그렇게 말씀하시니 말이지 경사는 너무 창졸간의 일이었습니다.

하므렡   아무렴, 돈을 아껴야지, 돈을. 초상 때 썼던 구운 고기를 차린 대로 초례상에 올려놓는 것이었다……. 그런 꼴을 볼 양이면 나는 죽어 천당에서 가장 지긋지긋한 내 원수 놈을 만나는 것이 차라리 나을 뻔했소. 내 아버님이…… 아버님이 보이는 것만 같소.

호레이쇼   네? 어디서 말씀이오니까?

하므렡   내 마음의 눈에…….

호레이쇼   저도 일찍 뵈었습니다. 진실로 무던하신 왕이셨습니다.

하므렡   어디를 뜯어보아도 흠잡을 데 없이 갸륵한 어른이셨소. 그와 같은 이를 다시 만나보기 어려울까 하오.

호레이쇼 간밤에 그 어른을 뵈온 듯합니다.

하므렡 보았다니, 누구를?

호레이쇼 선왕, 그대의 아버님을…….

하므렡 내 아버님을?

호레이쇼 너무 놀라지 마시고 진정해서 제가 사뢰는 이 믿기 어려운 얘기를 들어주십시오. 제 말씀은 여기 서 있는 사람들이 입증할 것입니다.

하므렡 어서 들려주오.

호레이쇼 이틀 밤을 계속하여 여기 서 있는 마세러쓰와 버나도 두 분이 보초를 섰을 때, 만뢰萬籟가 죽은 듯이 고요한 한밤중, 이상한 모습을 보았습니다. 머리끝에서부터 발끝까지 허술치 않은 무장武裝을 거뜬히 하고 나선 모양은 갈 데 없는 그대 어르신네, 두 사람 앞에 나타나 무보武步도 당당하게, 무서움에 당황하여 놀란 눈앞, 두세 자 길이, 지척을 지나가고 또 지나오고, 그러자 소름이 끼치도록 질겁을 한 두 사람은 입을 열 엄두도 내지 못하고 멍하니 서 있을 따름이었다고 떨리는 음성으로 제게 하는 말…… 듣고 나서 저는 두 분과 함께 그다음 날 밤을 새우기로 하였던 바, 아니나 다를까, 들은 대로 똑같은 시각에 똑같은 모양으로 한가지 틀림없이 나타나는 것은 이상한 환영이었습니다. 제가 선왕, 그대의 어르신네를 잘 압니다. 그 같으신 양이 바로 이 두 손이 같은 것과 같다고나 할는지.

하므렡 환영을 보았다는 곳은?

마세러쓰 저희가 보초를 서는 고대였습니다.

하므렡 말을 건네보지는 않았는가?

호레이쇼	네, 말을 건네보기는 하였습니다만, 아무 대답도 없었습니다. 하기는 무슨 말이라도 하고 싶은 양 머리를 쳐들더이다. 그러나 때마침 우는 새벽 닭소리에 질린 듯이 곧 사라져버리고 말더이다.
하므렡	참 야릇하다.
호레이쇼	저 자신이 살아 있는 것과 다름없는 사실이었습니다. 그런 것만큼, 왕자님께 알려드리지 않을 수 없다고 생각하였습니다.
하므렡	그렇고말고, 그렇고말고. 그렇다고는 하여도 이 일이 심상치 않구면……. 오늘 밤에도 그대들은 밤을 지키겠소?
버나도/마세러쓰	그렇습니다.
하므렡	투구鬪具를 입고 있더라고?
버나도/마세러쓰	그렇습니다.
하므렡	머리에서 발끝까지?
버나도/마세러쓰	말씀대로 머리에서부터 발끝까지.
하므렡	그러면 그 얼굴을 보지 못하였나?
호레이쇼	네, 보았습니다.
하므렡	그래! 눈살을 찌푸리고 있던가?
호레이쇼	성내신 얼굴이라기보다는 슬프신 표정…….
하므렡	창백하던가, 그렇잖으면 불그레하던가?
호레이쇼	아니요, 퍽 창백하시던 걸로 생각합니다.
하므렡	그대를 줄곧 쳐다보고 있었나?
호레이쇼	뚫어지게 쳐다보시었습니다.
하므렡	나도 그 자리에 있었다면…….
호레이쇼	그랬으면 자못 놀라셨을 겝니다.
하므렡	그랬겠지, 그랬겠지. 오래 머물러 있었소?

호레이쇼   꽤 빠른 속도로 백쯤 셀 동안.

버나도/마세러쓰   더 오랬지요. 더 오랬어.

호레이쇼   내가 보았을 때는 그밖에 안 되었소.

하므렡   수염은 반백半白이던가, 아니던가?

호레이쇼   그렇다고 기억합니다. 살아 계실 때처럼 반백.

하므렡   오늘 밤 나도 함께 망을 보겠네. 혹 다시 나타날지 모르니까.

호레이쇼   다시 나타날 줄 압니다.

하므렡   만일에 아버님 모습을 갖추기만 한다면 비록 지옥이 입을
         열고 가만히 있으라고 하더라도 반드시 말을 걸어볼 작정
         이오. 이제까지 이 사실을 입 밖에 내지 않았으니, 앞으로도
         비밀로 해주기를 여러분께 부탁하오. 그리고 오늘 밤에 어
         떤 일이 일어나더라도 속으로만 알아차릴 일이지 입 밖에
         내서는 안 되오. 그대들의 성의에 보답할 날이 올 것이오.
         그러면 고대에서 만날 때까지 평안히. 열한 시부터 열두 시
         사이에 가도록 하리다.

일동   잘 알아들었습니다. 의무를 다하겠습니다.

하므렡   의무라 하지 말고 우정이라 하오. 내가 그대들에게 다하듯
         이. 잘 가오.

         (하므렡, 혼자 남다.)

         아버님의 망령이 투구를 쓰고! 상스럽지 못한 조짐兆徵이다.
         어디서 흉계가 있는 모양이로구나. 어서 밤이 들었으면! 그
         때까지 참자. 흉계는 드러나고 말 게다. 비록 땅덩이가 사
         람의 눈을 가리더라도.

         하므렡 퇴장.

제1막 제3장   포로니어쓰 저택 일실—室

레아티쓰와 오피리아 등장.

레아티쓰   내 짐은 배에 벌써 다 실었다. 잘 있거라. 그리고 순풍이 불
        어서 배편이 좋을 때마다 편지 보내기를 잊지 마라.

오피리아   제가 잊을 것 같아요?

레아티쓰   그리고 하므렡에 대한 얘긴데, 그분이 네게 주는 오죽잖은
        호의라는 것은 일시적인 생심生心이요, 혈기 방자한 때의 노
        닥거리에 지나지 않는 것이다. 말하자면 봄기운이 한창 무
        르녹을 때 피는 고까 오랑캐,* 피기는 빠르지만 시들기도
        빠른 것, 아름답기는 하지만 오래가지 못하는 것. 그것은
        향기도 애틋한 것도 잠시뿐이란다.

오피리아   잠시뿐이에요?

레아티쓰   잠시뿐이라고만 생각해둬라. 대체 사람이란 것은 육체만
        커지는 것이 아니라 몸뚱이가 커지는 동시에 마음이며 영
        혼의 속패기*도 따라서 커지는 것이다. 아마 그분이 지금
        은 너를 사랑하실지 모른다. 따라서 지금은 그 어른의 마음
        속에 흐린 생각이나 사특한 책략이 들어 있을 이치가 없다.
        그러나 알아두어야 할 것은 그 어른의 신분이 여느 사람과
        달라 자신의 뜻도 자기 마음대로 하지 못하게끔 태어난 분
        이다. 보통 사람같이 자신의 욕망대로만은 살 수 없는 사람
        이다. 왜냐하면 그분 하나가 무엇이고 결정하는 바가 곧 이

---

* 꼬까 오랑캐 : 야생 팬지꽃.
* 속패기 : '배추속대'의 방언.

나라 전 인민의 화복을 좌우하기 때문에. 그러므로 자기 배필을 결정하는 데 있어서도 자기가 영수領首로 앉아 있는 이 나라 전 인민의 의사를 존중하지 아니치 못할 것이다.

그러니까 너를 사랑한다고 하시더라도 그분의 특수한 처지로서는 결국 그의 사랑하는 상대가 덴마크 인민의 총의總意에 가합하지 않는 경우에는 언제든지 헛맹세에 지나지 않는다는 사실을 알아두는 것이 현명한 노릇이다.

만일에 네가 그의 달콤한 속삭임에 경솔히 귀를 기울인다든지, 마음을 아주 준다든지, 혹은 그가 방장方壯한 혈기로 너를 못 견디게 구는 것을 이기지 못하여 정조의 보물을 내어준다면 너의 명예가 장차 어떻게 될 것을 잘 생각해보아라. 그것을 두려워해라. 오피리아, 그것을……. 그리고 항상 그의 애정에서 멀찍이 물러앉아서 정욕의 화살을 피하도록 하여라. 조심스러운 처녀는 면사포로 얼굴을 가리지 않고 달을 쳐다보는 것조차 망측한 노릇이라고 생각한다던가. 정숙한 여덕女德의 권화일지라도 자칫하면 세상의 비난을 듣기 쉬운 것이다. 봄꽃이 피기도 전에 자주 버러지가 갉아먹어 버리는 수가 있고, 사람도 한창 물이 오르기 전, 인생의 이른 아침 같은 청춘 시절에 뿌리를 말리려 드는 독기가 엄습해오기 일쑤인 것이다. 그러니까, 조심해라. 두려워하며 조심하는 것이 만전지책萬全之策이다. 젊을 때에는 누가 시키는 것도 아닌데 젊기 때문에 스스로 모반하는 것이다.

오피리아   타일러주시는 좋은 말씀, 깊이 명심하여 내 마음을 지키는 문지기로 삼겠나이다. 그렇지만 착하신 오라버님, 속이 검은 어떤 목사들은 남에게는 천당 가는 길이 험하고 또 가시밭 같다고 하여놓고, 자기들 자신은 제멋대로 앞뒤를 살피지 않는 방탕한 사람같이 아름다운 앵초櫻草 만발한 방종의 길을 걸으면서 제 자신의 충고는 생각도 하지 않더군요. 오라버님은 제발 그러지 마세요.

레아티쓰   아, 내 걱정은 하지 마라. 너무 오래 지체하였구나, 아버님이 여기 오신다.

포로니어쓰 등장.

거듭 받잡게 되는 축수祝手는 거듭 받는 은총이옵니다. 두 번 다시 뵈옵고 하직하게 되는 것은 저의 분수가 좋은 탓이 올시다.

포로니어쓰   아직 여기 있었구나. 어서 배 타러 나가야지, 배 타러. 여기서 대체 뭘 하고 있단 말이냐? 네가 탈 배는 벌써 돛에 바람을 안고 있으며 모두들 기다리고 있다. 내 축수를 받고 겸하여 이 몇 가지 훈계를 타일러주는 것이니 똑똑히 마음에 새겨두어라.

생각한 것이 있다고 함부로 지껄이지 말며, 섣부른 생각대로 행동치 마라. 친구들과 잘 사귀되 지나치게 속을 주어 창피한 일이 없도록 하여라. 친구 중에서 그 우정이 진정한 것을 확실히 안 사람이 있거든 쇠고리를 채우듯이 꼭 붙잡아두어라. 그러나 아직 쭉지도 펴지 못하는 햇내기 같은 친구의 손을 함부로 부여잡음으로써 행여 네 손바닥이 두터워지게 말아라. 싸움판에 덤벼들지 말 것이다, 기왕 거들려들었거든 너는 씨가 다르다는 것을 상대자에게 똑똑히 알려줄 것을 잊지 마라. 누구의 말이든 들어는 두어라, 그러나 아무에게나 함부로 네 속을 빼어주지 말거라. 누구의 의견이든 들어주는 것은 좋으나 네 의견은 말하지 않는 것이 좋다. 주머니에 돈이 달리지 않는 한, 차림새를 구차스럽게 하지 말 것이로되, 그렇다고 쓸데없는 사치는 아예 하지 마라. 훌륭한 것은 좋으나 질탕하게 화려한 것은 나쁜 것이다. 옷이라는 것은 때로 그 사람을 나타내는 것이다. 더군다나 프랑스 상류계급이란 이런 것에 가장 밝고 또 통한 사람들이다. 남의 돈을 꾸지도 말고 꾸어주지도 말거라. 꾸어주는 돈이라는 것은 항용 그 본전까지 잃어버리기 일쑤일 뿐 아니라, 친구까지 잃게 되는 장본이며, 꾸는 돈이라는 것은 근검저축하는 정신을 무디게 하는 것이다. 그리고 무엇보다도 가장 명심해야 할 것은…… 너 자신에 대하여 충실하여라. 그렇게만 하면 반드시 밤이 낮을 따라가듯이 다른 사람에게 대하여서도 충실하게 될 것이다. 잘 가거라. 내 축수로써 이것을 너에게 명심시키고자 하는 것이다.

레아티쓰   그러면 아버님 물러가겠습니다.
포로니어쓰 시간이 다 되어간다. 어서 가보아라. 시중꾼들이 기다리고
            있다.
레아티쓰   잘 있거라, 오피리아. 그리고 내가 네게 한 말을 잊지 마라.
오피리아   들려주신 말씀은 제 마음속에 잠구어 간직하고 그 열쇠는
            오라버님께 맡겨드립니다.
레아티쓰   잘 있거라.

            레아티쓰 퇴장.

포로니어쓰 오피리아, 네 오라비가 네게 했다는 것은 무슨 말이냐?
오피리아   저, 하므렡 왕자님에 대한 이야기예요.

포로니어쓰	허허, 그것참 잘한 생각이었구나. 듣자니까 요새 왕자께서 자주 네게로 가만히 드나드신다더구나. 그리고 너는 너대로 또 전고후려前顧後慮도 없이 그 어른을 받아들이고 좋아라고 한다면서? 나더러 정신을 차리고 있으라고 귀띔해준 사람이 있거니와, 만일 그게 사실이라면 불가불 내가 너한테 한마디 타일러주지 않을 수 없다. 너는 아직 네가 내 딸이라는 것과, 또 시집가기 전 처녀 몸이라는 것을 잘 깨닫고 있는 것 같지 않다. 대체 왕자와 너 사이에 어떠한 일이 있느냐? 있는 대로 다 말해라.
오피리아	요새 여러 차례 그 어른이 저를 사랑하고 계시다고 고백을 하셨어요.
포로니어쓰	사랑? 원 세상에, 너는 이렇게 위태한 경우를 생전 당해보지 못한 철없는 아이 같은 소리를 하는구나. 너는 그래, 네가 말하는 그 고백이라는 것을 정말이라고 믿느냐?
오피리아	글쎄요. 저는 어떻게 생각하면 좋을지 모르겠네요.
포로니어쓰	아이고, 하느님! 그럼 내가 가르쳐줄게. 너는 그저 어린애이거니 생각하고 있거라. 그따위 고백을 마치 진짜 금으로 만든 돈으로 이다음에 바꿔서 받게 될 줄 알고 있다니! 좀 너 자신을 비싸게 구는 게 어떠냐? 그렇지 않으면…… 이건 말을 시작하고 보니 농담처럼 되는 게 안 되었다마는— 세상 사람들이 나를 천치 바보로 굴 게다.
오피리아	아버님, 그렇지만 그이는 실로 점잖은 모양으로 저에게 사랑을 구하시곤 하셨는데요.
포로니어쓰	아이고, 모양이라고. 세상은 다 그 모양이란다. 그만둬라, 그만둬.
오피리아	그러실 때마다 그이는 이 세상에서 헤일 수 있는 모든 맹세

로써 거짓 아닌 표시를 하셨는데요.

포로니어쓰   아이고, 그게 도요새 잡으려는 덫이다. 피가 끓을 때면 정신이 얼마나 헤프게 헛바닥을 움직여가면서, 맹세를 하게 되는지 나도 잘 안다. 이 애야! 그따위 불꽃은 환하게 밝은 것만큼 뜨겁지 못한 것이기 때문에 맹세를 하고 있는 동안에 벌써 꺼져버리고 마는 것이다. 그러니까 그따위를 정말 불로 생각지 마라. 이제부터는 좀 처녀답게, 함부로 사나이 앞에 나서지 말고, 정녕 나서게 되는 경우에는 마치 명령을 받고 회의에 참석하러 가는 사람 모양 허둥대고 달려갈 게 아니라, 좀 어렵게 굴란 말이다. 하므렡 왕자라는 분은…… 이 정도로 알아두란 말이다— 젊고, 너같이 구속이 많은 여자와 달라서 설혹 매여 지내는 데가 있다고 하더라도 고삐가 길게 달린 덕택에 자유분방할 수 있는 사람이란 것을 잊지 말란 말이야. 간단히 말하면, 오피리아, 그 양반 맹세하는 것을 믿지 말란 말이다. 맹세라는 것은 빛깔 좋은 옷을 떨쳐입고 다니면서 그 좋은 빛깔과는 천양지판으로 다른 배짱을 가지고 입으로만 성스럽고 갸륵한 말을 늘어놓아, 교묘하게 남을 속여서 음란한 짓을 시키는, 배짱이 시커먼 뚜쟁이와 같은 것이다. 내가 할 말은 다 했다. 다시 한번 알아듣기 쉬운 말로 한다만, 도대체 앞으로는 하므렡 왕자와 잠시라도 서로 말을 주고받거나, 긴 얘기를 하거나 해서는 안 된단 말이다. 알아들었니? 자, 인제 그만 들어가자.

오피리아   잘 알아들었습니다.

오피리아, 포로니어쓰 퇴장.

제1막 제4장 고대

하므렡, 호레이쇼, 마세러쓰 등장.

하므렡   살을 에는 것 같은 바람이구나, 몹시 찬 날씨다.

호레이쇼 꼬집는 것같이 매운 날씨로군요.

하므렡   몇 시나 되었을까?

호레이쇼 아직 열두 시는 되지 않았나 봅니다.

마세러쓰 아니, 벌써 쳤습니다.

호레이쇼 그래? 나는 듣지 못하였는데, 그렇다면 유령이 나다니던 시
          간이 돼가는구면.
          (안에서 나팔소리와 대포 놓는 소리가 들린다.)
          저게 무슨 소리죠?

하므렡   왕이 밤을 새워가며 벌여놓은 잔치, 서로 축배를 들어 통음
          痛飮을 하고 비틀거리면서 어지러운 춤을 추는 것, 왕이 라
          인산 포도주를 마실 때마다 나팔을 불고 북을 쳐가며 잔치
          기세를 올리는 것이오.

호레이쇼 늘 저렇게 하는 것이 관례입니까?

하므렡   아, 그렇다나 보오. 그러나 내 생각에는— 나는 이 나라에
          서 태어나고 또 모든 물정에 익어와서 잘 아오마는— 저런
          관례는 지키는 것보다 차라리 없애버리는 것이 훨씬 나으
          리라고 생각하오. 윗대, 아랫대 할 것 없이 저렇게 온통 머
          리가 깨지도록 술을 퍼먹는 놀음을 하는 까닭에 우리나라
          가 이웃 나라 사람들의 욕을 먹는 거요. 그들은 우리를 주
          정뱅이라 하며 더러운 욕지거리로, 우리의 이름을 더럽히지.
          그래서 우리가 하는 일이 아무리 훌륭해도 그 명예의 속통

을 빼앗기고 마는 것이오. 그러한 일은 때로 한 개인의 신상에도 일어나는 바이오. 일테면 누가 어떤 결함을 가지고 있다고 치면 태어날 때부터 가지고 있는 결함 같은 것— 사람이 어떻게 태어나든지 그것은 인력으로 어찌할 수 없는 바라, 그러한 결함은 물론 그 사람의 죄는 아니지만— 그런데도 불구하고 그 천성으로 가지고 있는 버릇이 자꾸 커져서 그것이 결국 때로 이성이 다스리는 성 밖으로 뛰어넘어 가든지, 또는 달리 나쁜 습관이 있어서 세상에서 통용되는 예의범절에 맞지 않게 과한 짓을 한다면— 그 사람에게 아무리 훌륭한 미덕이 있다고 하더라도, 한 가지 낙인 때문에— 그것은 원, 조물주가 입혀놓은 옷이라고 하든지, 운명의 별을 타고난 것이라고 하든지, 하여간 이 한 가지 특수한 결함 때문에 그 사람의 모든 다른 미덕은 설사 그것이 아무리 순결무비純潔無比하고 인간으로서 가질 수 있는 최대한의 것이라도 세상 사람들의 눈에는 한 가지 때문에 열 가지가 더럽혀진 것으로 보이는 것이니, 따라서 욕을 보게 되는 것이오. 눈곱만한 결함이 다른 모든 미덕을 흐려버려서 결국 그 사람에게 불명예스러운 결과를 가져오고 마는 것이오.

망령 등장.

호레이쇼	저것 보십시오. 유령이 나타납니다.
하므렡	천지신명이여! 저희를 두호斗護하사이다. 네가 신령이거나, 요괴이거나, 하늘 정기를 타고 내려오는 것이거나, 지옥 썩은 바람을 안고 오는 것이거나, 네가 의도하는 바 선한 것

이거나, 악한 것이거나 간에 이렇게 괴상한 모양으로 마치 하소연이라도 하고 싶은 꼴을 하고 있으니, 나는 너에게 물어보는 것이다.

나는 너를 하므렡이라, 왕이라, 아버지라 부르고자 한다. 오! 덴마크의 대군이시어, 대답을 하시라! 나로 하여금 의혹을 품고 가슴이 터지게 하지 마시라. 어찌하여 예법대로 납관納棺 매장되시었던 당신이 봉랍封蠟된 수의를 찢고 나오셨습니까? 어찌하여 당신의 유해가 조용히 묻혔던 무덤이 그 육중한 대리석 턱을 열고 당신을 뱉어버렸습니까? 벌써 생명이 떠난 몸이 어찌하여 이렇게 빈틈없는 투구를 떨치고, 달빛 아래 다시금 나타나 무서운 밤을 더한층 소름 끼치게 하시는 것입니까? 어리석은 허수아비 인간들은 인지人智로는 도저히 상상도 할 수 없는 이러한 불가사의를 보고, 다만 전율하고만 있어야 할 것입니까? 무엇 때문에? 우리는 어찌하면 좋을 것입니까?

망령이 하므렡을 손짓하여 부른다.

호레이쇼	조용히 할 말이 있어서 왕자님과 함께 자리를 옮기자고 하는 것 같습니다.
마세러쓰	저것 보십시오. 얼마나 의젓하고 점잖게, 조용한 자리로 같이 가자고 부르시는가, 그러나 같이 가지 마십시오.
호레이쇼	천만에, 절대로 같이 가지 마십시오.
하므렡	여기서는 말을 하지 않을 모양이오. 그렇다면 따라가야지.
호레이쇼	제발, 가지 마십시오.
하므렡	왜? 뭐가 무서워서 그런다는 말이오? 바늘 끝만큼도 아깝

지 않은 생명이오. 그리고 내 영혼은 저와 같이 불멸의 것인데, 저것이 나를 어떻게 할 것이란 말이오? 또 오라고 그러는군. 가봐야겠소.

호레이쇼 만일 유령이 그대를 큰 강으로 데리고 간다든지, 바닷가에 내달은 현애懸崖 절벽에 끌고 간다든지 하여 거기서 괴상한 모양으로 다시금 변하여 왕자님 얼을 빼어 미치게 한다면 어찌하시겠습니까? 잘 생각하십시오. 천심千尋* 깊이 바다가 내려다보이고 노호하는 물소리가 들리는 곳은 그것만으로 족히 사람의 머리를 미치게 할 수 있는 것입니다.

하므렐 유령이 자꾸 손짓을 하는구나. 갈 테면 가라, 내가 따라가리라.

마세러쓰 제발 가지 마십시오.

하므렐 비켜라.

호레이쇼 진정하세요, 가지 마십시오.

하므렐 내 운명이 나를 재촉하는 바이오. 이 몸뚱이 속 핏줄이란 핏줄은 모두 굳어 단단하기가 네메아의 사자* 심줄같이 되었소.

(망령이 부른다.)

아직도 나를 부르고 있네. 손을 놓아주오.

(하므렐 뿌리치고 칼을 빼면서) 아이고, 하느님! 내 길을 방해하는 자는 목을 버히리라. 비켜! 잘 가는구나. 내가 따라간다.

망령과 하므렐 퇴장.

---

* 천심 : 매우 높거나 깊은 것을 이르는 말.
* 네메아의 사자 : 헤라클레스가 네메아 골짜기에서 퇴치한 불사신의 맹수.

호레이쇼	너무 흥분하셔서 정신조차 잃으신 것 같다.
마세러쓰	따라갑시다. 하라는 대로 가만히 서 있는 것은 도리가 아니라고 생각하오.
호레이쇼	그러면 따라가보세. 어떻게 될지 알 수 없지만.
마세러쓰	이 덴마크 나라에 몹쓸 노릇이 생기려고 이러는 게지요.
호레이쇼	사람의 일은 하늘의 뜻에 맡기는 수밖에!
마세러쓰	어서 따라갑시다.

호레이쇼와 마세러쓰 퇴장.

제1막 제5장 고대의 다른 쪽

망령과 하므렡 등장.

하므렡	어디로 나를 데리고 가는 것이냐? 말해라, 나는 더 따라가기 싫다.
망령	잘 들어라.
하므렡	들어보자.
망령	이글이글 타는 유황불 초열지옥焦熱地獄으로 내가 도로 들어가야 할 시간이 가까워져 온다.
하므렡	아, 불쌍한 영혼…….
망령	나를 불쌍하게 생각하는 대신 마음을 바로 가지고 귀를 기울여 내가 하는 말을 잘 들어라.
하므렡	어서 말하여주오.
망령	듣고 나서는 반드시 복수를 하여야 된다.

하므렡	무엇이라고?
망령	나는 네 아비의 망령이다. 한밤중 잠시 나타날 수는 있으되, 낮 동안은 전생에 지은 죄가 깨끗이 사라질 때까지 초열지옥 아비규환阿鼻叫喚 속에 붙들려 얽매여 있어야 되는 몸이다. 저승 연옥煉獄의 비밀을 함부로 말할 수 없는 처지다만, 만일 한마디쯤이라도 내가 당하고 있는 이야기를 너에게 한다면, 그것은 너의 정신을 빠지게 하고, 너의 젊은 피를 얼어붙게 할 것이다. 너의 두 눈알은 별과 같이 그 자리에서 튀어나오고 말 것이며, 너의 곱슬머리는 가닥가닥 성난 고슴도치의 거센 털같이 일어서고 말 것이다. 그러나 이 명부 영겁의 비밀은 인간의 귀에 들어갈 바가 없다. 들어라, 들어라, 오, 들어라! 네가 정말 아비를 사랑하거든!
하므렡	오, 하느님!
망령	저 극악 수심獸心 대역죄인이 사람 죽인 원수를 갚아다오.
하므렡	사람을 죽여―.
망령	사람을 죽이는 것만도 그 이상 악독할 수 없는 노릇인데 이것이야말로 악독한 것보다 더 악독한 살인이었다.
하므렡	어서 빨리 말씀하여주십시오. 그러시면 한순간 천 리를 달린다는 사랑의 깃보다도 명상瞑想의 나래보다도 빠르게 달려가서 복수를 하오리다.
망령	미뻐운 말이로다. 네가 만일 내 말을 듣고 움직이지 않는다면 너는 명부에 흐르는 망각의 시내 언덕에 쓸데없이 자라서 썩는 잡초보다도, 더 쓸데없는 인간일 것이다. 자 하므렡, 들어보아라. 내가 정원 나무 밑에 드러누워 잠이 든 사이에 독사에게 물려 죽었다고 그럴 듯이 꾸며가지고 이 나라 사람들을 속였

지만, 들어라, 내 훌륭한 아들아, 나를 물었다는 그 독사는 지금 왕관을 쓰고 있는 것이다.

하므렡 오, 내 영특한 머리여! 짐작하던 대로 내 삼촌이었구나!

망령 그렇다. 그 음란광淫亂狂이랄지 짐승 같은 색정광, 천성이 되어먹기 사특한 지혜와 간사한 재조才操가 있어, 그것을 가지고 사람을 호리고 유혹하는 것이 능수能手라, 정절이 청죽靑竹 같아 보이던 내 아내를 달래고 꼬여서 드디어 차마, 입에 옮길 수 없는 난음亂淫의 길로 데리고 갔다. 아, 하므렡! 이것이 어찌 된 낙윤落倫이냐? 화촉동방華燭洞房에서 맹세한 말을 한 가지도 어기지 않고 지극한 존엄의 정으로 사랑하여왔던 나를 버리고 나보다 나은 것이라고는 하나도 없는 저 더러운 인간에게로 가버리다니…….

하기는 진정한 정절이라는 것은 비록 사음邪淫이 천의天衣를 두르고 와서 꼬이더라도 움직이지 않는 것이며, 음란한 계집이라는 것은 비록 천사와 같이 살더라도 열락悅樂의 잠자리에 권태를 느끼고 급기야는 썩은 살 냄새를 그리워하는 것이지만……. 아, 가만있자, 벌써 새벽바람이 불어오는가 보다. 간단하게 이야기하마.

내가 늘 하던 버릇대로 어느 날 오후, 정원에서 낮잠을 자고 있을 때 네 삼촌이 이 틈을 타서 조그만 병에 독약을 넣어가지고 내게로 가까이 다가들어 내 귀에, 살을 짓무르게 하고, 고름이 나게 하는 독즙을 부어넣었던 것이다. 이 독약은 사람의 피에 비상인지라 수은水銀같이 내 오관五官 모든 혈맥으로 돌아가더니, 맑고 깨끗하던 피는 초를 따라 넣은 젖같이 당장 굳어져버리고, 내 부드럽던 살결은 곧 짓무르기 시작하여 마치 문둥병 걸린 사람 살같이 더럽고 보기 끔

찍한 헌데로 덮이고 말았다. 이렇게 하여 나는 자고 있는 동
안에 동생의 손에 목숨과 왕관과 왕비를 한꺼번에 빼앗기
고 말았던 것이다. 나는 아직도 죄과를 범하기 반나절, 성례
聖禮도 받지 못하고 최후의 참회도 하지 못하고 도유례塗油
禮도 치르지 못한 채, 내 머리에 오만가지 죄를 뒤집어쓴 채,
하느님 앞에 이끌려 나왔구나. 무섭고 또 무서운 노릇이다.
네게 만일, 효심이 있거든 이 원한을 꿈에라도 잊지 마라.
덴마크의 왕자 규방閨房을 정욕과 사음邪淫의 잠자리가 되지
말게 하여라. 그러나 복수를 하더라도 행여, 마음을 비뚤게
먹고 네 어미 신상에 해를 가해서는 안 될 것이다. 네 어미
는 하늘 뜻에 맡겨두어서 그의 가슴에 들어박힌 가시에 스
스로 찔리고 아프게 내버려두어라. 잘 있거라, 반딧불이 희
미해져가는 것은 새벽녘이 되어가기 때문이다. 그러면 잘
있거라. 하므렡! 내가 한 말을 잊지 마라.

망령 퇴장.

하므렡   오, 하늘의 온갖 신이여! 땅 위의 뭇 귀신이여! 또 무엇일
까? 아, 지옥의 뭇 악귀들이여!
빌어먹을! 견뎌라, 견뎌라, 가슴아! 터지지 말고 그리고 너
사지四肢 삭신 모든 심줄이여, 당장 늙어빠지지 말고 이 육
체를 지탱해다오……. 뭐? 내가 한 말을 잊지 말아달라고?
아, 불쌍한 영혼이여! 이 어지러운 머릿속에 기억력이란 것
이 남아 있는 한 행여나 내가 잊어버릴까 봐! 잊지 말라
고! 염려 마라. 이 기억의 수첩 대가리 속에서 청춘이어서
하찮게 아껴두었던 모든 기록을, 그리고 책에서 보고 외어

두었던 금언金言, 잠구箴句, 빛깔, 형상의 모든 지나간 그림자를 깨끗이 씻어버리고, 머릿속 책장에는 오직 그대의 지엄한 분부만을 적어두리라. 그렇고말고, 하늘을 두고 맹세하지. 아! 비리인정非理人情, 세상에 가장 더러운 계집! 악한, 악마, 빙글빙글 웃는 악한! 그렇다. 똑똑히 수첩에 적어두자. 빙글빙글 웃으면서도 악한이 될 수 있다는 사실을. 적어도 이 덴마크에 그런 일이 있다는 사실을…….

(하므렡 쓴다.)

그렇지 아재비!* 이렇게 틀림없이 썼단 말이다. 그러면 내가 외어두어야 할 말은— 잘 있거라, 잘 있거라, 한 말을 잊지 말아달라고…….

나는 천지신명께 벌써 맹세하였다.

호레이쇼	(안에서) 전하! 전하!
마세러쓰	(안에서) 하므렡 왕자님!
호레이쇼	(안에서) 천우신조가 있어지이다.
마세러쓰	(안에서) 제발 그렇게…….
호레이쇼	(안에서) 보십시오! 보세요, 전하!
하므렡	어, 어, 자네들인가? 어서 오게!

호레이쇼와 마세러쓰 등장.

마세러쓰	어찌 된 일이오니까?
호레이쇼	무슨 일이 있었습니까?
하므렡	아 참 신기하다.

———
* 아재비 : 숙부.

호레이쇼	얘기 좀 해주십시오.
하므렡	싫소. 말하면 다른 사람에게 이르게?
호레이쇼	천만에, 하늘에 대고 맹세하지요.
마세러쓰	저도 말하지 않겠습니다.
하므렡	그렇다면, 이것을 어떻게 생각하는가? 대체 사람이 이런 것을 상상이나 할 수 있었을까? 비밀을 지키겠다고?
호레이쇼/마세러쓰	네, 하늘을 두고 맹세하나이다.
하므렡	덴마크에 살고 있는 악한치고 세상에 가장 악독하지 않은 놈이 없는 것이오.
호레이쇼	누가 그런 것을 모른다고 유령이 일부러 와서 알려주는 것일까요!
하므렡	음, 옳소. 그대 말이 과연 옳소. 그러니까, 우리 서로 에둘러대는 얘기를 할 것 없이, 악수나 하고 헤어지자니까─. 그대는 그대 볼일 보러 가고……. 사람이란 저마다 제 볼일이 있는 것이니까. 나는 나대로. 이것 봐요, 돌아가서 기도나 드리고.
호레이쇼	어쩌자고, 이렇게 헛소리 같은 말씀을 하십니까?
하므렡	내 말이 자네를 부아나게 했다면 미안하이. 내가 잘못했네. 정말 잘못했다니까.
호레이쇼	아무것도 잘못하신 것이 없으십니다.
하므렡	있지, 있어. 성 패트릭이 굽어살피시지만, 정말 있네, 호레이쇼. 있어도 이만저만 있는 것이 아니야. 우리가 본 그 환상은 틀림없이 진정한 유령이었네. 이 말만은 해주지. 그 유령과 나 사이에 무슨 일이 있었나 알고 싶겠지만 참아주게. 그리고 그대들은 내 벗이요, 학자요, 또한 군인이니. 나의 한 가지 청을 꼭 들어주게.
호레이쇼	무엇입니까? 들어드리지요.

하므렡	오늘 밤에 본 광경을 아무에게도 말하지 말아주게.
호레이쇼/마세러쓰	그리하겠습니다.
하므렡	아니 맹세를 하게.
호레이쇼	아무에게도 정말 말하지 않겠습니다.
마세러쓰	저도 정말 말하지 않겠습니다.
하므렡	이 칼을 잡고 맹세하게.
마세러쓰	맹세는 벌써 하였습니다.
하므렡	아니, 이 칼을 잡고, 이 칼을.
망령	(지하에서) 맹세해라.
하므렡	아, 아, 너도 그렇게 말하는구나, 정직한 것, 거기 있었구나. 어서, 어서. 땅속에서 하는 소리를 들었지? 맹세하게.
호레이쇼	서문誓文을 말씀하십시오.
하므렡	그대들이 본 것을 다른 사람에게 절대로 말하지 않겠다고 이 칼로써 맹세하오.
망령	(지하에서) 맹세!
하므렡	무소부지無所不至로구나! 그러면 다른 데로 가보자. 자, 이리들 오시오. 내 칼에 손을 얹고 그대들이 들은 바를 절대로 입 밖에 내지 않겠다고 이 칼을 두고 맹세하오.
망령	(지하에서) 맹세!
하므렡	말 잘했다. 늙은 두더지! 땅속에서 어쩌면 그렇게 재빠르게 다니는고! 훌륭한 공작병工作兵이로군! 우리 다시 한번 자리를 바꿔보세.
호레이쇼	낮이려나, 밤이려나? 아! 기괴한 일도 다 있다.
하므렡	그러니까 모든 것을 아는 데까지만 알아두란 말일세. 이 천지간에는 자네 철학 같은 것을 가지고는 도저히 알기 어려운 일이 쌔버렸다네. 자, 여기서, 아까처럼— 절대 안 그러겠

다고……, 그래야 하늘이 그대들을 보살펴줄 것일세……. 설혹 내가 앞으로 어떤 이상하고 알 수 없는 모양을 하더라도……. 혹 몰라, 아주 괴상한 거동을 하게 되는지도 모르니까. 그렇다고 그대들이 그런 경우에 내 꼴을 보고서 결단코 말하자면, 이렇게 팔짱을 끼고 서서, 또는 머리를 흔들면서, 혹은 가장스레 아는 체하는 말투로, 일테면 "아하, 나는 알 수 있다"라고 한다든지, "말할 수 있는 처지라면 말할 수 있는데—"라고 한다든지, "말하고 싶기만 하다면야—" 한다든지, "말해도 좋다면야—" 하는 따위 애매한 말을 중얼대면서 내 비밀을 아는 체하지 말란 말일세. 그래야 그대들이 역경에 처하였을 때 신조神助가 있을 걸세. 안 그러겠다고 맹세하게.

망령   (지하에서) 맹세!

(두 사람이 칼에 손을 대고 맹세한다.)

하므렡   괴로워하는 망령이여! 진정하라.

그렇게 해준 이상 나도 정성을 다하여 그대들에게 보답하려 하오. 이 하므렡은 비록 범부凡夫이기는 하나, 그래도 하늘이 저버리지 않는 한 그대들의 신의를 지키지 않을 리 만무하오. 같이 성안으로 들어갑시다. 그대들 손가락은 다문 입술에 그냥 대고. 신신 부탁이오.

사개* 물렸던 것이 떨어져나간 세상! 아, 저주받을 운명! 떨어져나간 사개를 물리기 위하여 이 세상에 태어나다니! 아, 아니, 어서 같이 갑시다.

일동 퇴장.

---

* 사개 : 상자 따위의 네 모서리를 요철형으로 만들어 끼워맞추게 된 부분.

제2막 제1장   포로니어쓰 저邸 일실

포로니어쓰와 레이날도 등장.

포로니어쓰 레이날도, 이 돈과 편지를 아들에게 주게.

레이날도 네, 잘 알았습니다.

포로니어쓰 아들을 만나기 전에, 그 아이 행방과 거동을 잘 살펴두는
게 좋을 걸세, 레이날도.

레이날도 저도 그렇게 생각하고 있었습니다.

포로니어쓰 그래? 잘 생각했네. 알아듣겠나? 첫째, 파리에 어떤 종류
의 덴마크 사람들이 살고 있는지 알아봐야 하는 거야. 어디
서, 누가, 어떻게? 생활비는 어디서 만들며, 어떤 친구와 사
귀고 있는지 알아보란 말이야. 그래서 간접으로 에둘러 알
아보아서, 자네 상대가 내 아들을 아는 사람이거든, 좀 더
그 사람과 가까워진다는 말일세. 그러면 자네가 일일이 쫓
아다니면서 탐색하기보다 수월할 터이니까. 내 아들을 일테
면, 좀 아는 체하란 말일세. 가령, "나는 그 사람 어르신네를
알고, 그 사람의 친구들도 알고 또 그 당자當者도 좀 알기는
하는데" 이렇게 말일세. 알겠나, 레이날도?

레이날도 네, 네, 잘 알겠습니다.

포로니어쓰 "당자도 좀 알기는 하는데……" 할 때는 "그렇지만 잘은 모
릅니다" 해놓고서,
"그러나 그 사람이 바로 내가 아는 그 사람이라면, 그는 아
주 험한 사람으로서 이렇구 이렇구 한 것에 몰두하는 성미"
라고 아무렇게나 자네 마음대로 꾸며대란 말이야. 그렇다
고 그애에게 명예스럽지 못한 나쁜 것을 주워대서는 안 돼.

이 점을 조심하게. 그러나 혈기 방장한 청춘에 의례히 있을 수 있는 방탕이라든가, 난폭이라든가, 철딱서니 없는 짓 같은 것은 말해도 좋아.

레이날도　일테면 도박을 한다던갑시오?

포로니어쓰　그렇지, 그리고 술을 먹는다든가, 칼쌈질을 한다든가, 욕지거리, 싸움을 한다든가, 유곽遊廓에 간다든가 하는 따위는 마음대로 말해도 괜찮아.

레이날도　그런 소리를 해서야 쓰겠습니까?

포로니어쓰　아니야, 괜찮아. 그런 말을 할 때 적당하게만 하면 상관없어. 그러나 그 이상 심한 비방은 하지 말게. 가령, 계집질이 능수라고 한다든지 해서는 안 돼. 그런 것은 내가 말하는 뜻이 아니야. 그러니까, 어떻든지, 험구險口를 하되, 그것이 그야말로 호강스럽게 자란 탓에서 오는 것이나, 절로도 어쩔 수 없는 젊은 피, 젊은 기운 때문에 저지르고 마는, 다시 말해 누구나 젊었을 적에는 다 범하고 마는 종류의 과실만을 들추란 말일세.

레이날도　그렇지만.

포로니어쓰　무엇 때문에 이런 짓을 해야 되는 거냐고?

레이날도　네, 그 뜻을 알고자 합니다.

포로니어쓰　아, 그 까닭은 이렇지! 이것은 참 훌륭한 묘방妙方이라고 생각하네만 자네가 내 아들 험구를 하는데 가령, 한창 만들어 가던 물건에 약간 흠집이 생긴 것 같은 정도로 말이지. 그러고 보면 자네가 탐문해보려고 얘기하는 상대자가 알아듣나, 만일 시방 자네가 험구하고 있는 바로 그 청년이 정말 그런 짓을 하는 것을 본 일이 있다면, 필연코, 그 상대자는 이렇게 자네 장단을 맞출 것일세. "선생께서는" 하든지, "동무" 하든지 혹은 "당신은" 하든지……. 이것은 신분에 따라 다르겠고 그 나라 풍속에 따라 다를 것이지만—.

레이날도 잘 알아들었습니다.

포로니어쓰 그렇게 되고 보면 알겠나? 그 사람이, 그 사람이 말이지…… 내가 무슨 말을 하려 했었나? 가만있자, 무슨 말을 하려고 했었는데…… 무슨 말하다가 말았나?

레이날도 저한테 장단을 맞춰서 "선생께서는" 한다든지, "당신은" 한다든지—.

포로니어쓰 "장단을 맞춰서……." 그래, 자네 하는 말에 장단을 맞춰서 이렇게 말할 걸세. "아, 그 사람이라면 나도 잘 압니다, 바로 어저께 만났습니다" 하든지, 그렇잖으면, "저번 날, 혹은 얼마 전에, 이렇고 이런 사람과 함께 있더군요" 하든지, 자네 말대로 "노름을 하고 있습데다" 하든지, "연회에서 술이 만취되어 있던데요" 하든지, "테니스를 치다가 싸웁데다" 하든지, 또는 "어떤 매점에 들어가는 것을 보았습니다" 할 걸세. 매점이란 말은 갈보집이란 말이야……. 또 뭐라고 하든지 간에 거짓말 미끼를 가지고 정말 잉어를 낚는다는 말이야. 이렇게 해서 우리같이 영리하고 다심한 사람은 언제든지 에둘러 가면서, 측면공격으로 정면을 때려누일 수가 있단 말이거든. 그러니까 내가 아까부터 일러주던 말대로 내 아들의 뒷조사를 잘해보란 말이네. 잘 알았는가? 어때?

레이날도 네, 잘 알았습니다.

포로니어쓰 몸조심하고 잘 다녀오게.

레이날도 안녕히 계십시오.

포로니어쓰 자네가 직접 아들의 하는 짓을 보기도 하게.

레이날도 그렇게 하오리다.

포로니어쓰	제멋대로 놀아나도록 하란 말이거든.
레이날도	잘 알았습니다.
포로니어쓰	잘 다녀오게.

레이날도 퇴장. 오피리아 등장.

웬일이야? 오피리아! 무슨 일이 생겼느냐?

오피리아	아이고, 아버지, 정말 놀랐어요!
포로니어쓰	아니, 대체 무엇 때문에?
오피리아	아버지, 제가 방에서 바느질을 하고 있는데 하므렡 왕자님이 외투를 풀어헤치고, 모자도 쓰지 않고, 더러운 양말은 대님도 없이, 발뒤꿈치까지 내려뜨리고, 얼굴은 흰 샤쓰 빛같이 창백하신데, 두 무르팍을 덜덜 떠시는 모양이 마치 지옥에서 빠져나와 그 무서운 사연을 말하려고 하는 사람같이, 차마 견디기 어려운 표정을 하시고 저한테 오셨군요.
포로니어쓰	너 때문에 미친 모양이냐?
오피리아	모르겠어요. 그렇지만 그러신지도 알 수 없어요.
포로니어쓰	무엇이라고 하시더냐?
오피리아	제 팔목을 꼭 붙잡고, 팔이 자라는 데까지 몸을 뻗고 한 손을 이렇게 이마에 대고, 마치 제 얼굴을 그려보려는 것처럼, 물끄러미 들여다보셔요. 한참 그러시더니, 제 팔을 흔들면서 머리를 이렇게 세 번 오르내려 흔들고, 몸이 으스러지고, 목숨이 끊어질 것같이 깊고 안타까운 한숨을 쉬시는 거예요. 그러고 나서 제 손을 놓아요. 그리곤 머리만 어깨 너머로 돌려대고, 앞을 보지 않고도 걸을 수 있는 것같이 방에서 나가시는 거예요. 물끄러미 쳐다보시면서.

포로니어쓰　가자, 나하고 같이— 상감님께 사뢰어야 되겠다. 이거야말
로 음새를 쓰는 게 분명하다. 세상에 모든 인정 번뇌가 다
그렇지만 더욱이 그 연정戀情의 맹렬한 성질이란 것은 저 자
신을 망치게 하고 급기야 무슨 짓이고 함부로 하게 할 수도
있는 것이다. 참 안됐다. 그런데 너 요새 섭섭하게 생각하실
말씀이라도 사뢴 일이 있느냐?

오피리아　아니요, 다만 아버지 말씀대로 보내신 편지를 돌려보내고,
만나자고 하시는 것을 거절하였습니다.

포로니어쓰　그러니까 미칠 수밖에…… 좀 더 세심하게 거동을 살피고
서 판단을 내릴 것을. 참 안됐다. 한때, 들뜬 생각으로 너를
두고 불장난을 해서 네 몸을 망쳐놓으려는 줄로만 알았더
니, 내가 지나치게 의심을 했었구나. 아이고, 늙은이 지나친
생각이나, 젊은이 모자라는 생각이나, 매한가지로구나. 얘,
어서 상감님께로 가자. 이 일은 숨겨두어서는 안 되겠다. 이
애정의 자초지종을 말씀드리면, 괘씸하게 생각하실는지 모
르나, 숨겨둔다면 더욱 속을 태우실 테니까. 어서 가자.

양인兩人 퇴장.

제2막 제2장　궁전 내 일실

왕, 왕비, 로젠크란쯔, 길덴스턴과 정신 등 등장.

왕　　　어서 오게, 로젠크란쯔, 길덴스턴! 전부터 만나보고 싶었고,
또 청하고 싶은 일도 있고 해서 이렇게 급작스럽게 부른 거

라. 그대들도, 벌써 들어서 알겠지마는, 하므렡이 변한 모양이란— 변했다고 할 수밖에 없는 것이 외모나 정신이 그전 하므렡이 아니란 말일세. 어찌하여, 그렇게 내남* 간을 모를 지경으로 되었는가? 아무리 생각해도 부왕父王이 세상 떠나신 것 때문이라고밖에 생각이 들지 않네. 그대들에게 청하고 싶은 것은 이것일세. 어릴 때부터 같이 자랐고, 그의 성질이나 심사를 잘 아는 것도 그대들뿐이니, 청컨대 이 대궐에 좀 머물러 있으면서 그의 상대가 되어 때로 재미있는 유흥이라도 같이 가도록 권하여주고, 무엇 때문에 그가 저렇게 번민을 하는지 우리로서는 도저히 알 바가 없으니 그대들이 될 수 있는 대로 그 이유를 여러 가지로 알아보아 준다면 치료할 방법도 있을 줄 아네.

왕비   여러분, 하므렡이 가끔 여러분 얘기를 하였더라오. 그가 두 분보다 더 가깝게 생각하는 사람은 다시없다고 생각하오. 부디 잠시 이 대궐에 머물러 우리들의 뜻을 받들어주는 친절과 호의를 아끼지 않는다면, 그대들의 체류에 대하여서는 상감님의 후대가 있을 것이오.

로젠크란쯔 양 전하께옵소서는 신들 위에 군림하옵시는 지존하신 권능이시거늘, 어찌 지엄하신 분부를 내리지 않고, 도리어 간청을 하시나이까?

길덴스턴 신들은 지엄하신 분부를 받잡고 삼가 분골쇄신, 끝까지 봉공奉公하오리니, 통촉하소서.

왕   고맙소. 로젠크란쯔, 길덴스턴—.

왕비   고맙소. 로젠크란쯔, 길덴스턴, 그러면 곧 가서 알 수 없이

---

* 내남 : 나와 남을 아울러 이르는 말.

변하여버린 내 아들을 만나주오.

게 누구 있느냐, 두 분을 하므렡이 있는 곳으로 인도하여
드려라.

길덴스턴   하늘이여, 부디 우리들 대령待令, 봉공이 조그맣게라도 동궁
마마의 뜻에 맞고 또 도움이 되어지이다―.

왕비   그래 주었으면, 아멘.

길덴스턴, 로젠크란쯔와 정신들 퇴장. 포로니어쓰 등장.

포로니어쓰   삼가 아뢰옵니다. 노르웨이에 갔던 사신이 좋은 소식을 가
지고 돌아왔나이다.

왕   언제나 그대는 좋은 소식의 임자야.

포로니어쓰   그러하오니까. 황공한 말씀이오나, 전하, 소신은 신명께 대
하여서나, 자비하신 성상聖上께 대해서 항상 충성을 지녀오
기 마치, 제 몸이 영혼을 가져온 것같이 하였나이다. 그래
서…… 그렇지 않다면 이때까지 모든 판단을 틀림없이 해
온 소신의 머리가 전만 같지 못한 것일 터이오니 그래서, 소
신이 하므렡 왕자의 미친 까닭을 알아내었습니다.

왕   아, 말해주오! 그것이야말로 오래 기다리던 소식이오!

포로니어쓰   우선 사신들로 하여금 배알拜謁케 하시고 소신이 품상稟上하
올 것은 그 큰 수라상 뒤에 나올 과실로 삼아주시옵소서.

왕   그대가 나가 직접 영접하여 들어오도록 하여주오.

포로니어쓰 퇴장.

(왕비에게) 포로니어쓰가 그대 아들이 이상하게 된 까닭을

알아냈다 하오.

왕비 대체로 부왕의 승하와 우리들의 조급한 혼례 때문이 아닐까 생각하는데요.

왕 하여간 알아봅시다.

포로니어쓰, 볼티만드와 코네리어쓰와 함께 등장.

어서들 오게. 그래, 볼티만드, 노르웨이 왕의 대답은 무엇인가?

볼티만드 가장 성실하고 은근한 대답이었습니다. 소신들을 접견하시자마자 왕은 곧 당신의 조카님의 모병募兵 계획을 중지시키기 위하여 사람을 보냈습니다. 왕께서는 그 모병을 처음에는 폴란드 정벌을 위한 것으로 아셨던 모양이나, 다시 조사하여보신 결과 과연 전하께 대항하려는 것인 줄 아시고는, 이게 다, 몸이 성하지 못하고, 늙고, 무력한 탓이라고, 퍽이나 개탄하시면서 곧 포틴브라쓰를 체포하라는 명령을 내리시었습니다. 포틴브라쓰는, 간단히 말씀드리옵니다만 왕명에 복종하고 견책譴責을 받고 결국, 이후로는 결코 전하께 대하여 무법한 짓을 하지 않겠다는 것을 그의 숙부 앞에서 맹세하게 되었습니다. 그리고 보매, 왕은 기뻐서 포틴브라쓰에게 연금 삼천 크라운을 주시고, 또 이제 말씀드린 모병을 폴란드 정복에 써도 좋다는 승낙이 계시었습니다. 거기에 대한 자세한 것은 여기 (서면을 꺼내놓으면서) 쓰여 있습니다만, 이 원정을 감행하는 데, 우리나라 영토를 그가 통과할 수 있도록, 모쪼록 전하께서 허락하여주시면 고맙겠다는 것이오며, 통과하는 데 있어서, 우리 영토의 안전을 보장하겠다는 조항들은 여기 있는 대로입니다.

왕 만족하게 생각하오. 조용한 때 자세히 읽고, 잘 생각해가지고 회답을 하도록 하지. 그러는 동안, 우선 경들의 수고에 대하여 치사하오. 내려가서 잘 쉬오. 오늘 밤에 같이 축배를 들 터이오. 잘 다녀와 주어서 고맙소!

볼티만드와 코네리어쓰 퇴장.

포로니어쓰 이 일도 인제 다 잘된 줄 아뢰오. 전하, 그리고 곤전마마! 도대체 주권이란 무엇이냐? 충성이란 무엇이냐? 어찌하여 낮은 낮이고, 밤은 밤이고, 또 시간은 시간이냐 하는 것을 따지는 것은 공연히 밤과 낮과 시간을 허비하는 것이옵니다. 간결은 지혜의 정수! 장황한 것은 쓸데없는 팔다리요, 군더더기라, 소신은 요령만 말씀하오리다. 전하의 귀하신 아드님은 미쳤습니다. 미쳤다고 여쭙는 까닭은, 미쳤다는 것이 무엇이냐는 정의를 내려보겠다는 것이 도대체 미친 짓이 아니고 무엇이겠습니까? 그러나 그것은 그만해두고……

왕비 피* 다루지 말고 요령만 말하는 게 어떨까?

포로니어쓰 곤전마마! 소신은 절대로 말을 피 다루지 않습니다. 동궁마마 미친 것은 사실이올시다. 가엾은 일이 사실이올시다. 쓸데없는 잔소리 이제 그만하겠습니다. 말을 피 다루지 말아야 될 터온즉— 그러니까 미쳤다고 하여놓고, 그러면 나머지 문제는 그렇게 된 결과의 원인을 찾아보는 것이온데. 아니 차라리 그렇게 된 결함의 원인이라 하올는지. 왜 그

---

* 피 : 껍데기.

런고 하면 결함 있는 결과라는 것은 원인 없이 생기는 일이
없는 까닭이로소이다. 이것이 참, 나머지 문제인데 나머지
문제는 이런 것이올시다. 자세히 들어주시기를……. 소신에
게 딸이 하나 있사온데, 물론 소신에게 있는 동안만 소신의
딸이옵거니와 효성이 있는지라, 잘 듣자옵소서. 소신에게
이것을 주었습니다. 자, 이제 두루 짐작하여 보시옵소서.

(편지를 읽는다.)

"천사와 같은 내 영혼의 우상偶像, 가장 아름다워 보이는 오
피리아에게"……이건 졸렬한 문구인데 졸렬한 문구야, '아
름다워 보이는' 것이란, 졸렬한 문구야. 하여간 들어보시옵
소서. 이렇습니다.

(편지를 읽는다.)

      그대의 희고 또 그윽한 가슴속에 이러한 말을…….

왕비   그것이 하므렡이 오피리아에게 보낸 것이오?

포로니어쓰   전하! 잠깐만 참아주옵소서. 사실대로 사뢰겠나이다.

(계속하여 읽는다.)

      하늘에 별을 찬 것이라 의심할지라도,

      해는 움직이는 것이 아니라 의심할지라도,

      진실마저 거짓이라 의심할지라도,

      그대를 사랑하는 내 마음은 의심하지 마오.

      아, 사랑하는 오피리아, 나는 글 재조가 없소.

      나는 글로써 내 애타는 정회情懷를 표현할 바를 모르오마는,

      그대를 사랑하는 마음, 가이없고 또 가이없는 것을 믿어주

      오. 오늘은, 이만.

      나의 가장 사랑하는 사람에게.

      이 몸뚱이가 내 것인 동안 내내 당신의 것인 하므렡으로부터.

이 편지를 명령대로 소신의 딸이 소신에게 내어놓았습니다. 그뿐 아니라 언제, 어떻게, 어디서 왕자께서 이 아이에게 가까이 오셨던 것도 다 들었사옵니다.

왕 그래서 오피리아의 태도는 어떤 것이오?

포로니어쓰 소신을 어떻게 생각하시옵는지?

왕 충성스럽고, 존경할 만한 사람이라고.

포로니어쓰 참으로 그런 사람이기를 원합니다. 그러하온데 어떻게 생각하셨겠는지⋯⋯. 소신이 이 뜨거운 사랑의 날개가 퍼덕거리는 것을 보았을 때⋯⋯ 이것을 사뢰지 않으면 안 되겠다고 생각하옵는데⋯⋯ 딸에게서 듣기 전부터 그런 줄 알고 있었거니와—.

소신이 만일 책상 서랍이나, 치부책같이 눈을 감고, 입을 다물고 있었거나, 이 사랑을 본체만체하였다면, 양 전하께서는 어떻게 생각하셨겠사온지⋯⋯. 소신이 가만히 있었다고 생각하시나이까? 천만에, 소신은 곧 소신의 할 일을 시작하였던 것이옵니다. 우선 딸년을 보고, "하므렡 왕자는 왕족이시다. 네 팔자로는 어림도 없다. 아예 그래서는 안 된다"고 말하고, 왕자께서 출입하시는 데를 피하여 방에 들어앉아 있고, 사람을 보내시거나 선물을 보내시더라도 일절 만나거나 받지 말라고 타일렀사옵니다. 딸년은 소신의 말대로 하였던 것입니다. 그랬더니, 왕자님은 거절당하시고 한마디로 말씀하오면 우울해지시고, 그다음에는 식음을 전폐하시고, 불면증에 걸리시고, 그래서 쇠약해지시고, 실신 상태에 빠지시더니, 점점 나빠지시어 결국 요새같이 미쳐버리신 거로소이다. 진실로 마음 아픈 일이로소이다.

왕 그대도 그렇게 생각하오?

왕비	그럴는지도 모르겠습니다.
포로니어쓰	소신이 "이것은 이런 것이요" 하고 사뢴 일 가운데 그렇지 않았던 일이 일찍이 한 번이라도 있었던지 알고자 하나이다.
왕	내가 아는 한 없었소.
포로니어쓰	(머리와 어깨를 가리키면서) 만일에 그런 일이 있었다 하옵거던 여기서 이것을 뽑아버리시옵소서. 사정이 알 수 있게만 된 것이면 어떠한 비밀이라도, 그것이 설사 땅속 한가운데 파묻힌 것이라도 찾아내고야 마는 소신이로소이다.
왕	사실 여부를 알아볼 방법은 없을까?
포로니어쓰	아시다시피 왕자께서는 가끔 몇 시간 동안 이 대청大廳 복도를 걸어 다니십니다.
왕비	그것이 사실이오?
포로니어쓰	그럴 때를 즈음하여 소신은 오피리아를 왕자님 앞으로 나서게 할까 하나이다. 그리고 소신은 전하를 모시고, 방장房帳 뒤에 숨어서 둘이 만나는 것을 보기로 하였으면 하나이다. 보셔서 만일에 왕자님이 오피리아를 사랑하는 것이 아니고, 따라서 그것 때문에 미친 것이 아니거든 소신, 보필輔弼의 직을 끌르시옵소서. 소신은 물러가 땅이나 파고 마소나 끌겠나이다.
왕	하여간 그렇게 해보지.
왕비	아, 저기 가엾은 아들이 슬픈 모양을 하고, 책을 읽으면서 걸어옵니다.
포로니어쓰	어서 저리로 자리를 비켜주시옵소서, 양 전하 다 함께. 소신이 말을 걸어보겠나이다.

왕, 왕비, 대신들 퇴장.

황송하오이다. 하므렡 왕자님은 안녕하시오니까?

하므렡　　　아, 안녕하지!

포로니어쓰　신을 알아보십니까?

하므렡　　　알고말고, 생선장수지?

포로니어쓰　신은 생선장수가 아니로소이다.

하므렡　　　그렇다면 생선장수만큼 고지식한 사람이면 좋겠다.

포로니어쓰　고지식한 사람이면요?

하므렡　　　그래, 고지식한 사람이란, 지금 세상에 만에 하나도 없는 것이다.

포로니어쓰　그것은 사실인 줄 아뢰오.

하므렡　　　만일에 죽은 개고기에 태양이 구더기를 끓게 한다면, 구더기에게는 맛있는 고기가 될 것이라. 딸이 있나?

포로니어쓰　네, 있습니다.

하므렡　　　밖에 내보내지 마라. 머리로 배는 것은 좋은 일이다. 그러나 네 딸이 배로 배는 것은 좋지 않아. 친구, 조심하게.

포로니어쓰　(방백) 저 모양을 어떻게 생각하십니까? 아직도 소신 딸 생각만 하고 있는걸―. 그런데 처음에 나를 몰라보고 생선장수라 하셨겠다……. 어지간히 미치셨군, 상당히 미치셨어. 사실 말이지, 나도 젊었을 때에는 상사병에 걸려서 어지간히 고생을 하였지. 거진 저 지경 같았겠다! 다시 한번 말을 걸어볼까― 무엇을 읽고 계시오니까?

하므렡　　　글자야, 글자야, 글자야.

포로니어쓰　무엇이오니까?

하므렡　　　뭣하고 뭣이야?

포로니어쓰　뭣하고가 아니오라 읽고 계신 것이 무엇이냐는 말씀이올시다.

하므렡	험담일세. 험구가 심한 어떤 친구가 여기다가 이렇게 썼네. 늙은이는 흰 수염이 나는 것이요, 얼굴은 주름 바가지요, 눈에는 진한 송진이나 매화나무 진 같은 것이 생겨나고, 지혜는 몹시 부족하고, 무릎마디는 힘을 쓰지 못하는 거라고 썼네, 이런 것은 나도 충분히 믿어 마지않는 바이지만 이렇게 써놓는다는 것은 점잖은 짓이라고는 못 하겠네. 왜 그런고 하면, 자네도 만일 게처럼 뒷걸음을 칠 수만 있다면 도루 내 나이가 될 것이니 말일세.
포로니어쓰	(방백) 미친 사람 하는 소리이지만, 이치가 닿는 소린데. 저 공기 밖으로 산책을 하지 않으시렵니까?
하므렡	무덤 속으로 들어가란 말인가?
포로니어쓰	말씀드리고 보니 참! 공기 밖은 무덤 속이 되는군요. (방백) 참 신통한 대답을 가끔 하시거든! 때로 미친 사람의 하는 소리가 뚫어지게 맞는다니까. 제정신이 있고 멀쩡해서는 저렇게 용한 소리를 못 할 것이렷다. 그만 물러가서, 내 딸과 우연히 만나시도록 만들어보아야 하겠다. 황송하오나, 소신을 그만 물러가도록 하여주시옵소서.
하므렡	내가 자네에게 하여줄 수 있는 게라고는 아무것도 없네. 내 목숨이나 줄까? 내 목숨이나, 내 목숨이나!
포로니어쓰	안녕히 계십시오.

포로니어쓰 물러간다.

| 하므렡 | 아이고 귀찮은 늙은 등신들! |

로젠크란쯔와 길덴스턴 등장.

포로니어쓰　하므렡 왕자를 찾으시오? 저기 계시오.

로젠크란쯔　(포로니어쓰에게) 안녕하십니까?

　　　　　　포로니어쓰 퇴장.

길덴스턴　오랫동안 뵙지 못하였습니다.

로젠크란쯔　황송하오.

하므렡　아, 좋은 친구들. 오래간만이로군. 길덴스턴 그리고 로젠크
란쯔 어떻게들 지냈나?

로젠크란쯔　별일 없이 지냈습니다.

길덴스턴　별일 없이 지낸 것을 잘 지낸 폭으로 생각하나이다. 저희의
신세가 행복의 여신이 쓰고 있는 모자 꼭지는 아닐 터이니
까요.

하므렡　그 여신 신발 뒤축도 아니겠지?

로젠크란쯔　네.

하므렡　그렇다면, 그대들 신세는, 그 여신의 허리춤, 다시 말하면,
그 은총의 가운데 토막에 해당하는가?

길덴스턴　사실, 저희는 여신의 수총을 들기도 합니다.

하므렡　뭐? 여신의 수족을 들어? 아, 그도 그럴 게야! 그 계집은 갈
보니까! 신통한 소식이나 없는가?

로젠크란쯔　아무 소식도 없습니다. 다만 세상이 차차 올바로 가는가 봅
니다.

하므렡　그렇다면 말세가 가까워진 게로군. 그러나 자네 말은 거짓
말일세. 그건 그렇다 하고, 내가 따져서 물어볼 게 있는데,
대체 무슨 일로 행운의 여신이 자네들을 이런 곳에 가둬놓
게 되었는가?

길덴스턴	가둬놓다니요?
하므렡	덴마크란 나라는 감옥이니까.
로젠크란쯔	그런 의미이시라면 세계가 감옥이지요.
하므렡	그렇지, 그 속에 격리실도 있고, 감방도 있고, 또 지하창庫도 있고. 덴마크는 그중에 제일 고약스러운 곳 중의 하나라네.
로젠크란쯔	저희는 그렇게 생각지 않습니다.
하므렡	글쎄, 자네들에게는 그렇지 않을는지 모르지만, 대체로, 사물의 좋고 나쁜 것은 생각하기에 달린 것이지. 어쨌거나 내게는 감옥일세.
로젠크란쯔	그렇다면 그것은 왕자님의 뜻이 크신 때문이지요. 이 나라가 왕자님의 크신 뜻에 비기면 판도版圖가 너무 작은 까닭인가 합니다.
하므렡	원 천만에, 내 비록 호두 껍질 속에 들어앉아 있다고 하더라도 무한대의 판도의 제왕같이 느낄 것일세. 만일, 내 꿈자리가 사납지 않다면!
길덴스턴	그 꿈이라고 말씀하시는 것이 바로 크신 뜻이십니다. 왜 그런고 하니, 큰 뜻의 정체라는 것이 원래 꿈의 그림자이니까요.
하므렡	꿈이 바로 그림자야.
로젠크란쯔	그렇지요. 그러기에 저는 큰 뜻이라는 것을 그림자의 그림자라고나 할 수 있는 허무맹랑한 것이라고 생각합니다.
하므렡	그렇다면 거렁뱅이들이 본체本體고, 제왕이라든지, 으스대고 활개치는 영웅호걸들은 거렁뱅이의 그림자라고 할 수 있겠지. 어때? 대궐 안으로 들어가지 않으려나? 나는 시비를 따지고만 있을 수 없어.
로젠크란쯔/길덴스턴	분부대로 하겠습니다.

하므렡	그런 뜻이 아닐세. 내가 그대들을 나의 여느 아랫사람들과 같이 알고 있지 않네. 그 까닭은 바른대로 말하면, 나는 지금 무시무시하게 떠받들려 있는 형편이기 때문이네. 그런데 정말 옛 우정으로 물어보는 거지만, 자네들은 대체 무엇하러 엘시노어로 오게 되었는가?
로젠크란쯔	왕자님을 뵙기 위해 왔습니다. 그 밖에는 아무 일도 없습니다.
하므렡	나는 시방 거렁뱅이가 되어서 남의 은혜를 갚기가 어려우이. 그러나저러나, 고마운 일일세. 사실 말하면, 친구들, 내 치사致謝가 자네들 친절에 비기면 값이 좀 비쌀는지도 모르겠네. 자네들, 누가 불러서 온 게 아닌가? 정말 자네들 생각으로 왔는가? 오고 싶어 온 것인가? 그러지 말고 솔직하게 말하게. 나를 속이지 말게. 어때, 정말인가? 말해봐!
길덴스턴	무엇이라고 아뢰었으면 좋을는지!
하므렡	아무렇게나. 긴요한 말만 빼놓지 말고! 불러서 왔지? 보게, 과연 염치가 있는지라 감추지 못하고 자네들 표정이, 속일 수 없는 고백을 드러내는구먼. 양 전하가 자네를 불러온 줄 나는 알고 있네.
로젠크란쯔	무엇 때문에요?
하므렡	그것은 자네가 내게 알으켜줘야지, 여보게, 내 간곡한 청일세. 우리가 친구로서의 신의와 같이 자란 어릴 때의 정의와 서로 영원히 변하지 않겠다고 한 맹세와 그 밖에 말 잘하는 사람이 댈 수 있는 어떠한 것보다 더한 우애의 지정至情으로 묻는 것이니 솔직하게 말하게. 불려온 것인가? 제 걸음으로 온 것인가?
로젠크란쯔	(길덴스턴을 향하여 방백) 어떻게 하면 좋은가?

하므렡	(방백) 네가 만일 그따위라면, 나는 나대로 너를, 우정을 잊지 않았거든 서먹거리지 마라.
길덴스턴	왕자님, 우리는 불려왔습니다.
하므렡	어째서 불려왔는지 그 이유는 내가 설명하지. 그렇게 하면 자네들이 자진해서 자백할 필요가 없고, 따라서 양 전하께 비밀을 지키겠다고 맹세한 것은 그냥 어기지 않는 도리가 되고…….

나는 요새…… 어떤 까닭인지는 모르나…… 모든 기쁨을 잊어버렸고, 전에 하던 여러 가지 운동, 무예 연습도 그만두고 말았네. 정말 견딜 수 없는 번뇌에 사로잡히고 보니, 지구라는 이 훌륭하고, 거대한 구성 조직도 내게는 아무짝에도 쓸데없는 벼랑같이밖에는 보이지 않고, 저 하늘이라고 하는 기막히게 아름다운 천개天蓋도, 저것 보게, 저 내리 드리운 장엄한 궁륭穹窿도, 저 황금빛 별을 수놓은 굉장宏壯한 창공蒼空도, 내 눈에는 다만 더럽고 고약한 독기가 서린 것으로밖에 보이지 않네.

인간이란 얼마나 신기한 조화물인가! 이지理智에 있어서 얼마나 뛰어나는 것이며, 능력에 있어서는, 또, 얼마나 무한한 것인가! 자태라든가, 거동이라든가, 이루 말할 수 없는 표정과 찬탄할 몸매, 행위는 천사 같고 지혜는 신과도 같은 인간. 그는 세상의 미, 만물의 영장靈長이겠건만, 내게는 흙덩어리로밖에 생각되지 않으니, 그 인간이 무엇이랴? 인간들이 나를 즐겁게 하여주지 않네. 여자도 그렇고. 자네들 웃는 눈치가 여자는 그렇지 않다는 뜻인가?

로젠크란쯔	천만에, 그런 생각을 하고 있지 않았습니다.
하므렡	그럼, 왜 웃었나? 내가 "인간들이 나를 즐겁게 하여주지 않

네" 하였을 때—.

로젠크란쯔 만일 그렇게도 사람에게 흥미가 없으시다면, 사람의 흉내 밖에 내지 못하는 배우들은 왕자님한테서 어떤 접대를 받게 될 것인가— 그것을 생각하느라고……. 저희는 그들보다 앞서 왔습니다만 그들은 지금 왕자님을 위로해드리려고 이곳으로 오는 도중에 있습니다.

하므렡 왕 노릇을 잘하는 배우라면 환영하지……. 그런 배우에게는 선물도 줌세. 모험을 잘하는 배우는 칼과 방패를 쓰게 하고, 애인 노릇을 하는 배우도 보수 없이 눈물을 흘리게는 하지 않을 터이고, 성벽性癖이 있는 배우는 실컷, 제 맘대로 하게 할 것이고, 어릿광대더러는 손가락 끝만 닿아도 허파줄이 끊어지는 것같이 웃는 자들을 실컷 웃기도록 할 것이며 여역女役은 가슴속에 하고 싶은 말을 다 지껄이게 하세. 그렇잖으면 대사가 수월하게 내려가지 않을 터이니까. 그런데 배우는 대체 어떤 사람들인가?

로젠크란쯔 전에 왕자님께서 늘 좋아하시던 런던 비극배우들이올시다.

하므렡 그 사람들이 어째서 순회를 다니게 되었나? 런던서 하는 게 그네들 명성으로나 수입으로나 아무래도 훨씬 나을 터인데.

로젠크란쯔 아마, 요새 흥행계에 일어난 이변에 몰린 폭이 되어서 순회공연으로 나서게 되었는가 봅니다.

하므렡 그들은 지금도 내가 거기 있을 때같이 평판이 좋은가? 여전히 잘 팔리는가?

로젠크란쯔 아니올시다. 그렇지 못합니다.

하므렡 어째서! 이젠 벌써 늙어버렸나?

로젠크란쯔 천만에요, 그들의 노력과 솜씨는 지금도 예전과 다름이 없습니다만, 요새 소년배우극단이라는 것이 생겨가지고 그

애들이 매 새끼같이 목청 있는 대로 소리치면서 대사를 외우는데 성명聲名이 대단하답니다. 이것이 한창 돌림이라, 여느 것은 소위 보통극이라고 대단찮게 생각하기 때문에 은장도를 찬 신사들은 아조鵝鳥* 펜이 쓰는 평필評筆이 무서워서 좀체 구경하러 가지 않습니다.

하므렡   뭐? 어린애들이야? 누가 그 애들 뒤를 봐주나? 급료 같은 것은 어떻게 하고? 그 애들은 목청이 제대로 붙어 있는 동안까지만 배우 노릇을 할 작정인가? 그 애들도 커서는 별수 없이 배우가 되고 말 것인데— 달리 별수가 있다면 모르지만— 그때 가서, 뭇 희곡작가들이 자기들을 망쳤다고 원망하지 않을까? 지금 이렇게 다른 사람들을 아랑곳하지 않는 것이, 이다음에 결국 자기들에게 돌아오고 말 욕이 될 것이니 말이지—.

로젠크란쯔   사실 양쪽 싸움이 상당하였습니다. 게다가 관객들이 그것을 한 재미로 알고 싸움을 우정 시키는 일도 있었습니다. 그러기 때문에 한때는 희곡작가와 배우가 서로 시비를 하는 대목을 넣지 않으면, 그 작품은 잘 팔리지 않았던 일도 있습니다.

하므렡   그럴 수가 있나?

길덴스턴   가끔 주먹이 오고가고 한 일도 있었습니다.

하므렡   그래 아이들 편이 이겼나?

로젠크란쯔   그렇습니다. 그 애들이 헤라클레스와 함께 그 짐짝(지구좌를 가리킴. 지구좌는 당시 런던에 있던 극장으로 셰익스피어가 오랫동안 관계했다—옮긴이 주)까지 송두리째 가지고 갔지요.

---

* 아조 : 거위. 초창기의 깃털 펜은 거위 깃털로 만들었다고 함.

하므렡   그것도 다시 생각하면 해괴할 게 하나도 없지. 하긴, 내 숙
         부가 지금 덴마크의 왕인데, 선친 재세시_{在世時}에 숙부를 손
         가락질하던 놈들이 지금은 그의 초상화 한 장을 얻겠다고
         서로 스무 냥_兩, 마흔 냥, 쉰 냥, 내지 백 냥 돈을 함부로 내
         던지니까. 이게 온통 심상치 않은 일인데 원, 철학자나 풀
         수가 있을는지―.

         (안에서 유량한 나팔소리.)

길덴스턴   배우들이 왔습니다.

하므렡   자네들, 엘시노어에 참 잘들 와주었네. 자, 악수하게. 환영
         을 할 때 이렇게 덤을 붙이는 것은 유행이기도 하고 의식
         이기도 한 걸세. 자네들과 이렇게 해놔야, 배우들에게 하는
         내 거동이― 내가 정중한 예의를 그들에게 표시할 작정인
         데― 자네들에게 대한 것보다 더 은근하게 보여야 할 터이
         니까― 참 잘들 왔네. 한데 내 삼촌 아버지와 어머니 아주
         머니가 생각 잘못하셨군―.

길덴스턴   무엇을요?

하므렡   나는 북북서방_{北北西方}으로 조금 미쳤다네. 남풍이 분다면
         매와 따오기가 어떻게 다른 것쯤은 알고 있다네.

         포로니어쓰 등장.

포로니어쓰 두 분 안녕하십니까?

하므렡   들어보게, 길덴스턴. 그리고 자네도, 한쪽 귀씩만 빌리게. 저
         걸 봐, 저거. 커다란 아기가 기저귀를 차고 나온 걸―.

로젠크란쯔 아마 두 번째 갈아 찬 기저귄 게지요. 속담에 늙으면 다시
         어린애가 된다니까요.

하므렐   틀림없이 배우들이 온 것을 내게 알리러 온 게야. 인제 보게. (일부러 큰 소리로) 그렇습니다, 월요일 아침에, 바로 그렇습니다.

포로니어쓰   왕자님, 여쭐 말씀이 있사옵니다.

하므렐   왕자님, 여쭐 말씀이 있습니다. 옛날에 로시어쓰가 로마에서 배우로 있을 적에―.

포로니어쓰   배우들은 여기 왔사옵니다.

하므렐   중얼중얼.

포로니어쓰   원 이러실 데가―.

하므렐   그때 그 배우들은 당나귀를 타고 왔겠다―.

포로니어쓰   이 사람들이야말로, 세계의 명배우들이로소이다. 비극과 희극도 잘하고 역사극, 전원극, 전원희극, 역사전원극, 비사극, 희비전원사극도 잘하고, 장면을 바꾸지 않는 극이나 제한이 없는 시극詩劇도 잘하니, 세네카*를 해서 둔탁하지 않고 푸로우터쓰를 해서 너무 가볍다 할 수 없는가 합니다. 정형극定型劇이나 신극新劇이나 간에 이 사람들밖에 잘하는 배우들이 없는가 아뢰오.

하므렐   어, 제프다! 이스라엘의 심판관! 그대는 훌륭한 실물實物도 가지고 있구나!

포로니어쓰   어떤 실물을 가지고 있나이까?

하므렐   아니,

아리따운 딸을 하나 두었는데
끔찍이도 사랑하더니…….

포로니어쓰   (방백) 아직도 내 딸 생각만 하고 있구나!

────────
* 세네카(기원전 4?~기원후 65) : 고대 로마의 극작가.

하므렡	내 말이 맞았지? 늙은 제프다!
포로니어쓰	소신을 제프라고 하시오니까? 하기는 딸자식 하나 있사옵고, 하기는 끔찍이 사랑하고 있사옵니다.
하므렡	아니야, 그렇지 않아.
포로니어쓰	그러면 어떻게 하나요?
하므렡	음,

　　　팔자소관이라 귀신이나 알까?

하고 또 그다음은

　　　그럴 수밖에 없어 그렇게 되었다네.

이 찬송가 첫 꼭대기를 보면 더 자세한 게 있지. 그만해둬. 저기 여흥거리가 온다.

배우 4, 5인 등장.

어서들 오게. 참 다 잘들 왔네, 기력들이 좋은 것 같으니 고마운 일이네. 참 잘들 왔어. 아, 옛날 친구! 전과 달라서 그대 얼굴에 수염이 하나 가득 났네그려. 그래 덴마크에 와서 나를 수줍게 만들 셈인가? 아, 젊으신 귀부인! 오랜간만에 뵙자니, 부인 키가 콜크 구두(키를 크게 보이기 위해 배우들이 신는 구두―옮긴이 주) 뒤꿈치만큼 하늘에 가까워졌군! 기도를 잘해둬요. 목소리가 폐물廢物 금화같이 거칠게 울려나지 않도록! 잘들 오셨네. 프랑스 매사냥꾼같이 아무거나 닥치는 대로 우선 하나 해볼까? 뭐 한 가지 우선 들려주지 않으려나? 어서, 어디 연기가 어떤가 한번 들어보세. 어서, 아무거나 비장한 것으로 하나.

배우 1	무엇을 하오리까?

| 하므렡 | 이전에 한번 그대가 내게 들려준 대사가 있었는데, 아마 무
대에는 올린 일이 없을 것이야. 만일 올렸더라도 한 번밖에
는 하지 않았을 걸세. 그래, 내 기억으론 그 연극이 일반의
환영은 받지 못했어. 요컨대 일반 대중에게는 그런 연극은
캐비아(심어鱘魚* 창자를 절인 것으로 음식 사치를 하는 사람들이
좋아하는 것—옮긴이 주)니까. 그러나 그것은 내 생각에— 나
뿐만 아니라, 이런 방면에는 나보다 훨씬 감상력이 높은 사
람들도 그렇지만— 훌륭한 연극으로써, 장면 배치도 좋고,
교묘하기도 하고 점잖기도 하였어. 지금도 기억하지마는,
어떤 비평가가 말하기를, 억지로 맛을 더 내려고 쓸데없는
양념을 친 데도 없고, 작자가 허세를 부려 눈에 아니꼽게 드
러나는 대목도 없이, 고지식한 수법으로 온건, 착실한 동시
에 유려하되 부허浮虛하지 않은 작품이라고 한 일이 있네.
그중에서 내가 좋아하는 대목이 있지. 그것은 이니아쓰가 디
도에게 하는 말인데, 특별히 프라이암이 학살당하는 대목이
야. 잊어버리지 않았거든 이 구절부터 시작해주려나? 에— |
| --- | --- |

　　　무서운 사나이 피러쓰는 힐카니안의 맹수같이.
아니야, 그렇잖아⋯⋯. 피러쓰부터 시작하지—.

　　　무서운 사나이 피러쓰는

　　　그 배짱이 검은 것같이

　　　시꺼먼 투구를 몸에 떨치고

　　　불길한 말 배때기 속에 엎드렸으니

　　　칠흑 삼경도 방불하였더라.

　　　이제 그 시꺼먼 험상궂은 얼굴은

---

* 심어 : 철갑상어.

한결 더 음험하여 소름이 끼치니,

머리에서 발끝까지 한 벌로 흐르는 핏물은

두 눈을 홍옥紅玉같이 부릅뜨고

응혈凝血에 젖은 사지를 떠는 불 속의 분노로,

악귀 같은 피러쓰는

이제 노왕老王 프라이암을 찾아갔더라.

　　　　자, 그다음을 계속해보게.

포로니어쓰　참, 잘도 하시옵니다. 억양도 좋으시고 생각도 잘 고르시고.

배우 1　　　이윽고 피러쓰, 프라이암을 찾아냈을 때,

노왕은 한창 그리스 적군을 막느라고 휘두른 칼이나 힘이 모자라

낡은 칼을 든 팔은 뜻대로 가지 않고 땅에 떨어지고 마는 것이라.

겨누어 비길 것도 없이 피러쓰는

프라이암에게 달려들어

사나운 칼 내리치는데 비껴 맞았으나

아비와 어미와 자식과 딸들의 피,

그들이 무참하게 살육당한 불타는 거리.

살을 지지고 피를 끓이게 하는 겁화劫火

비낀 그 얼굴,

지나가는 칼 서슬 바람에,

늙은 왕은 그 자리에 쓰러지고 말았더라.

그러자 무정한 이리움 성城도,

이 일격一擊은 모르는 체할 수 없는 양

성루城樓 꼭대기까지 타올라 가더니

일순 벼락 맞은 것같이 무너지는 소리

지상에 울려오니
피러쓰, 한참 귀가 어두웠더라.
보라!
백발이 성성한 어진 노왕의 머리 위에
내려가던 그의 칼 허공에 걸린 채
움직이지 못하는 것을!
피러쓰, 그림에 그려놓은 폭군같이,
우두커니 서서 어찌할 바를 모르더라.
그러나
태풍이 불어오는 날
잠시 중천이 고요하고
구름은 움직이지 않고
바람도 자
지상은 죽은 듯이 적막할 때,
갑자기 무서운 천둥소리가
천지를 진동하는 것같이
피러쓰는 한참 있다가
이윽고 원심怨心을 새로 일으켜
피 흐르는 장검을
노왕의 머리 위에 쳐내리더라.
군신軍神 마쓰의 영구불파永久不破의 갑옷을 만들기 위하여
때리는 싸이크롭쓰의 쇠방망이라도
이렇게 무자비하지는 않았을 게라.
치워라, 치워라, 너 매음녀 같은 운명의 여신!
천상의 제신諸神이여!
함께들 의논하여서

여신의 권력을 빼앗아 치우소서.

그가 탄 수레바퀴와 살을 깨뜨려

나머지 장구통*마저를

하늘 언덕에서 굴려

악귀 살고 있는 나락 속에 떨어뜨리소서.

포로니어쓰 이건 좀 너무 긴데.

하므렡   네 수염과 함께 이발소에나 보내서 짧게 만들어보렴! 자, 어
서 계속하게. 이 사람은 엉덩춤이나 음담이 아니면 졸음이
와서 견디지 못하니까. 계속해, 헤큐바 대목을 해보게.

배우 1   그러하지만 누가 얼굴을 싼 여왕을 보았더냐?

하므렡   얼굴을 싼 여왕?

포로니어쓰 그거 좋다. 얼굴을 싼 여왕은 좋다.

배우 1   눈도 멀 양 쏟는 눈물은

붙는 불도 꺼지게 하려는데,

어제까지 금관을 썼던 머리에는

한 가닥 헝겊 쪽을 두르고,

다산多産으로 늙어 가늘어진 허리에는,

비단옷 대신에

허둥지둥 헤매다가 주워든

담요 자락을 걸치고,

맨발을 한 채 달려 다니는 모양,

뉘 이 꼴을 보고

독에 절은 혀를 놀려

운명의 신의 모반을

---

* 장구통 : 수레바퀴의 중심이 되는 나무통.

저주하지 않았으랴?

남편의 사지를 칼로 저미는

피러쓰의 무참한 만행을 보고,

천지에 통곡하는 그의 모양을

만일에 천상 제신이 보았더라면

인간 사바 애상哀傷에는 무심타 하더라도

신안神眼은 눈물로 짓물렀을 것이며

신심神心 또한 편안치 못했을 것이라.

포로니어쓰　저것 보십시오. 저 사람은 안색이 달라지고, 눈물까지 흘리고 있사옵니다. (배우를 향하여) 여보, 이제 그만하오.

하므렡　그만하지. 나머지는 곧 실연實演으로 보도록 하지. (포로니어쓰를 향하여) 재상! 이 사람들을 잘 대접하여주려나? 알아들었어? 극진하게 하란 말이야. 배우란 것은 현대의 축도縮圖요, 또한 간결한 연대사年代史니까. 자네는 죽은 다음에 차라리 고약한 묘비명을 받는 게 낫지, 생전에 이 사람들에게 인심을 잃는다면 좋은 소리 듣지 못할 걸세.

포로니어쓰　이 사람들 분수대로 유감없이 대접하오리다.

하므렡　뭣이 어째? 그따위 정도 대접을 해서는 안 되지. 분수에 맞게 대접을 한다면 이 세상에 볼기 안 맞을 놈이 어디 있나? 자네 신분, 지위, 분수에 맞는 것을 가지고 이 사람들을 대접하게. 자네 대접이 이 사람들 분수에 넘치는 것이 되고 보면, 그만큼 자네 받을 복이 많아질 게 아닌가? 안으로 인도하게.

포로니어쓰　어서들 오시오.

하므렡　따라들 가게. 내일은 연극 구경을 하기로 하고.

포로니어쓰와 배우 1만 남고 다른 배우 퇴장.

여보게, 옛날 친구, 자네 「곤자고의 학살」을 할 수 있겠나?

배우 1   네, 할 수 있습니다.

하므렡   내일 밤에 그것을 해주면 좋겠네. 경우에 따라서는 열두 줄 내지 열여섯 줄가량의 대사를 내가 써넣으려고 하는데, 외워서 할 만하겠나?

배우 1   할 수 있습니다.

하므렡   그럼 좋아. 저 재상을 따라가게. 그 친구들 너무 놀리지 말게.

배우 1 퇴장.

(로젠크란쯔와 길덴스턴에게) 나의 좋은 친구들! 오늘 저녁 다시 만나세. 엘시노어에 잘들 왔네.

로젠크란쯔   그럼 물러가 있겠습니다.

하므렡   잘 가게.

로젠크란쯔와 길덴스턴 퇴장.

인제 나 혼자로구나! 아, 나는 어찌하여 이런 시라소니, 뒤엄* 치기로 되어먹었느냐? 기괴한 일이 아니냐? 여기 있던 배우가 단지 한 개의 꾸며낸 얘기에 지나지 않는 것을 가지고도, 한 개 당치도 않은 정열의 가상假想을 가지고도, 능히 자기 생각을 전신과 전혼全魂에 사무치게 하여, 그로 해서 얼굴빛은 해쓱해지고 눈물을 흘리며 보기에도 미친 양, 목소리조차 쉽게 나오지 못하고 떨면서, 온 몸뚱이는 참으로

----

* 뒤엄 : 두엄. 구덩이를 파서 짚, 낙엽, 동물의 배설물을 모아 썩혀 만든 거름.

방불하게도 나타낼 것을 모두 시늉으로 나타내는 것이 아닌가! 무엇을 위하여 하는 것도 아닌데!

헤큐바를 위해서? 대체 헤큐바가 그에게 무슨 상관이 있으며, 그가 헤큐바에서 무슨 관계가 있길래, 그는 그 여자를 위하여 저렇게 올 것이란 말인가? 그가 만일 내가 가지고 있는 분하고 원통한 심사를 가지고, 또 그 풀리는 실마리를 잡았더라면, 대체 무슨 짓을 하였을 것인고?

그랬더라면 그야말로 무대를 눈물로 적시고, 듣는 사람 귀청이 찢어지는 소리로 대사를 외워,

죄 있는 자로 하여금 가책에 못 이기어 미치게 하고,

죄 없는 자로 하여금 송연悚然하게 하였으리며, 무지한 자로 하여금 얼떨떨하게 만들어 진실로 귀와 눈의 기능을 그대로 놀라게 하였을 것이다.

그런데 나는! 둔재바리, 심보 비뚤어진 외양간 머슴 새끼, 얼이 빠져서 꿈꾸는 천치같이, 충분한 이유를 가지고도 우유부단, 생각은 헤산부산, 말 한마디 못 하다니!

권리와 그 귀중한 생명을 다 함께 간악한 자에게 빼앗긴 부친, 선왕을 위해서도 아무것도 못 하다니!

나는 비겁한 인간이냐?

누가 나를 악한이라고 한단 말이냐?

이 대가리를 쪼개고,

이 수염을 뜯어서 내 상판대기를 치고,

이 코를 비틀면서

부아통에서부터 울리는 소리로

나를 거짓말쟁이라고 소리를 치는 것은 누구냐?

그것이 대체 누구냐?

아, 어찌할 거나! 나는 이 질책을 달게 받을 수밖에 없다.

비겁한 인간, 구박을 맞아도 성낼 기력조차 없는 인간이니 할 수가 있는가?

그렇지 않았으면 벌써 그 사람 같지 않은 자의 썩은 고기로, 하늘을 나는 소리개들의 배를 불리게 하였을 것이다.

잔학한 호색한! 무자비한無慈悲漢, 배은망덕한 배반자, 불륜 막측不倫莫測한 비인간!

아, 복수다!

나는 어째서 이런 허수아비냐?

어, 슬기롭고 잘났군! 사랑하는 제 아비를 빼앗긴 자식으로서, 하늘과 땅이 원수를 어서 갚으라고 재촉하는데, 입만 까져서 매소부賣笑婦같이 속없이 주절대며, 천한 계집같이 쓸데없이 욕지거리, 맹세 짓거리만 하다니―.

부엌데기의 부엌데기만도 못한 인간!

부끄럽다, 부끄러워. 이 대가리는 어째서 이렇게도 돌아가지 않는 것이냐?

언젠가 듣자니까 어떤 죄를 지은 자가 연극구경을 하다가, 지묘至妙한 연기에 사로잡혀, 그 자리에서 저의 죄상을 자백하였다던가! 살인이라는 것은 입은 없어도 기어코 이상한 방법으로 드러나게 되는 거니까―.

저 배우를 시켜서 선친이 살해당한 것과 비슷한 연극을 만들어, 삼촌 앞에서 하게 하리라. 그리고 그의 표정을 살피고 그놈의 뱃속을 알아보리라. 조금이라도 당황한 표정이 나타난다면 나는 나대로 할 바를 알 것이다.

내가 본 유령은 악령일는지도 모른다. 악령은 그럴듯한 모양으로 사람을 속이는 힘을 가지고 있다는데, 그렇지, 혹,

내가 심신이 고단하고, 울적한 때라, 그럴 때일수록 악령에게 넘어가기 쉽다니까— 나를 망쳐놓으려고 한 짓일지도 모른다. 좀 더 확실한 증거를 얻어야 되겠다. 그러자면 그 연극밖에 없다. 그것을 가지고 왕의 속을 떠보자.

하므렡 퇴장.

제3막 제1장 궁전 내의 일실

왕, 왕비, 포로니어쓰, 오피리아, 로젠크란쯔, 길덴스턴 등장.

왕   그래, 아무리 에둘러 알아보아도, 어째서 하므렡이 흥분하면서, 위험한 광증狂症으로, 아무 탈 없이 편안하게 지내던 것을, 저렇게 초조하게 구는지 알 도리가 없단 말인가?

로젠크란쯔 자기 자신 정신이 이상하게 되었다고 말씀하나, 어째서 그렇게 되었다는 말씀은 하시지 않습니다.

길덴스턴 게다가, 저희가 무슨 까닭인가 알아볼 양으로 말을 건다든지 하면, 속을 떠보일까 봐서 미친 사람같이 딴소리를 하시면서 가까이할 수 없게 하십니다.

왕비   그대들을 잘 대접하던가?

로젠크란쯔 참으로 점잖게 맞아주시더이다.

길덴스턴 그러나 내키지 않으신 것을 억지로 강작强作*하시는 것 같았습니다.

———
* 강작 : 억지로 지어서 함.

로젠크란쯔   말씀은 잘 하시려고는 하지 않으시지만 그래도 저희가 여
          쭈어보면 대답은 잘해주시었습니다.
왕비   재미있는 유흥 같은 것을 권해보았는가?
로젠크란쯔   사실은 저희들이 오는 길에 어떤 연극배우들을 보고 지나왔
          사온데, 그 말씀을 여쭈었더니 그 말씀을 듣고 어느 정도 좋
          아하시는 것 같았사옵니다. 그들은 궁중에 와 있사오며, 오
          늘 밤 왕자님 앞에서 상연하라는 하명을 받자왔사옵니다.
포로니어쓰   사실 그러하오이다. 양 전하께서도 보시도록 사뢰라는 분
          부였나이다.
왕   보고말고―. 왕자의 마음이 그런 데로 끌린다는 것은 실로
          반가운 일일세. 그대들은 앞으로도 왕자를 종용해서 이런
          오락에 흥취를 가지도록 하여주게.
로젠크란쯔   황송하옵나이다.

          로젠크란쯔, 길렌스턴 퇴장.

왕   거튜루드! 그대도 잠시 자리를 비켜주오. 오피리아를 우연
          히 만나게 하려고 하므렡을 이곳에 오도록 하였으니까. 포
          로니어쓰와 나는 그야말로 합법적 간첩이 되어가지고 여기
          숨어서 두 사람이 만나는 것을 살펴, 요새 왕자의 번민이
          과연 사랑 까닭에 그렇게 된 것인가 아닌가를 판단을 내려
          볼 작정이오.
왕비   말씀대로 하겠습니다. 이것 봐! 오피리아, 정말 하므렡이 이
          상하게 된 것이 너의 아름다운 자태 때문이면 좋겠다. 그렇
          기만 하다면 너의 얌전한 마음씨가 하므렡을 다시 예전대
          로 돌이킬 수 있을 것이니, 그러면 두 사람의 면목이 다 설

	것이 아니냐?
오피리아	그리되었으면 하나이다.

왕비 퇴장.

포로니어쓰	오피리아, 여기서 거닐고 있거라. 황송하오나, 저리 숨으시옵소서. (오피리아에게) 이것을 읽고 있거라. 그러고 있으면 혼자 있어도 수상하게 보이지 않을 것이다. 신앙심이 두터운 것 같은 낯을 하고, 경건한 거동으로 나쁜 배포를 겉으로 꾸민다는 것은 사람이 종종 겪는 일이지만, 할 수 없어서 이런 군색스러운 노릇을 할 수밖에 없는 것이로구나.
왕	(방백) 아, 사실 그렇다! 지금 한 말은 내 양심을 가시같이 찌르는구나! 더덕더덕 칠한 유두분면油頭粉面의 뺨따귀가 연지곤지보다 더러운 것보다도, 내 행실은 번지르르한 내 말보다 몇 배나 더 더러운 것이냐? 아, 괴로워 견디기 심히 어렵다.
포로니어쓰	왕자께서 들어오시는가 보옵니다. 저리 듭시는 게 좋을까 생각하옵니다.

왕과 포로니어쓰 퇴장, 하므렐 등장.

하므렐	죽느냐 사느냐, 그것이 문제로구나. 더러운 운명의 화살과 석전石箭*을 그냥 참고 견딜 것이냐? 그렇잖으면 환난의 바다를 힘으로 막아 싸워 이기고, 함께 넘어지는 것이 사나이

—————
* 석전 : 돌 화살.

의 할 바냐? 죽는다는 것은, 잠을 잔다는 말—그것뿐이다. 죽음으로써 이 가슴 아픈 것과 육신이 타고난 천만 가지 고통을 없애버릴 수가 있다면……. 이것이야말로 바라 마지않는 위대한 종생終生일 것이다.

죽음은…… 잔다는 말— 잔다는 것은 꿈을 꾼다는 말이겠지! 아, 그것이 어려운 노릇이다. 우리가 이 육신의 사슬을 끊고 그 죽음의 수면에 들어갈 때 어떠한 꿈을 꾸게 될 것인가? 사람은 이것을 생각하고 죽기를 주저하는 것이다. 괴로운 생애를 그대로 끌고 가는 것은 이것 때문이다.

만일에 칼 한 자루로 생명을 끊어 이 고해苦海를 쉽사리 하직할 수만 있다면, 저세상의 냉대와 조소와 지배계급의 비행과 교만한 자의 경멸과 저버림을 받은 사랑의 아픔과 끝기만 하는 재판과 관리들의 오만과 참고 견딜 줄 모르고 대인군자를 모욕하는 소인배들의 행세를 누가 구태여 견디려고 할 것이냐?

만일 죽어서 무서운 게 없을 것이라면, 누가 이 살기 싫은 세상에서 땀을 흘리고, 신음하면서 이 무거운 짐을 끌고 가려고 할 것이냐? 일찍이 아무도 갔다가 돌아온 일이 없는 미지의 저승에는, 어떤 무서운 것이 있는지 모르기 때문에 망설이는 것이며, 헤아릴 수 없는 나라로 가기보다는 차라리 지금 겪고 있는 고통을 참고 또 견디는 것이 아닌가?

지나친 자기 성찰이 결국 모든 인간을 비겁하게 만드는 것이다. 그리하여 결심의 원래 늠름한 빛깔도 이렇게 순준巡逡하는 퇴색 때문에 날아가고 마는 것이니, 중차대한 계획도 이것으로 말미암아 비뚤어져버리고, 급기야 실천이라는 것을 보지 못하고 마는 것이다. (오피리아가 오는 것을 보고) 쉿,

가만있자, 아름다운 오피리아! (오피리아를 향하여) 삼림의 여신이여! 그대의 기도 속에 내 속죄를 기도하여줄 것도 잊지 말아다오!

오피리아   왕자님, 요즈음 어떠하시온지!

하므렡   참 고마운 말이로군. 잘 지내지. 잘 지내, 잘.

오피리아   왕자님, 저에게 주신 선물들을 오래전부터 돌려드리려고 했사온데 받아주시기 바랍니다.

하므렡   나는 몰라, 나는 그대에게는 아무것도 준 것이 없는데.

오피리아   아니에요. 왕자님, 저에게 주신 것을 알고 계시지 않아요? 주시기만 하셨나요? 주실 때 그렇게도 고맙고 향기로운 말씀까지 해주셔서, 받은 물건이 한층 빛났었는데요! 그러나 이제 와서는 빛과 향기 모두 사라졌으니 도로 받아주세요. 품위가 있는 사람에게는 아무리 훌륭한 물건이라도 그것을 준 사람이 진정을 다하지 않은 것이면 시원찮은 것이 되고 마는 것인가 합니다. 자 받으세요.

하므렡   하, 하, 그대는 정숙한 계집이냐?

오피리아   그게 무슨 말씀이세요?

하므렡   그대는 아름다운 사람인가?

오피리아   왜 그런 말씀을 하세요?

하므렡   그대가 만일 정숙하고 아름다운 사람이라면, 그대의 정숙으로 하여금, 그대의 미모에 가까이하지 말라는 말이다.

오피리아   정숙한 것과 아름다운 것은 좋은 짝이 아닐까요?

하므렡   그렇지 않지! 왜 그런고 하면, 정조를 타락시키는 미모의 힘은 미모를 더한층 아름답게 하는 힘보다, 몇 배나 더 강한 것이니까. 이것이 궤변인 적도 있었지만 지금은 맞는 말이지. 내가 너를 사랑한 적도 있었다.

오피리아	네, 저도 그렇게 믿고 있었습니다.
하므렡	믿지 말걸 그랬군! 왜 그런고 하니, 덕성이라는 것은 아무리 접을 붙여도 나쁜 밑둥의 냄새가 빠지지 못하는 것이니까! 나는 그대를 사랑하지 않아.
오피리아	그러면 제가 속았군요.
하므렡	절간으로 가! 절간으로. 죄인이나 자꾸 낳아 길러낼 필요가 없잖아? 나 같은 것은 꽤 고지식한 사람으로 자처하는데도 가끔 우리 어머니가 나를 낳지 말았더라면 오죽 좋았을까 하고 여러 가지로 생각하는 일이 많지만 사실, 나는 교만하고 집착심이 고약스럽고 또 야심이 더러우니, 나 자신이 허락만 한다면 무슨 짓이라도 할 것이다. 다만 그것을 하게끔 하는 생각을 하지 못하고, 그것이 어떻게 될 것을 용이하게 상상하지 못하고, 그것을 실천에 옮길 때와 처소가 내게 없을 뿐이지! 천지간 미물같이 기어다니는 나 같은 것이 무슨 일을 할 수 있을 게냐? 우리 인간이란 모두 악한이란다! 아무도 믿지 마라! 절간으로나 가! 아버지는 어디 계셔?
오피리아	집에 계십니다.
하므렡	잘 가둬두어. 제집도 아닌 곳에서 괜히 쓸데없이 헐렝이 같은 짓을 못 하게! 잘 있어!
오피리아	아! 천지신명이시여, 왕자를 도우소서.
하므렡	(나가다가 다시 돌아와서) 만일, 시집을 간다면 돈 대신에 이 악담이나 줄까? ……그대가 얼음같이 깨끗하고 눈같이 순결하다고 하더라도 세상 비탄悲歎은 면치 못할 거야……. 절간으로나 가, 절간으로! 잘 있어. 그러나 정녕 시집을 가겠거든 천치나 바보한테로나 가. 현명한 사나이들은 너희가 그들을 결국 대가리에 뿔이 나는 괴물로 만들어버리고 말

	것을 잘 아니까. 절간으로 가, 절간으로, 어서. 잘 있거라!
오피리아	오! 천우신조가 있어 정신을 바로 잡으시게 하사이다!
하므렡	(다시 돌아와서) 너희가 연지곤지를 칠해가지고 하느님이 주
	신 것 외에 또 하나 다른 얼굴을 만든다는 것도 잘 알고 있
	어. 엉덩춤을 추고, 맵시 있게 걸어보고, 재재거리고, 신의
	창조물에 별명을 붙이고, 그리고 제 음탕한 행실을 무지한
	때문이라고 변명하고— 싫어, 싫어. 이제 더 말하기도 싫다.
	나는 그런 것 때문에 미쳤어. 우리는 이제 결혼을 하지 않
	을 것이니까. 결혼한 사람들은 그중 한 사람만 빼놓고는 그
	냥 내버려둬. 다른 사람들은 지금 모양대로 평생을 살아가
	게 해. 절간으로나 가, 절간으로—.

하므렡 퇴장.

오피리아	아, 그렇게 고결하시던 마음도 저렇게 무너져버리고 말았
	구나! 당상堂上 현관顯官의 눈매에 석학의 변설이요, 무사의
	칼! 조국의 희망이요, 정췌精萃,* 풍류의 보감寶鑑이요, 예도
	의 귀감으로 모든 사람의 숭앙의 표적이던 어른이 글러져
	버리고 말았구나! 그 어른의 꿀같이 단 서약의 말씀을 마
	시던 나는 세상에 불쌍하고 가엾은 여자 중에 가장 불쌍한
	여자가 되어, 저 고결하고 반석 같은 이성이, 운율도 없이
	절그럭거리는 왕방울 소리같이 깨어지고, 개화開花 만발, 비
	길 데 없던 청춘의 용자容姿가 광풍에 이지러지는 것을 보게
	되는 것이구나. 아! 어찌하면 좋을까? 옛날을 보던 눈으로

---

* 정췌 : 중국어로 '정수, 정화'를 뜻함.

이제를 보다니!

왕과 포로니어쓰 등장.

왕 사랑이라니! 하므렡의 감정은 그런 데 가서 있지 않을 뿐만
아니라, 말하는 것을 들어보면, 약간 어설픈 데가 있기는 하
나, 미친 사람의 소리는 아니오. 무엇인가 머릿속에서 괴어
오르는 생각이 있는 것 같소. 그것이 터져 나오는 날에는 상
서롭지 못한 일이 생길 것이니, 그런 일이 없도록 미리 방지
하기 위해서는 지금 갑자기 생각한 일이지만— 곧 영국으로
보내서 조공朝貢 받을 것도 재촉시킬 겸, 이국異國 산수물정
이나 구경하도록 하는 게 좋을 것 같소. 보고 듣는 것이 다
르고 진기하면, 저렇게 속으로 끙끙 앓고 있는 병통도 고쳐
질 것 같으니— 그대 의견은 어떠하오?

포로니어쓰 지당한 말씀이로소이다. 그러하오나 그 병통의 원인은 역
시 뜻대로 되지 못한 사랑 때문인가 하옵니다. (오피리아를
보고) 옳지! 오피리아! 아니, 왕자께서 하신 말씀은 안 해주
어도 좋다. 다 들었다. 전하! 뜻대로 하시옵소서. 하온데 과
히 마땅치 않게만 생각하시지 않으시면 연극이 끝난 후 곤
전마마께서 조용히 왕자님을 부르시어 무슨 까닭에 고민
하고 있는지 솔직하게 물어보시도록 하는 것이 어떠하올는
지! 그러면 소신은 만일 허락만 하여주신다면, 몰래 숨어서
두 분의 말씀을 엿들어볼까 하나이다. 만일 곤전마마께서
도 말씀을 시켜낼 도리가 없을 경우에는 영국으로 보내시
든지, 또 달리 생각하시는 대로, 어디 가두시든지 하시는 것
이 좋을까 사뢰오.

왕   그렇게 하지. 신분이 높은 사람이 미친 것은 그냥 내버려둘 수는 없어.

제3막 제2장   궁전 내의 광실廣室

하므렡과 배우 수인數人 등장.

하므렡   대사를 외울 때는 내가 자네들에게 들려주던 대로 가볍고 쉽게 하여주게. 배우들이 대부분 그렇지만, 만일 가장스레 잘하는 체한다면 나는 차라리 거리바닥 약장수를 불러서 내가 쓴 대사를 읽히겠네. 그리고 손으로 이렇게 자꾸 공중을 치지 말고 모든 것을 의젓하게 하여주게. 도대체 정열의 격앙, 폭주暴注, 광류狂流 속에서도 그것을 능히 농간할 수 있는 여유를 두는 법을 배워서 무난하게 해야 한다는 말일세. 아, 가발을 쓴 신파쟁이들이 터무니없이 소리소리 치면서 울고불고하는 꼴을 나는 정말 견딜 수 없어. 그런 것은 엉터리 무언극이나, 그렇잖으면 떠들썩한 연극에 모여드는 패들이나 좋아하지. 그런 배우가 '폭풍신暴風神' 노릇을 지나치게 한다든지, 헤롯 왕 노릇을 지나치게 하는 것은 불러다가 볼기라도 때려주고 싶어. 제발 그렇게 하지 말게.

배우 1   잘 알았습니다.

하므렡   그렇다고, 너무 맥없이 해도 안 돼. 결국 자신의 양식에 비추어가면서 몸짓을 대사에 맞추고, 대사를 몸짓에 맞추고— 이러한 용의를 가지고 항상 자연의 조화라는 것을 잊지 말아야지. 무엇이든 지나치게 하면 연극 효과는 줄어드니까.

연극의 목적이란 예나 이제나, 말하자면 대자연에 거울을 받쳐대고, 옳고 그른 것과 아름답고 추한 것과 그 시대 그 땅 모양을 있는 대로 베껴놓는 것이니까. 그러니까 지나친 연기나 모자라는 연기는, 모르는 관객은 그럴 듯이 보고 좋아할는지 모르지마는 안식 있는 사람은 개탄하는 것일세. 연기자는 천만의 우매한 관중보다 한 사람의 현명한 관객을 소중하게 알아야 하는 것이야. 그런데 가다가 보면 물론 칭찬하는 사람도 있었지만, 그것도 아주 굉장하게 칭찬하더구만서도, 내 보기에는 험구하는 것 같지만— 사람의 노릇을 맡아 하면서 도저히 기독교를 신봉하는 인간이라고는 할 수 없는 거동과 말투라, 이교도라도 저러지는 않을 것인데 하고 생각하리만큼, 그냥 발을 구르고 소리만 질러서 이것은 필시 조물주의 조수助手가 잘 만들지 못한 인간이 아닌가 싶도록 그들이 연출하는 인간이 전혀 인간성을 가지고 있지 않은 것이더란 말일세.

배우 1	그 점은 저희가 적지 않게 고쳤다고 생각합니다.
하므렡	아니, 다 고쳐버려, 그리고, 어릿광대더러는 각본에 있는 것 이외 소리는 하지 말도록 해. 우둔한 관중을 웃기려고 연극 전체에 방해되는 줄 모르고 제멋대로 웃어대는 작자들이 가끔 있으니까. 그것은 고약한 버릇이야. 그런 짓을 가장스레 잘난 체하고 함부로 하는 어릿광대는 정말 어리석은 사람이지. 어서들 가서 차비를 하게.

배우들 퇴장. 포로니어쓰, 로젠크란쯔, 길덴스턴 등장.

그래 어떻게 되었소? 왕께서 연극 구경을 하신다 하오?

포로니어쓰 곤전마마께서도 하람下覽하신다 하옵니다. 이제 곧.
하므렡   배우들더러 빨리 차비를 하라고 하오.

        포로니어쓰 퇴장.

        그대들도 함께 가서 재촉해주려나?
로젠크란쯔/길덴스턴 그리하겠나이다.

        로젠크란쯔와 길덴스턴 퇴장.

하므렡   아, 호레이쇼!

        호레이쇼 등장.

호레이쇼 무슨 분부가 계시온지!
하므렡   호레이쇼, 그대는 내 사귄 벗 가운데서 가장 마음이 바른 사
        람이오.
호레이쇼 무슨 말씀을 그렇게!
하므렡   아니, 아첨하는 것으로 생각지 마오. 고결한 정신밖에는, 의
        식衣食의 자료를 살 수 있는 풍족한 수입조차도 없는 그대
        에게 내가 아첨한들 무엇을 기대하겠는가? 가난한 사람은
        아첨을 받는 법이 없는 것이오, 천만에. 사탕발림 혀끝으로,
        저 잘난 체하는 어리석은 자들을 핥게 하고, 저 귀가 말을
        잘 듣는 것같이 굴신屈伸이 자재自在한 무르팍으로는 아첨해
        서 이로운 데 굽게 하는 것이 좋지!
        내 말을 듣소! 내 지각이 사물을 판단하는 주인이 되어, 사

람을 분간할 수 있게 된 뒤부터, 그대를 내 것으로 접어놓
고 있었소. 왜 그러냐 하면 그대는 모든 괴로움을 겪으면서
도 괴로워하지 않는 사람이며, 운명으로 말미암아 받는 타
격이나 은총을 한결같이 고맙게 받는 사람이기 때문이오.
운명의 신의 농락을 받아서 제 뜻에 없는 소리를 내는 피리
같지 않고, 정열과 분별을 잘 조화롭게 하는 사람이야말로
행복한 사람일 것이오.

감정의 노예가 되지 않는 사람을 나에게 주오. 내 그 사람
을 내 가슴 가운데, 아니 가슴 한가운데 그대를 간직하는
것같이 지니리라. 쓸데없는 소리가 길어졌군― 오늘 밤, 왕
의 앞에서 연극을 하게 될 터인데, 그 연극 가운데 한 장면
은 그대에게 내가 얘기한 바이지만, 선친의 돌아가신 내력
과 비슷한 것이오. 연극이 시작되거든 온 정신을 차려서 내
삼촌 거동을 지켜보아 주오. 만일 그가 감추고 있는 죄악이
어느 한 줄 대사에서라도 드러나지 않는다면, 우리가 본 유
령은 그야말로 악령이며, 내 상상력은 더럽기 벌칸의 대장
간보다 더한 것이오. 똑똑히 봐주오. 나는 나대로 그의 눈
깜박이는 것까지 놓치지 않고 볼 작정이오. 그래서 나중에
우리 둘이 서로 의견을 털어놓고 왕의 표정에 대한 판단을
내려보도록 합시다.

호레이쇼　잘 알았습니다. 만일 연극을 보고 있는 동안, 왕께서 저로
하여금 한눈을 팔게 하는 일이 있다면 그 벌은 제가 받겠습
니다.

하므렡　연극 구경하러 들어오는 모양이오. 나는 미친 척하고 있어
야겠소. 그대도 앉을 자리를 잡으오.

（덴마크 행진곡이 들린다.）

나팔소리가 울리면서 왕, 왕비, 포로니어쓰, 오피리아, 로젠크란
쯔, 길덴스턴과 기타 정신들 등장.

왕   하므렡, 어떻게 지내는가?

하므렡   잘 지내오. 세 끼 카멜레온 요리, 약속이 꽉 들어찬 공기를
          먹고 살지요. 닭은 아마 이렇게 기를 수가 없을 것이오.

왕   무슨 소린지, 하므렡 그것은 내가 받을 말이 아닌 것 같은데.

하므렡   글쎄. 그러면 이젠 내가 다시 받을 말도 아닌가 하오. (포로
          니어쓰에게) 승지承旨, 그대는 대학 시절에 연극도 했다면서?

포로니어쓰 했습니다. 상당한 연기가라는 호평을 받았습니다.

하므렡   뭘 했나?

포로니어쓰 줄리어스 시저를 했습니다. 의사당議事堂에서 암살을 당했지
          요. 브루투스가 저를 죽였습니다.

하므렡   뭐? 사당祠堂에서 사람을 죽이다니 그것참 듣기만 해도 부
          르르 떨리는 일이구나. 배우들은 차비가 되었나?

로젠크란쯔 네, 분부를 기다리고 있습니다.

왕비   하므렡, 이리 와서 내 곁에 앉아라.

하므렡   아니올시다, 어머님, 이쪽에 더 끌리는 쇠쪼각이 있습니다.

포로니어쓰 (왕을 향하여) 하하, 저것 보시옵소서.

하므렡   아가씨, 무릎 위에 누워도 상관없을까?

          (오피리아의 발치에 드러눕는다.)

오피리아 그게 무슨 망령된 말씀이시오.

하므렡   아니, 무릎을 좀 베고 눕잔 말이야.

오피리아 그건 그렇게 하세요.

하므렡   내가 뭐 수상한 짓이래도 할 줄 생각했나?

오피리아 아무것도 생각지 않았어요.

하므렡   처녀의 다리 사이에 눕는다는 것은 묘한 생각인데!

오피리아   무엇이라고요?

하므렡   아무것도 아니오.

오피리아   들뜨셨군요.

하므렡   누가? 내가?

오피리아   네.

하므렡   원 천만에, 나야 유행가 작가에 지나지 않지. 그러나 사람이
        이럴 때 좀 들뜨지 않고 어떻게 하나? 저것 좀 봐요, 우리
        어머니가 얼마나 들뜨셨나? 아버님께서 돌아가신 지 두 시
        간도 못 되었는데.

오피리아   아이구, 두 달의 두 배나 지났는데요.

하므렡   벌써 그렇게 되나? 그렇거든 검정 상복은 악마더러 입으라
        고 하고, 나는 초피貂皮* 옷이나 만들어 입지. 아, 신명이여!
        세상 떠난 지 두 달이나 되었는데 아직도 사람들이 잊어버
        리지 못한다? 그렇다면 위대한 사람의 명성도 죽은 뒤에
        반년쯤은 남아 있으리라는 희망은 가질 수 있군! 그러나 절
        이라도 지어놓아야지, 그렇잖으면 그 사람은 목마같이 될
        것이 아닌가? "왜 그러냐 하면, 아, 왜 그러냐 하면, 목마는
        잊혀지고 말았다—." (목적木笛 소리 들린다.)

        무언극 배우들 등장.

        왕으로 분장한 사람과 왕비로 분장한 사람이 다정한 것처럼
        서로 끌어안고 나온다, 왕비는 무릎을 꿇고 무엇인가 왕에

───────────

*초피 : 담비 종류의 모피를 통틀어 이르는 말.

게 변명하는 모양. 왕은 왕비를 일으키고 그의 목에 머리를 얹고 있다가 꽃이 핀 언덕에 드러눕는다. 이윽고 왕이 잠이 들자 왕비는 자리를 떠난다. 그러자 어떤 자가 들어와 왕관을 빼앗아 그것에 입을 맞추고 왕의 귀에 독을 흘려넣고 나가버린다. 왕비가 돌아와서, 왕이 죽은 것을 보고 비통한 표정을 한다. 암살인은 2, 3인의 무언극 배우를 데리고 와서 왕비와 함께 슬퍼하는 척한다. 시체를 들어 내어간다. 독살자는 왕비에게 선물을 주어가면서 사랑을 구한다. 한참 동안은 듣지 않는 체하던 왕비, 결국 그의 말을 듣고 만다.

일동 퇴장.

오피리아   저건 뭐예요?

하므렡   저거, 몰래몰래 목 달아나는 시늉, 아마, 마땅찮은 일이 일어난다는 뜻일 거요.

오피리아   지금 한 무언극이 연극 내용을 말하는 것이군요.

서사역序詞役 등장.

하므렡   저 배우가 하는 소리를 들어보면 다 알게 되겠지. 배우란 것은 비밀을 감추어두지 못하고 다 말해버리는 것이니까.

오피리아   지금 하던 무언극이 무슨 뜻인지 설명해주는가요?

하므렡   그럼, 그대가 어떤 짓을 하여 보이든지 다 설명해주니까. 그대만 부끄러워하지 않는다면 저 배우는 그 뜻을 설명하기를 부끄러워하지 않으니까―.

오피리아   아이구, 망측해라. 아이구, 망측해라. 저는 연극이나 보렵니다.

서사역   우리를 위하여

그리고 우리의 비극을 위하여

여기 허리를 굽히오니

지존하신 어른들이시어

못내 끝까지 재미롭게 보아주사이다.

하므렡   이게 서사란 말이냐, 반지의 각명刻銘*이냐?

오피리아   참 짧군요.

하므렡   여자의 사랑같이.

왕과 왕비로 분장한 배우 2인 등장.

극 중 왕   그대와 나의 사랑이 하나가 되어 결혼신 앞에 손을 잡고

백년해로 가약을 맺고부터 오늘까지에

태양신이 타신 수레는

해신海神이 다스리는 바닷길과

지신地神이 다스리는 둥근 뭍을

서른 번이나 돌았고,

서른 번을 열두 번 뜬 달은

빌린 빛으로 이 누리를 비추기

열두 번을 서른 번이었어라.

극 중 비妃   우리 사랑이 끝날 때까지는

해와 달이 다시 한번 그만큼

긴 여행을 되풀이하여주었으면!

———

* 각명 : 화살의 깃 사이에 그 활 임자의 이름을 쓰거나 새김.

662 제4부 번역

그러나 저는 슬퍼서 견딜 수가 없어요.

요사이 상감께서는 병환이 잦으시고

즐거워하시는 일도 없이 옛 모습을 잃으시오니,

근심이 되고 걱정이 되옵니다.

그러나 제가 근심을 한다고

행여 걱정하지 마옵소서.

여자의 사랑과 근심은 서로 같은 것,

어떤 때는 다같이 없기도 하고

또 어떤 때는 다같이 한(限)이 없다던가,

저의 사랑이 어떠한 것인가는

지내보셨으니 잘 아시겠지오마는

사랑이 커갈 때는 근심도 커가는 것,

그러므로 사랑이 클 때에는

조그마한 의심도 근심이 되고,

근심이 커지면 따라서

사랑도 커지는가 합네다.

극 중 왕 사실 나는 얼마 가지 않아 그대를 남겨두고 떠나갈 수밖에

없을 것이오.

나의 활동력이 이제는 기능을 잃어버린 까닭에—

그대는 이 좋은 세상에 남아 있어

존경과 사랑을 받고, 그리고 혹시 좋은 사람이 있으면 남편

으로 삼아—.

극 중 비 나머지 말씀, 하지도 마오.

그따위 사랑은 내 가슴에 반역자,

두 번째 남편을 행여 섬긴다면

이 몸에 저주가 있으리다.

첫 남편을 죽일 수 있는 여자가 아니고는

두 번째 남편을 섬길 리 없소.

하므렡   (방백) 쓴데, 써.

극 중 비   재혼을 꿈꾸는 마음은

애정이 아니라 이욕利慾이라는 천한 생각,

두 번째 남편의 품에 안겼을 때는

내 남편을 두 번 다시 칼로 찔렀을 때요.

극 중 왕   그대의 생각이

그대의 말과 다를 바 없는 것을 믿기는 하오마는

사람은 때로 굳게 먹었던 마음도 깨뜨리고 말기 예사요.

목적이란 기억의 노예라

생겨나는 힘은 맹렬하지만

잘 커가기는 지난한 노릇,

시방은 익지 않은 열매같이

가장귀에 단단하게 달려 있지만

익고 보면 흔들지 않아도 떨어지는 것.

내가 기어코 하리라 스스로 다진 것을

스스로 잊어버리는 것은 인지상정,

정열이 한창일 때 스스로 맹세한 것은

정열이 식으면 따라서 사라져버리는 것이니,

슬픈 일이나 기쁜 일이나 정으로 시작된 일이면

정이 없어지자

거기 따르던 실행력도 없어지느니

기쁨이 가이없을 때는

슬픔도 가이없이 되는 때라

오죽잖은 일로 기쁨이 슬픔이 되기도 하고

또 슬픔이 기쁨도 되는 것이라.

인생은 무상한 것이요,

아기자기한 사랑이

이해상관으로

이렁저렁 되는 것도 무리는 아닌 것이오.

다만 나머지 문제는

사랑이 이해를 끌고 가느냐?

이해가 사랑을 끌고 가느냐?

보구려,

높은 자리에, 호강스럽게 살던 사람이 죽었을 때

사랑하던 그의 아내가 달아나버리는 것을!

가난하던 사람도 출세를 하면

원수였던 사람들도 친구가 되오.

사랑보다 이해가 앞서온 세상

유족裕足한 사람은 친구도 많지만,

헐벗은 몸으로 친구를 찾으면

친구도 적敵이 되고 마는 세상―

먼저 하던 얘기로 돌아가서

말할 지경이면,

우리의 뜻과 운명은 서로 배치되는 것이므로

우리의 계획은 자주 뒤집어지고

생각은 비록 우리의 것이나,

되어가는 일은 우리 마음대로 할 수 없는 것,

그러므로 그대

시방은 다시 남편을 섬기지 않겠다고 하나

첫 남편이 죽으면

그런 생각도 같이 죽어버릴 것이오.

극 중 비 과부가 되었다가

      다시 남의 아내가 된다며는

      땅은 나에게 먹을 것을 주지 않고

      하늘은 빛을 주지 않으리다.

      낮에는 오락을 모를 것이요

      밤에는 휴식을 모를 것이며

      나의 믿음과 희망은 절망으로 변할 것이며

      옥창獄窓에 갇힌 사람의 위로가 나의 것이 될 것이며

      기쁜 낮을 흐리게 하는 모든 불행이

      내가 즐기는 것을 막아 없애리며

      이승에서나 저승에서

      나를 못살게 구는 질곡桎梏이 될 것이오.

하므렡 저러고서 저 맹세를 깨뜨리면?

극 중 왕 굳은 맹세로구려. 사랑하는 이여, 잠시 물러가 있어주오. 심

      신이 고단하니 낮잠이나 자서 지루한 날을 잊을까 하오.

      (극 중 왕 잔다.)

극 중 비 깊은 잠 드셔서 고단하신 것 잊으시오.

      그리고 우리들 신상에 불행이 행여 오지 말기를!

      극 중 비 퇴장.

하므렡 어머님, 연극이 어떠십니까?

왕비   왕비 말이 너무 다사한 것 같다.

하므렡 아, 그러나 왕비는 자기 맹세를 지킬걸요!

왕   이 연극 내용을 아느냐? 마땅찮은 내용이나 아닌가?

하므렡	천만에, 장난하는 것뿐입니다. 장난으로 독살을 하죠. 해독은 조금도 없는 겝니다.
왕	연극 이름은 무엇이냐?
하므렡	「쥐덫」이라는 겝니다. 왜 쥐덫이냐고요? 비유죠. 이 연극은 비엔나에서 생겼던 살인 사건을 가지고 쓴 것인데, '곤자고'라는 것이 태공太公의 이름, 그 아내는 '밥티스타'. 이제 곧 보시면 아시겠지만, 아주 흉악한 간계奸計의 얘기죠. 그러나 상관있어요? 상감마마나 우리같이 마음 깨끗한 사람들에게는 아무 상관도 없는 일! 정강이에 씨대운 상채기가 있는 말은 뛰겠지만 우리의 뒷덜미야 말짱하니까.

루씨아너쓰로 분장한 배우 등장.

저건 루씨아너쓰, 태공의 조카.

오피리아	설명역說明役같이 다 아시는군요.
하므렡	꼭두각시 흐물대는 것만 보아도 그대와 그대의 애인의 마음속을 들여다볼 수 있으니까!
오피리아	아이고, 참 날카로운 말씀.
하므렡	내 날카로운 걸 무디게 하려면 아마 한참 꿍꿍거리고 애를 써야 될걸.
오피리아	말씀은 그럴듯하지만 그 뜻은 좀…….
하므렡	그런 말을 해서 남편을 맞아야지. 자, 사람 죽이는 사람, 어서 시작해. 그 보기 싫은 상판때기 걷어치우고 시작해. 자, 어서 "깍 깍! 까마귀가 원수를 갚겠다고……"부터.
루씨아너쓰	마음은 시커멓고 손아귀는 든든하고, 독약은 잘 듣는 것, 때도 마침 야삼경. 때는 나의 편이고, 그 밖에는 아무도 없이—

너 독한 조제물調製物이여,

한밤중 풀잎 줄거리에서 거둬 모은 것,

'해카테'의 저주를 세 번 받고,

세 번 독에 절여 배인 진액,

너의 천연天然 마력으로

싱싱한 생명을 당장 빼앗아라!

(잠자는 왕의 귀에 독액을 흘려 넣는다.)

하므렡   저놈은 왕위를 찬탈하기 위하여 왕을 독살하고 있는 것이
오. 왕의 이름은 곤자고, 정말 있던 사실로써 훌륭한 이태리
말로 쓴 것이오. 이제 곧 저 사람 백정이 왕비를 제 것으로
만들 테니 봐요.

오피리아   아니, 상감마마께서 자리에서 일어나시네.

하므렡   왜, 거짓 봉화烽火를 보고 놀랐나?

왕비   왜 그러시오?

포로니어쓰 연극을 그만둬라!

왕   등불을 가져오너라, 들어가련다.

일동   등불, 등불, 등불!

하므렡과 호레이쇼 이외 일동 퇴장.

하므렡   화살을 맞은 사슴은 울고 가도

다리에 상처 없는 사슴은 뛰고 논다.

잠자는 사람이 있으면

지키는 사람도 있어야지.

그래야 세상이 제대로 가지.

나도 이렇게 해서 무대의상이나 떨쳐입고, 내 운명이 어떻

게 되겠는지는 모르지만……, 프로방스 장미꽃 두어 개 단
모양낸 구두를 신으면 배우들 속에 한몫끼어 주주株主가 될
수 있지 않겠나?

호레이쇼　반주半株쯤은―.

하므렡　천만에, 한 주 통째로 다지.

　　　　나의 친한 데몬이여,

　　　　주피터 신의 옥좌를 빼앗고

　　　　그 자리에 앉아 그 왕국을 다스리는 것,

　　　　너펄대는 호색好色 공작孔雀인 줄 아는가?

호레이쇼　운을 다셨다면 좋을 것을.

하므렡　아, 호레이쇼! 나는 유령의 말을 천금을 주고 사겠소. 그대
도 보았소?

호레이쇼　보았습니다.

하므렡　독액으로 죽이겠다고 말할 때?

호레이쇼　잘 보고 있었습니다.

하므렡　자, 무슨 음악을 들읍시다. 음악. 자 피리를 불게 합시다.

　　　　상감마마가 연극이 싫다면,

　　　　그렇겠지― 좋아하지 않겠지.

　　　　자, 음악을 듣세.

　　　　로젠크란쯔와 길덴스턴 등장.

길덴스턴　왕자님, 말씀 잠깐 여쭐까 하옵는데.

하므렡　하게. 세계사 전부라도 하게.

길덴스턴　상감마마께옵서.

하므렡　그래, 상감마마가 어쨌단 말인가?

길덴스턴	내전에 드신 후 매우 심기가 언짢아하시옵니다.
하므렡	술을 너무 많이 잡수셨나?
길덴스턴	아니올시다. 화가 나셨는가 합니다.
하므렡	그렇다면 시의侍醫를 불러 보여드리는 게 마땅하지 않았을까? 내가 섣불리 처방을 냈다가는 울화가 더 치밀지 모르겠는데.
길덴스턴	왕자님, 황송하오나 말씀을 그렇게 함부로 마시고, 용건을 들어주시기를 바랍니다.
하므렡	그럼 얌전하게 들어볼 테니 말해보게.
길덴스턴	곤전마마께서 심히 상심이 되어 계시온데, 저희를 보내시었나이다.
하므렡	잘 왔네.
길덴스턴	말씀을 그렇게 말아주시기를 바랍니다. 좋게 들어주신다면 곤전마마 분부를 사뢰어 올리겠으나 그렇지 않으시다면 물러갈까 하나이다.
하므렡	나는 할 수 없는데.
길덴스턴	네?
하므렡	좋게 들어달라는 말 말이야. 정신이 사나워져서 할 수가 없군 그래. 그러나 내가 할 수 있는 대답이라면 자네들 뜻대로, 아니 자네 말대로 곤전마마 뜻대로 할 터이니. 그러니까 잔소리는 그만두고 용건만 말해보게. 곤전마마가 무엇이라고?
로젠크란쯔	곤전마마 말씀이 왕자님 거동에 너무도 놀라시었다 하시옵니다.
하므렡	어머니를 놀라시게 했다? 그거, 참, 훌륭한 자식을 두셨군! 그것뿐인가? 놀란 뒤끝은 어떻게 되었다는 얘기는 없는가?

얘기 좀 하게.

로젠크란쯔 왕자님 취침하시기 전에 지밀至密*에서 하실 말씀이 계시다고 합니다.

하므렡 그렇게 하지. 어머님이 열 번 더 어머님이신 어른의 분부같이 받들겠다고 하더라고 여쭈어주게. 또 무슨 용건이 있는가?

로젠크란쯔 왕자님, 전자에는 저를 좋은 벗으로 삼아주신 것으로 생각하옵는데.

하므렡 지금도 그렇지! 쌍수를 들어서.

로젠크란쯔 왕자님, 그렇다면 한 가지 여쭈어보겠습니다. 울분하여 계신 연고가 무엇이오니까? 벗으로 아는 사람들에게 터놓고 얘기하시지 않는다면 그야말로 스스로 세상을 좁히시는 것이 아니겠습니까?

하므렡 영달榮達, 출세를 하지 못해서 그러네.

로젠크란쯔 그게 무슨 말씀입니까? 덴마크의 후계자는 왕자님이라고 상감마마께서 친히 말씀하고 계시온데.

하므렡 그건 그런데 "풀이 자라는 동안에는 어리석은 말은 굶어 죽지 않는다……." 아니, 이 속담도 벌써 진부한 걸세.

배우들 피리를 가지고 등장.

아, 피리를 가지고 오는군! 어디 하나 보자. (길덴스턴에게) 자네하고 조용히 할 말이 있네. 어쩌자고 자네는 내 속을 떠보려고 그러나? 덫에 몰아넣을 것같이.

---

* 지밀 : 궁궐의 대전이나 내전 등 임금이 거처하는 곳을 이르던 말.

길덴스턴	아이고, 하느님 맙소사! 제가 한 일이 너무 지나쳤다면 그것은 왕자님께 대한 저의 충정이 너무 컸기 때문이로소이다.
하므렡	못 알아듣겠는데. 자네 이 피리 좀 불어보게.
길덴스턴	불 줄 모릅니다.
하므렡	불어보라니까.
길덴스턴	정말 불 줄 모릅니다.
하므렡	불어봐!
길덴스턴	어떻게 부는지 모릅니다.
하므렡	거짓말하기처럼 쉬운 것인데— 이 구멍에 손가락을 대고 숨을 내어쉬면 훌륭한 음악 소리가 나오게 마련일세. 이것 봐, 이렇게 누르고 부는 거야.
길덴스턴	글쎄, 그러나, 좋은 소리가 나오게 불 수 있는 재조가 제게는 없습니다.
하므렡	그렇다면 자네 나를 대체 무엇으로 알고 있었나? 자네 지금 나를 불어보려고 그러는 것이 아닌가? 자네가 내 어디를 막았다가 떼면 되는지 아는 모양 같은데. 그래서 내 비밀의 속 알맹이를 빼내보려는 게 아니야? 나를 불어서 저 아래서부터 맨 꼭대기 소리까지 내보려는 배짱이지? 이 자그마한 피리 속에 상당한 음악이 들어 있다네. 그런데 자네는 그것을 불지 못하지 않는가? 이 사람, 자네 내가 피리보다 불기 쉬울 줄 알고 덤볐나? 나를 어떤 악기라고 하든지 상관은 없네. 불어보았자, 나를 귀찮게 굴 수는 있어도 소리가 나오게는 못할 걸세.

포로니어쓰 등장.

	어서 오시게.
포로니어쓰	곤전마마께옵서 곧 보시자고 하옵니다.
하므렡	저―기 뜬구름이 보이는가? 모양이 낙타 같지?
포로니어쓰	네, 참으로 낙타같이 보이는가 하옵니다.
하므렡	아니, 족제비 같군!
포로니어쓰	등어리가 족제비 같군요.
하므렡	고래 같지 않아?
포로니어쓰	참, 고래 같은가 아뢰옵니다.
하므렡	그럼 곧 어머님께 가겠네. (방백) 이것들이 나를 참을 수 없으리만큼 농락하고 있다―. 곧 간다고 여쭈어라.
포로니어쓰	그리 아뢰겠나이다.

포로니어쓰 퇴장.

하므렡	'곧'이라고 말하기는 쉬운 것이다. 모두 들어가게.

하므렡만 남고 일동 퇴장.

지금은 칠야삼경, 마녀가 움직이고, 무덤은 입을 벌리고, 지옥에서는 이 세상에 독기를 뿜어 보내는 때, 지금 같으면 뜨거운 피라도 능히 마시고, 대낮이 보면 놀라 질겁을 할 독한 짓이라도 할 수 있을 것 같다.
가만있자, 우선 어머님을 뵈옵고― 아 마음이어! 네 본성을 잃지 마라. 제 어미를 죽인 네로의 영혼이 나의 단단한 가슴 속에 들어오지 마라. 설혹 잔인한 자식이 될지언정, 불효자가 되어서는 안 되겠다. 내 혀끝을 단도로써 하여 말할지라도 손에 칼을 잡으면 못 쓴다. 혀와 마음이 서로 배반을 할지라도— 말로는 추상秋霜같이 나무랄지라도 행여 손을 대어서는 안 될 것이다.

하므렡 퇴장.

제3막 제3장   궁전의 일실

왕, 로젠크란쯔, 길덴스턴 등장.

왕 하므렡은 마땅찮아. 그뿐 아니라, 그의 미친 짓을 그냥 내버려두는 것은 우리의 신상에도 불안한 일이니, 그대들과 함께 곧 영국으로 보내려고 하네. 친서를 써줄 터이니 곧 떠날 차비를 하게. 국가의 안전을 위하여 점점 심하여가는 그의 미친 행동을 묵과한다는 것은 위험천만한 일이야.

길덴스턴 떠날 준비를 하겠나이다. 지엄하신 상감마마의 성덕의 혜택을 입고 살아가는 만백성의 안위를 통촉하여주옵시는 일은 진실로 거룩하고 망극하게 생각하옵니다.

로젠크란쯔 필부의 오죽잖은 생명도 마음의 단속과 힘으로써 피해를 입지 않으려고 애를 쓰는 바이온데, 항차, 억조창생億兆蒼生의 생사를 맡으신 귀중하신 옥체야 이루 사뢸 나위조차 없는가 하옵니다. 제왕의 하세遐世는 홀로 있을 수 없는 일이옵니다. 비유컨대 크게 소용돌이치는 물과 같아서, 근처에 있는 모든 것을 함께 쓸어가고 마는 것과도 방불하오며, 혹은 높은 산 위에서 굴러떨어지는 수레바퀴와도 같사와, 그

거대한 바퀴살에 꽂히고, 달린 무수한 부속물이 함께 떨어
지면서 거창한 운명을 동반하는 것이옵나이다. 성상의 탄
식은 곧 백성의 신음인가 하나이다.

왕   빨리 출범하도록 차비를 하여주게. 지금 너무 제멋대로 돌
아다니는 위험한 미친개를 사슬로 얽어놓아야 할 터이니까.

로젠크란쯔/길덴스턴   빨리 떠나도록 하겠나이다.

로젠크란쯔와 길덴스턴 퇴장, 포로니어쓰 등장.

포로니어쓰   전하, 동궁마마께서 곤전마마께로 이제 들어가시옵니다. 소
신은 방장 뒤에 숨어서 하회를 들어볼까 하옵니다. 생각건
대 곤전마마께서는 동궁마마를 준열히 나무라실 것 같사
옵니다. 전하께옵서도 말씀하신 바와 같이—기실 지당한
말씀이었사옵거니와—혈윤이라는 것 때문에 자칫하면 시
비를 가리지 못하게 되는 수가 많을 것이므로 제삼자가 적
당한 자리에서 엿들어두는 것이 마땅할까 아뢰옵니다. 물
러갔다가 침전에 듭시기 전에 나아와 전후 경위를 품상하
오리다.

왕   고맙소.

포로니어쓰 퇴장.

아, 더러운 내 죄악의 고약한 냄새가 하늘 끝까지 풍기는
구나!
인간 최초의 범죄, 카인의 저주를 받고 있기 때문이다. 형을
죽인 저주! 기도를 올리고 싶은 생각은 진실로 간절하건만,

내 죄악을 생각하면 가책이 너무도 센 까닭에 기도조차 올릴 수 없어 마치 두 가지 일을 한꺼번에 하려는 사람이 어느 쪽을 먼저 할까 하고 주저하다가 결국 두 가지를 다 못하고 주춤거리고 서 있는 것과도 같구나! 이 저주받은 손이 형의 피로 말미암아 두 배나 더 두터워졌다고는 하더라도 하늘이 자비스러운 비를 내려주기만 한다면 깨끗하게 씻겨져서, 눈과 같이 희어질 수도 있으련만! 죄를 지은 인간을 돌보지 않는 것이라면 하늘의 자비라는 것은 대체 두었다 무엇에 쓰는 것인가! 기도의 공덕이 무엇인가? 타락에 앞서, 우리를 미연에 막아주는 것이든지, 기위旣爲 타락을 하였으면 그것을 용서하여주든지 하는 것이 아닌 다음에 기도는 하여서 무엇하는가? 그러나 기도를 하여볼까? 내 죄는 이미 과거의 일이다. 아, 그러나 어떤 종류의 기도가 가합할 것인가? "저의 고약한 살인죄를 용납하여주시옵소서" 하고? 그것도 안 될 말이다. 사람을 죽이고 빼앗은 왕관, 야심의 실현, 왕비를 그냥 다 차지하고 있지 않은가? 가질 것은 다 가지고 살인죄만 용서해달라고 해서 될 이치가 있는가? 이 부패한 세상에서는 비록 죄를 지은 손이라도 도금鍍金을 하면 정의를 물리쳐놓을 수도 있고, 불법하게 얻은 재물을 가지고 국법도 살 수 있는 것이다. 그러나 천상에서는 그렇지 못하다. 그곳에서는 속일 수가 없는 것이니 사람이 행한 그대로 드러나는 것이라, 우리는 할 수 없이 죄과의 상관대기를 들고 범죄 증거를 갖춰 바치지 않으면 안 되는 것이다. 그러면 어떻게 할까? 어떻게 할 수 있는가? 될 수 있는 대로 뉘우쳐보자. 뉘우치면 용서를 받는다면서? 그러나 뉘우칠 수 없으니 어떻게 용서를 받을 수 있는가? 아, 저

주받은 신세, 아, 주검같이 어두운 가슴, 몸을 빼려 하면 뺄
수록 더 붙어 떨어지지 않는 끈끈이에 새같이 사로잡힌 영
혼! 천사들이여! 도우소서. 어디 한번 하여보자! 꾸부려라,
이 완강한 무릎! 강철 줄에 얽힌 심장이여! 갓난아기 심줄
같이 부드러워져라!

(왕 한쪽으로 가서 무릎을 꿇고 기도를 한다.)

하므렡 등장.

하므렡   지금 바로 해치우자! 기도를 하고 있구나, 지금 곧 하자.
……가만있자, 그러면 천당으로 가겠지. 그러면 나는 복수
를 한 것이 될까? 좀 생각해볼 일이다. 어느 악한이 내 아비
를 죽였다. 그 아들이 그 보복으로 그놈을 천당으로 보낸
다! 아니, 이것은 복수가 아니라 품앗이를 하는 것이다. 내
아버지가 저놈의 손에 죽을 때에 아버지는 아직도 진세塵世
의 업욕業慾을 그냥 가슴속에 가지고 있었고, 백 가지 인간
악은 난만한 봄꽃같이 한창일 때였을 것이다. 그가 저세상
에 가서 갚지 못한 빚을 짊어진 사람같이 받을 벌이 얼마나
중할 것인지 하늘밖에 누가 알 수가 있으랴? 우리들의 생
각을 미루어보더라도, 저세상에서 그가 죄를 삭이지 못한
것 때문에 당하는 벌이 적지 않을 것이다. 그렇다면 이 원수
가 한창 승천할 예비를 하고 있을 때에 죽이는 것이 복수가
될 것인가? 아니다. 도로 들어가 있거라. (칼을 꽂으면서) 시
방보다 더 무시무시하게 쓸 때가 있을 터이니, 술에 취하여
자빠져 자거나, 화가 치밀었을 때나, 이불 속에서 난음亂淫
을 함부로 할 때라든지, 노름을 하든지, 악담 패설悖說을 한

다든지, 도저히 구원받을 수 없는 짓을 하고 있을 때, 저것을 쳐버려야 발끝으로 천당 길을 차면서 암흑 지옥으로 거꾸로 떨어져버릴 것이다— 어머니가 기다리신다. 내 의술은 다만 네 병을 잠시 연장시키는 것뿐이다.

하므렡 퇴장.

왕   (일어나 앞으로 나오면서) 내 말은 하늘로 올라간다만, 생각은 땅에 그냥 있으니 생각 없는 빈말이 어떻게 천당으로 올라갈 수가 있을 것인가?

왕 퇴장.

제3막 제4장   왕비의 내전

왕비와 포로니어쓰 등장.

포로니어쓰   동궁마마 이제 곧 오실 겝니다. 잘 따져 물어보시옵소서. 장난도 너무 과하고 예사롭지 못하여 더 참으시기 어렵다고 하시옵소서. 곤전마마께서 사이에 끼어 크게 노하신 상감마마 앞을 막고 가려서, 일일이 좋도록 하여드리기도 매우 어려운 일이라고 말씀하옵소서. 소신은 이 뒤에 숨어 있겠습니다. 잘 알아서 하시옵소서.

하므렡   (안에서) 어머니, 어머니, 어머니.

왕비   잘 알았소. 염려 말고 자리를 피하오. 저기 오는 소리가 들리오.

포로니어쓰 장막 뒤에 숨는다. 하므렡 등장.

하므렡   어머니, 무슨 일이십니까?

왕비   하므렡, 너는 너의 아버지께 대해서 불공불손不恭不遜하였다.

하므렡   어머니, 어머니께서는 저의 아버지께 대해서 불공불손하셨
    습니다.

왕비   이것 봐라. 너는 내가 하는 말을 마뜩잖게 받는다.

하므렡   원, 어머니가 내 하는 말을 마뜩잖게 받으시는 것이오.

왕비   네가 대체 어찌 된 셈이냐?

하므렡   왜 그러십니까?

왕비   네가 나를 잊었느냐?

하므렡   천만에, 십자가를 두고 바른 말씀 사뢰입니다. 당신께서는 왕
    비시요, 당신 남편 동생의 아내십니다. 그리고 그렇잖았으
    면 좋겠지만 당신은 저의 어머니올시다.

왕비   무엇이라고? 네가 정녕 그런다면 너를 따져 물을 수 있는
    사람을 부르겠다.

하므렡   그러지 말고 앉으십시오. 움직이지 말고 앉아서 제가 비춰
    드리는 거울을 보십시오. 어머니 마음속까지 들여다보일
    터이니.

왕비   어쩌겠다고? 네가 나를 죽이려는 게로구나? 큰일 났다. 큰
    일 났다. 게 누구 없느냐?

포로니어쓰   (방장 뒤에서) 큰일 났다, 큰일 났다, 큰일 났다.

하므렡   (칼을 빼면서) 뭣? 쥐새끼냐? 뒈져라, 아주 뒈져버려라. (방장
    을 찌른다.)

포로니어쓰   (방장 뒤에서) 아, 나는 찔렸다!

왕비   아이고, 네가 이게 무슨 짓이냐?

하므렡   몰라요. 저게 왕이오?

왕비   이게 어쩐 난폭하고도 사람 못할 짓이냐?

하므렡   난폭하고도 사람 못할 짓이라고요? 어머니, 왕을 죽이고 그 동생과 사는 것보다 더할까요?

왕비   왕을 죽이다니!

하므렡   그렇습니다. (방장을 치켜들고 포로니어쓰를 발견한다.)
천하고, 경박하고, 덤비기를 좋아하는 천치! 잘 가거라. 나는 네가 그래도 점잖은 인간인 줄로 알았다. 네 팔자이거니 생각해라, 쓸데없이 덤벙거리면서 참견을 하면 위험한 것을 알았지? (왕비를 보고) 왜 그렇게 손을 쥐어짜는 것입니까? 진정하고 앉으시오. 내가 당신 심장을 쥐어짜 드릴 터이니— 그 심장이 저주받을 고약한 습관에 젖어 아주 감각조차 없어졌다면 몰라도, 아직 꿈틀거리는 데가 있다면 내가 정녕 쥐어짜 드리리다.

왕비   내가 대체 무엇을 했기에 네가 이렇게 떠들고 험한 입을 놀리면서 내게 대드는 것이냐?

하므렡   무엇을 했길래라고요? 고상하고 그윽한 염치를 흐려버리고, 아름다운 덕을 위선이라 하고, 깨끗한 사랑의 아름다운 얼굴에서 장미꽃을 떼어버리고, 그 대신 거기에 종기가 나게 하고, 백년해로 굳은 맹세를 노름꾼의 맹세 짓거리나 다름없이 만든 것이 당신의 소행이기 때문! 그러한 행실은 이신동체異身同體 굳은 맹세에서 그 정신을 빼버리고, 고마운 종교를 잠꼬대로 만들어버리는 것입니다. 하늘도 굽어보고 낯을 붉힐 것이고, 이 땅땅한 땅덩어리도 낯을 찡그리고, 말세가 가까워온 것같이 여길 것이 당신의 소행입니다.

왕비　　그 소행이라는 게 대체 무엇이길래 이렇게 첫마디부터 야단
벽력이냐?

하므렡　이것을 좀 봐요. 이 초상화와 이것을― 형제의 얼굴을 그린
것이오. 미우眉宇에 서린 기품, 태양신의 곱슬머리요, 주피터
신의 이마, 두 눈의 광채는 군신 마쓰와도 같이 당장에 삼
군三軍이 습복褶服할 서슬이며, 서 계신 늠름하신 자태는 사
신使臣 머큐리가 구름 위에 솟은 봉우리 위에 내린 것 같으
신 것, 이것이야말로 기골이 한데 용하게 서린 것이라 할 것
이니, 마치나 천상 제신이 인간미의 극치를 구현시키기 위
하여 저마다 애를 써서 함께 만든 것 같으신 어른, 이 어른
이 바로 당신의 남편이었습니다. 그런데 그다음 이것을 좀
보십시오. 이것이 당신의 현재 남편입니다. 보리 이삭 깜부
기같이 멀쩡한 이삭까지 곰팡이가 슬게 하는 인종지말人種
之末. 당신은 눈이 있습니까? 그래 이렇게 훌륭한 고산지대
풀밭에서 자라던 당신이 어찌하여 이렇게 더러운 늪에 내
려와서 시궁창 흙탕물을 마시는 것입니까? 눈이 있습니까?
이것을 사랑이라고는 할 수 없을 겁니다. 당신의 나이가 되
면 맹목적인 정열이란 좋게 가라앉아서, 넉넉히 분별 판단
을 함직도 한 것인데, 어떻게 하여 여기서 여기로 옮겨가셨
단 말씀이오? 정욕이 있는 것을 보면, 감각도 있으련만, 그
감각이 마비되었단 말씀입니까? 아무리 미쳐버린 감각이
라도 이렇게 틀린 것을 분간 못 할 리 없고, 아무리 얼이 빠
진 감각이라도 이다지는 분별없이 가리지 못하고, 조그만
치 미타한 생각도 없이 환장을 할 수는 없을 것입니다. 어
떤 귀신에게 홀려서 눈가림을 당하고 만 것입니까? 두 눈이

있으면 감정이 없더라도, 감정이 있으면 시력은 없더라도, 귀가 있으면 손이나 눈이 없더라도, 코만 있으면 다른 것이 다 없더라도. 아니, 미친 감각이라도 하나 있기만 하였으면 이렇게 얼빠진 노릇은 하지 않았을 터인데! 아, 이런 수치. 당신은 얼굴도 붉힐 줄 모릅니까? 아, 무서운 정욕, 당신같이 나이가 차고 남의 아내가 된 사람으로 정욕을 그렇게 함부로 일으킨다면, 젊은 사람은 그들의 참을 수 없는 혈기가 끓어오를 때, 정조가 그 타오르는 불길에 초와 같이 녹더라도, 부끄러워할 필요가 없겠구려. 서리가 이처럼 불탈 수 있고 이성이 정욕의 심부름을 듣는 데야―.

왕비   아, 하므렡, 그만해라! 네 말을 듣고 비로소 들여다보이는 내 영혼! 거기에서 아무리 하여도 지워지지 않는 시커먼 얼룩을 나는 본다.

하므렡   그것뿐이 아니오. 기름때 배이고 땀내 나는 이부자리 속에 들어가 썩은 것이 부글부글 끓는 속에서, 저 더러운 도야지 같은 놈과 희롱 대며 자다니―.

왕비   아, 그만해라. 네 말은 내 귀에 칼끝 같다. 제발, 그만해라, 하므렡!

하므렡   사람 백정, 악한, 당신의 예전 남편의 십분지 일의 이십분지 일에도 해당치 못하는 놈, 왕 중의 어릿광대, 나라를 차가고 선반에서 고귀한 왕관을 훔쳐 주머니에 넣고 달아난 도적놈!

왕비   제발 그만―.

하므렡   넝마조각 보자기를 걸친 어릿광대 임금님!

망령 등장.

오, 수호의 천신이시어, 나래를 펴사 저를 보호하여주소서.
존귀하신 어른께서는 어찌하여 이곳에?

왕비 아이고, 미쳤구나!

하므렡 불효막대하여 우유민민優柔悶悶, 헛되이 날을 보내면서 내리
신 명령을 거행하지 않았다고 책망하시러 오셨나이까? 말
씀해보시옵소서.

망령 잊어버리지 말아, 내가 온 것은 둔탁하여진 네 결심을 날카
롭게 하여주기 위하여 왔다는 것을……. 그런데 저것을 보아
라. 놀라서 부들부들 떨고 있는 네 어미를……. 괴로운 생각
때문에 몸부림치는 어미를 달래라. 약한 사람일수록 쓸데없
이 과도한 상상을 하는 법이다. 하므렡, 말을 걸어보아라.

하므렡 어떠시오, 어머니.

왕비 아이고, 네가 어쩐 일이냐? 아무것도 보이지 않는 허공을
쳐다보고, 아까부터 혼자 무엇을 중얼대니―두 눈을 미친
사람같이 부릅뜨고, 머리털은 가락가락 살아 있는 양, 마치
자고 있던 병정들이 놀라 깨어난 것처럼, 다듬어 내렸던 것
이 모조리 일어서니. 아, 착한 내 아들아, 성난 네 객기를 진
정시키고 가라앉혀라. 너는 어디를 보고 있는 것이냐?

하므렡 저것, 저 어른을 보시오, 얼마나 창백하신 얼굴인가? 저 모
양과 저렇게 되신 까닭이 한데 엉킨 것으로써 하면 목석이
라도 감동시키고도 남을 것이오. 나를 보지 말아주십시오.
그렇게 가엽게 몸짓을 하시면, 철석같은 마음이 둔하여지
고 하고자 했던 일도 제대로 하지 못하고, 피를 흘리게 하
려던 대신, 내가 눈물을 흘릴 것만 같습니다.

왕비 누구를 보고 하는 소리냐?

하므렡 저기 아무것도 보이지 않소?

왕비	아무것도 보이지 않는다. 보이는 것은 다 보이지마는—.
하므렡	들리지도 않소?
왕비	아무것도, 우리 말소리밖에!
하므렡	아니, 저기를 좀 쳐다봐요, 저걸, 소리도 없이 사라져가는 것을! 아버님께서 전에 입으시던 대로 몸단속을 하시고— 저것 봐요. 가시는 것을, 아, 벌써 문밖으로 나가셨다.

망령 퇴장.

| 왕비 | 그거야말로 네 머리로 만들어낸 망상이다. 정신이 그릇되면 터무니없는 물건을 생각으로 만들어내니까! |
| 하므렡 | 정신이 그릇돼요? 내 맥은 이렇게 성하게 치오. 당신 것과 마찬가지로, 치는 도수度數가 꼭 같으외다. 아까부터 한 소리가 미쳤기 때문이 아니라는 것을 시험해보시렵니까? 한 마디도 빼지 않고 되풀이해 보여드리리다. 정신이 그릇된 사람은 빼먹기도 할 것이니까— 어머니 극락왕생하시고 싶으면 당신의 영혼에 알맞는 기름을 발라가면서 당신이 한 짓이 아니고, 내가 정신이 그릇되어서 그런 소리를 하는 거라고 합리화하지 마십시오. 그렇게 하면, 곪은 데가 자꾸 안으로 썩어들어가서, 급기야 생명까지 위협을 받는 것은 모르고, 겉에 덮인 살 껍질을 가지고 내 병통을 합리화하는 것이나 다름없습니다. 하늘에 대고 참회하시오. 과거를 뉘우치고, 미래를 삼가시오. 잡초에 거름을 퍼주어서 썩은 냄새를 자꾸 퍼뜨리지 마시오.
—내 미덕이여, 이렇게 말하는 것을 용서하라.
시방 같은 난의포식暖衣飽食, 배나 두들기는 세상에서 미덕이 |

악덕에게 용서를 청해야 되는 것이다. 아니, 허리를 굽히고 머리를 숙여 착한 일을 할 수 있도록 하여달라고 간청을 하여야 되니까—.

왕비   아, 하므렡, 네가 내 심장을 두 쪽으로 쪼개버렸다.

하므렡   그 더러운 쪽 심장일랑 내어버리시오. 그리고 성한 쪽만 가지고 살아가시오. 안녕히 주무시오. 그러나 행여 삼촌 방으로는 들어가지 마시오. 정숙한 덕이 없거든 있는 체라도 하시오. 습관이라는 괴물은 악한 일을 잊어버리게 하는 악마지만, 때로는 천사와 같은 데도 있어서 착한 행실을 자꾸 해가면, 여기에도 좋은 옷을 입혀주니까, 오래 입고 있으면 몸에 맞는 것이오. 오늘 밤에는 삼가시오. 그러면 내일 밤에는 쉽게 되고, 모레 밤에는 참기가 어렵지 않을 것이오. 습관은 이리하여 사람의 천성까지 고칠 수 있으니 그 불가사의한 힘으로써 그 악마를 정복하여버리든지, 아주 쫓아버리든지 할 수 있는 것이기 때문이오. 그러면 안녕히 주무십시오. 축복하실 생각이 있으시면 저도 함께 축수하여 드리리다. 이 늙은 것은…… (포로니어쓰를 가리키면서)

내가 잘못했구나. 그러나 이것이 다 하늘 뜻이다. 하늘이 이로써 나를 응징하고, 나로 말미암아 이 사람을 징벌하는 것이니, 내가 하늘을 대신하여 신태神笞가 되고, 또 수종을 든 폭이다. (왕비를 보고) 시체는 제가 치우고 주검에 대해서는 충분한 책임을 지겠나이다. 안녕히 주무십시오.

(방백) 그를 위하여서는 그에게 냉혹할 수밖에 없다. 한 개의 악은 끝났다마는 또 한 개 더 고약한 악이 남아 있다. 어머니, 한마디만 더—.

왕비   어떻게 하면 좋을 것이냐?

하므렡	내가 한 말은 잊어버리고 하고 싶은 대로 하시오. 그 시퍼렇게 부풀어 오른 왕의 손에 끌리어 그의 이부자리 속으로 들어가시오. 뺨을 달콤하게 꼬집히든지, "우리 귀여운 쥐"라고 불리든지, 끈적끈적한 입을 맞추든지, 더러운 손아귀에 모가지를 끌어안기든지 하면서 무엇이든지 묻는 대로 털어놓으시오. 내가 정말 미친 것이 아니고 미친 체하는 모략이라고— 그 사람에게 모두 털어놓으시오. 아름답고 현숙하고 머리 좋은 왕비가 아니고서야 누가 이러한 중대한 일을 저 두꺼비, 저 박쥐, 저 살쾡이에게 속일 수가 있을 것이오? 누가 그런 일을 할 것이오? 아니, 비밀도 이치도 다 쓸데없는 것이니, 저 옛날이야기에 나오는 유명한 원숭이같이, 지붕 꼭대기에서 새장 문을 열어놓아 들어 있던 새는 날려보내고 대신 시험 삼아 그 속에 들어갔다가 목이 달아난 것처럼 되시오.
왕비	만일 사람의 말이 숨으로 된 것이고, 숨은 생명에서 나오는 것이라면, 네가 한 말을 입 밖에 숨 쉬어 내어 보낼 생명이 내게는 없으니 안심하여라.
하므렡	나는 영국으로 가야 됩니다. 아십니까?
왕비	아, 참, 잊어버리고 있었구나. 과연 그렇다.
하므렡	친서는 납봉臘封되어 있고, 어릴 때 친구지만 이빨이 긴 독사 같은 두 친구가 배종陪從으로 갈 명령을 받고 있습니다. 이 사람들이 저의 길앞잡이가 되어서 저를 함정에 빠뜨려 넣을 심산, 어디 해보라고 하시오. 저희가 묻은 지뢰에 저희가 걸려 날아올라 가는 것을 보는 것도 한 재미니까요. 그놈들이 묻는 지뢰보다 내가 서너 자 더 밑을 파고 그놈들이 달나라까지 날아오르게 하지 않는다면 인사불성이지요. 양

쪽 계책이 같은 길 위에서 만나 부딪치는 것은 과연 볼만한 일입니다. (포로니어쓰의 시체를 가리키면서) 이것이 나의 일을 재촉시킬 것입니다. 이 물건을 옆방으로 끌고 들어가자. 안녕히 주무십시오. 살아 있을 때는 경을 치게 주절거리던 천치더니, 지금은 조용하게 말없이 자못 엄숙한 고문관이 되었군! 어서 이리 오게. 자네하고 끝장을 맺어버리세. 어머니, 안녕히 주무십시오.

하므렡은 포로니어쓰를 끌고 한쪽으로 들어가고 왕비는 다른 쪽으로 퇴장.

제4막 제1장　궁전의 일실

왕, 왕비, 로젠크란쯔, 길덴스턴 등장.

| 왕 | 그렇게 가슴 답답하게 쉬는 한숨에는 필시 까닭이 있을 것이오. 무슨 일인지 내게 말해주오. 내가 그 까닭을 알아두어야 되겠소. 하므렡은 어디 있소? |
| 왕비 | (로젠크란쯔와 길덴스턴에게) 자리를 좀 비켜주게. |

로젠크란쯔와 길덴스턴 들어간다.

	아이고, 여보시오, 내가 오늘 밤에 무엇을 본 줄 아시오?
왕	무엇을? 하므렡은 무엇을 하고 있소?
왕비	서로 으르렁거리는 바닷물과 폭풍같이 미쳐가지고, 방장

뒤에서 무엇이 부스럭거리는 소리를 듣더니 '이놈의 쥐새끼' 하고 칼을 빼서 제정신을 잃고 방장 뒤에 있던 저 선량한 노인을 찔러 죽이고 말았습니다.

왕　　아, 무시무시한 난행! 만일 내가 거기 있었더라면 똑같은 변을 당할 뻔했군! 하므렡을 그냥 내버려두는 것은 모든 사람의 불안과 공포야. 그대에게도 내게도, 또 누구 신상에도 마찬가지요. 아, 이 잔인한 소행에 대해서 세상에 대고 무엇이라고 변명을 할 것인가?

나이 어린 미친 사람은 미리 붙잡아 단속하여 다른 사람들과 휩싸이게 하지 말아야 될 것이 군주 된 사람의 의무일 것이니, 책임은 내가 져야 할 것이오. 마치 나쁜 병을 가지고 있는 사람이 다른 사람들이 알까 봐서 감추고 있다가 필경 불치의 병을 만들어버리는 것같이. 우리는 하므렡을 너무 사랑하기 때문에 해야 될 일을 하지 않고 있었던 것이오. 하므렡은 어디 갔소?

왕비　　죽인 시체를 치우러 갔습니다. 마치 아무짝에도 쓸데없는 바위 틈에 빛나는 황금 맥같이 미친 중에도 인정은 있어서 죽인 일을 뉘우치고 있더이다.

왕　　아, 거튜루드! 어서 저리 갑시다. 해가 산 위에 오르자마자 배를 태워 보내야겠소. 그리고 하므렡이 저지른 이 고약스런 노릇에 대하여는 나는 내 위세와 지혜로 잘 꾸려 만들어 가지고 변명을 할 도리를 생각해야 되겠소. 아, 길덴스턴!

로젠크란쯔와 길덴스턴 다시 등장.

두 사람은 나가서 손을 좀 빌려가지고 오게. 하므렡이 미쳐서 포로니어쓰를 죽여서 내전에서 끌고 어디론가 나가버렸다네. 가서 찾아보게. 말을 부드럽게 하고, 시체는 예배실에 가져가도록 하게. 빨리 서둘러주게.

로젠크란쯔와 길덴스턴 퇴장.

거튜루드! 어서 들어갑시다. 생각이 잘 돌아가는 사람들을 불러서 이 사실과 대책에 대하여 이야기할 작정이오. 세상의 비방이라는 것은 이 한끝에서 저 한끝으로 표적을 향하여 곧장 날아가는 독탄毒彈 소리같이 퍼지는 것이지마는, 이렇게 미리 선수를 쓰면 그 견양*이 내 이름을 다치지 못하고 아프지는 않은 허공에 맞을 것이니까—.
자, 어서 들어갑시다. 내 머릿속은 어지럽고 암담하오.

왕과 왕비 퇴장.

제4막 제2장 궁전 내의 다른 일실

하므렡 등장.

하므렡	이만하면 잘되었다.
로젠크란쯔/길덴스턴	(안에서) 하므렡 왕자님, 하므렡 왕자님!
하므렡	이게 무슨 소리냐? 누가 나를 부르느냐? 아, 여기들 오는

---

* 견양 : 하찮은 것을 비유적으로 이르는 말.

구나!

로젠크란쯔와 길덴스턴 등장.

로젠크란쯔 죽은 시체를 어떻게 하셨습니까?

하므렡 흙 속에 보내버렸네. 친척의 집이니까.

로젠크란쯔 어딘지 가르쳐주십시오. 예배실에 가져가야겠습니다. 말씀
해주십시오.

하므렡 그렇게 생각하지 않는 게 좋아.

로젠크란쯔 무엇을 생각하지 않는단 말씀입니까?

하므렡 자네들 비밀은 잘 지켜주고, 내 비밀은 함부로 드러내놓는
줄로는 생각지 않는 게 좋다는 말일세. 적어도 왕자라고 하
는 위인이 해면海綿한테 족을 치우고, 대답하다니 그게 될
말인가?

로젠크란쯔 저를 해면이라고 하셨습니까?

하므렡 그렇지, 왕의 총애와 포상褒賞과 녹祿을 닥치는 대로 빨아먹
으니까. 자네 따위 관리가 결국은 왕에게는 안성맞춤이라
는 말일세. 자네 같은 사람을 왕이 기르는 것은 마치 원숭
이가 입 안 구석에 밤톨을 물고 있는 거나 다름없어. 물고
있다가 삼켜버리거든— 그와 같이 자네들이 빨아들이고 있
는 것을 빼앗을 필요가 있으면 한 번 쭉 쥐어짜면 도로 뱉
어놓고 도로 말려버리는 것이니까—.

로젠크란쯔 잘 알아듣지 못하겠습니다.

하므렡 마침 잘됐네. 악담도 천치 바보의 귀에는 헛것이니까.

로젠크란쯔 시체를 어디 두셨는지 말씀하여주십시오. 그리고 저희와 함
께 상감마마 계신 데로 가십시다.

하므렡	그 시체는 상감마마와 함께 있다. 그러나 왕은 시체와 함께 있지 않다. 왕이라는 것은—.
길덴스턴	것이라니요?
하므렡	아무것도 아닌 것이야. 같이 가세. 여우 찾기 내길세나. 찾아보세.

제4막 제3장 궁전 내의 다른 일실

왕이 정신들을 거느리고 등장.

왕	하므렡을 찾아서 시체를 내놓도록 사람을 보냈다. 그를 그냥 내버려두는 것은 위태로운 일이야. 그렇다고 엄벌을 내릴 수도 없고— 분별없는 대중이 하므렡을 따르니까. 대체 무지한 백성들이라는 것은 깊은 사려로 사물을 판단하는 것이 아니라, 눈에 좋게 보이기만 하면 옳다는 것이니까— 죄인을 엄벌에 처한다면 이것을 가엾이 생각하는 나머지 그 죄인의 범행이 큰 것을 자칫하면 잊어버리기 일쑤니까. 갑자기 하므렡을 떠나보내는 것도 오랫동안 생각해오던 일처럼 보이도록 해야 할 것이다. 위독한 병에는 험한 치료법이 필요한 것, 그렇잖으면 모든 일이 허사다.

로젠크란쯔 등장.

	그래 어떻게 되었는가?
로젠크란쯔	시체를 어디에다 치우셨는지 알려주지 않으십니다.

왕	대체 하므렡이 어디 있단 말이냐?
로젠크란쯔	밖에 호위를 거느리시고 분부를 기다리고 계십니다.
왕	이리 오라고 해.
로젠크란쯔	길덴스턴, 가서 모시고 오게.

하므렡, 길덴스턴과 같이 등장.

왕	하므렡! 포로니어쓰는 어디 있느냐?
하므렡	저녁을 먹고 있소.
왕	저녁을 먹고 있다? 어디서?
하므렡	아니, 먹고 있는 것이 아니라, 먹히고 있소. 어떤 정당政黨 구더기들이 모여서 시방 연회를 베풀고 있는 중이오. 구더기란 놈은 연석宴席의 제왕이외다. 왜냐하면 우선 우리 인간들이 살이 찌려고 다른 동물들을 살찌운단 말이지요. 그걸 먹고 살이 쪄가지고 구더기 밥이 된단 말이지요. 그러니까 살찐 임금이나 말라빠진 거렁뱅이나 구더기가 볼 때는 다만 종류가 다른 반찬이거든요. 접시는 두 가지이지만 다 한 상에 오른 것이란 말이지요. 그것뿐이지요.
왕	아이고, 아이고!
하므렡	그러니까 임금님을 먹은 굼벵이로 낚시질도 할 수 있는 것이고, 또 그 굼벵이를 먹은 생선을 사람이 먹을 수도 있는 것이고―.
왕	이게 모두 무엇 때문에 하는 소린고?
하므렡	별것이 아니라, 임금님이 어떻게 거렁뱅이 창자 속을 행차하시는가 하는 것을 얘기할 따름이외다.
왕	포로니어쓰는 어디 있어?

하므렡	하늘에. 사람을 보내보시지. 심부름꾼이 게서 찾지 못하겠다 거든 몸소 다른 데로 가보시지. 만일에 한 달 안에 거기서도 만나지 못하게 되는 때에는 대청으로 가는 충계 아래서 아마 썩는 냄새를 맡을 수 있으리다.
왕	(시복들에게) 충계 밑에 가서 찾아보아라.
하므렡	너희가 갈 때까지 기다리고 있을 게다.

시복들 퇴장.

왕	여봐라, 하므렡, 나는 너의 신변을 유달리 생각하는 만큼, 네가 이번에 저지른 일을 심히 딱하게 생각하고 보매 한시라도 바삐 너를 출타시키는 것이 좋겠다고 생각한다. 그러니 어서 떠날 차비를 해라. 배는 언제든지 떠날 수 있게 되었고, 마침 순풍이요, 시중들 사람들도 갖추어져 영국으로 떠날 만반 준비가 다 되었다.
하므렡	영국으로?
왕	그렇다.
하므렡	좋소.
왕	내 뜻을 네가 잘 안다면 좋다고 생각하는 것이 당연할 것이다.
하므렡	그 뜻을 잘 아는 천사가 내 눈에 보이는군―. 자, 영국으로 가자! 어머니, 안녕히 계십시오.
왕	아비한테는 인사를 안 하느냐?
하므렡	어머니께 인사드렸소이다. 아버지와 어머니는 남편과 아내요, 남편과 아내는 이신동체, 그러니, 어머니 안녕히 계십시오. 영국으로 갑니다.

하므렡 퇴장.

왕   빨리들 뒤를 따라가서 배를 태우게. 지체 말고. 오늘 밤 안
으로 떠나게 해. 어서, 모든 일은 제대로 되게끔 유감없이
마련해놓았으니까. 어서들 가봐.

로젠크란쯔와 길덴스턴 퇴장.

그리고, 너 영국 왕! 그대가 내 비호庇護를 조금이라도 고맙
게 생각한다면, 일찍이 덴마크의 내린 칼날을 받은 자리가
아직도 붉은 대로 있고, 자진해서 내게 항복을 하였던 대로
나의 위력을 알고 있다면 내 명령을 거역할 리 만무렷다. 자
세한 것은 친서 속에 적었거니와 하므렡을 즉시 죽여버리라
는 뜻을 충분히 밝혔으니 영국 왕은 내 말대로 거행하렷다!
그놈은 마치 내 혈맥 속에서 뛰는 악열惡熱같이 지랄을 하는
것이다. 그것을 다스리는 것은 그대의 소임이다. 이 일이 제
대로 되기까지는 아무리 좋은 일이 있어도 나는 흔연치 못
할 것이다.

왕 퇴장.

제4막 제4장 덴마크의 어떤 평야

포틴브라쓰, 일대장—隊長, 병졸들 행군하면서 등장.

포틴브라쓰	대장, 덴마크 왕에게 가서 인사를 전하여주게. 그리고 전자에 상약相約한 대로 승낙을 얻어 내가 영내를 지나가게 되었다고 말씀 사뢰게.
	우리가 만날 장소는 알고 있겠지? 만일에 덴마크 왕께서 부르실 일이 있다면 나는 언제든지 가서 배알하겠다고 겸해 말씀드리게.
대장	그리하겠습니다.
포틴브라쓰	정숙하게 행군하도록!

포틴브라쓰와 병졸들 퇴장. 하므렡, 로젠크란쯔, 길덴스턴, 기타 등장.

하므렡	여보시오, 저게 어디 군대요?
대장	노르웨이 군대올시다.
하므렡	무슨 까닭에 풀었소?
대장	폴란드 일부를 치기 위하여 가는 길입니다.
하므렡	누가 거느리는지요?
대장	노르웨이 노왕의 조카 포틴브라쓰가 통솔하고 있습니다.
하므렡	치러 가는 곳은 폴란드 본국인가요? 그렇잖으면 어느 변경인가요?
대장	사실대로 에누리 없이 말씀드린다면, 우리가 지금 치러 가는 곳은 이름밖에 없고 실속이라고는 한 푼어치도 없는 조그만 땅뙈기올시다. 단 닷 냥 도지를 낸다 해도 빌리고 싶지 않은 땅이올시다. 그것을 판다고 하더라도 노르웨이 손에나 폴란드 손에 들어갈 수입은 그것밖에는 더 안 되리다.
하므렡	그렇다면 폴란드 사람들은 그것을 위하여 구태여 싸우려고

하지 않겠군요?

대장   아니올시다. 벌써 수비를 하고 있습니다.

하므렡   이천二千의 생령生靈과 이만 냥의 대금大金을 가지고도 이 지 푸라기 같은 일을 해결하기 어렵다니!

이것이야말로 나라가 너무 평화스럽고 돈이 흔해서 만들어 내는 종기로군, 밖으로는 보이지 않지만 안으로 썩어들어 가기 때문에, 어쩐 까닭에 사람이 죽는지 알지 못하는 노릇 과 같군! 여, 고맙소이다.

대장   평안히 가십시오.

대장, 병졸들을 데리고 퇴장.

로젠크란쯔   인제 가시렵니까?

하므렡   곧 뒤쫓아갈 테니 먼저 가게.

하므렡 외 일동 퇴장.

듣고, 보고, 겪는 일, 모두가 나에게는 가책呵責의 재료요, 무 디어버린 나의 복수심에 불을 지르는 부싯돌이구나! 만일, 먹고 자는 것밖에 일생을 아무 효과나 가치 없이 허송한다 면 인간이란 대체 무엇이냐? 짐승에 지나지 않지 않나? 인 간을 창조할 때, 앞을 내어 다 헤아릴 수 있으며, 뒤를 돌아 보고 생각할 수 있는 위대한 능력과 영특한 이성을 베풀어 주신 조물주가 우리더러 이러한 것을 녹이 슬게 그냥 내버 려두라고 한 것은 아닐 것이다. 나는 짐승같이 잘 잊어버리 는 까닭인가? 그렇잖으면, 일을 너무 지나쳐 심하게 생각하기 때문에 결단력이 생기지 못하는 것인가? 내 생각을 넷으로 쪼갠다면 지혜는 겨우 그중에 하나밖에 되지 않고 나머지 세 부분은 비겁한 것이기 때문인지 몰라도 나는 밤낮 '해야 되겠다'고만 하고 있지 않은가? 충분히 실행할 이유와 힘과 방법이 있는데도 불구하고. 이 땅덩어리와 같이 크고 명확한 실례實例가 나를 설복하고 있지 않은가?

인원수나 비용이 막대한 저 군대를 보라, 그것을 통솔하는 단아 섬약한 귀공자가 저렇게 신성한 웅지를 품고, 눈앞에 보이지 않는 앞일을 무서워하지 않고 무상無常 난측難測의 한 몸을 내어 맡기고, 운수나 주검 같은 것을 돌보지 않고 가는데 그것이 겨우 달걀 껍질만 한 것을 얻기 위해서가 아니냐?

진실로 위대한 사람이라는 것은 하필 위대한 이유가 있어야만 움직이는 것이 아니라, 대의명분을 위해서는 단 한 가닥 지푸라기를 위하여서도 싸우는 것이다. 그런데 나의 처지는 어떠한가? 아비는 죽고, 어미는 더럽히우고, 이성으로나 감정으로나 참을 수 없는 것을 참고 있다니! 내 눈앞에서 이만의 장병이 환상이나 다름없는 명예라는 뜬생각 때문에 죽으러 가는 것을 바로 잠자리라도 가듯 하는 것을 보기가 나는 진정 부끄럽구나! 저 병사가 다 들어가서 싸우기도 힘들고, 또 쓰러진 시체를 묻기에도 좁은 조그만 땅조각을 위하여 저렇게 싸우다니— 아, 오늘 이 시각부터 내 마음은 야차夜叉* 같아지이다! 그렇지 못하다면 아무짝에도 쓸데없는 인간이리니—.

---

* 야차 : 하늘을 날아다니며 사람을 괴롭힌다는 모습이 추악하고 잔인한 귀신.

제4막 제5장   엘시노어 궁전 내의 일실

한 신사(紳士) 등장.

왕비, 호레이쇼, 한 신사紳士 등장.

왕비   만나지 않으려오.

신사   기어코 뵙겠다고 하옵니다. 정신을 잃고 있사옵니다. 정말 가엾어서 볼 수가 없습니다.

왕비   어쩌겠다는 거요?

신사   자꾸 작고하신 부친 말을 하고 있사옵니다. 세상에는 별 흉계가 다 많더라고 중얼대면서. 기침을 자꾸 하고 가슴을 두드리며 속상한 양 지푸라기를 차서 흩뜨리며 의미 없는 말을 하곤 하옵는데, 무슨 소린지 한 절반밖에 알아들을 수 없더이다. 하는 말은 종잡을 수 없어도 말하는 꼴이 하도 측은해서 듣는 사람으로 하여금 하는 소리를 종합해서 그런 소린가 보다 넉넉히 짐작케 하옵니다. 하기는 눈짓하는 거라든지, 머리를 끄덕거리는 거라든지 몸짓하는 것을 보면 확실치는 않아도 무엇인가 심히 불행한 일이라도 있는 것처럼 보는 사람으로 하여금 추측케 하옵니다.

호레이쇼   만나셔서 말씀이라도 해주시는 것이 좋을까 하옵니다. 망상하기를 즐기는 자들에게 부질없는 억측의 재료를 퍼뜨리고 다니게 하는 것도 생각할 일인가 하옵기에 드리는 말씀이로소이다.

왕비   들어오라고 해.

신사 퇴장.

(방백) 죄지은 인간이 다 그렇겠지만, 내 깨끗하지 못한 마음에는 사소한 일도 큰 재난의 전주곡같이 울려온다. 죄지은 마음이란 의심과 걱정으로 하나 가득 찬 것이라, 그 죄가 드러날 것을 두려워하느라고 애를 쓸수록 더 드러나는 것이로다.

신사, 오피리아와 함께 등장.

오피리아	덴마크의 아름다운 왕비님은 어디 계세요?
왕비	이게 웬일이냐? 오피리아!
오피리아	그대가 진정 나를 사랑하는 사람인지 어떻게 알 것이오?

　　　　구라具螺* 달린 모자에 죽장망혜竹杖芒鞋*

　　　　순례길 오르신 이가 내 사랑인가?

왕비	오피리아, 그 노래 뜻이 무엇이냐?
오피리아	뭐요? 가만히 계세요. 이걸 들어보세요.

　　　　떠나셨답니다.

　　　　세상을 떠났어요.

　　　　뻗은 발뒤축에 걸리는 것.

　　　　차가운 돌멩이요,

　　　　머리를 두신 곳엔

　　　　푸른 잔디 푸르고

　　아, 하—.

왕비	아이고, 오피리아.

---

* 구라 : 조가비.
* 죽장망혜 : 지팡이(죽장)와 짚신(망혜)을 뜻하며, 길을 떠나기 위한 간편한 차림새를 비유한 말.

오피리아   가만히 들어보세요.

　　　청산靑山 백설白雪

　　　수의를 두르시니.

　　　왕 등장.

왕비   아이고, 저 꼴을 좀 보시오!

오피리아   쏟아지는 눈물에 젖은

　　　향초香草 방화芳花 덮으시고

　　　가시는 길 무덤 길이라.

왕   오피리아! 잘 있었느냐?

오피리아   황송하여라! 잘 있습니다. 올빼미라는 새는 떡집 딸 애기라
지요? 아이고, 사람이 오늘 일은 알 수 있어도, 내일 일이야
알 수 있나요? 수라상에 하느님이 내려와 앉으시기를!

왕   부친 일을 생각하고 있구나!

오피리아   자! 인제 그런 얘기는 그만둡시다. 그렇지만 누가 그게 무
슨 소리냐고 묻거든 이렇게 말씀하세요—.

　　　내일은 성 발렌타인 제일祭日,

　　　꼭두새벽 당신이 계신 들창 밖에

　　　서성거릴 나는 숫처녀,

　　　다만 부르시기만 기다릴 것이니……

　　　그러면 당신은 이른 잠 깨고 또

　　　옷일랑 입으시고 문을 여시고.

　　　손을 잡아 들이시오리니

　　　내사 어찌해

　　　숫처녀대로 나올 수 있으리까…….

왕	가엾은 오피리아!
오피리아	그래요, 참, 맹세도 다 그만두고, 끝까지 불러볼 테요.

        예수님 은덕을 두고 하는 말이지만,

        아, 야속해라, 너무도 해라!

        젊은 사내 마음먹고 드는 날이면,

        기어코 그러고 마는걸, 나무라도 소용없지.

        나를 자빠뜨리기 전에는

        아내로 삼겠다고 맹세를 하더니⋯⋯.

        라고 원망하는 가시내를 보고 하는 말,

        진정 그리하려 마음을 먹었으나

        하룻밤 자고 나니 싫어져버렸네.

왕	이 모양 된 지가 얼마가 되는가?
오피리아	모든 일이 다 잘될 거예요. 좀 참아야지요. 그렇지만 아무리 해도 그 어른이 차디찬 흙 속에 묻히셨다는 것을 생각하면 울음이 나와요. 오빠한테 알려야지요. 그럼, 안녕히 주무세요. 여러 가지로 고맙습니다. 어서 내 마차를⋯⋯ 여러분, 안녕히 계세요.

    오피리아 퇴장.

왕	뒤를 따라가서 잘 보살펴주게.

    호레이쇼 퇴장.

아! 너무 애통 상심한 데서 생긴 독폐(毒弊)니, 이게 모두 제 아비 죽은 것이 원인이구려. 거튜루드, 거튜루드! 대체 재난이란 것이 올 때에는 한 가지만 오는 것이 아니라, 밀정密偵이 모여들 듯이 여러 가지가 한꺼번에 몰려온단 말이오. 우선 포로니어쓰가 죽고, 그다음엔 하므렡이 정배定配를 가고. 물론 저 잘못으로 얻은 자업자득이지만— 내가 경솔하게 포로니어쓰를 밀장密葬해 버린 탓인지 민심은 흉흉하여 저마다 음험陰險하게 수군거리며, 어리석게 떠들어대고 불쌍한 오피리아는 상심타 못해, 미쳐서 분별을 못하고— 분별을 못하는 인간이란 허수아비 아니면 짐승에 지나지 못하는 것이지만— 게다가, 이 모든 사단事端보다 못지않게 중대한 일은 오피리아의 오래비 레아티쓰가 몰래 프랑스에서 온 사실이란 말이오. 제 아비 죽음에 대한 터무니없는 유언비어를 주워듣고, 그는 어이없이 들어박혀 있으면서 나를 의심하고 있는 모양인데 우매한 것들이 실정實情에 어긋나는 소문을 자꾸 퍼뜨리니 이 귀에서 저 귀로 나를 모해謀害하는 말이 그의 귀에까지 들어갈 수밖에— 아, 거튜루드! 이거야말로 산탄포霰彈砲같이 처처處處에서 터지니 결국 나는 한 몸으로 여러 개 총알을 맞게 되는 셈이구려.

(안에서 소란스러운 소리가 들린다.)

왕비   앗, 저게 무슨 소리요!

신사 등장.

왕   서서인瑞西人* 호위병들은 다 어데 갔느냐? 문을 지키게 하여라. 어찌 된 일이냐?

———
* 서서인 : 스위스인.

신사	자리를 피하시는 것이 좋을까 아뢰나이다. 광란의 바다, 물을 들이삼키려는 해소海嘯* 같은 기세로, 폭도를 거느린 레아티쓰. 궁전에 난입하여 친위군사 제반諸般 관속官屬을 쳐헤치고 들어오는 길이옵니다. 반역의 무리들은 레아티쓰를 왕이라 일컬으며, 이제 방금 천지개벽이나 된 것처럼, 만법萬法의 근원인 조업祖業도 잊은 양, 예도禮度도 없이 그냥 떠들기를 "우리는 레아티쓰를 국왕으로 모시겠다" 하고 어지러이 모자를 던지고 손뼉을 치면서 "레아티쓰를 왕으로 삼으라, 레아티쓰를 우리들의 왕으로!" 소리를 고래고래 하늘이 울리도록 치고 있는 것이로소이다.
왕비	갈 데로는 가지 않고 미쳐 날뛰는 짐승의 무리들! 아, 주인의 은혜를 모르고 뒷다리를 무는 이 나라의 사냥개들!
왕	문을 깨뜨렸구나!

(안에서 요란한 소음.)

레아티쓰 무장을 하고 등장. 다수의 덴마크인이 그의 뒤를 따른다.

레아티쓰	왕은 어디 있느냐? 여러분은 모두 밖에 그냥 있어주오.
덴마크인들	아니요, 우리도 들어가겠소.
레아티쓰	제발 내게 맡겨두시오.
덴마크인들	그럼 그렇게 하시오.

덴마크인들 문밖으로 나간다.

---

* 해소 : 바닷물이 역류하여 일어나는 거센 파도.

레아티쓰	고맙소. 문을 지키오. 아, 이 고약한 왕, 내 아버지를 내어 놓아!
왕비	진정해라, 레아티쓰!
레아티쓰	이럴 때 진정할 핏방울이 내 혈관 속에 흐르고 있다면 이 레아티쓰는 내 아비의 자식이 아니라, 차라리 군서방* 놈의 더러운 씨라 하겠고, 깨끗한 내 어머니의 이마에 서방질을 하였다는 표를 부젓가락으로 찍을 터이다.
왕	어떻게 된 일이냐? 레아티쓰? 거인 같은 기세로 반항을 하여오는 일이 무슨 까닭이냐? 거튜루드, 내버려두어요. 내 신변을 염려할 것은 조금도 없소! 국왕의 몸 언저리에는 항상 신통력이 따르는 것이라, 아무러한 대역大逆이라도 넘겨다나 보았지 손은 감히 대지 못하는 것이오. 말해봐라, 레아티쓰! 어째서 네가 이다지 성이 났느냐? 내버려두어요, 거튜루드! 말해봐.
레아티쓰	내 부친은 어디 계시오?
왕	죽었다.
왕비	상감마마께서 죽이신 것은 아니다.
왕	실컷 이야기해보게 내버려둬요.
레아티쓰	어찌하여 돌아가시었소? 뭐, 내가 속아 넘어갈 줄 아시오? 군신의 도리도 오늘로 모두 지옥에 팽개쳐버렸소. 신하의 맹세라니 악귀들이나 뜯어먹으라고 하시오. 양심도 의리도 내 아랑곳 아니오. 천벌을 받아도 좋고 이승도 저승도 내겐 없소. 무엇이든지 될 대로 되라 하오. 다만 유한遺恨 없이 내 아버지 원수를 갚으려오.

---

* 군서방 : 결혼한 여자가 몰래 관계를 맺은 다른 남자.

왕	그야 누가 말리겠느냐?
레아티쓰	내 의지 이외에는 말릴 것이 하나도 없지. 내 힘이 비록 크지 못할는지 모르지만 그것도 잘 쓰면 충분히 발휘될 것이니까―.
왕	기특한 레아티쓰야! 네가 어르신네 세상 떠난 소상한 까닭을 알려고 하는 모양인데, 정작 원수를 갚게 되는 마당에 가서는 진짜 원수건, 제 편이건, 후뚜룩마뚜룩* 분별없이 노름판 걷어가듯 함부로 난도질할 작정이냐?
레아티쓰	천만에, 내 원수만 칠 것이오.
왕	그렇다면 그 원수를 알고 싶으냐?
레아티쓰	선친의 벗을 대하여는 이렇게 두 팔 벌리고, 자식을 위해서는 생명도 아끼지 않는 어질고도 모진 새 펠리칸같이 내 피를 짜서라도 대접을 하여드릴 것이오.
왕	아! 이제야 네가 참 효자 같고, 신사 같은 말을 하는구나. 내가 네 아비 죽은 것에 대하여 아무 죄도 없을뿐더러, 오히려 심히 애석해 마지않는다는 것은 네가 조금만 분별해본다면 명약관화한 사실일 것이다.
덴마크인들	(안에서) 들어가게 해, 들어가게 해.
레아티쓰	뭐요? 저 소리가 뭐요?

오피리아 재등장.

아, 초열焦熱이여, 내 뇌장腦漿을 달여 말라붙게 하여다오! 소금보다 예닐곱 번 더 짠 눈물이어, 이 눈 알맹이가 절어 빠

---

* 후뚜룩마뚜룩 : 휘뚜루마뚜루. 이것저것 가리지 않고 닥치는 대로 해치우는 모양.

지게 하여다오! 내 신명께 맹세하마. 너를 미쳐버리게 한 그 원수 갚기를 저울대 꺾어지도록 무거운 이 원한으로써 할 것을. 아 오월의 장미야, 아름다운 처녀, 다정한 내 동생, 불쌍한 오피리아! 하늘이시어! 젊은 처자의 얼이 늙은 사람 죽어가듯, 이렇게 쉽사리 떠나가버리다니 이게 가당한 노릇이오니까? 사람의 천성이란, 사랑으로 말미암아 아름다워진다는데, 그 아름다워진 영혼이 사랑하는 사람의 뒤를 따라가며 자기의 가장 존귀하게 여기던 것을 주어버리고 마는 것인가?

오피리아   얼굴도 가리지 않은 채

            영구靈柩에 실어가지고

            헤이 논 노니, 노니 헤이 노니.

            무덤에 내리는 비

            쏟아지는 눈물이오.

안녕히 계십시오. 사랑하는 그대여!

레아티쓰   네가 제정신을 가지고 원수를 갚아달라고 우겨댈지라도 이보다 더 나를 움직이지는 못할 것이다.

오피리아   이렇게 불러야죠,

            아 다운 아 다운,

            그냥 반을 부르려면

            아다우나.

아이고, 물레바퀴 장단에 잘도 맞네, 주인 양반 따님을 훔쳐 간 건 그 집 집사죠.

레아티쓰   잠꼬대 같은 소리가 똑똑한 말보다 더 의미가 있구나.

오피리아   자, 여기 로즈메리가 있어. 이것은 영원불망永遠不忘이라는 뜻, 잘 기억해둬요. 그리고 여기 꼬까 오랑캐, 날 생각해달란 말이에요.

레아티쓰　미쳐서 하는 소린데도 뜻있는 말이구나, 잊지 말고 생각해
　　　　　달라는 것은……

오피리아　자, (왕을 보고) 당신께는 회향齒香과 미나리아재비, 그리고
　　　　　(왕비를 보고) 당신께는 예향藝香을 드리죠, 나도 좀 가지고,
　　　　　이걸 안식일 기도초祈禱草라고도 하지요. 아이고, 이렇게 좀
　　　　　달리 꽂으세요. 그리고 이건 들국화, 오랑캐꽃을 좀 드리려
　　　　　고 그랬는데 아부지가 돌아가신 뒤에 다 시들었어요. 대장
　　　　　부답게 돌아가셨다죠? 로빈은 참 좋은 사람이었지.

레아티쓰　우수憂愁, 사려思慮, 간난艱難, 고통 심지어 초열지옥 괴로움
　　　　　까지도, 좋고 또 아름다운 것으로 만들어버리는구나!

오피리아　　그래 돌아오지 못하실까?

　　　　　　정말 돌아오지 못하실까?

　　　　　　아니야, 돌아가셨어.

　　　　　　아주 돌아가시고 말았어,

　　　　　　돌아오지 못하실 거야!

　　　　　　수염은 백설白雪

　　　　　　머리는 삼베,

　　　　　　가셨어!

　　　　　　돌아가셨어!

　　　　　　탄식한들 무엇하리

　　　　　　명복이나 빌어야지.

　　　　　여러분 명복도 빌어드립니다. 안녕히들 계세요.

레아티쓰　저걸 보시오. 얼마나 가엾은 꼴이오?

왕　　　　레아티쓰! 나도 함께 슬퍼하게 해다오. 그러지 않는다면 네
　　　　　가 내 호의를 저버리는 것이다. 저리 가서 네 생각에 가장

현명하다고 생각하는 사람들을 불러 모아놓고 너와 나 사이에 걸려 있는 시비를 판단해달라고 해보아라. 만일에 그 사람들이 직접으로나 혹은 간접으로 내게 죄가 있다고 판단을 내릴 때에는 나는 나의 왕국, 왕관, 생명은 물론 그 밖에 내게 달려 있는 것은 무엇이든지 모두 속죄하는 의미로 너에게 주마. 그러나 만일 그렇지 않다면 마음을 진정하고 내 말을 들어라. 그런다면 나도 힘을 빌릴 것이니 따라서 너의 소망도 이룰 수 있을 것이다.

레아티쓰 그렇게 합시다. 내 부친이 죽은 까닭, 대강대강 해치운 장례, 유골을 장식하는 기념품도, 칼도, 가문家紋도 없이, 무엇 하나 의식상으로 거든 것 없이 소홀하게 치러버린 그 매장이 어찌 된 일이냐고 하늘에서 땅에 울리도록 원통한 호소성呼訴聲이 들리는 것이니, 나는 기어코 따지고 말겠소.

왕 그렇게 하여라. 죄가 있는 곳에 보복의 도끼날이 내리치도록 하여라. 자, 같이 들어가자.

일동 퇴장.

제4막 제6장   궁전 내 다른 일실

호레이쇼와 한 시복 등장.

호레이쇼 나를 만나고 싶다는 사람이 누구냐?
시복 뱃사공들이올시다. 편지를 가지고 왔다고 합니다.
호레이쇼 들어오라고 해라.

시복 퇴장.

하므렡 왕자에게서 오면 왔지 그 밖에야 대체 내게 기별이
올 데가 세상 어디란 말일까?

뱃사공들 등장.

뱃사공 1   안녕하십니까?
호레이쇼   안녕하시오?
뱃사공 2   황감합니다. 나리께서 호레이쇼라는 어른이시라면— 그렇
          게 알고 왔는데. 여기 편지가 한 장 있습니다. 영국으로 가
          신 사신께서 보내신 것입니다.
호레이쇼   (편지를 읽는다.)
          호레이쇼 공, 이 편지를 읽고 나서 편지 가지고 간 사람들이
          왕께 배알할 수 있도록 하여주시오. 왕에게 바칠 글월이 있
          기 때문이오. 우리가 항구를 떠난 지 사흘째 되던 날, 표한慓
          悍한* 해적선이 우리 배를 습격하여왔소.
          우리 배는 속력이 늦기 때문에 할 수 없이 있는 힘을 다하여
          응전하다가 나는 해적선에 올라타게 되었는데, 이때 적선이
          우리 배에서 떨어져 나갔는지라 나는 결국 포로가 되어버렸
          소. 그들은 의적답게 나를 관대하게 다루었거니와 이는 다
          바라는 바가 있어서 그리한 것이라고 생각하오. 상당한 보
          수를 주어야 할 것 같소. 내가 보내는 서함을 왕에게 전하고
          그대는 목숨을 걸고 허공을 날듯이 내게로 빨리 와주오. 들

---

* 표한한 : 성질히 급하고 사나운.

으면 아연실색할 얘기가 한두 가지가 아니오. 사유는 중하고 또 커서 이루 말로는 다 못 하겠소. 이 사람들이 그대를 나 있는 데로 인도하리다. 로젠크란쯔와 길덴스턴은 영국으로 가는 중이거니와 그 사람들에 관한 얘기도 할 것이 많소. 전차불비專此不備.

　　　　　　　　　　　　　그대의 막역한 벗 하므렡.

이리들 오시오, 가지고 온 편지를 상감께 바치게 해드리리다. 빨리 올리고 어서 나를 편지 보내신 어른 있는 데로 인도하여주오.

제4막 제7장　궁전 내의 다른 일실

왕과 레아티쓰 등장.

왕　　　　덕이 많은 너의 어르신네를 살해한 인간이 내 생명까지 노리고 있다는 것을 네 귀로 듣고 안 이상, 너의 양심은 나의 결백한 것을 잘 알아줄 것이며, 나를 너의 편 사람으로 소중히 생각해주어야 마땅할 줄 안다.

레아티쓰　그런 것 같습니다. 그런데, 한 가지 여쭈어보고 싶은 것은 어째서 이렇게 악독하고, 용서 못 할 난행을 그냥 내버려두셨습니까? 상감마마 안위를 생각하셔서도 그렇고, 무엇을 생각해도 그냥 방치해두실 수는 없었을 것 같은데요—.

왕　　　　아, 두 가지 이유로 그랬다……. 네 생각에는 대수롭지 않은 것일지 모르나 내가 볼 때에는 반드시 그렇지도 않아. 우선 어머니 되시는 중전이 그를 보지 못하면 한시도 못살 것처럼 생각하고, 또 나로 볼 때에는…… 이게 내 덕인지 부덕의 소치인지는 몰라도— 중전은 내 생명이란 말이다. 별이 성좌를 떠날 수 없는 것같이 나 역시 중전을 떠나서는 살 수 없단 말이다. 또 한 가지 내가 공공연하게 처단을 못하는 까닭은 일반 백성들이 하므렡을 끔찍이 알고 있어, 그의 일이라면, 아무런 과오라 해도 관대하게 보아 넘기는 까닭이니 만일 그를 구금하든지 한다면 마치 영천靈泉이 수목을 돌로 변해버리듯이 도리어 그의 죄가 공덕으로 변해버릴 우려가 있단 말이다. 그렇게 열렬한 민심에 대항하여 섣불리 오죽잖은 활촉을 뺀다면 화살은 갈 데로는 가지 않고 역풍을 만나 도로 쏜 사람에게로 돌아올 것이란 말이다.

레아티쓰   그것 때문에 나는 인자한 아버지를 잃고, 누이동생을 미치게 해야 옳단 말입니까? 이제 또다시 칭송하여보았자 쓸데없는 노릇이지만 고금 천하에 다시없을 완미한 여인을! 이 원수를 갚지 않고 어떻게 할 것이오?

왕   그것 때문에 잠 못 잘 것은 없다. 내 수염에 불이 붙는 것을 재미로 알 지경으로 내가 무감각하고 우둔한 사람은 아니란 말이다. 더 얘기할 것이 있다. 나는 네 어르신네를 끔찍이 생각했다. 나 자신도 끔찍이 생각하듯이. 그러니까, 잘 생각해보면 알겠지만—.

시복, 서함을 가지고 등장.

무엇이냐?

시복   하므렡 왕자께서 보내신 편지입니다. 이것은 상감마마께, 그리고 이것은 곤전마마께 올리신 것이옵니다.

왕	하므렡에게서? 누가 가지고 왔느냐?
시복	뱃사공들이라 하옵나이다. 소인은 그들을 보진 못하였습니다. 크로디오가 소인에게 전해주었는데 뱃사공들에게 직접 받았다고 하옵니다.
왕	레아티쓰, 들어봐라. ……물러가.

시복 퇴장.

(편지를 읽는다.)
지존, 지엄하신 대군께 부복俯伏하고 사뢰나이다. 불충불효不忠不孝 사직社稷에 엎드리니 벗은 몸이로소이다. 삼가 아뢰는 바, 야명夜明에 용안龍眼을 지척에 우러러뵐까 하나이다. 이차以此 가합케 여기시면 배알케 될 계제에 불시 귀환한 사유를 축조逐條* 서서徐徐* 품상 복계伏計*하옵나이다.

하므렡

이게 어떻게 된 일인가? 배종들도 다 돌아왔단 말인가? 그렇잖으면 얼토당토않은 계략인가?

레아티쓰	누구의 필적筆跡인지 모르시겠습니까?
왕	하므렡의 필적이야. '벗은 몸'……. 그리고 여기 추백追白하고, '홀로'라고 했네. 너는 어떻게 생각하느냐?
레아티쓰	전혀 모르겠습니다. 하여간 오게 내버려두시지요. 온다고 하니 식어가던 심장이 다시 달아납니다. 만나서 코밑에 대

---

*축조 : 해석이나 검토를 한 조목씩 함.
*서서 : 천천히.
*복계 : 명령을 받고 처리한 일을 임금에게 아룀.

고 '네 죄를 네가 알렷다'고 할 생각을 하니까—.

왕　　　돌아온다! 그럴 수가 있을까? 그러나 레아티쓰, 역시 온다 는 게 사실인 모양인데 그렇다면, 너는 내 말을 듣겠느냐?

레아티쓰　그리하오리다. 화해를 하라든가 그따위 불명예스러운 일만 아니라면.

왕　　　너 자신에게 화해를 시켜주기 위하여.

하므렡이 돌아와서 마음이 변해 다시 떠나가겠다고만 하지 않는다면, 그를 설복시켜 내가 미리 계획해둔 일에 걸려들 게 할 것이다. 그리하면 필경 죽음을 면치 못할 것이다. 그 렇게만 되면 아무도 그의 죽음에 대해서 시비할 사람도 없 을 것이고, 제 어미까지도 모략인 줄 모르고 불의지변不意之 變이라고만 생각할 것이니까—.

레아티쓰　뜻하신 대로 따르리다. 계획하신 일에 소신을 참여시켜주 신다면 더욱 생광生光이겠나이다.

왕　　　그렇다면 잘되었다. 사실은 네가 해외로 유학을 떠난 뒤에 가끔 세평世評에 올랐지만, 특히 하므렡이 듣는 데서 네가 가지고 있는 장기長技에 대해서 칭찬하는 것을 들었다. 너의 온갖 다른 재조보다도 그 장기에 대해서 하므렡이 심히 부 러워하는 모양이더라. 내 보기에는 너의 재간 중에서 제일 떨어지는 것이라고 보지마는—.

레아티쓰　장기라니 무엇 말씀이오니까?

왕　　　말하자면 젊은 사람의 모자에 장식하는 비단 끈 같은 것인 데, 젊은 사람들에게는 없지 못할 것이지— 나이 지긋한 사 람에게 건 장미와 품격을 돋아내는 데 흑초黑貂* 의상이 적

---

* 흑초 : 검은담비.

당한 것과 같이, 젊은 사람에게는 좀 더 경쾌하고 사치스런 옷이 제격이란 말이거든. 한 두어 달 전에 어떤 노르망디 기사騎士가 왔었는데…… 프랑스 사람들 마술馬術이 능한 것은 내가 일찍 실전에서 그들과 싸워보고 아는 일이지마는……. 이제 말한 기사는 마술에 아주 신통력을 가진 사람이야. 안 장에 제물돋히로 붙은 양,* 말 다루기를 발가락 놀리듯, 마치 준마駿馬와 혼신일체, 사람과 짐승이 피를 나눈 것과 같아서, 아무리 내가 기상천외한 승마술을 상상해본다고 하더라도 도저히 그 사람의 실제 기술을 표현할 수가 없더란 말이다.

레아티쓰	노르망디 기사라고 하셨지요?
왕	그래.
레아티쓰	아! 라몬드로군요.
왕	바로 그 사람이다.
레아티쓰	저도 잘 압니다. 그 사람이야말로 그 나라의 지존이올시다.
왕	그 사람이 네 칭찬을 하더라. 검술에서 특히 세장도細長刀 쓰는 데는 너를 따를 사람이 없을 것이라고 하면서. 만일 너에게 도전하는 사람이 있다면 그 승부야말로 천하장관일 것이라고 하더라. 프랑스 검술가들은 너를 대한다면 진퇴, 공방攻防, 착안 모두 제 마음대로 못할 것이라고 극구 찬탄하더라. 이 말을 들은 하므렡이 어찌나 샘을 내던지. 사실은 네가 하루속히 귀국하여 승부를 결정지을 날이 오기를 손꼽아 기다리고 있었다. 그래서 이것을 좋은 기회로 해서.
레아티쓰	어떤 기회 말씀이오니까?

---

* 제물돋히로 붙은 양 : 착 붙어 있는 모습을 비유한 말인 듯.

왕	레아티쓰, 너는 정말 네 어르신네를 끔찍이 생각하느냐? 그렇잖으면 그냥 빈말뿐이냐?
레아티쓰	왜 그것을 물어보십니까?
왕	효성이 지극하지 않다는 것이 아니라, 대체로 인정이라는 것은 때를 말미암아 생기는 것이요, 또 오래 두고 가지각색 인정의 소장消長을 봐왔는지라 하는 말이다. 때가 흐르고 지나가면 애정도 따라 수그러지는 일도 있으니까. 애정이라는 불꽃 속에는 심지와 같은 물건이 있어 불꽃을 수그러지게 하는 것인데, 도대체 뭐든지 좋은 대로 그냥 언제까지 가는 것은 아니니까― 왜 그런고 하면 선량한 것도 지나치게 과하면 제풀에 망해버리는 것이니까― 그러니 우리가 무엇을 해야 되겠다고 하면 그 자리에서 해야 된단 말이다. 그렇잖으면 그 '해야 되겠다'는 생각이 달라져서 세상에 입과 손이 많고, 또 불의지변으로 인해 어긋날 수가 많단 말이다. 그리고 이 '해야 되겠다'는 말조차도 방탕한 사람의 탄식 같은 것이어서 한때 자기 위로가 될지 모르나 결국은 몸에 해로운 것이야. 그건 그렇고, 요긴한 것은…… 하므렡이 돌아온다면 너는 네가 진정 효자라는 것을 말이 아니라 행동으로 표시할 무슨 계획을 하고 있느냐?
레아티쓰	교회당 한가운데서 왕자의 목을 버히겠나이다.
왕	어떠한 장소에 설지라도 살인죄가 면해지지는 못할 것이다. 복수에 특정한 한계가 따로 있는 것이 아니다. 그러지 말고 레아티쓰야, 내 말을 들어라. 우선 한동안 들어앉아 있거라. 하므렡이 돌아오는 대로 네가 귀국하였다는 것을 알려주는 동시에 사람들을 시켜서 네 무예가 놀랍다는 칭찬을 하게 하여, 그 프랑스 사람이 네 칭찬을 해놓은 데다

가 덧붙여 결국 두 사람이 내기를 걸고 승부를 다투도록 만든다는 말이다. 하므렡은 천성이 우직하고 계책 같은 것은 전혀 모르는 고지식하고 데면데면한 위인이라 칼을 조사해본다든지 하는 일도 없을 터이다. 손쉽게 너는 슬쩍 계략을 써서 칼끝이 무디지 않은 칼을 쓰렴. 계책의 일격으로써 너는 네 어르신네의 원수를 갚을 수 있을 것이다.

레아티쓰 그리하오리다. 그런데 마침 칼끝에 바를 독을 제가 가지고 있습니다. 어떤 약장사에게서 사둔 것인데 칼끝에 이것을 바르면 할퀸 정도의 상처만으로도 생명을 잃고 말 것이니, 달빛 아래 자라는 온갖 영초靈草를 모아서 만든 고약을 바른다 할지라도 낫게 하지는 못할 것입니다. 저는 제 칼끝을 이 약으로 발라두겠습니다. 그러면 슬쩍 다쳐만 놓아도 틀림없이 죽을 것입니다.

왕 여기 대해서는 좀 더 생각해서 우리 목적에 가합하도록 때와 수단이 편한 도리를 연구해보기로 하자. 만일 실패로 돌아가서 일이 드러나게 될 것이라면, 애당초에 해볼 필요도 없다. 그러니까 이 계획에는 설사 첫 번째 시험이 터져버려서 실패하더라도 곧 그것이 허사가 되지 않게 하고 또 봉창할 수 있는 둘째 번 용의用意를 생각해둘 필요가 있단 말이다. 음, 가만있자! 우선 두 사람의 기량에 대하여는 내기를 걸어놓고……. 아, 생각이 난다— 두 사람이 한창 결투를 하노라면 필경 몸이 더워지고 목이 마를 게라…… 또 상대가 그렇게 되도록 네가 적당히 알아서— 해주기를 바란다마는— 그럴 때 하므렡은 마실 것을 찾을 게니, 나는 그때 술잔을 예비해둘 것이다. 이것을 한 모금 마시면 비록 그가 너의 독검을 면하더라도 별수 없이 우리 생각대로 되고 말 것이다. 쉿! 저게 무슨 소리냐?

왕비 등장.

왕비　설상가상 격으로 접종接踵*해 일어나는 불행. 레아티쓰야,
　　　네 누이가 물에 빠져 죽었다.
레아티쓰　뭐, 물에 빠져요? 어디서요?
왕비　버드나무 한 그루 비스듬히 선 개울 언덕 흰 잎새 흐르는
　　　물에 비치곤 하는 거울 같은 시냇물 가에. 모간화毛茛花, 담
　　　마蕁麻, 들국화, 짓궂은 머슴들이 고약한 이름을 지어 부르
　　　지만 세상 모르는 처녀들이 죽은 사람의 손가락이라고 부
　　　르는 지란화芝蘭花로 엮은 기묘한 꽃다발을 손에 들고 정신
　　　없이 와서 이 꽃다발을 버드나무 늘어진 가지에 걸려고 올
　　　라가다가, 얄궂은 실가지가 부러지자, 몸은 꽃다발과 함께
　　　느껴우는 양 물소리 잦은 냇물 속에 떨어지고 만 것이다.
　　　넓은 치마폭이 퍼져, 인어같이 잠시는 물 위에 뜰 제 물속에
　　　나서 물속에 자라난 양, 최후의 고통도 깨닫지 못하고 늘
　　　부르던 노래를 읊조리더니, 이윽고 물에 배어 무거워진 옷
　　　은 가엾은 처녀를 노래와 함께 물속으로 끌고 들어가고 말
　　　았단다.
레아티쓰　아이고, 그러면 정말 물에 빠져 죽었군요!
왕비　그렇다. 물에 빠져 죽었다.
레아티쓰　불쌍한 누이야, 네가 물을 많이 먹었겠기로 나는 눈물을 흘
　　　리지 않으련다. 그렇게 말은 해도 모진 버릇이라 눈물이 흘

---

* 접종 : 사물이나 사건이 잇따라 일어남.

러나오는구나! 웃으려거든 웃어라! 이 눈물이 다 없어지면
아녀자 같은 생각도 없어지리—.

물러가겠습니다. 가슴속에 불과 같이 하고 싶은 말이 있기
는 하나, 이 어리석은 눈물이 꺼버리고 마는 것입니다.

레아티쓰 퇴장.

왕   뒤를 쫓아갑시다. 저 애를 달래고 진정시키느라 무진 애를
         썼소. 오피리아가 죽은 것 때문에 또 시작할까 저어하오.
         그러니까 쫓아가봅시다.

왕과 왕비 퇴장.

제5막 제1장   묘지

어릿광대 두 사람, 삽, 괭이를 들고 등장.

광대 1   제가 좋아서 죽어버린 여자를 법식法式대로 장사를 지내준
          단 말인가?

광대 2   그렇다네, 그러니까 어서 무덤이나 파, 검시하는 양반들이
          조사를 해보고 법식대로 하라고 했네.

광대 1   그게 될 말이야, 정조라도 지키기 위해 그렇게 됐다면 몰
          라도.

광대 2   글쎄, 그래도 그렇게 됐다니까.

광대 1   그렇다면 정당방위였던 게지. 그것밖에 될 수 없어. 이것

봐, 요령이 이렇거든……. 내가 만일 좋아서 자살했다고 하
잔 말일세. 그럼 그걸 행동이라고 하거든. 한데 행동이란 것
에는 세 가지 종류가 있단 말이야. 첫째는 행하는 것, 둘째
는 하는 것, 셋째는 만드는 것이란 말이야. 그러니까 이 여
자는 결국 제가 좋아 죽은 거란 말이거든.

광대 2   글쎄, 그런데, 들어봐, 이 사람아.

광대 1   아닐세, 가만있게. 여기 물이 있단 말이지, 여기 사람이 있
고, 알아듣겠나? 만일에 이 사람이 이 물로 가서 빠져 죽어
버린다면 제가 좋아서 그랬건 궂어서 그랬건 제가 한 노릇
이 아니야? 알겠나? 그러나 물이 와서 사람을 빠지게 했다
면 사람이 빠진 것이 아니거든. 그러니까, 따라서 제 손으로
제 명을 짧게 하지 않은 사람은 제가 좋아 죽은 것이 아니
란 말일세.

광대 2   그게 법률인가?

광대 1   암, 이게 검시관의 검시법이거든.

광대 2   내 정말을 말해줄까? 이 여자가 다 상당한 집의 자식이니
까 그렇지, 그렇잖다면 법식이 당當한 말인가?

광대 1   자네 말이 옳으이. 지체 높은 양반이야 어디 상놈 같은가?
그 사람들이야 목을 매고 죽든지 물에 빠져 죽는데두 다 편
리하게 되어먹은 세상이니까 우습단 말일세. 어디, 좀 파볼
까. 지체 높은 얘기가 났으니 말이지, 정말 지체가 오랜 마
련으론 아마 원정園丁이나 가래질꾼이나 무덤 파는 사람이
제일 역사가 오랠 걸세. 군자 양반 아담에게서 대수를 물려
받은 직업이니까.

광대 2   아담이 군자 양반이었나?

광대 1   그럼, 그 양반이 맨 처음 곡굉이침지曲肱而枕之*하신 어른이

니까.

광대 2 　아니야—.

광대 1 　뭣이 어째? 자네 대마돈가? 자네 그럼 성경을 어떻게 읽었
　　　나? 성경 말씀에 '아담이 팠다'고 그렇잖았어? 곡괭이 없이
　　　땅을 팔 수 있어? 내 한 가지만 더 물어봄세. 이걸 대답 못
　　　하겠거든 자네—.

광대 2 　그만둬.

광대 1 　석수쟁이나 목수, 뱃목수보다 더 튼튼한 걸 만드는 게 누군
　　　지 알겠나?

광대 2 　교수대絞首臺를 만드는 사람이겠지. 그놈의 물건은 주인이
　　　천 번 바뀌어도 그냥 그대로 있으니까.

광대 1 　야, 이건 상당하다! 정말 그럴듯한 말인데. 그런데 어떻게
　　　그럴듯한가 아는가? 나쁜 짓을 한 놈들, 모가지 자르는 데
　　　그럴듯하거든. 그런데 자네 교수대가 예배당보다 튼튼하다
　　　고 나쁜 소리를 했으니까, 교수대는 결국 자네한테 그럴듯
　　　한 안성맞춤이란 말일세. 다시 해보게 어서.

광대 2 　'석수쟁이나 사공, 뱃목수보다 튼튼한 걸 만드는 게 누군
　　　가?'

광대 1 　그래, 알아내봐, 알아내고 한숨 돌리게.

광대 2 　아, 알았다, 알았어.

광대 1 　뭐야?

광대 2 　아이구, 모르겠는데.

멀리 하므렡과 호레이쇼 등장.

———

* 곡굉이침지 : 팔을 구부려 베개로 삼는다는 의미로, 몹시 가난한 생활을 뜻함.

광대 1	그걸 알아내겠다고 메줏대가리 그만 쩧게. 당나귀 같은 둔 재바리는 암만 때려도 움씻 안 하니까. 이담에 누가 이걸 묻거든 무덤 파는 사람이라고 대답해. 그 사람이 만든 집은 최후 심판 날까지 갈 것이니까. 여보게, 요한네 가서 술 한 병 받아가지고 오게.

광대 2 퇴장.

(광대 1 땅을 파면서 노래를 부른다.)
    나두야 젊어서는
    사랑도 해보고,
    좋다고도 그랬더니,
    때가 가고
    철이 나서 그런지는 몰라도,
    모두 다 심드렁
    그러쿵저러쿵하구나.

하므렡	저 녀석은 자기가 하는 일이 무엇인지도 모르는 게지. 무덤 을 파면서 노래를 부르니!
호레이쇼	늘 하는 일이니까 감각이 둔해져버린 게지요.
하므렡	참 그래, 쓰지 않는 손이 예민한 것이니까.
광대 1	백발이 막대를 짚고 오더니

    내 목덜미를 비틀어 쥐어
    저 속에다 집어넣었구나.
    나두야 한때는
    그렇지는 않았는데.
(하면서 두개골을 한 개 집어던진다.)

하므렡 저 두개골에도 한때는 혀가 달려서 노래를 불렀으렷다! 그
런데, 어때, 저것 봐. 저자가 마치 인간 최초의 살인자 카인
이 쓰던 당나귀 턱주가리 뼈다귀처럼 내동댕이치는구나. 지
금은 저런 필부匹夫의 손에 농락되고 있지만 혹시 몰라, 옛
날에는 귀신도 곡하게 하는 어떤 머리 좋은 정객政客의 대가
리였는지도 모르지, 그렇잖소?

호레이쇼 그럴는지도 모르지요.

하므렡 혹은 벼슬아치의 대가리였는지도 모르지. "대감, 안녕히 주
무셨습니까? 이즈음은 어찌 소일하시옵는지—"하고 읊조
리던 말이지. 이게 바로 모모某某 대감의 타시는 말을 극구
찬양하던 모모 대감일는지도 모르지. 가지고 싶어서 탐이
날 때에 말이지, 그렇잖소?

호레이쇼 그럴는지도 모르지요.

하므렡 틀림없소. 그런 것이 지금은 굼벵이 부인夫人의 물건이 되어
서 턱주가리도 없이 머슴 놈의 괭이 끝에 뒤통수를 얻어맞
고 있단 말이오. 우리 인간의 눈에 보이지 않아서 그렇지,
여기 참 변전무상變轉無常의 묘한 이치가 있단 말이오. 이 뼈
다귀들이 그래 저렇게 팔매질 장난거리가 되려고, 평생을
성장해왔단 말이오? 생각하면 가슴이 아프오.

광대 1 (노래를 부른다.)

　　　곡괭이 한 자루에 괭이 한 자루
　　　괭이 한 자루에 수의가 한 벌
　　　에헤라 데어
　　　파느니 움집이요
　　　오느니 손님인데
　　　살기가 좋아서 오는 게랍니다.

(두개골을 또 한 개 던진다.)

하므렡   또 하나 있군, 저것은 어떤 변호사의 두개골인지도 모르지. 아, 저 사람의 교언영설巧言令說은 지금 다 어디 갔나? 견강부회, 재판례裁判例, 소유권, 궤변 간계는 다 어디 갔을까? 어째서 저렇게 상두꾼의 흙투성이 삽 끝에 얻어맞고 가만 있는 것일까? 왜 구타죄로 고소를 하겠다고 하지 않는가? 흥, 어쩌면, 한창 세월이 좋을 때 땅이랑 많이 사가지고, 지상권증명이라는 둥, 등기증이라는 둥, 혹은 소유증명이라, 이중유가증명二重有價證明이라, 또는 영대지상권永代地上權이라는 둥 하고 돌아다녔으련만, 저렇게 대갈통이 흙투성이가 된 것이 결국 그의 소유증명이 소유하는 것이고, 영대지상권이 영원히 남는 것일까? 증인도 이제는 그의 매수권買收權에 대해서 아무 유리한 증언도 해주지 않고, 이중유가증이 있어도 빈 종잇장이로구나. 이 관 통 속에는 토지양도증서도 들어 있지 않을 게요. 양도받은 것이라고는 관밖에 없으니까!

호레이쇼   그것밖에 없지요.

하므렡   증서용지는 양피羊皮로 만들지요?

호레이쇼   네, 그렇습니다. 소가죽으로도 만들고.

하므렡   그런 물건을 믿는 것은 그야말로 양이나 소 같은 인간이오. 어디 저자에게 말 좀 걸어볼까? 여보, 이게 누구 산소요?

광대 1   제 것이올시다. (노래를 부른다.)

　　　파느니 움집이요,

　　　오느니 손님인데

　　　살기가 좋아서 오는 게랍니다.

하므렡   과연 당신의 것이 분명하오. 그 속에 들어가 있는 것이 거짓

말이 아니니까.

광대 1　당신은 거짓말을 하지 않으니까. 이것은 당신 것이 아니지요. 나로 말하면 들어가 있지 않다고 거짓말을 하기 때문이 아니라, 그냥 내 것이란 말이외다.

하므렡　당신, 그 속에 들어가 있으면서 제 거라니까 그건 거짓말이지 무엇이오? 그러나 그것은 죽은 사람이 들어가는 데지 살아서 움직이는 사람이 들어가는 데는 아니잖아?

광대 1　그렇다면 죽은 사람한테 말을 거는 산 사람이 잘못이지오. 어떠세요? 내 농담이!

하므렡　누구 무덤을 파고 있는 거요?

광대 1　누가 아니올시다.

하므렡　그럼 어떤 여자를 묻을 건가?

광대 1　여자 무덤도 아니올시다.

하므렡　그럼, 뭘 묻으려고 파는 것이냐?

광대 1　살아 있을 때는 여자였는데 나무아미타불 그만 죽어버렸어요.

하므렡　아, 이 친구 말하는 게 어지간하다! 주반珠盤이라도 가져다 놓고 얘기를 해야지, 그렇잖으면 딴죽에 채어 넘어가겠는데. 호레이쇼, 참 내가 한 삼 년 동안 느낀 일이지만 시대가 각박하게 변해서 농사꾼의 손톱이 대감 영감 발뒤축에 닿게 되어 동상凍傷난 데를 긁어 빨을 나게 한단 말이오. (광대 1에게) 당신 언제부터 산소 일을 하기 시작했소?

광대 1　일 년 삼백육십오 일, 하고많은 날 중에 승하하신 하므렡 대왕께서 포틴브라쓰를 쳐서 이기셨던 날부터요.

하므렡　그게 언제 일이오?

광대 1　그걸 모르시오? 삼척동자도 다 아는걸. 하므렡 왕자님이

	탄생하시던 바로 그날이죠. 지금은 미쳐서 영국으로 쫓겨 갔지만.
하므렡	그래요? 어째서 영국으로 쫓겨갔는지 아오?
광대 1	미쳤으니까 그렇죠. 거기서 정신 차리실 겝니다. 정신 못 차려도 상관없구요.
하므렡	왜?
광대 1	게서는 별로 눈에 뜨이지 않을 테니까요. 그곳 사람들은 모두 미쳤다고 합데다.
하므렡	어째서 하므렡 왕자가 미쳤는지 아오?
광대 1	글쎄, 그게 이상한 일이라고들 하더군요.
하므렡	어떻게 이상하답디까?
광대 1	빠졌다니까요.
하므렡	어데가 빠져?
광대 1	여기 덴마크에 빠졌어요. 소인은 어려서부터 이곳에서 한 삼십 년 동안 살았죠.
하므렡	사람이 땅에 묻혀서 얼마나 가면 썩소?
광대 1	글쎄요, 요샌 매독梅毒으로 죽는 사람이 많아서……. 죽기 전에 썩지 않았다면 한 팔구 년은 가야 썩지요. 가죽 장사는 구년이 틀림 없구요.
하므렡	가죽 장사는 왜 더 오래가오?
광대 1	왜라니요? 장삿속으로 제 가죽을 쳐두었으니까 한참 동안 물기를 받지 않거든요. 사실, 물이란 것이 송장을 흠뻑 썩게 하는 것이니까요. 여기 해골통이 있군. 이것은 스물세 해 동안 땅속에 있던 겁니다.
하므렡	뉘 것이오?
광대 1	시러베아들,* 얼빠진 자식이었지. 누군지 모르시겠습니까?

하므렡	모르겠소.
광대 1	염병할 시러베아들 놈! 이놈이 옛날에 내 대가리에 포도주를 부었더란 말입니다. 이게 왕의 어릿광대 요릭의 대가립니다.
하므렡	이게?
광대 1	그렇습니다.
하므렡	어디 봅시다. (촉루髑髏*를 손에 들고) 아, 가련한 요릭! 호레이쇼, 내가 이 사람을 아오. 농담과 재담이 기막히던 자요. 기상천외한 착상이 용하고— 나를 몇 천 번이나 등에 업고 다녔는지 모르겠소. 지금 생각하면 메스껍고 몸서리가 나오마는— 이쯤에 입이 있었겠군. 거기다가 몇 번이나 입을 맞추었던지 모르겠소. (촉루를 보고) 그렇게 사람을 잘 놀리던 주둥아리는 어디로 갔느냐? 광대춤은? 노랫가락은? 만당滿堂 일좌—座를 포복절도시키던 재담 해학은? 이빨을 설핏하게 드러낸 얼굴을 보고 웃어주는 사람도 없구나. 웃을 수도 없느냐? 자 어서 나인들 있는 방으로 가서 아무리 분을 발라도 한 치 두께로 발라도 별수 없이 이담에는 이런 얼굴이 된다고 해서 웃겨보지 그래— 여보, 호레이쇼, 한 가지 물어볼 게 있소.
호레이쇼	무엇입니까?
하므렡	알렉산더 대왕도 땅속에서는 이런 꼴을 하고 있을까?
호레이쇼	그렇겠지요.
하므렡	그리고, 이렇게 냄새가 날까? 쳇. (촉루를 땅에 놓는다.)

---

* 시러베아들 : 실없는 사람을 얕잡아 이르는 말.
* 촉루 : 해골.

호레이쇼	그렇겠지요.
하므렡	죽은 뒤에는 어떤 망측한 데 우리가 쓰이게 되는지 알 수 없는 일이군. 상상해보면 알렉산더 대왕의 유골이라도 흙이 되어 술 단지 마개가 되지 않는다고 누가 보장하겠는가 말이오.
호레이쇼	그렇게 생각하시는 것은 너무 지나친 천착이십니다.
하므렡	아니, 천만에. 그렇게 될 수 있을 거라고 생각을 하여보는 것은 타당한 일이라고 생각하오. 과장이 아닌 것은 이렇게 생각해보오— 알렉산더가 죽었다. 매장을 당했다. 먼지가 된다. 먼지는 흙이니까, 흙에서 진흙이 생기고 알렉산더가 변해서 된 진흙으로 맥주 항아리 마개를 만들 수 없단 말이오?

> 역발산기개세力拔山氣蓋世의 시저도
>
> 한 번 죽으면 흙이 되어
>
> 찬바람 들어오는 구멍을 막는다니,
>
> 아! 한 세상을 뒤흔들던
>
> 그 흙덩어리,
>
> 이제 겨우
>
> 역풍逆風을 막기 위해
>
> 파벽破壁을 매질하다니!

쉿! 저리 갑시다. 왕의 거동이오.

승려 등이 행렬을 짓고, 오피리아의 유해를 선두로 레아티쓰와 조객 다수가 따르고, 왕과 왕비, 정신, 시종들을 거느리고 등장.

어마마마, 정신들— 누구 장례인가? 더군다나 약식略式 장의葬儀— 필경 자포자기해서 자살한 사람인 모양이로군! 다소간 신분이 괜찮았던 사람 같군. 잠시 숨어서 봅시다.

호레이쇼와 함께 한쪽으로 숨는다.

레아티쓰   이제 더 갖출 예법이 없는가요?

하므렡   저 사람이 레아티쓰요, 훌륭한 젊은이지. 보시오.

레아티쓰   더 갖출 수는 없단 말이오?

승려 1   매씨妹氏의 장례는 법이 허락하는 데까지 정중하게 드린 셈입니다. 매씨의 최후는 심상치 않았던 고로, 황송하온 대명大命이 내리지 않았다면 법대로 식도 거행치 않고 매장해서 최후의 나팔소리가 날 때까지 그대로 두었다가 극락천도 기도 대신 사금파리, 돌멩이, 쪼개진 기왓장 같은 것을 던져 주었을 것입니다. 그런데 이렇게, 처녀의 주검에 상당한 화관을 씌웠고 격식대로의 살화撒花,* 종까지 울려서 명복을 빌어드렸으니, 다 홍은鴻恩이 크신 덕택인가 합니다.

레아티쓰   그러니까 더 이상 갖출 수 없단 말인가?

승려 1   더 할 수는 없습니다. 제대로 세상 떠난 사람에게 해주는 것같이 진혼鎭魂 찬미讚美를 불러 열반 왕생을 인도하여준다면 그것은 고법古法을 모독하는 것이 되기 때문입니다.

레아티쓰   땅속에 집어넣어라! 아름답고 깨끗한 내 동생의 육체에서 오랑캐꽃이 피어날 것이다. 이 무정한 중놈, 네가 넋두리를 하고 있는 동안 내 동생은 벌써 천당에 가 있을 게다.

하므렡   뭣이야, 오피리아가?

---

* 살화 : 장례식에서 꽃을 관 위로 던지는 것.

왕비	아름다운 처자에게 아름다운 꽃을! (꽃을 뿌린다.) 나는 너를 하므렡의 아내로 삼으려고 하였다. 너의 화촉동방을 꽃으로 꾸미려 하였지. 네 무덤에 꽃을 뿌릴 줄은 꿈에도 생각하지 못하였다.
레아티쓰	잔학한 행위로 말미암아 너를 미치게 한 그놈의 머리 위에 삼중 저주 삼천 배 되어 내려앉으라! 잠시 흙을 덮지 말아다오, 한 번만 더 끌어안아 보게.
	(무덤 속으로 뛰어들어 간다.)
	자, 덮어라. 흙을 덮어라. 산 사람이나 죽은 사람이나 상관할 것 없이 흙을 덮어. 이 민 듯한 땅 위에 저 페리온 산정도, 구름 위에 솟아 있는 오림푸쓰의 아아峨峨*한 산정도 굽어보이도록 높이 흙을 덮어 올려라!
하므렡	(걸어 나오면서) 그렇게 통탄 통곡을 하는 게 대체 누구냐? 너의 애통한 소리를 들으면 하늘에 떠나가는 별이 놀라서 발길을 멈출 지경이로구나! 나다, 덴마크의 왕손 하므렡이다.
	(하고 무덤으로 뛰어들어 간다.)
레아티쓰	이 귀신이 잡아먹을 놈.
	(두 사람이 격투를 한다.)
하므렡	잘하는 소리가 아닌 줄 알아라. 내 목에서 손을 떼어라. 나는 성급한 사람도 아니요, 난폭한 사람도 아니다만 경우에 따라서는 만만찮을 터이니까 그런 줄 알아라. 손을 놔!
왕	두 사람을 떼어놓아라.
왕비	하므렡! 하므렡!

---

* 아아 : 산이나 큰 바위가 아슬아슬하게 치솟은 모양.

일동	두 분 이러지 마시오.
호레이쇼	상감마마 진정하시옵소서.
	(시종들 두 사람을 떼어놓는다. 두 사람 무덤에서 나온다.)
하므렡	아니다. 이 일을 위해서라면 내 눈이 시퍼럴 때까지 싸우겠다.
왕비	아, 하므렡! 이 일이라니.
하므렡	나는 오피리아를 사랑하였소. 사만 명 오라비들이 기껏 사랑한다는 것을 다 한데 모아가지고 와도 내 사랑을 감당치 못할 것이오. 대체 너는 오피리아를 위하여 무엇을 할 테냐?
왕	아, 하므렡은 미쳤다. 레아티쓰!
왕비	제발 그러지 말아주시오.
하므렡	자 말해봐, 무엇을 할 테야? 울 테냐? 싸울 테냐? 굶을 테냐? 네 몸을 찢어볼 테냐? 초를 마셔볼 테냐? 악어를 먹을 테냐? 나도 할 수 있다. 너는 고함을 지르기 위해서 여기 왔느냐? 무덤 속에 뛰어들어 내 면목을 없앨 작정이었느냐? 뭐, 함께 묻히고 싶어? 그래, 나도 같이 묻히자. 태산 같은 고언장담高言壯談을 할 테거든, 우리 세 사람의 머리 위에 억만 뙈기 흙덩이를 덮으라고 해라. 덮고 쌓아서 그 꼭대기가 태양에 닿아서 타고, 옷싸 준령이 사마귀만 하게 보이게 쌓아올리라고 해라. 고언장담이라면 나두 너만 못하지 않다.
왕비	정신이 없어서 저러는구나! 그러나 한참 저러다가도 어미 비닭이 황금빛 병아리*를 깠을 때같이 얌전하게 조용해질 것이다.

———

* 병아리 : '비닭이'는 '비둘기'를 뜻하므로 여기에서 '병아리'는 비둘기의 새끼를 뜻함.

하므렡	들어봐라, 레아티쓰. 네가 대체 어째서 나를 이렇게 괄시하는 것이냐? 나는 너를 그렇지 않게 생각하고 있었다. 그건 아무래도 상관없고— 헤라클레스가 아무리 힘을 써보았자 개는 개이고, 괭이는 천생 괭이다.

하므렡 퇴장.

왕	호레이쇼! 수고롭지만 따라가보게.

호레이쇼 퇴장.

(레아티쓰를 향하여) 어젯밤 우리가 얘기하던 것을 생각하고, 잠시만 참아라. 그 일은 곧 단행하도록 할 터이니까. 거튜루드, 하므렡을 잘 보살피오. 이 무덤에는 불멸의 비碑를 세우기로 하고— 그러면 천하는 곧 태평하여질 것이니, 그때까지 잠시 참고 견뎌야 하겠소.

일동 퇴장.

제5막 제2장 궁전 내 광실

하므렡과 호레이쇼 등장.

하므렡	이 일은 그렇고, 다음에 또 한 가지, 공은 모든 것을 다 잘 기억하겠지?

호레이쇼	기억하다니요?
하므렡	심중心中에 고민이 있어서 잠이 잘 오는가, 칼을 쓰고 있는 모반인謀叛人의 괴로움보다 더한 것이 있어 나는 신음하고 있구려. 불연 간에 물불 가리지 않고 함부로 아! 이거야말로 저돌지용猪突之勇*이라 할까— 심사숙고한 계획이 수포로 돌아가고 도리어 무모한 것이 성과를 거두는 수도 있으니까— 그런 것을 생각하면 사람이 깎아놓기는 하나 결국 사개를 물리는 것은 하느님이 하는 노릇인가 보오.
호레이쇼	과연 그렇다고 생각하오.
하므렡	나는 선실에서 나와 어둠을 타서 뱃사공 웃옷을 입고 그 물건을 찾았소. 다행히 그 물건을 훔쳐가지고 내 방으로 돌아와서 대담하게도— 내 신상을 생각하자, 내 행실 같은 것을 생각해볼 여유도 없이— 그들이 맡아가지고 가는 칙서勅書를 뜯어보았더니, 호레이쇼! 아, 일국의 왕이라는 자의 간악한 음모— 덴마크를 위해서나 영국을 위해서나 나를 살려두는 것은 요괴 방자한 것같이 위험천만한 일이니, 이 글을 보는 즉시 촌시寸時의 지체도 하지 말고 도끼로 벨 것도 없이, 곧 목을 자르라고 갖은 이유와 억설臆說을 늘어놓았구려.
호레이쇼	그럴 수가 있을까!
하므렡	그 칙서는 여기 있소. 시간 있을 때 읽어보시오. 그런데 그 뒤에 내가 어떻게 했는가 들어보려오?
호레이쇼	듣고자 하나이다.
하므렡	그 모양으로 악당의 그물에 걸려들고 보니, 궁즉통窮則通이

---

* 저돌지용 : 앞뒤를 가리지 않고 함부로 날뜀.

라는 격일까, 미리 생각해둔 일도 없던 용한 생각이 나서 그
야말로 내 머리가 활동을 개시했더란 말이오. 나는 곧 자리
에 앉아서 칙서를 한 장, 필적도 그럴듯하게 썼구려. 나도
한때는 이 나라 정객들과 같이 글씨를 잘 쓴다는 것은 사나
이의 자랑거리가 되지 못하는 것이라고, 어떻게 하면 기왕
배워둔 붓 재주도 잊어버릴 수 있을까를 생각한 적도 있었
지. 이번에는 그것이 내게 큰 충복의 소임을 다해주었단 말
이오. 헌데 무엇이라고 썼는지 알고 싶소?

호레이쇼   네.

하므렡   왕으로부터 영국 왕에게 성의를 다하여 보내는 명장命狀인
데…… 영국 왕은 원래 충성이 지극한 조공국인 연고로써
보더라도, 라고도 하고, 양국의 친선화목은 종려나무 자라
듯 할 것이며, 평화의 여신이 항상 소맥화관小麥花冠을 쓰고
양국 정의情誼의 중매 되려 한다고 써놓고, 그 밖에도 여러
가지 이와 비슷한 굉장한 소리를 잔뜩 늘어놓고, 끝으로 이
글을 보는 대로 즉시, 주저할 것 없이 참회의 기회를 줄 것
도 없이 이 국서를 가지고 간 자들을 사형에 처하라고 한
것이었소.

호레이쇼   국새國璽는 어찌 찍으셨습니까?

하므렡   참, 그것도 하늘이 도와서 잘되었지. 나는 평소부터 선친의
옥새를 지니고 다녔는데, 이것이야말로 덴마크 국새의 원
형이란 말이오. 그래 내가 쓴 명장을 저쪽 것 접힌 법식대
로 접고 서명을 하고 도장을 찍어서 아무도 모르게 있던 자
리에 갖다놓았소. 바꿔 넣은 줄은 아무도 모르지— 다음 날
해적과 싸웠는데 그 훗일은 잘 알고 있지 않소?

호레이쇼   그러면 길덴스턴과 로젠크란쯔는 갈 데로 가고 말았군요?

하므렡   그놈들? 그따위 짓을 좋아서 하는 놈들이니까. 저희가 파
        놓은 함정에 빠져도 나는 조금도 양심이 아플 것이 없소.
        대장부 칼싸움에 하향천배下鄕賤輩가 멋없이 끼어든다는 일
        은 도대체 위험한 노릇이니까―.

호레이쇼 저게 원, 왕이라니―.

하므렡   그러니까 당연한 일이라고 생각하지 않소? 내 선왕을 죽이
        고 내 어머니를 농락하고 왕위를 계승할 내 희망을 막아버
        리고, 게다가 그러한 간악무도한 흉계를 가지고 내 목숨까
        지 빼앗으려고 드는 자― 그러한 자를 이 손으로 참살하여
        버리는 것은 실로 천명의 소치라 할 것이 아니겠소? 아니,
        이 인간을 좀먹는 독버러지 같은 놈을 그냥 내버려둔다는
        것이 오히려 저주받을 일이 아니겠소?

호레이쇼 저쪽 일이 어떻게 되었다는 기별이 곧 왕에게 오지 않겠습
        니까?

하므렡   곧 오겠지. 그때까지는 내 세상이오. 사람의 생명이란 하나
        를 셀 틈도 없는 것이라오. 그러나 호레이쇼, 내가 레아티쓰
        에게 너무 지나치게 무례한 행동을 하여서 심히 미안하게
        생각하오. 내 신상을 미루어 그의 심정을 헤아릴 수 있소.
        화해를 청할 작정이오. 너무도 눈에 나고 비위에 거슬리게
        울고불고하기에 그만 역정이 났던 것이오만―.

호레이쇼 쉿, 누가 오는가 봅니다.

        오스릭 등장.

오스릭   동궁마마, 안녕히 귀조歸朝*하옵신 바를 삼가 경하하여 마
        지않사옵니다.

하므렡	고마우이. (호레이쇼만 들리게) 이 쉬파리를 잘 아오?
호레이쇼	(하므렡만 들리게) 모릅니다.
하므렡	(호레이쇼만 들리게) 나보다 신수가 좋군. 저따위를 안다는 일이 신수 궂은 일이니까— 저자는 기름진 땅을 많이 가지고 있는 지주요. 저런 마소 짐승 같은 놈도 그것들의 윗대가리가 되고 보면 그 구유통을 들고 왕의 수라상에 와서 한몫할 수 있으니까. 저놈은 참새 새낀데 그래도 냄새나는 땅은 많이 가지고 있어.
오스릭	황송하신 말씀이오나 과히 총총하시지 않으시다면 상감마마께옵서 내리신 분부를 아뢰올까 하나이다.
하므렡	듣고말고 여부가 있겠나. 그런데 그 모자 좀 바로 쓰게. 모자란 것은 머리에 쓰는 것이 아니냐?
오스릭	황송하옵나이다. 너무 더워서 그리하였나이다.
하므렡	아니야, 오늘은 이만저만 춥지 않은데. 북풍이 불어서—.
오스릭	과연 날씨가 심히 찬가 하옵니다.
하므렡	어찌 무더운지 나 같은 사람은 땀이 나서 못 견디겠는데—.
오스릭	과연 그러하옵니다. 어찌 무더운지 어떻게 말씀올려야 할지 모르겠습니다. 그러하온데 사뢸 말씀은 다름이 아니오라, 이번에 상감마마께옵서는 막대한 금액을 동궁마마께 거시었는데 이 사유를 알려드리라 하시었사옵나이다. 에, 이것은—.
하므렡	제발 잊지 말고—.
	(하므렡은 오스릭더러 모자를 쓰라고 손짓한다.)
오스릭	천만의 말씀을, 아니 이것은 제 버릇이라 그만— 그러하온

---

* 귀조 : 외국에 갔던 사신이 본국으로 돌아가거나 돌아옴.

데 이번에 귀조하신 레아티쓰라고 하는 어른은 정말로 흠 잡을 데 없는 귀골貴骨이시라 출중한 장기를 갖추고 있으며, 풍채라든지 응수접대應酬接待하며, 사실 정당하게 논지하올 지경이면 이 어른이야말로 신사도의 전형이요, 모범이라 할까? 하여간 적어도 귀인 군자로 갖춰야 할 모든 미덕을 한 몸에 갖춘 어른이로소이다.

하므렡   그 사람 인물평을 과연 잘했네. 그런데 내가 볼 때는 그 사람 장점 장기를 일일이 일람표같이 분류, 분석하기 시작하면 가짓수가 너무 많은지라 기억력이 당황해져 암만 따라가도 그쪽이 빠르니까 쫓아가기 매우 힘이 드네. 그러나 어쨌거나 나는 진심으로 그 사람을 아주 훌륭한 인재라고 찬탄하여 마지않네. 그의 천분天分은 실로 기가 막힌 바 있어 무엇에 비겨 말하고도 싶으나, 그에게 필적한 것은 그 사람 자신이 비치는 거울밖에 없다고도 생각하네. 그러니까 망령되이 그의 흉내를 내려고 하는 자는 그의 그림자에 불과한 자야.

오스릭   동궁마마 말씀은 과연 타당 적절하옵나이다.

하므렡   라고 하는 이유는? 무엇 때문에 우리가 그처럼 희한한 걸출을 무사졸구無辭拙句*로써 옥에 먼지 덮는 격을 만들어드릴까 보냐 하는 말일세.

오스릭   네?

호레이쇼   그렇게 말하면 못 알아들으시겠습니까? 알아들음 직한데—.

하므렡   그 사람 얘기를 늘어놓는 까닭이 뭐냐 말이야?

오스릭   레아티쓰 공 말씀이오니까?

---

* 무사졸구 : 거친 말과 서툰 글.

호레이쇼 (하므렡만 들리게) 주머니가 다 비었나 봅니다. 금언잠구金言箴句를 모두 써버린 게지요.

하므렡 (오스릭을 보고) 그래, 그 사람 말일세.

오스릭 잘 아시겠지만—.

하므렡 내가 뭘 아는 게 있는가? 그야 알 만한 사람일는지도 모르지. 그건 그렇고, 그래서—.

오스릭 잘 아시겠지만 레아티쓰 공의 장기에 대하여—.

하므렡 아니, 내가 잘 안다고 할 수 없지. 그 사람과 나를 비교해서 나도 훌륭하다고 하기가 싫단 말일세. 남을 잘 아는 것은 저 자신을 잘 아는 도리이기 때문에 말이야.

오스릭 소인이 말씀드리는 것은 그의 무술이올시다. 세상 평판에 의하면 이 어른의 무예는 천하무비天下無比라 하옵나이다.

하므렡 어떤 무기를 쓴다든가?

오스릭 장검과 단검이라 하옵니다.

하므렡 그것은 그의 무기 중 두 가지로군……. 그래서?

오스릭 상감마마께옵서 레아티쓰 공에게 바바리산 말 여섯 필을 거시었고, 듣자옵건대 상대되시는 어른께는 여섯 자루의 프랑스 장검과 단검, 그 부속품, 일테면 혁대라든가, 칼걸이라든가를 장담하시었는데 특별히 괘현기掛懸機는 우아하고 화미華美하게 제작되어 손맥*에 꼭 맞으며 의장意匠의 묘妙와 운치韻致가 가위可謂 신품神品이라 하옵니다.

하므렡 괘현기라는 것은 무엇인가?

호레이쇼 (하므렡만 들리게) 주석이라도 달지 않고는 알아들을 수가 없습니다.

———

* 손맥 : 손의 힘이나 기운.

오스릭	칼걸이 말씀이올시다.

하므렡   허리에다가 대포라도 차고 다니게 될 때는 그런 유식한 말이 필요할까? 원 그때까지는 칼걸이로 해두는 게 어때? 그래서 여섯 필의 바바리산 말에 여섯 자루의 프랑스 칼과 부속품, 의장의 묘가 가위 신품인 쾌현기! 그건 바로 덴마크 대 프랑스의 내기로군! 그런데 왜 그런 물건을 하필 장담하시었다고 하는가?

오스릭   네, 상감마마께옵서 동궁마마와 레아티쓰 공의 십이 회 승부에 있어서, 레아티쓰 공이 삼 회 이상 득점이 없을 것을 아시므로, 바꾸어 말씀드리면 아홉에 대하여 열둘을 거신 바여서 참여를 허락하시면 경기는 이제라도 시작될 수 있다고 분부하시었습니다.

하므렡   참여하기 싫다고 한다면 어쩔 텐가?

오스릭   제 말씀은 전하께서 직접 상대가 되실 의향이 계시다면 말씀이올시다.

하므렡   그렇다면 내가 여기 있을 터이니까, 마침, 내 운동 시간도 되었고 하니 경기도競技刀를 가져오도록 하게. 그 사람도 좋다고 하고 왕도 의사가 변치 않았다면 한번 싸워서 이겨드리도록 해보지……. 이기지 못한다면 얻어맞고 수치를 받으면 그뿐이지—.

오스릭   그렇게 사뢰어 올리오리까?

하므렡   그렇게 하게. 윤색은 마음대로 할 테거든 하고—.

오스릭   황공무지로소이다. 소신 힘껏 잘하겠나이다.

하므렡   고마우이, 고마워—.

오스릭 퇴장.

저가 절로 잘하겠다는 것도 그럴듯한 말…… 누가 잘한다고 해줄 사람이 없을 테니까.

호레이쇼 저 집오리 새끼는 대가리에 아직 껍질을 그냥 떼지 않은 채로도 잘 달아나는데요.

하므렡 저놈은 아마 젖을 먹기 전에 젖꼭지에 대고 경례부터 하였을 것이오. 저런 인간이나, 또 이 경박한 시대가 그럴 듯이 보는 같은 종류의 병아리 인간도 다 그렇더구먼서두. 그저 시세에 맞춰 간지러운 사교술을 배워두었을 뿐이고 물거품 같은 사이비 지식을 긁어모아서 행세를 하는 것인데 그래도 용하게 말썽 많은 세상을 잘 헤쳐나간단 말이오. 그러나 한번 붙어보구려. 거품같이 삭아버릴 터이니—.

한 신사 등장.

신사 전하, 상감마마께옵서 아까 오스릭 공을 보내시와 말씀 계시었던 바, 전하께서 대청에서 기다리시겠다고 하시었다고 품상하였사온데 레아티쓰 공과의 경기를 과연 하시겠는지 혹 뒷날로 미루실 생각이시온지 알아보고 오라는 분부가 계시었나이다.

하므렡 아까 말한 대로요. 상감마마 뜻대로 하시라고 그러시오. 그쪽에서 좋다면 나는 언제든지 하겠소. 지금이래도 좋고 또 내게 별 이상이 없는 한 언제든지 좋소.

신사 상감마마, 곤전마마를 위시하여 모두 오시게 될 것이옵나이다.

하므렡 마침 잘됐소.

신사 곤전마마 말씀이, 전하께서 경기를 시작하기 전에 레아티쓰 공과 화해를 하시는 것이 좋으리라고 하시더이다.

하므렡　　좋은 말씀이라고 여쭈어주오.

신사 퇴장.

호레이쇼　이 내기는 불리하실 것 같습니다.

하므렡　　반드시 그렇다고는 생각지 않소. 그가 프랑스에 간 후에 나
　　　　　도 늘 연습을 해왔으니까— 더군다나 점수를 두고 한다면
　　　　　이길 것이오. 그런데 어쩐 일인지 가슴속이 무쭉*한 것이 참
　　　　　이상스럽소. 그러나 상관있겠소?

호레이쇼　아니올시다. 그렇게 대수롭지 않게 생각하실 것이 아니라—.

하므렡　　아니요, 황당한 생각일 뿐이지. 일종의 의혹이지⋯⋯. 아녀
　　　　　자들이나 가질 생각이지—.

호레이쇼　마음이 과히 내키지 않으시거든 그만두시지요. 이리 행차
　　　　　하시옵겠다는 것을 중지하시도록 제가 가서 말씀드리지요.
　　　　　전하께서 몸이 불편하시다고 하겠습니다.

하므렡　　뭐, 그럴 거 없소. 징조 같은 거 나는 우습게 생각하오. 참새
　　　　　한 마리가 떨어지는 데도 하늘의 섭리가 있는 법이오. 지금
　　　　　온다면 다음에는 오지 않을 것이고, 다음에 오지 않을 게면
　　　　　지금 올 것이오. 설사 지금 오지 않더라도 언제든지 한 번
　　　　　은 오고야 말 것이니 각오만 있으면 그만 아니오! 죽어서
　　　　　가지고 갈 게 있는 것이 아닌 바에는 일찍 떠난다고 다를
　　　　　것이 무엇이 있겠소? 될 대로 되라 합시다.

─────

* 무쭉 : '묵직'의 방언.

왕, 왕비, 레아티쓰, 정신들, 오스릭, 시종들이 경기용 칼 등을 들고 등장.

왕   하므렡, 이리 와서 레아티쓰의 손을 잡아라. (왕이 레아티쓰
         의 손을 하므렡의 손에 쥐여준다.)

하므렡   내 잘못을 용서하오. 지난번에는 무례한 짓을 했소만, 그대
         는 점잖은 사람이니 용서하여주오. 여기 계신 여러분도 잘
         아시고 또 그대도 들었겠지만 나는 정신이상으로 심히 고
         통을 받아왔소. 내가 그대의 감정을 상하고 명예를 더럽히
         고, 의분義憤을 일으키게 한 것은 모두 내 정신이 온전치 못
         하였던 소치라는 것을 여기서 밝히는 바요. 하므렡으로서
         는 레아티쓰를 괄시한 기억이 없소. 만일에 하므렡의 본심
         이 그 몸을 떠나서 그로서 그가 아닌 때에 레아티쓰를 괄
         시했다면 그것은 하므렡이 한 일이 아니오. 하므렡은 그것
         을 시인하지 않을 것이오. 그러면 누가 그랬소? 그의 정신
         이상. 만일 그렇다면 하므렡도 괄시를 당한 사람 중의 하나
         요. 정신이상은 불행한 하므렡의 원수요. 내가 이렇게 여러
         분 앞에서 충정을 토로하여 변명하는 바이니 공은 모쪼록
         관대한 마음으로 내 소행을 마치 지붕 너머로 화살을 쏘아
         서 내 형제를 맞혀버린 것 같은 한때의 잘못으로 돌리고 용
         서하여주기를 바라오.

레아티쓰   말씀을 듣고 나니 나로 하여금 복수하게끔 하려던 감정은
         풀어지오. 그러나 내 명예를 두고 볼 때는 생각이 자별自別
         한 바가 있소. 어떤 웃어른들이 내 명예가 손상되지 않도록
         화해를 시켜주는 동시에 그런 화해의 전례를 보여준다면
         모르지만 그러기 전에는 그대의 좋은 뜻을 그대가 말한 대

로 좋게 받아두기로만 하려오.

하므렡   지당한 말이오. 그쯤 서로 알고 그러면 이제 좋게 형제의 심사_{心思}로 깨끗한 승부를 다투어봅시다. 칼을 가져오오, 자―.

레아티쓰   자, 내게도 하나―.

하므렡   솜씨가 졸렬한 나, 그대의 수완이 한결 드높이 드러나 칠야_{漆夜}의 별같이 빛나게 될 발판이 되어드리리다.

레아티쓰   농담이시오.

하므렡   천만에―.

왕   오스릭, 두 사람에게 칼을 주어라. 하므렡, 내기 건 것을 아느냐?

하므렡   잘 압니다. 약한 편에 무거운 내기를 거시었다고요!

왕   두 사람의 역량을 잘 아니까 그렇게는 생각하지 않는다. 그러나 레아티쓰가 많이 좋아졌다니까 몇 점 주게 한 것이다.

레아티쓰   이것은 너무 무겁소. 다른 칼을 보여주오.

하므렡   나는 이 칼이 좋군. 경기용 칼은 모두 길이가 한 가지겠지?

오스릭   그러하옵니다.

(두 사람은 경기 차비를 한다.)

왕   저기 탁자 위에 술병을 갖추어라……. 만일 하므렡이 첫 번이나 두 번째에 점수를 얻든지, 셋째 번에 상대의 점수를 빼앗거든 모든 포루_{砲壘}에서 축포를 놓게 하고 과인도 하므렡의 미래를 축복하여 축배를 들 것이다. 그리고 그 술잔에는 4대 덴마크 왕이 왕관에 박았던 것보다도 더 훌륭하고 큰 진주를 떨궈넣을 것이다. 술잔을 이리 가져오너라. 왕이 술잔을 든다는 것을 북을 울려 나팔수에게 전하고, 나팔로 하여금 궁전 밖 포수에게 알리고 대포 소리 구천_{九天}에 사무치게 하여 다시금 그 소리 땅에 진동케 하여라. 자, 시작해라. 그리고 너희 심판관들은 정신을 차리고 지키렷다.

하므렡　　자, 어서―.

레아티쓰　자―.

　　　　　(두 사람 칼싸움을 시작한다.)

하므렡　　하나.

레아티쓰　아니오.

하므렡　　심판―.

오스릭　　맞았습니다. 확실하옵니다.

레아티쓰　좋소. 그럼 다시―.

왕　　　　잠깐…… 술을 부어다오. 하므렡, 이 진주는 네 것이다. 너를 위하여 이 잔을 든다.

　　　　　(왕은 술잔에 진주를 넣는다. 나팔소리. 멀리 축포 터지는 소리가 들린다.)

　　　　　이 잔을 하므렡에게 주어라.

하므렡　　아니올시다. 이번 경기를 우선 끝내고 마시겠습니다. 거기에 잠시 놓았다가 주십시오. 자―.

　　　　　(두 사람 결투) 또 하나. 어떻소!

레아티쓰　맞았소. 내가 또 졌소.

왕　　　　하므렡이 이길 것 같은데―.

왕비　　　저 애는 몸이 나서 숨이 가쁜 모양이오……. 이것 봐, 이 수건으로 땀을 씻어라. 너의 승리를 위한 축배, 내가 먼저 들겠다.

하므렡　　네, 어서―.

왕　　　　거튜루드! 마시지 마오!

왕비　　　아니요, 마시게 해주세요!

왕	(방백) 독을 넣은 잔인데, 아, 벌써 늦었구나!
하므렡	(왕비를 보고) 아직, 마시고 싶지 않습니다. 천천히 마시지요.
왕비	이리 오너라, 땀을 씻어줄 테니─.
레아티쓰	(왕을 보고) 이번에는 기어코 한 점 얻어보겠습니다.
왕	될 것 같지 않다.
레아티쓰	(방백) 아무래도 양심에 가책이 되는데─.
하므렡	자, 세 번째. 레아티쓰, 그대는 어째서 노닥거리고만 있소? 좀 더 맹렬하게 달려드오. 나를 우습게 알고 놀리는 모양이 아니오?
레아티쓰	그렇다면…… 자─.
	(격렬한 결투.)
오스릭	무승부, 무승부.
레아티쓰	자, 받아보오.
	(레아티쓰가 하므렡을 찌른다. 격전 끝이라, 두 사람 칼을 떨어뜨리고 다시 잡을 때 칼이 바뀌었는데 재격돌할 때 하므렡이 레아티쓰를 찌른다.)
왕	두 사람을 떼어놓아라. 상기들이 된 모양이다.
하므렡	아니요, 자, 다시 한번─.
	(이때 왕비 쓰러진다.)
오스릭	아이고, 저 곤전마마를!
호레이쇼	두 분 다 피를 흘리시는데─ 웬일이십니까? 전하!
오스릭	웬일이십니까? 레아티쓰 공!
레아티쓰	아, 제 덫에 걸린 도요새, 제 못된 짓에 제가 걸려 죽게 되었으니 마땅한 천벌인 줄 아오.
하므렡	비 전하는 어찌 되셨소!
왕	두 사람이 피 흘리는 것을 보고 기절한 모양이다.

왕비	아니다. 술이다. 그 술 때문이다. 아, 내 사랑하는 하므렡! 그 술, 술, 나는 독을 마시고 말았다!
	(왕비 운명.)
하므렡	아, 기어코 그놈의 악귀! 야, 문을 잠가라! 반역자를 찾아내 자―.
레아티쓰	반역자는 여기 있소. 하므렡, 하므렡! 그대는 다시 살아나 지 못할 것이오. 천하 영약靈藥도 그대에겐 소용이 없을 것 이오. 그대의 생명은 이제 반 시간도 남지 않았소. 그대 손 에 든 칼은 곧 반역의 쟁기, 끝을 무디게 하지 않았고 게다 가 독약을 발라놓은 것이오. 간악한 음모의 천벌이 내게로 돌아온 것이오. 보시오, 내 여기 누운 채 다시 회생 못하리 다. 그대의 어머님은 독살을 당한 것이오. 이제 더 말을 못 하겠소. 왕이, 왕이 한 짓이오.
하므렡	칼끝에 독까지 발랐다? 그렇다면 독의 맛을 보아라!
	(하므렡, 왕을 찌른다.)
일동	반역이다! 반역이다!
왕	사람들아, 나를 살려다오. 약간 다쳤을 뿐이니―.
하므렡	이 천하에 죽일 난음색마亂淫色魔, 흡혈악귀, 비인비도非人非道 한 덴마크의 왕…… 이 독까지 마셔라. 네놈의 진주란 것이 이것이냐? 내 어머니의 뒤를 따라가거라.
	(독을 입에 부어넣자 왕 절명.)
레아티쓰	제가 타 넣은 독을 마시고 죽어가는 것은 지당한 일…… 하 므렡 왕자이시여, 최후에 우리들의 죄과를 서로 용서합시 다. 나와 내 부친의 주검이 그대 때문이 아닌 것을 알고 가 니 그대도 행여 나를 원망치 말아주오.
	(레아티쓰 운명.)

하므렡	하늘이 그대를 용납할 것이오. 내 이제 그대 뒤를 따르리다. 나는 가오, 호레이쇼! 팔자 사나운 비 전하, 잘 가십시오. 이 처참한 장면을 보고 낯빛을 잃고 전율하면서 입을 열지 못 하는 동료로, 또는 구경꾼으로 보이는 여러분! 내게 만일 좀 더 시간이 있었더라면 나를 죽음으로 끌고 들어가는 저 손아귀가 이처럼 조여드는 것이 아니면……. 아, 하고 싶은 말도 많건만ㅡ 그러나 그런 것은 그만둡시다. 호레이쇼, 나 는 가오. 그대는 살아 있어 나와 내 뜻을 잘 알아주지 못하 는 사람들에게 밝힐 것을 밝혀주시오.
호레이쇼	그 말씀은 차라리 거역하고 싶소이다. 덴마크에 태어나기 는 하였으되, 내 정신은 옛 로마 사람의 그것……. 다행히 여기 독주가 남았으니ㅡ.
하므렡	그대 진정 사나이거든 그 잔을 내게 주오. 놓아주오. 내가 마시게 하여주오. 아, 호레이쇼! 내가 간 뒤에 이렇게 된 연 유가 밝혀지지 않는다면 내 이름은 얼마나 더럽혀지게 될 것이오! 그대가 진정으로 나를 아꼈었다면 잠시 천당 향락 享樂에서 물러앉아 이 고해 같은 세상에 설지라도 목숨을 좀 더 끌고가면서 나를 위하여 내 얘기를ㅡ.
	(진군 나팔소리. 축포 소리가 들린다.)
	저 슬기로운 소리는 무엇이오?
오스릭	젊은 포틴브라쓰가 폴란드를 정복하고 개선함에 때마침 영 국에서 온 사절을 위하여 축포를 놓는 것이옵나이다.
하므렡	아, 호레이쇼, 나는 죽소. 극렬한 독약이 내 심신을 마비시 키니 영국에서 온 소식도 들어보기 틀렸소. 그러나 이 말만 은 내 유언으로 하겠소. 포틴브라쓰를 추대하여 이 나라의 왕사王嗣*로 할 것을. 일이 이렇게 된 자상한 얘기를 그에게

잘 전하여주오. 나머지는 적멸뿐—.

(하므렡 운명한다.)

호레이쇼 고결한 심장이 멈추고 말았다. 천년지복을 누리시오. 어진
왕손이여! 천사들이 그대의 수종을 들어 노래로써 안락 세
계에 인도할 것이리다.

진군고進軍鼓가 여기 웬일이오?

(안에서 군악 소리.)

포틴브라쓰, 영국 사절단, 기타 시종 다수 등장.

포틴브라쓰 대체 어디 있단 말이오?

호레이쇼 무엇을 보시려고 하십니까? 참혹한 것과 놀랄 것을 보시려
는 것이면 더 찾으실 것이 없으리다.

포틴브라쓰 파멸을 말하는 이 시체의 산— 아, 욕심 많은 죽음의 신이
여! 너의 영겁의 나락 속에서 어떠한 잔치를 베풀 차비를
하려고 하는 것이기에 이렇게 많은 귀인들의 생명을 한칼
로 버히었단 말이냐?

사절 차마 눈을 뜨고 볼 수 없는 이 광경, 영국에서 가지고 온 소
식도 이미 늦어버리고 말았구나. 분부대로 로젠크란쯔와
길덴스턴은 이미 저승 사람이 되었다는 우리들의 얘기를
들어줄 사람들은 영원히 잠들어버리고 말았다. 어디 가서
치사의 말씀을 들을 수 없을 것인가?

호레이쇼 비록 국왕이 생존하여 계셨더라도 치사를 받지는 못하였을
것입니다. 두 사람에게 사죄死罪를 내린 것은 국왕이 아니기

* 왕사 : 왕의 자리를 이을 왕자.

때문입니다. 그것은 그렇다 하고, 이러한 참변이 일어난 바로 이때에 그대는 폴란드 전지에서, 또 그대들은 영국에서 각기 이 자리에 오시게 되었는데 이 영해靈骸들을 우선 여러 사람이 볼 수 있는 높은 단상에 모시고 저로 하여금 어떻게 이런 일이 일어났던가 그 자초지종을 모르는 세상 사람들에게 얘기할 수 있도록 하여주시고, 겸하여 여러분도 들어주시기를 바랍니다. 정욕으로 말미암은 피비린내 나는 비리비정非理非情의 행위와 무심하게 내린 판단과 뜻하지 않았던 살육과 고육지책과 간계로 말미암은 주검들과 그러한 음모의 천벌이 도리어 음모자의 머리 위에 내린 모든 사연을 나는 자상하게 말씀드릴 수가 있습니다.

포틴브라쓰   시각을 다투어 듣고 싶소이다. 이 나라의 지체 높은 이들을 다 부르시오. 슬픔을 지닌 대로 나는 또 내 행운을 받으리다. 나는 원래 이 나라에 얼마간의 인연을 가지고 있는 처지라 이 기회에 내 뜻을 이루어볼까 하오.

호레이쇼   거기 대하여도 제가 사뢸 말씀이 있습니다. 그것은 다수한 사람의 찬동을 얻을 수 있는 어른의 입에서 나온 말씀이었습니다. 그러나 우선은 이 자리부터 수습하시는 것이 옳을까 합니다. 차라리 인심이 상기 흉흉할 때가 나을 것이, 그렇지 않다면 또 무슨 음모, 잘못으로 말미암아 어떤 불상사가 생길는지도 모르는 것이니까—.

포틴브라쓰   네 사람의 장교로 하여금 하므렡 왕자의 영해를 무사의 주검이나 다름없이 모셔다가 단상에 안치하시오. 기회만 있었다면 진실로 그는 뛰어난 영주가 되었을 것이오. 무악武樂을 잡히고 군례軍禮를 베풀어 그의 서거逝去를 내외에 알리시오. 영해를 들어 모시오. 이런 광경은 전지戰地에서나 있을

수 있는 일이지 이곳에서는 실로 눈을 뜨고 보기가 어려운
것이오. 나가서 조포弔砲를 놓으라고 하오. (장례곡 들린다.)

시체를 메고 일동 퇴장.

(뒤이어 조포성弔砲聲이 들린다.)

『하므렡』 해설

1.

아서 퀼러쿠치 경Sir Arthur Quiller-Couch*은 『셰익스피어의 창작 방법』에서 "『하므렡』에 관한 문헌이 어찌나 많이 쏟아져 나오는지 그 속에 파묻혀 버리는 『하므렡』 자체를 찾아보기가 힘이 든다"라고 하였고, 윌리엄 해즐릿 William Hazlitt*은 그의 『하므렡론論』에서 "우리들은 이 비극에 너무도 익숙하여버렸기 때문에 그것을 비판하기가 사뭇 제 얼굴을 비평하기처럼 힘이 든다"라고 말하였다.

'셰익스피어 산업'이란 말이 나오고, 현재 영국의 신문, 잡지, 출판물 등에 평균 사오 일에 한 번씩 『하므렡』이 거들리지 않는 날이 없다는 정도이거니와 저 거창한 극작가의 작품 중에서도 가장 많이 논의되고 읽히고 또 상연되는 것이 『하므렡』이다.

---

* 아서 퀼러쿠치(1863~1944) : 영국의 평론가, 소설가.
* 윌리엄 해즐릿(1778~1830) : 영국의 비평가, 수필가.

헨리 매켄지*Henry Mackenzie*가 1771년 그의 저서 『감각의 남자*The Man of Feeling*』에서 『하므렡』을 극구 칭찬한 이래 슐레겔Schlegel,* 콜리지Coleridge*를 비롯하여 실로 무수한 학자·비평가가 저마다 『하므렡』에 대하여 한마디씩 하는 것을 거의 의무와 예의로 알다시피 하였다. 개릭Garrick, 켐블Kemble, 킨Kean, 머크리디Macready, 어빙Irving, 포브스 로버트슨Forbes Robertson, 에드윈 부스Edwin Booth에서부터 심지어 현재 활약하고 있는 모리스 에번스Morris Evans, 존 길구드John Gielgud나 레슬리 하워드Leslie Howard에 이르기까지 유명하다고 하는 배우는 모두 「하므렡」의 주인공으로 무대에 오르는 것을 최상의 영광으로 생각하여왔다.

콜리지가 『하므렡』은 이때까지 영국문학이 배양培養되어오는 모든 나라의 총아寵兒였다고 한 비평으로 시작하여, 퀼러쿠치 말마따나 비평과 논란의 소리가 총포같이 사람의 머리를 어지럽혀 일종의 '도덕적 무감각moral stupor'을 느끼게 한다. 논란을 하다못해 나중에는 할 소리가 없어서 "하므렡은 남장을 한 여자이며 그는 호레이쇼와 사랑하는 사이다. 그 이유는 하므렡이 레아티쓰와 격검格劍을 하고 있을 때 옆에서 보고 있던 왕비가 '저 애는 몸이 나서 숨이 가빠한다'는 것이 있지 않느냐?"고 에드워드 빈팅 Edward P. Vinting이란 사람이 1860년 『월간 대중과학*Popular Science Monthly*』 5월호에 썼다고 한다(퀼러쿠치 인용). 『셰익스피어 사전과 새로운 주석 *Shakespeare Cyclopedia and New Glossary*』의 저자 존 핀John Phin은 "세상에서 셰익스피어에 대하여 쓰고 말하는 사람은 많지만 통독通讀, 정독精讀하는 사람은 드물다는 이야기를 한 끝에 이름이 상당히 알려진 어떤 문인이 모 문학잡지에다가 하므렡은 결국 그 어머니를 죽이고 자살하였다"고 버젓하게 썼다고 하였다. 이런 것을 생각하면 너무도 많이 읽히므로 부지不知 중 자기

---

* 헨리 매켄지(1745~1831) : 스코틀랜드 출신의 소설가.
* 아우구스트 폰 슐레겔(1767~1845) : 독일의 시인, 비평가.
* 사무엘 콜리지(1772~1834) : 영국의 시인, 비평가.

도 읽은 것처럼 착각을 느낀 데서 한 소리가 아닐까 한다.

하여튼 영국 사람들이 「하므렡」 구경 가는 것은 마치 우리가 「춘향전」 보러 가는 것처럼 그야말로 콜리지 말마따나 "믿지 않겠다는 생각을 자진해서 보류하는" 심사로 뻔히 극 내용을 알고 있으면서도, 하도 재미가 있으니까 자꾸 가는 것이다. 나중에는 누가 이 도령을 어떻게 하는가 보려고 가듯이 「하므렡」은 사뭇 시비是非 없이 의례히 보는 극이 되고 말았다.

2.

『하므렡』은 셰익스피어의 작품 서른일곱 개 중에서 가장 분량이 긴 것으로—필자가 뉴욕에서 본 에번스의 「하므렡」은 네 시간 이상 걸린 것 같다—셰익스피어 생존 중에만 전후 오판이 나왔는데 가장 오랜 『하므렡』 원본은 1823년에 발견됐다. 이것은 1603년에 인쇄된 것으로써 이른바 제1사절판四折版(first quarto)*이다. 그 표제에 "The Tragical Historie of Hamlet Prince of Denmark by William Shakespeare. As it hath* been diverse Times Acted by his Highness Servants in The cittie of London : As elsewhere at London Printed for N. L., and John Trundell 1603"이라고 하였다.

이것은 현재 두 권이 남아 있는데 사옹沙翁*학자들의 소설所說*에 의하면 이 제1사절판은 셰익스피어가 전에 써두었던 각본을 다른 사람이 상연용으로 함부로 만든 것이라는 것이다. 그런 까닭은 1604년 출판된 신판과 대

---

* 제1사절판 : 사절판이란 네 번 접은 크기의 종이에 인쇄하여 만든 책으로, 제1사절판을
   줄여서 F. Q. 또는 Q1이라고 함.
* hath : 'has'의 고어.
* 사옹 : '셰익스피어'를 달리 이르는 말.
* 소설 : 설명하는 바.

조하여보면 우선 후자의 행수가 4천 행인 데 비해 2,143행밖에 되지 않고, 내용이 비교가 되지 않으리만큼 손색遜色이 되어 있어서 셰익스피어가 일찍이 한 번도 범犯한 일이 없는 졸렬한 대사 수법을 함부로 쓴 데가 여러 군데라는 것이다. 이 신판이 소위 제2사절판second quatro*인데 그 표제에 "The Tragical Historie of Hamlet Prince of Denmark by William Shakespeare, Newly imprinted and enlarged to almost as much again as it was, according to the True and perfect copie. Printed by I. R. for N. L., and are to be sold at his shope"이라고 한 것을 보더라도 셰익스피어가 제1사절판을 보고 놀라서 이 제2사절판이야말로 자기가 책임지고 세상에 내놓은 것이라고 한 것이 역력하다. 그뿐 아니라 제1사절판은 등장인물도 틀린다. 제2사절판의 포로니어쓰Polonius가 제1사절판에는 코람비스Corambis로, 레이날도Reynaldo는 몬타노Montano로 되어 있으며, 오스릭Osric의 이름은 없고 그 대신 '허풍선이 신사braggart gentleman'로만 되어 있다. 프란씨쓰코Francisco도 그냥 '군인 1first soldier'이다.

학자의 소설所說에 따라 당시의 사정을 잠시 밝혀보면 1602년 7월 26일 셰익스피어 극단과 친하던 제임스 로버츠James Roberts라는 사람이 런던 서적출판업자조합에 로드 체임벌린Lord Chamberlain이 분연扮演한 『덴마크 왕자 하므렡의 복수』라는 책을 출판하겠다고 등록한 기록이 있다. 이것을 보고 돈벌이 욕심이 생긴 어떤 사람이 앞질러서 『하므렡』을 출판한 것이 제1사절판이라는 것이다. 정설에 의하면 제1사절판은 대체로 셰익스피어 극단에 종사하던 어떤 자가 극단에서 전부터 무대용 극본으로 써온 낡은 『하므렡』을, 셰익스피어가 쓴 새로운 각본이 나와 내어버린 것을 얻어다가 니컬러스 링Nicholas Ling과 존 트런들John Trundell에게 출판을 종용하여 내놓은 것이 제1사절판이다. 게다가 이것을 그자가 제멋대로 고치고 첨삭해놓은

---

* 제2사절판 : 줄여서 S. Q. 또는 Q2라고 함.

것이다. 그러기에 1604년 신판 표제에 셰익스피어 자신이 "이 신판은 증보 수정된 진정하고 완전한 원본"이라고 다져놓은 것이며 'I. R.'이라는 것을 보면 1602년에 『하므렡』을 정당하게 출판하려던 제임스 로버츠의 손에 그제야 정본이 들어간 것이 분명하다.

그러나 불행히도 그때의 인쇄술이 부족했던지 혹은 기술자들의 태만 때문인지 이 로버츠가 만들어놓은 제2사절판은 오식誤植과 결자缺字가 많을뿐더러, 원고를 잘못 읽었는지 아주 수 행씩 빼버린 곳도 있다. 셰익스피어 자신이 당시 정치적으로 가해를 받을까 염려하였던 까닭인지, 기휘忌諱*에 저촉될 것 같은 대목 두 군데도 빼버렸다. 하나는 제2막 제2장에서 '하므렡'이 '길덴스턴'과 '로젠크란쯔'에게 자기 나라를 감옥과 같이 생각한다는 데와 역시 같은 장면에서 소년극단을 비난하는 대목이다. 소년극단은 당시 여왕의 두호를 받고 있었기 때문이다.

셋째 판은 1923년 나온 것인데 이절판二折版으로 소위 제1이절판first folio이라는 것이다. 이것은 실제 무대 상연용으로 사용한 것이니 제2사절판은 너무 길어서 상설극장 상연으로는 시간 관계상 부적당하기 때문이었다. 제1이절판은 제2사절판에서 제4막 제4장 하므렡의 가장 긴 독백을 위시하여 약 200행을 삭감하고, 약간의 수정을 군데군데 가하였으며 그 대신 제2사절판에 생략하였던 전기前記 두 대목을 살려놓은 것이다. 우리가 현재 읽는 『하므렡』은 제2사절판과 제1이절판을 가지고 재편한 것인데 이것은 제2사절판과 제1이절판보다 양이 많다.

그러면 셰익스피어가 『하므렡』을 쓴 것이 제1사절판이 나온 1603년이냐 하면 그렇지 않다. 펨브로크 홀Pembroke Hall의 선임연구원fellow으로 있던 가브리엘 하비Gabriel Harvey(1545~1630)의 기록, 1601년 2월조條에 셰익스피어의 『하므렡』 운운云云 조條가 있는 동시에, 동 기록에서 에식스Essex가 살

---

* 기휘 : 나라의 금령(禁令).

아 있는 것으로 되어 있으나 에식스는 1601년 죽었으니 어떻게 된 일인가? 에식스는 당시 엘리자베스 여왕의 총애를 받았던 세력가로 문학인의 수호자이던 옥스포드 백작이다. 그는 사형을 당한 에드워드 드 비어Edward De Vere다. 그가 생존한 것으로 기록된 점으로 보아 이 기록 자체가 1601년 이전 것이다. 따라서 하비가 『하므렡』에 대하여 언급한 것으로 1601년 이전 사실이 분명하고 보면 『하므렡』은 1601년 전에 써놓은 것을 짐작할 수 있다. 그렇다고 지금 확실히 어느 해에 쓴 것인가는 알 길이 없다. 다만 여러 학자의 소견에 의하면 대략 1598년에서 1601년 이전에 제작된 것으로 추측하는 것이다. 즉 셰익스피어가 34~37세 사이에 쓴 것으로 생각한다. 그러면 『하므렡』은 『오셀로』같이 셰익스피어가 창작한 것이냐 하면 그런 것이 아니고 예전부터 있던 것을 재료로 하여 완성한 것이니 저간這間의 소식과 거기 따르는 원작자, 개작자改作者 등 문제는 대략 다음과 같다.

3.

　하므렡 이야기는 멀리 전사前史 이전 스칸디나비아 전설에 그 근원을 두고 있던 것인데, 바이킹들이 덴마크령 아일랜드를 침범하였을 때 가지고 온 것 같다고 한다. 그것은 아일랜드 고담古譚에 이와 같은 것이 많은 것을 보아 짐작할 수 있는 일이다. 구전口傳으로 내려오던 『하므렡』이 문자로 기록된 것은 1185년 덴마크 학자 삭소 그라마티쿠스Saxo Grammaticus가 라틴어로 쓴 『덴마크사Historia Danica』에 넣은 것인데 1514년에 간행되었다. 그 책 제3권과 제4권에 있는 암레트Amlet* 이야기는 대략 다음과 같다.
　유틀란트Jutland에 호르웬딜Horwendil과 펭Feng이라는 형제가 살았다. 호

---

* 암레트 : '햄릿'의 덴마크어.

르웬딜은 무인인데 그는 노르웨이 왕을 죽이고 덴마크 왕녀 그루다Grutha를 아내로 삼았다. 이것을 시기한 펭은 형을 죽이고 형수를 아내로 삼고 유틀란트의 왕위에 올랐다. 호르웬딜에게는 아들이 하나 있었으니 이름을 암레트라고 하였다. 암레트는 부친이 살해당하고 모친이 농락당한 것을 분하게 여겨 그 복수를 하려고 함에 우선 제 신변 안전을 위해 양광伴狂을 시작한다. 펭이 처음에는 암레트가 정말 미친 줄 알고 내버려두었으나 차차 거동이 수상한 것을 보고 제 조카가 정말 미쳤는가 양광인가 알아보기 위하여 어떤 미녀를 놓아 탐색케 한다. 그러나 여자는 도리어 암레트를 사랑하기 때문에 펭은 실패한다. 여기에 암레트의 친구 한 사람이 암레트를 위하여 활동한다. 펭은 다시 자기 친구를 시켜서 그루다의 침실 뒤에 숨게 하여 암레트가 자기 어머니와 얘기하는 것을 엿듣게 한다. 이것을 안 암레트는 이 미행자를 죽인다. 그리고 그 자리에서 어머니를 준열하게 공격하면서 복수하겠다는 말을 한다. 이런 일이 있은 뒤에 펭은 조카를 공공연하게는 죽일 수가 없으니까 시종 두 사람과 함께 암레트를 영국으로 보낸다. 보내면서 그는 목각木刻 편지를 영국 왕에게 가지고 가게 하는데 이 편지에 암레트를 죽여버리라고 쓴다. 영국 가는 도중에 암레트는 이 편지를 몰래 보고 그 내용을 달리 써넣는다. 편지를 가지고 가는 두 시종을 죽이고 암레트에게 왕녀를 주어 사위를 삼으라고 하였다.

일은 제대로 되어 암레트는 일 년 후에 덴마크로 돌아왔는데 때마침 펭은 암레트의 죽음을 축하하는 주연을 베풀고 있었다. 여기서 암레트는 미친 거렁뱅이같이 차리고 파수 보는 병정들을 속이고 들어가 왕거王居에 불을 지르고 펭을 죽인다. 이튿날 아침 불탄 자리에 모인 사람들은 두족頭足이 떨어진 펭을 보고 놀란다. 암레트는 인민들에게 긴 연설을 하고 유틀란트의 왕이 된다.

이것이 대체로 원래의 전설인데 1570년 벨포레Belleforest라는 프랑스 사람이 프랑스어로 의역을 하여 그의 『비극 설화집Histoires Tragiques』 제5권에 넣었다. 벨포레는 원래의 전설에 약간 자의恣意의 가감을 하여놓았는데 특히 펭이 그 형을 살해하기 전부터 형수와 사랑하는 사이로 만들어놓았다. 이것을 영역한 것이 1608년에 나왔다. 제목은 『하므렡의 역사The Historie of Hamlet』이니 전후 8장으로 연대가 말하는 것같이 셰익스피어가 이 영역본을 재료로 썼는지, 혹은 벨포레의 것을 토대로 하였는지는 이설이 구구하여 단정하기 어렵다. 하여간 기왕에 있던 얘기를 가지고 그의 『하므렡』을 만든 것만은 확실한 일이다. 어떤 학자는 셰익스피어가 영역 『하므렡』은 쓰지 않은 것이 분명하다고도 한다. 차라리 『하므렡의 역사』는 셰익스피어의 『하므렡』이 호평인 데 자극이 되어서 추후追後하여 나온 것이라고 한다.

당시에 그러면 셰익스피어만이 역시 『하므렡』을 희곡다운 희곡으로 만들어놓았는가? 문제는 다시 간단치 않게 된다. 셰익스피어의 이름이 적힌 이 종二種의 『하므렡』 이외에 늦어도 1589년 이전에 또 한 개의 『하므렡』이 있던 것이 확실하기 때문이다. 토머스 내시Thomas Nash/Nashe(1567~1601)가 자신의 첫 문학집필로 썼고 1589년 『부조리의 해부학Anatomy of Absurdity』이라고 다시 퇴고한 글을 당시 가브리엘 하비의 공격을 받고 있던 로버트 그린Robert Greene을 변호하기 위해 그의 저서 『메나폰Menaphon』의 서문에 넣어준 것이 있다. 이 책은 1599년에 『그린스 아르카디아Green's Arcadia』라는 제목으로 다시 나왔다. 여기서 내시는 『하므렡』이라는 작품을 비난하고 다른 글에서 『하므렡』의 작자는 『스페인의 비극The Spanish Tragedy』을 쓴 토머스 키드Thomas Kyd*라고 해서 문제가 생긴 것이다.

키드는 상당한 극작가였고 또 그 당시 프랑스 희곡을 번역, 번안하여 상연하는 것이 유행이었던 것만큼 키드가 벨포레 것을 개작하였을 수도 있는 일이나 출판된 것이 없으니 증거를 잡기가 곤란한 노릇이다. 다만 제1사절판과 1857년경 독일 학자가 만든 『징벌 당한 친족 살해Der Bestrafte

---

* 토머스 키드(1558~1594) : 영국의 극작가.

Brudermord』*에서 키드의 솜씨 같은 것을 찾아볼 수 있다. 또 그의 유명한 희곡『스페인의 비극』에 쓴 수법으로 미루어 그의『하므렡』을 엿볼 수 있는 것이다.

그러면『하므렡』을 지었다는 키드는 어떤 사람인가?

프레더릭 보애스Frederick S. Boas의 소설所說에 의하면 대개 다음과 같다. 토머스 키드는 1558년경에 나서 1594년경에 죽은 사람으로 셰익스피어를 빼놓고 당시 극작가로는 제일 인기가 높았다고 한다. 셰익스피어 전성기에 있어서도 그의 작품은 아직도 지방 같은 데서는 꾸준한 환영을 받고 있었으며 그의『스페인의 비극』은 네덜란드 등에서 번역되어 상연도 되었다. 별로 교육을 체계 있게 받은 사람 같지는 않으나 독학으로 상당한 문예 소양을 쌓았으며, 라틴문학 특히 희곡에 대한 섭렵이 많았고, 세네카를 사숙私淑하였던 것 같다는 것이다.

『스페인의 비극』에서『하므렡』의 작자가 키드일 수도 있다는 점을 발견할 수 있는 동시에 또 한 가지 그럴듯한 삽화가 있다. 그것은 대략 1586년경 어느 영국 극단이 덴마크 왕실의 초청을 받아 엘시노어 궁전에서 상연하고 1589년 귀국한 사실이 있다는 것인데 내시가『하므렡』을 비난했다는 때가 그해이니까 만일 키드가『하므렡』을 썼다면 이해 이전 일이며 그 극과 유서 깊은 엘시노어로 영국 극단이 갔으니 혹 키드가 쓴『하므렡』을 상연했는지도 모른다. 또 상기한 바와 같이 제1사절판이나『징벌 당한 친족 살해』가 키드의 소작所作과 가장 긴밀한 작품들이라면, 이것을 셰익스피어의 『하므렡』과 비교하여보면 역시 희곡 구성, 다루는 수법, 어휘, 어조 특히 인물 성격 창조가 저 대거장의 천재에 원불급遠不及한 것이다.

셰익스피어란 사람 자신이 과연 실제 인물이냐 하는 문제까지 제기되어

---

* 옮긴이는 원전에 "*Der Bestrafte Brudermord*(형의 복수)"라고 하였으나 독일어의 뜻을 살리기 위하여 '징벌 당한 친족 살해'로 고침.

프랜시스 베이컨이 셰익스피어라는 둥, 17대 옥스포드 백작이 진짜 셰익스피어라는 둥 하는 시비조차 있는데『하므렡』의 정본이 키드의 것이냐 셰익스피어의 것이냐는 우리에게 그다지 큰 문제가 될 수 없다. 다만 셰익스피어가 써놓은『하므렡』을 충분히 감상, 비평하여 내 문학에 좋은 거름을 삼는 것이 사용학도의 제일차적인 임무인 것이다.

1949년 4월 1일

옮긴이 설정식

—『하므렡』(1949) 수록(전문).

제 5 부

기타 및 해설

고향 친구

"무궁무진한 것이 생의 본체어늘 어찌 편린을 뜯어 이르기를 이것만이 옳다 하느냐" 하면서 이 글쓰기를 분부吩咐하시는 C 형의 뜻은 아마도 그릇 뜯은 편린을 이르시는 것일 게다.

생의 살점을 넓적하게 저며낼 수 있으면 그도 좋지만 요要는 내리는 판단의 화살 끝이 관에 들어맞듯 하였느냐 하는 것만이 문제다. 넓은 세계로 날아간 화살이지만 진정真正하게 가서 앉을 데는 한 곳밖에 없을 게다.

모든 것이 변한다는 전제가 옳다면 인간의 생각도 변할 것이다. 변한다기보다 변하지 아니치 못한다고 하는 것이 옳을 것 같다. 파도를 제압한 배가 있었다는 우화를 일찍이 들어보지 못하였다.

설혹 한 개 생각이나 판단이 생의 연면連綿한 지속에서와 또 밖으로부터 쏠려드는 무한대한 힘이 교차되는 데서 이른바 역사와 현실에서 짜진 기름이 아니라고 고집할 때에라도 우리는 한 생물학자의 다음 말을 잊어서는 안 될 것이다. "학學의 한 체계를 세우기보다 세워놓은 그 학의 체계를 깨뜨리는 것이 정正 힘들다." 찰스 다윈의 말을 나는 편견과 선

입견 때문에 앉을 자리에 앉지 못한 화살촉을 고집하고 빼지 않는 젊은 학도에게 주고 싶다. 살부지수殺父之讐*면 이인伊人*의 시비 여하에 불구하고 내 손으로 죽여야 될 것인지 앞날의 내 윤리는 한 가지만 아니고 두 가지를 겸해 생각해야 될 것이다.

사상의 혼돈이 구체화되기 오호전란시대五胡戰亂時代 같은 현재, 테러는 차치하고 『맹자孟子』에 이른바 "천하무도天下無道 소역대小役大 약역강弱役强"*이란 격으로 진정치 않는 것이 진정하게 보이는 일이 비일비재일 때 학도는 무궁무진한 생의 실체를 파악하기 위해 기어코 산도야지를 옆에 두고 돌을 쏘아야 될 것일까.

'백의동포白衣同胞'란 말을 쓰던 시절에 그것이 15개년도 못 되어 어색한 말이 되고 말 것을 안 사람이 한 천만 될까? 모르기는 하지마는 '동무'란 말이 조금도 생소하지 않을 시대가 또 그리 멀다고 누가 기어코 단언할 것인가? 8·15 이후 아름다운 진리 중의 하나라고 생각하는 백연白蓮 선생의 말씀을 끝으로 여러분들께 드린다. "고향 친구라고 찾아가는 것도 봉건적 잔재다."

— 『경향신문』(1947. 3. 23) 발표.

────────

* 살부지수 : 아버지를 죽인 원수.
* 이인 : 중국어로 '저 사람, 그녀'를 뜻함.
* 天下無道 小役大 弱役强 : 천하에 도가 없으면 작은 것이 큰 것을 부리게 되고 약한 것이 강한 것을 부리게 된다.

재일동포의 문화옹호

오래 기다리던 대일강화조약對日講和條約*도 천연遷延이 되고 또 요즘 야와타제철八幡製鐵도 다시 부활된다니 이것은 일본제국주의로 하여금 다시 군국주의 재건의 방향으로 이끌게 하는 국제 반동세력의 대두擡頭를 단적으로 의미하는 것이다.

그리고 이번 재일조선동포에 대한 일본 정부의 탄압도 이런 기회를 요행으로 조선과 조선 민족에 대해서 세계에 유례없는 동화정책의 마수를 쓰려고 하는 것인데 이런 사태를 일본으로 하여금 일으키게 하는 배후의 세력과 투쟁함으로써만이 문제는 해결될 것이다. 이것을 위해서는 세계의 모든 미해방 피압박 민족과 함께 공동투쟁을 함으로써만이 그 민족의 고유한 문화를 옹호할 수 있을 것이다.

재일교육在日敎育은 절대다수가 진보적인 교육지도자의 방법과 지도 하에서 아직까지 건재하게 발전이 되어갔었는데 이것을 예例의 상투 수단으로 일부 좌익분자의 불온사상 전파의 도구로 쓴다고 해서 일본 정

---

* 대일강화조약 : 1951년 9월, 샌프란시스코에서 연합국과 일본이 체결한 평화조약.

부 및 맥아더 사령부가 음으로 양으로 조해阻害* 압박을 가하고 있는 것은 비단 조선의 진정한 민주교육을 위해서 통탄할 일일 뿐이 아니라 나아가서는 전 세계의 진보적인 교육 내지 민족문화의 특수한 발전을 위해서 실로 가탄可嘆할 일이 아닐 수 없다. 그러므로 이 문제는 단순히 일제 행정기관의 조치에 그치는 일이 아니고 또한 국부적인 민족 간의 일만이 아니라, 실로 그 배후에는 우리가 상상키도 어려운 식민지 몽매화주의를 재답습하려는 국제 반동의 마수가 움직이고 있다는 것을 알아야 한다.

또한 이것은 일본에 국한된 조선 사람의 문제만이 아니다. 이런 유사한 모략은 국내에서도 벌써 단선단정單選單政*과 결부된 문화 면에서 준동을 개시하고 있다. 저간這間 박열朴烈* 씨의 비서가 "모든 잘못은 전부 조선 사람에게 있다"고 언명한 것을 시인하고 환영하는 일부 민족 반역적인 무리의 태도에서 역력히 볼 수 있다. 그러므로 이런 민족문화 옹호 투쟁은 재일민족 문화옹호에만 그칠 일이 아니라 국내에서도 서로 호응하여 같은 방법으로 투쟁되고 전취戰取되어야만 할 것이다.

—『새한민보』(1948. 6. 1) 발표.

---

* 조해 : 저해(沮害).
* 단선단정 : 단독선거와 단독정부.
* 박열(1902~74) : 독립운동가. 일본 천황 암살 미수로 사형 선고를 받았으나 해방과 함께 석방됨. 한국전쟁 때 납북됨.

홍명희-설정식 대담기

아직도 쌀쌀한 춘한春寒이 봉급생활인의 꺼진 등에 시린 어느 날 오전 열한 시 즈음하여 기자는 속기자를 대동하고 홍명희 설정식 양 씨兩氏 대담 처소인 인사동 홍명희 선생 댁을 방문하니 영식 기무起武 씨가 반겨 맞아 사랑방인 듯싶은 서재로 우리를 인도하여주신다.

간반間半이나 될까 병풍으로 둘러막은 이 안채 협실은 주인을 제하고 객이 세 사람만 앉고 보면 서로 숙친한 사이가 아니라도 무릎에 무릎을 포갤 수밖에 도리가 없으리만큼 협착한 방이다.

대당수의 거처로는 실로 내객이 도리어 민망할 지경이나 두루 한 번 다시 안두案頭*에 한서, 양서며 그 위에 놓인 확대경하며, 한매寒梅 이미 꽃을 지운 향긋한 구석마다 고루 티끌 하나 없이 깨끗한 것을 보면, 역시 가난한 나라의 선비의 살림살이로는 이만하면 족하다고도 하겠다.

문호의 안하案下라 미리 섭복한 것은 꼭 아니로되 두루 좁기도 하여

---

* 안두 : 책상머리.
* 환력 : 환갑.

한구석에 국궁하고 있노라니 환력*을 금년에 맞이하신다는 선생이 늦은 조반을 치르시고 들어오시는데 대당수로는 너무도 범연하고 대문호로는 너무도 평범하시다.

우리 일행이 된 대담의 상대자 설정식 씨를 위시하여 일동은 기립에 가까운 초면 행례. 어서들 앉으시라고 노대가는 시인의 낮은 인사를 높이 받으시며 천식 기운이 잦으시나 그대로 윤화한 음성으로 원래遠來의 노勞를 치하하시고 기자의 사회도 있기 전에 우선 "필요가 있어야만 찾아주시는구면" 하시고 해학으로 일행을 안심시키신다.

설정식 씨 죄당만사罪當萬死까지는 몰라도 적이 황송스러운 표정일 뿐 대답이 없다. 노 선생은 원숙하신 소설가라 인생의 기미를 통찰하시는데 누漏 있을 리 없어 곧 화제를 돌리어 "잘 압니다. 예전 계동 사실 때 선고장先考丈 찾아가 뵐 때마다 봤지요. 그땐 소학교 다니실 때였지 아마" 하니 시인은 그뿐 아니라 "사실 숭사동 사실 때 저도 뵌 적이 있습니다" 하고 보니 초면인 줄 알았던 두 분은 서로 길이 끊인 사이에 모습을 잊었을 뿐 분명한 구면인 것을 기자는 알았다.

대담 이전에 두 분은 벌써 대화를 시작한 것이다. 우정偶丁 선생이라는 분 이야기가 나오고 시인의 선고장 이야기가 나오더니 "발표하시는 시는 늘 읽었지요. 신문을 보고 또 설 아무개라니까 읽어볼 수밖에, 그런데 호는 무엇이라고 하시는지?" 하고 묻는 말에 시인은 "선친께서 오원梧園이라고 주셨지만 제 주제에 무슨 호를 쓸 계제도 못 되고 혹 이름을 피할 필요가 있으면 하향何鄕이라고 붙여도 봅니다" 하고 무호無號 시인은 고백한다. 이대로 대화를 내버려두어서는 기자 소기의 목적에서 괴리되어갈 우려 다분히 있는지라 체면 불구하고 내의來意를 표명할 수밖에…….

기　자　미리 여쭌 바와 같이 사실 오늘 두 분 선생님을 모시려고 한 것은 두 분께 문학 내지 문화에 관한 말씀을 듣고자 하는 것입니다.

지난 세대와 신세대의 대조라고 할는지, 일치라고 할는지 여하간 일반 독서인의 참고가 될 말씀을 많이 하여주시면 고맙겠습니다. 우선 홍 선생님께 특히 여쭙고 싶은 것은 조선의 신문화운동의 전말顚末이온데 선생께서 직접 문학을 시작하시던 이야기부터 들려주시면 고맙겠습니다.

신문화운동의 내력과 동경 유학 시대

홍명희 　신문화운동이라는 것이 글쎄 언제부터 시작되었다고 할까? 신문학이라는 건 대체 육당六堂, 춘원春園이 글을 쓴 때부터겠지요. 나는 그때 문학이라는 걸 별로 모르고 있은 셈이지요. 내가 남양南洋 그렇지, 싱가포르에 가서 한 삼 년 있을 때 춘원이 아마 『매일신보』에 『무정無情』을 썼지. 하니까 신문학의 시작이란 그리 오랜 일이 아니여. 그리고 그 후에 염상섭의 『삼대三代』가 나왔고 그 외에도 한두 개 작품들이 있었지만 대단할 건 없었고, 박종화朴鍾和, 나빈羅彬, 김기진金基鎭 그 밖에 여러 사람이 『백조白潮』라든가 하는 잡지에 썼고 나빈은 조선* 편집부에 같이 있었지요. 만나면 문학 얘기도 하고 그랬지.

기　자　그전 동경 유학 당시 이야기부터 하여주십시오.

홍명희 　동경에 가서 나는 중학교 3년급에 편입을 했지. 육당 같은 사람은 관비로 갔지만 난 사비생이야. 유학생들이 대개 전문부

---

* 조선 : 조선도서주식회사.

아니면 대학에 들어가더군. 나는 일본말을 철저하게 배우고 신학문을 기초부터 시작하기 위해서 중학으로 들어갔지요. 갈 땐 그저 우리 아버지가 법률을 배워가지고 오라고 하시는데, 나도 물론 문학을 할 생각은 없었고 차라리 법률보다는 자연과학 공부를 해보려고 했지요. 내게는 자연과학이 재미있었거든요. 중학에 들어가서 교과서를 보니까 나오는 이야기가 모두 미지의 세계거든. 그런 미지의 세계에 대한 동경이 심했지요. 그러나 아버지께서는 문학은 물론 반대하셨지만 그까짓 자연과학은 또 배워서 무얼 하느냐? 하시기도 하여 자연과학 공부도 제대로 되질 못했어.

일본서는 그때 한창 자연주의문학이 성할 땐데 곧 사회주의운동이 시작되어서 문학에도 영향이 상당히 있었지만 역시 작가로는 다야마 가타이田山花袋, 시마자키 도손島崎藤村 등이 활약했지요.

우리가 문학 작품을 읽기 시작한 것은 나는 원래 중국소설을 좋아했으니까 자연히 아무거고 재미로 읽게 되는데 외국 것은 물론 번역을 통해서 읽었고 일본 것은 소설이 제일 보기 쉬우니까 자꾸 읽었지요.

그때 처음 동경 가서 신바시新橋 어떤 여관에 들었는데 심심하길래 젊은 주인 녀석더러 무슨 책이 있거든 좀 빌려달라고 했더니 잡지 나부랭이 대여섯 권 갖다주더구만. 거기 소설 같은 것도 있고 한데 어지간히 알아보겠더군. 이게 문학 작품 읽은 시초요.

그때 우시고메牛込 야라이초矢来町에 책사가 하나 있었지요. 거길 자주 다니다가 그 주인하고 친해졌는데 그 사람이 발매금지가 된 책을 곧잘 구해주더구면. 그때 발매금지가 된 책에는 두

가지 종류가 있었는데 한 가지는 사상서류요, 또 하나는 풍기
문란으로 발매금지되는 것이 있어서 내가 찾는 것에는 풍기문
란에 걸린 소설도 물론 있었지. 그리고 사상서류도 구해봤는데
그때 얻어본 책 중에는 크로포트킨의 『빵의 착취』도 있었지요.
그리고 『몰리에르 전집』이 세 권으로 나왔는데 둘째 권도 아마
발매금지가 되었지. 한데 그것도 그 사람이 구해주었어요.

설정식　　그러니까 그때 선생님은 벌써 사상적으로 한 걸음 앞섰었군요.
　　　　　크로포트킨을 읽으신 걸 보면.

홍명희　　나는 그때 사회주의니 뭐 그런 것은 몰랐었지요.

설정식　　그때 일본 사상계의 동향은 어떠했습니까?

홍명희　　사상은 뭐……. 내가 있는 동안에 가나마치金町 적기赤旗 사건이
　　　　　니 그런 것이 있었고 야마구치 기조山口義三라는 주의자가 감옥
　　　　　에 들어갔다 나와서 환영받은 일이 있었고……. 마침 그때 러
　　　　　일전쟁이 막 끝났을 땐데 도쿠토미 로카德富蘆花*가 러시아에 갔
　　　　　다 와서 기행문을 발표해서 물의를 일으킨 일이 있었고 했었는
　　　　　데 그는 자연주의작가로서 칭찬을 받았지.
　　　　　그때 내가 읽은 것 중에는 마야마 세이카眞山靑果도 있어서 그때
　　　　　주로 내 독서의 흥미는 러시아작품들인데 번역된 것은 모조리
　　　　　다 읽어보았지요. 암만해도 명랑하고 경쾌한 프랑스문학 같은
　　　　　것보다는 침통하고 사색적인 러시아작품이 내 기질에 맞아요.
　　　　　거기에는 예술의 맛보다도 인생의 맛이 더 들어 있으니까.

설정식　　그게 어느 때쯤 일입니까?

홍명희　　메이지明治 42년쯤 일이지요. 한창 나쓰메 소세키夏目漱石가 등
　　　　　장할 때였지요. 그의 작품은 여유파餘裕派라는 소리를 듣곤 했

---

* 도쿠토미 로카(1868~1927) : 일본의 소설가.

지. 대개 새로운 도덕에 대한 탐구라고 할까? 그런 거지요. 그가 그때는 동경대 영문학 강사로 있었는데 대학이 재미없기 때문인지 모르지만 동경아사히신문東京朝日新聞에서 오라고 그랬는데 그 조건이 작품을 쓰고 싶을 때 자기 신문에 우선적으로 써달라는 거였지. 신문사로 갔지요. 『호도도기스杜鵑』에 연재한 『나는 고양이다』가 문자대로 낙양의 지가紙價를 높였기 때문에 신문사에서 초빙한 거지요. 그 후에 영국에 유학 갔고 그의 『문학론』 꼭대기에도 있지마는 하여간 일본문학에 종전에 없던 신국면을 열었지요. 그때 대학 동료가 나쓰메러러 교수로 있으면서 신문에 나가는 것은 수치라고 하니 나쓰메의 말이 "대학에 대해서는 수치인지 모르나 나에게는 영광이다"라고 했고 "그러면 다음에 박사 학위를 얻을 생각은 말라"고 하니까 "나는 박사 같은 건 원치도 않는다"고 해서 더 인기가 굉장했지요. 그때 일본문단의 독보獨步였지요.

설정식 자기 자신 문학에 있어서는 개인주의라고 아마 선언했지요.

홍명희 그래, 고집이 센 개인주의자지.

설정식 그때 우에다 가즈토시上田萬年가 문부성에 시학관視學官인가 무언가로 있었지요.

홍명희 전문국장으로 있었지.

설정식 그 사람이 많이 이해해주었더군요. 런던에 갔을 때 미쳤다는 풍설이 있을 때 나쓰메를 옹호한 게 우에다라는 얘기가 있더군요.

홍명희 미쳤다는 소리도 듣게 되었지. 하여간 재미있는 사람이지.

설정식 만나보셨습니까?

홍명희 찾아가고 싶은 생각도 있었지요. 나쓰메가 그때 우시고메에 있었는데 온통 떠드니까, 이원조李源朝가 나온 호세이法政 대학 교수 누군가를─도요시마 요시오豊島與志雄라고 기억하는데─나

쓰메를 찾아다니는 사람 중에는 지금 내가 기억나는 문학자만
해도 너무 많았고 또 그렇게 떠드니까 찾아가고 싶은 생각이
없어지더군.

설정식　러시아작품을 많이 읽으셨다고 하셨는데 어떤 동기로 그 방면
에 특별한 관심을 가지셨던가요?

홍명희　러시아 작가라 해도 나는 톨스토이에 대해서는 불만이었지요.
왜 그런고 하니, 그때는 『전쟁과 평화』, 『안나 카레니나』 또 『부
활』 등은 번역되지 않았고 초기작 『코사크』, 『세바스토폴 이야
기』니 하는 것들만 본 탓도 있겠지마는 이것들도 대개 설교에
가까운 것이어서 톨스토이는 재미없거든, 처음에 젊은 사람들
이 보면 꼭 어떤 노인이나 선생이 설교하는 것 같아서…… 그
리고 도스토옙스키의 것으로는 『죄와 벌』, 『백치』가 번역되었
는데 참 좋더군. 무슨 별 동기가 있나? 아까 말한 대로 기질에
맞으니 읽었지. 나중에 『톨스토이 전집』, 『도스토옙스키 전집』
이 번역되더구만.

설정식　다른 동학들의 경향은 어떠했습니까?

홍명희　대개 그때 가 있던 사람들은 역사니 정치니 하는 것을 했는데
돈들이 없으니까 책도 잘 사보지 못하고 그래도 내가 나은 편
이지. 우리 아버지가 25원씩 보내주셔서 다른 낭비는 안 하니
까 책 사볼 여유가 많았고 또 따로 집에서 50원, 100원 타올 수
도 있었으니깐.

설정식　중학교 끝내시고 어느 대학에 가셨습니까?

홍명희　그만이죠. 중학 졸업하자 한일합방이 되어 남방으로 갔지요.

설정식　문학은 꾸준히 버리시지 않으셨던가요?

홍명희　문학은 그만두었습니다. 도대체 공부하려는 마음이 꺾어졌지
요. 그래 다시 중국을 방랑하고 돌아다녔지만 그래도 좋은 책

이 있으면 사보고 했지요. 지금 기억에 그때 문학 공부하는 사람들이 이론 투쟁을 많이 한 것 같군. 와세다早稲田 대학 같은 데서는 미국 사람이 문학이론을 가르치곤 했으니까.

순수 시비와 문학론

설정식 그때 선생님은 어떤 문학이론을 가지고 계셨습니까?

홍명희 무슨 이론이 있을 게 있나요.

설정식 문학이론에 관심을 가지고 계셨던 점이 흥미롭습니다. 요즈음 우리 문단에서도 이론 문제는 늘 좋은 시빗거리의 하나입니다. 한데 이론은 알기 쉬운 진리가 제일 좋은 것일 겐데, 아직 알기 힘든 이론을 하는 사람이 많습니다. 일테면 순수문학이니 하는 것을 주장하는 사람이 있고…….

홍명희 그런 사람이 있어요? 순수문학이니 무어니 하는 게 무슨 조선에서 문제가 될까요?

설정식 문제가 되니까 문제입니다.

홍명희 지금?

설정식 네.

홍명희 그것은 세계적으로 이미 해결된 문제인데, 아마 조선에는 조그마한 분파가 남았는 게로군. 오스카 와일드가 있을 때나 문제될 것이지, 지금은 그런 소리 할 시대가 아니야. 그런 시대는 지나갔어. 지금은 조선문학이나 있을래면 있을 수 있지.

설정식 동감이올시다.

홍명희 말하자면 문학을 정치에 예속시켜서는 안 된다는 말이겠는데, 누가 문학을 정치에 예속시키겠다는 말을 하나? 예속 문제라야 말이지. 문학인들 시대를 어떻게 안 따라갈 수 있을까? 소련 같은 전례를 보면, 요새는 소련의 근대작품을 구해보지 못했지마는, 거기에는 자연히 언뜻 보면 문학도 다 정치의 일부로 보이는 점이 있기도 한가 봐. 그렇지마는 그것도 필연한 시대적 산물이지. 그런데 정치라는 것은 광범위로 해석한다면 문학하는 사람이 그것을 어떻게 떠날 수가 있을까? 말하자면 인생을 떠나서 문학이 있을 수 없는 것 모양으로 말이오.

설정식 아이들이 '난 살림살이는 모르겠다. 밥은 네가 지어라. 나는 먹기만 하겠다' 하는 것과 같지요.

홍명희 문학은 문학을 통해서 도달하는 길이 있을 뿐이지, 살림살이를 떠나서야 있을 수 없겠지.

설정식 외는 거꾸로 먹어도 제멋이라는 격으로 자기네 흥겨워하는 것을 따라가며 막는 것도 도로徒勞일는지 모르나 그러기에 저는 문제를 쉽게 염치 문제로 돌리고 싶습니다. 이 남조선 사태를 직시하고 앉아서 제집이 저도 모르는 사이에 두 번, 세 번 저당으로 넘어가고 있는 줄도 모르고, 술을 부어가며 아름다운 꽃이여, 나비여 하며 음풍영월을 하고, 그것을 또 염려체艶麗體로 그려놓고만 앉아 있을 작정이라면 이건 단순히 염치가 있느냐 없느냐 하는 것으로 귀결을 짓기만 하여도 족할 줄 압니다. 그렇지도 않고 언족이식비言足而飾非*로 문학, 문화의 고고孤高 존엄을 운위하되 언필칭言必稱 대의명분을 찾는 것은 뜻은 좋되 웃음거리죠. 이야기마따나 금계랍金鷄蠟이 학질에 좋다고 과다하게 먹고 치명상을 입는 것이 다를 게 없는 것인 줄 압니다. 물론 문학의 고고한 본연도 좋고, 글러도 내 민족 옳아도 내

---

* 언족이식비 : 교묘한 말이 자기의 나쁜 점을 꾸미기에 넉넉함.

민족이라는 따위 감상적 민족주의도 좋지만, 눈물겨운 것만으로 천하는 다스려지는 것은 아니겠지요. 제 마당 안만 깨끗하게 쓸어놓고 유연견남산悠然見南山하는 것도 좋겠지만 바로 대문 밖에 골목마다 산더미 같은 쓰레기는 자비로운 외국인더러 쓸어달랄 작정인지.

그다음에 남아 있는 그들의 골패 쪽은 네가 한 술 떴으니 나는 두 술 떠야겠다는 치기만만한 고집, 복수, 일테면 너희들이 말하는 민주주의 민족문화이론이라는 것은 사실 그 뒤에 위험천만한 괴물이 숨어 있는 게니 불가근不可近이요, 또 너희 놈들 엊그제 창씨創氏하던 놈들이 뭘 누구더러 친일파라고 하며, 팜플렛 쪽 몇 권 읽다 어느새 천하삼추天下三秋를 안다고 하느냐? 하는 것인데 이거야말로 소인의 심사心思요, 후후煦煦*한 것으로 인仁을 삼고 혈혈孑孑*한 것으로 의義를 삼는 사람들, 소아小我를 고집하고 아만我慢에 집착하는 것인 줄 압니다. 그네들의 말대로 하자면 팜플렛도 읽지 말고 가만히 앉아서 영원히 무지, 무능한 게 제일 훌륭할 게고 가만히 앉아서 하늘에서 오는 영특한 신계神啓나 기다리는 것이 문학자의 최대 사명일 것입니다.

그러나저러나 개인만 그러면 좋을 터인데 이러한 소심익익小心翼翼한 사상을 민족에 갖다대고 견강부회하는 것은 독선주의라고만 무시할 수도 없습니다.

민족문화 수립이란 이렇게 먹고 싶으면 먹고 마시고 싶으면 마시고 토하고 싶으면 토하는 것의 축적으로 될 것이 아니라 좀 더 일관한 고행으로 쌓아야 될 일종의 취사선택이 어느 정도

---

* 후후 : 온정을 베푸는 모양.
* 혈혈 : 아주 작음.

엄밀해야 될, 극기克己의 누적이 되어야 할 줄 아는데요.

민족문학 수립 문제

홍명희   대체 그렇습니다. 민족문학 내지 민족문화 수립이라는 것은 중
대한 문제인데 나는 이렇게 생각합니다. 우리가 말하는 민족이
라는 것은 가령 파시스트라든가 나치스라든가, 그들이 자기네
국가에서 생각하고 행동한 것과는 의미가 근본적으로 다르다
고 생각합니다. 우리는 지금 우리 민족문학을 강요하는 것보
다도 문학 전통을 계승하는 데 치중해야 될 줄 압니다. 과거의
민족문화 중에서 좋은 것을 계승해야 되겠는데 여기에 대해서
야 누가 반대할 사람이 있겠어요?

민족문학이라는 것을 어떤 사람들은 일종의 배타사상으로 자
기 것만을 고집하는 것으로 아는 모양인데 이렇게 하여서야 나
치스나 파시스트의 민족사상과 다른 것이 무엇이겠소?

설정식   민족문화 계승은 어떤 방법으로 하여야 되겠습니까?

홍명희   글쎄, 너무도 문제가 광범위하니까 곤란하고, 또 작게 범위를
좁혀보면 가령 문화유산하더라도 문학 작품이 하도 빈약하니
까…….

설정식   역사에 통사, 정사가 우선 서야 되겠고, 그게 서자면 그 통사나
정사를 만드는 것을 뒷받침할 역사철학 방법론이 먼저 확립이
되어야 할 것과 마찬가지로 문화유산 계승 문제를 생각할 때
에도 우선 근본적인 문화 방법론이 서야 되지 않을까요?

홍명희   정사正史가 서야 되지요.

설정식   서야 될 텐데 가령 지금 남조선 문교 당국의 역사교육 방침이

라고 할까, 방법을 보면 우선 '홍익인간弘益人間'을 경강經綱으로
내세우는데, 역사라는 것이 저희 생각에는 우리가 모을 수 있
는 모든 재료, 일테면 정확한 기록, 금석문이라든가 발굴된 화
석, 유골이라든가 하는 것을 오늘 과학지식을 동원시켜서 알
수 있는 때까지 귀납을 하여서 과학적인 실마리를 찾아내야 될
것이 아닙니까? 그렇지 않고 김부식金富軾이나 사마천司馬遷이가
혼자 앉아 그야말로 '사삼궐문史三闕文'까지 채워 넣어가면서 되
는 대로 만들어놓은 역사 같은 것을 되풀이하는 격으로, 아닌
밤에 홍두깨 내밀듯 홍익인간을 내어놓은 것은, 새 신화를 위
해서 만드는 것이라면 모르되 백지에 가까운 아이들 머리에 이
런 사상을 넣어주는 것은 좀 어떨까 합니다.

홍명희 홍익인간이 무슨 해가 있나?

설정식 물론 그 말이나 뜻은 좋습니다. 그러나 문제는 그것이 연역演繹
해가지고 오는 그 뒤의 것은 해가 대단한 것인 줄 믿습니다. 다
시 바꾸어 말씀드리면 단군 설화를 신화에까지만 그쳐두는 것
은 좋지만 즉 서양 그리스 신화의 제우스가 신화로 따로 끝이
나고 마는 것같이 생각한다면 모르겠지만, 그렇지 않다면 역사
는 전후에 동강이가 나버리고 마는 긴 삽화에 지나지 못하고
말지 않을까요? 아마테라스 오오가미天照大神*하고 다를 것이
무엇인지 모르겠습니다. 찰스 디킨즈라는 영국 작가가 아이들
보이려고 영국사를 쓴 게 있는데 첫 꼭대기를 보면 "우리 조상
은 원래 허리에 가죽을 감고 사냥해 먹고 살던 야만이었다"라
고 시작했습니다. 우리가 아이들에게 실사구시實事求是의 정신
을 넣어주고 과학정신을 함양해주려면 이렇게 사실을 있는 대

---

* 아마테라스 오오가미 : 일본 신화의 태양신. 일본 천황의 조상신이라고 알려져 있음.

로 일러주는 것이 옳지 않을는지요.

홍명희 그러나 홍익인간이라는 도장을 새겨서 자꾸 찍어 내어놓는다고 그대로 듣나?

설정식 아니 지금 당장 사진을 찍어 팔기도 하지 않습니까?

홍명희 걱정할 게 없어요. 전설은 전설이고 역사는 역사니까. 또 홍익인간이란 그 문구에 너무 구애할 것도 없지요.

설정식 구애할 건 없지요. 그러나 원래 그 사상은 불교적인 것인데 문자로만 본다면 대체 조선에 한자가 수입된 것이 고구려 소수림왕 때니 이런 문자를 후일의 사가가 제조하여서 단군 신화에 맞추는 것은 견강부회이니 이것도 학문상 태도로는 과학적이라고는 할 수 없지요.

문화유산 계승 문제

홍명희 아까 문화유산 계승 문제가 나왔지만 우리 문화유산이 통틀어 말하면 한문화漢文化 연장의 감이 불무不無하고 보니 사실 순우리말로 된 문학유산이라는 것은 실로 한심한 것이지요. 그러나 앞으로 우리가 어떠한 문학을 창조하느냐 하는 문제가 과거의 유산을 계승하는 문제보다 더 큰 문제겠지요.

설정식 그러면 새로운 문학 건설은 어떻게 하였으면 좋을까요? 일테면 소설을 쓰려는 사람이 있을 경우에 그는 어떠한 창작 태도를 취해야 될 것인가요?

홍명희 그것은 무어 그렇게 공식적으로 생각할 필요가 있을까?

설정식 그러나 기성 국가, 질서 잡힌 사회라면 문학과 같은 상층 정신 활동은 어느 정도 자유롭게 방임하여도 좋을는지 모르지마는 조선 같은 후진국가, 낙후사회에 있어서는 모든 것이 거의 초창기에 처해 있는데 아무 정신적 예비가 없이 될까요?

홍명희 설정식이더러 말하라면 대번 문학가동맹을 들고 나오겠지?

(소성笑聲)

설정식 문학가동맹이 무얼 잘못한 것 있습니까?

홍명희 잘못이야 없지. 나도 동맹에는 관계도 깊고 또 아는 친구도 많지만 이제 이야기한 홍익인간이나 민족주의에 대하여 너무 반발하는 것 같은 점이 있는 것 아닌가?

설정식 동맹에서 그런 쓸데없는 반발을 하는 일은 없다고 생각합니다. 우리가 주장하는 것은 그야말로 진정한 민주주의 민족문학인데 이것을 위하여 봉건과 일제 잔재를 소탕하고 파쇼적인 국수주의를 배격하여 민족문학을 건설함으로써 세계문학과 연결을 가지려고 할 따름입니다.

홍명희 그 잔재를 소탕한다는 것은 이론적으로는 좋소. 그러나 구체적으로 그 숙청이라는 것도 어떤 개인 개인이 문제될 때 그 기준을 어디다 세우느냐 하는 것은 어려운 문제고 하니, 실천에 있어서는 너무 모를 낼 것이 아니라 그저 시간이 해결하여주는 것을 기다리는 것이 좋겠지요. 숙청될 것은 시간이 귀결 지을 것입니다. 앞으로 서로 좋은 작품을 쓰는 데 전력을 다하는 것이 문학 건설하는 데 가장 중요한 일이겠지요. 주의나 개념이 앞서고 창작력이 빈약한 것은……

설정식 물론 주의나 개념이 앞서는 것은 좋지 않지요. 그러나 새로운 생명을 북돋기 위해선 그 생명을 누르는 썩은 것을 시급히 없앨 필요가 있지 않을까요? 그저 시간이 해결해주기를 기다린다는 것은 윤리학이 아닐까요?

홍명희 그렇다고 억지로 되는 것이 있나요? 예를 들면 일제시대 우리가 조선독립을 열망하는 사상을 숨기려고 애써가면서 작품을 써도 독립사상이 저절로 우러나와서 형상화가 잘되었는데 어떤 사람이 일부러 "나는 이렇게 독립사상을 가졌다"라고 여 보란 듯이 작품을 쓰면 그런 작품은 대개 십중팔구 실패야. 요새도 마찬가지겠지. 신문학을 말하는 사람들이 그것을 소설 형식이나 다른 형식으로 써서 내어놓으려고 하기 때문에 작품의 가치가 떨어지는 것이 아닐까요?

설정식　말하자면 생각이 앞서고 역량이 그것을 따르지 못한다는 말씀이지요?

홍명희　그 사상이 사상으로서는 다 좋지. 그러나 그 사상이 작자의 골육을 통해서 나오지 않은 사상이라면 창작이 될 수 없는 법이지요. 8·15 이후에 나온 작품은 많이 보지 못해 잘 모르지만 갑자스레 공산주의자가 된 사람이 많다는 인상을 주어. 정말 공산주의자가 되는 것은 좋지만 내가 공산주의자라고 내세우는 것이 드러나는 작품을 남조濫造하는 작가는 못마땅해요. 그러나 그렇다고 해서 사상성이 없는 예술을 위한 예술이 옳다는 것은 아닙니다. 예술과 사상이 혼연한 일체가 된 작품을 만들기 위하여 한편 예술하며 한편 사상하는 것이 우리 문학가의 임무겠지요.

　　　오스카 와일드 같은 예술지상주의자는 지금 있을 수 없는 일이지요.

설정식　와일드는 심지어 자연이 도리어 예술을 모방해야 된다고까지 하였지요.

홍명희　좋은 시대에 났던들 나도 문학에 전심할 수 있었을 것을, 나라도 없는 놈이 어느 하가何暇에 문학을 골똘히 할 수도 없고 해서 못 하고 말았는데 앞으로라도 사회가 제대로 바로잡히면

나도 좋은 작품이나 하나 써보고 싶소.

설정식   진정하게 문학하는 사람이 내남 간에 문학을 버릴 수야 있나요?

임꺽정 이야기

홍명희   참, 나는 그래도 문학 덕에 십여 년을 먹고 살았지요. 지금도 친구들이 그『임꺽정』을 어서 계속해서 쓰라고들 하지만 워낙 밥 얻어먹으려는 계획하에 전설 나부랭이를 모아다가 어떻게 꾸며놓은 것이니 무어 문학 작품이라고 할 게 되어야지요. 작품이 '남이야 못생겼다고 해도 내 자식이니 귀엽다'고 하는 격으로 내 마음에나 귀여운 생각이 있어야 될 텐데 하도 불만하니까…….

설정식   자기에게 만족한 작품이라는 게 자고로 어디 많이 있었습니까? 지금 말씀이 생계로『임꺽정』을 쓰셨다고 하지만 참으로 빚에 몰려가면서 총총하게 쓴 작품이 제일 좋다고 하더군요.

홍명희   하긴 나도 생활 문제나 기타 모든 문제가 해결되면 다시 작품 제작에 손을 대볼까도 합니다.

설정식   해결되겠지요. 이번에 완결되어서 나오는『임꺽정』은 저희가 크게 기대를 가지고 있습니다.

홍명희   『임꺽정』은 사실 러시아문학을 읽은 덕이지요.

설정식   재미있는 말씀인데요.

홍명희   『임꺽정』은 저 러시아 자연주의작가 쿠프린의 '……' 담譚이라는 것이 있지 않아요? 그게 장편소설인데 토막토막 끊어놓으면 모두 단편이란 말이야. 그러니까 이건 단편소설이자 곧 장편으로도 재미가 있단 말이야. 그래서 힌트를 얻었지요.

설정식   사실 저도 그런 것을 하나 구상 중입니다. 그런데 러시아소설을 원본으로 보셨는가요?

홍명희   웬걸, 번역으로 보았지요. 러시아어는 배우다 말았지요. 내 외국어는 형편없지. 일본말이 그래도 제일 나았어. 그것은 잊어버리려도 안 잊어버려져. (소성笑聲)

설정식   그거 재미있는 말씀이올시다. 제 생각에는 타민족의 정복이 가능하다면 문화 정복밖에 가능하지 않은 줄로 압니다. 그런 점으로 우리가 우리도 모르는 사이에 정복까지는 몰라도 일본문화의 영향을 상당히 받았지요.

　　　　이야기가 딴 데로 갔습니다만 이번에 새로 작품을 쓰신다면 어떤 것을 구상하고 계십니까?

홍명희   전부터 삼부작 하나를 써보려고 했습니다. 이것도 러시아작품을 읽고 생각한 건데 메레시콥스키의 삼부작 육의 세계, 영의 세계, 영육합치를 가지고 쓴 소설 있지 않아요? 그런 것을 하나 써보고 싶은데 나야 물론 역량이 부족하니까 그렇게 큰 작품은 쓸 수 없겠지만 하여간 한번 쓰면 한국 끄트머리, 일제시대 그리고 새 조선이라는 테두리를 가지고 써보았으면 좋겠어요. 한국 끄트머리는 양반사회의 부패상, 이것은 내가 제일 누구보다도 자신이 있지요. 나 자신이 몸소 겪어보기도 했으니까. 그리고 일제시대 40년 동안 신음 시대의 모든 강압과 반항, 친일파의 준동을 테마로 하고 끄트머리로 새 조선을 하나 썼으면 좋겠는데…….

　　　　지금 같아서는 다 꿈 같은 얘기지요. 또 하나 쓰고 싶은 것은 이조 500년사를 소설로 그려보고 싶은데 이것을 단순하게 종래 역사소설같이 군주정치 중심의 산만한 기록으로만 하지 말고 좀 더 모든 사건의 배경, 조건, 시대상을 살려서 일테면 어떠한 사건은 어떠한 사회적 조건 때문에 필연적으로 일어날 수밖에 없었다는 것을 한번 형상화해보고 싶습니다. 그리고 그 제목은 어떻게 할 게냐 하면 가령 개국開國 시대를 그린다면 '선죽교'라고 그것을 그냥 한 사건으로 취재를 해서 정몽주가 태조의 집에서 오는 길에 선죽교에서 맞아 죽었다 이렇게만 할 것이 아니라 그 죽게 된 원인을 좀 더 널리 그때의 사회적 인과관계에서 찾아보도록 하려는 겁니다. 역사를 역사대로만 해석해서야 무슨 재미가 있나요? 내가 어떻게 보고 어떻게 해석한다는 다른 점이 있어야지. 그렇지 않고 부연만 해놓는다면 『삼국지연의』나 무엇이 다른 것이 있겠소?

나더러 '사육신' 같은 것을 쓰라고 한다면 세조 입장에만 설 것이 아니라 세조는 그렇게 해서 떨어질 수밖에 없었다는 점을 한번 밝혀보고 싶거든요.

설정식 작품 소재의 소이연所以然을 사회사적 견지에서 구상화시켜 보시겠다는 말씀이군요.

홍명희 사회사는 곧 역사니까.

설정식 그렇게 되면 그때에는 역사가가 도리어 문학 작품을 역사 참고 재료로 쓰게 될는지 모르죠.

홍명희 그렇게 되는지도 모르죠. 이다음에 그런 거 한번 시험해보시오.

설정식 저희 같은 역량으로야 할 수 있습니까? 역사도 잘 모르고 또 아직 역사소설 써보고 싶은 생각도 별로 없고요. 제 어리석은 생각엔 작가로서 역사소설을 시작하는 것은 의욕이나 소재가 고갈되었을 때 일종의 안이하게 도피하는 것 같더군요. 사실은 제가 지금 『해방』이라는 소설을 쓰기 시작했는데 붓이 선선하게 나가질 않습니다. 제2해방이나 된 뒤에 쓰기 시작했으면 좋았을걸. 기왕 쓰기 시작하였으니 변두리만이라도 울려볼까는

합니다만…….

홍명희 　그래요. 요전에 남천南天이더러 8·15는 아직 쓸 때가 아니니 쓰
　　　　지 않는 게 좋다고도 한 일이 있지만 사실 작가가 제3자의 위
　　　　치에 설 수 있는 여유가 아직 없고 지금 한 속에서 장차 어떻게
　　　　될 것도 모르고 휩쓸리면서 쓰기는 어려운 일이죠. 지금은 그
　　　　저 노트나 만들어놨다가 나중에 여유가 생긴 후에 쓰는 것이
　　　　좋겠지요. 즉 말하자면 8·15는 요즈음쯤 쓰기 시작해도 좋겠
　　　　지. 너무 일찍 시작했어.

설정식 　좋은 말씀입니다. 지금 조선문학의 질량을 어떻게 보십니까?

홍명희 　작품들을 통관하면 대체로 정신적 준비가 결여된 것 같군요.
　　　　임화林和 시집 있지 않아요? 그런데 내 보기엔 그 사람 시는 해
　　　　방 전 것이 해방 후 것보다 나은 것 같애. 해방 후 것은 어딘지
　　　　모르게 저절로 우러나오는 것이 아니고 억지로 무엇을 보이기
　　　　위해서 만들어논 것 같단 말야.

설정식 　글쎄요. 그럴까요? 선생님도 아직 순수론을 좀 지지하시는군
　　　　요. 제 보기엔 임화란 친구가 해방 이후에 노래한 것이 직접 자
　　　　기가 체험한 것을 즉음직영卽吟直詠한 것 같은데 어떻게 우리가
　　　　길거리 아우성을 못 들었다 하고 잉크 냄새 싱싱한 불길한 신
　　　　문보도를 못 본 체할 수가 있을까요?

홍명희 　그야 물론 방 안에 가만히 앉아 있을 수야 없지요. 뛰어나가는
　　　　것은 정당합니다. 또 뛰어나갈 수밖에 없고. 그러나 가두에 나
　　　　가고 싶지 않을 때에는 나가지 않아도 좋겠지요. 요컨대 내 말
　　　　은 '체'하는 게 안 되었다는 말이오.

설정식 　혹 그런 건 좀 있을는지 모르죠. 하지만 그 '체'할 수밖에 없이
　　　　부득이한 문학자의 오뇌는 있어도 마땅하겠지요. 좋은 일이라
　　　　면 좀 무리를 하여서라도 노력하는 것이 우리 의무가 아닐는

지요?

홍명희 옳은 뜻으로 노력하는 것은 물론 좋으나, 그것이 기계적으로 되면 탈이죠.

설정식 그야 그렇죠.

홍명희 그러나저러나 임화가 그래도 조선서는 제일류 시인이겠죠.

설정식 물론 그렇습니다.

홍명희 박승걸朴勝杰 시집 읽어보셨소?

설정식 보았습니다.

홍명희 어때요? 그 사람이 내 친구의 아들인데 좋은 시인 되겠습디까?

설정식 뼛속에 시가 있으면 자연 좋은 시인이 되겠지요.

앞으로 작가의 심적 태도는 어떠해야 하나?

홍명희 나도 그 서문에 골리무시 막음시骨裏無詩 莫吟詩*라고 했지.
그런데 참 좀 토론을 해봤으면 좋겠지만 워낙 설정식 씨는 주의가 다르고 사상이 다르니까 이야기가 돼야지.

설정식 천만에 말씀이올시다. 저는 문학도이지 무슨 주의자가 아닙니다.

홍명희 주의자 말이 났으니 말이지 나더러 누가 글을 쓰라면 한번 쓰려고도 했지만, 8·15 이전에 내가 공산주의자가 못 된 것은 내 양심 문제였고, 공산주의가 무엇인지도 모르면서야 공산당원이 될 수 있나요. 그것은 창피해서 할 수 없는 일이지. 그런데 8·15 이후에는 또 반감이 생겨서 공산당원이 못 돼요.
그래서 우리는 공산당원 되기는 영 틀렸소. 그러니까 공산주의

---

* 골리무시 막음시 : '뼛속에 시가 없으면 시를 짓지 말라'는 뜻인 듯.

자가 나 같은 사람을 보면 구식이라고 또 완고하다고 나무라 겠지만 그래도 내가 비교적 이해를 가지는 편이죠. 그러나 요컨대 우리의 주의, 주장의 표준은 그가 혁명가적 양심과 민족적 양심을 가졌는가 안 가졌는가 하는 것으로 규정지을 수밖에 없지.

설정식 간단히 말하면 숫자를 따져서 그 양심 소재를 밝혀볼 수도 있지 않을까요? 아닌 말로 칸트가 『실천이성비판』에서 "너의 격률格律이 동시에 제삼자의 격률이 될 수 있는 것을 가지고 행동을 하라"고 한 그것이 오늘날 와서는 민족적 양심에 해당한다면 설혹 내 개인이 간직한 양심이 있다고 하더라도 절대 다수의 양심이 숫자적으로 절대일 때에는 조그마한 내 개인의 양심 같은 것은 버리는 것이 옳지 않을까요?

홍명희 그렇다고 개인의 양심이 무조건하고 다수자의 양심에 추종해서는 안 되겠지. 우리는 원래 역사적으로 압박과 굴욕을 받아온 까닭에 무의식중에 굴종하는 정신적 습관이 형성되어 있습니다. 이것은 또 딴 이야기지만 『정감록鄭鑑錄』이 조선에 있는 이유가 무언고 하니 일종의 굴종사상의 표시인데, 한마디로 하면 모든 압박 비운은 운명 소치로 무가내하無可奈何*라, 내 집 식구나 보존하고 편한 곳이나 찾아볼 수밖에 없다고 하는 패배주의가 골수에 배었거든요. 그러니까 이 점을 우리가 맹성하고 교정해야죠. 미국 사람들이 우리를 비현실적 이상주의자라고 하는데 정치도 별것 없이 현실인 바에 현실을 차근차근히 구명하는 게 우리 도리지요. 최후의 승리는 사실뿐이니까. 문학이나 정치나 간에…….

---

* 무가내하 : 막무가내.

설정식   그 말씀을 한 걸음 더 제가 부연한다면 사실을 사실화하기 위하여서는 절대로 문학은 시류에 굴종을 하여서는 안 되겠다는 말씀이 되지 않을까요?

홍명희   그렇지요. 그러기에 나는 문학 작품에 반항정신이 풍만한 것을 높이 평가합니다. 반항정신이 있는 사람이라면 그 작품엔 반드시 그런 무엇이 들어 있고 따라서 가치 있는 작품이 될 것입니다.

설정식   우리들 지금 처지에서는 동감이올시다.

홍명희   그렇다고 덮어놓고 기개만 보이는 일이 있어서는 안 되겠지요.

설정식   무병신음無病呻吟이란 문학에서 제일 타기받을 정신이니까요.

홍명희   그리고 또 한 가지, 이것은 문학의 윤리성이라고나 할까? 어쨌든 문학이란 결국 언어를 구상화具象化할 수 있는 능력이 있는 사람들이 하는 노릇인데, 언어의 선택이란 상당히 중요하다고 보는데, 이것을 등한시하는 경향이 있을 뿐 아니라, 심지어 욕설 같은 것을 함부로 늘어놓는 일이 있는데 이것은 아까 염치 문제라고 했지만 문학의 체면 문제라고 생각합니다.

설정식   그야 물론 삼가야지요. 비극의 요령이, 나는 울지 않고 관객을 울리는 것에 있다는 것을 다 아는 사람들이 쓸데없는 욕설을 퍼부어 효과를 죽여서는 안 될 겁니다. 또 죽이는 사람이 있다면 아직 문학수업이 미숙한 탓이겠지요.

홍명희   인텔리는 대체로 자기 속이 깨끗하니까 세상도 제 속만 같은 줄 알고 방언放言을 삼가지 않는 수가 많지 않은가? 그러나저러나 인텔리겐치아라는 것이 조선 같은 데서는 아직도 그 맡은 구실이 많은 거요? 다른 선진제국에서는 지금 인텔리가 그리 대단한 구실을 하고 있다고 말할 수 없는데……
인텔리겐치아의 운명은 봉건사상이나 자본주의가 멸망하는

것과 같이 망하고 마는 것이 아닐까요? 그러나 조선 같은 후진사회에서는 아직도 인텔리는 중책을 가지고 있는 줄 압니다.

설정식 그렇습니다. 그러나 만일 인텔리겐치아의 특성을 정신 기술의 일종으로 권위화한 것으로 생각한다면, 서구에서는 인텔리겐치아가 몰락할 수밖에 없는 운명에 있다는 것은 글쎄요, 보는 관점에 달렸겠지만 차라리 서구에서의 인텔리겐치아라는 것은 분화가 극도로 된 것에 정비례해서 그 권위화했던 것이 희박하게 되고 분산된 것이 오늘의 현상이 아닐까 합니다. 만일 인텔리겐치아를 일종의 정신적 귀족으로 본다면 그야 물론 자본주의와 함께 몰락하고 말 것이겠지요. 그러나 장래의 사회에 있어서도 지적 기술의 소유는 역시 편재偏在할 수밖에 없지 않을까요? 조선 같은 낙후사회에서는 인텔리겐치아층은 아직도 성숙하여가는 도정에 있다고 봅니다. 따라서 그들의 사회구성상 위치라는 것은 가장 특수하며 그들이 끼치는 공헌이라는 것은 산술로 따질 수 없으리만큼 큰 것이라고 봅니다. 미국같이 자본주의가 극도로 발달하여 노동분화가 고도에 달한 국가에서 만일 제가 '학생운동'이라는 말을 한다면 무슨 소린지 못 알아들을 것입니다.

그러나 조선이나 중국 같은 데서는 '학생운동'이라는 것이 곧 사회운동의 일익을 부담하고 있는 것이 사실인 것만 보더라도 인텔리겐치아라는 정신 기술의 축적 부대는 비록 행동성을 결여하고 있다고는 하더라도 어떤 때는 행동 이상의 것을 다하고도 있다고 생각합니다.

기 자 여러 가지로 고마운 말씀을 많이 들려주셔서 감사합니다.

—『신세대』, 1948. 5.

한 시인의 추억, 설정식의 비극*

티보 메러이*

헝가리의 소설가이며 기자인 티보 메러이Tibor Méray는 1951년부터 1년간, 그리고 1953년에 헝가리 공산당 중앙기관지 『서버드 넵Szabad Nép(자유인)』의 특파원으로 다시 한국을 방문한 바 있다. 그는 도합 14개월을 한국에서 지냈다. 그는 전쟁의 무서움과 판문점의 휴전조인을 보았다. 그는 북한 정부가 민간인에게 주는 최고영예인 국기훈장 1급을 받았다. 헝가리로 돌아간 후 그는 스탈린주의와 탄압에 반대하여 싸웠고, 1956년 헝가리혁명지성인회의 멤버가 되었다. 봉기가 진압되자 그는 유고로 탈출하였고 지금은 파리에서 살고 있다.

그에게는 『적敵』, 『크렘린 궁을 뒤흔든 13일』, 『마음의 반항』 등의 영어 저술이 있다. 여기에 실리는 짤막한 수상隨想에서 메러이는 한국의 시인이며 친구인 설정식을 이야기하고 있다. 이것은 남에서 북으로, 한 독재를 피하여 다른 하나의 독재로 간 한 인간의 비극 이야기다.

—『사상계』 편집자 주

---

* 한철모 옮김, 『사상계』, 1962. 9.
* 티보 메러이(1924~) : 헝가리의 소설가, 언론인.

1.

　살아가노라면 잊을 수 없는 말과 잊을 수 없는 순간이 있는 법이다. 나에게는 이것이 1951년 8월 22일 밤에 있었다. 수 시간 전에 일련의 폭발음이 조중朝中대표단의 본부가 있는 중립지대인 휴전협상지 개성의 적막을 깨뜨렸던 것이다.

　북한과 중공 측은 미국인이 고의로 폭탄을 투하했다고 주장, 전화로 항의하면서 즉시 공동조사를 요구하였다. 미군 연락장교는 한 시간 내에 도착하였다. 양측은 폭발현장, 폭발로 패인 구덩이, 파편 등을 검증하고 증인을 신문하고 나서 회의장 내에서 마주 앉았다.

　조중대표단 수석연락장교인 장 대좌는 폭격은 움직일 수 없는 기정사실이라고 선언하고 난 후, 미군 측의 해명을 요구했다. 킨리 대령은 유엔의 이름으로 답변하면서 모든 증거로 미루어보아, 수류탄이 지상에서 터진 것이 분명하며 폭격이라는 비난을 정당화할 아무 증거도 없음을 밝혔다. 장 대좌의 날카로운 얼굴은 분노로 일그러졌다. 그때 나는 바로 그 옆에 서 있었는데, 한국말을 알 수는 없었으나, 그의 성난 어세는 나의 가슴을 찌르는 것이었다. 그의 바로 뒤에 40세가량 되어 보이는 한 장교가 통역으로 서 있었다. 이 장교는 자기 상관보다 키가 작았고 몸도 약해 보였다. 주위 사람들에 비하면 그의 얼굴은 앳되게 보였다. 그러나 장 대좌의 말을 영어로 통역할 때 그의 깊고 울리는 음성이 마치 한민족의 슬픈 역사의 메아리인 양 밤의 적막을 뚫는 것이었다. 적어도 당시의 나에게는 그렇게 들렸다. 아직도 나는 그날 밤의 정경을 볼 수 있다. 나는 지금도 그의 목소리를 듣는 것 같다.

　"만약 당신이 군인이며 양심을 가진 인간이라면 이 반석 같은 증거를 부정할 수는 없을 것이오." 나는 그때 이 낯설고 극적인 조건에서 금방 만난 이 통역(그의 계급은 소좌였다)이 대표단의 영어 통역일 뿐만 아니라 셰익스피어의 번역자이며 자기 나라의 가장 뛰어난 시인의 한 사람이라는 것을 알지 못하였다.

2.

후에 설정식(이것이 그 고뇌에 가득 찬 얼굴과 깊은 음성을 한 소좌의 이름이었다)과 나는 깊은 우정으로 맺어지게 되었다. 우리는 어떤 공통점을 가지고 있었던가? 무엇보다도 문학을 사랑한다는 것이었다. 내가 만 1년을 지낸 개성에는 작가와 시와 작품을 같이 이야기할 만한 사람이라곤 없었다. 우리 둘은 끝이 안 나는 휴전협상의 지루함을 견디어내면서, 저녁이면 그의 숙소 아니면 나의 숙소에서 술이나, 보드카나 부다페스트에서 보내온 브랜디를 마셔가면서 밤늦도록 후세에 남은 『맥베스』의 원고가 진짜냐 아니냐? 「서풍부西風賦(Ode to the West Wind)」 같은 시를 적역適譯하는 것이 과연 가능한가? 등을 논하였다. 이 밖에도 우리 둘에게는 공동의 노작勞作이라 부를 만한 것이 있었다. 설정식은 그보다 1년가량 앞서 심장을 앓고 헝가리 정부가 북한에 지어준 병원에서 여러 달 치료받은 적이 있다. 설정식은 이때의 고마움을 그 병원의 추억과 헝가리인 의사, 간호사, 그리고 북한과 헝가리의 우정 등을 서사시로 읊은 일이 있었다. 그는 이 서사시 중에서 몇 구절을 영어로 번역하여 나에게 보여주었다. 나는 훌륭한 시라고 생각했다. 나는 전편을 영어로 번역하여줄 것을 간청하게 되었고, 그는 윌프레드 버체트Wilfred Burchett, 앨런 위닝턴Allen Winnington 등 두 외국 기자의 도움으로 영역을 끝마쳤다. 나는 영역 원고를 부다페스트에 있는 내 친구 시인에게 보냈다. 설정식의 시는 헝가리어로 번역되어 아담한 책이 되어 나왔다. 출판에 앞서 헝가리 국민에게 설정식이 남한의 시민으로부터 어찌하여 조선인민군의 장교가 되었으며, 어찌하여 중산계급 출신의 학도가 공산주의자가 되었나를 알리기 위하여 그의 과거를 물었다. 11년 전 개성의 한 조그마한 민가의 마룻바닥에 앉아 내가 노트한 것이 지금 내 앞에 놓여 있다. 이제는 유명을 달리한 그의 평생을 더듬어보자.

　　나는 1912년 함경남도 단천端川에서 출생하였다. 나의 아버지는 이른바 선비였다. 혁명가는 못 되었지만, 그의 농업에 관한 저술에서 그는 토지개혁의 필요성을 암시한 바 있었기 때문에 일본 정부는 그 저서를 몰수하였다. 여덟 살 때 서울에 와 살게 되었다. 서울에서 농업학교에 다니고 있을 때, 광주학생운동이 일어나 거기에 가담했다는 죄로 퇴학당하였다. 그 뒤 나는 학업을 계속하기 위하여 평톈奉天에 갔다. 그러나 1년 후에 소위 완바오 산萬寶山 사건이 일어나 한중 양국 학생 간의 충돌로 평톈에 남아 있지 못하게 되었다. 베이징에 잠시 머문 뒤 나는 서울에 돌아와 신교에서 경영하는 연희전문학교에 입학하였다. 나는 거기서 문학사 학위를 받았다.

　　1937년 나는 미국으로 건너갔다. 오하이오 주 마운트유니언 대학교에서 영문학을 전공한 후, 다시 컬럼비아 대학교에서 2년 더 연구하였다. 2차대전이 시작되기 전에 고국에 돌아왔으나, 아무 일자리도 얻지 못하고 농장에서 일하였다. 농장에서 일한 몇 해 동안은 허송세월이었다. 나의 저술을 출판할 기회란 전혀 없었기 때문에 독서만이 유일의 기쁨이었다. 종전과 해방은 나에게 새로운 삶을 가져다주었다. 남한에 미국인들이 들어왔을 때, 나는 희망과 낙관에 가득 차 있었다. 나는 우리 민족의 처지가 마침내 나아지리라 믿었다. 나의 대학 은사의 권고로 군정청 공보처에서 1년가량 일을 보았다. 그 후 1947년 1월까지 미 군정청 과도입법의원의 부비서장 일을 맡아보았다. 내가 공산당의 지하조직에 참가하게 된 것은 이때의 일이었다. 나는 미국인이 나를 쌍수를 들어 받아들인 것이 당연하다고 생각한다. 나로 말하면 오하이오 주의 대학을 나왔고, 영어를 잘하고, 무엇보다도 그들이 나를 필요로 하였던 것이다. 그러나 나는 미국인들에게 실망하였던 것이다. 나는 그들이 자기네 군사기지가 있는 나라에 대한 관심보다 군사기지 자체에 더 많은 관심을 가지고 있음을 보았다. 나는 농민과 노동자들이 전과 다름없이 비참한 생활을 하고 있으며, 아무런 경제적 향상도 없다는 것을 알았다. 나는 또 그들이 부패와 인권의 억압을 못 본 체하고, 그 무자비한 독재자 이승만만을 전폭적으로 믿고 있다는 것도 알게 되었다. 1948년 『서울 타임스』라는 영자신문의 편집자가 되었다. 이승만은 내가 그 신문을 좌경케 했다고 하면서 탄압하였다.

나는 시집을 세 권 출판했는데 마지막 시집은 판금 처분을 받았다. 그리고 3부작으로 된 대작품을 발표하기 시작하여 제1부를 출판하고 제2부를 신문에 연재하기 시작하였을 때, 정부는 게재중지를 명하였다. 나는 셰익스피어의 세계로 도망쳐 들어갔다. 『하므렡』, 『로미오와 줄리엣』, 『맥베스』를 번역하였다. 『하므렡』과 『로미오와 줄리엣』은 출간되었지만 『맥베스』는 아직 햇빛을 보지 못하고 있다. 그 후로는 나는 변명變名으로만 글을 발표할 수 있었다.

인민군이 서울로 진입하였을 때, 나는 잠시 작가동맹의 일을 보다가 자원 입대하였다. 나는 가족과 아내와 세 아들과 외딸과 작별하였다. 나는 그들의 소식을 통 듣지 못한다. 군이 후퇴할 때 나도 따라 후퇴하였다. 심장병으로 입원했다가 지금 여기에서 근무하고 있다.

3.

1952년 말 나는 헝가리로 돌아와 한국에서의 경험을 주제로 하는 저술에 약 반년을 보냈다. 이 책이 출판되기 전에 부다페스트 조선대사관은 헝가리 외무성을 통하여 출판사에 이 책에 등장하는 인물의 리스트를 보내줄 것을 요구했다. 몇 주일 후에 그들은 누구누구의 이름을 뺄 것인가를 지시했다. 나는 이러한 처사를 이해할 수 없어서 해명을 요구하였으나 아무런 회답도 받지 못하였다. 설정식의 이름도 빼도록 지시받은 이름 가운데 끼어 있었다. 1953년 여름 헝가리 공산당의 기관지 즉 내가 일하던 신문사는 나를 다시 한국으로 특파하여 휴전조인을 취재케 하였다. 나는 휴전조인 날 새벽 개성에 도착하였다. 나는 판문점의 모든 천막을 뒤졌으나 설정식은 보이지 않았다. 그의 행방을 물었으나 확실한 것을 알 수 없었다. 전속되었다는 둥 휴전대표단에 없다는 둥 일정치 못한 대답이 고작이었다. 1~2주 후에 나는 평양에 갔다. 거기서 다음 날 미국스파이와 반역자에 대한 정치적 재판이 열리며, 만약 내가 원한다면 방청할 수도 있다는 말을 문화성 관리에게 들었다.

나는 방청하러 갔다. 바로 그곳에서 거의 1년 만에 설정식을 다시 보았던 것이다. 재판관들이 좌정하고 난 뒤에 전옥典獄에 끌려 죄수들이 입정하였다. 수인囚人들은 찢어지고 꿰맨 옷을 입고, 등 뒤에 죄의 경중 순으로 1에서부터 14까지의 번호가 큼직하게 꿰매어져 있었다. 설정식은 열네 번째였다. 나는 지금 그때 죄목이 무엇이었던가를 어렴풋이밖에 기억하지 못하고 있으나, 하여튼 현 질서의 파괴, 전체 북반부 인민의 사랑하는 지도자인 김일성의 암살, 농부에게 분배된 토지의 구 지주에로의 반환, 이승만 일파에게 북조선을 넘겨주려고 했다는 등등. 그리고 이 모든 짓을 미제국주의자의 명령으로 돈을 받고 저질렀다는 판에 박은 인민의 고발 대상이 되는 온갖 죄목이 나열되어 있었던 것만은 기억한다. 고발장을 읽고 놀랄 것은 없다. 금과옥조인 마르크스레닌주의 교의敎義를 현지 조건에 억지로 두들겨 맞춰서 그들 공산주의자들은 헝가리, 체코슬로바키아, 불가리아 등지에서도 같은 종류의 재판을 하였던 것이다.

고발된 죄인 가운데에는 내무상, 당 중앙위원회 서기, 정치국원 등 당 간부와 고위관리들이 끼어 있었다. 나는 이날의 재판도 본질적으로는 내가 부다페스트에서 보았던 재판과 같은 것이었다고 믿는다. 즉 토착

공산당원의 숙청인 것이다. 고국에 남아서 불법화의 탄압 밑에서 항일 투쟁에 참가했던 국내 공산주의자들을 모스크바에서 돌아온 자들이 몰아내는 과정이었던 것이다. 나는 이 재판에는 놀라지 않았다. 그러나 북한의 지도자들이 긴 전쟁의 종결과 평화의 도래를 이런 유의 시위로 축하하는 데에 적이 놀랐다.

그리고 나는 시인이며 내 친구인 설정식이 피고 틈에 끼어 있는 것을 보고 깊은 충격을 받았다. 그의 고뇌에 찬 아름다운 얼굴은 심한 피로와 체념으로 차라리 무표정하였다. 재판정에는 조명이라고는 없었다. 오로지 눈빛만 반짝일 뿐이었다. 그는 로봇처럼 동작하였다. 나는 사람이 들어찬 재판정 내에서 그가 나를 알아보지는 못하였으리라고 생각하고 기뻤다. 그때만 하더라도 나는 공산주의를 믿고 있었다. 그러나 설정식이 미국의 앞잡이였다는 것은 믿어지지가 않았다. 나는 그가 격렬히 미국인에 대한 실망을 나타내던 것을 회상하여보았다. 나는 그가 자기의 이상을 추구하고자 가족을 저버리고 생명의 위험을 무릅쓰고 북으로 왔다는 것을 알고 있었다. 그뿐 아니라 그는 헝가리인 의사와 소연방과 스탈린에 대해 진정으로 애정을 가지고 노래 부른 서사시를 쓰지 않았던가? 그의 시가 거짓일 수는 없다.

그는 지금 1946년부터 1947년 사이에 미 군정청에서 일했다는 것을 숨겼다는 죄목으로 재판을 받고 있는 것이다. 나에게는 이 고발 내용이 우스웠다. 우선 그것은 천하 주지의 사실로써 감출 필요조차 없었다. 둘째로 전혀 알지 못하는 나에게조차도 밝힌 사실을 자기 동지에게 숨길 까닭이 없지 않았겠는가? 내가 보기에는 이 고발 내용 자체가 그의 무죄를 입증하는 것이었다. 미 군정청에서 고급관리로 있던 그가 공산주의자와 손을 잡기 위하여 북으로 왔다면 그 사실 자체가 그가 과거와 영원히 손을 끊었다는 것을 웅변으로 말하여주고 있는 것이 아니겠는가? 앞서도 말한 바와 같이 그때만 해도 나는 아직 공산주의를 믿고 있었다. 그래서 나는 설정식이 과연 어떤 죄를 저질렀을까? 하고 추측하여보았다.

이런 경우에 누구나 그렇듯이 나도 기억을 더듬어 의심나는 일, 수상했던 일이 없었나? 찾아보려고 하였으나 허사였다. 아마 설정식의 그때의 그 눈빛이……. 설정식과 나는 기나긴 한국의 겨울, 밤새워 전쟁과 전쟁의 무서움과 인명의 막대한 낭비들을 이야기하곤 하였다. 그는 고통에 찬 얼굴과 목소리로 "수십만, 아니 수백만의 사람이 죽고 마을과 도시와 가정이 파괴되었다……"라고 나지막하게 말하곤 하였다. 그럴 때면 나는 나대로, 이 전쟁이 아무리 참혹한 것이라도, 세계대전을 막아낼 수 있는 것이 될지도 모르며, 그의 민족이 평화와 평화진영과 공산주의를 지키기 위하여 얼마나 위대한 일을 하고 있는가를 보라고 위로하였던 것이다. 그는 "그래, 그렇지……" 고개를 끄덕이곤 하였다.

이럴 때면 그는 지친 꿈꾸듯 한, 캐어묻듯 한 눈빛을 하는 것이었다. 그의 눈은 다음과 같이 묻는 것 같았다. "조선 민족이 세계 평화와 세계 사회주의를 위하여 중요한 역할을 하고 있음이 정말이라고 치자. 그러나 싸움의 당사자들이 미국, 소련, 중공과 같은 강대국인데 하필이면 왜 우리 약소민족이 피를 흘려야 되는가?" 그는 이것을 말로 표현한 적은 없었다. 그러나 그의 눈빛은 분명히 이것을 이야기하고 있었다고 확신한다. 그리고 이것이 설정식을 고발할 수 있는 죄과의 전부였던 것이다. 고발자의 눈에는 이 죄가 고발장에 적힌 죄보다 가볍게 비쳤다고 누가 말할 수 있겠는가?

4.

형 집행 전날 밤, 감방을 거닐면서 그는 무엇을 생각하였을까? 조작된 죄목을 뒤집어쓰고 난(그 어떤 유혹에, 그 어떤 고문에 못 이겨 그랬을까?) 그에게 누구의 시구詩句가 떠올랐을까? 셰익스피어의 것이었을까? 키츠, 셸리, 아니 카를 마르크스의 말이었는지도 모른다. 생명과 가족과 햇빛과 아름다움과 악과 자기 자신에게 고별을 고하면서 그는 어떤 고별가를 읊고 있었을까? 그는 남에서 북으로 갔다. 그는 미국에서 교육받고 소련 편에 섰다. 그는 가난과 억압과 외래 사조에 대항하여 싸우려고 하였으나, 자신도 모르는 사이에 깊은 진흙탕에 빠져버렸던 것이다. 아마 그는 인생을 낭비하였다고 생각하지 않고, 오히려 자학적으로 팔자만큼 살았다고 생각하였는지 모른다. 아마 그는 남침하든 북진하든 독재를 가지고 다른 독재를 지울 수 없다는 것을 생각하였는지도 모른다.

5.

1954년 헝가리에서 명예회복운동이 시작되어 조작된 죄목으로 고발 투옥되었던 인사들이 풀려나오고 사형된 사람들의 무죄가 온 천하에 알려지게 될 무렵, 자꾸 시인 설정식 생각이 떠올랐다. 나는 그가 무죄하다는 것을 감지하고 또 추측했었는데 그에게는 죄가 없었다는 것이 이제 명백히 된 것이다. 제네바에서 인도차이나 평화협상이 열렸을 때, 나는 설정식의 시 영역을 도와주던 호주 출신의 기자 윌프레드 버체트를 우연히 만났다. 나는 그에게 앨런 위닝턴과 연명으로 김일성에게 설정식의 공식적인 명예회복을 청하는 서신을 보내자고 제안했으나, 버체트는 내 생각에 동의하지 않아 결국 실현을 보지 못하였다.

나의 그 후 몇 달 동안의 생활이란 쓰라린 투쟁이었다. 이때가 바로 헝가리봉기 직전이었다. 봉기, 탈출 그리고 망명……. 나의 신변은 급격히 바뀌어갔다. 최근에 와서 나는 왠지 모르게 자꾸 설정식 생각을 하게 된다. 지금도 추운 한국의 겨울밤, 그의 섬세한 몸집을 선히 눈앞에 보는 것 같고, 그가 미군 장교에 대해서는 할 수 있었지만 자기 동무에게는 말하지 못했던 "만약 당신이 군인이며 양심을 가진 인간이라면……" 하는 깊고 울리는 목소리를 바로 귓가에 듣는 것 같다. 나는 이 글을 한 시인, 한 친구의 추억을 위하여 쓴다.

시집 『종』에 대한 것*

정지용*

시인 설정식과 내가 이제 역기力技로 인생을 고쳐보자고 한다면 대체 얼마마한 중량까지를 들어올릴 수 있을까?

어느 정도까지의 체력이 전연 없을 수야 없으나 어느 정도 이상의 중량을 어느 정도의 용기로 들 수 있는 것일지 용기와 체력을 혼동하는 시폐時弊가 없지도 않다. 나는 그만두고 설정식은 용기에도 체력에도 지극히 평범한 사람이다. 그러고도 시인일 수밖에 없다.

아메리카 유학생으로는 출세도 혁혁한 편이 못되고, 이 사람 영어 발음에는 함경도 굵은 토착음이 섞여 나온다. 만나서 말이 적고 말을 발하면 차라리 무하유향無何有鄕*에 대한 짖는 소리를 토한다.

잔을 들어 취하지 못하고 말세*와 행실로 남을 상하고 해할 수 없는

---

* 이 글은 시인 정지용이 설정식의 시집을 평한 것으로, 『경향신문』(1947. 6. 22)에 실린 것임.
* 정지용(1902~?) : 한국의 시인. 대표작으로 「향수」가 있다. 문예지 『문장』을 통해 조지훈, 박목월, 박두진 등의 많은 시인을 등단시키기도 하였다.
* 무하유향 : 어떠한 인위도 없는 자연 그대로의 세계.
* 말세 : 말하는 기세나 태도.

사람, 시집『종鐘』을 열어 읽어보면 아메리카에서 난해서難解書일 것이겠고 서북선西北鮮에서는 대오낙후隊伍落後에 속할 것이나 시가 반드시 용기와 체력의 소산이 아니라면 이 시집이 8·15 이후에 있을 수 있는 조선 유일의 문예서인 것만은 불초 지용이 인정한다.

용기로는 임화가 제일이고 체력으로는 기림이 달리는 편인데 인내와 비장도 덕에 속한다면 정식의 시는 비등比等 덕종德種 2목目에서 기원한 것이다.

독자 제군, 내가 이제 정식을 칭찬하려 하오. 그날 밤 출판기념회 적에 우리가 태백太白을 기울이면서도 인색하게 굴기에 물고物故* 지사志士 모某 선생의 영애令愛 R 양의 고운 손을 빌려 시인 정식의 옷깃을 초화草花로 장식케 하여 최고도의 사치의 정신을 발휘한 것은 지용의 책임이외다.

크고 두터운 아내여
태양이 닮았는데
젖에 얹은 손을 떼어라

태양에 불이
해바라기 불이 붙었다

가까이 이리 가까이
그리고 땅에 흐르는 젖을 근심하지 마라

—「해바라기 2」 부분, 『종』

---

* 물고 : 유명한 사람이 죽음. 세상을 떠남.

『포도』에 대하여*

정지용

조선에 장편소설가라는 자—있어 스스로 이르기를, 조선의 새 소설은 일본문학의 영향을 입은 것이 아니라 러시아문학—혁명 초기—에서 직접 이식한 것이라고 사랑하던 기억이 내게 남아 있다.

말하자면 톨스토이나 도스토옙스키의 영향을 입으면 입었지 오자키 고요尾崎紅燁*나 도쿠토미 로카를 모방한 것이 아니라는 것이다.

그러나 식자識者는 조선의 장편소설이라는 것이 있었다면 러일전쟁 후 러시아문학을 무역한 일본적 신소설을 다시 흉내 내본 것이 춘원류의 장편소설이었던 것이요, 시도 역시 그러한 것이 육당六堂이 시작하였던 시가詩歌 유사의 구절이란 실상은 일본의 7·5조 신체시의 조박糟粕*이었던 것이다.

---

* 이 글은 시인 정지용이 설정식 시인의 시집을 평한 것으로, 『정지용 전집』(민음사, 1988)에 실린 것임.

* 오자키 고요(1867~1903) : 일본 메이지 시대의 소설가.

* 조박 : '술을 거르고 남은 찌꺼기'라는 뜻인데, 학문이나 예술에서 이미 밝혀져 있어 새로운 의의를 찾을 수 없는 것을 의미함.

이와는 뚝―떨어져 내려와 일정 말기 소위 사이토 마코토蕭藤實*의 문화정책 시기에 들어서서 조선문단에 '카프'파를 도당으로 한 '프롤레타리아'문학이라는 것이 있었으니 이것은 역시 일본의 노동운동의 인텔리층 문예에 흥분하였던 것이다.

8·15 대명절을 당하여 무대가 급각도로 회전하였으니 시가 우선 급속도로 족출하였다.

내가 말하려는 것이 소설이 아니라 시다.

8·15 이후의 조선시는 완전히 외래문학의 영향에서 전연 결별한 것이요, 말하자면 예세닌*이나 나카노 시게하루中野重治*의 영향이 천만에 아니요, 진실로 진실로 조선에 탄생한 것이다.

결코 소위 '프롤레타리아'시가 아니다. 조금도 무서워할 것도 아니요 전율할 시도 아님에도 불구하고 왜 일부 귀골들은 송충이보다 싫어하느냐?

8·15 직후 지까다비*에 병정 구두에 신발도 똑똑히 신지 못한, 징용에서 풀린, 감옥에서 나온, 징병과 학병에서 탈주하였던 젊은 놈들이 튀어나와 기旗를 받고 시를 썼다.

이때 미국 유학생 설정식이도 한몫 끼었더니라. 정식이가 영어를 할 줄 알고 유식하였기에 국장을 얻어 하였고 시를 쓸 '신기神機'를 얻었던 것이다. 길게 누릴 국장, 비서장이 못 되었기에 해를 넘기지 못하여 시집을 두 권 얻고 직을 떠났다.

정식이가 어찌 '프롤레타리아'시인일 수 있으랴? 하물며 '빨갱이'시

---

*사이토 마코토(1858~1936) : 일본의 정치가. 1919년 3·1운동 직후 조선총독이 되어 강압적인 식민 통치를 문화정치로 바꿈.
*세르게이 예세닌(1895~1925) : 러시아의 농민시인.
*나카노 시게하루(1902~79) : 일본의 소설가, 시인.
*지까다비(地下足袋) : 일본 버선 모양의 노동자용 작업화.

인일 수 있겠느냐? 불시不啻* 설정식이라, 누구든지 문학인이면, 시인이면, 불시 시인이라 문화인이고 보면 가진 별명쯤은 피할 도리가 없는 것이다.

'우익시인' 설정식을 조선시단에 수용할 수밖에 없이 되었으니 중重값을 들여 영문학 공부를 한 설정식이 이런 별명을 듣는다면 공부는 꽤 한 것에 틀림없다. '프롤레타리아'시인이 아닌, 과격파가 아닌, '우익시인' 설정식이나, 혹은 그와 유사한 시인들을 위하여 이러한 시가 있을 수 있다.

> 어찌할 수 다시 어찌할 수 없는
> 길이 '로마'에 아니라도
> 똑바른 길에 통하였구나.
> 시도 이에 따라
> 거칠게 우들우들 아름답지 않아도 그럴 수밖에 없이
> 거짓말 못하여 덤비지 못하여, 어찌하랴?
>
> —지용

시집 『포도』가 『종』보다 훨씬* 불가피로 깊어졌고 유식하다. 제까짓 '장편소설의 일절'이란 내 읽지 않았으니 내가 말하자는 것은 다만 시인 설정식의 시뿐이다.

조선의 새로운 민족문학, 혹은 새로운 민족시는 대개 이렇게 하여 뚫고 나가기가 너무도 억울한 것은 그의 시에 역연하다. 아직도 신세가 편한 시인들이 있어서 물이여 달이여 구름이여 꽃이여 하느냐?

---

* 불시 : 중국어로 '……뿐만 아니다'를 뜻함.
* 훨씬 : 정도 이상으로 넓게 열리거나 벌어진 모양.

남북통일을 위하여 어찌 삼천리에 장거리 추도墜道만을 뚫어야 한다는 말이냐? 무슨 까닭으로 말짱한 선비를 유지遺址*에 없는 '카타콤* 부스' 안으로 몰아넣어야 하는 것이냐.

이러한 내정으로 말미암아 조선시는 『포도』처럼 절로 울분하고 질식하고 탄원할 수밖에 없다. '혁명시인'이란 어느 국가의 여유 있던 사치더냐?

조선에는 이렇게 애절, 비절참절한 시가 있을 뿐이다.

> 그러자 어두워지는 천상에
> 대풍大風 이전의 정식靜息이 가로놓인다
>
> 등불이 잠시 꺼졌다
> 우연偶然이 이렇게 태허太虛에 필적할 수가 있느냐
> 산천이 의구한들 미숙한 포도
> 오늘 밤에 과연 안전할까
>
> 우두커니 앉았음은
> 방막厖莫한 땅이냐 슬퍼하는 것이냐
>
> 오호嗚呼 내일 아침 태양은
> 그여히 암흑의 기원이 되고 마는 것이냐
> ──「무심無心──여운형 선생 작고하신 날 밤」 부분, 『포도』

---

* 유지 : 역사적 흔적이 있는 옛터.
* 카타콤 : 초기 기독교 시대의 비밀 지하 묘지.

비운의 작가, 설정식의 삶과 문학*

곽명숙*

1. 서론

해방기 문학을 고찰할 때 시와 소설의 양쪽 모두에서 왕성한 활동을 보여준 대표적인 작가로 설정식을 빼놓을 수 없다. 그는 실질적으로 해방기의 작가라고 부를 수 있는데, 습작기라 할 수 있는 초기 작품 일부를 제외한 모든 작품과 문학활동이 1946년에서 1950년까지의 짧은 기간 동안 이루어졌으며, 국권 회복의 기쁨과 좌절, 국가 수립의 열망과 분단의 아픔이라는 시대적 의미를 자신의 생애와 문학세계로 보여주었기 때문이다. 창작의 다산성과 문단에서의 활약, 그리고 시대와 결부된 문학적 의미의 획득이라는 점에서 설정식은 이 시기 비중 있는 작가로서의 면모를 보여주었다.

설정식이라고 하면 미 군정청의 관리이자 언론인이었으며 조선문학

---

* 이 글은 현대문학이 펴낸 『설정식 선집』의 해설 내용을 필자가 보완하여 수록한 것임.
* 곽명숙 : 서울대학교 국문학 박사. 현재 아주대학교 교수.

가동맹의 맹원으로 월북 후 임화와 같이 숙청당한 이력이 앞서 주목되는 것이 사실이다. 그러나 그가 가진 다양한 학업 경력과 국외 체험, 동서양을 아우르는 사상적·문화적 교양, 해방기의 왕성한 활동 등을 고려한다면 보다 객관적인 조명이 필요할 것으로 본다.

그동안 설정식에 대해 전기적 사실 중 미확인된 몇 가지 문제들로 연구가 큰 진전을 보지 못하고 있었다. 이와 더불어 그의 작품세계에 대한 논의가 활발하지 못했던 것은 그의 이력에 비해볼 때 아쉬운 점이라 할 수 있다. 설정식 시인의 문학전집은 이런 점에서 그의 문학세계를 재조명할 수 있는 초석이 될 것이다.

2. 해방 이전의 발자취

설정식은 1912년 9월 19일 함경남도 단천端川의 선비 가문에서 출생하였다. 그의 부친 설태희薛泰熙(1875~1940)는 개신 유학자로 일제강점기 조선물산장려운동을 전개한 바 있으며 『임꺽정』의 저자 벽초碧初 홍명희洪命憙와도 친분이 있었다. 설정식은 4남 1녀 중 삼남으로 태어났다. 첫째 형인 설원식薛元植(1896~1942)은 금광을 운영하던 사업가였고 둘째 형인 설의식薛義植(1901~54)은 당대의 문필가였으며 손기정孫基禎 선수의 일장기 말소 사건으로 『동아일보』 편집국장직을 물러난 언론인이었다. 설정식의 굴곡진 삶은 지사적 기질이 강한 집안의 내력으로부터 이어진 듯하다.

설정식이 여덟 살 되던 해 그의 집안은 서울 계동으로 이주한다. 그곳에서 1921년부터 1927년까지 교동공립보통학교를 다녔는데, 보통학교 3학년이던 1923년 훗날 아동문학가가 된 윤석중 등과 '꽃밭사'라는 독서회를 만들기도 했다. 경성공립농업학교(서울시립대학교의 전신)에 진

학했지만, 그의 학업은 순탄하게 진행되지 못한다. 1929년 11월 광주학생운동에 가담했다는 이유로 퇴학을 당한다. 학업을 계속하기 위해 만주 펑톈奉天으로 가서 중국 랴오닝 성遼寧省 제3고급중학교를 다녔지만 1931년 7월 한인과 중국 농민이 충돌한 완바오 산萬寶山 사건으로 베이징으로 피신하였다가 귀국하게 된다. 이러한 이력들에서 볼 수 있듯이 일찌감치 그가 민족의 현실 문제에 눈을 떴을 것으로 짐작된다.

국내에 돌아온 1932년 1월『중앙일보』현상모집에 중국 체류 경험을 바탕으로 한 희곡「중국은 어디로」가 1등에 당선된다. 같은 해 3월『동광』이 주최한 학생문예작품경진대회에서 시「거리에서 들려주는 노래」가 3등으로, 4월에「새 그릇에 담은 노래」가 1등으로 입선한다. 설정식은 여기에 청년학관靑年學舘이라는 필명으로 양정고등보통학교, 오산고등보통학교, 숭실중학교 등의 학생들과 여러 부문에서 경합을 벌였다. 그는 3차에서는 논문 1등을, 4차에서는 시 1등을 차지한다. 이것이 계기가 되어 그해『동광』과『신동아』에 시를, 그리고 조선일보에는 단편소설「단발斷髮」을 발표하면서 여러 장르에서 기량을 발휘한다.

1932년 4월 설정식은 연세대학교의 전신인 연희전문학교에 입학한다. 기독교 계열 학교라서 다소 자유로운 분위기였던 그곳에서 그는 성경과 미국문학에 심취하는 한편, 아나키스트인 이영진 등과 교제하며 크로포트킨의『빵의 착취』등을 탐독하였고, 아나키즘에 경도되기도 하였다. 학업 성적도 우수하여 장학금을 받았고 문과 특대생이었다. 그러나 1935년 4월 휴학한 후, 무슨 연유였는지 같은 달 일본 메지로目白상업학교에 편입하여 1936년 3월에 졸업하고 귀국한다.

1936년에서 1937년에 걸쳐 설정식에게는 안팎으로 큰 변화가 일어난다. 우선은 가정을 꾸리게 된다. 1936년 3월 26일 함경북도 명천 출신의 김증연金曾蓮과 결혼한다. 그녀는 숙명여학교 출신으로 설정식보다 두 살 아래였고 결혼 이듬해에 장남을 얻는 등 슬하에 3남 1녀를 두게 된다. 학업 면에서는 1936년 4월 연희전문학교 4학년에 복학하여 그 이듬해 문과 우등으로 학업을 마친다. 1937년 9월 미국 오하이오 주 마운트유니언 대학교에 입학한 그는 영문학을 전공하고 1939년 6월에 학사 졸업을 한다. 이어서 뉴욕의 컬럼비아 대학교에서 2년간 셰익스피어를 연구하고 돌아온다. 1940년 4월 7일자 신문에 뉴욕 한인 음악구락부가 조직되었음을 알리며 보도된 회원 명단에 그의 이름이 올라 있다. 그러나 4월 9일 타계한 그의 부친이 위독하다는 소식을 듣고 서둘러 귀국한 것으로 알려져 정확한 귀국 일자는 알 수 없다.

돌아온 후 그는 가족이 운영하던 광산과 농장일 등을 보며 독서에 몰두한다. 전시동원체제라 경제적으로나 문화적으로 그는 무력하게 보낼 수밖에 없었다. 저술을 출판할 기회는 전혀 없었고 미국 유학 경력도 별다른 도움이 되지 못했을 것이다. 1941년 12월 7일 일제의 진주만공습을 기화로 태평양전쟁이 발발하면서 일본과 미국의 관계가 악화하였고, 지식계에서는 근대초극론과 같은 교토학파의 담론이 주류를 차지하고 있었기 때문이다. 설정식이 가진 비판적인 현실인식과 민주주의의 경험도 일본에 협력하는 길은 받아들이기 어려웠을 것이다. 그는 1941년『인문평론』이 폐간되기 전 미국문학과 관련해 헤밍웨이의 소설 번역과 토마스 울프에 관한 비평을 각각 한 편씩 기고한 후 해방되기 전까지 침묵을 지킨다.

3. 해방 이후의 활동과 비극적 죽음

해방 후 설정식은 유창한 영어 실력 덕분에 미 군정청 공보처 여론국장이라는 좋은 입지에 설 수 있었다. 북의 판결문을 보면 그가 미 군정청과 관계를 맺게 된 것은 1945년 11월『동아일보』복간 문제가 계기가 되어 대학 은사의 소개에 의한 것이라고 한다. 이미 등단한 바가 있기에 문인들과의 교류가 없지 않았을 그는 1946년 조선문학가동맹에 가담하고 임화를 통해 그해 9월 조선공산당에 입당한다. 조선문학가동맹에서 외국문학부 위원장, 서울지부 문학대중화운동위원회 위원으로 각종 군중대회에서 시낭송 등 활발한 활동을 전개한다. 표면적으로는 상반되는 듯한 위치였으나 오히려 그는 미 군정청의 관리로 있으면서 미군에 의한 신탁통치가 민족의 현실적 문제들의 대안이 될 수 없다는 신념을 굳히게 된 듯하다. 1947년 여론국장에서 입법의원 부비서장으로 전출되었으나 8월에 사임하고 만다. 입법의원은 미소공동위원회 회담이 공전하면서 미 군정청에 의해 세워진 과도적인 입법기구였으나 실질적인 권한은 아무것도 없었다고 할 수 있다. 해방되었지만 주권을 제대로 행사할 수 없다는 무력감이 설정식에게는 피부로 다가왔을 것이고, 민주주의의 대표격인 미국에서 유학했던 그로서는 이상과 현실의 괴리에서 오는 반감도 컸던 것으로 보인다.

혼탁한 해방정국 속에서 실천적 문학가로서의 면모를 견지하면서 그는 1946년부터 1948년까지 시와 소설 창작의 양적인 면에서 독보적인 폭발력을 보여주었다. 소설의 경우, 1946년 장편소설 『청춘』과 단편소설 「프란씨쓰 두셋」을 신문에 연재하고, 1948년에 단편소설 「척사 제조자」, 「한 화가의 최후」를 발표하고 장편소설 『해방』은 연재하다가 중단했다. 이러한 활동 까닭에 그해 10월 『문장』 속간호가 발행될 때 그는 소설부 추천위원이었다. 시에서도 1946년부터 꾸준한 작품 발표와 더불어 2년 사이에 시집을 3권이나 출간하는 기염을 토한다. 1947년에 제1시집 『종』, 1948년에 제2시집 『포도』와 제3시집 『제신의 분노』를 차례로 낸다. 『제신의 분노』는 문단의 주목을 받으며 시인으로서의 입지를 굳히는 시집이 된다.

1948년에는 영문 일간지 『서울타임스』의 주필 겸 편집국장이 되어 언

론인으로서의 행보도 보이지만 곧 사임하고 만다. 1949년 7월 유엔 한
국위원단 출입기자 수 명이 사찰기관에 체포될 때 일부 기자가 연루되
어 조사를 받고 주필인 최영식이 체포되면서 『서울타임스』는 폐간된다.
설정식도 『제신의 분노』가 판금 처분되고 그에 대한 체포령이 내려 보
도연맹에 가입하게 된다. 보도연맹은 제주 4·3 사건, 여순 14연대 반란
사건 등을 수습하는 과정에서 좌익계 인물들을 전향시켜 별도로 관리
하려는 목적에서 조직된 단체였다. 보도연맹에 가입한 그는 연맹의 기
관지인 『애국자』에 「붉은 군대는 물러가라」라는 반공시를 발표하고 강
연도 한다. 그러나 북의 재판 과정에서 진술한 바로는 사상적 경향은 변
함이 없었던 것으로 보인다. 1948년에는 10월부터 장편소설 『한류寒流
난류暖流』를 『민주일보』에 연재했다. 설정식의 전기적 사실을 거의 유일
하게 증언해주고 있는 티보 메러이의 기고문에는 이 시기 3부작으로 기
획한 소설 중 제1부를 출판하고 제2부를 신문에 연재하기 시작했을 때
정부가 게재중지 명령을 내렸다고 술회한 것으로 기록되어 있다. 이후
전반적인 사상 탄압의 분위기를 피해 설정식은 번역에 몰두하여 1949년
셰익스피어의 『햄릿』을 한국 최초로 완역한 『하므렡』을 간행한다.

1950년 인민군에 의해 서울이 함락되자 문학가동맹에 다시 가입하지
만 임화의 보증에도 북한은 그를 '자수' 형식으로 9월 인민군에 자원입
대시키고 문화훈련국에 근무토록 한다. 해방 이후 지칠 줄 모르고 달려
온 피로의 누적인지 전쟁의 와중에 건강을 해친 것인지, 그해 12월 심장
에 이상이 생겨 북한에 헝가리의 지원으로 세워진 병원에서 수술하고
곧 건강을 회복할 수 있었다. 이때 투병 의지를 북돋아주기 위해 의료진
이 글쓰기를 재개할 것을 권유하여 헝가리 병원의 정경 등을 읊은 400
행에 이르는 장시를 탈고한다.

그 후 설정식은 1951년 7월 개성 휴전회담 때 조중대표단의 통역관으
로 참가한다. 한 신문 기사에서는 소좌 계급장을 달고 나타난 그의 인

상이 초췌했다고 전하고 있는데 투병으로 몸이 쇠약해진 탓도 있었던 듯하다. 이때 종군기자로 개성에 파견된 헝가리의 언론인이자 소설가인 티보 메러이와 친분을 나누게 된다. 그의 도움으로 설정식이 병원에서 쓴 원고는 1952년 12월 『우정의 서사시』라는 제목으로 부다페스트에서 출간된다. 이 원고는 다른 외국 기자 두 명의 도움을 받아 영역된 후 헝가리어로 번역될 수 있었다. 티보 메러이는 그 시에 대해 "형용사를 능란하게 활용하고 다채로운 이미지의 회화적 묘사를 통해 시적 아름다움을 구현했다는 평가를 받았다. 그러나 유감스럽게도, 한편으로는 지나치리만큼 직설적이고 정치적이었다는 사실을 부인할 수 없었다"라고 말했다.

1953년 7월 27일 재개된 휴전협정 때 설정식의 모습은 볼 수 없었다. 같은 해 3월부터 불기 시작한 남로당계의 숙청 바람에 휘말렸기 때문이다. 3월 5일 임화, 조일명, 이강국, 이승엽 등 7명이 체포되고, 이어 이원조, 설정식 등 30여 명의 카프 출신 인사들이 체포된다. 북한 최고재판소 군사재판부는 남로당 출신들에 대해 '조선민주주의인민공화국 정권 전복음모와 반국가적 간첩 테러 및 선전선동행위'를 했다는 혐의로 7월 30일에 기소, 8월 3일부터 재판을 벌였다. 최후진술에서 설정식은 가장 마지막에 등장했다. 결국, 8월 6일 오후 늦게 설정식을 포함한 이승엽, 조일명, 임화 등 열 명에게 사형과 전 재산 몰수가 선고된다. 이강국과 조일명 등에 대한 처벌은 1955년 박헌영의 재판 때까지 집행되지 않았지만, 임화와 설정식 등은 선고 직후에 처형된 것으로 보고 있다. 임화는 마흔다섯, 설정식은 마흔한 살이었다. 그는 남로당계의 월북문인으로서 스스로 찾아간 이념의 고향에서 '미제 스파이'로 몰려 처형당하고 마는 한국 근대문학의 비극적 풍운아였다.

설정식을 알았던 사람들은 대부분 그를 천재였다고 회고한다. 해방 이후 그가 본격적으로 문학활동을 한 시기는 4년여에 불과했지만, 해방기의 누구와도 비교할 수 없을 정도로 왕성한 활동을 펼쳤다. 그는 60여 편의 시와 세 권의 시집을 남긴 시인이며, 장편소설을 포함해 여러 권의 소설을 쓴 소설가이자, 『햄릿』을 최초로 번역한 영문학자였다. 그리고 미 군정의 관리와 조선문학가동맹의 맹원이라는 양면의 모습을 동시에 보여주었다.

한국문학사에서 이만큼 다채로운 이력과 문제적인 모습을 보인 인물도 드물 것이다. 그는 두 개의 이념과 체제 속에서 누구보다 뜨거운 변신과 선택을 거듭하며 해방과 분단의 한가운데를 관통해갔던 것이다.

4. 설정식에 대한 당대 문단의 평

설정식은 서구문학의 세례를 받은 문학도였다. 1946년의 문단을 회고하며 소설가 김동리가 설정식의 소설 『청춘』을 준準모더니즘계로 구분했듯이 그의 소설은 정치적 색채나 현실 비판적인 경향이 적었다(김동리, 「습작 수준에 혼미―병술 창작계의 회고와 전망」, 『동아일보』, 1947. 1. 4).

그의 소설에 대한 당대의 평론은 거의 찾아보기 어려운데, 그의 소설이 자전적 체험에 치우치다보니 소설적 형상화가 미숙하여 주목을 받지 못한 탓도 있을 것으로 짐작된다. 소설에는 그의 정치적 행보와 소설적 경향이 다른 양상을 보인다. 시 작품들도 보통의 조선문학가동맹 계열과는 다른데, 다소 반대중적이고 현학적인 면모가 농후했다. 반면에 같은 영문학도 출신인 정지용, 김기림과 모더니즘 경향의 김광균 등이 그에게 관심을 보였다.

정지용의 회고를 따르면 설정식의 면모는 다소 평범했던 듯하다. 설정식은 말수도 적고 임화와 같은 용기나 김기림과 같은 체력은 없으며, 말이나 행동으로 남을 상하게 하거나 해칠 만한 사람이 아니라는 것이다. 그러나 설정식이 무하유향無何有鄕을 부르짖는 이상주의자였음을 일러준다. 정지용은 시집 『종』과 『포도』에 짤막한 서평을 써주었고 『종』의 출판기념회에 적극적으로 참가하기도 하였다. 그는 설정식의 문학적 성향에 대해 지성인으로서 당연한 태도이며 그를 두고 프롤레타리아시인이라는 등의 평가는 일면적이라고 말한다. 좌익인사들을 관리하던 보도연맹에서 주최한 강연 목록에는 정지용, 김기림, 설정식의 이름이 함께 등장하게 된 것처럼 해방 이후 비슷한 행로를 보였다는 점에서 정지용이 설정식의 행동과 고뇌에 대해 공감하였을 것으로 짐작된다.

시집 『종』에 대해 본격적인 평론을 처음 내놓은 평론가는 좌익 계열의 김동석이다. 그는 "녹슬고 깨어진 종"에서, 친일의 잔재와 민족 반역적인 힘이 남아 있는 조선 민족에 대한 표상을 읽어낸다. 그리고 짧은 기간 동안 시인의 생리가 완전히 변할 수는 없겠지만, 부정을 부정하기 위한 부정으로 흐르지 말고 긍정적인 새로운 삶을 발견할 수 있도록 분발하라고 당부하였다. 그는 설정식의 첫 시집을 통해 모더니스트에서 조선문학가동맹의 리얼리스트로 변모하고자 한 지식인의 양심고백을 보았던 것이다(김동석, 「민족의 종—설정식 시집을 읽고」, 『중앙신문』, 1947. 4. 24).

김기림은 문학적인 측면에서 첫 시집 『종』에 찬연한 분노와 또 저주의 미를 보았다고 평하였다. 두 번째 시집을 언급하는 자리이긴 했으나 『종』이 "이색異色의 문文"이자 "새로운 장르를 우리 시에 더하였다"라고 찬사를 보낸다. 그는 설정식의 새로운 수법으로 이미지가 여러 겹의 의미를 응결하여 "광채를 쏘는 상징의 아름다움"을 지적하기도 하였다.

두 번째 시집인 『포도』에 대해서는 김기림과 김광균이 글을 남겼는데, 김기림은 첫 시집보다 좀 더 탁마되고 순화된 점과 시정신의 격렬함을 호평하였다. 김광균은 선구적인 높이를 지니고 있다고 평가하며, 현실에 대한 부단한 분노로 가득 찬 시인의 시정신에서 '순교자의 길'을 볼 수 있다고 말한다. 김기림이 설정식의 시에 나타나는 '불규칙한 호흡' 등과 같은 단점을 두고 절박함에서 오는 무의식적인 생리작용의 탓으로 변명해준 것과 달리, 김광균은 현학벽과 시구의 불투명성, 속도와 소음에 비해 남는 것이 적은 점, 언어 조탁의 부족 등을 날카롭게 지적하였다. 그러나 두 사람 모두 설정식의 시를 두고 그 주제의 진실성과 생소한 형식에 문학사적 의의를 두고 있었음을 볼 수 있다(김기림, 「분노의 미학—시집 『포도』에 대하여」, 『민성』 4권 4호, 1948. 4 ; 김광균, 「설정식 시집 『포도』를 읽고」, 『자유신문』, 1948. 1. 28).

5. 자전적 소설의 양상과 예술가적 양심

해방 이전 1932년에 설정식은 『조선일보』에 단편소설 「단발」을 발표한 바 있지만, 그것은 장편掌篇이라 할 수 있는 짧은 글로 소설적 형식이나 완성도를 운운하기에는 너무나 소품이었다. 다만 봉건적 구습에 얽매이지 않으려는 그의 의식을 찾아볼 수 있다는 정도의 의의가 있을 뿐이다. 해방 이후 설정식이 『한성일보』에 1946년 5월 3일부터 10월 16일까지 연재했던 『청춘』이 그의 본격적인 소설의 시발점이라고 할 수 있다. 이 소설은 '완바오 산 사건 이후'라는 제목의 첫 장으로 시작하여 초반에는 매일 실렸지만, 차츰 지면도 줄고 삽화도 생략되며 10월까지 드문드문 실린다. 결말을 맺지 않고 연재는 중단되었고 1949년 단행본으로 출간된다. 설정식은 자전적이고 고백적인 요소가 많은 이 작품에 나름대로 애착을 둔 것으로 보인다.

그래서인지 『종』과 『포도』의 시집 후반부에 소설 일부를 「빛을 잃고 그 드높은 언덕을」, 「범람하는 너희들의 세대」라는 제목으로 수록하였다. 이 글들은 산문이지만 서정적인 요소가 강했다.

『청춘』은 설정식의 학업 경로와 내적인 갈등을 추적할 수 있는 단서를 제공한다는 점에 더 큰 의의를 찾을 수 있을 듯하다. 작가의 처지와 유사하게, 주인공 박두수는 광주학생운동 때문에 국내에서 학업을 중단하고 중국 펑톈으로 유학 간 식민지 조선의 청년이다. 일본의 간계에 의해 일어난 완바오 산 사건으로 한인과 중국인 간의 갈등이 심해지자 톈진의 대학으로 편입하려 한다. 마중 나온 친구인 김철환과 미모의 여학생 신기숙을 만나는데 이 세 인물이 작품의 중심인물이다. 김철환은 볼셰비키이며 테러리스트로 학업을 버리고 이후 독립운동의 비밀 지령에 따라 서울에 나타났다가 체포된다. 이 과정에서 박두수의 누이는 김철환과 동지적 사랑을 키우게 된다. 주인공인 박두수는 중국 유학에 실패하고 아버지의 사망으로 귀국하게 된다. 시집『포도』에 재수록된「범람하는 너희들의 세대」는 바로 부친의 무덤 앞에서 구시대의 관습과 가치관의 종말 앞에 결별을 고하는 독백 부분이다. 한편, 부유한 의사의 외동딸인 신기숙은 두수가 그리워서 서울에 오고 가벼움을 벗어나 삶의 무게를 알아가게 된다. 그러나 정작 박두수는 숨막히는 서울을 떠나 동경 유학을 떠난다.

식민지 조선에서 젊은이들이 떠안게 된 시대적 고민과 고뇌가 이 작품의 주제라 할 수 있다. 이 작품은 중국 유학의 동기라든가 또 다른 유학의 결심 등 여러 사건과 배경 면에서 작가의 자전적인 체험에서 우러난 구체성을 엿볼 수 있다. 그러나 소설은 전반적으로 주인공의 사상적 태도와 인물들의 내면을 그리는 데 치중하고 있는데, 주인공이 작가 자신을 대변하고 있기 때문이다. 시집에 재록된 부분인「빛을 잃고 그 드높은 언덕을」에 나오는 두 남녀의 격정적인 애정 심리를 두서없는 대화조로 풀어내는 장면이나,「범람하는 너희들의 세대」에서 선친의 봉분 앞에서 새로운 세대로서의 출발을 자각하며 슬픔도 기쁨도 아닌 정서적 혼란과 결의의 상태를 읊조리는 등의 대목이 등장하는 것은 그러한 까닭이다.

　작가의 자전적 요소를 대변하고 있는 주인공은 같은 해 12월『동아일보』에 연재한 단편소설「프란씨쓰 두셋」에도 나타난다.『청춘』과「프란씨쓰 두셋」은 여러모로 설정식의 인생 내력과 그의 사상적 입지를 보여주는 자전적 소설이다. 미 군정청의 관리라는 위치에 있지만, 민족의 편을 따를 수밖에 없는 혈연의 우위성, 민족의 필연성에 대한 고백이다. 그의 소설에 볼셰비키를 비롯해 지식인 주인공의 사상적 고뇌와 내면에 대한 사변적인 탐구가 중심에 놓여 있음과 동시에 다른 한 축으로 육체와 관능성에 대한 갈증 어린 묘사가 병행되고 있음은 눈여겨볼 필요가 있다. 소설의 형상화 차원에서 보이는 이러한 이원성은 설정식의 삶의 이력에서 볼 수 있는 이원성에 상응한다고 할 것이다.

　주인공 박두수는 미국 브로드웨이에 있는 대학 도서관에서 마주친 백인 여성 프란씨쓰 두셋과 함께 윌리엄 블레이크의 시를 논하면서 미묘한 감정을 갖게 된다. 고향에 있는 옥희를 생각하지만 음울한 도시에서 느끼는 외로움과 워싱턴스퀘어의 매음녀들에게서 받는 충동은 그녀에게 끌리는 욕정을 키운다. 그러던 어느 날 용기를 내어 그녀의 방으로 찾아가지만, 그냥 되돌아오고 만다. 그의 채식주의에 대해 용기 없음이라고 하는 프란씨쓰의 말을 부정하고 싶지만, 그녀가 그의 자취방으로 찾아왔을 때 그는 역시 그녀를 품을 수 없었다.

　　프란씨쓰의 잿빛 눈동자는 여전히 죽은 생선같이 희멀겋다. '죽은 살덩어리를 안았구나…….' 그러나 내 살 속에 피는 염치없이 아직도 더운 여자의 고동을 알려고 하였다. 수족관 속에 너울거리는 인어, 도저히 도저히 같이 흐를 수 없는 이 피, 마네킹…… 수많은 미국 여자의 역사 하나, 천리만리 멀리 떨어져서 멀리 고향 서울, 추운 겨울에도 따뜻한 아랫목에서 돌아앉는 옥희에게 아무짝에 쓸모없는 편지만 쓰고 있어서 무얼 할 건가! 나는 일어나 앉왔다. 재즈 소리가 여전히 들려오고 자동차 지나오는 소리가 간단없이 들렸다. 프란씨쓰는 한동안 그냥 누워 있다가 한숨을 지으며 일어났다. 탈진한 사람의 한숨 소리였다. 역시 자기네들의 쓰여진 오랜 관습의 율법에서 벗어져 나올 수가 없었다는 것을 고백하는 한숨같이 들렸다. 말로나 사상으로는 이해할 수 있어도 역시 피로는 알 수 없는 먼 땅에서 성장한 육체 속으로 들어간다는 것은 도저히 생각할 수 없다는 것을 깨달은 한숨이었다.

—「프란씨쓰 두셋」 부분

이 소설에서 주인공은 오랜 관습의 율법에서 벗어나거나 넘을 수 없는 인종과 민족의 장벽을 확인하게 된다. 머리와 사상이 이해하는 길과 피와 육체로 아는 길이 다르다는 것을 항변하는 주인공은 작가 자신이라고 보아도 크게 틀리지 않을 것이다. 이것은 그에게 미국 유학 체험이 어떤 성질의 것이었는지를 알려준다. 서양의 학문과 사상을 익히더라도 몸으로 받아들일 수 없는 일종의 한계에 대한 고백이자, 그의 미국 체험과 인식이 가진 피상성을 드러낸 것이다. 해방정국에서 새삼스럽게 미국 유학 체험을 소설화한 것은 작가 자신이 '민족'의 길을 택하게 된 내적 동기를 재구성하려던 의도였던 것으로 보인다. 그러한 선택과 전환의 의지를 선명하게 보여주는 작품이 단편소설 「한 화가의 최후」다.

이 소설은 1948년 4월 조선문학가동맹의 기관지 『문학』에 실렸다. 같은 해 1월 그는 「척사 제조자」를 『민성』에 발표하고, 『서울타임스』에서 발행한 잡지 『신세대』에 장편소설 『해방』을 1월, 2월, 5월 3회 연재하다가 중단한다. 『해방』은 8·15 해방 이후 친일파의 청산, 반민특위 등의 문제를 둘러싸고 구세대와 신세대 간의 견해 차이를 그리며, 주인공이 후자의 길에서 출발하게 된다는 내용으로 전개되다가 중단된다. 『해방』을 연재하던 중인 4월 발표한 단편소설이 「한 화가의 최후」다. 이 소설의 배경은 중일전쟁 중의 미국이다. 식민지 조선 청년인 '나'는 재미일본인 2세 화가인 하야시의 아틀리에에서 소련에 저항하다 망명한 폴란드 작가의 혈육인 화가 쩨롬스키를 만나 그에게 호기심을 가진다. 하야시는 아나키스트이지만 현실과 적절히 타협하며 현실적 수완을 발휘하는 데 반해, 쩨롬스키는 화가들에 대한 실업구제책마저 거부하며 작가적 양심을 지키고자 한다. 그런 쩨롬스키를 두고 하야시는 "양심은 있는데 사상이 없는 예술가"라고 부른다. 폴란드 작가의 사실적인 소설 작품에 큰 감명을 받았던 주인공의 기대와 달리 화가 쩨롬스키의 작품은 초현실주의나 다다이즘에 가까운 것이라 이해하기 어려워 실망한다. 결국, 쩨롬스키는 기대하고 있던 작품인 「구원」이 전람회에서 추천을 받지 못하자 자살하고 만다.

이 소설은 그 구성과 서술 면에서 꽤 세련된 서구소설을 닮았는데, 소설의 초반 주인공은 쩨롬스키의 얼굴과 목소리에서 받은 그러한 불운에 대한 인상, 자신의 인생조차 구원하지 못하는 예술가의 몰락에 대한 어떤 예감을 그리려고 애쓴다. 다른 한편으로 일본군이 중국군에게 패배하여 수만 명이 몰살당했음에도 중국인 전재민 구호금을 내고 그 바자회에 참석하는 재미일본인 2세 하야시에 대한 미묘한 감정을 드러낸다. "내게는 우선 사슬에서 풀린 조국이 있어야 하겠다"라는 자신의 처지가 비교되기 때문이다.

자본주의 사회에서 예술가의 양심을 끝까지 지키고자 했던 쩨롬스키의 자살은 작가 설정식의 예술관을 보여주는 상징적인 결말이라고 할 수 있다. 굶어 죽을지언정 자본주의의 농락에 무릎 꿇지 않겠다는 예술가적 양심을 가지고 있다 하더라도 그것은 어떠한 희망을 품을 수 없고 자기 자신조차 구원할 힘이 없음을 말하는 것이다. 한때 작가 자신이 매혹되었을 현대 예술들과, 자기만족에 머무르는 개인적 양심과 결별을 선언하는 것이다. 임화를 비롯한 조선문학가동맹의 작가들이 북으로 떠나버린 서울에서 『서울타임스』의 주필이 되고, 조선문학가동맹의 기관지『문학』을 펴내는 설정식의 내면에 다졌던 결의의 표명이었던 셈이다.

설정식의 소설에 대해서는 김윤식의 연구 이후 더 진척된 바가 없다. 그의 시에 대한 연구가 학위논문으로도 몇 편 나온 것에 비하면 소설에 대한 연구가 없는 것은 아쉽게 느껴진다. 설정식의 소설들은 그가 사상적으로 지지했던 조선문학가동맹의 일반적인 사실주의적 창작 방법과는 거리가 있다. 계급상으로 전형적인 인물보다는 작가의 투영이라 할 수 있는 지식인이 주로 등장하고, 사건에 대한 사실주의적 묘사보다는 내면의 진술이 사건의 서술을 압도하기 때문이다. 그의 소설은 자의식 과잉의 주인공과 파편적인 사건의 연쇄에 기대고 있는 서구적인 모더니즘 소설에 가깝다. 이러한 특징들은 설정식의 이념적 행보만을 가지고 그의 소설들을 운동으로써의 문학이나 혁명적 도구로써의 문학만으로 치부하기 어렵게 한다. 그의 소설은 지식인 소설이나 예술가 소설에 가까우며, 1930년대 중후반 조선이라는 지역을 벗어난 배경과 사건들은 우리 소설사에 이채로운 대목이라 할 것이다. 그의 소설이 띠고 있는 역사성은 작가적 관점에서 그의 방황과 선택에 작용했던 한국 현대사와 결부되어 있다. 설정식은 자전적 체험을 민족의 운명과 결부되어 있는 것으로 보았으며 그것을 소설을 통해 민족사로 승화시키길 바랐던 것이다.

6. 시에 나타난 비판적 현실인식과 역사의식

해방 후 시 분야에서 설정식이 보여준 창작의 양은 단연 돋보인다. 『종』(1947. 4), 『포도』(1948. 1), 『제신의 분노』(1948. 11) 등 세 권의 시집을 잇달아 출간하였고, 몇 편의 시론도 발표하여 자신의 시적 경향에 대해 표명하기도 하였다. 이런 점에서 해방기의 대표적인 시인으로 규정해도 손색이 없을 것이지만, 그의 정치적 행적 때문에 문인으로서의 면모가 가려졌고, 소설 창작을 병행했던 관계로 그의 시 작품들이 크게 주목받지 못하였다. 그의 시세계는 해방 이전의 초기 습작기 단계와 해방 이후 출간한 각 시집에 따른 세 단계로 나누어볼 수 있다. 초기 습작기 단계는 대체로 단순하면서 소박한 경향을 보이는데, 첫 시집 『종』에 수록하였지만, 창작연도를 1930년대로 밝힘으로써 습작기 작품임을 알린 「묘지」, 「샘물」, 「가을」, 「시」 등이 여기에 속한다.

바람 속에
굴레가 그리운
말대가리 하나

언덕 아래로 아래로
들국화는 누구의 꽃들이냐?

긴 이야기는
무슨 사연

오래 오래
갈대는 서로 의지하자

—「가을」 전문

위 시에서는 소박한 서정성도 느껴지고 자연 친화적인 태도도 보인다. 아직 습작기의 형태를 벗어나지 않고 있으나 화법이 안정되어 있고 시적 형상화도 어느 정도 이루어져 있다. 그런 점에서 시인 자신도 만족하게 여겨 여타의 시들과는 이질적이지만 시집에 함께 묶은 듯하다. 시집에 수록되지 않은 1932년 작품인 「물 긷는 저녁」도 전원적인 풍광과 아련한 서정성을 소박한 육체적 감각과 더불어 빚어내는 솜씨를 보여 주고 있다.

그러나 그가 문단에 나오게 된 계기였던 『동광』의 작품을 보면 1930 년대 카프 계열의 영향을 느낄 수 있다. 3등으로 실린 「거리에서 들려주는 노래」는 아우를 향해 강한 어조로 독려하는 목소리가 등장한다.

> 일어나라 일어나라 일어나
> 냉큼 서거라 서라 동생아!
> 이 불쌍한 어린것아 두 다리가 부러졌느냐
> 어서 바삐 형이 일깨울 때 번득 일어나거라
> 그래서 그 널조각에 전선電線 토막 대인 병신 썰매를
> 앉아서 뭉갤 때 밀던 쇠꼬챙이와 함께 내어던지고
> 내 고함에 발맞춰 두 다리 쭉 뻗고 가슴 벌리고
> 얼음 깔린 강판 위를 내달아라
>
> —「거리에서 들려주는 노래」 부분

위의 시는 임화의 단편서사시 계열과 같이 시적 화자와 청자라는 구도와 대화체라는 특징을 갖고 있다. 동무와의 대화가 삽입된 액자 형식의 본문은 아직 서사성이 약하고 형상화의 힘도 부족한 것을 볼 수 있다. 갱생과 자활을 다짐하는 굳은 어조와 내용에서는 현실에 대결하고자 하는 태도가 느껴지지만, 그 인식 면에서는 추상성을 벗어나지 못하고 있다. 그러나 1등으로 당선된 시편인 「새 그릇에 담은 노래」에는 가난한 농민이 겪는 구체적인 정황을 그리는 데 있어서 압축성과 형상성이 가미되고 현실적인 구체성을 갖고 있다.

아버지 기침이 성해질

겨울이 오고

덧문 닫힌 방 안에 국화 시드네

◇

경매당할 터인데 두어서 무엇하리

아카시아 짜르다가

가시 찔렸네

◇

빈대 피 묻은

헌 신문 초단 기사는

융무당隆武堂 헐린 소식이러라

◇

수리조합 또랑 난다고

밤마다 모이면

근심하던 농부들과 섞이던 여름

—「새 그릇에 담은 노래」 부분

위의 시는 가난한 농민들의 시름과 근심을 절제된 묘사 속에 그려내면서 일제에 의해 훼손된 경복궁의 융무당이 헐린 소식과 같은 역사적 사건도 병치의 형식을 빌려 효과적으로 삽입하고 있다. 시의 전반적인 구성이 다소 거칠긴 하지만 계절적인 시간의 흐름을 따르고 있다는 점도 눈에 띈다. 이처럼 설정식의 역사의식과 현실에 대한 관심은 이미 습작기의 작품에서 충분히 확인할 수 있다. 해방 이후 본격적으로 문인단

체활동을 전개하며 1947년 출간한 제1시집 『종』에는 습작기의 4편을 포함한 28편의 시편들과 소설 『청춘』의 일부가 수록되어 있다. 설정식은 그의 이력과 소설에서도 볼 수 있듯이 항상 지식인으로서의 사명을 자각하고 그 길에 서고자 했던 인물이었다. 해방을 맞는 설정식의 현실 인식은 부정적인 것에 가까웠다. 많은 시인이 노래한 해방의 기쁨도 잠시였고 그는 그 뒤에 드리워진 어둠의 그림자를 투시하고 있었다. "곡식이 익어도 익어도 쓸데없는 땅"(「태양 없는 땅」), "아 해방이 되었다 하는데/ 하늘은 왜 저다지 흐릴까"(「원향原鄕」)라고 근심하며, "무서운 희롱이로다/ 누가 와서 벌여놓은 노름판이냐"(「단조短調」)라고 미소 강대국 사이에서 혼란스러운 해방정국을 우려하고 있다. 「우화」에서는 향략적 자본과 외세에 의해 '소리개'의 자유와 '비닭이'의 해방은 그 그림자마저 사라질 판이라고 풍자한다. 그는 해방의 기쁨에 단순히 도취하지 않고 당시의 이념 갈등과 분열의 정세를 누구보다 비판적으로 바라보며 이념적 선택을 준비하고 있었던 것이다.

첫 시집에는 이처럼 부정적인 현실을 걱정하면서 현실적 고난의 극복을 위한 민족의 희망과 의지에 대한 노래를 담고 있는데, 그 중심적인 상징으로 등장하는 것이 '종'과 '해바라기'라는 시어다.

> 자유는 그림자보다는 크드뇨
> 그것은 영원히 역사의 유실물이드뇨
> 한아름 공허여
> 아! 우리는 무엇을 어루만지느뇨
>
> 그러나 무거이 드리운 인종忍從이여
> 동혈洞穴보다 깊은 네 의지 속에
> 민족의 감내堪耐를 살게 하라

그리고 모든 요란한 법을 거부하라

내 간 뒤에도 민족은 있으리니
스스로 울리는 자유를 기다리라
그러나 내 간 뒤에도 신음은 들리리니
네 파루罷漏를 소리 없이 치라

—「종」 부분

좌파와 우파, 민족주의파와 친일파 등으로 사분오열되어 있던 해방 공간의 현실은 꿈에 그리던 해방과는 거리가 먼 것이었다. 시인은 "모든 요란한 법"을 거부하고 민족의 인내와 의지로 '자유'를 기다리고 있다. 이러한 염원을 집약하고 있는 것이 「종」이다. 종은 민족적인 '인종忍從'의 표상이며 민족적 염원의 실현에 대한 증거가 될 것이다. 시인은 "내 간 뒤에도 민족은 있으리니"라고 하여 민족을 절대적인 위치에 놓고 어떤 희생도 감내하고자 한다.

이와 함께 첫 시집에 수록된 「해바라기」는 시인이 창조해낸 또 다른 상징이다. 「해바라기 1」에서 해바라기는 태양과 같은 의미의 계열로 낡은 것, 비겁한 것, 남루한 것을 태워버리고 새 역사의 초석을 세울 수 있는 힘, 정화의 상징으로 나타난다. 그러나 일반적으로 밝음과 생명력의 근원을 뜻하는 태양이 「해바라기」 연작 속에서 그 상징적 의미가 바뀌면서 가혹한 현실의 세력을 뜻하게 된다.

해바라기는 호올로
너희들의 타락을 거부하였다

모든 꽃이 아름다운 십자가에 속은 날

모든 열매가 여지없이 유린을 당한 날

그들이 모두 원죄原罪로 돌아간 날

무도無道한 태양이

인간 위에 군림하고

인간은 또 인간 위에 개가凱歌를 부르고

이기랴든 멍에냐 어깨마저 깨져도

해바라기는 호올로

태양에 필적하였다

—「해바라기 3」 부분

위의 시에서 무도한 태양이 모든 꽃과 열매를 속이고 유린하여 인간 위에 군림하는 것이 되어버리자 해바라기는 태양에 맞선다. 꽃과 열매가 본래 간직하고 있었던 믿음과 소망, 인간다움, 이러한 미래를 지키기 위해 해바라기는 타락을 거부한다. 태양이 원형적 상징으로 갖는 생명력이나 재생의 의미와 달리, 해방을 상징하는 8월의 태양이 그 무도한 열기로 만물을 소진케 할 수 있음을 시인은 인식한다. 그와 동시에 해바라기는 그러한 현실에 맞서 새 역사를 창조할 수 있는 의지의 표상이 된다. 즉 해바라기는 인간성의 보존이라는 휴머니즘적 가치를 지키려는 소명의식을 가진 존재다.

제2시집 『포도』에는 1947년도에 창작된 「헌사」, 「태양도 천심에 머물러」, 「포도」, 「송가」 등 시 16편과 소설 『청춘』의 일부가 실려 있다. 이 시집에는 해바라기로 표상되었던 자유에 대한 갈망과 영웅에 대한 대망론이 더욱 구체적인 현실 비판과 투쟁으로 강화된다. 일제의 수탈정책으로 유랑민이 되어야 했던 200만 전재민들에 대한 방치, 귀속재산의 불공평한 처리 등과 같은 미 군정의 실정을 비판하거나 좌익 진영의 토지와 적산敵産*의 무상분배 같은 정치적 이슈들이 등장하기도 한다. 미 군정청의 고위관리와 언론인이기도 했기에 그러한 현실적 문제들에 밀착하여 정부의 부패와 사회적 불의에 대해 강하게 비판한다.

"자비로운 아배의 집에서 하루아침/ 나는 억울한 도적이 되었소"(「상망」)나 "주검을 끌어안고/ 노래하는 땅이어/ 노래하며 또 호곡하지 않을 수 없는 나라여"(「송가」)라고 시인은 분개하며, 현실에 대한 날카로운 비판의 표적을 미국으로 옮겨간다. 그가 소련을 '해방군'이라고 인식한 흔적은 없지만, 미국을 '점령군'이며 제국주의 파시스트로 비판하는 태도는 많은 작품에서 드러난다. 어쩌면 그가 미국 유학 체험과 미 군정청의 고위관리까지 지냈기에, 그 이상과 현실의 괴리에서 깊은 환멸과 배신감을 느꼈던 듯하다. 그는 미군의 통치에도 농민과 노동자들이 전과 다름없이 비참한 생활을 하고 있고, 해방 이후 귀국하는 전쟁 이재민들에 대한 아무런 방안을 내놓지 않는 현실에 분개한다.

> 어데 어데를 가도
> '자유', 그 말에 방불彷彿한 토지를
> 파씨쓰타의 무리여
> 너희들 까닭에 나는
> 휘트맨의 곁에 가차이 설 수 없고
> 또 이날에도
> 찬가로써 하지 못하고
> 두 폭 넓은 비단 청보青褓에 '원망'을 싸는도다
> ───「제국의 제국을 도모하는 자」 부분

---

* 적산 : 해방 전 일제나 일본인 소유의 재산을 해방 후에 부르던 말.

이 시는 미국독립기념일을 기념해 쓴 시로 자유와 민주주의의 값진 승리를 축하해야 마땅하겠지만, 시인은 민중시인 휘트먼의 나라를 찬양할 수 없다고 말한다. 자본주의의 금권과 제국주의로 인한 부패와 착취를 원망하고 배격하기 때문이다.

제1시집의 '해바라기'와 마찬가지로 제2시집의 '포도' 역시 개인적 상징의 시어다. 시인은 악화해가는 좌우 대립 속에서 벌어지는 테러, 체포, 구금 등을 비판하며 당시의 정세를 「음우」, 「임우」 등의 시에서 궂은 장마에 비유한다. 그리고 "산천이 의구한들 미숙한 포도/ 오늘 밤에 과연 안전할까"(「무심無心」)에서 보듯이 백색 테러가 횡행하는 속에서 깨어지기 쉬운 위태로운 존재를 '포도'로 상징한다. 그러나 단지 '미숙한 포도'에 머물지 않고, 현실에 대해 분개하는 '노한 포도'를 통해 진보적 청년의 영혼과 육체를 상징하려 했다.

현실에 대한 날선 비판정신을 갖게 된 설정식의 목소리는 더욱 분노와 격정을 담게 된다. 현실 변혁을 향한 그의 열정은 같은 해 나온 제3시집 『제신의 분노』에 수록된 11편의 시에서 더욱 고양되어 혁명적 낭만주의의 색채를 띠며 어조는 예언자적 목소리를 닮아간다. 이 시집에는 시에 대한 단상 격인 「FRAGMENTS」를 수록하고 있는데, 그는 말미에 "시가 인민 최대 다수의 공유물이 되게 하자"라고 적어놓고 있다. '시의 의상을 희생'하더라도 '시의 육체'를 남기기 위해 사실 자체에 돌입하겠다는 의지를 천명한다. 우선적으로 그가 시의 육체로 삼은 것은 분노를 일으키는 현실이었다. 그의 분노가 향한 것은 반민족적인 외세였다. 그는 과거 일본제국주의의 만행과 그 잔재를 「조사」, 「진혼곡」, 「신문이 커졌다」라는 제목의 시에서 고발한다.

일본제국주의는 서른하고 또 여섯 해
무게 나가는 대추와 사과와

하다못해 도토리 열매와

저 착하게 엎드린 푸른 드을을

어질게 밀고 나온 모든 곡식의 씨앗과

우리들의 살이나 다름없는 쌀과 보리를 앗아가기 위하여 그리고

감지 못하고 선생같이 세상 떠난

원혼들의 검은 눈동자나 다름없이

깊이 덮히운 좁쌀같이 깔깔한

조선 사람의 흙 속에 감초인

무게 나가는 구리와 은과 금을 캐어가기 위하여

하다못해 짚 오라기 칡넝쿨 머리털

피마자마저 훑어가기 위하여

저놈들은 신의주新義州 석하石下 백마白馬로 부산釜山 한끝

마지막 조선 땅에 부술기를 구을려

아 우리 또 하나 다른 심장을 마련케 하여 울리고

우리들의 가슴이 두터우면

굵은 총알로써 하고

여윈 어깨면 여린 칼날을 들어 저미고

한 애비를 가두어 아비로 하여금 손자를 잡게 하여

손으로 끄을기 마소같이 하여

대동아전쟁이라는 초열지옥焦熱地獄에 잡아가고

—「조사(弔辭)—환산 이윤재 선생께 드리는 노래」 부분

위 시는 일본제국주의가 우리 민족을 대동아전쟁의 희생양으로 삼고 온갖 군사적·경제적 수탈로 유린하였음을 고발한다. 이것은 일제의 과거를 회고하려는 목적에 그치지 않고 민족적 과제의 실현을 가로막고 있는 제국주의에 대해 경계하려 한 것이라고 할 수 있다.

「제신의 분노」는 현실에 대한 분노와 민족의 장래에 대한 의지를 예언자적 어조를 통해 드러낸 설정식의 대표작이다. 이 작품에서 우리 민족은 메시아 사상으로 무장된 이스라엘 민족과 동일시된다. 예언자는 민족에게 신의 도움과 구제를 약속하거나 신의 징벌을 경고한다. 따라서 이러한 메시지는 정치와 밀접한 관계를 맺을 수밖에 없다. 이 시에서는 좌우익의 대결을 두고 『구약성서』를 인용하여 동생의 목에 칼을 대는 '가자'의 무리로 비유한다.

> 이스라엘의 처녀는 넘어졌도다
> 넘어진 사람은 다시 일어나지 못하리니
> 조국의 저버림을 받은 아름다운 사람이어
> 더러운 조국에 이제 그대를 일으킬 사람이 없도다
> ─『구약성서』「아모스서」제5장 제2절

> 하늘에
> 소래 있어
> 선지자 예레미야로 하여금 써 기록하였으되
> 유대왕 제데키아 십 년
> 데브카드레자─자리에 오르자
> 이방異邦 바빌론 군대는 바야흐로
> 예루살렘을 포위하니
> 이는 이스라엘의 기둥이 썩고
> 그 인민이 의롭지 못한 까닭이요
> 그들이 저희의 지도자를 옥에 가둔 소치라
> ─「제신(諸神)의 분노」부분

위의 시에서 볼 수 있듯이 설정식은 아무것도 초월할 수 없는 가장 절대적 관념으로써 민족의식을 형상화하고 성경을 빌려 민족적 양심의 절대적 명령을 신의 목소리에 담고 있다. 이를 통해 민족국가의 수립이라는 과제와 결부된 해방공간의 분위기와 그에 따른 시인의 사명감을 노래하고 있는 것이다. 그가 기독교적인 알레고리를 빌려올 수밖에 없었던 것은 좌익에 대해 옥죄어오는 탄압과 테러를 의식했던 것으로 보인다.

> 네 어찌 무슨 낯으로 저 흔하고 흔한
> 총알을 혼자서만 두려워하랴
>
> 가자
> 가자 이렇게 푸르고 또 뜨겁게 하며
> 꿈과 노래로 청춘과 총알 사이로 가자
> 뻐근하게 살아갈 보람도 있는
> 삶을 조상吊喪하며 또 꿈범벅 피범벅
> 붉은 아가웨 열매를 삼키면서
> 남조선으로 가자
>
> ―「붉은 아가웨 열매를」 부분

위의 시는 당시 조선문학가동맹의 문학 노선인 '혁명적 낭만주의'라고 부를 수 있는 특징을 보여준다. 미래의 꿈에 대한 확고한 전망, 그것을 위한 투쟁의 열기와 신념이 낭만적인 시정으로 형상화되고 있기 때문이다. 꿈과 노래, 청춘과 총알로 뒤범벅된 혁명은 '붉은 아가웨 열매'처럼 달콤한 환상이고 낭만이었던 것이다. 여기에서 민족은 혁명적 낭만성의 최고의 이상으로 격상된다. 현실적 위협을 앞에 두고 투쟁하는 인민의 위대함과 불굴의 신념을 낭만적으로 형상화하고자 했던 것이다.

　시집 『제신의 분노』 이후의 시들로는 「만주국」, 「새해에 바치는 노래」 그리고 보도연맹 기관지인 『애국자』에 발표한 「붉은 군대는 물러가라」 등 세 편으로 알려졌다. 이 가운데 설정식의 시적 기획을 어렴풋이 가늠할 수 있게 하는 작품이 「만주국」이다. 1948년 10월 『신천지』에 발표된 이 작품의 부제에 붙은 '서시序詩'라는 말로 미루어보아 장편서사시의 일환으로 창작했던 것으로 보인다. 이 시의 배경은 제목에도 나와 있듯이 일제에 의해 만들어진 괴뢰국 만주국이다. 시간적인 배경은 만주사변이 일어나게 된 1931년 9월로 거슬러간 것이다.

　　동경東京 제국주의자들은 사냥개보다 사나운
　　미친개로 하여금 의회의 문을 닫게 하고
　　미친개보다 더 미친
　　관동關東 군국주의자들은 주인도 모르는 사이
　　벌써 죄 없는 양의 넓적다리를 물었으니
　　이제로부터 사천오백만 석石 피가 흐르게 마련이다

　　이민족異民族 사천오백만 석의 피로
　　일로전비日露戰費 이십억 투자 십칠억이라는 것을 회수하기 위하여
　　미친개보다 더 미친 살인 기술자들은
　　위선爲先 제 살을 물어뜯어
　　남의 이빨이 긴 탓이라고 에워 쳐
　　만주사변이라 일렀으니

　　때는 일천구백삼십일 년 구월 십팔 일 밤 열 시
　　제 영토건만

함부로 가까이하지 못하는 남만주 철도

고단한 중국 별

빛을 투기는 푸른 귀화鬼火 총총한

유조구柳條溝 화차참火車站에서 이백 미터를 걸어가는

사냥개들의 그림자가 있자

지는 다이나마이트는

심양성瀋陽省 속에

늙은 사람들의 꿈자리를 사납게 하였다

―「만주국」부분

    설정식은 이미 『제신의 분노』에 수록된 「진혼곡」에서 간토關東대지진 학살 사건을 원보와 순이라는 인물을 내세워 서사시적인 양식과 유사하게 시도한 바 있다. 그러나 위의 시에서는 특정한 인물이 등장하지 않고 "동경 제국주의자"와 "관동 군국주의자"라고 만주사변을 일으킨 주체들을 개념적으로 진술하고 사건의 정황을 묘사하기보다는 해설하는 데 그치고 있다. 일종의 '서시'로서 시간과 공간의 배경에 대한 해설을 의도한 것인지, 혹은 시적 형상화의 여유가 없었던 것인지 이 작품은 서사시보다는 서술시에 가까워 보인다. 그러나 「만주국」에는 설정식의 중국 유학 체험이 자리 잡고 있음이 입증된다. 1932년 귀국 후 첫 작품이었던 희곡 「중국은 어디로」와 장편소설 『청춘』의 출발이 중국의 완바오 산 사건이었듯이 설정식에게 역사의식을 각성시켰던 공간은 중국이었던 것이다. 그에 비하면 미국 체험은 몸으로 체득할 수 없는 신기루와 같은 것, 결국 타자만을 확인하고 돌아오게 된 회귀점이었던 것이다. 그에 비해 중국을 통해서는 조선의 실상을 밑바닥까지 확인하였고 군사적 · 정치적 · 민족적 이해관계를 살육과 비극의 현장에서 온몸으로 절감할 수 있었다. 그는 체험을 통해 자신이 헤쳐나온 역사를 그려내려고 기획했던 것으로 짐작된다. 이것마저 불가능해졌을 때 그는 창작을 중단하고 번역의 세계로 도피하게 되었던 것이다.

7. 증언으로서의 문학

설정식의 소설과 시는 시대의 격랑 속에 몸을 싣고 쓴 작품들이라 때론 몹시 거칠고 관념적이기도 하다. 더구나 그의 시는 난해한 한자어들과 요령부득의 방언이 산재하고 문법이 파괴된 형태도 자주 눈에 띄어 쉽게 읽히지 않는다. 동서고금을 종횡하는 그의 지적 교양과 문학적 배경은 『논어論語』와 『장자莊子』 등 한문으로 된 전고典故들은 물론 동서양의 우화와 신화 등을 현학적으로 해박하게 펼쳐놓기도 한다. 이러한 난해함과 관념성은 그가 강조했던 인민성이나 대중성과 관련해서 비난받을 소지가 충분히 있다. 그러나 프로시뿐 아니라 한국 서정시에 낯선 이러한 주지적 특질은 현대시의 관점에서 새롭게 해석될 여지가 있을 것이다. 그는 서정시인이 아니라 실천적인 지식인이자 예술가의 길을 선택했기 때문이다. 그는 『임꺽정』의 저자 홍명희와의 대담에서 자신은 문학도이지 무슨 주의자가 아니라고 말했다. 그가 파국을 맞게 된 것은, 지식인으로서 "너의 격률이 동시에 제삼자의 격률이 될 수 있는 것을 가지고 행동"하기 위해 따랐던 조국의 운명이 비극적이었기 때문이었다.

이방의 군대인 미국과 자본주의에 반대하며 인민 민주주의를 신봉했던 설정식의 이력이 미제의 간첩 혐의로 반전되어 북한에서 형장의 이슬로 사라지게 된 것은 역사의 아이러니라고 하지 않을 수 없다. 르네 지라르가 말한 초석적 폭력을 국가에 대해서도 말할 수 있다면, 설정식을 포함한 남로당은 이미 또 하나의 점령군인 소련이 세우려던 북쪽의 체제를 위한 희생양이었다. 민족을 위해 인민 주권을 위한 이데올로기의 길을 선택했지만, 그 희망과 기대는 미래의 폭력을 볼 수 없었던 역사적 개인의 한계로 말미암아 배신당하고 말았다. 문학이 정치에 복무하고 예속됨으로써 예술가 자신과 예술 작품이 어떠한 파국을 맞을 수 있는 지에 대해 설정식의 삶과 문학은 하나의 증언이 될 것이다.